BESTSELLER

Jesús Maeso de la Torre (Úbeda, 1949) estudió magisterio en su ciudad natal y posteriormente se licenció en filosofía e historia en Cádiz, donde reside. En los últimos años se ha afianzado como uno de los más sólidos valores de la narrativa histórica española con títulos como *La piedra del destino* (2001), *Al-Gazal, el viajero de los dos orientes* (2002), *El Papa Luna* (2002), *Tartessos* (2003), *El auriga de Hispania* (2004), *La profecía del Corán* (2006), *El sello del algebrista* (2007), *El lazo púrpura de Jerusalén* (2008) y *La cúpula del mundo* (2010, II Premio CajaGranada de Novela Histórica), obras todas ellas que tuvieron una amplia repercusión entre la crítica y los lectores.

Biblioteca

JESÚS MAESO DE LA TORRE

La cúpula del mundo

DEBOLS!LLO

Primera edición en Debolsillo: enero, 2011

© 2010, Jesús Maeso de la Torre
Autor representado por Silvia Bastos, S. L. Agencia Literaria
© 2010, Random House Mondadori, S. A.
Travessera de Gràcia, 47-49. 08021 Barcelona

Printed in Spain – Impreso en España

ISBN: 978-84-9908-702-3 (vol. 686/4)
Depósito legal: B-41887-2010

Compuesto en Fotocomposición 2000, S. A.

Impreso en Novoprint, S. A.
Energía 53. Sant Andreu de la Barca (Barcelona)

P 887023

A cinco mujeres irreemplazables.
Mi madre, Isabel de la Torre, por su amor;
Pepa, mi mujer, por su comprensión;
Isabel, mi hija, por su esperanza;
mi agente, Silvia Bastos, por su tenacidad,
y mi editora, Ana Liarás, por su lucidez.

Índice

EL CABALLERO DEL DRAGÓN Y EL EMPERADOR

LA CÚPULA DEL MUNDO Y EL ÁNGEL DE LA TORRE NEGRA

Epílogo

PRELUDIO

El silencio de Dios

Granada, Anno Domini 1273

Ni los pozos más negros del infierno se le asemejaban en horror.

Los presos llamaban a aquellas lóbregas mazmorras «las Barrigas del Diablo», un laberinto de embudos excavados en la roca por donde apenas si se atisbaba un mísero halo de luz. Un hedor infecto y un miasma de podredumbre hacían el aire repulsivo y convertían a los que lo respiraban en criaturas repugnantes. Sus muecas retorcidas y las miradas torvas parecían las de los desesperados que aguardan la horca.

—¡Jesucristo! ¿De qué sirvió que nos redimieras? —gritaba frenético uno.

—¡Piedad, misericordia! —murmuraba un viejo cautivo.

—¡Agua, por caridad, agua! —retumbaban las voces de otros.

En aquellos agujeros excavados en los subterráneos del más idílico paraíso nazarí, la Alhambra de Granada, se pudrían centenares de cautivos, la mayoría cristianos, que esperaban un rescate salvador, o un trueque entre reyes que los alejara de aquellos inmundos antros. Bajo el suntuoso palacio se ocultaba un laberinto de pasajes secretos que conducían a un desconocido y aterrador mundo de nauseabundas celdas, en las que vivían hacinados los prisioneros. Las cárceles eran como un embudo al revés, unas vasijas colosales enterradas en un hoyo a ras de suelo, donde sólo reinaba la oscuridad, el miedo y la desesperación.

Aunque los allí aherrojados tenían otras dos opciones: quitarse la vida o volverse locos.

Estremecían los lamentos, la tos compulsiva de afectados por la consunción, el sonido del agua que caía en las ergástulas con isócrona monotonía. Los cautivos dependían para su sustento de una repulsiva colonia de arañas, escarabajos, escorpiones o ratas, de las gotas que se filtraban por el tragaluz, de los corruscos de pan de cenceño que les arrojaban los carceleros y de un sopicaldo que ingerían los días de trabajos forzados en la atalaya de los Picos. Defecaban en un agujero que se abría en el centro del cubículo y los parásitos, la humedad, el frío, el sofocante calor, la severidad del látigo y la disentería iban minando su salud, si antes no morían de la terrible consunción escupiendo sangre por la boca. Sus días y sus noches se sucedían como un todo infinito, sin expectativas, sin futuro, sin ánimos.

Una fría mañana, uno de los presos, de nombre Beltrán Sina, sintió náuseas y se abocó al hediondo agujero repleto de heces, donde expulsó las bilis. Sus compañeros de cautividad lo observaron con rencor, pues aun siendo bautizado, lo repudiaban porque amparaba a un nórdico, de nombre Gudleik, al que reputaban como pagano que adoraba a dioses falsos. Y aprovechando su debilidad volcaron la inquina que llevaban dentro.

—Al renegado se le han rebelado las tripas. ¡A ver si revientas!

—Habrá soñado que se comía un puerco con malvasía —se carcajeó un recluso con una risotada desprovista de afabilidad.

—Pero ¿no dice el muy ladino que es cristiano? —ironizó otro con sorna.

—Pues cuando se levanta parecen que aletean las alas del diablo ante nuestras narices —lo punzó un fraile cautivo enseñando sus encías sanguinolentas—. A estos dos los habrá bautizado el cabrón de los abismos.

Beltrán no pudo contenerse y tiró con fuerza de sus grilletes amenazando al clérigo, con el rostro desencajado:

—¡Los dos somos tan creyentes como tú, fraile! Pero a veces al Creador le gusta juntar a sus criaturas para probarlas en la desgracia.

—Ahora el muy pecador nos suelta un sermón, ¡por las barbas de Noé! —replicó otro—. Eres un miserable que haces más asfixiante el aire que respiramos. ¡A ver si os ahorcan y nos libramos de vuestro olor a azufre!

—¡Cobardes y bellacos! —les replicó Sina lleno de ira—. Infieles o cristianos viejos o nuevos, todos nos pudrimos en la misma poza infecta.

Sina, que había franqueado el límite de lo humano, no comprendía aquella aversión. Ofendido por tantas vilezas, se arrebujó en sus harapos, mientras acechaba vigilante, pues en cada rincón se agitaba una amenaza contra ellos. Beltrán, por el hecho de ser hijo de un físico de ascendencia extranjera, era considerado como un *tornadizo* o renegado, baldón que llevaba a cuestas desde que su memoria podía recordar.

Desde pequeño había visto matar en nombre de la religión; pero ni los musulmanes, ni los judíos ni los cristianos vivían según los principios del Corán, de la Torá o del Evangelio. Su cuartillo de sangre siria había significado su desgracia, pues la intolerancia era un yunque donde se gastaban los martillos de la concordia. Se consideraba un proscrito en la tierra donde había nacido, pero pensaba que cuando la muerte despojara a unos y otros de la máscara que los hacía extraños, se reconocerían como semejantes. Pero las desgracias no las enviaba Dios a corazones débiles, y escapar indemne de aquella prueba sobrehumana sería su mejor arma para arrostrar el futuro, si es que salían vivos de allí. Sin embargo, más que a las penalidades físicas y el hambre, Beltrán temía la degradación moral y la humillación que padecía. Al despertar otro día más, olfateó con asco el hedor espantoso de las heces, los esputos, el sudor y los excrementos de las ratas y contempló entre las penumbras las figuras famélicas y agarrotadas de los otros presos, sus miradas huidizas y dementes. Se pasó una hora masticando la gredosa fetidez a cieno y putrefacción, y se paró a pensar en su pasado, el bálsamo contra la locura.

Beltrán había nacido hacía cuarenta años en Sevilla, la capital de la frontera, y era hijo del médico del rey Fernando III, micer Andrés Sina, médico experto en extraer flechas y curar fracturas. El oficio de su padre le había redimido de las penurias de la vida, mostrándole el perfil benévolo de una sociedad cruel. Su madre, Leonor Morante, le había inculcado los principios del Evangelio, aunque años después supo que su nodriza, una morisca del Ardabejo sevillano, Aziza, al regresar de la ceremonia bautismal les lavaba las cabecitas de los restos del santo crisma. Después, como una araña sigilosa, tejía hilos distintos en sus mentes inocentes, les hablaba de otros credos y los adormecía haciendo tintinear ante sus ojos los abalorios de sus manos, mientras les narraba fantásticas historias de Oriente.

Por decisión del soberano de Castilla, su hermano y él fueron educados con los hijos de otros cortesanos en la *schola* del palacio del Caracol del Alcázar, donde Beltrán comenzó a experimentar el doloroso rechazo por razón de su sangre, que lo acompañaría como una joroba toda su vida. Su padre, para evitarles más desprecios, envió a los dos hermanos a la Escuela de Anatomía de Amberes y luego a la siciliana de Salerno para que se cultivaran en la cosmología, la medicina y el arte griego de la memoria, antiquísima regla para servirse de las estrellas y aprender tratados.

Sina se formó también en criptonesia, un método para curar sentimientos que producen desánimo, y en mayéutica, el arte socrático de sanar los espíritus con el diálogo. Al concluir los estudios en el *bimaristan* hospital de Salerno, Beltrán se tituló en una rara disciplina de la que no existían más de una veintena de doctores en toda la cristiandad, la de los *tibb al-nafs*, o «médicos del alma». Salvo el rey de Francia, el dux de la Serenísima de Venecia, el duque de Borgoña o el Papa, muy pocos podían permitirse el lujo de costearse un curador del espíritu y experto en elaborar secretos elixires contra la melancolía negra.

Concluidos sus estudios, regresó a Sevilla en una flotilla de galeras genovesas. Don Fernando había muerto y reinaba ahora en Castilla su hijo el señor Alfonso X, a quien recordaba de su niñez como un príncipe afable y de grandes ojos castaños que invitaban a la concordia. Beltrán abrió consulta en la colación del Salvador, frente a la antigua mezquita de Abu Abbas; fue el primer médico que empleó en Sevilla el análisis de las emociones para diagnosticar las dolencias del cuerpo, según las enseñanzas del *Kitab al-Malik*, o *Liber Regius*, de Ali Ibn Abbas, y las doctrinas de Ibn Chulchul de Córdoba.

Deseoso de aliviar los sufrimientos de sus semejantes sondeaba las angustias del alma, pues pensaba que el hombre es un ser paradójico que hace sufrir y sufre, que crea sus propios infiernos y que se ahoga en los tormentos que él mismo forja.

Aunque en su mirada rutilaba un halo de pena oscura y sufría una amargura silenciosa por no ser cristiano viejo, a Beltrán sólo lo inspiraba el culto a la ciencia y el respeto a los que padecían del mal del espíritu. Era de apariencia espigada, frente amplia, cejas finas, la piel del color de las nueces, nariz pequeña, rostro afeitado y ojos castaños, algo miopes, coronados de largas pestañas. Lucía una melena corta de cabellos azabache que brillaban bajo el bonete de paño de Ypres, y sabía cómo insinuarse en el corazón de las mujeres.

Para olvidar sus penas recordó en aquella ingrata mañana de cautiverio la festividad de San Hermenegildo, de hacía veinte años. Fue el día en que conoció al rey Alfonso, quien desde el primer instante lo trató con condescendencia y con una amistad que aún perduraba. Sobre la raya del alba, la luz espejeaba blanquísima en Sevilla, invitando al placer de vivir. Como todos los amaneceres, su criado colocó en el zaguán las sillas para los enfermos, cuando por la calle Francos se oyó la fanfarria de las trompetas reales. Don Alfonso, con su cortejo de palaciegos, asistía a los oficios divinos. Al desmontar de la cabalgadura sintió curiosidad al advertir los asientos alineados en el portal. De inmediato se interesó por la singular práctica, preguntando a su confesor, don Raimundo, obispo de Segovia.

—¿Se va a celebrar alguna procesión, ilustrísima?

—No que yo sepa, alteza. Esos enfermos aguardan la consulta del hijo de Sina, el médico de vuestro padre, ¿recordáis? Ha regresado de Amberes y de Sicilia, y dicen que es doctor en nuevos métodos para curar los achaques del alma y los malos humores del corazón.

—¿Sanar el espíritu, decís? Pues parece enviado por la Providencia —se alegró el monarca—. El Creador acude en nuestra ayuda, don Raimundo, ¿o acaso la reina no precisa cuidados en su ánimo?

—Desconfío de esos curanderos. El alma sólo sana con ayunos, penitencias y rezos, señor.

—Arzobispo, la parte inmortal de nuestro cuerpo precisa de médico tanto como la mortal. Nuestros corazones esconden más padecimientos de los que imaginamos. Llamadlo al Alcázar, he de conocerlo.

Desde aquel día, Beltrán, junto a Isaac Jordán, boticario del *officium* de destilados de Toledo, dos sangradores y el médico don Hernando, formó parte del claustro de terapeutas reales y de la junta de médicos de cámara, que dirigía el sabio alquimista toledano, Yehudá Ben Moshe. Pronto también fue cubierto con el manto del reconocimiento por doña Violante, la reina, que padecía un gran desorden en su alma, pues tras varios años de matrimonio, aún no le había dado descendencia varonil al rey, y se enroscaba en su mente el fantasma del repudio.

Vivió durante años en la corte de Castilla, y por su saber en cosmografía, el monarca lo nombró más tarde bibliotecario real, incluyéndolo en la esotérica inaccesibilidad de su *scriptorium* privado de Toledo, donde se entregaron en tiempos más dichosos al estudio del saber oculto y a la búsqueda de libros arcanos. Por eso, tras su prolongada cautividad, no comprendía por qué el rey, que lo había tenido por amigo, no había acudido aún en su ayuda. ¿Habría tenido dificultades por sus enfrentamientos con Muhammad I, el astuto rey de Granada? Él conocía que las relaciones entre Castilla y el reino nazarí eran un arco que se tensaba y destensaba según soplaban los vientos de la política, y que el viejo sultán mantenía en jaque a los castellanos a lo largo de la frontera.

Pero ahora Beltrán y su criado Gudleik, un extranjero contrahecho y de corta estatura al que el albur había atado a su vida, seguían sufriendo el tormento en aquel purulento estercolero, sin esperanzas de ser libertados. Juntos habían sido testigos de muertes espantosas, de cuerpos descoyuntados por el potro, de cautivos empalados o cegados por los mercenarios islamitas por robar un sorbo en las aguaderas o protestar por sus miserias, y habían visto horrorizados cómo otros eran arrojados al foso del palacio al no recibir el rescate convenido. Oliendo el acre olor del pánico día a día, Sina no podía contener su desesperación en una espera que se había convertido en un delirio de pesadillas.

—¿Qué demonio espolea a estos verdugos sin alma? —le decía en voz baja al nórdico, el cual manoseaba un trozo de hueso con una runa vikinga que le colgaba del cuello.

—Yo confío en Wyrd, la runa blanca de Odín, la Desconocida, la que tutela mi vida, como antes lo hizo con mi ama y señora. Su poder es dirigirnos hacia lo inesperado. Confiad en ella.

—¿Y lo desconocido es necesariamente la libertad, o es la soga?

—¡Sed fuerte! No debéis caer en la desesperanza —lo animó.

Sina respetaba las predicciones de la religión de Gudleik y sabía que aquel signo pagano también significaba el retorno de los miedos ocultos de su alma y a un recuerdo nostálgico y deseado. Entró en un profundo mutismo y se ensimismó en sus pensamientos. Se había acostumbrado a compartir los grilletes con el escandinavo, un amasijo de pelo enmarañado y pellejos, y a penar en aquel lúgubre reducto donde si acaso llegaba el murmullo del Darro, los rezos de los almuecines, o los zéjeles de los poetas que entretenían a las favoritas del sultán.

Apenas cubiertos con un jubón pegajoso, las heridas de los pies les producían un dolor lacerante. A Beltrán le costaba soportar la agonía del encierro y el escozor de las pústulas que supuraban un líquido sanguinolento que Gudleik le curaba con la escasa agua que escamoteaba de los jarrillos. Padecían un sufrimiento más poderoso que su valor y ni las torturas infernales podían comparársele.

Su situación se abocaba cada día que pasaba a la sentencia de una muerte más que segura, pues el tiempo transcurrido había apagado cualquier esperanza de ser rescatados. Con la boca crispada gimoteaba a veces, pensando una y otra vez quién habría sido el vil ser, el hijo de mala madre que los había traicionado. Pensaba muchas veces que la causante de su dolor era la reina de Castilla, doña Violante. ¿Acaso como hija del rey Jaime I de Aragón no eran conocidas sus buenas relaciones con el sultán de Granada? Otras veces pensaba que su ruina la había procurado su rival en la cámara de médicos reales, don Hernando. También señalaba a Brianda, la nodriza de la reina, que lo detestaba, y a Villamayor, el miserable mayordomo del rey, que lo despreciaba. Eran muy notorias sus amistades con los «jueces» de la frontera con Granada, con los que solía emborracharse en los mesones del Arenal. Pero podía haber sido cualquiera de la corte, y su mente se embotaba con la sed de venganza.

Harto de cavilar, se acurrucó como un gusano herido en un rincón, mientras pasaba revista a sus angustias, que ni el sueño consolaba. Su estómago padecía los mordiscos del hambre y si no se había quitado la vida antes era debido a la amigable compañía del hiperbóreo. Nada poseía sentido y ya había renunciado a las dos únicas luces que habían iluminado su desgracia: la esperanza de la libertad y Dios.

Un día se sucedía a otro en la barriga del diablo y, para mitigar el tormento, en las noches de insomnio, Beltrán se abandonaba al único bálsamo que lo mantenía vivo y que impedía que acabara sumergiéndose en la locura: cerraba los ojos y dejaba volar su imaginación hacia el recuerdo de una dama de la lejana Noruega, una criatura de ensueño que representaba para él la dulzura y la inocencia, y sin la cual ya habría entrado en el callejón de la demencia. Había sido tan abarcador su afecto que durante su cautividad había meditado hasta la saciedad sobre el dolor que provocan las heridas del corazón.

Invocaba su nombre entre espejismos y soñaba que la vaporosa doncella venía a consolarlo besando sus mejillas. Imaginaba que los rescataba de los demonios que los agostaban, y sólo entonces un fresco deleite le acariciaba el alma. Desde el apresamiento en aguas nazaríes por causas que aún ignoraba, Sina había sido degradado y sometido a las más humillantes vilezas, pero la imagen diáfana de la princesa seguía dueña de su corazón. Beltrán pensaba que si no llegaba pronto la redención, moriría como un perro en las mazmorras de la Alhambra, mientras se rascaba las pústulas y pensaba en la señora de las nieves.

Se habían cumplido dos años y dos meses de cautividad y tortura, y su estado era deplorable. Comido por las bubas su vientre le sonaba como el parche de un tambor, los huesos le punzaban y para acallar el hambre mordía la arcilla de las paredes. El tiempo avanzaba con insistente monotonía y abrigaban la aterradora impresión de que estaban apresados en una trampa de la que nunca conseguirían escapar.

Sin embargo, una amanecida fría, cuando comenzaba a clarear el tragaluz, de repente, en medio de la insonoridad de los sótanos, se oyeron hierros abriéndose en un chirrido escalofriante. Al punto surgieron por el agujero dos cabezas congestionadas iluminadas por un candil. Un esbirro se asomó y lanzó una escala.

—¡Sina el renegado y el normando Gudleik, hoy es vuestro día de suerte! Agarrad la cuerda y salid de la Barriga. Y cuidado con no romperos la crisma —los conminó.

Beltrán vaciló, tiró de las cadenas y se encaramó con Gudleik en la espinosa soga de esparto. A causa de la debilidad, a duras penas pudieron asirse a los nudos, mientras uno de los centinelas iluminaba la mazmorra por si alguno de los presos maquinaba algún desmán. Mientras abandonaban la fábrica de espantos, escuchó risas por encima de las murmuraciones y sospechó que sus peores pesadillas volvían a resurgir. El clérigo cautivo alzó su hirsuta barba y los increpó:

—Nadie ofrece un maravedí por vosotros, ¡bellacos!, y hasta tu puta ralea te ha olvidado, renegado. Van a colgaros de un árbol o a despeñaros por los muros. Los muy cretinos creen que los van a soltar. ¡Serán ilusos!

—Esta noche serviréis de pitanza a los buitres de Sabika y pronto seréis pasto de los gusanos —se carcajeó otro.

Las palpitaciones amenazaban con provocar en Sina un furor ciego, pero de su ánimo emergió una pizca de orgullo; y como sabía que la cautividad tiraniza el corazón y que el miedo engendra violencia, dijo:

—Se cumple la impredecible voluntad de Dios que vos predicáis, *pater*.

El clérigo, un individuo envenenado por la inquina, que no era ejemplo precisamente de caridad evangélica, lo maldijo:

—¡Ojalá te partas el cuello, perjuro de los demonios! —y les escupió.

—Vamos, Gudleik, abandonemos este orinal y a sus desechos.

Una imponente verja roída por la herrumbre se abrió y Beltrán y el escandinavo, famélicos y depauperados, ingresaron en la sórdida ciudadela que albergaba la guardia del sultán. Sina inhaló con ansia el aire lozano de la alcazaba, y percibió que el invierno aún no había cubierto con su alfombra nacarada las cumbres de Sierra Nevada. El carcelero los arrastró sin miramientos, mientras escuchaban las palpitaciones alocadas de sus pulsos. Casi cegados, atisbaron entre el vapor de luz las arcadas donde dos cautivos empalados se izaban exánimes, recortadas sus tétricas siluetas contra el cielo. A Beltrán se le heló la sangre y sintió la garra de la muerte en su garganta. Se resistió a seguir mientras luchaba para dominar el pánico, hasta que los sayones le anunciaron:

—¡Os esperan unos catalanes que traen cartas de vuestro rey!

Beltrán se alborozó, pues sabía que en Aragón, bajo los auspicios del suegro de don Alfonso, Jaime I, se había fundado una orden de frailes para rescatar cautivos en tierras de infieles, llamada de Santa María de la Merced, o de la «Limosna de los Cautivos». Protegidos por la salvaguarda del sultán de Granada y bajo la fórmula consular de inmunidad real, la *sint salvi et securi*, se desplazaban libremente por el territorio nazarí para comprar la libertad de cautivos cristianos.

Cuatro monjes de imponente presencia, inmóviles como gárgolas, con la cruz roja y azul en el pecho, los aguardaban en un cuchitril de la fortificación. Portaban un pergamino blasonado cuyas letras iluminaban los flameros de cera. Un ambiente de sigilos flotaba en el aire y los asaltó el miedo. Agarrotados por la tensión los observaron con los ojos desorbitados.

—¿Sois Beltrán Sina, el cortesano del rey don Alfonso y ése vuestro criado?

—Así es —dijo—. Aún creo llamarme así, si no he perdido el juicio.

—Dad gracias al Creador. Habéis de saber que al acceder al trono el nuevo sultán de Granada, Muhammad II, su primer acto de concordia fue rendir homenaje al rey de Castilla y ser armado caballero en Sevilla —expuso el fraile—.Y como presente, vuestro señor ha solicitado vuestra libertad y la de otros caballeros cautivos. Sois libres por su misericordia.

La excelsa noticia tardó en ser asimilada por Beltrán, que revivió de golpe todas sus amarguras. El tiempo de su infortunio había acabado, y gimiendo desconsoladamente pudo más la emoción que la dignidad. Se arrodilló, abrazó a Gudleik y entre lloros dio las gracias al cielo y a los religiosos, a los que les besó las manos, traspasado a otra realidad.

Les quitaron los grilletes y sus ojos brillaron con las lágrimas.

El aire refrescaba y los árboles de la vega se teñían de amarillo.

Tres días después de su liberación, aseados, cortadas las largas greñas y barbas y vestidos con sayos y basquiñas nuevas, los mercedarios y los presos rescatados enfilaban las callejas de Garnata al-Yahud y el Ribat de la Elvira de los mozárabes, cabalgando en viejas mulas. La prueba de su tortura había terminado, pero el médico de almas tenía la impresión de quien, habiendo transitado un largo camino, había perdido la inocencia y los ideales. Beltrán y Gudleik, con todo plenos de dicha, observaban los destellos de la medina, el borbolleo de los surtidores y el tapiz deslumbrante de las cumbres de Granada. Bandadas de pájaros sobrevolaban los cipreses del Albaicín y los arroyos brincaban por las quebradas de los Molinos. Sina lo miraba todo con sus ojos miopes y melancólicos, captando las imágenes de su recién estrenada libertad. El universo volvía a rehacerse como un cristal hecho pedazos y recompuesto tras el desvarío, las tinieblas y el horror.Y mientras olvidaba sus espantos, la comitiva cruzó la puerta de los Tambores y luego el puente al-Qadi, abandonando la capital nazarí.

La vida estallaba a su alrededor y un mar de flores blancas excitaba sus sentidos, como jamás lo había experimentado antes. Alzó la vista hacia las murallas rojas de la Alhambra, un universo aborrecido que se desfiguraba a cada paso, y pensó que sólo había probado su lado más aterrador. Gudleik, en un acto de devoción, besó la runa marfileña que le colgaba del cuello. El corazón de Beltrán, desarraigado del odio hacia sus carceleros, no había olvidado al anónimo bellaco que los había vendido. Su ingrato recuerdo planeaba en su cerebro como un halcón amenazador en el cielo. El escandinavo susurró en el oído del castellano:

—Os lo dije, Wyrd es el ojo de Dios, la runa que nos protege. Hemos sufrido lo indecible, pero gracias a nuestra fe nos vemos libres.

—La autocompasión es indecorosa, pero no ayuda a vivir. Disfrutemos y de paso pensemos en cómo cobrarnos una justa y ejemplar venganza. La obsesión por conocer a ese ser perverso que nos traicionó me sigue estrangulando como una serpiente enroscada a la nuez.

—Sea Dios mismo quien castigue sus maldades —replicó Gudleik.

—Ahora soy libre para reclamar o no esa venganza —declaró con firmeza—. Revolveré medio reino hasta dar con el traidor que nos vendió.

Sina se ensimismó en sus cavilaciones. Tenía la seguridad de que todo era absurdo, que la vida era un juego cruel, y temió que regresaran a su mente los demonios de la cautividad, pero lo devolvió al mundo la voz gangosa de uno de los frailes que lo miró con ojos de batracio:

—Micer Sina, dicen algunos cristianos rescatados que en esas mazmorras se llega a escuchar el silencio de Dios, ¿es eso cierto?

Beltrán sacudió la cabeza con ironía, lo examinó con una sonrisa mordaz y replicó:

—Yo sólo he sentido el aliento del diablo, hermano.

Beltrán le volvió el rostro y relegó al olvido sus fantasmas inaccesibles. Luego embriagó sus sentidos con el vértigo de contraluces del camino, y exaltó su ansia de vivir con el vigor de la naturaleza. Habían vivido una experiencia terrible, pero al fin eran libres y se pertenecían a sí mismos. Luego pensó: «La libertad verdadera sólo existe en el mundo de los sueños».

El rey acosado

Sevilla, Anno Domini 1275. Dos años después de la liberación

El mundo de Beltrán había recobrado el equilibrio perdido.

Después de transcurridos dos años de su liberación de la cárcel de Granada, Sina, aunque aún existían puntos oscuros en su apresamiento, había regresado al círculo real, en el que departía asiduamente con el monarca, el cual le demostraba una amistad sin límites. Pero tras los devastadores enfrentamientos con su hijo Sancho, los cortesanos se habían dispersado por el reino y don Alfonso había dejado de requerirlo a su presencia. La corte real estaba muerta; el reino, en bancarrota y el orden por el que siempre había velado el monarca, desquiciado. El presente era sangre, convulsión, sobresalto, horcas alzadas, gentes hambrientas y pillajes de los señores.

Sina había vuelto a abrir su consulta, por lo que creía que no volvería a verlo nunca más. Y probablemente hubiera sido así, si todo alrededor del rey no se hallara terriblemente alterado. Don Alfonso lo había convocado con suma urgencia, tras meses de ausencia de Sevilla, una ciudad a la que se hallaba vinculado con lazos tan enigmáticos como firmes.

La llamada lo intranquilizó, pero también lo llenó de alegría.

Traspasó a grandes zancadas el Portal del Carbón, un avispero donde Sevilla descubría su perfil más abyecto: pícaros, rufianes de puerto, viejas prostitutas, pordioseros, taberneros pendencieros, borrachos tendidos en los rincones, niños con costras de tiña en la cabeza que robaban el alma y truhanes que tiranizaban a las furcias de rostro empolvado en un submundo de perversión y delincuencia.

Llegó al Alcázar y entró en la cámara regia con gesto impaciente. Paseó sus ojos por el suelo pavimentado de azulejos andalusíes, y al instante notó el olor de los infolios y pergaminos y la alhucema quemada. El monarca leía absorto su *diarium* personal, como un alquimista aplicado a su ciencia, rodeado de plumas y tinteros de cinabrio.

Desde el ventanal se veía el río y el Arenal. Envuelto en un halo de doradas motas de polvo en suspensión, el soberano de Castilla parecía un ser irreal. Tenía el codo apoyado en la mesa y se sostenía la cabeza. Se hallaba solo, con la mirada errática, aunque al ver al físico se incorporó pausadamente del sitial. Tendió los brazos a Beltrán, que sintió una veneración hacia aquel príncipe al que idolatraba y a quien parecía que una carga insoportable martirizaba. Sus facciones delataban tanta inexpresividad como la de una máscara griega y parecía dominado por la indolencia y el sufrimiento.

—Después del tiempo que ha transcurrido aún muestras los estigmas del cautiverio. ¿No te has repuesto del todo, Beltrán? —se condolió Alfonso.

Sina le besó las manos; tuvo una visión fugaz de su esclavitud, pero la dejó enclaustrada en su memoria.

—Me resulta odioso evocarlo, pero las imágenes de la cárcel siguen aferradas a mi cerebro como sanguijuelas y no consigo vencer los terrores del recuerdo del dolor, que es todavía dolor, mi señor.

—Los que no han sufrido en la vida lo ignoran todo de ella. No disciernen entre el bien y el mal, no conocen a sus semejantes, ni se conocen a sí mismos —afirmó el rey.

A juzgar por la recia expresión de su cara, Sina no deseaba recordar.

—De aquel tormento sólo me quedan sus cicatrices, alteza —respondió Beltrán—. A veces deliro y llego a oler la pestilencia de la mazmorra. Mas sólo es eso, un mal sueño, una pesadilla.

—Doy gracias a santa María por haberte recuperado —aseguró el rey—. El destino del ser humano es el de crearse a sí mismo, y tú has logrado en ti una obra notable. Te envidio. El destino teje y desteje nuestras vidas, ajeno a nosotros; y cada cual padece su propio calvario, créeme, Beltrán. Nadie es invulnerable a la desgracia.

Sina abrigaba piedad por los sufrimientos de su soberano, enfrentado a su hijo Sancho y a la levantisca nobleza que comandaba don Nuño de Lara, y tuvo que cuidar sus palabras para no herirlo. Con gesto afable le confió:

—*Nobilissimus Rex*, creía que había traicionado vuestra confianza y que había sido ingrato con vos, pues no me llamabais.

—¿Ingrato tú? —se rió—. Mis continuos viajes para reducir a los nobles sediciosos hicieron que perdiera al guardián de mis confidencias. En los últimos meses, tras la infausta muerte de mi primogénito Fernando, la vida se me ha hecho penosa e insoportable. Pero al fin te he recuperado, cuando mi razón más vacila y todos me acosan como perros rabiosos.

—Alteza, os noto sin bríos. ¿Puedo de algún modo mitigar vuestro desconsuelo?

—¿Crees en el poder de la oración, Beltrán? —preguntó con sarcasmo.

—¿Puede creer alguien que pensó en quitarse la vida, señor?

—Da gracias a que no se halla aquí don Raimundo, o te tacharía de hereje —dijo, y se justificó con gesto amargo—: Me desmorono, Beltrán. Vivo la más desdichada de las existencias enfrentado a la reina y a mi hijo Sancho, un chacal de dientes afilados que muerde la mano que debería besar.

—Jamás se vio en Castilla indignidad como ésta, os lo aseguro.

—El poder es perverso y los míos me quieren privar del cetro.

Los rumores se entrecruzaban y Beltrán sabía que en las últimas semanas, don Alfonso, antes paladín de la cristiandad, vivía acorralado en las soledades del Alcázar de Sevilla, una de las pocas ciudades que le seguía con leal fidelidad, vagando por sus estancias como una fiera enjaulada. Su rostro, antes un óvalo perfecto donde prevalecían su nariz aguileña y una boca franca, se había transmutado en una careta repugnante a causa de la atroz patada que le propinara un corcel en las cuadras. No podía ocultar un perfil que espantaba, pues a resultas de la herida, un tumor le había deformado la cara, hundiendo sus mejillas y emponzoñándole los ojos.

Don Alfonso se había convertido en una espantosa caricatura de sí mismo. Ni las pócimas de micer Jordán, ni las sangrías y emplastos de sus médicos conseguían sanarlo. El desafiante príncipe Sancho, su segundo hijo, un joven turbulento y zafio, divulgaba a los cuatro vientos que su padre era un demente y un leproso inmundo. Lo acosaba como un tigre, anhelando para sí la sucesión tras la muerte de su hermano, a cuyo hijo, un tierno infante, había elegido Alfonso como sucesor, según la Ley de las Partidas, escrita por su propia mano. Pero muchos pensaban que con el estado de anarquía y la amenaza africana a las puertas, Castilla precisaba de un rey de brazo fuerte y no un niño de pecho con Corona. Atormentado por las dudas, el soberano observaba a Sina con esa mirada soñadora que había heredado de su madre alemana, doña Beatriz de Suabia.

—Te confieso que me falta ánimo para evitar el naufragio de mi vida. Para un hombre no existe mayor alegría que la de un hijo, pero Sancho, con una soberbia que me subleva, ha faltado al código bíblico con una culpa abominable ante los ojos de Dios. No sé cómo conservo la razón en un enfrentamiento que rebela a mi alma.

—Conviene que vuestros actos los dicte la serenidad y no la ira, señor.

El rey le relató sus congojas derrumbado en el sillón bajo el crucifijo que presidía el escritorio, desorientados sus ojos en los palmerales del Guadalquivir.

—Estas crueldades gratuitas hacen revolverme contra los de mi sangre, que al final conseguirán precipitar en mí una agonía de hiel. Las armas de los rebeldes aniquilan Castilla como las plagas de Egipto, y no dispongo de suficientes patíbulos para colgar a los traidores. La podrida nobleza de Castilla siempre fue exageradamente altanera. *Miserere mei, domine!* —se condolió el monarca por su suerte.

Alfonso había cumplido cincuenta y cinco años, pero mostraba una acusada decrepitud. Sus gestos revelaban tensión interior, y sus palabras producían un efecto disonante.

—Os conozco lo suficiente como para pensar que rogáis al cielo una muerte liberadora que os descargue del dolor —afirmó Sina, tras titubear—. Pero no os dejéis llevar por la desesperación. Vuestras alforjas están llenas de acciones meritorias, y el juicio y la reconciliación prevalecerán al fin.

—¿Existe algo más innoble que levantarse contra quien le dio la vida?

—Todo ser humano tiene mucho miedo, se siente solo, y desea que sus seres más queridos le prueben que lo necesitan, que merece vivir en este mundo —opinó Beltrán—. Don Sancho volverá al redil.

El rey siempre había demostrado talento para el gobierno, y Beltrán consideraba que el desvarío había dislocado a la familia real, espoleada por la reina doña Violante, una gata intrigante que había tomado partido por su segundo hijo, don Sancho, el infame usurpador frente al rey, su marido. Corrían malos tiempos para Castilla y todo se volvía en contra de don Alfonso, a quien una sorda cólera lo carcomía por dentro.

—He llegado a la conclusión de que la condición esencial del ser humano es el estupor, la malicia y el pesar, con sólo alguna efímera felicidad emboscada. Te confieso, Sina, que a veces me aíslo y sollozo en silencio.

—Llorar libera y sois hombre antes que soberano —lo confortó—. No encajáis en este mundo de vulgares ambiciones. Sois un monarca soñador. Pero nunca la bandera arriada, nunca la última empresa, mi señor.

Beltrán lo miraba con compasión, pues su soberano no sufría otra enfermedad que la del miedo a verse destronado. Alfonso, que no podía ocultarlo, contrajo la boca y le preguntó sembrando su curiosidad:

—¿Sigues viviendo en tu casa de la Puerta de Érgoles?*

—Así es —confirmó moviendo la cabeza tristemente—. Llevo una vida apartada y veo a mis enfermos asistido por Gudleik el nórdico, mi compañero de cautividad. También transcribo tratados antiguos de medicina para que no se extravíen y puedan ser recuperados para la ciencia.

—Entonces me servirás mejor para un menester que quiero solicitarte y que precisa de una pluma leal y de un intelecto lúcido —dijo el rey.

Sina se quedó perplejo, pues no esperaba semejante encargo.

—Mi gratitud hacia vos será eterna. Ordenad. No os defraudaré.

Murmuraba el agua en las albercas y Sina pensó que la merced de un monarca podía a veces convertirse en la más afilada de las espadas. Alfonso adoptó una actitud de reserva, clavó sus ojos en la puerta atrancada y bajó el tono de voz, recelando de miradas y oídos indiscretos.

* Deformación del nombre Hércules.

—Sabes, como testigo irreemplazable de los últimos veinticinco años de mi reinado, que los empeñé en lograr la Corona del Imperio, para unir bajo mi cetro Alemania, Italia, Nápoles, Sicilia y los reinos de Hispania.

—Pretensión que muy pocos comprendieron y que os ha colmado de sinsabores, aunque también de satisfacciones —le recordó Sina.

—Lo sé, pero la ambición se asienta en una fe ilimitada de la que yo he carecido. A la postre reconozco que ha resultado una aventura escasamente gloriosa, pero muy digna —contestó el rey, que tragó saliva.

Beltrán no comprendía dónde quería llegar, y captó todos sus gestos.

—Esa aspiración todavía tiene consecuencias nefastas para mí, ¿sabes? Hace pocas semanas en la ciudad de Beaucaire, en Francia, el papa Gregorio puso en tela de juicio mi lealtad a la Santa Sede.

—¿Roma duda de vuestra fe y fervor, señoría? —se extrañó Sina.

—Digamos que obedece a la insana curiosidad de un Papa viejo y fisgón. He dejado una pieza peligrosa desgajada del jeroglífico de mi reinado que puede socavar mi memoria futura y he de recomponerla.

La inquietud creció en Sina. No le agradaba el sesgo que tomaban las confidencias reales.

—Se trata entonces de un asunto de naturaleza reservada, mi rey.

—Confidencial y secreto, diría yo —se sinceró el monarca—. Mis temores van más lejos y desde la entrevista no he hecho sino reflexionar sobre su gravedad. Y hasta he dudado a quién confiárselo.

—¿Tan espinosa es la cuestión, alteza? —se alarmó Beltrán.

—Engorrosa diría yo —aseveró el rey—. El Pontífice me acusa veladamente de pactar con infieles y de haber servido a espaldas de la Iglesia a las peligrosas ambiciones de la Orden de los Caballeros Teutónicos, en complicidad con los enemigos paganos de la cruz.

Sina sintió su respiración dificultosa y contestó desasosegado:

—Mi señor, los secretos de los reyes suelen aturdir las mentes de sus súbditos. No os veáis forzado a revelarme esos entresijos si no lo deseáis.

—Tú los conoces tanto como yo, y deshacer ese ultraje está en tus manos. Por aquel entonces eras mi conciencia, no lo olvides.

Beltrán, tratando de hacer memoria de los avatares de los que fue partícipe, evocó el antiguo deseo de su rey por coronarse emperador del Sacro Imperio Romano Germánico, las argucias que se emplearon en las curias de Europa para impedirlo, los auxilios y traiciones de los electores alemanes, los sobornos, las conspiraciones y la convulsión que supuso para Castilla aquella revolucionaria decisión. Don Alfonso, por cuyas venas corría sangre de la estirpe germana de los Hohenstauffen y de los Ángeles de Bizancio, decidió reclamar para sí el trono vacante del Imperio. Pero el Maligno nunca muestra abiertamente su faz y con el correr de los años, su anhelo se fue convirtiendo en una colosal pesadilla, un fracaso del cual aún no se había escrito la última página.

—El presente oculta las sombras del pasado. No sufráis por ello, señor, pues no todos los sueños de los mortales se cumplen completamente —lo confortó Sina.

—Es que no encuentro la serenidad que preciso —confirmó descargando su alma—. Pero acabemos esta promesa con dignidad. No pienso inclinarme ante la provocación del Papa; más bien me opondré a ella.

—¿Y cómo pensáis responder a esas maledicentes acusaciones de Roma que tanto os inquietan? —se interesó Sina, sobresaltado.

El soberano calló y destiló una pausa sabiamente prolongada.

—No es un problema teológico, sino de lealtad. Un asunto en el que se me acusa de traición a la Iglesia —reveló el rey—. Escucha, el mundo de la política está plagado de mentiras, y una lengua maledicente, quizá la del príncipe Carlos de Anjou, llegó a susurrarle al Papa que yo firmaría un pacto secreto con los mongoles, si conseguía el cetro imperial, e incluso que había ofrecido a una de mis hijas en matrimonio al Gran Jan.

El médico de almas soltó una risita sardónica.

—¿Vos aliado de esos bárbaros de los Nueve Rabos de Yak?* ¡Qué dislate que el Papa os acuse de acuerdos con idólatras! Es absurdo, señor.

El príncipe asintió con la cabeza y rió.

—Estás en lo cierto, Beltrán, y más desde aquella extraña trama que me unió a los sueños ecuménicos de la Orden Teutónica y a la hermandad de la Tría Áurea. —El monarca acababa de traer a colación un oscuro asunto.

—¿La que se conoció como la Cúpula del Mundo?

—Ciertamente —admitió el rey—. Los agentes papales y los dominicos de Letrán, siempre vigilantes, han recelado de mis pretensiones y ahora desean conocer el misterio que escondió aquel excepcional encuentro, y si firmamos algún acuerdo que contraviniera los santos intereses de la Iglesia.

—El papa Gregorio es un raposo artero y desconfiado. No en vano fue, antes que sucesor de Pedro, un mercenario y un navegante sin escrúpulos. Os ha situado en una seria disyuntiva, alteza, ¡por mi salvación! —dijo Sina.

—Hube de calmar sus ánimos dada la gravedad del contenido, que calificó de infame, monstruoso y ajeno a toda virtud

* Estandarte de Gengis Kan, un pendón con nueve rabos de su animal totémico, el yak. En la Edad Media era tenido entre los cristianos como la reencarnación de Satanás, o del Anticristo.

cristiana. Me dijo que si se ajustaba a la verdad, yo sería el responsable de que la cristiandad resucitara las desastrosas calamidades que ya sufriera con Atila, rey de los hunos, en tiempos de León I. ¿No te parece una exageración?

—¡Claro! ¿Y es cierto que suscribisteis ese pacto con los mongoles?

—¿Me crees un insensato, Beltrán? ¡En modo alguno! —afirmó categórico—. Pero no dejo de reconocer que hubo un momento en que lo pareció, por una casual concatenación de hechos que tú viviste como espectador de excepción —insinuó, y lo dejó boquiabierto.

—¿Yo, mi señor? Os ruego seáis más explícito. No os comprendo.

Beltrán pensaba que las ansias demostradas por el monarca de Castilla de ser elegido emperador seguían reportándole las iras de los príncipes alemanes y del papado, que deseaban humillarlo incluso en una hora tan amarga como la derrota.

—Te ruego que tengas conmigo un acto de humanidad, mi dilecto sanador de almas —adujo el rey—. ¿Te recuerda algo Cristina de Noruega? Tú fuiste uno de los miembros de la embajada para tratar de los esponsales de la hija del rey Haakón. Ella te admiraba y te profesaba gran afecto.

El médico real, aturdido, reflexionó antes de contestar.

—¿Cómo olvidar la experiencia más insustituible de mi vida y a la hermosa princesa normanda? —recordó, sin poder evitar que una expresión entre gozosa y nostálgica invadiera su rostro—. Pero un acto tan prosaico no puede comportar tanta trascendencia para los intereses de la Iglesia. ¿Por qué recela ahora el Papa? ¿Acaso no estuvo al tanto de nuestros pasos?

El rey castellano, con una sonrisa a medias, volvió a pincharlo.

—Te traeré a la memoria otro nombre no menos sorprendente: frey Hermann von Drakensberg, el comendador teutónico. ¿Lo recuerdas?

Sina clavó la mirada en un punto imaginario del salón.

—¿Os referís al Caballero del Dragón? Tengo su nombre muy presente, ciertamente, mi señor. Un fantasma del pasado que resucita.

—Recuerdo que viajó a Castilla para participarme un críptico ofrecimiento que me habría abocado a la excomunión y habría hecho saltar por los aires a la cristiandad entera si hubiera sido conocido.

—Me desconcertáis, mi rey —afirmó—. Pero ¿qué importa eso a Roma? Nada adelantaréis con rescatar espectros del pasado, que además os pueden perjudicar. ¡Desobedeced al Papa y mantenedlo en secreto, os lo ruego!

Alfonso movió negativamente la cabeza y sus venas se hincharon.

—¿Y que me tachen de hereje, Beltrán? —vociferó—. Al contrario, no me afectarán cuando se sepa la verdad. Los tentáculos de la Sede Apostólica son largos y el papa Gregorio, después de que nos enzarzáramos en una agria disputa, me exigió una explicación por escrito de esos contactos para que obrase en el archivo secreto de Letrán. Sólo así quedaré exonerado de toda culpa. Pide una declaración con las razones que tuve para firmar un acuerdo con el rey de Noruega, así como mi relación con las aspiraciones secretas de la Orden Teutónica de la que desconfía. La estancia en Castilla del comendador Von Drakensberg se puede interpretar de muchas maneras y mis contactos con el norte y el este de Europa alarmaron a Roma, lo reconozco.

—No debéis reprocharos nada censurable, alteza.

El rey, un dechado de palabras elocuentes, tartamudeó:

—He de demostrar mi inocencia y remitir un memorial aclaratorio por conducto secretísimo: «A veces, a la Iglesia de Dios la perjudican más sus hijos predilectos que sus enemigos», me aseguró Gregorio, molesto.

—Recuerdo haberle oído a frey Hermann que la Santa

Sede siempre desconfió del poder de su Orden en el Báltico. ¿Tanto temor inspiran los caballeros teutónicos al papado?

—Como se lo inspiran los templarios —replicó el rey—. El Papa no ignora que los caballeros teutónicos, guiados por el modelo del Temple, han copiado sus métodos para enriquecerse, acuñan moneda propia, emiten letras de cambio, cobran tributos en Pomerania, Prusia y Polonia y su gran maestre actúa como un verdadero monarca en aquellas tierras. Una soterrada guerra ha estallado entre el vicario de Dios y los caballeros de la cruz negra, que él cree que son mis secretos aliados.

—La eterna lucha de Roma: salvaguardar los santos, pero mundanos provechos de la Iglesia aunque las almas se condenen —se lamentó Sina.

Alfonso asintió y esbozó una sonrisa de condescendencia.

—La Sede Pontificia sabe que los teutónicos pretenden apoderarse de la isla de Gotland, enclave vital de los comerciantes daneses y suecos, y que Von Drakensberg, antes de conocerte en Tonsberg, pasó por esa isla de incógnito. Además, su gran maestre se reunió con Batu el Espléndido, jefe de los mongoles, para recabar ayuda contra los prusianos. Gregorio posee motivos para pensar que, por alguna pérfida razón, tengo un pacto secreto con la Orden Teutónica, contrario a los propósitos de la Iglesia de Dios, y quiere conocerlo a toda costa. Eso es todo: controlar.

—Y en aras de la obediencia debida al sucesor de Pedro habéis de responder. ¡Pero vos sabéis realmente por qué vino Von Drakensberg a Castilla! ¿Eso también lo vais a revelar? Esa petición encierra alguna trampa, señor, andad con cuidado. Ese Papa es un zorro artero.

—Sí, es cierto, y comprendo que ese secreto me puede enemistar con Roma para siempre. Pero me tengo que liberar de esa enojosa carga.

—No será fácil hallar argumentos que contenten a los dominicos del monte Aventino. No desatéis a las furias, alteza. El archivo secreto de Roma es una cueva de víboras —le recordó Sina.

El monarca titubeó unos instantes; la rigidez de su rostro desapareció.

—La Santa Sede siempre se consideró dueña de la cristiandad —afirmó secamente—. Me he comprometido a que el memorial esté listo para Pentecostés.

—¿Y pretendéis que yo lo escriba? —preguntó Beltrán.

—Así es, Beltrán. —El tono del rey era suplicante—. Acudo a ti porque posees la frescura de un testigo veraz alejado de las intrigas palaciegas. Además, lo que ha de ser contado lo conocen muy pocos. Yo no puedo hacerlo, pues la cólera sería la madre de mis palabras. En ti confío en estos momentos de tribulación.

—El *scriptorium* real está repleto de escribanos y de una legión de notarios que conocen mejor que yo los secretos de las cancillerías y el idioma de los protocolos reales —se defendió, pues detestaba hacerlo.

—No te preocupes. El papa Gregorio me exigió que la narración se realizara de *specialisimo modo*. ¿Qué saben mis secretarios de las entrevistas con Von Drakensberg y de las jornadas de Noruega? Tú sí.

Sina replicó con resignación:

—Soy vuestro más devoto servidor; vuestros intereses son los míos.

—Beltrán, la imaginación siempre ha tenido poderes que ninguna ciencia puede igualar. La realidad es sucia, pero la inventiva es limpia y dorada. No me decepciones —le imploró Alfonso.

—Si así lo deseáis, así lo haré, mi rey. Pero ¿debo relatar el gran secreto que el comendador Drakensberg os trasladó desde Alemania tal como ocurrió, o como conviene a vuestro bien y al de Castilla?

—Lo que te inspire tu corazón, Beltrán. Nadie como tú

para insinuarte en el alma de tus semejantes y tasar sus sentimientos.

—Lo haré, y la posteridad sabrá de vuestra irreprochable conducta —lo aceptó sumiso—. De paso podré conjurar los espectros de mi pasado.

El rey Alfonso le apretó el hombro con gratitud y se sumió en una honda reflexión. Beltrán Sina, mientras lo observaba, no conseguía alegrarse, ¿debería? Las lágrimas de los reyes traen mala suerte, pero su fidelidad a don Alfonso borraba cualquier escepticismo. ¿Creía el ávido Gregorio que su soberano ocultaba una traición contra Roma de dimensiones grandiosas? ¿Conocía la esperanza que significó en otro tiempo Alfonso de Castilla para la Orden Germana y la enigmática Cúpula del Mundo? ¿Quería el Pontífice enterarse de los secretos cabalísticos y teosóficos que conocía el monarca castellano? Él contribuiría a esclarecerlo. Hacer honor a su amistad hacia aquel hombre desolado y su deber como súbdito leal así se lo exigían.

—Deseo que no os hayáis confundido en la elección, alteza, y que no hayáis sobreestimado mis méritos —continuó, y las miradas de ambos se juntaron en una expresión de complicidad—. Convertiré el desdén del Pontífice de Roma en defensa de vuestro honor.

—Que seguro lo encerrará bajo siete llaves para que no sirva de ejemplo a algún príncipe ambicioso y porque así conviene a la santa fe.

Se sumieron en un profundo mutismo, que el rey interrumpió.

—Cuando lo concluyas habré cumplido uno de mis últimos actos. ¿Sabes qué he pedido a mis leales? —le confesó con sus pupilas apagadas—. Que una vez muerto extraigan el corazón de mi encarnadura y lo trasladen a Tierra Santa para enterrarlo en el Monte Calvario.

—*Ubi est enim thesaurus tuus ibi est cor tuum*, dice san Mateo. «Donde está tu tesoro, allí está tu corazón» —apostilló Sina.

—No preciso epitafios, sino sosiego, pero cuando se convierta en terciopelo seco, reposará para siempre cerca de Getsemaní. Allí aguardaré la resurrección de la carne, bajo un mar de olivos. Imploro al Creador y a santa María que se salve mi memoria y que la fe de Cristo prevalezca en el devenir de los siglos. *Sit decet animan meam*, «así conviene a mi alma» —concluyó, y le tendió la mano para que su interlocutor la besara.

Beltrán era testigo de su estremecedora soledad, y de que estaba sumido en una pena oscura. El rey manifestaba el patético ritual de su fracaso.

¿Cómo se las ingeniaría para cumplir las exigencias de su rey y revelar a Roma un secreto tan enigmático como inconfesable?

Su sentido del deber y su responsabilidad se lo dictarían.

Habían pasado varios días desde su entrevista con el rey.

El verano tocaba a su fin y Sevilla estaba sumida en una calma caliginosa. Encerrado en sus aposentos, sentado ante la recia mesa, Beltrán posó la mirada al otro lado de la ventana abierta, sobre la frondosa higuera del jardín, mientras pensaba cómo empezar aquel memorial para el papa Gregorio que el rey le había encomendado.

Tenía que retrotraerse a años atrás y precisaba de la soledad y el sosiego. Por aquel entonces era un joven bibliotecario real y afamado sanador de espíritus que apenas rayaba los veintidós años. Fue un tiempo dichoso, compartido con muchos a los que ya sólo podía ver con los ojos del recuerdo; pero no debía permitir que nada alterara su recto juicio; sus recuerdos tenían que brotar como el agua de un manantial.

Sin embargo qué lejos quedaban los días en que los cortesanos y embajadores imperiales acudían a los aposentos de don Alfonso, ahora que sobre Castilla se cernían aciagos presagios y crecían como la cizaña los enfrentamientos entre el rey y su prole. ¿Qué había ocurrido para que Alfonso X, tenido por la cristiandad como un monarca filósofo y legislador, espejo de reyes y guía de los tres pueblos, al que la Universidad de París lo había distinguido como *stupor mundi et inmutator mirabilis*, «asombro del mundo y su inefable transformador», fuera destrozado por las garras invisibles de los de su misma sangre?

Pero ¿acaso los grandes hombres no son los de las grandes visiones?

No era ajeno a que él, un humilde físico, en otro tiempo se convirtió en testigo mudo del propósito más controvertido de Alfonso: coronarse como emperador del Sacro Imperio. Un plan que fue llamado por los cronistas como *el fecho o empeño del Imperio*. Un proyecto magno, pero demasiado arriesgado. El rey le otorgó el honor de pertenecer a la misión que marchó a Noruega en busca de una alianza de Estado y de una esposa de sangre real. «¿Fue una maniobra cínica del soberano? ¿Una ambición tejida de traiciones? ¿Merecerá el reconocimiento de las generaciones venideras o el más frío de los rechazos?», se preguntó Sina al evocarlo.

Recordaba que todo empezó cuando al rey Alfonso lo devoró un ardiente sueño. Cayó en sus manos *El Comentario de los Últimos Días* y *El Evangelio Eterno* de Joaquín de Fiore, quien a través del Apocalipsis y de los oráculos de la Sibila de Cumas, creyó encontrar la clave para interpretar los tiempos de la humanidad. Según las explicaciones del monje, ya habían transcurrido dos edades: la Era del Padre, o de la Ley, y la del Hijo, o del Evangelio, y se acercaba la última, la del Espíritu, que asistiría a la aparición del *Novus Dux Mundi*: el nuevo guía del mundo.

Según De Fiore, aquel fraile iluminado, ese emperador de los últimos días, águila de una raza de águilas nacido de la savia de la Selva Negra, sería el justiciero del clero corrupto y de la Iglesia de Roma, la Babilonia de la escandalosa conducta y la vida desordenada. Sus sagradas piedras se habían convertido, según el monje, en un gran prostíbulo, expuesto a la violencia, el saqueo, la simonía, la corrupción y los negocios profanos de los clérigos. El visionario revelaba que ese Gran Rey de sangre germana restablecería la dignidad de la Urbe Santa y recuperaría el dominio temporal de los césares, usurpado por los papas heresiarcas.

El elegido sería, o el gran Federico II, su tío abuelo, o alguno de sus descendientes Stauffen, entre ellos Alfonso X de Castilla. Profetizó que purificarían la cristiandad, y restaurarían la Edad de Oro: «Cuando el sufrimiento haya llegado hasta el extremo, surgirá del sur el emperador deseado —decía—. Colgará su escudo y su espada en el árbol sagrado, y el Santo Sepulcro será liberado. Entonces habrá una misma ley para todos los hombres».

«Un rey puede ser poderoso, pero siempre camina solo», pensó. Mientras lo hacía, Sina razonó que Alfonso no supo comprender que la senda por donde iba a transitar era un bosque habitado por lobos de fauces insaciables: los sediciosos príncipes alemanes, las voraces repúblicas italianas, el codicioso papado y los venales cardenales romanos, que repudiaban desde hacía siglos a los Stauffen, a los que habían tachado de «impía raza de víboras».

Nadie consiguió atajar tales fantasías, por lo que su esfuerzo fue épico.

Y en medio de este laberinto de intrigas, pasiones, pecado y poder, Beltrán, sin quererlo, se convirtió en testigo accidental de un hecho íntimamente unido a las ansias imperiales de su soberano. Una caballerosa historia donde brilló con luz propia una princesa noruega, hija del rey Haakón IV, una criatura de poderosa sensualidad, la Dama del Norte, cuya sonrisa irradiaba el fulgor de los días sin fin de su patria.

Vino a su mente algo que había oído decir alguna vez: las historias de amor son las únicas que merecen ser contadas, ya que, al no parecer reales, nos ayudan a soñar.

Beltrán miró al sol a través de las hojas, y con la brisa le llegaron los rostros ya olvidados de sus compañeros en aquella asombrosa aventura; pero en especial un turbador personaje, que aunque se movió en la sombra, a la postre portaba en sus alforjas un terrible enigma. Procedía del lejano Rin y se hacía llamar Hermann von Drakensberg, «el Caballero del Dragón». Ostentaba la dignidad de comendador de la Orden de los Caballeros Teutónicos y se presentó en Toledo envuelto en un halo de misterios.

«Cuando lo tuve ante mis ojos me pareció un lobo con apariencia de cordero. Despreciaba la duda y daba la impresión de que el mundo le debía algo. ¿Por qué vino a Castilla a tentar a don Alfonso con la proposición más descabellada y portentosa que a un monarca cristiano pudiera ofrecérsele?», recordó.

Antes de dejar constancia escrita de lo ocurrido a su soberano, Beltrán limpió diestramente la péndola de plata y las plumillas de barnacla, y las sumergió en el tintero de marfil de *atramentum*. Alisó unos cuantos pergaminos; la pluma revoloteaba impaciente en sus dedos, sin prestar oído a los ruidos de la casa. Pero ir hacia atrás en el tiempo le resultaba fatigoso.

No podía escribir un solo garabato más, pues se le atropellaban los recuerdos y las viejas dudas seguían corroyendo lo más profundo de su ser. Su capacidad de recordar se perdía en incoherencias e interrumpía a cada instante la ilación de sus recuerdos. De repente, ante la incertidumbre de errar, se dijo que precisaba antes meditar y reflexionar, y luego atar los cabos sueltos de algunos hechos confusos. Así que guardó los cálamos de escritura y abandonó la tediosa labor de redactar los episodios más relevantes acaecidos a su señor entre los años 1255 y 1271.

Debía liberarse de sus viejas obsesiones con sosiego, encontrar el impulso necesario. ¿Cómo podría dar fiel testimonio de los asombrosos acontecimientos si el pasado no comparecía con

nitidez en su intelecto, que oscilaba como un péndulo enloquecido?

Cerró los párpados, echó la cabeza hacia atrás y al cabo de
un rato comenzó a ordenar los recuerdos en su mente. Y de una
manera extraordinariamente vívida, como si los contemplara
desde lo alto de un alminar, comenzaron a brotar. Eran como
los arpegios lejanos del recuerdo, que abrían de par en par las
compuertas de su memoria y el pliego secante de sus nostalgias. Inmediatamente el pensamiento inquisitivo de Sina comenzó a bullir como una marmita hirviente. Ahora sólo le placía recordar, volver la vista atrás, evocar las revelaciones y
confidencias de don Alfonso y de su esposa, la reina Violante; de
la princesa Cristina Håkonardottir, de Gudleik el bufón, del
obispo Ferrán y del enigmático Caballero del Dragón, a los que
auxilió como médico del alma. Los años pasaban sin cesar por
su mente, suceso a suceso, hecho tras hecho, saliendo impetuo-
samente del claustro de sus recuerdos. Complacido, comprobó
que le satisfacía desenterrar un tiempo confuso, portentoso e
insólito.

Y que lo recordaba todo de una forma pasmosamente vívida.

LA DAMA DE LA RUNA BLANCA Y EL MÉDICO DE ALMAS

Stigma diaboli

La reina doña Violante miró de soslayo por si alguien la seguía.

Una sensación de sospecha la asaltaba a cada paso. Se ruborizó por la insensata acción que se disponía a emprender, pero su sentido práctico borró la turbación de su mirada y prosiguió su camino con firmeza.

Avanzaba con dificultad por lo adelantado de su embarazo, ayudada por su fiel nodriza Brianda, una mujerona vestida recatadamente con brial, velo y cofia, que portaba en la mano un candil parpadeante. El solitario corredor del Alcázar redoblaba el rumor de las pisadas y el rasgar de su gonela de terciopelo azul. Se oían los monocordes ruidos de las norias y las voces de los arrieros en el puente de Alcántara, mientras la bruma ascendía del Tajo como un neblinoso ejército de fantasmas sin rostro.

La luna llena, de un blanco brillante, proyectaba una plácida suavidad.

Aún resonaba en sus oídos el augurio pronosticado por el médico y astrólogo de su esposo, Yehudá Ben Moshe: «Mi señora, una princesa de sangre real arribará desde las heladas tierras. Su presencia en la corte será presagio de alteraciones sin cuento».

Desde entonces no podía conciliar el sueño y en su mente

se cernían sombríos augurios. Se resistía a que una sombra rigiera su matrimonio.

Se detuvieron ante un portón que la dueña empujó, produciendo un chirrido seco. La reina penetró con decisión en el herbolario, una madriguera enranciada por la humedad y repleta de albarelos con semillas, ristras de hierbas secas, morteros y marmitas, donde el boticario palatino, Isaac Jordán, un ser mustio y sombrío, creaba pócimas y brebajes para la familia real y sus cortesanos.

Sus prodigiosas manos habían elaborado jarabes de menta acuática para desecar los ardores del alférez real, arropes de nébeda para el asma del infante don Manuel, emulsiones de lirio y agárico para el vientre astringente del rey y bebedizos de hinojo para provocar la orina del arzobispo don Sancho. Lo precedía su fama de conocedor de los poderes curativos y mágicos de las plantas, y por ello sobrecogía a la soberana. Aseguraba que su ciencia provenía de textos del antiguo Egipto, y de un oscuro tratado de Ben Rasis, médico de la Córdoba omeya, que sólo él conocía.

Sin poder disimular su sorpresa, el inquilino del laboratorio, un encorvado judío de barbas hirsutas, se inclinó ante la soberana de Castilla, besándole el borde del vestido.

«Cuando aparece una mujer, y si ésta es reina, me temo lo peor», pensó con la cerviz baja, mientras balbuceaba:

—¿A qué debo el grande honor de vuestra visita, mi señora?

La reina lo saludó con un breve gesto y sin bajar la mirada.

—Alzaos, micer Jordán, preciso de vuestra ciencia —dijo ejercitando sus refinadas artes de seducción—. No me juzguéis trivial, pero a veces pienso que soy víctima de un hechizo y que mi vientre sólo es capaz de parir hembras. Me urge traer al mundo un varón y complacer al rey, mi esposo.

—Sois sobradamente fértil y el Altísimo os ha premiado con dos hijas sanas, las infantas Berenguela y Beatriz, nuestras señoras. Seguro que antes o después os concederá la gracia que tanto anheláis —se expresó conciliador y temeroso a la vez.

A la reina le parecía aborrecible rebajarse a rogarle como una vulgar labriega, por lo que arqueó sus cejas dibujadas con estibio y lo atajó arrogante:

—¡Esa gracia la necesito ahora! ¿O acaso ignoráis que de llegar una de mis hijas a ser reina de Castilla se convertiría en víctima inmediata de las ambiciones de mis cuñados, los infantes? Me consta que sois un experto en secretos poderes y preciso que mis entrañas preñadas alumbren un varón.

El *magister herbarum*, con estupor en el semblante, entrelazó sus sarmentosos dedos y gruñó, como protestando. ¿Debía prestarse a satisfacer sus deseos? Si quería seguir conservando el cargo de boticario debía hacerlo. Pero ¿y si llegaba a oídos del rey que ejercía la nigromancia?

—No soy sabedor de magia, sino de remedios contra el mal.

Doña Violante le lanzó una mirada de ira que lo hizo palidecer.

—¡No os mostréis tan digno conmigo! Hay palaciegos en este Alcázar a los que no gusto y otros que me temen. ¿Dónde estáis vos, maestro?

—La realeza se toma muy en serio la pureza de su sangre y yo me tengo por un humilde estudioso del saber, que sólo toma parte por la sabiduría. Jamás me entrometo en los deseos de mis señores, que siempre acaban consiguiendo cuanto desean —respondió con acento sumiso.

Los accesos de cólera de la soberana, jamás fingidos, y su predisposición para las intrigas eran sobradamente conocidos. La altanera hija del rey Jaime I era una mujer endurecida en las intrigas de la corte de Aragón. Llevaba en la sangre el gusto por las artes del gobierno y la innata altivez de una hembra real. Sesgadamente la luz del candelero iluminó su frente despejada y el terso rostro, donde aún resplandecía su radiante mocedad.

De talle espigado, le sacaba medio palmo al rey Alfonso. Su delicada piel servía de contrapunto a unos ojos verdes hechizadores, como el agua de un venero de montaña, enmarcados por una melena rubia que recogía un aparatoso tocado. Sus labios poseían el embrujo de la persuasión, y los entreabrió para congraciarse con el judío, que la miró pávido.

Su andar enaltecía su belleza, tan fría como el alabastro.

Los amores anónimos del rey con las camareras no le provocaban celos, pues eran pasiones pasajeras, pero la inesperada presencia en la Pascua de Pentecostés del embajador de Noruega, el eclesiástico Elías de Bergen, en la corte de Toledo, la había desasosegado hasta la amargura. Según sus confidentes, habían hablado de una princesa casadera de extraordinaria hermosura, brindando en bandeja un sabroso bocado a las habladurías; y de paso le habían clavado una dolorosa espina en los pliegues de su torturado corazón.

Sus enemigos no habían procedido con discreción y murmuraban en los pasillos a sus espaldas; su intuición femenina y la sospechosa permanencia del escandinavo en Toledo, la habían conducido a la inquietud. La convivencia entre la pareja real se había vuelto tensa, y barruntaba que su esposo deseaba sustituirla en su lecho por otra princesa de vientre más fértil. Poseía la certidumbre de que el rey la amaba, pero la sucesión del trono de Castilla tenía mayor importancia, ahora que el rey había depositado sus ambiciones en la Corona imperial. Micer Jordán, que no ignoraba los feroces odios entre féminas regias, mantuvo la cabeza gacha en actitud reverente hasta que la reina le confió:

—Las reinas poseemos más deberes que deseos, micer Isaac. Desde que llegó el arzobispo noruego circulan habladurías que excuso repetiros aquí y que promueven un ambiente hostil hacia mi persona. Los astrólogos de mi esposo señalan el nacimiento de un varón para la tercera luna del mes de octubre. Pero no me fío de ese tratado que han empleado para la predicción. Preciso de otras intervenciones más poderosas que me aseguren un hijo varón. ¿Comprendéis?

—¿Os han practicado el augurio de *La Generación del Nacido*, alteza?

Violante cabeceó en señal de aprobación.

—Sí, creo que ése es su presuntuoso nombre.

—Andáis errada, mi reina. Ese libro es un tesoro único escrito por el astrónomo Arib ben Said, sabio que basa sus prescripciones en el estudio de los humores de la parturienta, la forma adoptada por su vientre, la ascendencia del nonato y la situación de los planetas en la fecha del parto. Sus oráculos suelen ser precisos. Confiad en él.

—Maestro Jordán —advirtió nerviosa—. Sois el aromatorio más notable de Castilla y no he venido aquí a buscar remedios medicinales, ni a calibrar vuestra ciencia sobre libros mágicos, pues para eso están mis físicos. Sé que atesoráis ensalmos prodigiosos y prohibidos, y estoy persuadida de que ayudarán a mis oraciones. ¿Entendéis?

—¿Me habla vuestra alteza de nigromancia? Es ciencia pagana y un pecado aberrante a los ojos de Dios —se sorprendió falsamente.

—Detesto las ambigüedades. Escuchad —se mostró terminante—. Quiero que me proporcionéis un filtro que influya para parir un varón, y yo responderé ante el cielo. Sé que en este tugurio habéis obrado conjuros de eficaz garantía, condenados por la Iglesia.

Al herbolario le temblaron las piernas, y le recordó escandalizado:

—*Dame*Violante, las leyes dictadas por don Alfonso lo prohíben y puedo perder el oficio si utilizo fórmulas que escupen ponzoña del infierno.

—¡Vamos! En Toledo se cuenta que por una buena bolsa convertís los campos en estériles y que pronosticáis el futuro en un extraño ojo de vidrio.

La mirada del herborista adquirió la tonalidad metálica de la alarma.

—Palabrería, alteza, nada más —aseguró excusándose.

Doña Brianda, una atrabiliaria dama del Ampurdán de modos monjiles, nariz superlativa y ojillos indagadores, detestaba aquellas prácticas, pero para defender a su real ama tragaría pez incandescente y se dejaría desollar viva. Juntó los dedos y espetó desabrida:

—¿Y qué me decís, micer Jordán, del hechizo de bórax y saponia que proporcionasteis a precio de oro al mayordomo Villamayor para conjurar una posesión diabólica de un familiar, o del afrodisíaco para atraer a un amante que salió de esta botica para la esposa del señor de Haro, tras invocar a estantiguas y leer jeroglíficos prohibidos? ¿Queréis que lo sepa el alcaide? Ni el mismo rey podría absolveros de un castigo ejemplar.

El judío abandonó su vigilancia y replicó esbozando una sonrisa servil:

—No deseaba mostrarme impertinente, señora. Tan sólo quería ser precavido y advertiros de la magnitud del riesgo. Repruebo tentar al lado oculto de la ciencia, pero vuestros deseos son mandatos para mí. Probaremos algo más eficaz. Aguardad, os lo ruego

El judío, mascullando, hurgó en un anaquel atiborrado de ajados volúmenes de vitela, cuyo origen se perdía en el pozo del tiempo. La reina, devota como su esposo de los libros antiguos, observó los nombres caligrafiados en los gruesos lomos: El *Speculum Maius* de Vicent de Borgoña, *De diversis artibus* del monje Teófilo de Bizancio o el *Qatayenes* de Galeno, todos ejemplares únicos.

Pero sintió un estremecimiento al comprobar que el herbolario los apartaba y que de un estante oculto sacaba un códice de tapas negras. Lo despojó de un lienzo que lo cubría y a la luz de los velones descubrió sus sobadas hojas y no menos extraordinarias miniaturas e iluminaciones desdibujadas por los siglos. Escrito con caracteres latinos, sus márgenes estaban repletos de anotaciones ininteligibles en lengua arábiga.

—¿Qué libro es ése? Parece el manual de un hechicero.

—Se trata de la afamada *Materia médica* de Dioscórides, una obra traducida por al-Harrani, el médico del sultán Abderramán II de Córdoba, y a quien tanto debe la medicina cristiana. Una joya bibliográfica que se prestará a lo que me requerís, pero sin desafiar a Dios. Es un préstamo de don Alfonso que me ha rogado traduzca la composición de unos elixires.

—¿No estaba perdido? —se interesó *dame* Violante torciendo el gesto.

—No para vuestro esposo y sus traductores, señora.

—¿Y me aseguráis que ayudará a mis pretensiones?

—Admirablemente —aseguró dócil—. Elaboraré para vos una de sus triacas, el *Aqua de Elioni*, nombre de uno de los ángeles caídos. Emplearé almástiga, llantén, eneldo y mirobálano de Kabul, hierbas de efectos milagrosos para parir hijos y también para influir en su sexo.

Violante receló, pues a veces se había visto engañada por mostrarse confiada con cortesanos ambiciosos y no deseaba que Jordán hiciera otro tanto. El droguero se apoyó en una mesita hexagonal, leyó unas líneas del tomo y destiló luego varios líquidos en una redoma. En un tono confuso enunció aforismos de Hipócrates, como si recitara letanías, y mezcló las esencias en agua de beleño, filtrada de la alquitara.

—«La vida es breve; la ciencia, extensa; la ocasión, fugaz; la experiencia, insegura, y el juicio, difícil —recitó en voz alta—. No paséis ni hartura ni hambre, pues ninguna cosa que está por encima de la naturaleza es buena. Que el Ser Todopoderoso bendiga este electuario y el profeta Moisés, el gran taumaturgo a quien otorgó en el monte Horeb su ciencia para curar las plagas, lo haga posible.»

Concluida la hechura del elixir, el herbolario entregó a la

dama de compañía un frasco de cristal, mientras un silencio reverencial los envolvía.

—Ésta es el Agua de la Vida. Tomaréis unas gotas cada amanecer durante un ciclo completo de la luna. A su conclusión me enviaréis vuestra orina para examinarla. Entonces os descubriré según su color si es hembra o varón la criatura a la que dais vida en vuestras entrañas.

Decepcionada porque consideraba la panacea fabricada por el judío escasamente eficiente, la reina volvió a recordarle su pretensión de someter sus cuitas al procedimiento de las artes mágicas. Debía jugar con todas las armas a su alcance; con frialdad preguntó:

—¿Y excluiremos entonces el ensalmo? Me decepcionáis, Jordán.

La tez del judío se tiñó de una palidez cérea, y dijo con tono untuoso:

—Creí que ocultabais algún recelo religioso y que el jarabe os bastaría.

El alma codiciosa de la reina le impedía conformarse con eso.

—No seáis hipócrita —le contestó Violante, irritada por su doblez—. La salvación de mi alma es cosa mía. He venido aquí comprometiendo mi posición a por un remedio más efectivo, aunque éste traspase los límites de lo permisible. ¿Es que no queréis entenderlo? ¡Acudid a vuestras fórmulas herméticas, os lo ordeno!

El judío rogó indulgencia con la mirada. El sudor le chorreaba por la nuca y con voz templada la previno:

—Mi señora, si tanto lo deseáis, contribuiremos al poder del elixir con una invocación ancestral a eficaces fuerzas de la Madre Tierra, que ya en la época del Egipto faraónico, de los tiranos de Atenas, los césares de Roma o los halacanes de Córdoba, usaban las matronas para asegurarse descendencia masculina. ¿Estáis dispuesta a arrostrar sus consecuencias? Acudiremos a poderes que no gobernamos, alteza.

La reina era reacia a expresar sus emociones, pero exclamó furiosa:

—Me estáis impacientando. ¡Adelante, por vida de Dios!

Micer Jordán entornó sus ojos amarillos de ave rapaz. En el ambiente flotaba un halo de enigmas mezclado con el humo aceitoso de las velas de sebo. El anciano, moviéndose por la cámara de forma medida, llegó a un rincón; doña Brianda pensó que sacaría un arsenal de patas de cabra, cuernos de macho cabrío, mantillos de recién nacido, polvos de rinoceronte o escamas de serpiente. Pero tras un montón de manuscritos, el algebrista tomó un cofrecillo de marfil, del que sacó un anillo de oro burdamente burilado con la estrella davídica. Envuelto entre un amasijo de brotes de muérdago, una raíz bulbosa y un papiro egipcio, el dorado arete resplandecía como el carbunclo. El maestro alzó las amplias mangas de su túnica y se expresó misterioso:

—Me decido a ayudaros porque el rey nuestro señor asegura que la naturaleza es una y única, y que la materia más noble recibe influencia de la más vil, y viceversa. Pero podemos atraer al Maligno. ¿Comprendéis?

Un reflejo impaciente fulguró en la mirada de la reina.

—Creámoslo entonces. ¡Proseguid! —exigió la soberana.

—Esta sortija, antes plata y luego transmutada en el más preclaro de los metales en un atanor alquímico, ha sido conjurada junto a esta raíz que brotó bajo el patíbulo donde murió ahorcado un rufián que decían tenía tratos con Satanás, y cuyo semen favoreció la germinación. Tomadla en vuestras manos junto a esta vela y repetid conmigo el ensalmo que voy a recitar.

La raíz de la mandrágora se asemejaba a la figura de un feto humano, y doña Violante se estremeció. Después encogió los hombros; comenzaba a sentir miedo y a transpirar. El corazón, agitado y alterado, amenazaba con salírsele del pecho.

La imagen de la mandrágora le había cortado el aliento.

El cuartucho, bañado con la lúgubre luz de los candiles, inquietaba.

Dame Violante respiraba temerosa, como si una legión de demonios se agitara a su alrededor. La noche había caído sobre el Alcázar colmando de sombras el *herbarium*. La voz del maestro sonó intimidante:

—No temáis, señora, y decid conmigo: «*Similla similibus curantur*».

—No deseo ser iniciada en arcanos mágicos, sino que me garanticéis que se obre el prodigio que os solicito —protestó—. Me resisto a recitar hechizos.

—Debéis hacerlo, alteza —se impacientó el maestro.

—Bien, haré lo que me pedís —consintió Violante recibiendo los objetos, y preguntó—: ¿Acaso no es esta raíz la que comercian brujas y hechiceros en sus zahúrdas? En Aragón se utiliza para curar el bocio, después de pasarla por la horca de un ajusticiado. ¿Lo sabíais?

—Así es, señora, aunque la mandrágora no ha sido creada para ser gozada por los sentidos, sino para elaborar filtros e invocar fortunas o desgracias. No creo incurrir en blasfemia ante Dios, pues el libro del Génesis nos ilustra que Raquel, la esposa de Jacob, probó de esta raíz proporcionándole a su marido seis hijos varones seguidos, entre ellos el piadoso José; y el mismo Salomón se la recomendó a una de sus mujeres, la hermosa Sulamita, para que le alumbrara a un hijo. «Yo soy de mi amado y hacia mí tiende su deseo. Las mandrágoras han exhalado sus bálsamos, oh amado mío, y las reservo para ti», dice el Cantar de los Cantares.

La alusión bíblica hizo palidecer a la soberana. La inquietud la embargó aún más cuando el boticario colocó sobre las ascuas un vaso en el que arrojó unas gotas de *ahot* alquímico o leche de virgen, una pizca de sal de perla, azufre y limaduras de oro, hasta convertirse en una sensación en la que se mezclaban la fascinación y el temor.

—Éste es el *spiritus mundi* de todo lo creado, el Agua Saturnal que contiene todos los elementos, el fuego secreto de la materia purificada, el Agnus —proclamó solemne.

Una llama azulada se elevó agigantando la silueta del herbolario, que recitaba como un monje de coro las fórmulas del ensalmo que había en el deslustrado papiro. El líquido donde echó el anillo de oro tomó pronto un color anaranjado, que alegró el semblante del boticario real.

—¡Ya se manifiesta el Aqua Aphrodisia! —exclamó exultante.

Como un conjurador de aquelarre se movió hacia delante y atrás y reiteró con voz ronca el hechizo que le otorgaría el poder a la alianza de oro, mientras el pavor paralizaba los miembros de la soberana y de su criada.

—«*Visitibis interiore terrae rectificando invenies ocultan lapidem veram medicinam*» —exclamó el hebreo con voz acerada—. Contestad, señora.

—«*Similla similibus curantur*» —respondió Violante con un estremecimiento.

—«Que la esencia del oro y el calor vivificador de la mandrágora restablezcan la virtud generadora de la Madre» —volvió a decir el judío.

—«*Similla similibus curantur*» —replicó la reina entre dientes.

—«Soberano de los componentes universales, sol de los metales, causa primordial de la vida donde reside el vigor seminal, nutre el menstruo de esta mujer y vivifica el calor natural de la mandrágora.»

—«*Similla similibus curantur*» —balbucearon las dos mujeres.

La barba bífida del maestro se detuvo. Con el cuidado de un médico, entresacó con unas tenacillas la joya, y como si temiera la diabólica fuerza de la raíz, la encerró en una faltriquera de piel, junto al papiro que contenía el ensalmo. La soberana manifestó urgencia por terminar y el judío se apresuró.

—«Si la gracia de un hijo varón ansías lograr, raíz de mandrágora coronada del áureo metal has de aferrar en tu corazón.» Colocad la bolsa en vuestro vientre con un cordón hasta que alumbréis. Daréis a luz un varón.

—Habéis conseguido que sintiera verdadera zozobra con el ensalmo, micer Jordán —le confesó balbuceante—. ¿Qué es ese papel que habéis leído y que parece la bula de un hereje?

—Se trata de una copia del pergamino de Ebers, misterio procedente de la isla Elefantina en el Nilo, el templo donde residían los sacerdotes terapeutas de Amón. Los más sabios entre los sabios de la antigüedad. Ha resultado fundamental para la invocación, señora, y la petición ya atraviesa el éter infinito. No hay marcha atrás.

En la expresión de la reina había escrúpulos mientras sus ojos vigilaban la escarcela que le ofrecía el judío y temía cogerla. Violante no ignoraba la gravedad de su invocación y temía que aquella locura tuviera una fatídica culminación. Sin embargo, su corazón se enardecía tras haber conocido la pretensión del embajador noruego de proporcionarle una nueva esposa al rey, y precipitaría el destino a su favor.

—Os quedo reconocida, maestro Jordán, y os recompensaré. No obstante, habréis reparado en que no os he hecho llamar a mis aposentos, por lo que os demando absoluta reserva. Si en algo estimáis vuestra posición, el rey debe quedar al margen y desconocer este encuentro. Yo jamás he estado aquí, pues de saberse, me colocaría en una situación incómoda. He depositado mis anhelos en vuestras manos, no los defraudéis.

—Descuidad, mi augusta señora. En una lid entre un judío y un cristiano, o una reina y su vasallo, nunca triunfaría mi testimonio. Sellaré mis labios, como sellado está el juramento que se vertió sobre el anillo, la mandrágora y el papiro. Estad segura de mi silencio, y no receléis del conjuro, pues no se convocó a ninguna esencia maligna.

—Quedad con Dios, micer Jordán; vuestra reputación permanecerá intacta.

—Que el Altísimo os procure lo que deseáis, mi reina —replicó para luego pensar: «La miseria siempre va unida a la grandeza».

Doña Violante no se dignó mirarlo, pues se hallaba en un lugar inadecuado y evitó cruzar una mirada que la comprometiera. Brianda cerró la puerta con estrépito, y las dos mujeres salieron como trasgos del pozo de sombras y se perdieron por el corredor en el que parpadeaban las antorchas de los centinelas. La soberana de Castilla, por más que lo intentaba, no podía desterrar sus temores y pugnaba por ocultar sus recelos. Doña Brianda, que cuando se enfurecía solía tartamudear y arrastrar su pie contrahecho, resopló con fuerza. Pero como conocía su capacidad para enfrentarse a las vicisitudes, se sinceró:

—Mi niña, estos usos son indignos de tu alcurnia y de tu alma cristiana, y los libros empleados por ese judío me han parecido satánicos. De pensarlo se me erizan los cabellos, por san Jorge.

Acostumbrada a hacerla partícipe de sus ansias, la reina se limitó a aclararle:

—Ama Brianda, el mal está unido inexorablemente al bien. Olvídalo.

—Ya lo dice el refrán, «medias palabras, medios consejos» —retrucó.

—¡No seas terca, aya! —regañó la reina—. Esta receta no es un anzuelo del Maligno y es tan fiable como otro elixir cualquiera. ¿Con qué pretensiones crees que ese extranjero ha hecho tan largo viaje desde Noruega y por qué permanece en la corte, engordando como un cebón? Lucharé como un gallo de pelea y no permitiré que Alfonso pacte a mis expensas una boda. Lo sacrificaré todo por un varón, aunque tenga que acudir al mismísimo diablo.

—¡Santa Madre de Dios! Si llega a saberlo tu esposo, lo que puedes sacrificar es tu amor, que se convertirá en preludio de desgracias —insistió la nodriza, mujer de carácter impresionable.

—Don Alfonso me ha mostrado lo que puedo perder. ¿Entiendes?

—Tienes por marido a un hombre que se muestra como un incansable amante, señora. Trata de preservarlo, no de desterrarlo de tu lecho.

—Los miembros de la realeza carecemos de escrúpulos, ¿o acaso no lo aprendiste al lado de mi padre? Desde la cuna envenenan nuestra sangre y nos enseñan que nuestro corazón ha de permanecer sin afectos.

El bochorno era sofocante y la ciudad languidecía reclinada en el farallón del Tajo. Resonaban los rumores de altercados en las tabernas del río, lugar de vicio y delincuencia de la ciudad. De repente, una estrella fugaz dispersó su melena de luz por la penumbra, iluminando el mar de tejados de Toledo. La reina pensó que era un buen presagio. Luego se introdujo por una poterna que conducía a los aposentos reales.

De todas formas doña Brianda reparó en que su señora estaba pálida.

Dame Violante fijó sus pupilas en el rielar de una luna rotunda, rasgada por filamentos grises. Su inquietud se nutría del silencio de la noche, el tiempo predilecto de las mujeres para el desquite. Pero en aquella vigilia a la soberana de Castilla no le abrumaba su negrura, sino su propia angustia por haber convocado a fuerzas oscuras.

Los días de Adviento se enhebraban unos a otros, cuando sucedió lo más deseado en la corte de Castilla. La reina doña Violante, que había acudido a lo prodigioso, dio a luz un varón en una tarde otoñal, en la fecha anunciada por los astrólogos del rey, y tal como micer Jordán había predicho. La alegría bullía por todo el reino.

—¿Os encontráis bien, mi señora? —la arrulló la nodriza.

—Ama Brianda, todos, reyes o villanos, nacen de la sangre y el dolor. Claro, tú como no has parido ninguno…

—Tú ocupaste ese lugar, mi niña. Es una criatura hermosa, el más galán de Castilla y Aragón —le contestó sonriente, alisando la almohada.

—Se llamará Fernando como su abuelo, el terror de la morisma —dijo Violante, empapada en sudor—. Ya posee mi esposo el heredero que tanto anhelaba. Nunca podrá ser rey de Castilla el hijo de esa princesa que quieren acarrear desde Noruega —balbució agotada por las bregas del parto—. Y no será el último, lo juro por la salvación de mi alma.

La cámara real, exornada con colgaduras granates, era un ruidoso fárrago de parteras, médicos y criadas, que no parecían preocuparse por dejar a la reina a solas con su primogénito tras asistirla en el alumbramiento y procurarle una atmósfera de silencio. Los bronces de las iglesias repicaban desde el amanecer anunciando el solemne Tedeum y la procesión de curiales saldría en breve de la catedral para dar gracias al Creador por el feliz nacimiento. El castillo había sido adornado con oriflamas de seda escarlata.

La alcoba exhalaba un aroma a madera de castaño y resina, y la soberana, en cuya faz se dibujaba el cansancio, se cubría con un cobertor de armiño. Las ágiles manos de la nodriza le recomponían las enaguas y basquiñas, instante en el que don Jofre de Loaisa, tutor de doña Violante y arcediano de Toledo, devolvió el recién nacido a su madre, tras dar fe de su natalicio ante el notario real *messire* Suero Ferrán, un eclesiástico sin votos y sin sede donde adoctrinar almas, que esgrimió una inescrutable sonrisa.

—Alteza —expuso Ferrán—, tomad al sucesor de nuestro señor don Alfonso a quien la naturaleza ha querido dotar de un largo pelo o *cerda* en el pecho en medio de un lunar oscuro, rara peculiaridad, pero señal inequívoca, según los astrólogos, de la valentía que mostrará ante los enemigos de Dios.

Los cortesanos se miraron asombrados, pues no se tenía noticia en los anales de Castilla que hubiera nacido un heredero con tan extraño atributo. Con las mejillas ardientes, y recuperada de la ardorosa batalla, la reina, que ya pensaba en la ceremonia y en el festín bautismal, gimió placentera al sentir fluir la leche materna, mientras acurrucaba la criatura en su pecho. Doña Brianda le ofreció unos pastelillos de mazapán y guirlache y una copa de hipocrás. Luego contempló a la criatura. Deseaba confirmar si eran ciertas las aseveraciones de don Jofre de que poseía un pelo en su pecho, o se trataba de una baladronada, o de una broma de mal gusto.

Mujer propensa a la superchería, el ama de cría exploró al recién nacido con sus redondos y fríos ojos de alcaraván, y se fue poniendo pálida al distinguir el largo cabello negro en la pechera del infante, que pugnaba por escapar del corpiño y de la peca negruzca. Quedó paralizada, pues un confuso presentimiento la afligía. Besó en la frente a Violante y abandonó el tálamo real apretando los puños.

—*Stigma diaboli*. La marca del diablo. Ese niño ha nacido con una señal de mal agüero —tartamudeó entre dientes, mientras cojeaba—. Quiera el cielo que ningún infausto presagio se oponga entre su destino y el trono de su padre.

Y se precipitó hacia la salida dando un brusco empujón a la puerta.

Rey de romanos

Toledo, Soria y Segovia, primavera. A. D. 1256

Un frío seco agazapado entre las nubes cortaba el aliento.

Con el tibio sol matutino la silueta del Alcázar, en vigilancia perpetua sobre el Tajo, dominaba como un halcón los techos de la ciudad y las espadañas de los conventos y torreones, proyectando sobre ellos su formidable sombra. En aquellos días de gozoso regocijo, los aposentos del rey bullían de cortesanos que entraban y salían.

Don Alfonso irradiaba felicidad por el nacimiento de su primogénito. La seguridad de la sucesión le había dispensado ánimos para dedicar todo su vigor a su gran proyecto de Estado: convertirse en emperador del Sacro Imperio. Heredero del antiguo Imperio romano, había resurgido en la cristiandad con Carlomagno hacía tres siglos. Pero desde 1137 los Stauffen germánicos, a cuya familia pertenecía Alfonso, ostentaban la dignidad imperial, a la que unían su condición de reyes coronados de Sicilia, situación que no satisfacía a los papas.

Dos grandiosos poderes se desafiaban frente a frente: uno espiritual, el del Papa de Roma; y otro temporal, el del emperador. Ambos ambicionaban lo mismo: controlar la cristiandad. El sacerdocio contra la espada. Arribaban a Toledo novedades sobre la Corona vacante del trono germánico, y sus agentes le aseguraban que las luchas por el cetro imperial se habían recrudecido enfrentando a dos bandos irreconciliables: los seguidores de Welf, tío de Enrique de Baviera, llamados «güelfos» en Italia, defensores de la autoridad del Papa sobre la de los reyes, y los de los Waibling, que los italianos llamaban «gibelinos», que apoyaban a Alfonso y mantenían que el sucesor de Pedro debía carecer de poder sobre el emperador.

Toledo se había convertido en un vórtice de intrigas, en un ir y venir de emisarios extranjeros que veían en Alfonso de Castilla al emperador elegido. La sangre normanda, siciliana y alemana de Federico Barbarroja, su bisabuelo, y de su tío abuelo, el gran emperador Federico II, seguían tejiendo quimeras en su cerebro.

Las tardes eran muy cortas, y muy de mañana la corte itinerante del rey de Castilla abandonó la antigua capital de los visigodos, camino de Soria, la estratégica villa entre reinos. Una brisa perfumada anunciaba una nueva estación, radiante y embriagadora. A Beltrán aquellos cambios inesperados y los gritos del mayordomo Villamayor y de los acemileros, lo exasperaban.

Al llegar a la ciudad les aguardaba una inesperada sorpresa.

Una embajada de Pisa, reconocida república gibelina, había llegado unos días antes. La claridad invadía los corredores, estancias y patios del castillo, donde brillaban los últimos filamentos de escarcha. Soria hervía de asombro. Repicaban las campanas con estrépito y los humos de los hogares se paralizaron. Semejante novedad entusiasmó a don Alfonso.

Un firmamento de un azul lujuriante hacía tremolar los pañuelos que se agitaban en las manos de las muchachas, las banderas pisanas y los gallardetes castellanos, y alegraba el desfile de los lanceros reales, y a la muchedumbre jubilosa apostada en las murallas que vitoreaba sin cesar a los italianos. La presidía el burgomaestre, Bandino Guido de Lancia, un patricio de modales corteses y evidentemente pervertido, que ataviado *all' italiana*, y de pelo de color calabaza, compareció ante don Alfonso, en una escenografía en la que la etiqueta castellana brilló como nunca. Los pisanos, emisarios inesperados de sus sueños imperiales, se arrodillaron en señal de pleitesía. Lancia besó la orla de su túnica, entregándole los signos imperiales, un Antiguo y un Nuevo Testamento, la espada de Carlomagno, la Corona de los Camafeos y el gallardete con la cruz.

—Don Alfonso de Castilla y León, la república de Pisa os reconoce como rey de romanos y sacra alteza imperial, y os brinda su acatamiento.

Al rey le temblaban los labios y recibió la honra de los pisanos con los ojos iluminados, pero sus razonamientos eran de esos de los que se cincelan en epitafios. Alfonso, con los ojos erráticos, ya parecía saborear la más alta grandeza que un hombre puede soñar.

—Os tenemos por el soberano providencial que unirá Oriente y Occidente como en el pasado lo hicieron Constantino y Teodosio —Lancia reiteró su lealtad con arrolladoras lisonjas—. Cuando seáis investido, ningún rey cristiano, pagano o infiel, se atreverá a haceros frente. Italia precisa de la paz, alteza. Las constantes luchas entre el papado y el emperador cesarán, y los que llaman güelfos y gibelinos aceptarán una sola cabeza coronada, la vuestra. Aceptad nuestro apoyo. Pisa e Italia entera os proclaman y el papa Alejandro lo aprueba.

—Soy un fervoroso cristiano, *signore*, pero un Stauffen es para Roma como la semilla del diablo. Deberíais saberlo. Os aseguro que tengo el miedo de la oveja al lobo, pero acepto vuestro ofrecimiento —respondió conmovido.

Un sonido de calurosas palmas resonó en el Aula Regia.

Lancia le dedicó una sonrisa de aliento y Alfonso percibió adhesión y entusiasmo. Tuvo que parpadear varias veces para tasar la importancia de aquel juramento que le había desbocado el corazón. No estaba equivocado en su decisión de convertirse en emperador y apretó los dientes, pues lo embargaba la emoción. Era el delirio de la exaltación para él, y se le notaba en el semblante. Nunca se había ofrecido una dignidad semejante en Castilla. Se organizaron banquetes, juegos y justas para agasajarlos y se sucedieron sonados amoríos con damas castellanas. A partir de aquel acontecimiento el empeño imperial fue avanzando de un modo tan favorable para los deseos de Alfonso, que hasta la Providencia parecía obrar a su favor. La Corona estaba cada vez más cerca.

Pero el pisano había lanzado una piedra a un lago en calma.

Cuando la embajada de Pisa era ya un recuerdo en la corte, una ceremonia similar tuvo lugar semanas después en Segovia, donde descansaba la corte real, en su segunda etapa, antes del verano.

Se había recobrado su sofocado calor, y enjambres de moscas volaban por los cielos añiles de Castilla. La luz rielaba por las habitaciones y corredores y las mariposas cruzaban los patios posándose en las vidrieras. El invierno era sólo un recuerdo y un sol rojizo se desplomaba como una llamarada sobre el Alcázar. En medio de un brillante despliegue de mantos escarlatas, púrpuras y oros, acudió otra no menos ferviente embajada, esta vez de Marsella, que le mostró su respaldo incondicional, reconociéndolo como *Imperator Mundi*. El rey recibió sus reverencias desde su sitial, tieso como una vara de medir. No había resultado baldía la delegación de los pisanos.

—Sois nieto del gran Federico II de Suabia, y muerto su hijo, vuestro tío Conrado, os habéis convertido en el descendiente con más derechos al trono. La cristiandad ha perdido la fe en el papado y os ofrecemos el cetro de Carlomagno —le dijeron al ofrecerle su pleitesía.

El rey actuó con la ceremonia que correspondía a su rango, en medio de un expectante murmullo de admiración.

—Un hombre solo no puede cambiar el mundo —dijo Alfonso abrumado mientras mostraba una sonrisa indulgente.

—Pero sí una idea y una autoridad. Haced honor a nuestra adhesión —le pidieron.

El monarca de Castilla hizo una pausa y lanzó al aire un hondo suspiro de timidez, aunque de manifiesta autoridad. Luego adoptó una actitud solemne, incluso escéptica y soñadora. Los había embelesado con sus ojos de mirada fatalista y conciliadora.

—Seré vuestro emperador, si así me lo pedís —los contentó.

Antes de marcharse la embajada, el soberano los agasajó cantando una de sus cantigas rodeado de una orquestina de laúdes, chirimías moriscas y tamboriles, que arrancaron de los marselleses una clamorosa ovación. Lo acompañó el coro polifónico de chantres de San Pablo y una coral gregoriana, y a los legados le pareció música de querubines. No podían haber elegido a señor más sabio, ilustrado y cortés. Habían acertado.

Y Alfonso X no podía mostrarse más dichoso con las muestras de admiración de los extranjeros. Pero antes debía atraerse a su causa con regalos, agasajos y dádivas a quienes acordaban la designación imperial: los siete obstinados y corruptos príncipes electores alemanes, o sea, los arzobispos de Maguncia, Tréveris y Colonia, el rey de Bohemia, el conde palatino del Rin, el duque de Sajonia y el margrave de Brandeburgo, que según sus agentes, ávidos de oro, habían puesto a subasta el trono imperial, olvidando a la sangre Hohenstauffen, única con derechos a la Corona.

Todos ellos sabían que Ricardo de Cornualles, hermano del rey de Inglaterra Enrique III, adelantándose a Alfonso, había pedido un crédito extraordinario a los banqueros londinenses para pagar a los grandes electores y se había ofrecido como candidato, enfrentándose a las aspiraciones del rey castellano. El camino hacia el Imperio parecía sembrado de fraudes y maquinaciones de vértigo.

Alfonso seguía satisfecho con lo que le deparaba el futuro y comenzó a sentir una eufórica exaltación no exenta de recelos. Pensó que no debía quedarse limitado a su trono castellano. El Imperio sería su paraíso y no su infierno, como pensaban sus consejeros. Su felicidad nacía de la seguridad de que nada en la vida podía complacerle tanto como emular al gran Federico II, su modelo de estadista y gobernante de pueblos. Emprendería la carrera hacia la Corona imperial, seguro de ganarla.

Pero el joven Beltrán, médico y bibliotecario, asistía perplejo y asombrado a aquel juego de ambiciones desmedidas; a pesar de los tres años que llevaba en la corte, no se acostumbraba a él. Sólo hallaba sosiego cuando se encerraba en solitario con sus libros.

El zumbido de los insectos y el sol se hicieron más intensos.

El aire ardoroso maceraba la ciudad, envolviéndola en un fulgor cobrizo; el calor resultaba sofocante.

Una semana después de la visita de los marselleses, la corte real regresó a Toledo. Una polvorienta comitiva de muleros, capellanes, reposteros, mayordomos, sumilleres y trovadores abandonaron Segovia. Recuas de mulos rebuznando, troncos de caballerías, carruajes, jinetes y mulas se abrían paso por las trochas de Gredos.

En la arquitectura vertical del Alcázar toledano, Beltrán Sina volvió a recuperar el hilo de los estudios astronómicos, y en su laberíntica biblioteca era feliz cultivándose con las enseñanzas del *Magister Admirabilis* de la escuela toledana. Practicaba lo que más le fascinaba, gozaba de la amistad personal de los reyes y era un cortesano admirado. Disfrutaba de la paz doméstica que tanto había echado de menos, entre el repique de las esquilas y los bucólicos paseos por la Huerta del Rey. Una luminosidad dorada imperaba en la capital del reino y entre sus murallas sentía palpitar como en ninguna otra parte del mundo el pulso de la vida.

Su puesto de bibliotecario de la colección palatina le exigía ordenar en las estanterías de nogal los libros y manuscritos del *Index librorum Regis*, que su señor Alfonso, mecenas y ávido coleccionista, hacía llegar desde Bizancio, Alejandría o Damasco, salvados de la antorcha del conquistador, del monasterio derruido o del fuego del intolerante imam. Beltrán escrutaba hileras de libros de encuadernaciones agrietadas con su mirada miope, los catalogaba y clasificaba, colocándolos en orden marcial en el *armarium* del rey, donde también compilaba relojes árabes, clepsidras de latón dorado y porcelana de Catay, astrolabios de bronce, péndulos y tableros de ajedrez de la India.

En la soledad de la biblioteca regia, con el único rumor del chisporroteo de las palmatorias, de algún roedor y del crujir de los legajos, Beltrán se perdía en los vetustos papiros de Tebas, Alejandría y Menfis, en los miniados de oro de Constantinopla, en las letras de cinabrio molido de Liébana, en las vitelas de Sankt Gallen y Cluny, pergaminos extraídos de terneros nonatos, y en los libros griegos y latinos de tapas gofradas que olían a cedro y que ocultaban secretos del universo.

A Beltrán le placía olfatear su olorcillo acre y pasar sus dedos largos por los contornos. De una ojeada conocía a los más exquisitos amanuenses de Oriente y Occidente, si el escribano era un fraile del Císter, o un judío de Praga, o si el copista musulmán era una mujer andalusí de Córdoba o un calígrafo emasculado de Bagdad. Poseía el mundo ante sus ojos, y abría entusiasmado las compuertas de su mente a los enigmas del saber, que luego los eruditos traductores de la escuela toledana renacían a la vida.

Por las noches, en compañía del rey y de otros astrónomos y estrelleros, auscultaba los cielos. Delineaban cálculos cósmicos y elaboraban las tablas matemáticas de las estructuras astrales.

A Sina lo cautivaba su tarea.

Paralelamente, Beltrán se dedicaba a sus deberes de *tibb alnafs*, «médico del alma» de la familia real, por la que el rey le había concedido una soldada que sostenía con holgura sus gastos. Y al no tener que desempeñar más obligaciones, al anochecer cambiaba su larga túnica por las calzas y el jubón, y con el notario real, el obispo sin sede micer Ferrán, visitaba una mancebía del Cerro de Gracia. Se llamaba El Madrigal y allí se solazaban con las cortesanas que regentaba un truhán portugués tuerto, quizá como consecuencia de alguna fechoría.

Allí conoció Beltrán a una pupila de belleza morena, una esclava de Tremecén, en Berbería, que aún no había sido mancillada por ningún parroquiano, aunque no era virgen. Desde el primer instante, la flor del desierto penetró en su ser como el exótico perfume que emanaba. Demostraba más naturalidad que inteligencia, pero lo cautivó con su inocencia, la piel suave, mezcla del color del ébano y la miel madura, y la cascada de pelo negro que apenas si tapaba sus gráciles senos.

A los pocos días, más por compasión que por amor, Beltrán compró su libertad al dueño del lupanar con una pródiga bolsa. A pesar de sus dudas, un sacerdote derramó sobre su cabeza el agua bautismal y el crisma para no perder su alma, y hasta trocó su nombre infiel de Salma por el de Clara. Sus grandes ojos grises, como dos estanques en calma, la avasalladora belleza de su juventud, y la voz sublime cuando acompañaba al rabel, la convirtieron en centro de la vida de Sina.

El médico del espíritu la colmó de ternura, y como era usual entre los de su rango, la instaló en una casa con huerta y viña que poseía cerca del puente de Santiago del Arrabal. Clara se esmeraba en el cuidado de los bancales de alhelíes y violetas, aprendía la lengua romance y se ilustraba en los dogmas cristianos con un libro de horas que Beltrán le regaló el día que se liberó del pecado de Adán.

En las noches de entrega, Beltrán la llamaba Salma Clara. Olía a lavanda y la admiraba desnuda sobre los cojines esparcidos. Sus dedos ávidos la acariciaban, y cuando Sina apretaba, se poseían con una fuerza salvaje. Creyendo hacerla feliz, le ofreció devolverla a sus tierras en un intercambio de rescates, pero arrasada en un llanto lastimero, le rogó que jamás se separara de su lado, pues su trato y la delicadeza en el tálamo la hacían pensar que a su lado había alcanzado el paraíso.

Salma se le mostraba discreta, agradecida y amistosa, y sus dotes de amante convertían sus encuentros en febriles instantes, por lo que Beltrán se prometió que no renunciaría al bálsamo de su cándido amor. Pero muy pronto, la rueda de su destino, en uno de sus repentinos caprichos, iba a producir un giro brusco a su vida, para arrojarle a un enloquecedor laberinto.

De las alamedas ascendía un sazonado aroma a albaricoques y los rebaños de ovejas cruzaban el puente de San Martín en busca de pastos nuevos. Sina, cuya frente estaba perlada de sudor, se hallaba enfrascado en la lectura de un códice musulmán, y sus pupilas se movían ágiles e intensas. De repente, el patio de armas del Alcázar se llenó de ruidos de cascos, del entrechocar de petos y espadas y de invectivas voces de capitanes que lo inquietaron. «¿Qué ocurrirá?»

Rígido, jadeante e inmóvil apareció en su puerta un capitán.

—Don Beltrán, el rey os aguarda en el castillo de San Servando.

—¿En el castillo? —preguntó extrañado—. ¿No es allí donde se reúne el Consejo Real?

—Así es, *magister*. El obispo Ferrán ya está pronto a partir, y debo escoltaros a ambos. Bajad presto, os lo ruego.

Beltrán resopló con pesadumbre y preocupación. Aunque el reto de participar en un Consejo Real lo estimuló indeciblemente.

«Ignoro qué pinto yo allí. Yo soy un plebeyo y no se me permite sentarme en presencia del rey, pero algo me dice que la carrera por el Imperio ha comenzado, y que se me ha asignado el papel de peón. Pero ¿para qué? Yo procuro el bien de su alma, pero no de sus negocios.»

Guardó sus libros en un modesto arcón y marchó inquieto. Ensilló y embridó su viejo ruano en las cuadras y partió, acompañado por la escolta y por su amigo de francachelas y estudios astrológicos, su ilustrísima el obispo Suero Ferrán, a quien tampoco le había gustado la convocatoria. No sentía ningún entusiasmo, pues consideraba que acercarse demasiado a los reyes en asuntos de Estado puede resultar peligroso. Sin quererlo, notó en su interior una íntima aprensión.

Juego de alianzas

La invisibilidad era para Beltrán la condición esencial para mantenerse por mucho tiempo como cortesano, por eso le bastó con lo que vio, y se intranquilizó.

La reunión a la que había sido convocado debía ser de gran trascendencia, a tenor de la excelencia de los consejeros que allí se hallaban. La luz afilaba sus rostros y agitaba las sombras del gran salón.

El Consejo Real en pleno aguardaba silencioso al rey. Y aunque se sentía como un extraño, Sina fue recibido con estima. Al poco sonó una fanfarria y todos acogieron la presencia de don Alfonso alzándose de sus sitiales e inclinando la cabeza. Formaban su reducido círculo de ministros seis de sus más leales amigos. A su derecha se acomodaron su sobrino el alférez real Diego López de Haro, un soldado de grueso cuello y de arrebatos tremendos; el obispo don García Pérez, un clérigo de nariz pelada y mirada aquilina, y el hermano del rey, don Sancho, gran canciller de Castilla y arzobispo de Toledo, un hombre parco en palabras, escrupuloso con el dogma y gran príncipe de la Iglesia.

A la izquierda del monarca completaban el *Consilium Regis* Beltrán Sina, de pie como correspondía a su rango de cortesano doméstico, y a su lado un sujeto al que detestaba: el mayordomo Villamayor. Era un ejemplar típico de los de su clase, inmoral y depravado, de labio inferior desdeñoso y mirada turbia. Aficionado a los lujos, solía descargar con jóvenes impúberes sus instintos carnales. Además era conocido como el perro faldero de la reina, del que el rey solía decir con frecuencia «*Quia vinum et uxorem mean facit apostare Villamaiorem*», «el vino y mi esposa han corrompido a Villamayor». Y no andaba descaminado, pues nadie ignoraba que se había convertido en los rastreros ojos y en los oídos confidenciales de la intrigante doña Violante.

Sina, visiblemente incómodo con la convocatoria, se cuidaba de sus dardos envenenados. A su derecha se acomodaba el amigo de intimidades de Beltrán, Suero Ferrán, un eclesiástico de melena dorada del que desconcertaba su astucia mundana y sus dotes para la diplomacia. Con él solía visitar los prostíbulos de Toledo, aunque también auscultaban los cielos con las azafeas. Investido con el báculo y la mitra, aún no había sido ungido con el óleo sacerdotal de Melquisedec, y ejercía labores de embajador real.

La presencia del rey don Alfonso le inspiraba respeto a Beltrán, pero era la candidez soñadora de su carácter la peculiaridad que más lo atraía. El soberano se acomodó en un sitial de brocado, y su perfil y firme mentón se realzaron como si estuviera encuadrado en un marco repujado. Hombre de reconocidas gestas sexuales, se le conocían dos amantes bellísimas: Mayor Guillén y María Aldonza, que se turnaban para calentar las sábanas reales. Carraspeó secamente y habló con su usual refinamiento.

Y lo hizo con soltura y convicción.

—Amigos míos, acomodaos todos y escuchadme. He de deciros que vivimos tiempos apasionantes, y preciso hoy de vuestra sabiduría, pues he decidido embarcarme en la aventura imperial y reclamar a Roma la Corona de mis antepasados Stauffen. Y por Dios vivo que os hablo desde el límite de la más grande de las dudas.

Primero se hizo el silencio, y luego debatieron sobre la carga que supondría para el reino, pues habría que comprar a los electores, y de las dificultades en las Cortes para aprobar los obligados impuestos. El primado de Toledo, hermano del rey, lo miró con ojos de piedad. Don Sancho era un prelado sutil y curtido en las tramas mundanas de la alta política, y mostraba sin rodeos su aversión hacia la insidiosa Santa Sede.

—Mi rey y hermano, yo también llevo la sangre de los Suabia en mis entrañas y nada como contemplaros con la laurea de Carlomagno sobre vuestras sienes podría hacerme más feliz, pero este empeño supondrá un esfuerzo que no sé si estos reinos podrán sostener. Desechad esa idea. Los lobos pueden ser maliciosos, pero no estúpidos. Es una trampa; sus colmillos os destrozarán, creedme.

El monarca observó con cariño a don Sancho y reiteró:

—No puedo cambiar las cartas que me han correspondido, sino decidir cómo voy a jugar con ellas. Es precisamente esa sangre que compartimos la que me aconseja reclamar mi derecho al Imperio, y puedo asegurarte que es una decisión largamente meditada, Sancho.

—¿Os han deslumbrado las embajadas de Pisa y Marsella? —insistió.

—Me han estimulado, Sancho, pero los sueños y la perseverancia son una poderosa combinación. Castilla dominará el Mediterráneo desde Sicilia hasta Silves y el norte de África, el territorio que no defendió don Rodrigo como debiera y que tantas desgracias han acarreado a Hispania. Así se lo prometí a nuestro padre el rey Fernando en su lecho de muerte.

Beltrán titubeó, e inquieto se preguntaba qué hacía él allí. Como una comadreja que oliera la presa, el mayordomo Villamayor alzó su frente abombada y se interesó en un tema que no le incumbía:

—¿Y qué apoyos seguros poseéis fuera de Castilla para lograrlo, señor?

La cara del monarca se iluminó y de su faltriquera sacó una carta que portaba los lacres de la república de Pisa.

—Juan, sé que te preocupa mi felicidad —respondió cortés—. Esta carta secreta que ves me la entregó el embajador Lancia, y responde a tu curiosidad. En ella están impresas las firmas de cuantos príncipes europeos ansían verme sentado en el trono de Carlomagno.

Con una complacencia triunfal, Alfonso buscó sus ojos y fue leyendo uno por uno los nombres de los electores alemanes que lo apoyaban y de los soberanos cristianos que se le declaraban aliados, llenándolos de asombro.

—La elección imperial se llevará acabo en Fráncfort del Meno después de la Epifanía de Nuestro Señor del próximo año —manifestó con unas pausas sabiamente espaciadas—. De los siete príncipes electores, tres se nos declaran fieles: Arnoldo de Isenburg, arzobispo de Tréveris, gran defensor de mi candidatura; el duque Alberto de Sajonia y creo que el margrave de Brandeburgo, amén de muchos príncipes vinculados al Imperio, como Enrique de Brabante, Hugo de Borgoña, el conde de Flandes y posiblemente el rey Haakón de Noruega, a quien estimularé con una provechosa alianza que no despreciará. Ésos son mis apoyos.

—Respaldos nada despreciables, diría yo —señaló el obispo García, un clérigo astuto, enjuto y de ojos penetrantes—. Y los electores adversarios que apoyan a vuestro rival Ricardo de Cornualles, ¿quiénes son, alteza? Habrá que cuidar sus movimientos.

Alfonso decidió endurecer el tono de sus réplicas.

—Fiel a la tradición güelfa, me niega frontalmente su respaldo el conde palatino del Rin, Luis de Baviera. Su voto me será contrario —reveló el rey con gravedad—. Pero los otros tres, Conrado, arzobispo de Colonia; Gerardo, obispo de Maguncia, y nuestro primo Otakar, rey de Bohemia, desempeñan un papel dudoso y vacilan hacia quién de los dos inclinarse.

—Dependerá del oro que entre en sus faltriqueras, y de quién venga.

—No lo veas todo bajo el prisma de la ambición, hermano —le replicó a don Sancho—. Nuestros agentes me aseguran que mi antagonista al trono, el hermano del rey de Inglaterra, Ricardo, que se unió a una expedición a Tierra Santa como cruzado para impresionar al Papa, quiere anticiparse a mí y ha solicitado grandes sumas de dinero a los banqueros ingleses para untar la mano de estos tres indecisos.

—¡Por las Santas Espinas! —exclamó el obispo don García—. ¿Desconocéis entonces las intenciones de nada menos que tres electores? Son demasiados y habrá que convencerlos uno a uno y sobornarlos sin pérdida de tiempo.

—Exactamente eso es lo que pretendo, y por eso nos hemos reunido hoy aquí con tanta urgencia. Previendo las tretas de mis adversarios he de precipitar ese frágil equilibrio a mi favor ofreciendo a cada uno la cifra de veinte mil ducados de oro. La sorpresa es nuestra ventaja —afirmó Alfonso—. Abrigo la esperanza de que acepten, y así podré ser coronado por el papa Alejandro IV, que aprueba mi elección.

El arzobispo de Toledo no conseguía contener el entusiasmo de su hermano el rey. En su metódica existencia no cabía aquel sueño, que podría desencadenar en Castilla guerras de resultados imprevisibles. Con firmeza hizo una certera observación que lo irritó, pues abría de nuevo la disputa, amenazándolo con una tormenta verbal.

—¿Creéis en verdad, mi rey, que el papa Alejandro, un güelfo reconocido, bendice la ascensión al trono imperial de un descendiente de los gibelinos Stauffen, como vos, hermano? —refutó—. La Sede Pontificia ha sido enemiga declarada de nuestra familia y presiento engaños y traiciones bajo este ofrecimiento. El Papa desea un emperador sumiso que le bese el pie y tire del ronzal de su mula, y vos no sois de esa condición. Roma pretende dividir a los dos candidatos y jamás permitirá una monarquía que domine Alemania, Castilla y las Dos Sicilias y que oprima como una tenaza el Patrimonium Petri por el sur y por el norte, ¡lo impedirá a toda costa, como impediría que Satanás se aposentara en la cátedra de san Pedro!

Un denso mutismo planeó por el salón; la serenidad del rey no se rompió.

—No soy terco, Sancho —afirmó con gravedad—, y no me dejo llevar por la ambición. Tener ilusiones es estar vivo, y si he de sostener el estribo de la montura del vicario de Cristo para obtener su apoyo, lo haré como el más humilde de sus siervos.

Don Sancho estaba horrorizado. Sacudió la cabeza negativamente, y decepcionado con su proposición, insistió:

—Alfonso, escuchadme. Olvidáis antiguas rencillas entre los papas y los Stauffen, que aún no se han cerrado. Pensad que a pesar del oro que desembolsaréis para ganaros a esos candidatos, no tenéis garantizado el nombramiento. Son una manada de ladrones insaciables que hoy pactan con Dios y mañana con el diablo. Os prevengo, mi hermano y rey, se levantarán quejas y una grieta se abrirá entre tu persona y los que te honramos en Castilla. El clero incrementa su recelo, pues temen que les toquéis sus diezmos, y el pueblo y los nobles no tolerarán nuevos impuestos.

Pero Alfonso no parecía prestarle oídos y su mente vagaba por las nubes algodonadas de la ilusión. Ya se veía aclamado por la chusma romana en la Vía Triunfal de la Ciudad de las Tres Llaves, cruzando el puente de Sant'Angelo bajo el mausoleo del emperador Adriano, recibido por el Pontífice y su cortejo en las escalinatas de San Juan de Letrán. «*Ego sum Caesar, ego sum Imperator*» —parecía reverberar en su cerebro la quimera imperial—. Imaginaba oír al franquear la puerta Gloriosa de la basílica el eco de la solemne oración de investidura: «¡Larga vida y gloria a Alfonso de Castilla, defensor del legado de Pedro, *Miles Christi* e invicto emperador del Sacro Imperio!».

Salió de su ensoñación y tras exteriorizar un gesto de turbación, se dirigió a su hermano:

—¿Crees que nuestro padre don Fernando no lo aprobaría?

—Él era un pragmático. Detened esta locura y renunciad al delirio imperial, don Alfonso. Que esa obsesión no os domine, pues no os acarreará sino descrédito y quebraderos de cabeza. ¿Por qué exponeros a tantos riesgos? ¿No sois consciente de vuestra vulnerabilidad, tan lejos de vuestros dominios? —le rogó—. Pero sea vuestra voluntad la que prevalezca, que acataremos todos.

En un tono neutro, ni disgustado, ni complacido, replicó:

—Aprensiones infundadas, Sancho. No voy a renegar de un derecho de sangre, y estoy firmemente decidido a defender mis derechos —garantizó terminante.

Un bisbiseo campeó entre los consejeros.

—Entonces es llegada la hora de la diplomacia —dijo Villamayor—. No quisiera inmiscuirme en vuestros proyectos, mi señor, pero ¿a quién nombraréis para que os represente en esas tierras? El tiempo apremia.

Villamayor especulaba que con la ayuda de la reina, él podía ser el elegido ante el Papa o el arzobispo de Tréveris y los otros seis electores, pero se llevó un desengaño. Ante su estupor, don Alfonso dirigió su índice enjoyado hacia el obispo y arcediano de las iglesias de África, don García, que no hizo el menor gesto de sorpresa.

—Seréis vos, don García —se pronunció—. Nuevamente he de echar mano de vuestras inestimables condiciones de negociador. Marcharéis a Alemania inmediatamente y portaréis cartas para mi gran defensor, el arzobispo Arnoldo. Disfrutaréis de plenos poderes y de créditos ilimitados que os facilitará mi tesorero don Zag, y con los que sobornaréis a esos tres electores indecisos. El arzobispo de Tréveris os aguarda en la ciudad sagrada de los Stauffen, Waiblingen, en Suabia. Pero antes pasad por Coblenza, Wurburgo y Nuremberg y pulsad el sentir hacia mi candidatura en cada feudo, en cada estado y en cada señorío alemán. Parte del éxito de mi candidatura está en vuestras manos.

—Antes purgaré mis pulmones con el aire de Innsbruck donde me aguarda nuestro agente, señor —ironizó en tono enigmático.

—Me tendréis informado de vuestros progresos por los conductos conocidos. Que el Altísimo os alumbre en vuestra capital misión, don García.

El prelado, que parecía saborear un vino de Chipre en su paladar, asintió complacido y contestó de una forma que dejó a los otros pensativos.

—Ahora más que nunca hay que obrar con cautela, mi rey, combatiremos contra enemigos acérrimos de vuestra causa. Y sin faltar a la ley divina, corromperé con dádivas y mentiré por el bien de Castilla.

—Sólo os pido que digáis la verdad para confusión de mis adversarios —señaló el rey con sarcasmo, y sonrió.

—Alteza, despreocupaos. Os haré llegar mis mensajes disfrazados como jugadas de ajedrez, como es costumbre, y utilizando el conducto habitual —concluyó el eclesiástico esbozando una enigmática sonrisa.

Aquellas palabras le resultaron a Beltrán misteriosas; supuso que la alta política escondía secretos a los que él no estaba habituado. No obstante una y otra vez se preguntaba para qué lo había llamado el rey a semejante reunión y se movía inquieto.

—¿Y las otras alianzas de las que hablabais? —dijo Villamayor, intrigado y pensando que aún tenía alguna oportunidad de convertirse en embajador.

—He de atar un cabo de inestimable valor que anda suelto, Juan. Tiene que ver con el eclesiástico Elías de Bergen, que aún se halla entre nosotros como huésped. Todos conocéis que nos trajo el ofrecimiento del rey de Noruega para unir nuestras estirpes con un matrimonio ventajoso —contestó.

—Su presencia en Castilla sigue revolviendo la corte, que se ha convertido en un torbellino de habladurías. Hasta la reina doña Violante, nuestra señora, llegó a pensar que os proponíais repudiarla —soltó el mayordomo.

Más sorprendido que enojado, el rey contestó a su venenosa apostilla.

—¡Por la Santa Cruz, Juan! Jamás pasó por mi cabeza tan descabellada idea. Los rumores cabalgan por el aire como el sonido de una flauta. Sólo son patrañas de damas ociosas. ¿Cómo iba a inferirle un agravio semejante a mi suegro don Jaime, a quien tengo por un padre, y a deshonrar a mi esposa que ya me ha dado sobrada descendencia? ¿En qué cabeza cabe?

Villamayor enmudeció, pero no perdía la ilusión de ser el elegido para tratar el acuerdo con la nación escandinava. Sonrió con falsedad.

—Mi rey, vuestra reserva al no divulgar cuanto se habló en las entrevistas con el clérigo Elías dio pábulo a todo tipo de rumores.

—Tenía la obligación de callar y callé. Pero hoy os lo puedo revelar. El rey Haakón Håkonardottir IV ha orientado su política hacia el mar Océano, y posee una gran reputación en el Imperio. En su persona se reúnen todas las cabezas coronadas del norte de la cristiandad. A cambio de su apoyo, le propondré firmar un tratado por el que Castilla suministrará trigo a Noruega, esencial para su supervivencia, ahora que se han establecido en las islas hiperbóreas y precisa de abundante grano. ¿Comprendéis? Se trata de una pieza clave en mi designación.

—¿Sólo habéis tratado con Elías de Bergen ese asunto, señor? —preguntó Villamayor con su ironía viscosa, intentando contentar a su reina.

—A veces pienso que te anticipas a mis pensamientos, Juan —sonrió irónico—. No, hay más. Haakón hará valer sus buenos oficios ante el gran maestre de la Orden Teutónica, *messire*

Anno von Sangerhausen, personaje muy influyente en el Imperio, para que apoye mi candidatura.

—Y, ¿con quién casaréis a la princesa noruega que os ha ofrecido, alteza? No podéis desairar a tan poderoso aliado —apostilló don García.

Alfonso contestó de un modo equívoco, con ironía, usando su peculiar gesto aristocrático.

—Con uno de mis hermanos —dijo sorprendiendo a los consejeros—. A tal efecto don Elías parte hacia Escandinavia este verano y he decidido que una embajada castellana lo acompañe y regrese la próxima primavera con la princesa Cristina de Noruega, mujer culta y de gran belleza, para desposarla.

Un gesto de sorpresa corrió por el Aula Regia. Villamayor se recompuso el jubón. Ya se veía elegido para tan histórica legación.

—¿Y quién os representará en esas lejanas tierras? —preguntó Ferrán.

Alfonso replicó impávido, con su peculiar desenvoltura y claridad.

—El legado no puede ser otro que tú, Ferrán. No has de rendir cuentas ni a esposa ni a hijos y posees el vigor de una juventud madura. Tu perseverancia y tu prudencia inestimable así lo exigen. Eres versado en latines y en la lengua de los francos, pero sobre todo eres amigo personal de Peter Hamar, arzobispo primado de Noruega, con quien, si no ando errado, compartiste aulas en la Universidad de París. Esa amistad nos favorecerá, por lo que te he señalado como la persona idónea para este menester.

Suero Ferrán, un hombre de temperamento indeciso, quedó mudo y se sintió desamparado. Era evidente que no le agradaba el encargo.

—*Clarissimus Rex!* ¿Habláis en serio? —reveló por toda respuesta.

Vaciló y trajo a su memoria sus andanzas estudiantiles en

París con Peter Hamar, el estudiante noruego de poco pelo y tez rosada, camarada de farándulas nocturnas en el barrio de Saint-Eustache, y no pudo por menos que abordar con socarronería la decisión del monarca.

Pero el rey no había acabado con las sorpresas y añadió más alarmas.

—Además, la princesa Cristina precisará del auxilio de su alma por el desarraigo que sufrirá al dejar familia y tierras; por eso te acompañará el *magister* Beltrán Sina. Os aseguro que mi esposa, la reina, me reprenderá por desprenderme de sus cuidados.

Beltrán, que no podía ni imaginarse semejante decisión, se asió al respaldar del asiento del prelado para no perder el equilibrio.

—¿Qué te ocurre, Sina? Pareces alterado —dijo con ironía el soberano.

—Mi señor, me habéis dejado sin aliento —respondió.

—Lo sabía, pero preciso ese sacrificio de ti. Tu saber en lenguas, medicina y farmacopea y tu innata distinción, avalan tu elección.

—Acato vuestra decisión, pero ¿realmente creéis que seré útil, señor?

—No me cabe duda, Sina —le sonrió afable—. Aprovecha la ocasión para comprar libros, asistir a la princesa en sus desasosiegos y abre bien los ojos.

—Y llévate una buena pelliza de lana, Sina, o morirás de una pulmonía —se burló el cardenal primado don Sancho, cuya relación con el médico y bibliotecario real era más que cordial.

—Prefiero morir de una alferecía discutiendo con vos de cosmologías, eminencia. Pero aquí en Castilla, no a miles de leguas y en unas tierras que son témpanos de hielo —replicó, y todos rieron, menos Villamayor, que lo taladraba con miradas de odio y desprecio.

La sonora risa fue coreada por los miembros del Consejo que festejaron con Ferrán y Beltrán el inesperado viaje a los pagos del norte. La estrambótica cabriola del azar relegaba para mejores tiempos sus retozos con Salma Clara y los estudios con el gran maestro de la Academia de Traductores.

—Pienso si se mostrará tan leal como en París mi compañero de la *Universitas* Peter Hamar —le susurró Ferrán al oído—. La misión me agrada y más si tú has de ser mi acompañante, Beltrán; sin embargo mis perspectivas futuras son de vértigo, pues el mar me aterra. ¿Lo sabías? Además mi asma me martirizará durante el viaje.

—No os preocupéis, don Ferrán, iré provisto de jarabes contra los vahídos y la presión del pecho. ¿Qué podemos argüir en nuestra defensa si nos lo exige el rey? —añadió tranquilizándolo.

Sólo oía el zumbar de las abejas y la voz aguda de don García.

—Bien, mis leales amigos —concluyó el rey—, nos apremia el paso inexorable de los acontecimientos. No podemos cambiar el papel que se nos ha asignado; sólo nos queda decidir cómo vamos a representarlo.

—Sea lo que su providencia y su voluntad decidan —ratificó don Sancho.

Tras recibir las reverencias de acatamiento, Alfonso se enderezó y desapareció por el dintel de la cámara seguido del alférez real, quien había mantenido la boca herméticamente cerrada. Las palabras del monarca se habían desvanecido, pero había dejado a los consejeros sumidos en un preocupante mutismo. Había logrado despertar rechazo o devoción en ellos, pero no armonía. Sina adivinó en las miradas de los ministros inquietud por el regio antojo, especialmente en la del mayordomo, y en el obispo Ferrán pavor por el incierto viaje.

Mientras tanto, don Sancho se levantó con brusquedad de su sitial. Estaba callado y taciturno. Y sin mirar a nadie, salió precipitadamente de la sala. Para él, su hermano mayor cometía una delirante locura.

«Con qué rapidez obra el destino sobre los mortales, pero ¿qué tengo yo que ver con tan incomprensibles asuntos de Estado?», se dijo Sina.

Al abandonar el castillo de San Servando junto a su amigo Suero Ferrán, le asaltó la incertidumbre. Aunque de algo sí estaba seguro: una misión incierta y apasionante le alejaría de su plácida vida. Se abría ante él Noruega, aquel desconocido país del norte y un nuevo destino.

Beltrán disfrutaba de la tibieza de la noche.

La fragancia de los narcisos, de los jazmines y de las damas de noche aromaba el jardín del viñedo. La víspera de su viaje a la lejana Noruega cenó a solas con Clara, a quien consolaba contestando a sus preguntas, como si una amenaza incierta sobrevolara sobre su futuro. Él conocía ya los riesgos de los largos viajes, las incertidumbres de una navegación por el océano, cómo se las gastaban los ladrones de los caminos y la crueldad de sus semejantes con los extranjeros. Los grillos chirriaban en su concierto nocturno y un seductor sonido de zampoñas llegaba de los mesones del río. Una íntima aprensión los conturbaba, y Sina, para consolarla, secó con sus labios las lágrimas que caían mansamente por sus cobrizos pómulos.

—Conozco sobradamente a esos sanguinarios *mayus, urdumaniyun* o vikingos, como se llaman ellos —le dijo la muchacha—. Son diablos que adoran al fuego, matan por placer y son capaces de las crueldades más espantosas. Rezaré para que Nacer, el ángel de la muerte del islam, no te atrape en sus alas negras. Que no te falte el valor y la fe. *Al-salam alaykum*, dueño y señor de mi vida.

—Mi gacela, hace años que los normandos no asolan las costas europeas. Voy invitado por su rey, navegaré en una de sus galeras y represento al poderoso rey de Castilla. No faltarán al deber de la hospitalidad y estaré entre amigos.

—Me abandono a la misericordia de Dios, pero ¿cómo viviré sin ti?

Beltrán la confortó con ternura hasta saciarse con el milagro de su entrega. Salma Clara se mostró apasionada, y él comprendió que en las gélidas tierras del norte echaría de menos el calor de sus halagos. Una luna creciente ascendía del río, espejeando el firmamento de Toledo, que parecía de azul cobalto. Croaban las ranas en los juncos, y al *magister*, con la cabeza acomodada en el hombro de su amante, lo embargó una insidiosa congoja.

Se amaron sosegadamente. Beltrán se dejó acunar en sus honduras y luego se sumió en un sueño profundo, hasta que la aurora rasgó la negrura del cielo.

Tonsberghuus

Beltrán, inclinado en la proa, aguantaba sereno las ráfagas de viento.

A bordo del *Njörd*, que llevaba el nombre del dios del mar, y empujados por vientos propicios, hacía días que se habían adentrado en las inmensidades atlánticas. Aventaban las rachas sobre las velas, trayendo olor a tormenta. El capitán noruego, un demonio con la piel tatuada, pero conocedor de las corrientes marinas, del vuelo de los pájaros y de la posición de las estrellas, gobernaba la embarcación con suprema pericia. Se ayudaba para mantener el rumbo de una extraña cajita de roble que contenía una «piedra solar», un trozo de mineral de cordierita, muy abundante en Escandinavia, que cambiaba de color refractando la luz según el ángulo de incidencia del sol, aunque estuviera oculto por las nubes.

—*Mirabile visu!* —solía decir Ferrán al observar su funcionamiento.

El viaje de la embajada castellana, aunque arriesgado, no llegó a extraviar los estómagos del grupo, salvo el del obispo Ferrán que con su lápiz de plata de cantero anotaba cuanto sucedía en el manual de bitácora: «Sufrí las innumerables risas de las olas del mar y el látigo de su ley, como asegura Esquilo en *Pro-*

meteo Encadenado, porque el océano está dotado de un poder tal sobre los hombres, que bien parece que tuviera voluntad propia para atormentarlos».

—Eminencia, Saturno, Venus y Júpiter están en conjunción. El Creador nos ayuda. ¿Qué hemos de temer? —lo consolaba Sina—. El viaje es placentero.

—Beltrán, parece como si mi vientre hubiera tragado velas encendidas y mis tripas se niegan a recibir nada. ¿Cuándo acabará este suplicio? Por las noches me asfixio y mi asma me martiriza como un ejército de escorpiones.

—No dejéis un solo día de tomaros el elixir de nébeda; os aliviará.

Singladura tras singladura, surcaron el golfo de Vizcaya, el paso de Calais y los bajíos de Zelanda con constante mar picada. Tras fondear en el abrigo de Sluis, en Flandes, bogaron hacia el mar del Norte, un piélago sempiternamente envuelto en jirones de bruma cenicienta. El oleaje dificultaba la estabilidad de la galera, pero alargaban las gavias y el viento los empujaba con inusitada fuerza. Don Suero Ferrán arrojaba el arenque seco y las gachas de averna que comía, como si hubiera ingerido un purgante de boticario. Solía desalojar su vejiga sobre las calzas que se había puesto por pura desidia, entre las chanzas del clérigo Elías, de Sina y de la tripulación.

El aire salitroso del mar esparcía un tufo nauseabundo a sebo, pescado podrido y vomitona de la camareta del obispo, quien con las barbas crecidas, el aliento exhausto y el cuerpo enflaquecido por los ayunos, no creía que pudiera representar a su rey en Noruega como su dignidad requería. Se arrastraba desde la crujía al camarote, su cárcel y tormento, y tirado en el jergón, oía el martilleo del capitán animando a la dotación: *Duc in altum, avante!,* «Remad mar adentro, adelante!». El grito se colaba en sus sienes como un estilete, cuando sólo ansiaba alcanzar una orilla benefactora donde hollar con sus botas tierra firme y morir en ella. Gemía el maderamen como criaturas que sufrieran de agonía y la nave se hundía en las profundas crestas del mar del Norte, en un vaivén que sus entrañas no toleraban. El viaje estaba siendo un suplicio para el obispo hispano.

—Beltrán, o avistamos pronto tierra, o entregaré mi alma por la boca.

Conforme se aproximaban a Noruega, la mar se fue haciendo más gruesa. Las olas se encaramaban en el casco y la cellisca salpicaba la cubierta, blanqueando de espumas los bancales y amuradas. Con las velas amainadas y los trinquetes y foques levantados, sortearon las islas Frisias, cerca del País de Dane, donde el acompañante noruego aseguró a los castellanos que allí se hallaban los templos de Odín y de Thor, las deidades que adoraban los que se resistían a ser cristianizados. Silbaba el poniente y las aguas mecían la nave como una cuna, por lo que la marinería corrió de un lado para otro temiendo al parecer un peligro que heló la sangre de Ferrán.

—¿Qué acontece? Noto inquieto al capitán —preguntó aterrado.

—Ilustrísima, parece que la calma vira a viento del este, trayendo en el rabo de Satanás el *saltstrom*, un viento de estos mares que despedaza navíos, dispersa los bancos de bacalao y alborota los océanos. Hasta los vikingos lo temen. Somos muertos si nos atrapa en medio del canal.

Ferrán golpeó su pecho y farfulló reniegos impropios de un clérigo.

—¡Por las Parcas del infierno! Pereceré a miles de leguas de Castilla en estas aguas sin nombre. *Deus meus eripe me de terrore maris acuarum* —rezó al cielo aterrado, pálido como la cera.

El mar se encrespó, rugió furiosamente y rasgaron el cielo llameantes resplandores. El pusilánime Ferrán había olvidado sus ataques de asma y, tirado en el camastro, pensaba que de un momento a otro las frías mandíbulas del mar se los tragarían sin remisión. Se hizo la negrura y por vez primera Beltrán temió por su vida, pues la nave se estaba escorando y el mástil se inclinaba peligrosamente hacia estribor. Con los labios amoratados por la sal y el agua helada, alzó una jaculatoria a las alturas, mientras el capitán, viendo que la vela se rasgaba y que se astillaban los remos, imploró la ayuda de sus dioses.

—¡Thor, dios de la tempestad, mitiga tu soplo poderoso! —gritó.

La zozobra y el estrépito ensordecedor se mantuvieron durante horas, pero los ruegos parecieron ser oídos por todas las deidades convocadas, pues tras la derrota de la nave, en la que sólo se escuchaba el chirrido de las jarcias y la respiración entrecortada de la marinería, el viento cambió y la tensión se esfumó de sus rostros curtidos. Habían sorteado milagrosamente el temporal. El capitán ordenó izar la vela, y Ferrán de hinojos agradeció al Creador su favor, mientras trazaba la señal de la cruz hacia los cuatro puntos cardinales. La dotación a una, en un grito que reverberó en los escarpados farallones de la costa, saludó el regreso a su tierra, mientras adrizaban los remos de la cogulla y los levantaban jubilosos entonando cantos marineros. Bandadas de petreles blancos anunciaron los rompientes y las tierras próximas de Skagerrak.

—¡Doble ración de cerveza y de cerdo escabechado! —gritó el capitán.

—¡Hug, hug, hug, Njörd! —lo agradecieron sonoramente los tripulantes.

En pocas horas el maltrecho cuerpo de Ferrán, con los cuidados de Sina, pudo reponerse con un elixir elaborado con almástiga, poleo y un cuartillo de vino. Franquearon el estrecho de Skagerrak con la mar en calma y avistaron los saladeros de bacalao de Kristiansand, la primera ciudad del reino de Noruega. Una brisa apacible los condujo al deseado puerto. La angustiosa travesía había llegado a su término, y los sureños respiraron jubilosos dando gracias al apóstol de Compostela, patrono de viajeros. Al fin pudieron comer pan negro, un guiso decente calentado en la hornilla del capitán, rábanos y arándanos, beber una escudilla de cerveza de Nidaros y mejorar su aspecto con vestes limpias. Don Ferrán, con una catadura deplorable, se entregó en manos del barbero y de su criado, que lo adecentó como requería su rango.

—Al fin el deseado cobijo donde yo pueda sentir mis pies sobre la tierra, lejos de este voraz torbellino. La providencia del Creador —dijo— y el aliento de la fe han impedido que se truncara la empresa sin tan siquiera haberla iniciado. Gracias, Señor, por tu ayuda.

Mientras los marineros maniobraban en el embarcadero de Tonsberg, la ciudad fundada tres siglos atrás por el vikingo Harald el Pelirrojo, Beltrán contempló lo que la madre naturaleza abría ante sus ojos: un paisaje grandioso, sobrecogedor y mágicamente limpio, de aguas, montañas y espesuras. Parecía como si el Supremo Hacedor le mostrara cómo había sido el primer día de la Creación, pues jamás había contemplado tan translúcida belleza. Si Castilla era para él una tierra dorada, en aquel reino predominaban impolutos tonos azules, plateados y verdemar. El sol observaba desde el infinito enviando sus rayos tímidos, quizá asustado por los balsámicos aires y la grandeza de unos bosques espesísimos.

La mano del Padre había trazado profundos tajos, que los norsos llaman fiordos, por los que el mar penetraba en las tierras, como en la Galicia del señor Santiago, fraguando mundos vírgenes, cascadas como velos de escarcha y precipicios gigantescos que se hundían en las aguas del océano. Una claridad pálida, sólo interrumpida por un manto de árboles amarillos, ocultaba en un espejismo de niebla el contorno de la ciudad de Tonsberg, en el istmo de la verdosa península de Notten. Los mástiles de los barcos varados, balleneros, *drakkars* vikingos y jabeques de pesca, danzaban en la rada mientras competían en esbeltez con el castillo de Tonsberghuus, donde los aguardaba la corte del rey Haakón.

Precedido por el clérigo Elías, Ferrán, Beltrán y los palaciegos de la embajada castellana descendieron acompañados por el sonido de un tambor. El obispo, recuperado de sus colapsos, mareos y espasmos, se arrebujó en una dalmática color vino donde relumbraban los hilos de oro, entre el trapeo del estandarte de Castilla que gallardeaba en el trinquete. Ferrán, con la melena rubia al viento y los ojos inmensamente azules, parecía uno de ellos. Fue escoltado bajo un palio sostenido por cuatro *jarls*, grandes señores del reino, hasta la dársena donde lo aguardaba su amigo, el arzobispo *messire* Peter Hamar, un hombre de rostro anguloso y cráneo rapado y salpicado de manchas, y de ojos prominentes e inquisitivos.

—*Pax tecum, ilustrisisumus legatus Castellae et amicus meus* —lo recibió besando su boca, como correspondía a dos príncipes de la Iglesia.

—*Salus, episcopus Petrus. Gratias agimus Domino Deo Nostro* —replicó Ferrán.

—Parece como si hubieras peleado solo contra todo un ejército, Suero.

—Ahora noto un dulce alivio, cuando creí morir, amigo Peter. El pánico me ha dejado sin fuerzas y creo que sin tripas —le confesó sonriendo.

Permanecieron abrazados unos instantes. Luego, como un soplo, pasaron ante sus miradas las experiencias vividas en la *Universitas* de París como compañeros en la Facultad de Artes y Teología. El noruego en el colegio normando y Suero Ferrán en el picardo. Allí habían recibido las enseñanzas de los doctores Buenaventura el franciscano y de Alberto Magno, conviviendo con un condiscípulo estrafalario pero genial, y también hijo de nobles como ellos, Tomás de Aquino, un novicio dominico gordinflón, tan seboso como sabio, y de una lógica portentosa para penetrar en los secretos de la escolástica aunque su obsesivo amor por Aristóteles le acarreara duros enfrentamientos con el rector.

Por unos instantes evocaron a su maestro, el decano Siger de Brabante, un convencido averroísta que sufrió el desprecio de Tempier, el obispo de París, que ya había expulsado de las aulas a Roger Bacon con su odiosa máxima: *Doctrinaliter et iudicialiter*, «Corregir y juzgar», y que mandó quemar a un doctor de Albi acusado de alquimista. Los estudiantes protestaron ante el palacio arzobispal —recordaron los dos— y cuando llegaron las tropas del senescal, Peter y él se escondieron en una ramería de la ribera del Sena, donde, huyendo de las represalias, vivieron junto a tres furcias napolitanas dos semanas inolvidables. Y como si coincidieran en sus reflexiones, le dijo el arzobispo noruego en un latín clásico:

—Qué lejos queda París de nuestras vidas, Ferrán, enfrascados como estamos ahora en negocios de reyes. Aprendimos más de la vida con Tessa, Sismonda y Lisseta que en los tratados que quemaron nuestras cejas.

—Peter, jamás las olvidaré. A veces pienso qué será de ellas. La mujer sería la reina del mundo si no aspirara sólo al amor —las elogió.

En cortejo, acompañados por el eco de unas trompas que tocaban los heraldos, se dirigieron al castillo. Centenares de lugareños de rostros afilados, narices largas y greñas rubias, se inclinaban al paso de la embajada con gesto glacial. Tonsberg era una ciudad de madera, piedra y heno que olía a pescado, cerveza y esencias de pino. El barro enfangaba sus callejuelas donde sobresalían algunas iglesias de madera y un abigarrado mercado donde hozaban los cerdos entre las mercaderías.

La primera noche que gozaron de la hospitalidad del lugar, la lluvia cayó a torrentes, lamiendo la maciza arquitectura del pétreo vigía del fiordo. El viento silbaba por los cobertizos rezumantes de humedad, que hacían más habitables los toscos postigos de las ventanas y la paja seca del suelo. Cercado de arbustos, el foso reflejaba fantasmagóricas sombras que intimidaban a Beltrán, el cual ocupaba una estancia alfombrada de pieles, con dos taburetes y un astillado lecho de cuerdas y lana, que olía a humedad. Calentó sus miembros en un hogar primitivo en el que ardían maderas de castaño, mientras entre el crepitar de las llamas se oía el rugido del mar y el aullar de la tormenta. Tras un baño caliente en el que se quitó el salitre con un cepillo de crin, tomó una cena frugal, y decidió descansar. Despidió al criado agradeciéndole sus cuidados, y cuando se desvestía, escuchó en la habitación contigua risas femeninas.

«El obispo don Ferrán se ha buscado quien le caliente la cama. ¡Gran bergante!», masculló entre dientes y se sonrió, sin poder evitar recordar con un estremecimiento la suave piel de Salma Clara.

La ola negra de la noche selló sus párpados y el sopor lo venció.

El enigmático caballero teutón

El sol, teñido de nieve, apenas si calentaba.

Solitario en la desnudez del cielo, sólo era un macilento recordatorio del poderoso astro del sur. Suero Ferrán, que había enflaquecido a causa de los ayunos en el mar, parecía aún agotado y tras unos días de descanso aguardaba impaciente la recepción real. Pero el rey Haakón se hallaba en el norte y los recibiría en unas semanas.

—Don Suero, ¿no habéis percibido en algunos cortesanos de Haakón cierta frialdad, e incluso despecho? —preguntó Sina.

—Sí. No he observado unanimidad cuando he pulsado su opinión. Algo oscuro planea en todo este asunto del pacto que pretendemos firmar y presiento que tiene que ver con la elección imperial. No olvides que ciertos *jarls* noruegos poseen intereses en Inglaterra, y resulta lógico que apoyen al pretendiente inglés. No esperaba conformidad total —se sinceró con el temperamental Sina, al que, tras las atenciones que le había brindado durante la travesía, demostraba una amistad sin fronteras—. Obremos con prudencia y no los desafiemos.

—Y guardemos con más tesón nuestra seguridad, ilustrísima.

—Desde hoy será la prioridad. Aguza el oído, Beltrán.

El arzobispo Hamar los aguardaba meditabundo en la puerta del salón. El eclesiástico nórdico también sufría sus propios enfrentamientos con señalados nobles del reino. Pero Ferrán le sonrió diplomáticamente y lo tomó del brazo con camaradería. Beltrán caminaba discretamente detrás de los clérigos, mientras contemplaba el puente levadizo recubierto de musgo y aulaga y el enfangado patio de armas. Medio centenar de guerreros, entre golpes y resoplidos de los corceles, se entrenaban con el estafermo de madera.

Guarecidos con pieles y mohosas armaduras, se templaban para la lucha, dirigidos por un caballero gigantesco que profería grandes voces en latín y en alemán. Alzado en el estribo probaba a los peones y jinetes, enseñándoles a esgrimir las espadas, las mazas de punta acanalada y las lanzas de fresno. El corpulento instructor cubría su cota de malla con un manto de lana blanco con una cruz negra en el hombro. Con el guantelete de hierro asía un yelmo con dos puntas aladas, y mientras se movía por el barro repartiendo mandobles, sus discípulos parecían torpes mujerzuelas sobre acémilas. Sus movimientos resultaban sobrecogedores.

—¡El golpe definitivo está en vuestra mente, necios! Cuando os halléis en la batalla gimiendo de miedo, la muerte os arrastrará hasta el infierno.

Aferrado a la silla por el arzón se detuvo un instante y elevó sus ojos, insensibles como el marfil, como si hubiera sido sorprendido en una falta inconveniente. Entonces Beltrán pudo reparar en su rostro cuadrado en el que florecía una barba rojiza y una nariz agresiva, como el pico corvo de un neblí. Cruzó sus ojos, de mirada torva, y Sina sintió un estremecimiento.

—¿Quién es ese hombre, Peter? —se interesó Ferrán.

—Un comendador de la Orden Teutónica, frey Hermann von Drakensberg se llama, pero lo conocemos como «el Caballero del Dragón», pues luce en el pomo de su acero un san Jorge abatiendo a un dragón. Aquí decimos que padece el complejo teutón de fiarlo todo al arrojo guerrero y a tratar al mundo despóticamente. Duerme menos que un pájaro, somete su cuerpo a severas disciplinas y es hombre de personalidad contradictoria. A veces adopta actitudes imperiosas que me sublevan. Es un hombre fascinante y extraño, pero a la vez enigmático y reservado. Haakón lo idolatra.

Ferrán, que lo veía tan frío y tan dueño de sí mismo, se impresionó.

—¿Y qué hace un monje cruzado en Noruega?

—Pues adiestrar el indisciplinado ejército del rey, rezar, mortificarse y jugar al escaque, el *esches* inglés o ajedrez, con una maestría jamás vista en estos reinos. Todos lo hemos retado y nadie le ha ganado aún.

Al cabo de un silencioso instante de sorpresa, soltó Ferrán:

—¿Juega al *sahatranj* árabe, siendo un clérigo con votos?

—No olvides que también es un caballero, y el ajedrez forma parte de las siete disciplinas de la caballería —le recordó—. Es un juego vedado a los aldeanos que descuidarían sus arados, barcos y reses si lo conocieran, pero no a los nobles. Verlo jugar es un privilegio.

—¿Y dónde aprendió esa destreza? —prosiguió su interés.

A pesar de su inicial reticencia a informar, Hamar les reveló:

—Él asegura que en Bizancio y en Sicilia, como otros muchos sajones, vikingos y normandos. Sostiene que le sirve para mitigar su melancolía y las tentaciones del Maligno. Ningún *jarl* de los que lo han desafiado en este reino ha conseguido vencerlo, ni tan siquiera el príncipe Olav, gran maestro de los movimientos de las piezas.

Beltrán, que también conocía esas destrezas, señaló irónico:

—Conocerá seguramente algún tratado secreto persa o hindú.

—Ciertamente suele instruirse en secreto en un raro manuscrito que guarda bajo llaves y candados, pero es musulmán, por la letra.

El bibliotecario tiró de la lengua al arzobispo noruego.

—¿No se tratará del poema de Abraham Ibn Ezra sobre el ajedrez?

Peter Hamar se atusó la barbilla y expresó pensativo:

—Podría asegurar que es ése, micer Sina. Un día me lo ofreció para ojearlo y memoricé la primera estrofa, única compuesta en griego —recordó el prelado, que lo recitó—: «Cantaré un poema sobre una batalla antigua, desde tiempos remotos consagrada a los hombres altamente instruidos, que ordenaron su estrategia sobre hileras de cuadros taraceados».

Y ante el asombro de los dos jerarcas, contestó Beltrán, también conocedor del tratado y avezado ajedrecista:

—«Y no existe refugio para salvarse, ni huida de la ciudad amurallada.» ¡No hay duda —exclamó Beltrán—, se trata del poemario de Ezra! Pero resulta imposible que lo conozca. Tan sólo existe un ejemplar en el mundo y ése lo oculta de ojos codiciosos nuestro rey Alfonso en su *scriptorium* de Toledo.

—Pues él lo posee, y está redactado en la lengua maldita de los infieles. Creo que vivió en Oriente largos años y que intimó con sabios islamitas de Egipto. Posee un pasado sorprendente y terrible, según creo.

—No me cabe duda, pues debe de conocer el empleo del «peón alferezado»* y sus fulgurantes tácticas, desconocido en estas tierras. Por eso os resulta invencible. Me resulta inaudito, ilustrísima. Creía que esa técnica sólo era conocida por los ajedrecistas musulmanes, sicilianos y españoles —concluyó Sina sorprendido.

Ferrán, a quien no se le escapaba un detalle que pudiera servir a su rey, siguió interesándose por el peculiar monje guerrero:

—Decididamente es un hombre singular. ¿Y dices, Peter, que adiestra a vuestros soldados?

* En ese tratado se dice del peón que alcanza la octava fila y es canjeado por el «ferez» (general, visir).

—Especialmente a las huestes de la frontera. Varios monjes teutones dirigen los palenques de armas, aquí y en Bergen —testimonió.

—Pues yo también te voy a facilitar una confidencia, Peter. Mi rey don Alfonso planea un acuerdo con esa Orden alemana de guerreros, crucial para conseguir su elección imperial. ¿Tú qué opinas de esa alianza?

Intrigado, el arzobispo noruego frunció el ceño y apuntó grave:

—Ferrán, en aras de nuestra amistad te confesaré que los Caballeros Teutónicos no se alían con nadie, sino con sus propios intereses. Andad con ojo. Tengo la certeza de que tarde o temprano lo traicionarán.

—¿No los considera el Papa su espada en el norte de Europa?

—¡Qué equivocado estás, hermano Suero! Esos monjes de la cruz negra sólo aspiran a instaurar un imperio germánico a espaldas de Roma —descubrió—. ¡Ah, Suero! ¿Sabías que Von Drakensberg se ha mostrado muy atraído por vuestra embajada, y que desea conoceros?

La índole confidencial de la charla se trocó en asombro y alarma.

—Pero ¿por qué? ¿Quizá para retarnos a una partida de ajedrez?

—Lo ignoro, pero su espíritu indómito y su reserva son proverbiales e imponen respeto. Parece como si aguardara vuestra llegada de antemano.

Ferrán enmudeció. No le gustaba lo que había oído, pero replicó:

—Interesante; indudablemente lo tendré en cuenta.

«¿Por qué hay tantos personajes interesados en nuestros pasos?», pensó Beltrán, viendo que la situación se enredaba cada día más.

Ferrán consideró que la conducta del teutón podía ser con-

siderada insólita y cruzó una mirada de sorpresa con el eclesiástico noruego. Daba la sensación de que para aquel guerrero
el mundo era un lugar hostil.

A lo lejos, las copas de las hayas se curvaban ante su fuerza
y los zarzales de las laderas parecían ejércitos que las escalaran.
Beltrán sintió que el frío le helaba los huesos: el enigmático
monje teutónico lo había inquietado profundamente.

La luz empezó a declinar y un viento frío se alzó con fiereza. Las barcas del pantalán chocaban entre ellas violentamente
como movidas por manos invisibles.

La doncella de las brumas

El rey Haakón empujó con rudeza la puerta de la cámara de la reina.

Estaba de mal humor; se notaba en el ceño fruncido y hosco.

En el aposento sonaban una rueca y los acordes de una lira. Su consorte, *dame* Margaret Skulesdatter, mujer de facciones fuertes que evocaba bellezas pretéritas, charlaba con sus damas. Mientras, su hija Kristín, la virgen que se desposaría en Castilla, tenía prendida la mirada en las marchitas ramas de un árbol lamido por la bruma. La luz penetraba opaca por las troneras iluminando las colgaduras, y la doncella, con la elegancia de un cisne, apoyaba la cabeza indolentemente en la ventana.

Gudleik, un pecoso bufón de corte, trataba en vano de animarla.

Transcurría la novena luna del año, la del Avellano, y la escarcha anunciaba el equinoccio del otoño y las Fiestas del Álamo Blanco. Los hinchados párpados de la muchacha delataban que había llorado. Las aguas del fiordo se mecían en suaves ondulaciones, reflejando los bosques de abetos amarillos. «¿Es justo? —cavilaba ensimismada—. ¿He de considerar el desposorio que me tienen prescrito como un infortunio, o como una suerte? ¿Debo acatar el mandato de mi padre? ¿Qué ventura me tiene reservado el futuro entre gente desconocida y de costumbres extrañas?»

Sturla, el poeta islandés, le había asegurado que su sacrificio era digno de ser tallado en las piedras y cantado en las sagas. Le había echado los cálculos de su futuro a la usanza de las runas revelándole que el destino lejos de Noruega le traería una felicidad efímera, como el sol de medianoche: «Como las princesas antiguas del país de Thule, te comunicarás lejos de tu patria con el Ragnarök, el último destino, el Ocaso de los Dioses, aunque ignoro cómo».

Ella evocaba el augurio y se sumergía en el vértigo del temor.

Kristín, engalanada con un brial entretejido de perlas, olía a ámbar. Su cabello, del color del trigo maduro, le cubría la espalda y brillaba como un espejo de oro. El fino perfil de sus rasgos, el azul de sus ojos rasgados y sus labios, como cerezas maduras, contrastaban con la blancura de su piel. A pesar de su aspecto frágil, la muchacha parecía poseer todo el vigor de la naturaleza. Era una princesa culta que sabía de álgebra, música y teología, y conversaba en latín, noruego y francés normando, enseñados por su maestro fray Ulv, el abad de Munklif. Su belleza era cantada por los bardos de Escandinavia, aunque su inclinación a la escritura y las artes era objeto de repulsa por los *jarls*, que lo consideraban impropio de una hembra.

No mostró ninguna sorpresa al ver entrar al rey y pensó que su padre venía a acrecentar su dolor, pues si como se decía en la corte, partiría hacia el reino del sur en verano, ya no volvería a verlo más en este mundo. Las dueñas se hicieron a un lado y Haakón besó la mejilla de su hija, que le ofreció en un cuerno hidromiel caliente. Sabía de su afabilidad, pero también de su obstinado carácter. En un arranque de ternura se interesó:

—¿Cómo te encuentras hoy, querida Kristín?

—El miedo a un futuro incierto me turba el alma —contestó serena.

—Se halla triste, esposo mío —aseguró la reina—. Sturla, el

bardo, le ha predicho en las runas una felicidad intensa pero fugaz.

El rey interrumpió a Margaret con una expresión de enojo.

—¡Que me lleve el diablo! Ese torpe poeta es un charlatán de mercado —señaló el soberano airado—. Kristín, tú no eres una campesina ignorante, sino hija y nieta de reyes. Una mujer de tu rango precisa de una unión provechosa con un príncipe prestigioso.

Kristín amaba a su padre, así que contestó con un coraje más ficticio que real:

—Nadie puede torcer el destino dispuesto por Dios. Ni tan siquiera vos, padre. Pero no cubriré de vergüenza nuestra sangre y me tragaré el acíbar de mis lágrimas. Os obedeceré como corresponde a mi condición.

Haakón apoyó su barbilla mohína en su mano y comentó balbuciente:

—Reconozco que los matrimonios entre soberanos están basados en el provecho, pero creí que lo habías comprendido. No es hora de decisiones no meditadas, Kristín. Sufro en mis carnes las hambrunas de mi pueblo y preciso de aliados poderosos, como el rey de Castilla, que pronto será investido como emperador del Sacro Imperio. ¿Lo comprendes, hija mía?

—Trágica costumbre la de convertir a las mujeres de sangre real en moneda de cambio —replicó Kristín sin alzar la mirada, y el rey fingió no escucharla.

Haakón golpeó el suelo con su bota con ritmo agobiante.

—¿No será que estás enamorada de algún cortesano, Kristín? En la corte corren rumores de que andan embelesados por ti ciertos galanes atrevidos, como Lodín Leep, Ivar el Inglés y Thorleif Bosso. ¿Es eso cierto?

Kristín enrojeció de ira, pero contestó con afabilidad:

—No le resulta fácil a una princesa amar libremente. Sólo son compañeros de danzas y paseos, como Sturla el poeta, nada más.

Al rey no le gustaba el jactancioso Ivar Engleson, un *jarl* de ascendencia inglesa del país de Tröndelag, la rica tierra de labranza de la Noruega central, a quien aborrecía por su actitud falsa y tortuosa. Era mezquino y engreído, y le irritaba que hiciera la corte a su hija, conocidos como eran sus contactos con el rey inglés, y la creación de una facción de *lendmenn*, caballeros, que en el secreto de la noche solían cometer desmanes contra monasterios e iglesias cristianas, comprometiendo las relaciones del reino con Roma. En los *thing*, las asambleas de verano de las tribus noruegas, el farsante se le mostraba falsamente adicto a su política de acuerdos, que luego despreciaba a sus espaldas. Pero no podía enfrentarse abiertamente a él, pues el padre de Engleson, aunque fríamente, lo apoyaba.

—¡Pues pregona que pronto pertenecerá a la familia real! —se quejó—. ¿Sabes que ha creado una patrulla secreta de encapuchados que atacan e incendian iglesias de aldeas e intimidan a los cristianos? No tengo pruebas. Pero un día no muy lejano pagarán su cobardía con la horca.

—Es un iluso y un zafio pendenciero, padre. ¿Qué hombre puede vanagloriarse de conocer los misterios del corazón de una mujer? ¿Qué sabéis ninguno de vosotros de nuestros sentimientos, aunque nos améis?

Al verla tan desalentada, Haakón la confortó.

—No malgastes tu belleza con patanes, hija, tu obligación es sacrificar tu felicidad en bien de Noruega. Créeme, no obro por provecho personal, sino movido por el cuidado del reino —subrayó incómodo.

Kristín levantó la mirada, aunque le costaba mirarlo de frente.

—¿Y con quién habré de desposarme? ¿Lo habéis decidido ya, padre?

Haakón no observaba agrado en sus ojos, sino un rabioso descontento.

—Así es, aunque no me he reunido aún con los embajadores castellanos. Sé que no puede ser con el rey Alfonso y les propondré que te unas en matrimonio con el infante que tú elijas de su regia estirpe —respondió el rey acariciándole el pelo—. ¿Acaso te sientes llevada por la fuerza, hija?

—No tengo otra alternativa, señor. Pero no recéléis, cumpliré escrupulosamente vuestros deseos —dijo con voz apenas audible.

—Hija, tu bondad y hermosura hacen de ti la princesa más deseada de la cristiandad —quiso convencerla—. Además, una dote y un séquito conformes a nuestro poder te acompañarán a tu nuevo destino.

—No hallaréis deshonra en mí —le aseguró con cariño—. Los Håkonardottir no se desacreditan a sí mismos.

—Serás feliz, hija mía —la quiso contentar—. Aquellas tierras son el paradigma de la abundancia, de la luz y de la primavera eterna. El Creador bendice tu abnegación con un paraíso. Serás feliz, te lo aseguro.

Desde que supo que su futuro había entrado en los planes políticos de su padre el rey, la tristeza había embargado el corazón de Kristín, pero entonces, al presenciar la amarga sinceridad de su padre, hizo un esfuerzo por sobreponerse a su desesperación.

—Me resultaría más fácil perder lo querido que abandonarlo —dijo triste.

A Haakón se le quebró el alma, y le tomó las manos en las suyas.

—Muy pronto empeñaré mi palabra con un juramento. Cuentas con mi bendición y con el beneplácito de la Santa Iglesia. Piensa que cuando un sacrificio es deber, adquiere la condición de virtud, y Noruega no lo olvidará.

Kristín era una mujer sencilla, y su belleza no estaba reñida con la ternura. Pero aborrecía las formas toscas de su padre y el desapego de sus sentimientos. No obstante, observando las pupilas de Haakón lo compadeció, pues trataba en vano de domeñar un mundo engañoso y esquivo con excesiva aspereza, y necesitaba de pactos poderosos. Tras un período turbulento para el reino, y merced a su política de alianzas, había sometido a los clanes enemigos y era respetado. ¿No debía sentirse dichosa? Sin embargo, ¿pensaba su padre en las heridas que le infligía a su alma?

Los reyes la miraban de hito en hito, mientras el crepúsculo encendía de rojo sus ojos de mar y las caducas hojas de los robledales. Su espíritu sentía la punzada de la lejanía, pero consideraba que no existía defensa posible contra la voluntad del rey. Dominó sus sentimientos y demostró su amor filial y su entereza, regalándole una sonrisa inefable a su padre.

—Estoy resignada a mi sino, padre —reveló serena—. Pero ¿me permitiréis que visite el santuario de San Olav antes de que caigan las primeras nieves? Quiero rogarle ventura para mi nueva vida.

—Dispón en paz tu alma y que nuestro santo antepasado te procure valor —la animó.

Kristín se apaciguó cuando su padre se marchó tras besarla en la frente. No obstante sabía que todos sus movimientos serían vigilados desde aquel instante hasta su partida. Sumergida en un océano de dudas, se preguntó qué príncipe de Castilla sería el futuro dueño de su corazón. Gudleik hizo un visaje bufo y la princesa lo acarició con afabilidad.

El bufón, un esclavo siciliano que su padre le regaló al cumplir diez años, tenía la misma edad que Kristín, que sentía una gran ternura por aquel ser humano, pequeño de cuerpo y grande en sentimientos, que siempre se mostraba comprensivo con sus penas. Hecho esclavo en Sicilia, su piel de abundantes pecas, el pelo espinoso como el de un puercoespín, los ojos risueños como los de un frailecillo de convento, las piernas zambas como alfanjes turcos, y la sonrisa pícara incitaban a la sonrisa y el agrado.

Pero era franqueza y simplicidad lo que los unía como hermanos. Una corte que se preciara poseía su bufón, y al mordaz Gudleik la familia real lo adoraba. Solía vestir como un titiritero de feria, se pintaba el contorno de los ojos de negro azabache y llevaba colgada del cinto una espada de madera dorada, como el dios Odín. Se divertía en la corte como una cigarra en verano y su ingenio para relatar historias causaba fascinación en las largas noches alrededor del hogar, pues era divertido, ingenioso y parlanchín. Kristín, desde su más tierna edad, lo consideraba el compañero ideal de sus juegos.

Cuando estaba triste, Gudleik se retorcía en zumbonas muecas y se transmutaba en un cómico de caminos y plazas. Y con el correr de los años se había convertido en el bálsamo de sus pesadumbres, en el confidente de su alma, en el servidor incansable y en el guardián de sus intimidades. No podía asistir a los oficios divinos, ni entrar en sagrado, pero la princesa nunca permitía que se convirtiera en objeto de chanzas malintencionadas y lo protegía de las patadas y golpes de los palaciegos.

Lo miró con sus ojos añil y, con un apego inefable, le confesó:

—No encuentro ningún arroyo que calme la sed de mi tristeza, Gudleik.

—El dolor por un destino incierto, ama, es como la luna llena, que poco a poco irá menguando —la consoló, haciendo sonar su sonajero de plata.

—¿Qué habrá querido decirme Sturla sobre que los *draguen** me tienen reservado un sino incierto y efímero allende el mar? —dijo para sí.

—No hagáis demasiado caso a ese loco bardo. A veces delira.

La joven se cubrió con las pieles del hogar y se deleitó con el brillo de los tejares de Bryggen, el puerto donde se mecían las naves de los cazadores de ballenas, de los mercaderes hanseáti-

---

* Espíritus de los que habían muerto en el mar.

cos y de los pescadores que soñaban con mares abiertos, ¿o aca- so Bergen no había sido fundada por Olav Kyrre el Vikingo y llevaban en la sangre la linfa del riesgo, el mercadeo y la aven- tura?

Luego le rogó a su dama predilecta, la menuda y frágil Elke, que le leyera unos versos para sosegarse. Los días se enfriaban y nubarrones pardos cruzaban las cumbres hendidas por celajes de niebla que arribaban de los fiordos de Sogne y el Geiranger. Aquel día el sol pugnaba por asomarse por un cielo siempre encapotado por una bruma espesísima. Al poco descargó una copiosa lluvia que malgastaba el escaso sol que moría en la ti- bieza de sus aguas, como el ánimo de la Doncella del Norte.

Al poco un rutilante arco iris puso en estampida las nubes y cesó la cellisca. Sonó la esquila de la iglesia de Santa María y sus ecos se perdieron por las siete cumbres de Ulriken de la bru- mosa ciudad de Bergen. Y la princesa se vio apresada en los di- lemas que surcaban su mente.

La penitencia de frey Hermann

La escarcha crujía bajo el peso de las botas de frey Hermann von Drakensberg.

Soplaba el mar y sus silbidos retumbaban en las aspilleras de Tonsberghuus. El monje guerrero entró en la solitaria capilla del castillo para cumplir con sus rezos matutinos. Una lamparilla de aceite parpadeaba en el altar, proyectando en el muro la sombra colosal del teutón, que se arrodilló frente a un crucificado de ojos vacuos. Con modales bruscos se desprendió del hábito cruzado dejando su velludo torso al desnudo.

Luego, con la rabia de un animal acosado, se autoflageló con el cíngulo de cuero hasta que los ojos se le extraviaron y saltaron de su espalda pequeñas perlas de sangre. Tenía las rodillas tumefactas de la penitencia y mostraba una devoción ferviente en sus plegarias. Mientras se mortificaba, suplicaba a santa María, la patrona de su Orden, por la que destripaban turcos y machacaban espinazos de infieles sajones. En su honor rezó las jaculatorias de la Asunción y de la Candelaria, según su regla.

«Los paganos inclinan su cerviz ante tu poder, Señor, bendito sea tu nombre por los siglos de los siglos y el de santa María. Amén», oró.

Mientras llegaba el arzobispo Hamar para oficiar la misa,

besó la cruz negra de su túnica y se abrigó con un capote de chivo, echándose de bruces en las frías losas para implorar por sus pecados: «*Confiteor Deo omnipotenti...*».

«Mi vida se reduce a la expiación de mis pecados», murmuró.

La esquila sonó en el castillo convocando a misa.

Varios caballeros de la partida del arzobispo, damas tocadas con altos velos y diademas, escuderos soñolientos, los legados hispanos y una cohorte de clérigos y diáconos, ingresaron en el oratorio, agavillándose alrededor del altar. Las salmodias de las antífonas de Adviento iniciaron el ceremonial, y Beltrán observó con detenimiento al guerrero ajedrecista, por el que sentía una magnética atracción. Percibió que su rostro se le ensombrecía en el momento de la consagración, y al alzar el arzobispo la hostia consagrada, ocultó la cara con sus manos, como para encubrir una amargura profunda.

—*Hoc est enim corpus meum et sanguinem mean*, «éste es mi cuerpo y mi sangre» —exclamó Hamar entre el repiqueteo de las campanillas.

Drakensberg musitó una jaculatoria en alemán, mientras unas lágrimas descendían por sus mejillas hasta desaparecer por la barba. Y en aquella actitud contrita permaneció hasta el *ite, misa est*, cuando fueron abandonando la capilla entre la armonía de los neumas gregorianos.

Hamar le comunicó al legado de Castilla que en dos semanas, el rey Haakón, de regreso en Bergen, recibiría en el Aula Regia a la embajada de Castilla y le propuso, para entretener la espera, visitar el santuario de San Olav, el rey mártir de Noruega, y hacerle sus ofrendas.

—No podría sentirme más encantado y distinguido. ¿Cuándo partimos?

—En dos días —respondió el eclesiástico—. La nave está

preparada y enviado un aviso al deán. Desde el alba de la cristiandad es un santuario nacido bajo el signo de la divinidad. Allí darás gracias por tu feliz travesía, Suero, y podrás ofrendar el voto enviado por vuestro rey. Más tarde no sería posible.

El eclesiástico noruego desempeñaba como nadie el papel de anfitrión, conciliador y amigo, procurándoles una estancia digna y cordial.

El arzobispo Hamar aprovechó para cumplir con el deber de canciller del reino. Rodeó el ara ataviado con su sobreveste morada y presentó a sus invitados al teutón, quien cuidadoso de su respetabilidad los aguardaba a un lado. Inclinó la cabeza y los saludó en un latín gutural.

—Frey Hermann, tenéis ante vos a *messire* Suero Ferrán de Toledo, al *magister* Beltrán Sina y a estos caballeros hispanos, legados del muy magnífico señor don Alfonso X de Castilla y de León.

Besó el anillo que brillaba en la mano blanca del nuncio castellano.

—Que pierda mi alma si el *sire* Alfonso no es un monarca en el que la profecía vive misteriosamente —aseguró, sorprendiendo a todos—. Carne de la carne del gran Federico II, vuestro rey está predestinado a ceñirse la Corona del Sacro Imperio Germánico y restaurar la Edad de Oro en el mundo.

El teutón se había pronunciado de forma tajante ante los castellanos. Era evidente que no poseía sobre Alfonso ninguna confusión de ideas.

—¿A qué os referís? —inquirió Ferrán, que lo tomó como un halago.

—¿No adornan a vuestro rey la sabiduría, la prudencia, el valor y su sangre *deutsche* de los Stauffen? —respondió el germano con un respeto como el que sólo despiertan los seres excepcionales.

—Sí, claro.

—Pues esos méritos lo convierten en el más aventajado

pretendiente a la Corona imperial —reiteró—. Así lo cree la jerarquía de mi Orden, obispo.

—Pues en ese empeño de sentarse en el trono del Imperio anda ahora, aunque sea un camino de espinas. Vuestra actitud es muy halagadora.

Ferrán estaba complacido y se sintió honrado por el germano.

—Es sincera, *messire*. Aún evoco los testimonios de mi fallecido maestre Von Salza —siguió el teutón—, que me narró su viaje a Castilla cuando acompañó a *dame* Beatriz de Suabia para desposarla con su padre, Fernando III. «La monarquía germánica está agonizante y nada tan puro como unir la estirpe hermana visigoda de Castilla con la de Suabia. El *Imperium Mundi* tiene garantizada su supervivencia hasta que suene la trompeta del Juicio Final», me dijo. Jamás olvidé esas palabras y espero que se cumplan en vuestro soberano don Alfonso. Y no subestiméis el poder de mi Orden en estas tierras del norte, eminencia.

Las últimas palabras, en tono concluyente, hicieron mella en un extrañado Ferrán, quien tomó debida nota.

—Pero ¿lo quieren ver coronado verdaderamente los siete electores imperiales, frey Hermann? —replicó Suero Ferrán.

Drakensberg, que mostró un gesto de susceptibilidad, sostuvo terminante:

—Los suficientes, ilustrísima. Pero, aunque no lo crean, es el Papa, el zorro güelfo, el gran obstáculo para Alfonso, y no los príncipes germanos. Roma es un centro de poder decadente y sibarita, y tratará de impedirlo.

—Mi rey nunca obrará en detrimento de los deseos de Dios.

El Caballero del Dragón parecía saber más de lo que expresaba.

—En Roma solamente prosperan las sutilezas del diablo, creedme.

—Sea entonces la providencia del Altísimo quien juzgue los merecimientos de don Alfonso —opinó el nuncio para despedirse, instante en el que la media sonrisa del guerrero desapareció.

—Aguardad, monseñor Ferrán —lo detuvo—. Con el consentimiento del arzobispo Hamar, desearía haceros un ruego. No he podido evitar escuchar que partís este domingo para visitar el sepulcro de San Olav y ofrecerle un presente de vuestro monarca. ¿No es así?

Suero se extrañó de la pregunta, que evidenciaba excesiva intimidad.

—Así es, comendador Drakensberg, pero ¿por qué lo preguntáis? —inquirió conociendo de antemano la respuesta del guerrero.

—¿Permitiríais que os acompañara? —le rogó—. Los robos y las muertes son corrientes entre los peregrinos y mi espada os puede ser útil.

El obispo hispano, que sabía que su misión encerraba otras jugadas relacionadas con la coronación de su rey como emperador, no quiso dejar pasar la ocasión de conocer a un personaje tan especial. Esbozó una mueca e interrogó con la mirada a Peter Hamar, quien veía la política desde el punto de vista práctico. Éste asintió con una señal de connivencia.

—Vamos como romeros y no como hombres de armas —lo previno.

—Como yo, ilustrísima, que hago penitencia como siervo sufriente de Dios por mis muchos pecados de juventud —aseguró misterioso.

—El fin de la oración y de la mortificación no es alcanzar lo que pedimos, frey Hermann, sino transformarnos —le recordó el castellano.

—Habéis de saber, *messire*, que hace tiempo sucumbí ante la tentación de un pecado terrible y entre las penitencias que me impuse para no abocarme a la condenación eterna, prometí a

Dios peregrinar vestido de estameña y cubierto de ceniza a los santuarios más sagrados de la cristiandad: Roma, Tierra Santa, y los sepulcros de san Olav en Nidaros y del señor Santiago de Galicia. Os ruego que socorráis el perdón de un pecador arrepentido, y que me permitáis acompañaros.

—¿Y qué culpa habéis cometido que os obliga a penitencia tan rigurosa? —se interesó sorprendido—. Habláis con un ministro de Dios.

En actitud respetuosa y contrita, bajó la mirada al suelo y explicó:

—La más degradante para un monje de la Orden Teutónica, *pater*, y de la que no puedo hablar. Por ella he vaciado el saco de mis lágrimas y agotado todas las disciplinas que un cuerpo mortal puede soportar.

A Ferrán le preocupaban las adversidades sobrevenidas pero, como hombre temeroso de lo desconocido, aceptó sin evitar la vanidad de verse solicitado por personaje tan distinguido. Era evidente que Von Drakensberg sufría por vencer los terrores de un pasado, aunque dudaba si le inspiraba antipatía o compasión. Sus escrúpulos de conciencia lo incomodaban, pero Ferrán, para mitigar la soledad del teutón, accedió a su ruego.

—Un cristiano no puede negar el auxilio a un hermano penitente.

Los flameros de cera se iban apagando y la barba hirsuta del germano parecía teñida de fuego. Beltrán asistía a la plática cautivado, interesado en la turbulenta personalidad que intuía en el monje teutónico. ¿Sus opiniones sobre Alfonso eran sinceras o fingidas? El alemán besó la mano enguantada de Ferrán con agradecimiento y desapareció por los corredores dejando tras de sí una estela de arrogancia. Peter Hamar los acompañó mientras conversaban sobre el teutónico.

—Jamás me hubiera imaginado que me hiciera ese ruego, Peter.

—Drakensberg expía un oscuro deshonor que pesa sobre su cabeza y sufre como si lo hostigaran las bestias del Apocalipsis —contestó el noruego.

—¿Quién es ese hombre realmente? ¿A qué código del honor faltó tan gravemente?

Hamar los miró grave, testimoniándoles reservadamente:

—La historia de Von Drakensberg es oscura, aunque su linaje no lo sea…

Entonces Hamar prosiguió contándoles lo poco que sabía de aquel enigmático monje. De pura sangre germana oriunda de Westfalia, había estudiado latines y escolástica en Fulda y en París, e ingresado como postulante en la orden militar de los Caballeros Teutónicos. Por sus notables virtudes había jurado los votos de castidad, pobreza y obediencia en la fortaleza de Elbbing. Se había templado combatiendo en Tierra Santa, y distinguido en feroces lides al defender de los sarracenos el corredor entre Jerusalén y el mar. Sin embargo, una ultrajante degradación militar, por un no menos infausto y poco conocido lance, donde se acusó gravemente al protector del Santo Sepulcro, el gran maestre Malhlberg, y a tres caballeros más, entre ellos Drakensberg, había roto su meteórica carrera hacia las más altas jerarquías de la Orden, cuando muchos lo juzgaban como el futuro *hochmeister* o maestre general.

—De sus culpas sólo conozco lo que cuentan los rumores —concluyó Hamar—. Sólo puedo decirte que tras ese grave hecho ocurrido en Tierra Santa, del que no se conoce su verdadera naturaleza, el gran maestre se quitó la vida, y Hermann von Drakensberg, con su dignidad destruida, fue degradado. Debió ser muy grave el asunto. Depuesto, deshonrado y convertido en *brüder*, «hermano de manto gris», fue obligado a entregar su espada de caballero, su cruz negra y su blasón, aunque fue rehabilitado años después por el valor demostrado en la última campaña contra los idólatras prusianos. Pero entre tanto, se había operado en su alma una profunda metamorfosis, transformándolo en un soldado de Cristo introvertido, hosco y replegado sobre sí mismo.

—No todos los hombres son capaces de encajar los golpes del destino sin ser destrozados para siempre. Drakensberg, aun pareciéndome poco de fiar, me cautiva —opinó Sina.

—Sé que años más tarde fue rehabilitado —siguió Hamar bajando la voz—. Y se rumorea en la corte que pertenece al capítulo oculto de la Cúpula del Mundo, o la Corona Sublime, el gran secreto de la humanidad.

Don Suero saltó como mordido por un escorpión.

—Pero ¿realmente existe esa hermandad de sabios y gobernantes en la sombra?

—Como tú y yo conversamos ahora mismo —contestó nervioso—. Se trata de una fraternidad secreta, de un círculo de mentes preclaras, de un poderoso rango dentro de las jerarquías de la Orden Teutónica y de otros poderes de las grandes religiones del mundo, que al parecer tiene gran poder en Tierra Santa. Aseguran los privilegiados que la conocen que ese escogido y selecto grupo trabaja calladamente al margen de la Iglesia de Roma, de los grandes ulemas musulmanes, de los rabinos judíos y de los monarcas europeos, una especie de gobierno del mundo en la clandestinidad. Una fuerza en la sombra dominada por príncipes y místicos de las tres religiones y de tres continentes. ¿No os parece extraño?

A Beltrán se le había escapado un gesto de incredulidad y también de asombro, e intervino en la plática con curiosidad máxima.

—¿Habéis dicho la Cúpula del Mundo, eminencia? —saltó—. Por la sangre del Salvador que jamás había oído nada sobre ella. ¡Un gran poder dentro del poder! Y, ¿sabéis qué pretenden?

El arzobispo noruego volvió a añadir un enigma más sobre el teutón.

—Se conoce muy poco de ese conciliábulo de eminentes

personajes. Un velo de misterio se cierne sobre él. He oído que proyectan un plan tan secreto como temido por el Papa de Roma, cuya jauría de dominicos arde en deseos de meter las orejas en él. Se trata de uno de los secretos mejor guardados del mundo.

—¡Dios santo! Resulta aterrador y a la vez fascinante —exclamó Ferrán—. ¿Y crees que frey Hermann pueda ser uno de sus agentes en estas tierras?

—No podría asegurarlo, Suero, pero es más que posible. Ese monje guerrero es parco en palabras, y parece como si quisiera exorcizar los demonios del pasado castigándose a sí mismo. Nada más.

—Evidentemente busca algo, o trata de olvidar una pena muy grande.

La mañana pronosticaba una jornada de lluvia. Se retiraron pensativos y cruzaron el embarrado patio de armas atestado a aquella hora de carretas de bueyes, jaulas con animales de las granjas, sirvientas que vaciaban bacines y extendían las pieles sobre los establos de guijarros para que se helaran los piojos, soldados, buhoneros que vendían fruslerías y campesinos acarreando hortalizas, gansos y cerdos. Ferrán blasfemaba de aquel martirio y se frotaba sus manos doloridas por los sabañones.

Deseaba reunirse con el rey Haakón, pero estaba contento por visitar previamente el santuario de San Olav y formalizar la ofrenda enviada por don Alfonso. Beltrán se encerró meditabundo en el calor de su aposento. Extrajo de su morrión de cuero un trozo de lino y un lápiz de cantero, y anotó sus últimas experiencias, sobre todo, lo conversado sobre la enigmática Cúpula del Mundo. ¿Qué secreto poder ocultaría esa sociedad de poderosos, hasta ahora desconocida para él?

Los *kurs*

Llovía. Las ventiscas del norte soplaban con crudeza en el casco de la nave, pero con la ayuda del *beitiäs*, un vástago de madera conocido por los navegantes vikingos, la galera pudo navegar con ritmo impetuoso. Los peregrinos hispanos habían partido al amanecer de Tonsberg rumbo a Nidaros,* con la intención de regresar a la fortaleza días antes de la recepción real. Sabían por Hamar que el lugar no era seguro y que Haakón se esforzaba en pacificar a las belicosas tribus del norte para proteger a los peregrinos. El obispo Ferrán temía pagar con su vida el deseo de su rey de ofrendar en San Olav el cáliz de pedrerías que guardaba en un cofre.

El barco desapareció en la niebla, tras un velo de espuma marchita y sucia que se disolvía en la distancia de los nevados acantilados.

—Detesto navegar. Este océano carece de misericordia, Beltrán.

Altas montañas y acantilados cristalinos dominaban los fiordos, que paulatinamente se iban llenando de grandes bloques de hielo que flotaban a la deriva. El aire estaba saturado de cortinas salitrosas que salpicaban la amurada y el frío calaba los capotes. Comían en la cubierta arenques con pan ácimo y cerdo

* Actual Trondheim.

escabechado y bebían cerveza caliente. Nidaros, según el arzo-bispo Hamar, era la única ciudad noruega donde se manifesta-ba con todo su poder el dios cristiano, si bien muchas gentes seguían siendo paganas en secreto. Aunque se bautizaban, ado-raban a Balder el luminoso, a Odín el indomable, a Ymir el gi-gante y a Thor, el dios del trueno, y obedecían temerosamente a los *godes*, los sacerdotes de la religión antigua.

—¿No oyes la risa del mar, Beltrán? —repitió temeroso Fe-rrán.

—Sólo el siseo del viento. Sosegaos, la singladura será breve.

—Estamos tentando a la suerte, y ya lo dice Virgilio en su *Eneida*: «No abandones la tierra y deja para otros la mar». Aquí es donde más se manifiesta la cólera de Dios. ¡Protégenos, se-ñor Santiago!

Beltrán se reía de las palabras de su amigo el obispo y lo ani-maba. Bogada tras bogada dejaron atrás los tajos de aguas profun-das y los fiordos de Hardanger, Bergen y el Sogne. En medio de una lluvia gélida que no cesaba, se adentraron en el río Nidelven, en cuya orilla asomaba la difusa traza de la ciudad santa, entre un bosque de palos donde colgaban miles de bacalaos secándose al viento. El cobrizo de los pinos y el cárdeno de los arándanos se reflejaban en la corriente convirtiendo el río en rojo.

Sina no perdía de vista a Von Drakensberg, quien mudo e impasible, se parapetaba tras los escudos colgados de las arpille-ras y miraba las paredes de los acantilados donde las aves mari-nas colocaban sus huevos, como si temiera el peligro de alguna flecha perdida. Con su mirada de halcón barruntaba algún pe-ligro y no dejaba de divisar las humaredas que escapaban de los bosques cercanos, pues las recientes hambrunas diezmaban las tribus del norte y agravaban el pillaje.

—Esos humos no son de carboneros, sino de saqueos —va-ticinó Drakensberg.

El pavor creció en la expedición, y Hamar entró en un lar-go mutismo.

Sabían que hordas de piratas, que ellos llamaban *kurs*, y de *samis* se habían lanzado a la violación, el saqueo y la rapiña, y que atacaban implacables a los peregrinos. Al obispo Ferrán se le encogía el alma, pues era hombre de latines y de paz. Atracaron pasado el mediodía en el embarcadero, un caos de jaulas, barricas y fardos que olía a sirle de ovejas, pescado seco y cerveza agria. Lo frecuentaban marineros de agua dulce, estibadores, navegantes de la Liga Hanseática y cazadores de ballenas. Sobrevolado por bandadas de gaviotas que irritaban con sus chillidos desgarradores, parecía una bulliciosa Babel de madera y heno. Caballos peludos cargaban toneles de cerveza, fardeles con el símbolo de la Señoría de Venecia, lanas de Castilla, jade noruego, pieles de Holmgard y barriles de leche agria, en un estruendo atronador.

Suero Ferrán se abrigó con un tabardo de piel de zorro, preocupado por su dolencia de la respiración, y Beltrán, con una garnacha italiana y un gorro de lana, pues el frío los intimidaba. Resonaron las trompas y al descender la legación de la galera, los recibió un alto *lendmenn* o caballero, Börs Bardsson, el caudillo tribal de Nidaros, un individuo con una fea y blancuzca cicatriz que le cruzaba el rostro. Los saludó con reverencia, ofreciéndoles un cuerno con hipocrás caliente. Bajo el cinturón escondía un hacha de doble tajo y pestañeaba con cara de pocos amigos. Lo acompañaba un puñado de guerreros brutales armados de afiladas espadas. Ferrán se alarmó.

—Salud, ilustrísimas —saludó sumiso, pero alterado—. Excusad mi gesto de ira y de duelo, pero el Niflheim, el reino de los muertos, ha descendido a la tumba del rey Olav. Un centenar de *samis*, esos fineses de las tierras del Ter, y una turba de feroces *kurs* han saqueado e incendiado unas granjas cercanas y se han atrevido a robar en un monasterio del Císter y a expoliar a unos peregrinos suecos, aunque no han llegado a profanar el santo sepulcro. Lo impedimos a tiempo. Hubiera sido calamitoso para el reino, eminencia.

—¡Santo Cristo! ¿Lo sabe el rey? —se interesó turbado el arzobispo Hamar—. No es frecuente ver por aquí a esas hordas descontroladas.

—Ha sido informado, pero ninguno de esos perros ha quedado para contarlo. Hemos sofocado el asalto con la fuerza de nuestras armas. Pero no quiero malgastar mis palabras, seguidme, monseñor Hamar.

Tenso por la cólera, el *jarl* les indicó un bosque cercano donde se advertía el ajetreo de soldados. La angustiosa situación quebraba las normas del protocolo y los recién llegados se miraban desconcertados. Beltrán había intercambiado algunas palabras en latín con el monje teutón, y animado por su predisposición a hablarle, le preguntó:

—¿Quiénes son esos *kurs*, frey Hermann? ¿Los conocéis?

—Por desgracia, *magister*. Son hienas que se alían para asaltar y asesinar. Tienen por jefe a un hijo del diablo muy conocido por mi Orden: el príncipe lituano Mindaugas, un pagano adorador del fuego y carente de alma —explicó Drakensberg—. ¡Ojalá se pudra en el infierno! Ese Satán sin escrúpulos y sus partidas errantes son el terror de mis hermanos en Pomerania.

Peter Hamar dejó a la elección de sus invitados si querían seguirlos. Suero Ferrán, debilitado por la navegación, se excusó y con sus domésticos se dirigió al palacio arzobispal a descansar, mientras el monje teutónico y Beltrán los siguieron. Cruzaron el pantalán y se adentraron en el camino real de Nidaros, protegidos por la comitiva guerrera del *jarl*. Beltrán, pegado al arzobispo, no perdía detalle. Nubes de espeso humo salían de la fronda y bandadas de grajos emprendían el vuelo ante la presencia del grupo. Fresnos de descomunales raíces se abrían a uno y otro lado de un sendero salpicado de chozas miserables. El huésped observó piedras grabadas en escritura rúnicas y dibujos de dragones y serpientes enroscadas, que seguro recordaban el viejo culto. El hispano, nervioso, preguntó al teutón, interesándose por los salteadores:

—¿Tan terribles son esos piratas, frey Hermann?

—En el sur no conocéis a esos perros rabiosos. Los *kurs* son verdaderos demonios y se merecen el más atroz castigo —le informó—. Viven en las selvas pantanosas del norte, beben sangre, danzan desnudos ante la luna y adoran a ídolos y animales en sus cuevas inmundas. Practican sacrificios humanos, se tatúan el cuerpo y se narcotizan con una pócima de leche fermentada, líquenes, sangre de sus rebaños y extrañas hierbas. Inmolan con crueldad a los ancianos e impedidos de la tribu, son caníbales, y a sus guerreros muertos en la batalla los queman junto a sus caballos enanos, esclavos y mujeres. Y yo me pregunto: ¿se puede rogar caridad para estos engendros del diablo?

—¡Santa María! —exclamó Sina—. ¿Y nadie los combate?

—¡Sólo la Orden Teutónica! El arzobispo de Riga pidió ayuda al Papa de Roma y a mi gran maestre. Conseguimos aislarlos en las estepas de Laponia, pero regresan para sembrar el caos y la muerte. Ésta es la razón de ser de mi hermandad en esta parte de la cristiandad: acabar con estos paganos sin evangelizar. O bautismo y redención por la cruz, o muerte. Es la ley de Dios.

Al llegar al recodo del camino un estremecedor espectáculo los dejó sin habla, paralizando sus pies. Una espada desnuda clavada en el suelo y una guarnición de arqueros alrededor de unos árboles retorcidos pregonaban que se había ejecutado el castigo según el veredicto del rey. Los noruegos se habían tomado cumplida venganza de los salteadores antes de que éstos pudieran alcanzar el *drakar* que tenían varado en una cala desierta. Desollados y torturados, un centenar de asaltantes moribundos habían sido sujetados con sogas a los troncos, y luego quemados vivos.

—¡Por san Miguel, el que expulsó a Satán del edén! —profirió Hamar.

—El miedo mantiene el orden de las cosas, ilustrísima. Imploraron perdón, pero se encontraron con nuestra cólera —aseguró el *jarl*—. Han meado contra el viento y se han bebido sus propios orines.

El que parecía ser el jefe de los asaltantes, un *kur* con una mueca horrible en el rostro, había sido izado atado a su montura en la gruesa rama de un roble; después habían prendido fuego bajo las patas de la bestia hasta que ambos expiraron entre alaridos y relinchos en una agonía lenta y atroz. Algunos bandidos rogaban a sus verdugos una muerte rápida, pero recibían más tormento de sus captores. A otros los habían colgado de las ramas en manojos y eran acribillados a flechazos. De las cuencas de sus ojos fluía la sangre en un reguero horrendo y Beltrán volvió el rostro.

—Ésta es la justicia de Haakón, arzobispo. Servirá de escarmiento. Su nave ha sido quemada y la paz ha sido restablecida en la casa de san Olav.

—Que Dios se apiade de sus negras almas —dijo Hamar tapándose la nariz por el hedor—. Eficaz acción, Börs Bardsson, que el Altísimo os premiará.

En un árbol próximo habían pintado con cal una maldición contra aquellos ladrones que según el alemán eran ensalmos paganos del dios Thor, ante la cual frunció el entrecejo monseñor Hamar.

—Poderoso medio de disuasión y feroz advertencia para los que quieran asaltar el santuario de Nidaros —susurró Sina al oído del teutón.

—La fe de Cristo está amenazada en este país por la idolatría —aseguró Drakensberg—. Estos *kurs* no son criaturas de Dios, sino alimañas, y como tales hay que tratarlos. Han de conocer los mandamientos a sangre y fuego.

—Regreso a la ciudad, comendador; este tufo me produce náuseas.

El alemán, aunque se jactaba de gozar con la agonía de los ladrones, abandonó el lóbrego paraje y siguió al hispano, quien cabizbajo tomó una senda tras la que se adivinaban las torres de la catedral del santo patrón. Aceleraron el paso y el teutón no dejó escapar una sola palabra.

El tenue crepúsculo sumió en la penumbra el bosque, convertido en patíbulo de forajidos. Beltrán buscó la seguridad de la ciudad de los peregrinos y aceleró el paso, temeroso de algún peligro incierto. Drakensberg puso la mano en el pomo de su espada, mientras sentía que ojos sigilosos y ocultos, de seres quizá furtivos y extraños, los espiaban desde hacía rato.

Cuando comparecieron en la plaza, el vaho se cristalizaba.

Nidaros era un conjunto abigarrado de casas de madera, cañizo y barro sobrevolado por aves marinas. Un muro circular de maderos hincados en el fango de la orilla del río servía de protección ante los asaltantes. Los establos de los mercaderes y los caserones de los clérigos estaban pegados unos a otros, pues las casas de piedra, signo de riqueza, eran escasas, por lo que, de estallar un incendio, la urbe sería pasto de las llamas en menos que se reza una salve. Carecía de empedrado, pero largos entarimados de fresno unían sus enfangadas calles. Los viandantes, abrigados con pieles de reno y oveja, y calzados con abarcas, se mezclaban con las caballerías y las piaras de cerdos, camino del mercado o de la plaza de la catedral.

En el caótico laberinto de callejas y traviesas sobresalían unas singulares iglesias de madera. A Sina le parecieron barcos varados en medio de la urbe. Estaban adornados con animales fabulosos, dragones y quimeras, talismanes del amor y de la suerte y protectores de los malos espíritus. Una legión de andrajosos pordioseros, esgrimiendo escudillas de estaño, y de soldados de fortuna capaces de las más descaradas ruindades, les pedía limosna, pero al ver la cruz negra en el hombro del teutón, se apartaron inclinado la cabeza.

—*Messire*, que el santo Olav os proteja —decían con miedo.

«¿Tanto pavor le tienen a la Orden de caballeros negros en estos pagos?», se preguntó Sina, pues en sus rostros había advertido el espanto.

Por encima de los enrojecidos tejados de la ciudad del rey Olav despuntaban dos edificios a medio hacer, la catedral y panteón real, la *Nidarosdomen*, una filigrana en piedra de níveos sillares, y el palacio arzobispal, ante cuya fachada se representaban los Misterios de la Pasión y de la Creación por Pascua y Epifanía.

—Verdaderamente es una ciudad fascinante, frey Hermann.

—Es la ciudad de Dios. Un oasis en medio de la paganía —dijo severo.

Sin decir palabra entraron en la inhóspita residencia del prelado, oscura con la escasa luz de la tarde. Unas gotas de escarcha fundida le cayeron en la barba a Beltrán que soltó un improperio.

Aquella noche llovió a raudales y luego nevó.

El sepulcro del rey mártir

El sol bregaba por asomarse tras el velo de un cielo gris metálico.

A la hora de tercia, dos días después, partió la comitiva castellana hacia la catedral, precedida por el pendón real noruego, un león rampante con el hacha de san Olav, para cumplir con la ofrenda y rogar la protección del santo a la expedición.

Beltrán, con los ojos hinchados por la vigilia pasada en el garito de Wyrd el Sajón y en las tabernas del barrio de los peregrinos, posó su mirada en la fachada salpicada de estatuas de blanca esteatita, y comprendió que no podía poseer tumba más hermosa el rey mártir, monarca imperante en Noruega hacía ahora un siglo. Antes pirata vikingo, san Olav había asolado en su juventud las costas de Hispania, Francia e Italia, pero convertido al cristianismo había unificado el país y encontrado cerca de allí las palmas del martirio; después fue declarado santo por la Iglesia de Roma.

En las cercanías del templo se agolpaban cómicos fineses que hacían bailar osos, clérigos comerciando con bulas para la Cuaresma y los tahúres de dados cargados, que acosaban al tropel de peregrinos llegados de Trysil, la última etapa antes de alcanzar el sepulcro del santo. Plenos de fervor, se daban unos a otros el beso del peregrino, juntando palma con palma. Largas hileras de romeros esperaban para besar el santo relicario donde habían sido depositados sus restos. Vendedores de amuletos, muelas y filtros, y astutos rateros, también trapicheaban en los alrededores del lucrativo santuario, embaucando a los devotos.

Ante las puertas del sepulcro del rey mártir, aguardaban a los legados hispanos medio centenar de caballeros nórdicos y los maestros canteros de la inconclusa catedral. Un corro de ciegos alzaba sus cuencas vacías rogando una limosna de los castellanos. Ferrán arrojó un puñado de monedas que agradecieron con sentimiento.

—Suero, no me juzgues tiránico, pero ahí donde los ves tan devotos, esos nobles aún se inician en la vieja religión y deshonran al Dios cristiano —le reveló furioso entre dientes—. Son unos perversos y unos perjuros blasfemos.

—Las prácticas bárbaras siempre han sido difíciles de erradicar, Peter. Cultiva la paciencia con ellos. Al fin, la santa fe ganará.

—Adoran en privado a esos falsos dioses y encienden mi ira y la del Señor. Pero ignoran que las llaves de san Pedro poseen más poder en la tierra que cualquier rey —se exasperó—. ¡Son reos de condenación eterna!

Los graznidos de las urracas se mezclaban con el tañido de las campanas y las letanías cantadas por los chantres se elevaban con los nimbos de incienso que lamían los sepulcros de los soberanos que aguardaban el Juicio Final. Los archidiáconos, al entrar los embajadores de Castilla y los nobles *jarls y lendmenn*, cantaron a la Gloria del Cordero implorando que protegieran a la embajada hispana y a la princesa Kristín en su largo viaje al reino del sur. Pero algunos habían permanecido mudos.

El séquito avanzó por la nave central, aún cubierta de andamios y morteros. Olía a humanidad y resina quemada y brillaban centenares de velones. Vagas sombras doradas agrupaban sus hilos de luz en el relicario de ámbar, jade y pedrerías, en el crucifijo de plata y en la lanza y el hacha de san Olav, las reliquias más veneradas de Noruega, donde solían realizarse los juramentos de los reyes escandinavos.

Hamar, sumido en la emoción, mientras el resplandor de los cirios se reflejaba en sus sienes y en su pelada testa surcada de venas azules, se postró de rodillas. Se ajustó la mitra a la cabeza y su rostro adquirió un gesto de acritud. Luego alzó los brazos para implorar al bienaventurado rey que derramara la fe sobre su rebaño, aún poco proclive a recibirla. Su oración pareció más una arenga y una advertencia de condenación que una súplica contrita al santo.

—Santo Olav, somos hombres religiosos y aceptamos los dogmas de la Santa Iglesia de Roma. Aborrecemos la paganía, repudiada por Dios. ¿Qué poder de la tierra no se transforma en polvo ante tu relicario? ¿De qué sirve a un rey ser proclamado en las arenas de Oyrane, si no es ungido con el óleo sagrado ante este altar? —exclamó airado, y algunos *jarls* se movieron incómodos—. Aquí yacen los cuerpos de poderosos monarcas sepultados con sus miserias y sus pecados y nada son ante Cristo si no han rendido sus coronas ante Él. Absuélvelos, Señor, y acepta el presente de tu ministro llegado del reino de Castilla a postrarse ante tus pies.

—¡Amén! —contestaron los diáconos, aunque un rumor de desaprobación crecía entre los señores que, ceñudos, parecían molestos con la plegaria de su arzobispo y canciller.

De repente se asentó en la nave un silencio inquietante. Beltrán y el obispo Ferrán observaron que ciertos nobles murmuraban entre sí ante la iracunda mención del arzobispo Hamar a las arenas de Oyrane. ¿Qué litigio mantenían el prelado y la aristocracia como para dirimirlo públicamente y ante el sepulcro más venerado de Noruega?, se preguntaban los castellanos.

Suero Ferrán intentó acallar el coro de censuras y apagar las miradas de desafío que se intercambiaban Hamar y los caballeros. En especial de un tal Ivar Engleson, apodado el Inglés, un *jarl* que desde que llegaran al castillo, había demostrado una preocupante aversión hacia la embajada hispana, impropia de la hospitalidad noruega. Ivar era un hombretón robusto y de temperamento orgulloso y desafiante. Ferrán y Sina lo habían advertido, pero no le habían concedido mayor importancia, achacándolo a su salvaje zafiedad. Ahora, no obstante, se preguntaban por qué imprevistamente también se hallaba allí. ¿Acaso seguía los pasos de los castellanos? Ferrán se acercó al ara. Depositó el cáliz bajo el relicario, e incapaz de fingir, rogó con palabras prudentes:

—Os ofrezco, san Olav, mártir de la concordia, este presente de mi rey don Alfonso, soberano de Castilla y de León. Que vuestro favor absuelva nuestros pecados e ilumine el corazón de Cristina, la casta doncella que abrirá la amistad entre Castilla y Noruega. Amén.

Se alzó y propuso a su colega emprender una rápida retirada, antes que saltara alguna disputa más con los nobles en el templo del Señor. No quería prestarles ninguna excusa que diera al traste con los objetivos de la legación. A los acordes del Tedeum, los huéspedes besaron el relicario precipitadamente y dieron por terminada la ceremonia. Ferrán tiró de la capa pluvial de Hamar, y con calmosa dignidad, lo instó a abandonar la catedral.

—Acabemos en paz la ofrenda, Peter, o tu furor y el arrebato de esos varones terminarán enfrentándoos. Tú eres el fuego, nosotros su pretexto, y ellos la estopa. ¡No les hagas caso!

—Su fervor oculto a las divinidades paganas me irrita, Suero.

El eclesiástico noruego hizo un aparte, y en latín, para que no lo entendieran, les dijo acercándose a sus oídos:

—Ese Ivar Engleson es un sujeto de cuidado y de temperamento rebelde. Pero lo que más preocupa al rey Haakón es que lidera una extraña y secreta compañía de guerreros llamada «los Jinetes de Odín», unidos por tres convicciones. Una, el respeto a las viejas creencias y la aversión a la verdadera religión de Cristo. Otra, su soterrado e intrigante enfrentamiento hacia el clan real, y la tercera, el ser los ojos y los oídos de los reyes Plantagenet de Inglaterra. Todos disfrutan de intereses y beneficios en las islas Británicas, y parecen más vasallos del rey Enrique que de nuestro señor Haakón. Aterrorizan a los pobres aldeanos, y queman sus iglesias ¿Comprendéis ahora mis preocupaciones?

—Has hecho bien en advertirnos, Peter, pues así sabemos con quién hemos de tratar en la corte —reconoció Ferrán preocupado.

—Ese grupo no es muy grande, pero sí poderoso. Lo compone una veintena de *jarls* del norte y de la costa. Una banda sin escrúpulos que no se detiene ante nada. Y se les conoce porque proyectan su larga sombra en significativos asuntos de Estado, y porque se sirven de ridículas marcas para comunicarse y enviarse señales. Su distintivo es un círculo, la rueda de Odín, cruzado por una línea ondulada, que no es otra cosa que la representación del ala de su yelmo de guerra. Rinden culto a las Nueve Walquirias y aspiran a morir en el campo de batalla para que una de ellas los conduzca al Walhalla, su paraíso. ¡Puras paganías, amigo Suero!

A Ferrán y a Sina les inquietó la confesión. Don Suero repuso:

—Peter, para los poderosos mostrar debilidad es la mayor de las imperfecciones y la soberbia es su fuerza. Ahí radica tu labor de pastor de almas en estos reinos que tanto amas. Trata de atraértelos a tu redil y anda alerta con esos caballeros del extraño signo —le aconsejó el castellano.

—¡Se precisan hogueras alimentadas con leña para acallar esas malas conciencias! Y además, desobedecen al rey abiertamente. ¿No los ves?

—Sí lo advierto y me preocupa por los posibles estorbos a mi legación. Pero pienso que estas gentes no piden la severidad de un dominico, sino la paciencia de un franciscano —lo reprendió con aprecio—. Y a propósito, ¿qué lugar es ese de Oyrane que tanto los ha exacerbado? Parece como si hubieras mentado al mismísimo diablo.

El clérigo noruego se acercó al hispano y lo tomó del brazo.

—Ese diabólico paraje es mi amarga cruz en estas tierras, Suero, y una disputa antigua con estos nobles —explicó enojado—. Conforme a la vieja costumbre, el pueblo y la nobleza proclaman al rey allí, en Oyrane, lugar de legendarias profecías, no muy lejos de aquí. Es la lucha entre ese altar de Satanás al que todos acuden y la catedral de San Olav.

—¡Hum! Los lugares mágicos siempre han atraído a los hombres.

—Comprendo a los campesinos, que son criaturas incautas e impresionables, pero muchos nobles saben leer, y conociendo las Escrituras han decidido negar el poder de la cruz y seguir arrastrándose en la idolatría.

—No basta la fe, Peter, hemos de utilizar argumentos para que crean.

—Pero según Roma la proclamación del rey de Noruega carece de validez si el nuevo monarca no jura ante las reliquias de san Olav, y el óleo de Cristo legitima su corona. Haakón quiso que el relicario del santo fuera llevado por la fuerza a los arenales de Oyrane, pero el capítulo eclesiástico se negó, exigiéndole que la unción con el aceite santo se efectuara en esta catedral. ¡Y vive Dios que lo hizo ante el nuncio pontificio Guillermo de Módena! La nobleza insiste en coronar a los reyes en ese lugar pagano, y la Iglesia sostiene que debe hacerlo ante los ministros del Señor. ¡Eso es todo!

—La espada contra la cruz. La disputa eterna —señaló Sina.

—Pues que se anden con cuidado. Roma no sostiene a reyes idólatras.

Beltrán pensó que al fin y al cabo todo se reducía a alcanzar más poder, ese extraño imán que cosecha acatamientos y que incita a los poderosos a perpetrar crímenes nefandos que hacen parecer honestos.

No obstante, sacudido por la curiosidad, y tras oír al iracundo Hamar, decidió que antes de partir de la ciudad visitaría Oyrane, «los Bancos de Arena». Habían atizado su mayor debilidad: el interés por lo misterioso y lo arcano. Sin embargo, su corazón le avisaba que aquel desconocido lugar debía de estar dominado por signos paganos, aquellos que su mente inquisitiva no estaba dispuesta a ignorar, pues lo atraían como el imán a la ferralla.

Contempló las dos torres de la catedral, que como puntas de flecha se clavaban en el infinito plateado. Beltrán se persignó. El barro de las calles se había endurecido con el frío y se había vuelto resbaladizo y peligroso. Se arrebujó en su capote de piel y siguió pensativo al silencioso cortejo.

Soplaba un viento glacial y la escarcha confería un tono fantasmal a la mañana. Sina se preguntó qué enigmas encerraría aquel misterioso santuario donde reinaba lo oculto, el lugar al que el rey Haakón rendía pleitesía y al que el arzobispo Hamar temía como a la misma muerte.

La bruma se espesaba en Nidaros como un maná sucio e infernal.

La Dama del Amargo Destino

Oyrane, Noruega, otoño de 1256

La niebla matinal flotaba por encima del suelo helado.

Beltrán y un clérigo alemán conocido de frey Hermann abandonaron sigilosamente el palacio arzobispal. En aquellos días habían entablado relación después de una venta provechosa para ambos. El castellano le había cambiado al clérigo, por un barril de cerveza amarga, unos manuscritos singulares: los Eddas, una teogonía nórdica escrita en una remota isla hiperbórea, además de una saga en latín sobre las hazañas del rey Erik Hacha Sangrienta.

Sina estaba exultante con las adquisiciones para la biblioteca del rey.

El fraile, como reconocimiento a sus espléndidas invitaciones en la taberna de Wyrd el Sajón, le regaló algunos grabados en hojas de metal, «las runas de Odín», que irían a parar también a la biblioteca esotérica del monarca de Castilla. Intimó cordialmente con el eclesiástico, copista en el palacio arzobispal, quien además de venerar la cosmología, rendía culto a la cerveza negra y al vino del Rin.

Con él había decidido visitar en secreto los misteriosos arenales de Oyrane, antes de dejar la urbe santa. Embozados en capas pardas y jerapellinas de siervos, salieron a hurtadillas el amanecer de la víspera de la partida a Tonsberg, jinetes de dos mulas ambladoras. Ya no se hablaba del asalto de los ladrones, la paz reinaba en Nidaros y los últimos peregrinos arribaban sin dificultades antes de la llegada de las nieves. Una bandada de cuervos sobrevolaba el pantalán y nubes negras se acercaban por el océano.

Era el amanecer del primer día del plenilunio.

El clérigo lo condujo a través de un arrabal donde la penuria de sus habitantes enseñaba un muestrario de inhumanas miserias. «La miseria siempre al rebufo de la riqueza», pensó Sina. Borrachos que se peleaban por una cerveza con los mesoneros, callejones infectados de piratas y meretrices, mendigos, desvalijadores de tumbas, bandidos y pendencieros que te cortaban el cuello si no les agradabas como inquilino de su mundo de vicio, crimen y delincuencia. Una espuma sucia impregnaba el suelo embarrado, como una gangrena presta a devorar la ciudad del santo mártir. Pero el fraile, al parecer, era un cliente asiduo de las tabernas y prostíbulos, y los dejaron pasar.

Un búho ululó sobre sus cabezas y aceleraron el trote hacia Oyrane, en el día en que según el monje solían acudir los creyentes de la primitiva observancia para consultar a la *volva* o sacerdotisa Tyre. El orondo fraile, que hablaba un latín detestable, se mostraba solícito ante la promesa del *magister* de encomiar sus méritos ante el comendador teutón y el arzobispo Hamar y de unas jarras de hipocrás en la taberna, donde se codeaban con los balleneros, los soldados del arzobispo y los vendedores de bacalao, ámbar y jade. Enfilaron un atajo cubierto de arboledas, en cuya floresta podrían habitar seres de encantamientos, y hubieron de vadear un manantial de aguas apacibles.

—A este lugar lo llaman lugar de magia arbórea —detalló el fraile.

De repente se detuvieron alarmados. Un anciano que ocupaba el hueco de un roble centenario los llamaba con su voz quejumbrosa. Estaba sentado sobre el reblandecido suelo, y rezaba mezclando plegarias cristianas con el canto de Odín Redentor herido de lanza:

—«Colgó de un madero nueve noches. No le dieron alimento ni agua. Pero miró a sus profundas raíces, tomó las runas y descendió libre.»

El hombrecillo, de larga barba y consumido por la vejez, enarbolaba una larga vara de fresno y despedía un olor nauseabundo. Su piel poseía la dureza del cuero y los surcos de las arrugas convertían sus ojos en invisibles. Conversó con el monje en una lengua que Sina no entendió.

—¿Qué dice este vejestorio, *frater*?

El fraile se rascó las sienes como si estuviera arrepentido de ayudarlo.

—Nos advierte que vamos a condenar nuestra alma en los tormentos perpetuos de Satanás si seguimos adelante y nos adentramos en el reino de la Magia Inmemorial. Asegura que es un ermitaño creyente de Cristo y que esta arboleda está dedicada a las Normas, las madres guardianas de las aguas. Dice que la maga recibe hoy en los bancos de arena a sus seguidores, los hijos del diablo, y que sólo respeta los signos de las runas.

—¿Es eso cierto? —se interesó Sina, sobresaltado.

—En Nidaros nadie lo desconoce y hasta el arzobispo la teme.

—¿Acaso es una de esas hechiceras que bailan con el diablo a la luz de la luna?

—Lo ignoro, *magister*, pero Tyre Skiringsal, que así se llama, no guarda las apariencias y ejercita sus adivinaciones abiertamente. Aseguran que se alimenta de bayas, miel y leche de cabra, y que recibe la voz de los antiguos dioses que luego escribe en escritura rúnica —le comentó en voz baja—. Este santuario posee abundantes historias sobre visiones y misteriosos hechos, pero sigamos.

—¡Este lugar está vedado a extranjeros! Sufriréis su maldición y lo lamentaréis de por vida —exclamó el viejo intimidándolos.

Beltrán sintió temor por la predicción del viejo eremita, pero acuciado por la curiosidad, espoleó la acémila peluda, mientras miraba hacia atrás y ojeaba de soslayo hacia el bosque, como si en algún momento fuera a ocurrir algo asombroso. Tras larga cabalgada descubrió en un calvero la deliciosa visión de un templete de madera cubierto de musgo. Erigido bajo la sombra de un sauce gigantesco, colgaban de sus ramas cuernos de carnero y calderos de bronce. Lo rodeaban unas chozas de techos cónicos y a sus pies corría un venero donde nadaban patos y cisnes.

—Cuernos y calderos, signos de la sabiduría antigua —informó el clérigo.

Beltrán se detuvo a admirarlo. Una alfombra de helechos y hojarascas amarillas y un laberinto de contraluces, transfiguraba el agreste lugar en un rincón hechizado y fuera del tiempo. Sina se vio envuelto en inquietantes sortilegios, y más aún cuando al poco vio a una mujer de solemne presencia rodeada de jóvenes doncellas ataviadas con túnicas y tules livianos, y con corazones bordados en los ribetes.

—Esos corazones que veis simbolizan en lenguaje rúnico los órganos sexuales de la mujer —le reveló el religioso.

La sacerdotisa los vio y los taladró con sus pupilas verdes. Bajo las pieles flotaba suntuosamente una túnica azul, color de la capa de Odín, y en su cabeza lucía una corona de abedul. Era hermosísima.

—Es la hechicera o *volva* de que os he hablado. Conoce los famosos conjuros de Merseburg y es una hija del gran áspid. Desentraña los misterios de las runas y pronuncia conjuros según la antigua tradición. La vienen a visitar hasta los reyes de Uppsala y Wikgraf —aseguró el fraile, que se persignó—. Los demonios, en sus moradas habituales. ¿Queréis proseguir a pesar de todo?

—Sí, no he de partir sin visitar ese lugar —se reafirmó Sina.

—Tened cuidado, *messire*, aquí no rigen las leyes divinas. Podéis lamentarlo toda la vida —le advirtió.

—Sigamos, hermano. Todo lo misterioso me atrae.

Beltrán Sina rezó un padrenuestro, pues las piernas le flaqueaban, y espoleó a la montura sin mirar atrás. Percibía una invisibilidad maléfica a sus espaldas y sentía un escalofrío por la espina dorsal. Ascendieron por una crecida cuesta de grava, y a un tiro de ballesta, rodeado por piedras talladas con signos rúnicos, se tropezaron con un tosco trono de granito al resguardo del viento. Estaba defendido por una torre donde ondeaba el signo del martillo de combate del dios Thor, el forjado por los enanos, el que siempre regresa a su mano vigorosa cuando lo lanza para castigar a un mortal. Una serpiente enroscada en un árbol indicaba que aquél era un recinto sagrado. Otros signos paganos, como círculos con una cruz, esvásticas, figuras arborizadas y rayas verticales, exornaban el altar.

—¡Ahí tenéis Oyrane! El ancestral recinto donde desde el principio de los tiempos son coronados los reyes de Noruega —aseguró el fraile con temor—. Este desolado paraje es el que compite con la catedral de San Olav.

—Los rincones no pugnan entre sí, sino las ideas y las creencias, *pater*.

Su instinto no lo había engañado y el lugar lo fascinó de inmediato, pues reinaba una paz desconocida. No obstante, se sentía como si hubiera profanado un camposanto. Beltrán se fijó en el sitial pétreo y pudo observar un círculo tallado en el respaldo con las ocho posiciones de los cielos, que él conocía de los manuscritos egipcios y árabes, sólo que en aquel lugar los signos del zodíaco y de los planetas se sustituían con códigos rúnicos. Un grupo de devotos, sentados en semicírculo frente al sitial, aguardaba la llegada de la profetisa, aguantando impasibles las ráfagas del océano.

El castellano sabía por el siervo de Dios que las runas eran fundamentalmente un método mágico de signos que representaba las fuerzas de la naturaleza, y que los pueblos del norte usaban como alfabetos y símbolos religiosos para la adivinación y la protección ante los males. Antes del mediodía compareció la sacerdotisa, Tyre Skiringsal. Apareció cubierta con una majestuosa capa de plumas negras, que según el fraile eran signo del conocimiento de las fuerzas ocultas, apoyada en una vara de avellano. Sus ayudantes la acomodaron en el sitial y mientras oraba hacia el cielo le sostenían los brazos alzados.

—¡Oh, tú que buscas, hallarás en las runas las contestaciones! —imploró la vaticinadora.

No se mostraba arrogante, y sonreía a sus incondicionales con afabilidad. Los cabellos de la *volva* eran bermejos y flotaban alborotados. Sus sacerdotisas, muchachas felinas y arrebatadoras, de cabellos trenzados y dorados, descargaron al aire cantos ininteligibles que según el fraile convocaban los poderes de la adivinación pretérita.

—*Amar nordhri helga ve teta ok hald vördha!* —clamaban.

—Estos secretos me resultan tan temibles como las trampas de Lucifer.

—¿Qué dicen, hermano?

«Martillo del norte, santifica este recinto y mantén la guardia.»

—Pues yo, hermano, siento brincar mi corazón ansioso por conocer sucesos nuevos para mí. Es la ciencia de la Madre Tierra, el saber antiguo el que se oculta en esa mujer, y a pesar de todo, me siento tan cristiano como vos. Nada de lo terrenal debe sernos ajeno.

El clérigo pensó que el cerebro de aquel extranjero desvariaba, y dijo:

—*Magister*, son artes negras propias de demonios nocturnos y aulladores. En otro lugar de la cristiandad podrían llevarla a la hoguera. ¡Éste es un sitio maldito!

—El hombre teme a la muerte, y busca consuelo en lo oculto. Nada de malo hay en ello.

Uno a uno, los peticionarios, gentes de toda condición, fueron pasando ante la adivina, que ejercitaba con devoción el *Vatni Ausa*, la aspersión con agua del manantial sagrado. Le besaban un raro talismán que exorcizaba a los malos espíritus, rogaban una predicción sobre su futuro, sobre sus hijos, o el consuelo para enfermedades o tragedias, y la maga, como una madre amantísima, jugaba con las piedras pintadas con los símbolos del *runemal*, les adivinaba el porvenir y les daba consejos o bolsitas de hierbas, que agradecían besándole las manos y dejándole en el suelo presentes de todo valor. A algunos les regalaba amuletos de la prosperidad y de la fortuna, que según el monje servían para curar y protegerlos de los largos viajes, del rayo, del paludismo, del fuego de San Antón y de las calamidades del cielo.

Beltrán, sentado en la arena y confundido entre el círculo de adoradores, asistía maravillado a las prácticas, aspirando la salada brisa del mar. La pitonisa invocaba la ayuda del gran fresno, al Árbol de la Vida, que llamaba Ygdrasil, y aunque no comprendía sus augurios, comprobó que nada demoníaco la movía, que adoraba la naturaleza creada por Dios y que un clima de respeto y unción piadosa regía sus actos.

Bien entrada la mañana, Sina, que al fin había satisfecho su curiosidad, se dispuso a abandonar el recinto, pues un punzante entumecimiento se había apoderado de sus miembros. Lo vencía el cansancio, bostezó y se sacudió la arena de las calzas. Había visto lo que deseaba y debía regresar antes de que don Suero Ferrán lo echara en falta. Pero súbitamente la calma se interrumpió con el lejano sonido de la trompa de un *drakar* que atracaba en un embarcadero cercano.

Al poco se oyeron ecos de cascos de caballerías, el entrechocar de arneses y el piafar de corceles al trote. Una escolta de guerreros sin bandera que los identificara apareció en los arenales, intimidando a los pocos creyentes que aún quedaban en el paraje. Al llegar al torreón, los hombres armados los miraron con ojos inquisitivos, e hicieron una señal. Instantes después otro nutrido grupo de jinetes sobre garañones peludos, rodeando a una amazona, se presentó ante la sacerdotisa.

Cimbreante como la rama de un sauce, la dama recién llegada, que ocultaba su rostro bajo un velo, se apoyó en el arzón de la cabalgadura y desmontó. Únicamente dejaba ver unos ojos azules intensos, que paseó a su alrededor. Beltrán observó el paso grácil de la joven, que lucía una túnica de tonalidad verde salvia, ribeteada con piel de alce.

Un tul amarillo le ocultaba parte del cabello, aunque se adivinaban unas trenzas recogidas, tan doradas como el oro viejo. A Beltrán le sorprendió su ingravidez al andar, como si fuera una aparición surgida de los espejismos del mar helado. Ignoraba cuanto le rodeaba, y Beltrán quedó encandilado, como si la recién llegada fuera una alucinación. Podía oír su respiración y oler el almizcle de su perfume, de modo que su intuición inicial dio paso a la curiosidad y ésta a la admiración.

—Que el diablo me lleve si no es una mujer mágica. ¿Quién puede ser?

—No lo sé —replicó el fraile—. Quizá sea la esposa de un acaudalado *jarl*, o la amante de un rico navegante, pues la escoltan marinos guerreros y se cubre con un velo amarillo, el color de la nobleza. Y quién sabe si no es la mantenida de un alto eclesiástico. No portan insignia alguna. Muchas matronas de alcurnia se entregan a estas prácticas sin recato, pero ocultando su identidad.

No podía apartar su mirada de la mujer cuya belleza le parecía inalcanzable. Hubo unos instantes de silencio y Sina se saturó de su imagen. Una turbadora corriente de enigmas se apoderó de la atmósfera de Oyrane. La profetisa parecía conocerla, pues al arrodillarse ante ella la levantó con sus manos y la besó en las mejillas con una consideración que se extendió por las doncellas, que inclinaron la cabeza ante la misteriosa señora, mientras conversaba en secreto con Tyre. La adivina auscultó el cielo, examinó el vuelo de las cornejas, y de nuevo se oyeron las palabras ceremoniales. Con las palmas hacia arriba, la maga pareció arañar el cielo buscando una interpretación a sus dudas.

—De nuevo esa despreciable hechicería —señaló el sacerdote, que susurró para no ser oído—: ¡Vade retro, Satanás, no puedo aguantar tanta falsedad!

Sus frases traspasaban con dificultad las piedras sagradas. Pero el fraile pudo recomponer por palabras sueltas.

—Esa dama recién llegada se interesa por un futuro aventurado —tradujo al extranjero el cisterciense.

—Pero ¿quién podrá ser? —se interesó Sina.

—Lo ignoro —asintió el clérigo—. Uno de esos lugareños ha comentado que es la esposa de un comerciante poderoso de los que navegan cada año a la inglesa Jorvik, a las islas de las Ovejas, o a Islandia. No me cabe duda por sus gestos, su rica vestidura y por la gente de mar que la protege.

El aire cobró fuerza y tras unos momentos en que no les llegaba un solo sonido, se oyó con nitidez el presagio de la adivinadora. Beltrán reparó en que en el rostro de la mujer, que se adivinaba joven, se plasmaba la ansiedad, como si una pena recóndita pugnara por escapar de su corazón.

—Consultaremos las runas que regirán tu *haminja*, tu fortuna —proclamó melodramáticamente la maga, y desató de su cinturón una bolsa del color de la caléndula, ordenándole—: ¡Extrae tres runas, de una en una!

La joven atendió a su petición. Le entregó la primera que había elegido y la *volva* la alzó colocándola ante sus ojos. Se trataba de una lasca de hueso viejo pintada con un símbolo rojizo, semejante a un rombo. Clavó su mirada en ella y le manifestó:

—¡La runa *Inguz*, la de los Nuevos Comienzos! Es el camino por conocer, la de la libertad y el dilema. Una vida acaba, otra comienza.

—¿Es propicia entonces, madre *volva*? —dijo la muchacha, angustiada.

—Indiferente, pero una nueva senda en la vida siempre acarrea recelos. ¡Elige otra! —le ordenó.

Como si todos los dioses paganos la vigilaran, extrajo la segunda runa del alfabeto místico y la depositó en las manos de la vaticinadora.

—¡*Hagalaz,* la del Poder y el Granizo! —exclamó la vidente mostrando la lasca que representaba una «N»—. Predice acontecimientos fuera de tu dominio, pero en ti reside la facultad de controlarlos. Es favorable si lo manejas bien.

La dama asintió y extrajo la tercera runa. Sin mirarla la entregó a la maga, quien experimentó un leve temblor. Sus ojos se clavaron en los de la joven a quien devoró el alma.

—¡*Wyrd*, la runa blanca! Aciaga y a la vez esperanzadora elección —aseguró enseñándole un pedazo de hueso sin signo alguno, blanco—. El destino ha querido que sacaras la Blanca Desconocida, el signo de Odín, el noveno dios de los nueve mundos, o sea el vacío. Tu futuro está por escribirse en su inquietante blancura. Es una prueba directa al valor de tu corazón. Anuncia que tu futuro puede ser prodigioso, pero también terrible.

—¿Qué exige mi destino, madre?

—La runa blanca es una prueba de fe. El todo o la nada. Una señal que designa nuevos caminos. Ella sola representa el pasado, el presente y el futuro, y encarna a las tres Normas, de las que soy su humilde voz.

—Pero también descubre los miedos ocultos, ¿no es así, Tyre?

—Por eso le tengo miedo, hija mía —testificó—. Las Normas me hablaron en sueños y me inspiraron palabras cuyo sentido ignoro.

—¿Y qué te predijeron, madre?

—Escucha: «La luz cegadora consumirá las frágiles alas de la elegida, como el fuego devora las luciérnagas de la noche de los fuegos de Thor».

La impresión fue tan intensa que la dama pareció tambalearse.

—No comprendo su significado. ¿Qué quiere decir en realidad?

Se sucedió un largo, denso y tirante mutismo. Luego vaticinó:

—Puede tratarse de símbolos, nada más. Pero se refiere a ti. El destino desbarata y contradice los proyectos de los mortales, y el tuyo flota en las sombras del futuro efímero, como el acebo, tu arbusto de nacimiento que sólo se conserva verde durante una estación. Freya, la deidad del amor, pero también del más allá, te protege desde tu natalicio, pero el escarabajo que vigila la muerte y la runa blanca rondan hace tiempo alrededor de tu suerte. Luchará tu juventud contra la eternidad, y tu amor contra la nostalgia, pues en ti ha eternizado el amor fugaz, el que no echa raíces.

La joven se hincó de rodillas y comenzó a llorar. A Beltrán se le aceleró el corazón. Parecía que de un momento a otro caería de bruces en los arenales por la impresión de las predicciones.

—Acepta tu destino. Eres una flor delicada que el mero contacto con el aire desvanece. Toma la runa blanca, y no te separes jamás de ella, te protegerá —concluyó, y la joven la tomó y la introdujo en su escarcela.

La angustia sobrecogió a la doncella, y el extranjero, que oía las interpretaciones del fraile, pensaba si la vidente tenía envidia de su belleza y por eso la mortificaba con un augurio a todas luces adverso. El ritmo de su pulso aumentó hasta el extremo.

—No la creáis, señor. Habla por boca del Maligno —dijo y se persignó.

Antes de marcharse, la profetisa besó a la mujer en las mejillas y se alzó del sitial de piedra. Se desprendió solemnemente de su collar de ámbar y jade verde que sostenía un medallón, en el que relucía una línea vertical cruzada por una X, signo del árbol mágico. Elevándolo sobre su cabeza, exclamó:

—¡Éste es el signo de Ygdrasil, el sagrado fresno, el Árbol de la Vida, el fuerte, el sabio! ¡Que derrame su sabia en tus venas! Y no lo olvides, allá donde vayas y se alce un santuario de la Madre, conságrale una ofrenda.

Luego colocó la joya en su cuello, abrazándola con ternura.

¿Quién era aquella joven de fresca vitalidad? ¿Por qué asomaba el temor en sus ojos azulísimos?

Beltrán experimentó una inexplicable atracción hacia aquella mujer a la que no conocía y a quien tardaría en olvidar por su expresión desolada. Aquel cuerpo frágil, hermoso y esbelto parecía contener toda la fuerza del mar. Lamentaba abandonar Noruega y no conocerla. Los guerreros la rodearon y Beltrán se acercó para observarla más cerca, descubriendo que unas lágrimas corrían por sus pómulos, como si huyeran de la sentencia de un juicio sumarísimo. Al alzarse sobre la cabalgadura, ésta cabrilleó sobre las arenas y las pupilas de la joven y Beltrán se enfrentaron durante unos instantes eternos. Dejó de llorar y ella, fijándose en el que parecía un extranjero, le dedicó una sonrisa de impreciso significado.

Ninguno de los dos rehuyó la mirada, que mantuvieron un instante.

La mañana pareció iluminarse: su figura y sus cabellos reflejaron fulgores dorados. Ella y el apuesto forastero se estudiaron mutuamente, y a la joven se le encendió el azul de sus ojos, como si su corazón hubiera quedado prendido en el perfil de aquel hombre moreno, tan distinto de los hombres de su tierra, de atractiva expresión, cabello liso y castaño, ojos hechizadores y boca de bello trazo. Volvió a sonreírle con picardía y cordialidad, como si le expresara que le agradaba su presencia accidental. Le susurró algo a su acompañante, inclinó la cabeza hacia el extranjero y lo saludó con rara efusividad. Luego fustigó el corcel, dejándolo sin habla.

«Me ha mirado.»

Beltrán, sin dejar de contemplarla, vio cómo la niebla ocultaba el garañón sobre el que cabalgaba la misteriosa muchacha, que seguía volviendo insistentemente la cabeza para mirarlo. ¿Sería la hija, o la esposa, de uno de los poderosos caballeros de Odín que le había revelado monseñor Hamar, vista la hosca y nutrida escolta que la acompañaba? Después, un velo de brumas borrosas la envolvió hasta hacerla desaparecer. Vio a lo lejos, cerca de la orilla, una nave varada que al parecer la aguardaba, con una vela desplegada sin emblema alguno, aunque de un color escarlata, cuya tonalidad no olvidaría nunca. Ya jamás volvería a ver a aquella mujer que su corazón rendido la había bautizado como la Dama del Amargo Destino.

Una nube negra y compacta se cernía sobre sus cabezas y cuando alcanzaron silenciosos la santa Nidaros, la oscuridad se adueñaba de la ciudad. Al cruzar cabizbajo las empalizadas, Beltrán vio a la luz de las antorchas cómo un manto de escarcha colmaba de brillos los tejados y las agujas de la catedral. No podía dejar de pensar en la joven. La misteriosa doncella de los arenales le había causado una profunda impresión, hasta rendirlo con la más absoluta seducción. Aunque lo intentaba, le costaba trabajo sustraerse al sortilegio de sus ojos de cielo y de sus sublimes formas.

Algo muy extraño se había iluminado dentro de él.

Con la marea regresarían a Tonsberg, pues el capitán los acuciaba para volver a la fortaleza antes de que llegara el rey Haakón y de los Rituales de las Sombras, el *Samhains* pagano, que los cristianos llaman de Todos los Santos. Según los noruegos, el velo que separa los vivos de los muertos se volvía más tenue y el dios Odín viajaba desde el más allá para resucitar la savia de la vida. Pero a Beltrán no le importaba nada. La figura de la desconocida dama y su comportamiento incomprensiblemente afectuoso se habían incrustado como una daga en su cerebro. Sin conocerla, ya la amaba. Los copos se disolvían en su rostro.

Pero no sintió frío.

Haakón Håkonardottir

Beltrán Sina amaneció con los ojos brillantes.

Deambuló por el castillo pletórico de ganas de vivir y de conocer, mientras aguardaba la inminente arribada del rey noruego; pero después de varias semanas de estancia, dudó que pudiera anudar alguna amistad con aquellas extrañas gentes. Las tertulias siempre terminaban ante una jarra de cerveza de Bergen o en sonoras juergas, y no había tregua para plática.

Resultaba patente que sólo el arzobispo Hamar, cuya influencia ante el rey resultaba inmensa, estaba ansioso por conocer cosas de la corte de Castilla y del rey Alfonso. Beltrán le hablaba en latín de los libros esotéricos de Toledo y el clérigo noruego lo escuchaba embobado cuando le narraba los descubrimientos cosmográficos, que bajo la tutela del sabio de los sabios alcanzaban los traductores en Toledo.

—¿Quién es ese sabio de quien tanto me hablas?

—No puedo revelaros su identidad. Sólo que es el gran maestro de la Academia de Traductores de Toledo. Una persona eminente, *messire*. Nuestro guía infalible.

Aquella misma mañana conoció en el refectorio del castillo a un personaje peculiar, que se había anticipado a la llegada del soberano: Sturla Tordson, el *skalde* o relator de las sagas o crónicas del rey Haakón. Era un islandés feo como el pecado. Una giba le deformaba el espinazo, y poseía unas cejas pobladas y una boca burlona. El obispo Ferrán lo definió como un charlatán, pues revolucionó la paz de la fortaleza. De su pecho pendía un talismán con dientes de oso y un morrión de cuero donde portaba las escribanías. Sina hizo honor a la confianza que le expresaba, pues lo divertía con su latín precario y sus extrañas predicciones.

Durante los dos días que siguieron se hicieron inseparables; Tordson le enseñó el castillo, el embarcadero y sus alrededores, mientras le narraba historias y costumbres de Noruega. El bardo, embutido en su chaleco de piel de oveja, se interesó por los poemas líricos del rey Alfonso, las *Cantigas de Santa María*, cuya fama había traspasado fronteras, y de las que Beltrán sólo pudo narrarle unas pocas, aunque no cantárselas.

—Son poemas de pura exaltación de la vida —le reveló.

—Cómo me agradaría poder entonárselas a la princesa Kristín —le aseguró Tordson en un latín tosco plagado de expresiones nórdicas.

—¿Cómo es la princesa, amigo Sturla? —se interesó Sina—. Es la razón por la que estamos aquí y siento curiosidad por saber de sus virtudes.

—No soy imparcial, pues la venero en el fondo de mi corazón, como casi todos los cortesanos. Pero yo os diría que es una virgen descendida a la tierra desde el Walhalla, el paraíso de Odín. Para los poetas de Noruega es la flor más delicada del jardín del viejo Haakón, aunque algunos *jarls* la desprecian porque es culta, lee en latín y francés normando, borda con hilos de oro, cabalga como una amazona, canta y tañe la lira. Impropios méritos para una noruega, según las viejas costumbres.

—Una mujer así pone en aprietos a los hombres, Sturla. Ardo en deseos de conocerla y confío en que sea feliz en mi reino.

—¿Puede brotar una flor de un oasis en un bloque de hielo? —contestó con una mirada de profética desesperanza—. *Dame* Kristín no será dichosa en el reino del sur, y os prevengo que algunos nobles no desean ese matrimonio, ni ningún pacto con Castilla. Ciertos *jarls* apoyan abiertamente a Ricardo de Cornualles. ¿Lo sabíais?

—Algo he percibido, pero lo he achacado a la defensa de los intereses propios de su reino. Cierto *jarl*, lo llaman el Inglés, un caballero espigado de bigotes rojos y retorcidos, nos ha mostrado cierta animosidad, a la que no hemos concedido gran importancia —manifestó Sina con gesto dolido.

El bardo bajó el tono de su voz y le reveló:

—He visto con mis ojos a ciertos nobles influyentes conspirando, y se suceden las reuniones secretas a espaldas del rey Haakón. Parece como si alguien quisiera que vuestra embajada fracasara. Y por favor, señor, no reveléis cuanto os he confesado, o me cortarán el pescuezo.

Beltrán estaba horrorizado y se quedó mudo de asombro.

—¿Venimos de Castilla con la mano tendida, súbditos del rey más poderoso de la cristiandad, y nos recibe una conjura de indeseables?

El poeta, viendo el furor en su nuevo amigo, plegó las velas.

—Es posible que sean figuraciones mías, pero os he tomado aprecio y no desearía que os sucediera nada malo. Dormid con un puñal bajo el cabezal, os lo aconsejo —le recomendó.

—Amigo Sturla, ¿os suenan de algo «los Jinetes de Odín»?

Al bardo parecía que le habían nombrado a Satanás, y se agitó.

—Sólo os diré una cosa: cuando veáis la rueda y el ala, huid, no preguntéis. Os va la vida —y diciendo esto, escapó como un trasgo.

Beltrán se quedó como una estatua de sal, pero decidió guardar el secreto. Era demasiado ambiguo y peligroso como para preocupar más a don Suero. Los ocultos jinetes se estaban convirtiendo en una pesadilla.

Los días se acortaban y la soledad se enseñoreó del castillo roquero.

Haakón parecía haberse hecho invisible y dilataba el encuentro con los legados hispanos. Sólo los cormoranes y los grajos, huéspedes de troneras y techumbres del castillo, rasgaban con sus graznidos la soledad del lugar. El tenue sol no emanaba calor alguno y el cielo palidecía cuajado de nubes plomizas. Beltrán entró en una profunda melancolía.

La espera le resultaba intolerable y enojosa.

La noticia de que Haakón IV los recibiría al día siguiente provocó un gran contento entre los castellanos, que comenzaban a sentirse desdeñados por la dilatada espera.

La mañana otoñal de la recepción real, la luz del astro rey apenas si se asomaba tras el encaje de un firmamento plateado. El Aula Regia de Tonsberghuus parecía acaparar la escasa luminosidad del día. Panoplias de hachas, láureas de roble, cuernos de oro, escudos de guerra y una alcándara con halcones exornaban la sala de audiencias, que también era comedor y armero. Ferrán y su séquito aguardaban la comparecencia del monarca. El eclesiástico y diplomático había peinado sus cabellos con óleo, cubriéndolos con un bonete morado, que resaltaba su perfil germánico. Los sirvientes habían traído haces de leña, y un fuego crepitante calentaba el salón.

Se habían congregado, al reclamo de la presencia castellana, cortesanos de todos los rangos. Los ricos *hersis* de la costa; los poderosos *jarls* del Consejo Real; varios obispos de Noruega; Sturla, el maestro de las sagas y confidente de Beltrán, y los tres hijos del rey Haakón Håkonardottir: el primogénito Haakón el Joven, Olav y Magnus Lagaboter, que para calentar sus barrigas trasegaban cerveza caliente mientras el rey comparecía.

«¿Quién de estos estirados y soberbios nobles será el traidor al acuerdo?», pensó Sina, quien detuvo su mirada en el noble Ivar el Inglés, cabeza de los opositores a la alianza con Castilla. Ardía en deseos de conocer a la princesa a quien deberían escoltar hasta Castilla, pero por el momento ni ella ni su madre habían comparecido a presencia de la legación extranjera.

De todas formas sus pensamientos habían volado hacia Oyrane y a la mujer que el destino le había descubierto semanas atrás y que no podía borrar de su mente. «¿Navegará ahora en una de las naves de padre, marido o amante? Daría media vida por verla de nuevo», suspiró.

Al fin sonaron las trompas y las *lurs* de bronce, largas trompetas sostenidas en el suelo, que emitían un sonido ronco. El soberano Haakón IV, del clan Suerrison, se presentó acompañado por dos enanos vestidos con libreas blasonadas y unos abanderados que enarbolaban el estandarte del león con el hacha del rey Olav, el gallardete del león de Noruega y el lábaro con los cuervos de Odín, Hugin y Munin, «Pensamiento y Recuerdo». Padecía una leve cojera, propia del mal de la gota, y su aspecto resultaba imponente.

—Ídolos paganos que conviven con el Santo Espíritu. ¿Cómo pueden creer en Cristo si no olvidan esos dioses tenebrosos? —susurró Ferrán a Sina.

—La misericordia del Creador es infinita, ilustrísima.

Haakón se acomodó en el sitial de alto respaldo, rígido como la estatua de un capitel de iglesia. Se decía que era hijo de una campesina, Inga de Varteig, y tal vez de Haakón III. El caso es que después de muchas vicisitudes había conseguido pacificar el reino y acabar con las guerras civiles que habían enfrentado durante años a las tribus más combativas y poderosas del país: los *birkebeiner*, su clan, y los *bagler*, el de su esposa Margaret. Por eso detestaba a Ivar el Inglés, que parecía empeñado en restaurar con sus infames acciones una época amarga y dolorosa. Haakón se apoyaba en un cayado con signos rúnicos, donde destacaban cabezas de dragones, cruces, caballos y lobos. En medio de una poblada barba rubia y de una cabellera sostenida por un aro de oro, chispeaban dos centelleantes pupilas que avisaban del temperamento insobornable de aquel hombretón ataviado con un manto de pieles y botas de piel lombarda. Tras las salutaciones de cortesía, agradeció la presencia de los castellanos en su reino.

Sturla Tordson, el cronista, observaba a los enviados, dispuesto a no perderse un detalle y transcribirlo con las runas del misterioso alfabeto *futhark*, en los pergaminos de las gestas reales. Muy pronto comprendió Ferrán que Haakón era un gobernante carente de escrúpulos. No obstante, avisado por Elías de Bergen de las fastuosas visitas de pisanos y marselleses a Castilla, y de las noticias que arribaban de Alemania, se le notaba atento.

El soberano noruego sabía que las ciudades de Worms y Spira habían reconocido a Alfonso como emperador, y pensó que una alianza con tan poderoso monarca no podía acarrearle sino provecho. Noruega era un reino pobre, azotado por terribles hambrunas y precisaba del trigo castellano; pero su astuta mente hilaba con más agudeza: desdeñando los sentimientos de su única hija, la niña cuya hermosura y circunspección parangonaban los cortesanos de Tonsberg, la había ofrecido para unir las dos estirpes como garantía de sus ambiciones.

—Señoría —abrió el fuego Ferrán—, como sabéis por *messire* Elías, arribo a vuestro reino con un único propósito: pedir la mano de la princesa Cristina para unirla con la estirpe de don Alfonso, soberano de Castilla y León.

—Petición que nos honra y complace, y que ya hemos participado a mi hija, que acepta deslumbrada —replicó el rey.

Ferrán defendió el decoro de su rey con vehemencia.

—*Prudentissimus Rex*, *dame* Cristina será destinada a uno de sus hermanos y formará parte de la familia real y del orden sucesorio. Así está escrito en los pergaminos de los que soy portador. Además os traigo cartas para sellar la unión de las sangres reales con un pacto de amistad perpetua entre ambos reinos.

—Lo que supone un honor para esta corona. Noruega fue considerada una nación pagana, pero ahora se yergue en defensora de la cruz —expuso solemne—. Pero el hambre endurece el corazón de los hombres y genera desconfianza. Por eso mis antepasados, forzados por la pobreza del suelo, se vieron obligados a buscar su sustento en el mar, convirtiéndose en piratas que dejaron tras de sí una amarga estela de devastación. Eric el Rojo conquistó Islandia; Leif Eriksson desembarcó en Vinland, «la Tierra del Vino», unas tierras a muchas millas, donde se oculta el sol. Sin embargo, hoy somos un pueblo de mercaderes que precisa de acuerdos con otros reinos de la cristiandad, como la poderosa Castilla.

—Cuanto preciséis, noble monarca —apuntó Ferrán, e inclinó la cabeza.

Haakón carraspeó y descargó con sutileza sus pretensiones.

—Ilustrísima —prosiguió mirándolo de soslayo—, el *dominus* Elías nos ha adelantado que vuestro rey, que pronto será ungido como emperador, desea enaltecer esta hermandad vinculándola a otros apoyos. ¿Es ello cierto?

Tras unos instantes las miradas convergieron, y Ferrán contestó:

—Ciertamente, mi señor Haakón. Don Alfonso solicita de vuestra generosidad otros avales añadidos a los esponsales. Os ruega que auxiliéis a Castilla con vuestros barcos en la conquista del norte de África, nido de enemigos de la cruz, que acometerá el año próximo, con la seguridad de que con esta cruzada aumentará vuestro prestigio y botín.

Haakón posó su cabeza en la mano y reflexionó sobre la petición.

—¿Habláis de una cruzada? Si mi Consejo así lo aprueba, Castilla contará con el apoyo de las naves noruegas, aunque antes habría de duplicar mi flota, empeñada ahora en tareas comerciales en el Báltico.

Ferrán estimó evasiva la respuesta e intentó forzarlo.

—¿Y cómo lo conseguiríais? Armar una escuadra no es tarea baladí.

Haakón entornó los ojos, tamborileó con los dedos el sillón y solicitó:

—¿Estaría dispuesto don Alfonso, una vez ungido emperador, a tener en cuenta una antigua pretensión noruega que él tal vez ignore? De conseguirla, podría duplicar el número de mis *drakars* de guerra.

Don Ferrán sabía que debía callar y ofrecer los bocados del pastel poco a poco en beneficio de su príncipe, pero Haakón era un hombre astuto y decidió tomar la iniciativa con una inesperada revelación.

—¿Os referís, mi señor Haakón, al control de la ciudad imperial de Lübeck?

Tras un momento de vacilación y sorpresa, el rey reveló perplejo:

—¿Cómo lo habéis adivinado, señor obispo?

—El secreto es la savia de la política. Mi soberano lo sabía, por lo que antes de partir ha firmado esa cláusula con el preceptivo «Yo el Rey», que se hará efectiva si vos lo auxiliáis contra el moro y expresáis públicamente vuestro apoyo incondicional a ser coronado emperador. Ésa es nuestra contrapartida.

El eclesiástico castellano se había adelantado a sus peticiones y Haakón se removía nervioso en el trono de alto respaldo. Daba la impresión de estar turbado, pero como ambicionaba el dominio del emporio comercial alemán de Lübeck, no tuvo por menos que reconocer que el pacto era posible.

—Lo firmado por Alfonso de Castilla rubricado está, *dominus* Ferrán. Que cuente con mi apoyo para el asalto a África. Me congratula que vuestro monarca sea tan perspicaz y previsor —dijo con convicción—. Lübeck a cambio de apoyo por mar.

—Con vos da gusto pactar, *messire*. La diplomacia es el camino más largo, aunque el más seguro entre dos voluntades —señaló el castellano, exultante por haber conseguido lo que pretendía.

—Estáis en lo cierto, pero como este reino es fiel a sus aliados, don Alfonso debe aceptar una cláusula de no agresión hacia los soberanos cristianos de Dinamarca, Suecia e Inglaterra, nuestros aliados y hermanos —añadió, pensando que podía sacar otra contrapartida.

Ferrán esbozó una sonrisa triunfal.

—¡Qué casualidad, señor! Parece como si el tratado hubiera sido redactado por el mismo amanuense, pues mi rey también ha incluido una estipulación final de amistad con los reinos de Francia, Aragón e Inglaterra. Resulta curioso y felizmente coincidente, ¿verdad, alteza?

Haakón, viendo que no había forma de lograr más ventajas, y que con el trigo castellano, el casamiento de Kristín y el dominio de la ciudad de Lübeck podía darse por satisfecho, pensó que ya no le quedaba sino cerrar la entrevista con elegancia y deliberar durante el invierno sobre el acuerdo que le ofrecían los castellanos.

—No cabe duda, señor embajador, que hemos aunado dos deseos opuestos y que éstos han preferido la luz a las sombras. Sin faltar a la ley de Dios, ni corrompernos con dádivas humillantes, podemos concluir el pacto en primavera con plena satisfacción por las dos partes. El invierno lo dedicaremos a recapacitar sobre el acuerdo.

—Mi señor Haakón, la conclusión favorece a ambos reinos y me colma de esperanzas.

—Señor obispo, quedamos satisfechos con vuestros ofrecimientos. No obstante, graves asuntos del reino me obligan a viajar al norte. Gustad de mi acogida en Tonsberghuus hasta que puedan surcarse los mares tras el deshielo y tengamos un barco dispuesto, digno de vuestras señorías y de mi hija Kristín, el iris de mis ojos, mi niña predilecta, que apenas abandonada su niñez, debe sacrificarse por su linaje. Y entre tanto reuniré al Consejo Real, meditaré las estipulaciones del pacto e iré adiestrando mi corazón para soportar la ausencia de quien es más pura que la luz de la mañana. No resulta fácil arrancar la rama más frondosa del árbol y sentir que nos deja para quizá no volver nunca —enfatizó en un tono quejumbroso.

—Rogaré a Dios que ilumine vuestra decisión —declaró Ferrán inclinando la testa—. Tomad las cartas y estos regalos que os envía don Alfonso.

Su secretario le acercó dos arcas medianas taraceadas de marfil y cedro de donde extrajo primero unas espadas toledanas de inimitables filigranas y aceradas hojas, y varios pares de botas rojas de cordobán.

—Son para vos y vuestros hijos, mi señor Haakón —manifestó—. Y este laúd, los perfumes de Bagdad y Arabia y estas ajorcas modeladas por orfebres nazaríes de Granada, son para honrar a *dame* Cristina.

—¡Parecen el botín de un corsario! —exclamó uno de los nobles.

—Completo mis presentes —siguió Ferrán— con este crucifijo de oro tallado y un libro de horas miniado en San Millán para la reina Margaret; y este Beato sobre el Apocalipsis transcrito por los monjes del *scriptorium* de Liébana para mi hermano en Cristo y compañero de teología en París, Peter Hamar.

Los cortesanos miraban los valiosos obsequios y apreciaron, por su valor incomparable, el poder de Alfonso de Castilla. Haakón, fijos sus ojos saltones en las arcas, esbozó un ademán de agradecimiento. Y levantándose del solio le dio las manos al embajador y besó su anillo, ofreciéndole una copa de hidromiel caliente como sello de su palabra.

—Seréis mis invitados hasta la Candelaria, en febrero, día en el que volveremos a reunirnos en este mismo lugar para firmar el acuerdo. Gracias sean dadas a Cristo por unir la sangre de mi sangre con la de tan excelente señor.

Beltrán, mientras el rey abandonaba el Aula Regia del castillo, pensó que le satisfacía sobremanera la alianza, pero también que la realeza juega con los sentimientos de sus seres más idolatrados con tal de asentar su poder; y desde aquel instante sintió compasión por la desconocida princesa niña que iba a servir de moneda de cambio en el acuerdo entre reyes. A él, que estaba en estado de alerta y que además era un observador perspicaz, no le pasó inadvertido que varios nobles hacían un corrillo y observaban con miradas de reto a los embajadores. Una risa sardónica salía ominosa de los labios del caballero de cabellos intensamente rojizos y de bigotes trenzados, que hizo un derroche de desprecios a los extranjeros, impropio de un noble civilizado; incluso llegó a mirarlos con un gesto de amenaza y luego escupió sobre las ascuas del hogar que crepitaba en el centro del salón.

Pero lo que más chocó al médico del alma fue observar que algunos de aquellos barones llevaban tatuados en el cuello y en los brazos la rueda y el ala de Odín. Don Suero no lo advirtió, pero Beltrán sí, y se estremeció. «Sombras alargadas, terribles señales», recordó alarmado.

Sina guardó el suceso y la amenaza en su mente.

No era la primera, y comprobaba que al rimador Sturla no le faltaba razón al haberlo alertado sobre el que llamaban Ivar el Inglés. No todo en la corte eran amistad y agasajos. La deslealtad se filtraba entre el recién comenzado compromiso. ¿Acaso no era un incidente grave como para no olvidarlo?

Aquella noche, Beltrán durmió con una daga bajo el cobertor.

Nauthiz: la runa de la sangre

El tedioso invierno se adueñó de la vida de la fortaleza de Tonsberg.

La tierra se heló, el fiordo se cubrió con un lienzo de espumas blancas y los vientos del norte lo asolaron. Nevaba sin parar, y las ráfagas de viento golpeaban los postigos. Murmuraban los fragores de la tormenta en la distancia y zigzagueaba el rayo en los torreones. Veladas brumas descendían de Niflheim, transfigurando el mar en un torbellino de blancuras. Apenas si lucía el sol y el crepúsculo se confundía con la mañana; el astro de luz parecía haber sido apresado en el horizonte por un genio maléfico que se resistía a liberarlo. Y llovía insistentemente.

Beltrán no podía olvidar a la dama de los arenales. Se había convertido en una obsesión para él.

Cuando veía la ocasión propicia sondeaba a los criados, e incluso al arzobispo Hamar, interesándose por quienes visitaban las playas de Oyrane y por la dama desconocida a la que había espiado. No podía hacerlo abiertamente porque hubiera delatado su presencia en el santuario pagano, lugar prohibido a los extranjeros, y porque de ese modo se podría establecer alguna relación con los Jinetes de Odín y buscarle algún contratiempo indeseable. Pero nadie le proporcionó una sola pista. O no lo sabían, o no querían informarle. Cubrían sus respuestas con ambigüedades y ponían mala cara. Hablar de la esposa o amante de un alto *jarl* podía acarrear contratiempos y costarles el pellejo. Bien porque lo ignoraran, bien porque nadie se atrevía a pronunciar el nombre de la adivinadora de las runas, Tyre Skiringsal, nadie soltaba una palabra. Pero Beltrán no podía olvidar a aquel ángel de oro. Sabía que estaba en tierra extraña y que no debía inmiscuirse en asuntos ajenos. Notaba que sus pasos y acciones estaban controlados.

Sin embargo, nadie podía prohibirle que su corazón soñara con la mujer que contempló en las dunas, y que se le había grabado a fuego en la mente. Él y el obispo Ferrán seguían con sus sentidos en alerta. En la premiosa espera, se entretenían retando al ajedrez al monje guerrero, invencible partida tras partida, mientras aguardaban con resignación la llegada del deshielo para entrevistarse con el rey Haakón y regresar a Castilla.

En las vigilias los enviados castellanos se divertían con actuaciones de cómicos ingleses, y participaban en los festines que disponía el primogénito del rey, Haakón el Joven, un hábil jinete y mejor ballestero, que se había quedado tras la recepción en el fortín. El muchacho era un apasionado de la caza con halcones y sabuesos, y de él se contaban extraordinarias proezas sexuales. Las doncellas noruegas, para imitar a las damas de las cortes de Borgoña, Westminster o Flandes, se embellecían con afeites y costosos perfumes llegados de Kiev y el ducado de Moscovia, se vestían con túnicas de amplias mangas, y se adornaban con diademas de oro y capirotes rematados con tules de seda. Se arremolinaban bajo los doseles donde retaban al príncipe, a los caballeros, a los jóvenes *jarls* y a los hidalgos extranjeros a cantar madrigales, e idear piropos que luego agradecían con pañuelos de compromiso que dejaban caer habilidosamente.

Cuando las celliscas concedían una tregua, el monje teutón organizaba un torneo entre la guarnición y hasta el atardecer vibraban en la fortaleza las trompetas y tambores. Un rabioso olor a cuero mojado, orín de armaduras y estiércol, ascendía del patio de armas, enardeciendo los ánimos de los aburridos huéspedes. Los hispanos se envolvían en pieles y se apartaban de las lumbres, y aunque en la sotabarba se les formaban pequeños carámbanos de hielo, no se perdían una sola de las justas.

Se rompían lanzas con ardor y se encabritaban los caballos que resbalaban en las arenas heladas. Haakón el Joven, alumno aventajado del caballero teutón, compitió con el noble que había espiado los movimientos de los castellanos, y al que Beltrán comenzaba a temer: Ivar Engleson el Inglés, conocido partidario de Ricardo de Cornualles. El caballero era cazador de osos y un fanfarrón. A Sina le parecía un bribón de taberna, y le aterraba la misteriosa marca cosida en el musculoso hombro de su vestidura. Se servía de las tretas más burdas para vencer al heredero real y así menospreciar al rey Haakón, al que llamaba en público con el irreverente apodo de «el viejo jabalí». Bebía cerveza sin mesura y las damas le rehuían, pues era un amante zafio y un galanteador engreído.

Con los huéspedes seguía mostrándose descortés y a Beltrán le pareció que ocultaba alguna traición de mayor envergadura.

El último día del torneo, el príncipe le ganó la corona de acebo del combate con lanza, entre el jolgorio de las damas, y fue laureado por el rey de armas. Engleson demostró su mal perder y la carencia de virtudes caballerescas, por lo que fue reprendido por frey Hermann. Pero la ojeriza del pelirrojo, lejos de aminorar, se incrementó. Acusó a los jueces de parcialidad con el cachorro real, al que no miraba con ojos leales, y al maestro germano, de manipulador, abandonando airadamente el palenque con sus escuderos.

«¿Convenía irritar a uno de los cabecillas de la Cofradía de Odín?», se preguntaba Sina, que cada vez observaba más poder en aquel adusto noble.

Aquella noche, Beltrán tuvo además una experiencia trágica. Cuando separaba los cobertores de pieles para acostarse, reparó perplejo en una bolsita de estameña escondida entre los pliegues. Pensó que era un saquito de hierbas aromáticas puesto allí por alguna criada, pero lo palpó y comprobó su dureza. No podía ser lo que pensaba. Lo abrió y comprobó confuso que contenía un fragmento de hueso, una runa y una corteza seca en la que había un mensaje burdamente escrito en una lengua que le pareció sajona. El corazón le latió desaforadamente, pues advirtió al final del mensaje un signo que lo sobrecogía: un burdo círculo y una línea curva. «¡La rueda y el ala!», masculló pávido. Al punto se fue en busca de su amigo Sturla Tordson, el *skalde* y cantor del rey, al que halló ante el fuego de la sala de armas. Cuando le mostró el papel y la lasca, el bardo palideció.

—¿Quién os lo ha entregado?

—No lo sé, estaba oculto en mi lecho.

Después de examinar detenidamente la runa bajó un poco la voz.

—Este signo que muestra, parecido a una Y, es sinónimo de muerte. Y no digamos la rueda y el ala —indicó con gravedad—. La runa se llama *Nauthiz*, y representa el infortunio y la sangre. Señala que debes revisar tus acciones y rectificar el camino o morirás. Suele ser la advertencia de que alguien desea dañarte, o desafiarte. Os lo avisé: apartaos de los nobles, damas y *jarls* que tengan algo que ver con «los Jinetes de Odín». Son lobos sedientos de sangre que no se detienen ante lo más sagrado. Yo he visto incendiar iglesias, asesinar a frailes cristianos y a tibios en la fe pagana, reunirse en los bosques en noches de luna llena y convocar a Wotan u Odín y a su hija Brunilda, una de las walquirias, y celebrar un aquelarre de sangre, vino y desenfreno. Y también, algo muy despreciable: reunirse en las playas con emisarios del rey de Inglaterra. ¿Necesitáis más señales, *dominus* Sina?

Beltrán no podía dominar sus nervios alterados y lo miró turbado.

—¿Y el aviso escrito? No comprendo nada y menos esta jerga —lo interrogó con la mirada.

El bardo sacudió la cabeza y en sus ojos afloró la inquietud.

—Está escrito en lengua inglesa, pero en esta corte la hablan muchos nobles, comerciantes y criados, y hasta el mismo rey. Dice: «*I am about to take my last voyage. A great leap in the eternal dark*» —leyó incrédulo y con los labios pálidos—, y viene a decir algo así como: «Pronto emprenderé mi último viaje. Un gran salto hacia la oscuridad eterna».

Beltrán temblaba. No podía controlar su pavor a tantas leguas de su tierra. ¿Qué significaba todo aquello? A alguien muy poderoso la presencia castellana no le gustaba.

—¡Por san Miguel! —exclamó atónito.

—Todo esto es muy extraño y deberíais ponerlo en conocimiento del príncipe. Un embajador es persona sagrada, no puede atacársele.

Cada instante que pasaba el asunto pintaba más diabólico.

—No, amigo Sturla, no quiero preocupar al heredero, y menos aún a don Suero, que apenas duerme con sus aprensiones. Tenemos que guardar este secreto, juradlo por nuestro Dios.

—Lo juraré, pero ya os lo advertí. Aquí no todo son adhesiones al tratado y a vuestro soberano. Andaos con cuidado —le aconsejó—. ¡Ah!, y un aviso de amigo: no os intereséis más por la señora a la que sorprendisteis en Oyrane. Esa obstinación os puede acarrear graves inconvenientes. Aquí la nobleza es inefable y sagrada.

Era lo que necesitaba: saber quién era. Enloquecido, insistió.

—¿Quién es, Sturla? Por favor, reveládmelo, y pedidme lo que queráis. No puedo quitarme su recuerdo de mi cabeza. Se ha convertido en mi obsesión.

Sturla lo miró y lo taladró con sus pupilas grises.

—¿Queréis que mi cabeza prenda mañana de un gancho? Quedad en paz, *magister* Sina, y no fisgoneéis donde no debéis.

Es un consejo. Esos Caballeros de Odín tienen oídos y ojos en todas partes. Os propongo algo: ausentaos de aquí durante un par de días. Sé que os interesan nuestras tradiciones. ¿Por qué no venís conmigo a la aldea donde viven unos buenos amigos, a presenciar la celebración del solsticio de invierno? Os irá bien alejaros de la corte, creedme.

Cuando se quedó solo en su aposento, Beltrán fijó su mirada en el juego de las llamas. ¿Quién era aquella mujer que tanto provocaba? Estaba preocupado, e incluso alarmado. Sturla le había dejado entrever que pertenecía al clan de alguno de esos barones sanguinarios de Odín. ¿O no lo había expresado claramente? Lo que le ocurría, debido a su malsana curiosidad, podía perjudicar a la embajada, y su soberano jamás se lo perdonaría. Extremaría su prudencia y sus ansias por saber su identidad. Sacó la daga de la vaina y la asió en su mano. Después atrancó la puerta.

Tal vez Sturla tuviera razón. Necesitaba salir de allí; intuía que las cosas se le estaban poniendo embarazosamente complicadas.

La tabla azul

A la mañana siguiente, en la que remolineaba una fría cellisca, Beltrán y Sturla se cubrieron con capotes y franquearon el rastrillo de la fortaleza, montados en sendos garañones. La contrahecha figura del bardo a caballo dibujaba una extraña sombra sobre la nieve.

—Llegaremos al mediodía y regresaremos mañana —le explicó el bardo—. En mi poblado celebran la fiesta de Mabón, en la que la diosa madre llora por la muerte de su esposo y el próximo comienzo del año. Así damos gracias al Dios cristiano que pronto nacerá, como Odín, el padre de la fertilidad.

—Os cuesta trabajo volver la espalda a la antigua religión, ¿verdad?

—Dios, sea cual sea su nombre, habita en el corazón de todos los hombres, y Odín, como Cristo, también fue colgado de un madero. Nuestros dioses están sometidos a la muerte y los sentimos tan cercanos como a Jesús, María y sus santos. Así consta en los sagrados Eddas.

—La verdad es que no hay religión donde no haya misterio —dijo Sina.

—Nosotros creemos en Jesús, pero no despreciamos las creencias de nuestros mayores —se defendió él—. Los guerreros invocan por igual a Jesucristo y a Odín cuando entran en combate. A veces, en ciertas noches de tempestad, se escucha el galopar del dios y logro escuchar los cascos de los caballos del ejército impetuoso del dios, «los guerreros de Hloridi». Me lo imagino con su casco de oro, la invencible lanza Gungir y su radiante coraza, irrumpiendo en el paraíso o Walhalla, donde gozan los guerreros con las hermosas walquirias en la paz eterna.

—Sois una raza honesta y sorprendente, pero ¿decís que vuestro dios fue crucificado? —le animó a seguir instruyéndolo en la vieja fe nórdica.

—Eso cuentan las tradiciones —repuso el noruego—. Odín, dios de la sabiduría y de la poesía, es el espíritu bienhechor que se sacrificó por los hombres y sufrió su propia pasión colgado de un árbol nueve días. Luego resucitó para dar vida al primer hombre, Aské. Preside el reino celestial con su esposa Friga y su hijo Thor, el protector de los esponsales. Se comunica con sus criaturas a través del arco iris y de la naturaleza que nos rodea.

El viaje resultó ameno para Beltrán, ya que dedicó sus esfuerzos a comprender los entresijos mitológicos del culto nórdico, hasta que el villorrio, de no más de un centenar de cabañas de madera y heno y alargados cobertizos de piedra cubiertos de herbaje seco, surgió ante sus ojos. A pesar de su aspecto primitivo y de los humos negruzcos de los hogares sorprendía por la belleza salvaje de su entorno. Se alzaba en un entrante del fiordo de Tonsberg, tras las dunas de una playa donde flotaban varias embarcaciones de poco calado y gobernadas a vela y remo, aptas para el asalto y la pesca.

Beltrán comprendió que aquel grupo humano satisfacía todas sus necesidades, pues cada vivienda servía a la vez de herrería, corral, huerta, carpintería y granja. El poblado no lo habitaba más de medio millar de almas y estaba defendido por un imponente farallón natural de granito, una empalizada, y a su espalda un boscaje impenetrable de abetos y hayas.

El lugar presentaba cierto decoro, pues una iglesia con un

esquilón de bronce y una cruz de hierro le concedía una sobria dignidad. Las modestas viviendas se desperdigaban por callejas enfangadas donde los gansos picoteaban entre las escorias y los peludos caballos y el ganado deambulaban rumiando hierba por doquier. Los orines y las heces corrían por un canalillo que se perdía entre el cercado, camino del mar.

Sin embargo el paisaje era de una belleza fresca y lujuriante.

Las mujeres, que los observaban a hurtadillas con curiosidad, cosían piezas de oso, nutria y morsa con agujas de marfil y despiojaban las mantas con ramas de pino, mientras otras encendían una hoguera cerca de la ribera. Las más ancianas tejían en telares que tensaban con pesas de piedra. Sina observó que no había una sola mujer que no llevara colgada de su cuello unas tijeras, que según Sturla servían para cortar la lana de los hilados.

En la playa, una veintena de hombres desmenuzaban una pequeña ballena; y cuál no fue el asombro del castellano al comprobar que además de secar algunas partes en los armazones del acantilado, enterraban grandes trozos del cetáceo en agujeros cubiertos con hielo, nieve machacada y follaje de algas y abedules. Sturla, que parecía ser muy popular en el villorrio, pues los vecinos lo saludaban con afecto, lo condujo a la casa de su amigo: Floki Tveskägg, un hombre libre, quien, aparte de una esposa principal, poseía varias concubinas. Lo recibieron con extraordinaria hospitalidad al saberlo huésped del rey y amigo del poderoso arzobispo de Bergen. Lo invitaron a hidromiel caliente, que el castellano agradeció. Tveskägg, un marino de oronda figura y largos bigotes rubios, lo aquilató y le sonrió con jovialidad. Una vez en la casa, que compartían animales y personas, en la que centelleaba un rescoldo con calderos colgados del techo, la esposa le sirvió pescado seco y un potaje de cebada, carne de reno y centeno de denso sabor, que le sirvieron en una cazuela de peltre.

Se acomodaron en un banco, y a través de Sturla, su amigo

parloteó sobre su rancia alcurnia, asegurándole que era descendiente de los vikingos que antaño surcaron el Ártico, el Mediterráneo y el Atlántico en busca de botín, pieles, ballenas y colmillos de morsa, siguiendo antiguas rutas marcadas en tablillas de madera, y que se salvaban del mal del escorbuto comiendo arándanos, leche agria y manzanas.

—Aún viven parientes míos en la lluviosa Normandía francesa, pues la casta de los Tveskägg ha navegado por todos los mares del mundo. Yo llevo en mis venas sangre del navegante Thorgisl, el conquistador de Irlanda y fundador de Dyflinn. Cuentan las sagas más antiguas de Noruega que muchos guerreros del clan Tveskägg murieron en el asalto a Sevilla durante el reinado de Abderramán el infiel, en vuestro luminoso reino del sur —siguió con su relato sobre sus ascendientes.

Conforme bebía cerveza tras cerveza en un cuerno de carnero, Beltrán no sabía si era fantasía o verdad lo que salía por su boca temblona. Le narró también que su bisabuelo materno participó como piloto en la expedición de Erik el Rojo, quien descubrió una nueva ruta hacia el Occidente y que fundó colonias en unas tierras desconocidas más allá de donde se oculta el sol, lo que demostraba que la Tierra poseía una forma diferente a la aceptada hasta ahora por los cartógrafos, filósofos y marinos.

—Él las llamó el País Verde o Groenlandia —siguió narrando—, la Tierra de las Piedras o Hellulandia, la Tierra de los Bosques o Markalandia, y la Tierra de las Viñas o Vinlandia. Os aseguro, señor, que esos territorios son más extensos que la cristiandad entera, y que apenas si están habitados por unos miles de criaturas de Dios.

Aquella revelación dejó a Sina atónito, pues de ser cierta, cambiaba todos los conocimientos de cosmografía que se tenían por seguros.

—Me dejáis maravillado, señor Tveskägg, si es que he entendido bien lo que Sturla me transmite —aseguró perplejo—. En las universidades del Occidente europeo se cree, según Ptolomeo, que la Tierra es como un inmenso disco plano, aunque los geógrafos musulmanes sostienen teorías parecidas a la vuestra sobre la redondez del planeta.

Floki se encogió de hombros, pero se incorporó del banco y se dirigió hacia un rincón, donde abrió un cofre de madera deslustrada. Sacó un paño que envolvía una tabla azulada, que expuso ante sus ojos. Parecía una carta náutica pues se adivinaban los imprecisos contornos de tierras ignotas, del mar del Norte, y de extraños símbolos. Una serpiente pintada con esmero, que llamó de Midgard, rodeaba la madera para asegurar «el sólido vínculo de la Tierra». La actitud de Floki aumentó la curiosidad de Beltrán.

—¡Floki Tveskägg jamás falsea la verdad! —manifestó solemne y algo molesto—. Este portulano corresponde a la época del rey noruego Harald Schönhaar, y fue a parar a las manos de mi abuelo, pescador de ballenas en las islas de los pictos, Shetlands, Orkneys y Hébridas. Estos caballos de las olas —y señaló unos equinos afiligranados dibujados en el mar— representan barcos noruegos, posiblemente navíos de combate, y algunos *knorr*, aptos para navegar en alta mar y en largas distancias.

—¿Y qué ruta describe? —se interesó el bibliotecario.

—¿No lo habéis adivinado? —sonrió—. Es el derrotero seguido por la expedición del gran Leig, hijo de Erik el Rojo, cuando fue desterrado a Islandia. Aseguran que siguiendo el arco del sol y el vuelo de los cuervos sagrados arribó al País Verde, y luego a Vinlandia y a la Tierra de los Bosques, a muchas leguas hacia el oeste, que están señaladas como veis aquí minuciosamente en números rúnicos. Yo también lo intenté con mis hombres, hace ya muchos años, pero casi acabo en el Niflheim, el reino de los muertos, pues una tempestad nos arrojó a la tierra de los escotos. No quiero recordarlo, pues nos faltó poco para morir.

—Entonces, ¿existe peligro de perderse en esa lejana navegación?

—Muy fundado, señor. Muchos han encallado en la Hel Oscura, la novena puerta del infierno, o en la Orilla de los Cadáveres, una playa helada en dirección norte en la que se halla la primera puerta. Espinazos mondos de ballenas y esqueletos de osos blancos y bestias gigantescas las anuncian. Yo las he visto con mis propios ojos.

El bibliotecario, con los ojos fijos en el marino, mostraba confusión. No podía creer lo que le estaba narrando aquel marino enloquecido.

—¿Y reprodujo este mapa vuestro abuelo?

—No, fue trazado por el *skalde* del rey de Noruega, Harald Capa Gris.

—¡Esta tabla rompe las teorías sobre el mundo que ahora se estudian en las universidades de la cristiandad! —exclamó Sina, maravillado.

El hombre volvió a hacer un gesto displicente y sonrió.

Sina le rogó a Sturla que le permitiera copiarlo para la biblioteca de su rey, o preguntara a su amigo si estaba dispuesto a venderlo. Floki se quedó pensativo durante unos instantes, y enseñando sus encías negras y cuatro dientes amarillentos que bailaban, señaló el cinturón del extranjero, de cuyo tahalí pendía un puñal de acero toledano con el pomo damasquinado.

—Os lo cambio por esa daga. Yo lo tengo dibujado en mi cerebro.

—¡Trato hecho! —respondió lleno de alegría el castellano, quien intercambió los objetos, acariciando la enigmática tabla azul.

El *magister* agradeció vivamente el trueque. Lo mantendría en secreto hasta su regreso a Castilla. El noruego, tras jurar el arreglo por el genio tutelar de la casa y del clan, el *Hamingja*, le regaló además un gorro de piel de ballena con orejeras. Guardándose el estilete bajo la camisa, ordenó a la familia a asistir a las ceremonias, pues la esquila de la iglesia sonaba sin cesar.

—¡Vámonos, la fiesta del fuego va a comenzar!

Era la hora nona y los hombres y mujeres dejaron de trabajar. Al salir de la casa, Beltrán advirtió que el embarcadero, antes casi desierto, estaba repleto de esquifes y gabarras, y que las calles de la aldea se llenaban de gentes venidas al parecer de las alquerías y poblados cercanos.

—¡Qué gentío! —exclamó el castellano.

—Las luminarias del fuego de mi aldea convocan cada año a decenas de devotos del reino. Llegan hasta de Bergen y de los condados del norte, pues aquí, en el bosque que está tras la capilla, comenzaron a celebrarse las antiguas fiestas de la fertilidad. Es un lugar sagrado para nuestro pueblo.

En aquel instante el sacerdote salía en procesión de la iglesia y se acercaba a la gran hoguera enarbolando una larga cruz y bendiciendo sus pavesas con agua bendita.

—*Exurge Domine, adjuva nos et liberanos propter nomen tuum.*

—*Miserere nobis!* —contestaban con contrita devoción los aldeanos.

Seguido del pueblo, el cual llenaba vasijas con las cenizas de la fogata que el sacerdote fue esparciendo por las puertas de las casas y los establos para rogar prosperidad para los campos, los ganados, las mieses y la pesca del año venidero. Sonaban en el fiordo himnos ininteligibles dedicados a Cristo y luego cánticos a sus dioses pretéritos. Tras dar por bendecidas sus moradas se dirigieron a la playa con las primeras tinieblas del crepúsculo, donde avivaron un centenar de fogatas. La visión, con las lenguas de fuego enmarcadas en el azul violeta del cielo y el verde esmeralda de la floresta, era supraterrenal.

De repente Beltrán se detuvo seducido por una prodigiosa casualidad. Se quedó petrificado, mientras contemplaba en la rada una nave cuyo velamen escarlata le era conocido. ¿Era el mismo de Oyrane? Habría querido preguntar a Sturla sobre él, pero al recordar la advertencia del bardo sobre la misteriosa dama de Oyrane, disimuló y fingió no verlo. Aprovechó que Sturla se alejaba con unos amigos para despedirse de él.

—Hasta pronto, Sturla. Luego me reuniré con vos.

—¡No os vayáis, podéis perderos! La Rueda del Tiempo ha comenzado a girar —le explicó el bardo—, el año que va a terminar ya ha sido dedicado a Dios y a los guardianes del futuro. El ritual otorga suerte, señor.

—Os buscaré después. Ahora debo comprobar algo que me inquieta.

Como hipnotizado, Sina le dio la espalda y se dirigió hacia el mascarón del barco, mientras su amigo lo observaba sin comprender qué le sucedía. Una irresistible fuerza arrastraba al sanador de almas hacia el barco, y todo a su alrededor quedó eclipsado por la visión de la embarcación que acababa de anclar en el pantalán de la aldea. Al poco, la que él identificó como la Dama del Amargo Destino, descendió de ella y pasó junto a él. Se paró un momento fugaz, le dedicó una breve mueca de sorpresa y prosiguió.

Beltrán siguió tímidamente al grupo que custodiaba a la dama, nervioso y con el alma en vilo. «Se ha dado cuenta de mi presencia, pero me ha vuelto la espalda. No dejaré pasar esta ocasión para hablarle, aunque me cueste la vida», se animó envalentonado. La abrumadora fuerza de la fascinación que sentía por aquella mujer lo hacía caminar como un sonámbulo. ¿Acaso no le había reconocido y sonreído?

Receloso por las miradas hoscas de sus guardianes la siguió, mientras admiraba de reojo su deliciosa figura, sus caderas rotundas y su pelo rubio recogido, y olía la fragancia de su piel, blanca como las azucenas.

Mientras tanto las mujeres del poblado acarreaban orzas repletas de *fenalar*, cordero ahumado, escudillas con carne guisada de ánade, vino del Rin y asados de ciervo y pescado fresco, e invitaban a los recién llegados, a los que colmaban de atenciones. Comenzaba el banquete con el que concluían el nuevo año escandinavo, y olvidándose de las deidades, cristianas y paganas, destaparon varios toneles de cerveza. El grupo de la desconocida se acomodó en unos bancos de madera, y Sina se sentó a corta distancia frente a la muchacha de sus sueños. No probó bocado ni bebió; sólo clavó los ojos en ella, sin mirar a nadie más. ¿Lo consideraría una insolencia?

Su cercana presencia turbaba su alma, impulsando una pasión que ninguna mujer, de su reino o de fuera de él, había despertado en su corazón. Repentinamente, uno de los escoltas dijo algo al oído de su señora mientras echaba mano al pomo de su descomunal espadón de doble filo. La joven beldad miró hacia el lugar que ocupaba Sina, con un gesto de intranquilidad; éste sintió cómo su cuerpo se tensaba en señal de alerta.

La rueda de Odín

Beltrán estaba persuadido de que iba a encontrarse con una desagradable sorpresa, y que había sobrepasado los límites de la cortesía. Sin embargo, por suerte para él, el gesto de la dama había sido de extrañeza, y había ordenado al escolta que llamara al indiscreto fisgón.

—Dile que se aproxime —le ordenó—. Es un extranjero y no debemos negarle nuestra hospitalidad, y menos en un día tan señalado como éste.

El nervudo hombretón se incorporó y le hizo una señal de que se acercara. Beltrán suspiró aliviado y dio gracias a su estrella. En un latín perfecto, casi académico, la beldad nórdica se dirigió a un Beltrán atónito. Su perfecta dicción sonó cálida y confundió a Sina, que ignoraba que las damas noruegas hablaran el idioma de Roma. Resuelto, aunque respetuoso y atento, se acomodó a su lado y aceptó un jarrillo de vino avinagrado.

—*Bonum vinum laetificat cor hominis*, «El vino alegra el corazón del hombre» —lo saludó la mujer que reinaba en su corazón.

—Gracias por vuestra bondad —la saludó alzando el vaso de arcilla.

—Sois demasiado insolente, extranjero. Veo que nada os detiene, y además os hallo en los lugares más insólitos.

—El calor de una dama como vos se multiplica en tierra extraña. Desde que arribé a Noruega, la soledad es mi única compañía. Perdonadme, soy un alma inquieta.

El castellano no dejaba de sorprenderse y se sentía excitado.

—Como supongo que sois del sur, señor, e ignoráis nuestras costumbres, os explicaré el significado de estos ritos sagrados que se pierden en la noche de los tiempos y que forman parte de nuestra sangre.

El hispano pensó que la joven poseía una naturalidad cristalina.

—He de confesaros que siempre he tratado de armonizar mi fe cristiana con otros credos de mis semejantes. La tolerancia es mi norma.

Un leve temblor se produjo en los labios sensuales de la joven.

—Veo que estáis muy interesado en la religión de mis antepasados, *domine*. Es la segunda vez que os sorprendo en un ritual profano de mi patria. ¿Tanto os atraen?

—Menos que vuestra presencia aquí, *belle dame*.

—Dios realiza prodigios que superan el entendimiento humano.

—Estoy seguro de ello, señora —replicó también en latín y la aduló—: Habláis el idioma de Ovidio con exquisitez, me habéis impresionado.

—Desde que tuve uso de razón lo aprendí —le sonrió afable—. En nuestro país las hembras de alcurnia, o de posición, solemos hablarlo. Aunque no lo creáis, leo habitualmente a Séneca, Tito Livio y César. Podéis uniros a mi grupo de amigos. La generosidad de mi pueblo es proverbial.

¿Acaso semejante proceder no era lo bastante sorprendente como para considerarlo un verdadero portento? Sina no podía sentirse más feliz.

La mujer de cabellos de oro y ojos como un trozo azul del cielo hizo un afable gesto de aquiescencia, invitándolo a servirse carne asada. La bella joven había conseguido turbarlo irremediablemente.

—¿De dónde venís, señora? —quiso interesarse Sina, aunque en vano.

Era una pregunta delicada y le pareció inoportuna.

—De aquí, de allí y de todas partes, pues lo mismo cabalgo por caminos helados, que navego en mi galera por los fiordos. Hemos arribado de la costa oeste para participar en la ceremonia del fin del año solar y honrar al Hijo del Cielo en esta aldea donde, según las tradiciones, Odín quemó la Rueda de la Vida —le confesó en un tono apaciguador, mostrando unos dientes admirables.

La muchacha no deseaba descubrirse y Sina renunció a intentarlo. Una atmósfera de cordialidad, y hasta de atracción física, comenzó a envolverlos. Sina conocía a las mujeres y lo sabía. Él la miraba con ojos lánguidos, no desprovistos de apasionada ternura, y la doncella noruega le correspondía con inocente coquetería. No podía creer que estuviera pegado hombro con hombro a la dama de sus ensueños, ante la que había caído rendido semanas antes en los Bancos de Arena. Al sentir la cálida y arrebatadora palpitación del cuerpo de la nórdica tan cerca, Beltrán se estremeció. Jovial, y en el idioma de Cicerón, le habló de nuevo, interesándose por sus secretos.

—¿Puedo saber vuestro nombre, *madame*? Decídmelo, os lo ruego. No desearía marcharme a mi lejano reino sin saber el nombre del más bello amor que he sentido, y excusad mi atrevimiento. Lo evocaré como una bendición cuando esté a muchas leguas de aquí.

Tras un instante de temerosa vacilación, lo cortó secamente.

—Sois osado y amante de la insolencia, señor, pero dejémoslo así. No debemos complicarnos, ni vos ni yo. Así que tomad mi consejo en lo que vale o tendréis problemas.

Beltrán pensó que tal vez estaba casada o comprometida, aunque ningún hombre de su rango la acompañaba. Sólo unos severos soldados y una sierva desagradable, que miraba al extraño con desconfianza.

—Como queráis. Estar con vos es ya un placer excesivo para mí. Pero renunciaría a la salvación eterna por compartir mi vida con vos.

La sorprendida dama no evitó un lamento de incredulidad.

—¿Qué decís? No puedo compartir nada con vos.

Conforme avanzaba la vigilia, y bajo los efectos del vino, la tensa situación se fue distendiendo poco a poco. Los vigilantes se tambaleaban algo ebrios, la servidora había desaparecido, y la beldad del norte sonreía sin ambages al castellano, al que incluso en un exceso de confianza llegó a cogerle una mano. Ya apenas si hablaba, y el efecto de la bebida y el elixir de hierbas hacía estragos en sus mentes. La doncella se incorporó del banco y comenzó a bailar una danza sensual que embelesó al médico de almas, cada vez más exaltado contemplando la belleza de la nórdica. Los guerreros de la aldea, acompañándose con el ronco sonido de las trompas, entonaron lo que la desconocida dama llamó «el credo del combatiente», un antiquísimo canto bélico que le tradujo dulcemente:

—«Cierto es que la vida es dura, que el débil ha de sufrir, que quien solicita amor se verá decepcionado, que quien busca la paz encuentra la guerra, que la dicha es únicamente para aquel que no teme la soledad y que la vida será para quien no tema la muerte. Si pierdo en la batalla a mis padres, la tierra y el cielo serán mis padres, si mi hogar, la conciencia lo suplirá, y si pierdo los ojos, el destello del rayo será mis pupilas. Si carezco de armadura, la astucia la sustituirá, y si me falta la espada, la venganza será mi santo y seña».

—Bellísimas estrofas, *domina* —la lisonjeó el extranjero.

—¡Alfadir, padre de todas las cosas, danos poder y fuerza! —gritaban, mientras el jefe del poblado daba a comer *itrlaukr*, puerros silvestres, a los jóvenes guerreros que habían demostrado su valor.

Los combatientes saltaban entre las llamas enarbolando sus lanzas en honor a Odín, y las mujeres simulaban los lloros de la deidad femenina. Al poco, la celebración se convirtió en una bacanal. Entre cántico y cántico degustaban guisos humeantes, castañas frescas asadas con hinojos, hidromiel y leche caliente fermentada con hierbas alucinógenas. La joven desconocida acercó los labios al oído de su invitado, y le explicó:

—Ahora, los que creemos en la fe antigua daremos gracias con el festival del fuego por los bienes obtenidos durante el año.

Un guerrero untó con aceite de ballena una rueda gigantesca y le prendió fuego, en el instante en que todos los presentes levantaban las manos hacia el cielo cárdeno. Beltrán, mejilla contra mejilla, le preguntó:

—¿Qué representa este ritual, señora?

—Es el último giro de la rueda —especificó balbuceante—. Y también las lágrimas derramadas por la diosa por la muerte de su esposo Odín.

Paulatinamente los blancos semblantes de los aldeanos iban adquiriendo una tonalidad carmesí, atizada por los rayos vagabundos del ocaso y los efluvios del licor. El sacerdote cristiano no paraba de engullir buñuelos de bacalao y cerveza caliente, y de vez en cuando peroraba sobre la magnificencia del Dios cristiano, demostrando que sabía muy poco de las Sagradas Escrituras y que en cambio no deseaba ofender a las deidades de sus antepasados.

Beltrán observó a la dama. Su rostro fulgía iluminado por las llamas, y su cuerpo estaba cada vez más pegado al suyo, protegiéndose del frío que venía del mar. Mientras, los danzantes, animados por el son de los panderos y los cuernos de guerra, entraban en un círculo de lúbrico desenfreno. El castellano se quedó sorprendido, pues las mujeres se ofrecían sin pudor a los hombres alrededor de las hogueras, aunque no fueran sus maridos. Hasta el fraile, levantándose los hábitos, se ayuntaba con una mujerona de opulentas carnes y pechos enormes, desentendiéndose de su ministerio.

La beldad sentía cada vez más cercanía y ardor por el extranjero; sus entrañas, sin saber por qué, desearon desgarrarse, embriagarse, envolverse y mezclarse en un íntimo y arrebatado abrazo con él.

—Aguardemos la llegada de la noche en la orilla. ¡Ven! —dijo la joven.

Beltrán, alterado como la dama por el vino y los elixires, se incorporó tambaleándose y, atropelladamente, la siguió. La invitación le había producido la sensación de quien se precipita al abismo. No podía creerlo. Cegados por los bebedizos, no eran conscientes de lo que hacían. Sus cuerpos estaban incendiados por el ardor, y parecían dos sonámbulos que apenas si podían sostenerse en pie. A los pocos instantes, Sina había sucumbido a los encantos de la bellísima noruega, a la que secundó vacilante hasta alcanzar una barcaza donde se echaron sobre una piel de morsa, cubriéndose con unas pieles suaves. Desde hacía semanas ella había sido su sueño exclusivo, y aunque le costaba aceptarlo, podía disfrutar de él. La embarcación se mecía sobre el agua en calma, mientras en la orilla, los lugareños se entregaban a toda clase de desenfrenos. El forastero contemplaba las luminarias que comenzaban a brillar en el firmamento y las escamas rojizas que espejeaban en el mar.

Con el sol moribundo centelleaban las hogueras de los poblados. Los dos jóvenes se entrelazaron formando un solo cuerpo en el remanso del esquife, alejados del desbarajuste que se vivía en la aldea. Beltrán, que se sentía transportado a otro mundo, se acurrucó entre las turgencias de la nórdica, que había desparramado su cabellera de oro sobre su rostro. Especialmente manso, el médico exploró sus dulzuras mientras se adormecían entre el ondeante rumor de las aguas. El amante acarició la redondez misteriosa de la joven y gozó como si estuviera cobijado por el plumón de una paloma. La muchacha, defendiendo su pudor, no permitió que la mancillara, pero sí abrió sus labios a besos apasionados.

Era un momento mágico, el mundo apenas era un murmullo.

Así permanecieron abrazados como dos niños amenazados por una tormenta, dejándose llevar por las ondas del fiordo, mientras contemplaban el crepúsculo infinito que ponía alas a la noche. Cuando horas más tarde, liberados de los efectos de la bebida, regresaron al poblado con la cabeza más despejada, los árboles se recubrían del frío sereno, y los más jóvenes seguían brincando desnudos alrededor de las hogueras de Odín. La mujer parecía arrepentida de su comportamiento y se mostraba distante.

—Muy pronto, *Skinfaxy*, el caballo que trae el día, arrojará del bocado su espuma mágica, las crines de la escarcha, el rocío de los valles —apuntó la misteriosa dama.

Nadie había proferido una sola queja sobre su conducta, que al parecer veían natural. De entre las sombras apareció su doméstica, que le echó un chal sobre los hombros y tiró de ella. Soltando sus manos, se dirigió al barco, donde la aguardaban los escoltas, quienes a pesar del caos que se vivía en el pueblo, no la habían perdido de vista en toda la noche.

—¿Volveremos a vernos antes de que os vayáis, *domina*?

—Es difícil, extranjero. Muy pronto parto otra vez y no sé cuándo regresaré. Tal vez nunca. Olvidadme, es mejor para vos.

—Me refugiaré en vuestro recuerdo y os amaré durante toda mi vida. Aun así, rezaré día y noche para que nuestras vidas se crucen otra vez.

—Lo dudo. *Sumpremum vale*, «Adiós para siempre». Que Dios os guarde —se despidió con dulzura la mujer.

—Id vos con él. Me habéis hecho vivir por anticipado en el paraíso.

—*Ad perpetuam rei memoriam*, «para perpetuar el recuerdo de este momento», os besaré —declaró, y atrayendo el rostro del hispano, apretó sus finos labios contra los suyos, un momento que Sina jamás olvidaría.

Beltrán observó cómo escalaba la tablazón y se despedía de él agitando la mano. Verdaderamente parecía una walquiria, sugestiva y hermosísima. La nave abandonó el pantalán y Beltrán regresó a la casona de los amigos de Sturla, cabizbajo aunque inmensamente feliz y sin conocer su nombre.

Las siluetas de las parejas de amantes se perdían por los linderos del bosque, cuando Beltrán vio al bardo en brazos de una moza, con los atuendos y capuces empapados por la humedad, pero saciados de cerveza y de pasión. El castellano confió su soledad al pajar de la vivienda, sumiéndose en un sueño inquieto. No podía dejar de pensar en la fastuosa nórdica, y se preguntaba una y otra vez cuál sería su identidad.

¿Qué escondía bajo su simulada fachada de reserva? O era una consumada simuladora, o bien podía ser la esposa o mantenida de un pez gordo de la corte, o de un rico armador. Pero ¿por qué le había negado aquel ínfimo consuelo de conocer su nombre? Antes de cerrar los párpados, Beltrán introdujo la tabla azul en su capa. «A don Alfonso le entusiasmará. Estoy seguro de ello. Es un hallazgo sorprendente», pensó.

Por encima del horizonte la luna acogía las procesiones en las que muchachas del poblado vestidas con sayas blancas, y coronadas de láureas de abedul, honraban sus tradiciones. Beltrán aún respiraba el perfume de la piel de su dama, a la que posiblemente ya no vería nunca jamás.

Y su alma destiló pesadumbre y amargura.

Idavollr, «la llanura brillante»

A media mañana, Sturla y Sina abandonaron el poblado, por el que parecía haber pasado una horda de faunos furiosos, aunque todo estaba en calma y nada anómalo había ocurrido.

Por suerte el bardo había estado demasiado ocupado para ver las andanzas de su amigo castellano, y éste, llevado por la prudencia, no dijo nada de su reencuentro con aquella dama misteriosa y de nombre desconocido.

Durante el viaje Beltrán trajo a su memoria cada uno de los instantes pasados con la Dama del Amargo Destino. ¿La vería antes de abandonar Noruega? El camino no estaba muy transitado y apenas si se tropezaron con algunos viandantes. No obstante, como el día se mostraba limpio y diáfano, Beltrán pudo observar que un jinete envuelto en un capote y un capuz de piel de zorro, los había seguido desde la salida de la aldea. No le concedió importancia, y lo achacó a la casualidad. ¿Sería uno de los jinetes? Pero al llegar al castillo lo vio conversando en un rincón apartado con Ivar el Inglés. Se inquietó.

«Es el mismo caballero que escupió mirándonos directamente en la recepción real. Es evidente que nos sigue. Pero ¿por qué?», se preguntó alarmado.

—¿Distingues bien a aquel caballero, Sturla? —le preguntó interesado.

—¡Claro está! Es Ivar el Inglés. En la corte lo temen, a los criados los aterra y abusa de las esclavas. Un mal bicho, señor. Por cualquier insignificancia pega a los lacayos con su látigo, preña a las cocineras y costureras, intimida a los caballerizos y blasona de tener más de diez bastardos en el castillo. ¡Que Odín lo maldiga!

—Ese hijo de perra se está haciendo notar —masculló entre dientes Sina—. En este lugar se huele a traición.

Beltrán buscó a don Suero en su cámara. El obispo estaba vivamente contrariado. ¿Qué le ocurría?

—¿Os encontráis bien, ilustrísima? Os noto preocupado.

—¡Complicaciones, muchas complicaciones! —aseguró bajando la voz y con el rostro congestionado—. No sé si achacarlo a un accidente o a una infame acción, pero el asta del estandarte de Castilla ha aparecido partida en dos en mi cámara.

—¡Eso es un ultraje a nuestro rey! —exclamó Sina, preocupado.

—Nadie sabe nada, Beltrán. Los sirvientes callan y todos lo lamentan. Hamar ha hecho averiguaciones, y lo achaca a una casualidad.

—¿Necesitáis más pruebas, don Suero? No se atreverán a atentar contra nuestras personas, claro está, pero un enemigo anónimo se nos enfrenta abiertamente. Apuntad hacia una hiena que se llama Ivar el Inglés y rogadle al arzobispo Hamar que no lo pierda de vista —le aconsejó el *magister*—. Ese personaje parece que desea nuestra perdición y el fracaso de nuestra embajada.

—Está claro que no desea ver a don Alfonso investido como emperador. Pero somos huéspedes del rey Haakón y no debemos ser desatentos, Beltrán. Sigamos vigilantes y nada más.

—Tengo mis amistades, y ojos que descubren vilezas a cada paso escondidas entre las sombras, don Suero —contestó el médico—. Aquí hay caballeros paganos que tienen alma de villanos.

Ferrán movió la cabeza negativamente. Se sentía inseguro y molesto.

—El trono del Imperio mueve muchos y bastardos intereses. Nuestra espera se presenta, no plácida como suponía, sino espinosa y difícil.

Sina se olvidó del pelirrojo y se despidió recomendándole que estuviera alerta.

Paseó por el patio de armas para sosegarse, y fijó su atención en un fenómeno novedoso de la naturaleza noruega: la claridad del día se dilataba hasta altas horas de la noche, licuada en un resplandor prodigioso. Beltrán, zarandeado por la brisa, desplegó su capa de tafetán, abrigándose de la lluvia que comenzaba a caer. El castellano se esforzó en despreocuparse de los oscuros presagios que lo inquietaban.

Después fue a su habitación. Ansiaba cuanto antes desnudarse en el cálido aposento y sumergirse en el baño caliente, para traer a su recuerdo las horas junto a la misteriosa dama de cabellos de color del trigo. ¿Qué ocultaba tras aquel velo que envolvía todas sus apariciones? No ansiaba otra cosa que verla otra vez, contemplarla y oler de cerca su piel; además no podía sustraerse a la evidencia: estaba perdidamente cautivado por ella.

Tras el solsticio de invierno se celebraron en Tonsberg las fiestas de la Natividad de Cristo con oficios y festines, aunque lo que los noruegos revivían eran los ritos paganos del festival de Yule, en el que honraban el renacimiento de Odín y la Noche de las Madres, un ritual dedicado a las diosas de la fecundidad. Por miedo al arzobispo Hamar se reunían de noche, a hurtadillas, y cantaban los himnos a las deidades y al ciclo eterno de la vida ante el árbol sagrado, un abedul gigantesco cercano a la fortaleza.

Beltrán sorprendió a los príncipes Haakón y Magnus, con

cascos dorados y lanzas de fresno en la mano, seguidos de sus guerreros —el «Cortejo Salvaje», lo llamaban— que salían de la fortaleza para perderse en el bosque, sacrificar cuervos sagrados en honor a Odín y danzar ante el fuego durante toda la noche.

—Os cuesta renunciar a la primitiva religión, señor Haakón —dijo Sina.

—Pero también celebramos el nacimiento de Cristo, *magister* Sina.

El príncipe Haakón, que había intimado con Sina, le propuso jurarse fraternidad eterna antes de partir para Castilla, rogándole que velara por la seguridad y felicidad de su hermana Kristín y excusó la no comparecencia de la princesa, que parecía reticente a conocer a quienes serían sus acompañantes. Según le dijo, el rey Haakón había consentido que su hija disfrutara de sus últimas semanas en su tierra como mejor quisiera. Beltrán, que ya estaba enterado de ello a través de Peter Hamar, asintió. ¡Otra dama ocupaba sus pensamientos estos días! Así pues, el viejo ritual del *Hardamer* se celebró sin conocimiento del obispo Ferrán bajo las murallas del castillo, una noche sin luna, negra como las orejas de Satanás. Llovía levemente y hacía un frío que helaba el aliento. Los soldados de Haakón cortaron tres franjas de musgo y tierra, y formaron tres arcos, bajo los que pasaron el primogénito real y el *magister* castellano. Una fina lluvia los empapaba. El heredero hizo un corte en sus manos y mezcló sus sangres entre el entrechocar de las espadas.

—Sina, has pasado bajo el Collar de la Tierra. Desde hoy formas parte de la Saga de los Hermanos —proclamó Haakón.

—Para mí es un inmerecido honor —dijo Beltrán y se abrazó al príncipe.

—¡Por la lanza de Odín, que no perdamos nunca el afecto!

Desde aquel día el *magister* gozó de un trato especial entre los cortesanos y era más respetado. Los noruegos lo consideraban un igual y le mostraban su hermandad. Para Sina era un antídoto contra los Jinetes y se sentía más protegido.

En las noches que siguieron a la Epifanía, los *skaldes* y poetas de Haakón evocaron historias y deleitaron a los visitantes con las hazañas de los reyes noruegos de antaño. El príncipe proponía brindis por las buenas relaciones.

—¡El vino perfuma el alma! ¡Brindemos por la amistad con Castilla!

El irritante Engleson el Inglés y otros caballeros rivalizaban en beber cerveza y siempre estaban dispuestos a retarse, hasta que, borrachos como odres, se arrastraban bajo los asientos y copulaban sin tino con las criadas. Entonces Beltrán solía retirarse a su cámara y pensaba en su desconocida dama. La imaginaba en la barca con sus formas armoniosas encendidas por la lumbre, provocadora, descubriendo su exuberante cuerpo. Sus pechos subían y bajaban al ritmo de la respiración y recordaba sus cuerpos pegados, sumidos en la bendita inconsciencia de la pasión, entre besos deliciosos.

Las noches eran muy frías y Beltrán escuchaba el aullido de los lobos y las violentas ventiscas pensando en ella. Al amanecer veía desde el lecho caer la nieve sobre la ría moteada de hielo y pensaba en la Dama del Amargo Destino, la de la runa blanca, que aún seguía enseñoreada de sus pensamientos, aunque prohibida a sus ojos.

Las neblinas matinales espesaban los acantilados y las trombas de aguanieve convertían a Tonsberg en una maldición para los enviados del reino del sur. Pero paulatinamente los momentos de luz se fueron alargando, y un día apareció en el fiordo el primer barco que venía de Oslo, una ciudad meridional, cargado de pieles, ámbar, astas de reno, aceite de ballena y jade. Como una colosal tortuga irrumpió en el pantalán, aunque algunos bloques de hielo obstaculizaban la bogada. Cascadas cristalinas comenzaron a manar de los barrancos, y las aguas del fiordo, antes de tonalidad turbia, tomaban el color esmeralda. Peter Hamar les había asegurado a los castellanos que no tardaría mucho en llegar la estación de la vida y que la nieve se fundiría en las cumbres dando paso a una primavera florida.

El tormento de la espera estaba a punto de concluir.

Pero los momentos de alegría se trocaron en amarga aflicción. Beltrán se hallaba en las cuadras con Von Drakensberg, cuando se oyó un gran revuelo en el patio de armas, quejas, gritos y lamentos. Una cuadrilla de escuderos, con los rostros desencajados, traía al príncipe heredero Haakón sobre unas angarillas con el jubón empapado y tapado con un pellejo de alce. El joven Haakón, pálido como la cera, tiritaba, y el hombro y la cabeza sangraban. Tenía los cabellos pegados al rostro y su semblante había adquirido la afilada tersura de la muerte. Inmediatamente acudió Hamar, que lo examinó atribulado.

—¿Qué ha ocurrido? —preguntó fuera de sí.

—Ilustrísima, el hijo del rey galopaba por el bosque tras una presa herida y ha caído sobre un riachuelo helado. Cuando lo encontramos había perdido el conocimiento. Está agonizante.

—¡Por Cristo! —exclamó espantado—. ¡Rápido! Colocadlo en mi carro y trasladémoslo sin demora al monasterio de Munklif. Sólo el hermano herbolario puede curarlo con su ciencia.

Lo siguió toda la corte al cercano cenobio, incluso don Suero y Beltrán, por si precisaban de la ayuda del «médico del alma». Pero fue en vano, pues el tratamiento del sabio fraile no hizo sino acelerar su fallecimiento. Beltrán se acercó para tomarle los pulsos, y comprobó aterrado que en la cabeza se le abría una profunda herida que había roto el cráneo. Pero lo que más extrañó es que estaba cubierta de moho y de astillas de la rama de un árbol. Pero ¿no decían quienes le hallaron que el río y sus orillas estaban cubiertos con un manto de nieve? Además, parecía como si hubiera sido golpeado con fuerza y contundencia. Un roce con una vara o una caída desde el caballo no podían infligir tan profunda herida. Se acercó a Ferrán y le susurró:

—Ilustrísima, ¿habéis visto la contusión de la cabeza?

—Sí, en efecto. ¿Y qué tiene de extraordinaria? —se interesó extrañado.

—Miradla detenidamente, os lo ruego —apuntó susurrándole.

Tras unos instantes de disimulado examen, el obispo le replicó:

—Esa herida no ha podido ser producida por caer. Hay lesión honda y no sólo magulladura —confesó en voz muy baja—. Pero seamos prudentes, Beltrán. Somos sus huéspedes y no podemos conjeturar nada aventurado. Callemos, pues no nos concierne acusar a nadie. Sé cauteloso, es sólo una imaginación tuya. Ni una palabra a nadie, te lo ruego.

—Descuidad, don Suero. Seré una tumba —le replicó en voz baja.

Ninguna persona oyó sus palabras y los cortesanos seguían llorando. Hamar se volvió hacia el castellano y le rogó apesadumbrado:

—Micer Beltrán, ¿no podéis hacer nada con vuestras pócimas?

—Monseñor, el príncipe tiene fiebre, los pulmones encharcados y desvaría. Con la ayuda del herbolario puedo preparar un elixir llamado *Aqua theriacalis composita* que ayuda a respirar, pero no devuelve la vida. Ya es demasiado tarde. Ha permanecido muchas horas desangrándose —respondió, y se dirigió al monje—: ¿Tenéis en la botica genciana, angélica, imperatoria, cardo santo y bayas silvestres?

—Sí, *magister*, seguidme.

—Aunque precisan ser fermentadas, las herviremos y que Dios nos asista —precisó, mientras por su cabeza vagaban inquietantes dilemas.

El vástago real, tras ingerir la tríaca sudó copiosamente, abrió los ojos y llamó a su padre el rey y a la reina Margaret, balbuciendo algunas palabras incoherentes. Parecía un milagro y todos se alegraron, pues había recuperado la conciencia. Pidió confesión, y fue ungido con el santo crisma. Luego, apenas sin respiración, al ver ante sí a Sina, aferró su brazo como si fuera la garra de un buitre. Entrecortadamente le declaró con un hilo de voz:

—Hermano mío de la Saga, cuida de Kristín en tu reino. Es una niña indefensa y no conoce la maldad ni la mentira, te lo ruego por nuestra sangre compartida. Presérvala de quienes dicen amarla y sólo desean privarnos del trono. Te voy a hacer una confidencia: una nave inglesa atracó en Bergen hace unas semanas, y unos caballeros adictos a Ricardo de Cornualles, el rival de vuestro rey, se vieron en secreto con un caballero traidor. Representa a una caterva de nobles sin escrúpulos que dicen llamarse «los Jinetes de Odín» y buscan arrebatarle el trono a mi estirpe. Se urde un grave complot a nuestras espaldas.

El hispano se quedó sin habla. Aquella grave revelación venía a confirmar sus sospechas.

—Os prometo por la salvación de mi alma que cuidaré de la princesa, señor, pero no os sofoquéis —lo tranquilizó Sina, sin comprender con certeza qué había querido confiarle con su segundo ruego, aunque empezaba a atar cabos. ¿Se refería al atrabiliario Ivar? No le cabía duda alguna.

Beltrán apretó la mano del príncipe, quien se adentró en un estado de delirio. De nada valieron las plegarias de los religiosos, las sangrías y los cuidados de los terapeutas y el electuario preparado por Beltrán, que lo veló hasta el amanecer. En un momento determinado, Sina se levantó del banco para tomarle los pulsos. Le apartó cuidadosamente la melena del cuello para palparle el flujo sanguíneo, y se quedó petrificado. Dibujados con lodo, aún le quedaban los restos de lo que parecía una rueda y un ala. No le cabía duda de quién había perpetrado aquel alevoso atentado, y no estaba demente. Después dejó caer el cabello húmedo, y guardó silencio sobre lo que había visto. No deseaba complicar más las cosas. Además, ¿quién lo creería? El joven Haakón, con un libro de salmos entre sus amoratadas manos, expiró ahogado en su propia sangre, ante la consternación de los palaciegos y monjes. Lo cubrieron con un sudario de lienzo, y tras rodear el féretro con cirios y láureas de muérdago, oficiaron en la capilla una sencilla ceremonia fúnebre, antes de enviar el cadáver a Bergen, donde la familia real celebraría con todo boato las solemnes honras debidas a un vástago de la casa real.

—Ahora cabalga por Idavollr, «la llanura brillante», el lugar donde se juntarán los dioses el día del Juicio Final —exclamó sollozando su escudero.

Peter Hamar rezó el elogio fúnebre antes de que partieran los restos del príncipe hacia la capital, entre el fragor de una tormenta que parecía zarandear los muros del monasterio, estremeciendo sus sillares. El camino helado, grumos blancos revoloteando sobre el cielo sucio, la comitiva de guerreros con los escudos en las espaldas y un ataúd cubierto de nieve quedaron grabados en las retinas de Beltrán, que sintió con aflicción la muerte del príncipe, pues era un ser desprendido y generoso.

Se comunicó por medio de un correo del arzobispo la adversa noticia a Haakón, que se hallaba en el norte. La pena se extendió como la niebla por el país, cubriendo de duelo a la familia real, que en Bergen se vistió de luto y lloró a su heredero con lágrimas amargas. Hamar se encargaría de preparar un funeral grandioso al que asistirían todos los *jarls* del reino, los eclesiásticos mitrados y los abades de Noruega. Comenzaron a oírse las esquilas de las iglesias repicando a muerto y los *letabundi* y responsos de los clérigos implorando la salvación del alma del heredero, que ya nunca se ceñiría la corona de san Olav.

—Aquel a quien ama el cielo muere joven —exclamó Ferrán.

—Pero si aún ignoramos los misterios de la vida, ¿cómo conocer los de la muerte, don Suero? —comentó Sina.

Beltrán se quedó pensativo, intentando poner en orden sus ideas y sobre todo la confesión que le había descubierto el fallecido príncipe y la señal que había visto marcada tenuemente en su cerviz. Parecía que algunas piezas de aquel dislocado jeroglífico iban encajando.

«Habrá que andar con los sentidos bien abiertos y la daga presta.»

Una bandada de grajos aleteó sobre el cofre mortuorio, como si el ángel negro lo cobijara con su tétrica sombra.

Tinta griega

El riguroso invierno atemperaba su crudeza.

Un día sucedía a otro más suave. Los establos humeaban, los herreros templaban aceros y herraduras, y los cencerros repicaban en los primeros pastos. El crujido de la nieve que caía por los acantilados anunciaba la consumación del invierno y el regreso de la floración. El retorno a Castilla estaba cada vez más cercano. Una alfombra verde fue cubriendo los valles y una fragancia a savia se colaba por las troneras. Los aldeanos festejaron el giro de la Rueda de la Vida con el ritual que llamaban de *Ostara*, un culto atávico a la fertilidad, cubriendo los techos, puertas y carros con flores y abedules.

Beltrán seguía evocando en silencio a la dama de sus sueños, y cada vez que un noble, comerciante o jerarca visitaba el castillo, husmeaba entre el séquito por si aparecía la bella desconocida.

Pero todo fue en vano. Había desaparecido como la niebla del fiordo.

Mientras tanto, se mantenía despierto por si algún canalla intentaba una mala jugada. El sureño había espesado su barba y su rostro tenía un aspecto distinto.

Pasaban los días y los castellanos seguían aguardando ansiosos la arribada desde Bergen del rey Haakón y de la princesa Cristina para poner rumbo al sur. Cada amanecer, Sina cabalgaba con Von Drakensberg y cazaban en los impenetrables bosques de hayas, aspirando sus resinosas fragancias. Cruzaban al trote los riachuelos tras las manadas de lobos a las que se enfrentaba el teutón con una fiereza inusitada. A Beltrán le atraía el aroma de la naturaleza, el estruendo de los cuernos de caza, el desafío de las acometidas de las fieras y la soledad de las selvas. Y mientras perseguían a las presas, observaba al caballero, con el que alcanzó una relación amistosa más allá de la camaradería.

Pero no consiguió sonsacarle nada sobre las posibilidades de su rey don Alfonso, aunque sí le advirtió que determinados nobles no eran partidarios del pacto con Castilla, lo que perjudicaría su candidatura al Imperio.

—Abrid bien las orejas, Beltrán. La traición serpea en el tratado que pronto se firmará.

Una mañana, mientras esperaba al alemán para cabalgar juntos, escuchó voces en el embarcadero, y desde el roquedal vio una barcaza con la enseña de la Orden Teutónica. Se detuvo y distinguió sobre la cubierta las figuras de varios caballeros alemanes enfundados en capas blancas con la cruz negra. Accedieron al castillo en medio del mayor de los secretos, y tras platicar con el arzobispo Hamar y con frey Hermann, éste recogió sus pertenencias y se dispuso a marchar. Lo reclamaban en tierras del Imperio. Pero antes, Drakensberg se despidió de Hamar, del obispo Ferrán y se excusó con Beltrán con cortesía, aunque con su lacónico hablar:

—Os presento a mi hermano en Cristo, Manfred von Maurer, caballero de mi Orden que compartió conmigo la ignominia de la degradación, y luego fue repuesto como yo en sus cargos —les explicó, mientras el guerrero, un hombretón rubio de nariz respingona, risueños ojos azules y sonrisa afable, les decía en un atroz latín:

—Nuestro gran maestre reclama al hermano Hermann a la encomienda de Marienburg para celebrar las fiestas de la Natividad de la Virgen y para la investidura del nuevo capítulo general. Debemos partir de inmediato, señorías.

—Nos duele separarnos de vos, frey Hermann —aseguró Sina.

—No os aflijáis, *magister* Beltrán, estoy seguro de que nuestros caminos se volverán a cruzar. Aún soy deudor del apóstol Santiago. Prometí peregrinar a su tumba, y lo cumpliré —le confió el germano que abrazó con sobriedad a sus amigos y anfitriones.

Los monjes guerreros abandonaron la fortaleza aquella mañana, con el mismo sigilo con que habían llegado. El esquife desapareció por la ría, pero a Beltrán le pareció la explicación de los teutones una excusa.

—¿Capítulo general de la Orden? —caviló el arzobispo noruego—. Eso quiere decir que hay movimientos en la investidura del emperador.

—De la Orden, o de la Cúpula del Mundo, eminencia —dijo Sina.

—Quizá de ambas, *magister*. El engranaje de la votación imperial comienza a moverse y muy pronto volarán las bolsas de oro por medio Imperio.

Una voz interior le decía a Beltrán que el pretendiente inglés y su rey don Alfonso se hallaban en una carrera por sentarse en el trono de Carlomagno. Y él sería un espectador de privilegio. «¿Tendrá algo que ver la apresurada salida de Von Drakensberg de Tonsberg con los ajetreos que se viven en Alemania con la nominación imperial?», se preguntó.

Pasaron los días y Beltrán se cuestionaba si Haakón IV refrendaría el acuerdo, o si Cristina, la desconocida hembra real, acataría finalmente los deseos de su padre. Él y Ferrán conocían que los reyes suelen traicionar sus acuerdos sin sonrojo, y recelaban de la tardanza en comparecer del monarca noruego. ¿Le habría afectado la muerte de su heredero hasta el punto de faltar a su palabra? ¿Se guardaba alguna insidia? ¿Tenía nuevas de

Alemania que los castellanos ignoraban? ¿Se desdeciría de sus compromisos? Además, Sina y Ferrán recelaban del poder de los *jarls* opuestos al acuerdo y sobre todo de los malditos miembros de la banda de desalmados de Odín, contrarios a los castellanos.

Sina, aunque sólo tenía pensamientos para la dama de los arenales, estaba ansioso por conocer a la princesa virgen de Noruega. Y mientras esperaban, Hamar, Ferrán y Sina daban largos paseos por los acantilados, admirando la abrupta costa, la claridad de las aguas y los hayedos vestidos de tonos glaucos. Los sureños aguardaban alguna señal de que terminaba su aislamiento en Tonsberghuus. Y aquella misma tarde, un clérigo del Císter, tras la capucha que ocultaba su palidez, anunció a Hamar:

—Eminencia, nuestro rey y señor se halla a medio día de cabalgada.

Al amanecer se escuchó un estruendo de cascos de caballerías, trompas de guerra y arneses entrechocando con los escudos. El monarca noruego había regresado. Desde el ventanuco, Beltrán contempló a Haakón; desde la última vez que lo había visto, parecía envejecido, como un monarca derrotado e inconsolable.

El Aula Regia de Tonsberghuus lucía como el oro con las velas y teas.

Al rey Haakón lo rodeaba una escolta formidable. Era el primer día de la Pascua Florida, y había convocado a la embajada de Castilla, tras reunirse antes con Peter Hamar y sus consejeros. No portaba el bastón rúnico de avellano, sino una espada islandesa con la runa de Tyr, el dios escandinavo de la guerra, tallada en el pomo. Los castellanos esperaban una respuesta y se miraban impacientes.

Bajo un palio rojo, y rodeado de sus estandartes y de un grupo compacto de obispos, nobles y *jarls*, Haakón IV miró a los legados con sus ojos claros y agradeció las consideraciones que la embajada había tenido para con su primogénito muerto.

—El corazón de los hombres suele encajar los más adversos golpes del destino, don Ferrán. Gracias —afirmó agradeciendo sus gestos y omitiendo la escasa cortesía que había recibido de algunos nobles, el pérfido asunto de Ivar el Inglés y el asta del pendón extrañamente quebrada. El acuerdo lo merecía.

Y aunque mostraba en su rostro falta de ánimo, el rey siguió:

—Seguimos sumidos en la angustia, pero los deberes del reino nos reclaman a nuestra tarea. Me es grato anunciaros que los protocolos de vuestro rey don Alfonso han sido ratificados y firmados por mi mano, pues nada puede sernos más provechoso que aliarnos con el que creemos emperador electo del Sacro Dominio, a pesar de las incertidumbres que oscurecen el horizonte, y con el que sellamos un juramento de amistad.

A Ferrán se le escapó un suspiro de satisfacción, aunque seguía volando por su cerebro la palabra incertidumbre.

—No podíais hacernos más felices, señor.

—Conforme al acuerdo suscrito, mi dilecta hija Kristín, mi niña y sosiego de mis aflicciones, se unirá en matrimonio con uno de los infantes de Castilla, que ella elegirá de entre los hermanos del rey, única condición que imponemos al compromiso. Os la entrego con el don de la castidad intacto, ilustrísima —anunció.

—Así lo aceptamos, *sire*. Dios ha unido nuestros anhelos. Sea Él ensalzado.

—Para no perder tiempo en formalidades, micer Ferrán, he transmitido disposiciones para los preparativos del viaje. Después de Pentecostés, fecha propicia para la navegación, partiréis con el tesoro más preciado de mi corazón y de mi esposa Margaret —manifestó apesadumbrado—. Y en nombre de san Olav, ordeno que cuanto se ha acordado en el *Consilium Regis* sea inscrito en las runas de mi reinado, pues la palabra de Haakón Håkonardottir es sólo una e inalterable.

—¡Amén! —se pronunciaron a una sus cortesanos—. ¡Loado sea Haakón IV, señor y legítimo soberano de Noruega!

El monarca entregó en las manos del embajador una cánula de cuero con las cartas lacradas, pero no con la satisfacción que mostrara en la primera reunión, sino con gesto más esquivo. A Beltrán no le pasó inadvertido, pero lo achacó a la pérdida del heredero. Haakón, tras besarle las mejillas, abrazó a don Ferrán, quien agradeció sus consideraciones, pues su embajada no podía haberse cerrado con éxito más rotundo.

Sin embargo había advertido un sesgo de contrariedad de naturaleza desconocida en el rey. La palabra «incertidumbres», le seguía martilleando el cerebro. ¿Qué habría querido indicar el soberano noruego?

Observó cómo la nariz roma del soberano aleteaba, como si escondiera algún secreto infamante que dudara en transmitirles. Ferrán sabía que el doble juego era moneda corriente en la alta política, y Haakón, que había vuelto al sitial, lo miraba con pupilas inquietas.

—Señor Haakón, dispensad mi pregunta. ¿Qué habéis querido decir con «incertidumbres»? ¿Acaso tenéis noticias de lo que se cuece en las cancillerías del Imperio que nosotros no conocemos? —preguntó temeroso, pues se esperaba lo peor—. ¿Se ha reunido ya el cónclave imperial de Fráncfort? Decidme, os lo ruego.

Con un ademán inquieto el monarca endureció su perfil.

—Sí, ilustrísima, tenemos noticias y os costará creer lo que me han relatado, pues en esta elección parece que obra más la brujería y la mano del diablo, que la de Dios.

—Nos intranquilizáis, *sire* —manifestó el hispano con inquietud.

—Escuchad, obispo Ferrán —replicó el rey con un aire reservado que irritó a los hispanos—. Vos, como yo, conocéis que son siete los electores del nuevo emperador: los arzobispos de Colonia, Maguncia y Tréveris, el duque de Sajonia, el de Baviera, el margrave de Brandeburgo y el rey de Bohemia.

—Lo conocemos, alteza.

—Pues bien, escuchad, y veréis la mudanza de estos hombres —señaló misterioso—. De forma sorprendente los electores han llegado a efectuar dos votaciones. En el primer escrutinio, celebrado en enero de este mismo año, salió elegido el candidato inglés, lord Ricardo. Pero hace sólo unas semanas, según mis agentes, los dos más reconocidos defensores de la candidatura de vuestro rey, el arzobispo Arnoldo de Tréveris y el duque Alberto de Sajonia, no contentos con la votación, que según ellos había sido un fraude, convocaron a los electores en Fráncfort para proceder a una segunda votación, en la que *messire* Alfonso de Castilla fue declarado vencedor por cuatro votos a dos. Pero en ella no había estado presente, pues le cerraron las puertas de la ciudad, el díscolo Conrado, el obispo de Colonia, enemigo cerval de don Alfonso y gran baluarte de la candidatura del príncipe inglés, Ricardo de Cornualles. Conrado protestó airadamente por el menosprecio.

Los hispanos aguantaron impávidos, sin reflejar su estado de ánimo.

—No debieron desairarlo de esa forma. Creo que fue un gran error.

—Eso pienso yo, mi señor don Suero. La maledicencia de ese clérigo es terrible y las consecuencias pueden ser nefastas para vuestro monarca. Pero os diré más. Lejos de amilanarse y aceptar la designación de vuestro rey como emperador, el desdeñado obispo de Colonia celebró como respuesta otra elección paralela fuera de la ciudad, a la que se le unió Luis de Baviera, conde palatino del Rin, y paladín de los güelfos, y aseguran que también lo hizo el otro elector, Gerardo obispo de Maguncia, aunque no está probado.

Ferrán sopesaba las palabras del noruego, enojado y confuso.

—Pero los obispos Gerardo y Conrado, ¿no estaban indecisos? ¿Cómo han tenido una transformación tan contraria a don Alfonso? Creo que mi soberano les hizo llegar pingües y valiosos obsequios.

—El poder del oro no conoce límites, monseñor Ferrán, y vos debíais saberlo. Nadie ignora que Gerardo y Conrado, y creo que también el margrave, han sido comprados por Ricardo de Cornualles con suculentos estímulos, mayores que los vuestros, que les han suministrado los banqueros de York, Lincoln y Londres a un altísimo interés.

—El oro corrompe el corazón del hombre con facilidad —contestó Ferrán.

—Pero la cosa no quedó ahí, señor obispo —siguió relatando el rey—. Pasaron los días y el osado Conrado, en un alarde de cinismo, aseguró que Otakar, rey de Bohemia, que tampoco había comparecido en persona, había enviado una carta, adhiriéndose a la candidatura de Ricardo, cosa harto extraña. En fin, un galimatías que nadie entiende.

—¿Quizá Otakar deseaba poner una vela a Dios y otra al diablo? —dijo Ferrán, exasperado—. Pero su firma es insustituible y única, y fácil de probar si es una falsificación. ¿A quién pretende engañar Conrado?

Haakón compuso un gesto grave y aseguró con una sonrisa tan deferente como fría y distante:

—Ahí es donde se ha obrado la malicia de Satanás. Según cuentan mis agentes, parece que Otakar de Bohemia, el primo de don Alfonso, envió a los representantes de ambos candidatos un mensaje idéntico firmado por su puño y letra, adhiriéndose astutamente a las dos candidaturas.

—Lo que os decía, señor. Uno de ellos es falso.

Haakón sonrió y se arrellanó en el sitial. Enigmático declaró:

—No lo sé, eminencia, pero ha ocurrido algo extraordinario, sólo achacable a la magia y la brujería. Escuchad: a los pocos días de la controvertida y doble elección, la rúbrica del príncipe Otakar y del obispo Gerardo desaparecieron como por arte de magia del papel, así como la fecha de la marca del margrave, por lo que los votos carecen de valor.

Ferrán se hundía cada vez más en el lodazal de la confusión.

—¿Que desaparecieron? —abrió los ojos el legado—. ¿Y cómo?

—Como si el aliento del diablo hubiera pasado por ella —repuso el monarca.

A Ferrán se le escapó un grito de incredulidad, y se quedó petrificado.

—¿Nigromancia y superchería en la candidatura al *rex mundi*? Me cuesta creerlo. Entonces, ¿a quién votaron ésos realmente? Esto es un misterio desquiciado.

El silencio los envolvía. Sina se sonrió, y rogó licencia para hablar.

—Hablad, señor embajador, os escucho —le dio la venia el rey, interesado.

—Permitidme, *sire* Haakón y vuestra ilustrísima —tomó la palabra Beltrán que concitó todas las miradas sobre él—. Ése es un antiguo ardid empleado por los reyes desde que el mundo es mundo, con el que suelen incumplir los acuerdos firmados. Lo han recuperado del olvido los árabes. Otakar, Gerardo y tal vez el margrave y sus escribanos, han utilizado el llamado *pigmentum yunani*, o sea la «tintura griega», pues así llaman los musulmanes a los helenos. Antes de escribir se introduce la vitela, pergamino o papiro en una emulsión de oximiel y almástiga, y a la parte que se pretende hacer desaparecer se le aplica una pincelada de pasta de hebra de seda, posos de sebestén y aceite de Mesopotamia. Días más tarde, por la acción corrosiva de este ácido de roca, se disuelve cuanto hay escrito sobre él, sin dejar rastro alguno. Se trata de una ventajosa forma para eludir juramentos y engañar al más avisado. Lo que hoy leímos con nuestros ojos, mañana habrá desaparecido del papel. Artimañas de un príncipe astuto, mi señor Haakón.

—¡Una burda y vil estrategia, vive Dios! —se pronunció Haakón.

—Ya ni entre los reyes se ejercita la virtud de la honestidad, y, ¿cómo hemos de pedir concordia entre cristianos? —balbuceó Ferrán—. Y Otakar ¿qué dice?

Haakón, esta vez, movió la cabeza y soltó una carcajada.

—Que él no ha traicionado a nadie, que su conciencia sabe muy bien a quién ha votado, y que pronto lo hará público, afirmando que esas cédulas y las afirmaciones difamatorias contra él son falsas. Además los cabecillas de los dos pretendientes aseguran poseer el voto auténtico de Otakar, Gerardo y el margrave. De modo que ya nadie sabe si el felón es el rey de Bohemia, el de Brandeburgo, o el astuto obispo de Maguncia, que también aseguran haber votado a los dos pretendientes; aunque os puedo afirmar que los tres poseen almas de intrigantes.

—¿Y cómo se ha resuelto esa componenda, mi señor Haakón?

—¡No se ha resuelto, don Suero! La situación se ha enconado de forma desafortunada para vuestro soberano, que ha salido notoriamente perjudicado, pues pensaba que poseía cuatro votos seguros. El arzobispo de Tréveris, el adalid de don Alfonso, ha convocado nuevos comicios en los primeros días de abril, el domingo de Ramos tras la procesión Pascual, y atestigua y proclama que Otakar y el margrave le enviaron su voto por escrito y firmado, por lo que en puridad el monarca de Castilla habría quedado elegido por cuatro votos a tres y con la mayor y más importante nómina de los príncipes alemanes. Ése es el lamentable y cierto estado de las cosas. Todo está como al comienzo.

—¡Válgame el cielo! Entonces mi rey ha sido elegido. ¡Loado sea Dios!

Haakón, viendo el candor del obispo hispano, lo interrumpió.

—No está tan claro, ilustrísima. Yo que vos sería más cauteloso.

Ferrán fijó sus retinas en el rey con un fulgor interrogante.

—No os comprendo, *sire* Haakón. ¿Cómo es posible que dudéis de su elección si son siete los electores y ha recibido cuatro votos?

—Muy sencillo, ilustrísima —señaló cínico—. El caso es que en esa caótica elección, Ricardo también declara haber obtenido cuatro apoyos, pero ¿cómo saber quién es el desleal? Uno de los tres miente. Pero ¿quién? ¿El príncipe Otakar, el margrave o el obispo Gerardo? Están igualados a tres, y uno permanece en el alero. ¿Quién es el traidor a Alfonso?

A los castellanos aquel asunto les resultó molesto y sorprendente, y el clima de la sala se enrarecía a cada instante que transcurría.

—Por mi salvación que estamos ante una situación desconcertante —se lamentó Ferrán—. Entonces, ¿la corona del Imperio pendula entre las dos cabezas? ¿Y no puede imponer el Papa una avenencia?

—¿El Papa? Sois un príncipe de la Iglesia y deberíais saberlo. Roma no reconcilia, Roma enemista a los reyes. Es su política habitual —dijo el soberano—. Como quiera que tanto Alfonso como Ricardo han reclamado su derecho a ser coronados en Roma, el Papa ha enviado sendas cartas a las cancillerías de Castilla e Inglaterra, denegándoles la comparecencia en la corte papal, so pena de excomunión, hasta que él decida. Ya sabéis, la conocida cautela vaticana, que vela sólo por mantener su poder.

—¡Son como escorpiones! —protestó el legado hispano.

Haakón, con el tono contrariado, siguió con la lista de adversidades que sufría Alfonso. Suero Ferrán se movía inquieto, como escocido por ortigas.

—Pero no ha quedado ahí la cosa para infortunio de vuestro rey —reveló—. Ricardo de Cornualles, en una típica maniobra inglesa, se le ha adelantado y se ha presentado en Alemania, donde ha sido coronado emperador por el arzobispo de Colonia en la ciudad imperial de Aquisgrán. O sea, que tenemos dos emperadores que se consideran tales.

—¡Qué desvergüenza! —se indignó Ferrán.

—La elección imperial se ha convertido en un pandemonio. Se cruzan acusaciones y se suceden las traiciones. Quien hoy estaba a favor, mañana está en contra, quien hoy firma inquebrantable una candidatura, antes de ponerse el sol se arrepiente, y su firma desaparece del documento como por arte de ensalmo. Todos mienten, los más callan, se apuñalan por la espalda, aceptan sobornos y nadie conoce nada a ciencia cierta, mientras el Papa se frota las manos complacido. Los súbditos del Imperio no saben a quién obedecer, ni quién es su señor natural —reconoció Haakón.

—En política de Estado la decencia posee tantas caras como la traición —replicó entristecido el hispano.

—¿Entendéis pues, señor embajador? —corroboró el monarca—. El Imperio está sumido en el más profundo caos, huérfano de un guía, aunque con dos príncipes, Alfonso y Ricardo, que aseguran ser titulares del mismo. O sea, que está dividido en dos mitades irreconciliables y con componendas y falsedades a cada paso. Unos correos le aseguran a vuestro soberano que hoy le apoyan, y al siguiente le informan de todo lo contrario, por lo que no sabe qué hacer, a quién seducir o combatir, a quién convencer y a quién regalar o rechazar.

A Ferrán se le quebró la voz, que sonó ahogada:

—¡Dios nos auxilie! Y don Alfonso, mi señor y rey, ¿sabéis si ha actuado ante tal desmán? ¿Cómo lo ha encajado?

—Se ha quejado amargamente al rey de Inglaterra, quien le ha asegurado no haber ayudado a su hermano a ser coronado, ni con dineros ni con diplomacias. Además, don Alfonso duda de quién de los tres lo engaña realmente, si Otakar, el margrave o Gerardo de Maguncia, o los tres a la vez, y no sabe a quién atraerse con más oro. Está en una situación crítica y embarazosa. Así que lo han dejado en manos del Papa para que él decida.

Rojo de ira y rompiendo el protocolo, Ferran alzó su torrente de voz.

—Pero ¿qué méritos adornan al inglés? Don Alfonso es un Stauffen de la casta del gran Federico II, y Ricardo apenas si lleva unas gotas de sangre alemana —exclamó emergiendo de su sorpresa.

Unas palabras tranquilizadoras escaparon de la boca de Haakón:

—Pero no todo está perdido para vuestro soberano; hace sólo unos días Everardo, obispo de Constanza, se ha trasladado a Burgos y en nombre de los electores fieles (y también del cansado papa Alejandro y de los reyes de Francia, Aragón, Portugal, Hungría, Navarra y Bohemia), le ha rogado que viaje a Fráncfort y acceda a la investidura sin dilación alguna para contrarrestar el golpe de efecto del príncipe inglés. Le ha regalado además el estandarte imperial, la Corona de los Camafeos y una oriflama escarlata con una cruz blanca cruzada, que hoy ya debe flamear en el Alcázar de Toledo, como signo de ostentar el título de rey de romanos. Esas muestras de fidelidad son capitales.

—¿Y ha aceptado don Alfonso? ¿Se halla en tierras del Imperio?

Sina sofocaba su respiración y Ferrán vigilaba los labios de Haakón.

—Ha admitido ser coronado, sí, pero se resiste tercamente a comparecer en el escenario de los hechos. Sigue en Castilla, quieto como una estatua —informó con reproche—. Craso error. Don Alfonso debería arriesgarse y trasladarse de inmediato a Alemania, para reclamar la Corona y desenmascarar al embaucador que apoya ladinamente a los dos candidatos a la vez. ¿Por qué no se mueve de su reino? Sólo él lo sabe.

—Quizá sea porque significa un dispendio extraordinario para las arcas del reino, quizá por seguridad, o porque considera que la traición también cuenta —contestó el obispo—. ¡Dios, qué situación más confusa!

—Sin embargo, al verse expuesto a las miradas de toda Europa, se ha apresurado a crear una corte imperial en Viena, nombrando gran canciller al obispo de Spira, y a su primo, el duque de Brabante, como vicario imperial. Vuestro conocido Bandino Lancia, embajador de Pisa, ha aceptado convertirse en protonotario del Imperio. El duque de Borgoña, el conde de Flandes y los duques de Lorena, Luxemburgo y Brunswick se han declarado fieles vasallos suyos. Hay un portillo abierto a la esperanza.

—Me alegra lo que aseguráis, mi señor, pues no todo está perdido.

—Además —prosiguió Haakón—, con su conocida generosidad, y actuando como un verdadero *rex mundi*, conciliador e inquebrantable, ha pagado el rescate para liberar al emperador Balduino de Constantinopla, cautivo de los turcos. La cristiandad entera suspira por ver sentado en el trono de Carlomagno a tan magnánimo y piadoso príncipe. Pero no nos engañemos, el papado recela de vuestro rey, pues aunque le considera el mejor candidato ve en él a un enemigo formidable que puede oprimirlo como una tenaza, desde el norte y el sur.

A los castellanos les roía por dentro el desánimo, y se quedaron inmóviles, como fosilizados en una indescifrable deliberación. Las referencias nada tranquilizadoras sobre su rey los habían dejado sin habla.

—La polémica azotará la cristiandad, señor —afirmó don Suero.

—Y lo que es peor, ilustrísima, el cisma por la Corona del Sacro Imperio Romano Germánico ha comenzado, dividiendo a reinos hermanos. Sólo el Creador sabe hasta cuándo durará esta demencial situación.

Beltrán pensó que don Alfonso estaba aprisionado en una trampa peligrosa, y denunciar la vileza de los electores era como negar la fiabilidad de los que lo habían elegido. Prefería no estar en su pellejo. Ahora comprendía la precipitada salida de frey Hermann, la entrevista secreta de Ivar con los espías británicos y su frontal oposición a los castellanos.

Comenzaban a tomar posiciones y matarían si fuera preciso.

—«La hidra de la traición comienza a subir por nuestras botas», pensó.

Haakón, antes de despedirse, cerró la reunión con el ritual del *Bragarfull*, el brindis con hidromiel por los juramentos, en memoria del dios Bragi. Los hispanos alzaron sus copas, tratando de aparentar serenidad, y tras el protocolo se pusieron en pie. Abandonaron el Aula Regia, barruntando qué funestos presagios se abatían sobre su soberano. Beltrán detectó el doble juego de los electores alemanes, que habían convertido la elección imperial en un medio para cobrar fabulosas cantidades de oro.

Sin embargo, también sabía que la Santa Sede no permitía a ningún rey cristiano sobresalir sobre los demás, y de pretenderlo alguno, disponía de inmediato una red de alianzas para asfixiarlo y exterminarlo si era necesario. ¿Y no podía ser ése el caso de Alfonso, quien había conquistado una autoridad sin precedentes en la cristiandad y podía hurtarle a Roma la potestad del *dominium mundi*?

La incertidumbre envolvía la embajada, en esa vaporosa divisoria que separa la desconfianza de la verdad.

Fuera, un sol casi crepuscular lamía con su fulgor el fiordo, pero en las facciones de los hispanos afloraba la confusión más completa.

La runa blanca

Tonsberg, mayo a junio. A.D. 1257

Las laderas se habían colmado de lirios y de flores amarillas.

Apenas existía la noche; amanecía prontísimo en Tonsberg y el boscoso paisaje se desbordaba en una luminosidad diáfana. Se había recuperado el trino de los pájaros y los chillidos de las aves marinas, y grupos de muchachas extendían en los prados la ropa recién lavada llenando el aire de risas. El mes de mayo endulzaba la brisa haciendo más cautivadora la estancia de los castellanos en Noruega, aunque devorados por la ansiedad de conocer a la princesa Kristín y la suerte de su ultrajado rey.

Una mañana en que el sol despuntó con llamaradas violetas, las trompas anunciaron la aparición de la nave real. Dominando la ría, la quilla de la galera viró hacia la multitud que aguardaba a Kristín, a la que aclamaban agitando ramos de acebo. Tronaron los cuernos y se estremeció la fortaleza. La joven princesa descendió por la escala precedida de un grupo de nobles, damas y un bufón de pelo erizado y piernas arqueadas.

Los castellanos al fin conocerían a la virgen de Noruega y se mostraban ansiosos. Beltrán fijó una mirada de curiosidad en la princesa. A lo lejos distinguía su piel, blanca como la nieve; los haces sesgados de la mañana besaban sus cabellos recogidos con una fina corona, que resplandecían como el oro.

De repente, a Sina se le escapó un ademán de incredulidad. Comenzó a estremecerse y le sudaron las manos. Un ansia espantosa le atenazó la garganta al clavar incrédulo sus pupilas en el pecho de la hija del rey, en el que palpitaba una runa blanca, y la joya de ámbar y jade que Tyre, la adivina de los Bancos de Arena, había colgado en el cuello de una desconocida dama en el santuario pagano de las dunas. Entonces observó su rostro con creciente nerviosismo. No cabía duda alguna… Aquella boca carnosa, los ojos azules e indómitos como la naturaleza que les rodeaba eran los de aquella doncella a quien había buscado en vano y a la que no había podido desterrar de su memoria. «No, no puede ser», balbuceó incrédulo. ¿Acaso no le había asegurado el monje que era la esposa de un mercader o de un armador de Nidaros? Con cara de intenso pánico, aguardó.

Kristín, la dama de Oyrane y la desconocida de la barcaza de la aldea eran una misma persona. Se resistía a creerlo y se sentía como un ladrón sorprendido en pleno hurto, incapaz de sofocar los sobresaltos que se despeñaban por su cerebro. El *magister* maldijo su insana propensión al riesgo y a lo secreto, y percibió una feroz sensación de vergüenza. «Que me trague la tierra», masculló. Aquello resultaba demasiado inquietante.

Podía delatarlo allí mismo y acarrearle graves complicaciones, a él y al acuerdo que habían firmado. Una sacudida de confusión lo hizo lamentarse como si hubiera sido testigo de un sueño negro o hubiera visto un espectro resucitado. Quería eclipsarse, ocultarse para no ser visto, pero la princesa observaba con atención cada uno de sus gestos y de sus movimientos alterados. No podía desaparecer. La situación no era nada tranquilizadora y resultaría una temeridad averiguar si recordaba sus dos fugaces encuentros. «Tal vez no me recuerde del todo. Dios lo quiera», pensó. Dejó su fatal situación en manos del azar, pensando que la hija del rey seguramente había borrado sus facciones de la memoria. Dudó en identificarse y buscó un subterfugio para pasar inadvertido.

«Prefiero que caigan sobre mi cabeza mil tizones del infierno que ser señalado como uno de los testigos que presenciaron su entrevista en el oráculo pagano y su atrevida conducta en la fiesta del fuego de Odín», dijo para sí, y bajó la cabeza angustiado.

Hamar fue presentando la princesa a los enviados hispanos. Ella mostraba la mayor indiferencia, pero cuando le llegó el turno a Sina y éste besó su mano sin alzar los ojos, se detuvo; sus ojos no lograron disimular su sorpresa. Fue sólo un leve rubor, apenas perceptible, que veló su expresión durante un breve instante. Beltrán tomó la palabra y, en un latín académico, que muy pocos entendieron, presentó sus respetos a la princesa noruega.

—Beltrán Sina, alteza. Soy sanador de espíritus y astrónomo, y he recorrido el océano de parte a parte por orden de mi rey para sosegar vuestra alma, no para alterarla. Soy vuestro más rendido servidor. Confiad en mí, princesa —añadió, en voz más baja.

El intercambio de miradas y la evidente tensión de la princesa no pasaron inadvertidos a algunos. Ferrán, alertado, se interesó por aquella circunstancia:

—Cada día que pasa me sorprendes más, Beltrán. ¿Sabes algo de esta hembra real que pueda afectar a los acuerdos? La equívoca situación de nuestro rey no permite ninguna veleidad, compréndelo.

—Nada, ilustrísima. El casual encuentro de dos peregrinos en Nidaros que se intercambiaron miradas de cordialidad. Nada más, os lo aseguro.

—Siendo así, me sosiegas. Confío en tu prudencia y discreción —le dijo.

Sin embargo, Peter Hamar, como si el castellano lo hubiera agraviado en lo más profundo de su alma, pasó los dedos por su calva y lo miró con suspicacia. Se preguntaba furioso cómo había fallado su tupida red de agentes que no le habían informado del encuentro. «¿Cómo y dónde pudo ocurrir?»

Igualmente, el irascible Ivar, el cabecilla de los Jinetes de Odín, también se percató de que algo inusual flotaba en el gélido aire. Se intercambiaron una fría mirada, y Beltrán por vez primera se la mantuvo con orgullo y desafío.

Aquella noche, última en el castillo de Tonsberg, Sina asistió al espectacular fasto de los fuegos de San Juan que cubrieron con su rojo fulgor las dos orillas del fiordo. La ciega noche era incapaz de entender aquel torbellino de luces y candelas que iluminaban el cielo vacío. Como ya era habitual, el bardo Sturla le explicó que la festividad cristiana coincidía con el solsticio de verano y también con el ritual de unión de los dioses Balder y Freiya.

—En mi pueblo las muchachas recogen las hierbas medicinales para el clan y bailan las danzas de la fecundidad.

Beltrán se despidió de quien se había convertido en un buen amigo, regalándole un crucifijo. El bardo, que parecía casi emocionado, extrajo de su faltriquera una runa de hueso atada con un cordón y se la entregó en la mano. Estaba envuelta en una tela y atada con una tira de cuero, y el signo, una flecha dirigida hacia arriba, que había sido coloreada con ocre rojo.

—Este trozo de madera os proporcionará auxilio. —Y le cantó la loa del poder y la victoria—: «Desata, dios Tyr, el flujo de tu poder y que fluya en este extranjero. Que tu don lo acompañe y que se libere su *draurg*.* Que el poder de esta runa transite a lo largo del arco iris. Que la felicidad crezca en su alma y que el protector del mundo lo lleve por la senda justa».

—Jamás podré olvidaros, buen amigo —dijo Sina.

—Tomad, es *Teiwaz*, la estrella guía del Guerrero Espiritual, la que encarna el recuerdo. También significa que en el futuro tendréis un lazo afectivo muy fuerte que os cambiará la vida.

Aquella noche, Beltrán no podía quitarse de la cabeza el azaroso tropiezo con la princesa, y tardaba en conciliar el sue-

---

* Aparecido de las creencias nórdicas. El álter ego de los mortales.

ño. ¿Cómo habría vivido Cristina su encuentro? ¿Con recelo? ¿Con comprensión? Había equivocado el corazón donde depositar sus afectos, pero ya era demasiado tarde para mitigar su fuerza devastadora. *Dame* Cristina, en lo sucesivo, no sería buen abrigo para sus sentimientos. Pensó que le tocaba sufrir, pues un abismo de sangre y de casta los separaba irremisiblemente. «De la rosa del amor me han correspondido las espinas», murmuró para sí, sabiendo que era un querer imposible.

Con un cálamo escribió algunos pensamientos de abatimiento y pesar por su prohibida devoción, hasta que lo sorprendió el amanecer, que ascendía del mar en un avance cauteloso, radiante.

Los embajadores del reino del sur se despidieron del rey Haakón IV, a quien se le ahogaba la voz. Peter Hamar y don Suero Ferrán, presidirían la legación que entregaría Cristina al rey Alfonso. Lo asistía el cortejo más numeroso y engalanado que jamás hubiera zarpado de Noruega. Cien caballeros con sus pertrechos y una caterva de cortesanos componían un séquito que parecía el de un sátrapa persa. Fray Simón, un fraile dominico rechoncho y colorado, atendería los servicios religiosos; y dos altos *jarls*, Andreas Nicolai y Edmund Harald, representarían al consejo noruego ante la corte de Castilla.

Una decisión inesperada del rey Haakón dejó sin habla a los castellanos y al arzobispo Hamar, que no podían comprenderla: para proteger a Kristín, Haakón había elegido como escolta personal a sus tres más sonados pretendientes: Lodin Leep, un joven de aspecto provinciano cargado de talismanes rúnicos que amaba locamente a la princesa; Ivar Engleson el Inglés, el zafio caballero de ojos saltones y su secuaz Thorleif Bosso, un hombretón con cuello de toro y cabeza voluminosa, como embutida en su grasiento corpachón, que parecía más un herrero que un *jarl* del reino. Ambos llevaban prendida la indecente señal del mal y la traición, como si hicieran gala de ella a la vista de todos. ¿Cómo era posible que el caballero que más se había opuesto al pacto con Castilla, abiertamente partidario de Ricardo al trono imperial, viajara en el mismo barco? ¿Quería Haakón librarse de Ivar enviándolo a la otra parte del mundo? ¿No era arriesgado tenerlo como compañero de viaje?

Pero el viejo Haakón era un gobernante astuto y sabía que tarde o temprano el traidor Ivar se desenmascararía a sí mismo y que su zafiedad e inclinación intrigante lo pondrían en evidencia. Y de paso acabaría con un enemigo poderoso: el cabecilla de los traidores «Jinetes de Odín». Y lo haría fuera de Noruega, con lo que la justicia le vendría de otra mano. Toda una jugada maestra, con la que no se mancharía las manos, contra una poderosa tribu, cuyo apoyo precisaba para mantener unida a Noruega.

—Nos han metido unos lobos en el rebaño, Beltrán —dijo don Suero.

—El regreso no será placentero. Me temo lo peor. Llevamos a esos perversos jinetes en nuestras propias cuadras. ¡Dios nos valga!

Beltrán, inquieto, miró por última vez los muros del castillo. Tras ellos se coló el bufón Gudleik, con sus protuberantes ojos recubiertos de tintura negra, que se divertía con la partida como un grillo al anochecer. Guardaba las llaves de los cofres de su señora, donde según Hamar había alhajas de oro y plata labrada, pieles, colmillos de morsa, pieles de oso y jade, que habría de entregar a su esposo castellano.

—Por mi salvación, don Suero —le comentó Sina—, que esta comitiva resulta bulliciosa y fascinante. No tendremos tiempo para el tedio.

—Pero las intrigas no han hecho más que empezar. Ese Engleson no me gusta nada. Estoy muy preocupado, Beltrán. De aquí a Castilla asistiremos a multitud de maquinaciones, ya lo comprobarás. Hamar me lo ha asegurado, pues muchos de estos caballeros poseen rentas en Inglaterra.

Para el obispo Ferrán, conocida su fobia a las aguas, y para la princesa, se habían construido dos castilletes en la popa de la nave, en los que habían grabado a fuego la runa Gebo, el signo de la unión. En medio de una actividad frenética, el embarcadero se hallaba atestado de cortesanos, marinos, pescadores y siervos, que habían convertido a *dame* Kristín en el blanco de sus miradas.

Pero la algarabía cesó, no había música, ni cantos, por orden expresa de Haakón. En medio de una atmósfera de silencios, la nave se hizo a la mar, hendiendo las aguas del fiordo y llevándose a miles de leguas a la más bella flor de Noruega. La princesa, de pie en la amurada, agitaba un pañuelo escarlata. Se sentía encadenada por una misteriosa fuerza a aquella tierra, y su alma se resistía a partir. Y como emergiendo de un mal sueño, vació sus últimas lágrimas, pues entendía que nunca retornaría a su tierra. Ya no sentiría el vértigo embriagador de navegar por los fiordos, o cabalgar en verano por los prados de Ulriken con sus damas y el afable Gudleik. «¿Qué quedará de los míos si es que regreso alguna vez?», musitó.

Haakón, la reina Margaret, Sturla, algunos *jarls* y los hermanos de la princesa, Olav y Magnus, cruzaron con Kristín miradas de afecto y ternura. Sin embargo, Haakón volvió la cara para que nadie notara su dolor. Dejando atrás una estela de espumas, con el viento a favor, el barco enfiló como una daga el estrecho de Skagerrak, evitando los bancos de arena. Tonsberg había desaparecido de su vista.

Navegaron a lo largo de una abrupta costa cubierta de dunas, pero el timonel y el piloto, dos marinos de Bergen de espesas barbas, gobernaban la nave como si fuera un esquife. Cuando surcaron las aguas libres del mar del Norte lo hicieron a vela, y los remeros descansaron de la dura boga, pues la enorme vela de color pardo tiraba del navío con la fuerza de cien remiches.

Beltrán contemplaba el vasto mar seducido por su belleza junto al camarote de Ferrán, quien permanecía inmóvil en el catre, como petrificado, pues su miedo a navegar seguía incólume.

Los castellanos se abrigaban con pieles de pelo largo, atentos al curso de los vientos. Comían carne de reno, cabezas de cordero asado, habas con bacalao y galletas de manteca, que acompañaban con cerveza de Nidaros y leche agria. Reinaba entre la tripulación noruega y los hispanos una agradable amistad, pero Beltrán ardía en deseos de ver a la princesa. Cristina permanecía en su camarote con sus damas y el histrión Gudleik, quien con sus vestes de colores chillones parecía un niño eterno. La dama asomaba al atardecer en la amurada, conversaba con Ferrán para animarlo y jugaba alguna partida de ajedrez con el acongojado obispo, cuando el mar lo permitía, pero no le dedicaba ni una mirada al atormentado sanador de almas.

Fue el eclesiástico don Suero, atento a cualquier detalle de la convivencia, quien alertó a Beltrán de la alarmante conducta de Engleson el Inglés y de su camarada de juergas, el tripón de Bosso, que se retiraban a menudo a conversar lejos de oídos indiscretos y dejaban de hacerlo cuando se acercaba algún doméstico del arzobispo Hamar. Mantenían una hostilidad recelosa hacia los castellanos y estaban en perpetua vigilancia.

—Es mi oficio de embajador mantenerme alerta y más después de conocer las asechanzas que se urden contra don Alfonso en Alemania —le comentó a Sina—. El otro día aliviaba mi estómago cuando escuché una frase en francés normando que me alertó. No es normal que un noruego converse en esa lengua que sólo hablan los francos y los señores ingleses. De modo que puse toda mi atención, me acerqué al barandal y sorprendí estas inquietantes palabras. Escucha y mantenlas en secreto: «Podemos modificar su destino y el del viaje, Thorleif, y de paso hacernos ricos», le dijo el Inglés. Ésos andan conspirando. Y después de lo que te reveló el infortunado príncipe Haakón, el recelo me devora.

—¿Creéis que se referirán al destino de la princesa?

—Posiblemente. Abre bien los ojos. Son dos bellacos emboscados.

Beltrán recordó las palabras que le confió Haakón el Joven en su lecho de muerte, y el seguimiento de que fueron objeto en la corte. Entonces comprendió su verdadero significado. «Algunos nobles desean desposeernos del trono utilizando a Cristina.» Bosso y Engleson no le inspiraban ninguna confianza, y estaba claro que conspiraban a espaldas de Haakón. Pero ¿contra quién? ¿Contra la princesa, contra Hamar o contra los castellanos? Beltrán siguió desde aquel instante sus pasos y sus conversaciones, y aunque ignoraba su lengua, observaba las muecas, ora de disgusto, ora de triunfales sonrisas.

Ivar intimidaba con las cejas enmarañadas y los bigotes enrevesados, mientras agitaba sus brazos con ademán altanero; más que proteger a la princesa, la atosigaba con sus rudas atenciones, a las que Cristina respondía con frío desdén.

Al tercer día, el viento cambió bramando persistente en la vela. La galerna, la lluvia y el estruendo del oleaje hacían estremecerse a la nave. Resonaban los rugidos de la marejada y Ferrán se postró de rodillas, cubierto con un capote untado con grasa de ballena, pues creía que aquellas olas de crestas espumosas iban a engullirlos.

—¡Señor Santiago, patrón de peregrinos, auxílianos! —rogaba insistente.

Soportaron las celliscas, que amainaron pronto, y las nubes cerradas se fueron convirtiendo en limbos arrebolados. El capitán los tranquilizó y Ferrán, empapado de agua salitrosa, dejó de rezar. Apareció una luna rotunda que dibujó en el océano un camino de luminarias. Beltrán se quedó extasiado ante el espectáculo, y cuando se retiraba a sus cordajes a dormir, observó que Cristina contemplaba prendada la senda luminosa, mientras acariciaba los cabellos del bufón Gudleik y de Elke, su amiga y dama de compañía. La visión de los tres jóvenes prendidos en el reflejo del astro de la noche luna lo dejó maravillado. Era una expresión de afecto de tres almas amigas y solitarias.

Al séptimo día, el vigía, atento en la cofa, avistó tierra. Bandadas de gaviotas se dispersaban por el cielo y soplaba una brisa apacible. Inglaterra asomaba en el horizonte. Tras una semana de navegación, el piloto puso rumbo al puerto de Yarmouth, primera escala del viaje, ante la alegría de la tripulación, que además de agradecer a sus dioses la protección prestada, entonaron un Tedeum y un canto a Santiago, que dirigió con su vozarrón de chantre fray Simón, un monje afable y campechano, quien ofició una misa árida, o sea, sin vino consagrado, para evitar que la sangre de Cristo se derramara en cubierta con un golpe de mar.

Beltrán Sina se apoyó en la batayola y esperó la maniobra de atraque. Imperceptiblemente le llegó el murmullo de unas voces conocidas, que surgían del interior de la bodega. Puso el oído junto al tirante del timón y comprobó que Bosso y el Inglés discutían en francés normando y en noruego, pero no llegaba a comprender el significado exacto de lo que hablaban. Sin embargo sí entendió bien la palabra «Cornwall», «Cornualles». La repitieron varias veces. ¿Y no era precisamente Ricardo de Cornualles el rival irreconciliable de don Alfonso? ¿Urdían una conspiración mucho más vasta y peligrosa? El médico del alma estaba tenso mientras miraba a los marineros hacer la maniobra de atraque. Una mano le tocó en el hombro y sintió una helada inquietud. Se volvió como un resorte. Era Ferrán.

—¿Qué haces, Beltrán? Te noto alarmado.

—Callaos, señoría —apuntó poniendo su dedo en los labios—. Esos dos hablan en secreto de Ricardo de Cornualles. Estoy seguro de que ponen en marcha una pérfida maquinación contra los planes de don Alfonso. Pero ¿cuántos y quiénes la secundan?

—Me lo temía. Sabía que llegados a Inglaterra había que

abrir las orejas. No me gusta el derrotero que toma todo esto —se quejó don Suero con amargura.

La nave noruega se aplomó al fin en el pantalán, mientras un halo de neblina se levantaba del mar, como si el océano exhalara por sus narices la ira contenida por ser surcado por aquellos nauseabundos cetáceos de madera.

EL CABALLERO DEL DRAGÓN
Y EL EMPERADOR

La luna del mar del Norte

Yarmouth, Inglaterra. Verano, A. D. 1257

Earendil, la estrella de la mañana nórdica, se había ocultado.

En el camarote que ocupaba Cristina en popa, las damas se encargaban de adecentarlo en medio de una afanosa laboriosidad. Aguardaban a los enviados del rey de Inglaterra, Enrique III Plantagenet. El estandarte del león de Noruega se desplegaba majestuoso en el palo mayor, mecido por la brisa. El puerto pesquero de Yarmouth bullía de actividad, mientras una caterva de andrajosos y tullidos cubiertos de roña se habían acercado a la nave real rogando la caridad de unas monedas, o las sobras de la olla marinera.

Elke y Gudleik acomodaron a Cristina en una silla aterciopelada, donde iniciaron una partida de alquerque, el juego de las tres piezas de colores que se perseguían por el tablero. El bufón, que parecía un infante revoltoso, la entretenía con acertijos, trabalenguas y travesuras, mientras movían las piezas. Gudleik, desde que fuera entregado a la princesa como juguete personal, era el cálido consuelo de la hembra real y el mudo zurrón de sus pesares. Pequeño de cuerpo, se movía de un lado para otro con viveza. Sin embargo, Cristina, esplendorosa con su túnica bordada con cuentas de ámbar, aguardaba a la comitiva inglesa con malestar. Detuvo el juego, cansada, y rogó con delicadeza a Elke:

—Me aburre hasta el respirar. Llama al *magister* Sina, quiero conversar con él.

—¡Por Loki! —se extrañó el bufón, que sabía del primer encuentro entre su ama y el castellano—. ¿El extranjero que os sorprendió en Oyrane? ¿Confiáis en él, *dame* Kristín? ¿Estáis loca?

Cuando Elke se colocó frente a Beltrán, le impresionó a éste su imagen de fragilidad y de tristeza. Le agradaba aquella joven en la que, sin poseer la belleza perfecta de su señora, su nariz respingona, sus labios sensuales y sus ojos verdes esmeralda rivalizaban con el dorado de su melena en cascada. Le subió el rubor al rostro, pues el sureño le atraía desde el primer día que lo vio, y desde entonces suspiraba por él y así se lo había hecho saber a la princesa. Pero Beltrán no reparaba en nadie más que en Cristina. En un latín escueto y gutural le rogó:

—Señor, mi ama y señora desea veros. Acompañadme.

La belleza sin afeites y la lozanía de la piel de la princesa eran como los pámpanos de una viña del Tajo. Un afable candor iluminaba sus ojos azulísimos y el verde del mar realzaba el oro de sus cabellos. Por encima del escote cuadrado se insinuaban dos níveos senos, sobre los que se balanceaban los dos talismanes que él conocía. Era la primera vez que conversaba con ella después de la fiesta de la Rueda de Odín, y no sabía qué esperar.

—Heme aquí, señora —se presentó azorado—. ¿Qué deseáis de mí?

—Sentaos —declaró ella sin mirarle—. Me dijisteis que vuestro rey os había enviado para serenar mi alma… y ésta ahora necesita de vuestro consejo. Mil dudas me asaltan, y desearía preguntaros sobre la vida en Castilla.

Beltrán notó que la princesa pretendía obviar sus encuentros previos, así que, con la mirada baja, para que sus ojos no traicionaran sus íntimos sentimientos, murmuró:

—Me someteré a las órdenes de mi rey y os serviré fielmente.

—El obispo Ferrán me ha ilustrado sobre vuestro inabarcable saber en asuntos del espíritu, en medicina y astronomía —dijo ella, con voz falsamente serena—. Así que olvidad lo sucedido, y contestad a mis preguntas. ¿No os envió don Alfonso para ese menester? Ahora quisiera que me hablarais del rey Alfonso y de los infantes de Castilla, entre los que elegiré esposo.

Sus últimas palabras fueron como flechas que se clavaron en la herida abierta del médico de almas. ¿Cómo iba a procurar consuelo si era él quien lo necesitaba? Tras unos momentos de reflexión, tragó saliva y habló, intentando adoptar el tono frío y distante que debía usar con la princesa de ahora en adelante.

—Mi sólida relación con don Alfonso viene dada por la recíproca confianza que nos une, sin que por ello menoscabe su alta dignidad —confesó—. Mi soberano es un hombre nacido para ser rey, y lo adornan las virtudes de la distinción y el talento. A pesar de la familiaridad con la que me confía las zozobras de su espíritu, sus dotes de poeta y legislador son sobradamente conocidas en la cristiandad. Sería un magnífico *Imperator Mundi*.

—¿Es cierto como aseguran que es un príncipe soñador? —se interesó la princesa.

En los ojos de Sina brotó un súbito fulgor.

—Ciertamente maravilla a todos su inconsciencia y candor. Se nutre de armonías y del saber antiguo y no por ello es vanidoso, aunque sí presumido. Nadie que le solicita una merced se va con las manos vacías y contempla el mundo desde una visión de concordia. Es un soberano de espíritu impresionable, que ama la justicia. Y no me duelen prendas al deciros que es de agraciado aspecto, barbilla firme, piel sonrosada y ojos melancólicos. Además, su privilegiado cerebro despliega una actividad científica incansable. Por eso la Universidad de París lo ha distinguido con el título de *Rex Doctus et Stupor Mundi*. ¿Conocéis algún rey semejante en Europa?

—No es frecuente, no —admitió Cristina—. La ambición, la carencia de escrúpulos y los crímenes suelen presidir las conductas de los reyes. Lo sé desde niña.

Entre autoritaria y suplicante lo siguió interrogando, y Beltrán se inquietó, pues sabía que sincerarse con los reyes solía acarrear dificultades.

—¿Lo servís recientemente, micer Beltrán?

—Hace años, alteza. Me apoyó en la sencillez de mis comienzos, recién licenciado de la escuela de Amberes y de la Schola Salernitana —respondió sin mirarla a los ojos—. Alivio las alteraciones de su ánimo y procuro que la moderación rija sus pensamientos. Es un buen cristiano, nadie lo iguala en los ardides del ajedrez, y le gusta moverse en ambientes de lujo y boato. En Castilla lo llaman el Juglar de la Virgen.

—Me asombra que los reyes de todas las monarquías cristianas lo respeten. No resulta habitual esa unanimidad de opiniones —señaló Cristina.

—No es de extrañar que muchos señores de Occidente hayan querido ser armados caballeros por don Alfonso. ¿Sabíais que el príncipe Eduardo de Inglaterra, don Dionís de Portugal y Muhammad de Granada fueron ordenados por su espada como signo de distinción y prestigio?

—Lo ignoraba —mencionó la dama—. Cuando el presbítero Elías regresó de Castilla me habló de su legendaria aureola de sabio. He leído a los clásicos y amo la poesía de Guillermo de Aquitania y de los trovadores que elogian el amor cortés. Guiot de Valay cantó en la corte de mi padre después de un banquete en la fiesta de la Santa Sangre y me regaló su laúd, que guardo como un tesoro. Me seduce que don Alfonso sea un rey poeta.

—No os exagero si os digo que don Alfonso es una persona sensible atraída por la lírica. Ya admiraréis sus cantigas y seréis testigo de su belleza, pues expondrá los manuscritos en la catedral de Sevilla para que los contemplen sus súbditos. ¿Y conocéis a algún rey que se haya preocupado de educar a su pueblo, que le procure leyes justas escritas de su puño y letra, y que se muestre tan tolerante con judíos y musulmanes?

Cristina, fingiendo una indolente curiosidad, insistió:

—¿Y por qué un rey tan cuidadoso de su dignidad desea con tanto ahínco ceñirse la Corona del Imperio? ¿No os parece un empeño agotador que sólo le procurará sinsabores? Por los despachos confidenciales que llegan a Bergen, los principados germánicos están divididos en sus preferencias y no lo apoyan unánimemente.

La política era una cuestión delicada que no le incumbía, y Sina dudó en proseguir. Su respuesta fue comedida, respetuosa.

—Ignoro cuanto se cuece en ese asunto —mintió con gravedad—, pero os diré que don Alfonso no es ni un ingenuo, ni un frívolo. Es un rey juicioso que se siente obligado a ejercer sus derechos de Stauffen. Estad segura de que los defenderá aunque le vaya la vida. Se le enfrenta un competidor muy ambicioso, pero sostiene que está señalado por el destino. Y es un hombre que inspira fe y adhesión.

A medida que hablaban, la frialdad inicial de *dame* Cristina fue desvaneciéndose; su postura erguida se relajó, su voz adoptó un tono más amistoso. Luego lanzó un suspiro al aire, como si deseara compartir con él las amarguras de su corazón, pero no se atrevía, pues deseaba mantener su dignidad y respetabilidad por encima de todo. Cuando trabaron conocimiento eran unos desconocidos; ahora ella era una princesa de Noruega e iba a serlo de Castilla. Beltrán escuchaba con deleite las dulces cadencias de su latín mezclado con expresiones francesas y nórdicas. Y armándose de valor la miró con sus persuasivos ojos.

—Mi señora, estoy seguro de que me habéis llamado para otra cosa, ¿de qué se trata? Descargad sin temor vuestra alma. Es mi oficio consolarlas.

Cristina indicó a Elke y a Gudleik que los dejaran solos. La doncella sonrió al extranjero y Sina le devolvió un gesto de amabilidad.

—No me juzguéis mal, *magister* Sina, pero preciso del bálsamo de unas palabras sabias que aquieten mi ánimo —le abrió su corazón—. Me horroriza renunciar a la tierra de mis antepasados, pero más aún no interpretar como corresponde mi papel en la corte castellana. Me siento muy sola.

—Todos sufrimos el miedo a la soledad, y estamos necesitados de alguna aprobación de que merecemos existir en este mundo. Así es el ser humano. El temor a lo desconocido afecta intensamente a nuestras creencias, a nuestras costumbres y a nuestra idea sobre el bien y el mal.

—Quiero amar a mi futuro esposo. Por eso deseo que me digáis cómo lograrlo sin deshacer mi corazón.

Beltrán carraspeó y, como si violara sus más hondas emociones, dijo:

—Los mandamientos de Dios obligan a las esposas cristianas a obedecer a sus maridos y servirles de vientres engendradores, aunque comprendo que el amor siempre pertenece al primero que lo recibió.

—¿Habláis de amor? —lo interrumpió—. La historia del mío no será sino la de una lucha contra lo que me ha impuesto un pacto entre reyes.

Sina sabía que debía mostrarse comprensivo, aunque el dolor le lacerara las entrañas.

—Os contestaré con un verso de Ibn Hazm de Córdoba, extraído de su *Collar de la Paloma*: «El amor empieza en burlas y acaba de veras, y son sus sentidos tan sutiles, que no pueden ser declarados, ni pueden entenderse sino tras largas paciencias». Intentad amar al infante que elijáis, y tasad vos misma la medida de vuestra dicha.

—¿Me animáis a que sean mis sentimientos los que juzguen si he de amar o resignarme a un matrimonio de conveniencia, *magister* Sina?

—El único tesoro de la vida es poder vivirla. Venimos a este mundo para amar y ser amados, y la felicidad es efímera. Intentadlo al menos.

Cristina oía inquieta y quiso saber más.

—¿Conocéis en la intimidad a los infantes? —preguntó interesada—. El obispo Ferrán me ha hablado de ellos en términos entusiastas, pero creo que exagera y tengo pavor a sentirme decepcionada. ¿Cómo son?

—Difícil me lo ponéis, mi señora. Os seré sincero, aunque no apruebo algunos de los comportamientos de la clase principesca —reveló con cierta audacia—. Don Fadrique, el mayor, creía que sería elegido para el Imperio. Hoy sólo es un aventurero sin escrúpulos y hombre de tortuoso temperamento, a quien además le afea el rostro un labio leporino. Lo considero viejo para vos y anda a la gresca con el rey. Enrique, el segundo, era el predilecto del viejo rey Fernando para ocupar el trono de Castilla. Hubiera sido un buen rey: enérgico, inteligente, buen guerrero. Pero don Alfonso lo desheredó y éste se negó a rendirle obediencia. Es un príncipe de arrolladora personalidad, y hace años que vive lejos de Castilla. Ahora sirve como almirante al rey moro de Túnez, donde ha amasado una fabulosa fortuna y goza de gran fama como estratega. Para mí sería el esposo perfecto, pero no creo que se presente a la candidatura.

—¿Ayuda como mercenario a gentes de otra fe?

—Así es, mi señora. Es un señor de la guerra de gran personalidad.

—Y, ¿quiénes le siguen como pretendientes a mi mano?

Sina tragó saliva. No deseaba influenciarla con sus opiniones.

—Don Sancho y don Felipe. El primero es un hombre de Dios con votos sagrados, arzobispo de Toledo y canciller del reino. A no ser que renuncie a sus órdenes y obtenga licencia de Roma, no podéis tomarlo como consorte. Le profeso una gran devoción y lo tengo por maestro de astronomía.

—¿Y el infante don Felipe? —se apresuró a preguntar interesada.

Beltrán movió la cabeza con cierta duda, pero sonrió.

—Es el paradigma del ingenio y la distinción. Caballero apuesto, aunque de compleja personalidad y algo frívolo. Es el más bribón y a la vez más dulce príncipe que podíais conocer. Monta como un centauro y usa las armas como un paladín. Amante de los caballos, las justas y las cacerías, es capaz de alcanzar con la ballesta un gorrión al vuelo y se ha ganado celebridad de galanteador. Estudió latines en París, y aunque ha sido promovido al arzobispado de Sevilla, no parece inclinado a los oficios divinos, y sí a toda suerte de placeres. Os encantará cuando lo conozcáis.

Los ojos chispeantes de Cristina evidenciaban que se divertía.

—¿Y el último vástago de sangre real? ¿Cómo es?

—Se trata de don Manuel, y es algo menor que vos —le advirtió—. Es el preferido de don Alfonso. Su reputación de sabio lo precede. Es un alma cándida e indolente, que vive a la sombra protectora de su hermano. Siente pasión por las artes y las ciencias. Estoy persuadido de que vuestra belleza los encandilará a todos. Disputarán por vos.

La noruega se detuvo, arqueó sus finas cejas y aseguró:

—Con vuestra descripción me hago cargo de sus cualidades. Sin embargo, me pregunto: ¿es la castellana una corte de intrigas, hidalgos atrevidos, damas desenvueltas y de amoríos prohibidos, como aseguran?

Tan espontánea pregunta hizo que Sina no pudiera evitar una sonrisa.

—Es un despropósito lo que os han contado, alteza —la convenció—. La corte de Castilla es una corte refinada, no depravada. Es cierto que menudean los alardes entre las damas y los caballeros, y que conocen los subterfugios de la galantería y la conspiración como nadie. Pero nada os será ajeno. Borrad los recelos, vuestra presencia les proporcionará lustre.

Cristina abrió su alma como la flor que se abre para ser libada por las abejas.

—¿Qué me aconsejáis entonces, *messire* Beltrán? Deseo conquistar el afecto de cuantos me rodeen.

Sina miró las pupilas de sus ojos, como si pudiera ver su alma.

—Os lo expresaré de esta forma, *dame* Cristina —dijo con lealtad—. El afecto produce adhesión; la sinceridad, confianza y la sencillez, concordia. No os mostréis tan sencilla que os desprecien, ni tan desabrida que os rechacen. Seguid este consejo y os convertiréis en el lucero de Castilla.

—Habláis tan dulcemente como Gudleik, un ser tierno al que aprecio más que a nadie. Pero no sé si seré capaz. Hay que ser feliz para irradiar luz…

—Me entristecéis, mi señora —repuso el castellano y le aconsejó—: Aceptad vuestro sino con gusto. Mi madre solía decirme que si se disfruta del amor y de la riqueza en tierra extraña, pronto nos parecerá que es nuestra patria.

Cristina puso una expresión de gratitud no fingida.

—Ahora comprendo por qué Alfonso y la reina Violante os estiman. Escuchándoos, mis dudas se transforman en buenos augurios.

—No lo creáis. Me adiestraron para conocer el alma de mis semejantes, pero a veces es como una acémila que acarrea a la puerta de mi casa cántaros llenos de preocupaciones. Las amarguras pertenecen al alma y ésta es préstamo de Dios. Cuidadla y dejad tras de vos una bella historia, no un recuerdo de resentimientos. Es mi consejo, doña Cristina.

La noruega, a pesar de sus arrebatos de añoranza y en un tono inusualmente cálido, le dedicó una sonrisa con sus afrutados labios. En ese instante él tuvo la seguridad de que, a pesar de su empeño, tampoco ella podía olvidar el momento vivido con Sina en la orilla del mar, acurrucados como dos amantes, y las maneras corteses con las que se condujo. Una rebeldía sigilosa cobró fuerza en su espíritu, y le tomó la mano apretándola como una amante rendida. Pensó que no debía ensombrecer su futuro con dudas estériles, y decidió que las lágrimas derramadas a escondidas carecían de valor. Gobernaría su sino y buscaría la felicidad en la distancia, ya que no podía hallarla bajo sus pies. Beltrán advirtió en su mirada a una mujer vulnerable, sensible y discreta, y se atrevió a preguntarle:

—Exculpad mi insolencia, *dame* Cristina. Soy cosmógrafo y me interesa todo lo arcano. ¿Creéis en lo que os profetizó la vidente de Oyrane?

Cristina acarició la runa blanca y el talismán de ámbar, y reconoció:

—¿Acaso Dios no creó la naturaleza? Las runas son la voz del universo. He sido llamada a un acto de valor, y el signo de Odín no se equivoca.

—En esta vida cada cual teje los hilos de su destino. Es cierto.

Dame Cristina asintió con la cabeza con levedad, y lo despidió con confianza, incluso con afecto. Sin embargo, no se le iba una desazón en su mente y en su pecho. Se trataba de esa mezcla de arrebato, admiración y simpatía que una mujer no puede ignorar, aunque la humilde cuna y la condición de plebeyo del *magister* fueran un obstáculo insalvable. Aquel sabio vasallo del rey Alfonso hacía latir su corazón con rapidez.

En Beltrán Sina la dicha y la amargura luchaban por imponerse. No podía ocultar el hondo dolor que sentía al comprender, con cada palabra y con cada gesto, que su amor por ella estaba condenado a no florecer, pero la posibilidad de haber conversado y entrado en los secretos de aquella hermosa mujer le llenaban de ánimo. Dado que cualquier otro sentimiento le estaba vedado, debía aprender a ser su amigo más fiel. Por un instante, vinieron a su cabeza las palabras de su buen padre, Andrés Sina, el médico del rey don Fernando: «Beltrán, por nuestro noble oficio nos ha sido dada la gracia de codearnos con la realeza, que

nunca olvida de dónde procedemos. No te acerques demasiado a sus brillantes coronas, pues un día pueden cegarte los ojos
y helarte la sangre. Y entonces la desgracia devastará tu vida».

Maquinalmente frunció el ceño, pues sabía que la piedad
no era la virtud más común entre los poderosos y los príncipes.

Y no deseaba saborear su picadura letal.

La Diadema de Morgana

Mientras todos dormían, Beltrán estaba apoyado en la amurada sobre unos cordajes, inmerso en su tormenta interior. Por más que lo intentaba, no podía liberarse de la imagen de la princesa noruega. Observaba la luna que jugueteaba con las nubes, cuando vio acercarse la grotesca pero graciosa y ágil figura del bufón Gudleik, arrebujado en un capote de reno. A pesar de su constitución enclenque, parecía poseer toda la fuerza de la naturaleza en sus venas. Hizo una reverencia y de una forma inesperada le ofreció una bota de vino, mostrándosele asequible y cercano.

—*Buona notte, signore Sina* —lo saludó en italiano.

—Que Dios os guarde —respondió, ignorando qué se proponía.

Hablaba en italiano, mezclándolo con una jerga de francés normando, latín y algunos vocablos en romance, enseñados por el obispo Ferrán.

—Mi señora Kristín agradece que hayáis serenado su alma. Gracias.

—Para ello me envió mi rey a estas tierras —repuso, aunque estaba en guardia. No se fiaba de nadie.

Pero el imitador, haciendo gala de gran afabilidad, se acomodó a su lado y le narró los avatares de su cautividad y esclavitud en Noruega, y el castellano, sus andanzas estudiantiles en Salerno. Rotas las barreras del recelo mutuo, le preguntó Sina:

—¿Te gusta, señor bufón, divertir con tus simplezas a otros?

Fulguró una pasajera dilatación de su mirada, mostrando tristeza.

—Cuando fui hecho esclavo por los vikingos daneses y vendido al rey Haakón tenía dos opciones: o vivir de por vida en las cocinas fregando perolas y comido por las bubas, o convertirme en mozo de cuadra oliendo a orines y bosta y molido a palos. Había visto algunos rituales vikingos, como el del Águila de Sangre, suplicio de abrir la espalda de los esclavos y extraerles los pulmones y desplegarlos como élitros, y no deseaba acabar clavado como un pájaro. Así que olvidé mi desesperación, agucé el ingenio y por mi rostro risueño, cuerpo contrahecho y natural gracejo, me convertí en chiquillo de distracción de mis amos. ¡Había salvado mi vida, señor!

—Ingenioso modo de sobrevivir, amigo.

—Aprendí las historias de sus dioses y me disfrazaba de ellos, viendo que les entusiasmaba. Un día era Alberich, el poderoso elfo y rey de los enanos, invisible con su capa de plata; otro, Beowulf, rey de los godos y vencedor del demonio Grendel, y alguna vez hasta he tomado la personalidad de Hervör, la mujer cisne. En invierno me caracterizaba de Björn, el oso, y representaba al dios Odín. Otras veces me pintaba de pez y representaba a los *dökkalfar*, los enemigos de los elfos de la luz, o al dragón Fafnir, el que mató el héroe Sigfrido. Y hacía feliz a la familia real.

—Un bufón cae siempre bien y no constituye una amenaza para nadie.

—Y más si su cuerpo no es el de un Adonis. Somos criaturas que añadimos buen humor a sus vidas a cambio de afecto, vestido, techo y pan. Vivimos en un mundo cruel y despiadado, pero yo he sido feliz en Bergen y no añoro mis raíces sicilianas. Mis padres murieron y soy huérfano.

—Veo que la princesa se complace con tus agudezas, y que además deposita sus confidencias en tu corazón.

A modo de respuesta, Gudleik contestó con dura expresividad.

—Únicamente como si fuera un hermano —confesó—. Por su gracia he vivido como el hijo de un príncipe durante mi cautividad, salvo una vez que quebré unas copas de Bohemia y me azotaron con ortigas. Mi señora Kristín me enseñó a leer y a escribir y me cubre con su amistad, pues hemos crecido juntos, y reído y llorado a solas. Me adiestré también en representar relatos que había oído en Sicilia, donde fui pastor en las cercanías de Agrigento, que aderezaba con chispeantes diabluras e invenciones, un amor agradecido a la familia real y una lealtad sin límites a mi princesa.

—¿Eres entonces cristiano? —se extrañó—. Te creía pagano, pues he oído proclamarte el hijo predilecto de no sé qué dios, por el que siempre juras.

Con ademán premeditadamente juguetón, respondió:

—¡Loki, el dios guasón! En realidad es un semidiós, medio duende, medio demonio, hijo de un gigante y hermano de leche de Odín. Posee mal carácter, es un ladrón, difama a los dioses y siembra el caos. Es listo y astuto y los dioses del Walhalla le temen por su ingenio. Intenté desde el principio de mi cautividad parecerme a él para poder sobrevivir.

—Y a fe mía que lo has conseguido admirablemente, Gudleik.

—Además, lo adopté como protector cuando me impusieron mi nuevo nombre noruego —dijo, y le mostró un talismán con su efigie que sobresalía por encima de la argolla de esclavo—. Fui bautizado en mi tierra natal, donde me llamaba Andreuccio, pero como vos sabéis no puedo ser enterrado en sagrado cuando muera, como a los cómicos y titiriteros, a no ser que me libere mi ama.

—Lo hará, no lo dudes, pero la princesa precisa de ti ahora más que nunca. Aliéntala, pues no es fácil dejar para siempre la tierra donde nació.

—He de confiaros que siempre fui el guardián de sus intimidades, su antítesis y su espejo, su reflejo y su fiel servidor. Jamás me ha sometido a crueldades como otros cortesanos que me humillan y maltratan por mi condición de bufón. *Donna* Kristín es un ser apacible y delicado, al que le guardaré sumisión eterna.

—Todos precisamos de un hombro donde llorar y de un oído donde confesarnos —se hizo accesible—. Desde hoy disfrutas de mi aprecio, Gudleik.

—Desde el primer momento que os vi supe que erais un espíritu magnánimo. Gracias, *signore* Sina, y contad conmigo para lo que deseéis.

Un agitado tumulto seguía reinando en sus pensamientos, brotando como un torrente de dudas. Con la súbita claridad de la aurora clarificó sus reflexiones con una agudeza amarga. Había nacido en él un amor vacío, que no conocía otra alternativa que la desolación y el dolor.

El fresco amanecer, del color del marfil, despabiló a Beltrán, a quien le llegó como una bendición el vivificante viento del mar.

Sonaron las esquilas de la vieja iglesia sajona, el piafar de caballos, el estrépito de unos jinetes y unos carros que se acercaban. Era la hora del ángelus y la multitud, atraída por el bullicio, se acercó al *keep* o castillo normando que protegía las chozas de heno del poblado, para aclamar a Eduardo, el príncipe heredero de Inglaterra. El rey Enrique, en guerra contra Francia, se había excusado de acudir a recibir a tan ilustres invitados. No en vano su hermano Ricardo de Cornualles se oponía al rey Alfonso en la carrera del Imperio y detestaba los líos diplomáticos.

En su nombre hacían los honores de la hospitalidad su primogénito, así como los duques de Werwik y Glouscester, el lord tesorero, el obispo de Exeter y el *sheriff* del condado, un hombretón velloso que mandaba a unos arqueros que mantenían a raya al populacho. Los lores y Eduardo, un joven estirado, de rostro huesudo y modales galantes, vestían jorneas y capas de terciopelo frappé, y bonetes empenachados. Tras ser aclamados por la chusma, dedicaron a los embajadores un cortés homenaje, invitándolos a la fortaleza para que recuperaran fuerzas, antes de proseguir el viaje a Castilla.

Después de una semana de penurias, al fin los viajeros podían dormir en un lecho blando de piel de oveja y comer viandas calientes.

Tenían el sol en todo lo alto y la lánguida luz de la aurora había sido desnudada por la luminosidad del mediodía. Los visitantes fueron convocados a cuerno y tuba, pues en el Aula Regia se había preparado un festín en honor de la princesa Cristina. De las colinas cubiertas de jaras y brezos venía un perfume embriagador. Según las normas protocolarias, los príncipes y los grandes señores se acomodaron en un estrado presidido por una colgadura con los leones de Inglaterra bordados con hebras de oro. El príncipe Eduardo sorprendió a sus huéspedes con una suntuosidad asiática, y presidió el agasajo como un auténtico rey. Sin embargo, con calculada diplomacia, se guardó de intercambiar una sola palabra con los embajadores sobre los acontecimientos que acaecían en el Imperio. Cerca de la mesa real se acomodaron Beltrán y algunos caballeros ingleses, noruegos y castellanos; al final, en un tablero corrido estaban los pajes, bufones y las damas, ataviadas con altos tocados. Una orquestina de flautas, gaitas de Lincolnshire, pífanos, roncones y laúdes, de deplorable capacidad armónica, amenizaba la comida.

En torno a la tribuna de los príncipes se alineaban el maestresala, los trinchadores y los escanciadores, ataviados con libreas amarillas. Se lavaron las manos en jofainas con aguas de rosas y degustaron las sutilezas culinarias inglesas: pan de jengibre, urogallos de las orillas del Severn, congrios cocidos con hierbas aromáticas y sopas de sémola, rociados con cerveza de Berwick, hipocrás y *aquavitae* de Escocia. Eduardo habló de las excelencias del rey de Castilla, convertido en el punto de referencia de la cristiandad, pero no mencionó el ambicioso plan por convertirse en emperador de su tío Ricardo, ni las alianzas que se trenzaban en Alemania, Italia e Inglaterra frente a don Alfonso.

Ferrán alabó su talante, aunque recelaba de sus insidiosas palabras.

Conversaban en francés, la lengua hablada por la nobleza de ambos lados del Canal y por los señores normandos. Los dos noruegos, medio achispados por el licor de Volpaia, se mostraron sospechosamente coincidentes con unos nobles ingleses con posesiones en Bretaña, Normandía y Cornualles, con los que muy pronto alcanzaron una espontánea camaradería, mientras se reían a carcajadas con un grupo de prestidigitadores, que animaban a los comensales. Pero parecía que ni el arzobispo Hamar, ni micer Ferrán, atentos al príncipe Eduardo, habían notado aquella amistad tan interesada y sospechosa.

El banquete se fue animando y conforme pasaban las horas y se servían los postres, cerveza amarga de Londres y los *cheddars* de la isla de Kirkwall, el baluarte normando se envolvió en una cálida atmósfera de confidencias y confianzas, ayudadas por los efluvios del vino, la opulencia de los manjares y los descaros de las damas inglesas. Al poco los invitados se fueron dispersando por el fortín y otros, que no tenían cortesana a quien cortejar, buscaban diversión en las tabernas y prostíbulos del pueblo.

La algazara aleteaba sobre el puerto de Yarmouth, cuando Beltrán descendió por unas callejas. Al poco dio por casualidad con un barrio ahogado en su propia pobreza, un avispero de malandrines e indeseables que le metían por los ojos a meretrices gordas y pintarrajeadas. Beltrán desenvainó la espada y caminó con ella en la mano, pues se vio testigo de altercados entre parroquianos y se tropezó con burgueses tripones ahormados sobre niños descalzos y sucios. Cruzó miradas de desafío con proxenetas de aspecto pendenciero y bastones en la mano, que parecían los regidores de aquel lugar de inmoralidad y delincuencia.

Oyó lujuriosas proposiciones de unas furcias jóvenes, casi unas chiquillas, que se arremangaban las basquiñas sin pudor, y sintió cómo se le encogía el alma. Pero de pronto los largos meses de abstinencia en la fría Noruega dirigieron sus pasos hacia un burdel de trazas casi lujosas y aspecto selecto, iluminado con hachones de hierro: La Diadema de Morgana, se llamaba, según el letrero que pendía de dos cadenas mohosas. Miró por los postigos y barrió con su mirada el local, donde contempló a un grupo de refinadas meretrices francesas, venecianas y también cortesanas de Galloway, que pregonaban sus encantos envueltas en velos vaporosos. No eran las viejas rameras malsanas que frecuentaban el muelle o la muralla del castillo, sino de las que llamaban en Inglaterra como «honradas». Recibían por tres marcos a señores distinguidos, a clérigos aburridos, deanes libidinosos y tenderos adinerados, los aseaban en baños de nogal y luego se solazaban en lechos de plumón.

Beltrán, tras pagar a una galesa repintada, eligió para su visita amorosa a una joven bretona, de maquillaje espeso, fino talle, larga melena castaña y ojos negrísimos, que le recordó a Salma Clara. Decía llamarse Valentine, y de una de sus orejas colgaba una perla negra de Filoteras, que le confería una rara belleza. Flotaba en el lupanar un ambiente festivo y un agradable olor a algalia. Algunos de los clientes sobaban a las furcias y otros tomaban por las caderas a sus parejas y desaparecían entrelazados tras las cortinas. Un grupo de músicos tocaban sin cesar. El bullicio era deferente y distinguido.

Valentine lo condujo con una candela a un salón decorado con pinturas de pavos reales y con tres tinas humeantes. Corrió unas cortinas para no ser vistos y gozar de independencia. Con sensuales maneras, Valentine lo acompañó a la oblonga artesa llena de agua perfumada y Beltrán pudo contemplar su morena desnudez, el brillo de sus cabellos, el dibujo perfecto de sus rasgos y la esplendidez de sus senos redondeados. Tenía una cicatriz en el brazo en forma de media luna. ¿Quizá la marca de su condición? La meretriz acercó una mesa que situó en el centro de la bañera, repleta de dulces, pastelillos y dos jarras con licor de endrinas, que degustaron mirándose a los ojos. Hablaron de forma confidencial, casi susurrando, en un francés sencillo.

—Me has hecho recordar mis años de estudiante en Amberes —le dijo.

La cortesana retiró la tabla y espolvoreó el agua con esencias de agáloco y artemisa y aseó a su huésped con esmero, para luego entregarse a él de una forma selvática. Mordió sus labios y entrelazó sus largas piernas entre las del *magister*, ofreciéndose con impudicia, mientras emanaba de su mirada un halo de misterio. Luego lo condujo al lecho adoselado. Con los ojos cerrados, la mente de Sina se pobló del recuerdo de Cristina, cuando para él aún no era una princesa, sino una misteriosa doncella desconocida. Embargado por el deseo, poseyó a la mujer que tenía ahora entre sus brazos con fogosidad. Después ambos permanecieron tendidos en el lecho, en silencio. Al poco, Beltrán cogió sus calzas y sacó una moneda de plata, que le entregó cortésmente.

—*C'est pour toi* —le susurró y la besó en la mejilla.

De repente se abrió la puerta del salón y entraron otros clientes, cuyas siluetas se agigantaron en las cortinas. Olían bien, luego eran caballeros, y hablaban en francés con acento sajón. Era lo habitual entre los nobles ingleses tras la conquista de Inglaterra por Guillermo de Normandía. Valentine le sonrió con agradecimiento y le escanció en la copa vino de la garrafa. Pero el hispano no podía dejar de escuchar la voz de los recién llegados, tres o cuatro quizá, que se elevaban por encima de las cortinas que separaban a los clientes.

Súbitamente Beltrán detuvo su respiración. Los pulsos se le aceleraron y el corazón le galopó como un corcel por la pradera. Sorprendido, reconoció nítidamente un áspero vozarrón que detestaba. «¡Que me ahorquen si no son Ivar Engleson el Inglés y Bosso!»

Aguzó los sentidos e intentó que la muchacha no lo notara.

Fingió acariciarla, luego posó su cabeza sobre su hombro y cerrando los ojos simuló descansar, mientras no perdía detalle de cuanto llegaba a sus oídos. El rojo resplandeciente de las candelas exageraba en los cortinajes blancos sus corpulentos cuerpos en grotescas formas, y cuando consumaron el amor con sus parejas y chapoteaban en el agua, escuchó a un noble inglés una frase que puso sus sentidos en alerta. Y aunque perdió algunas palabras consiguió reconstruirlas y memorizarlas.

—No existe lugar más propicio para hablar de secretos de Estado que un prostíbulo. Hasta el rey Enrique ha pernoctado aquí y se ha reunido con el rey de Francia —se pronunció el que parecía un inglés por su acento.

—He preguntado abajo, y en este lugar no hay ni noruegos ni castellanos. Podemos hablar con toda tranquilidad —contestó el norso.

Después sonó la voz gutural de Engleson. Sina dejó de respirar.

—¿Qué queríais decirme, milord, que en el festín no os arriesgasteis?

Bajó el tono de la voz, pero el silencio la devolvió nítida.

—Comprometeros a mi causa, Ivar, y, cómo no, a los Jinetes; y no es nada difícil para vos. Sé que odiáis hacer este viaje, que perderéis para siempre al amor de vuestra vida y que detestáis la estrategia de alianzas de vuestro soberano Haakón. Gozáis de amigos influyentes en la misión a Castilla y de gran predicamento ante Hamar. Sois el hombre perfecto.

—¡Chis! No pronunciéis ni un solo nombre, señor. Hasta en las mancebías, donde todos están borrachos, las paredes oyen

—previno Ivar a su interlocutor, siseándole—. ¿Para qué decíais que soy ideal, milord?

—Excusadme —respondió el desconocido—. Sois un *jarl* poderoso y capitán de la escolta noruega y vuestra opinión pesa. Habéis de convencer a Hamar para que se reanude el viaje a Castilla por el mar y que desistan de seguir por tierra. Nada malo le ocurrirá a *dame* Cristina ni a ninguno de los legados, os lo aseguro. La acción que pretendemos llevar a cabo para desprestigiar a Alfonso de Castilla, sólo es un ardid político que mi señor Ricardo precisa, y que os pagará con veinte mil marcos de oro y su gratitud eterna.

—¿Y cuál es el plan? —preguntó Ivar casi susurrando—. En modo alguno ha de tocarse la regia persona que escoltamos. Es mi única condición.

Siguió un prolongado silencio y la cara de Beltrán pasó de la incredulidad a la consternación. Escuchó una orden del inglés dirigida a las cortesanas para que trajeran jarras de vino, y cuando estuvieron solos, dijo en voz tan baja, que Beltrán tuvo que aguzar sus oídos e incorporarse:

—Es muy audaz, pero sencillo. Atended. Hombres de mar de mi señor Ricardo asaltarán la galera noruega antes de atracar en el puerto francés de San Mateo, parada obligada y puerto de peregrinos jacobeos antes de enfilar el golfo de Vizcaya. Se os conducirá a un puerto leal y se os retendrá durante un tiempo indeterminado, suficiente para acusar a marinos vascones y cántabros, o sea castellanos y súbditos del rey Alfonso, de haber perpetrado el asalto. Será un golpe moral para el rival de mi amo. Pondrá en entredicho el poder de Alfonso en sus propios reinos y su decencia. Pronto se conocerá en Germania y Roma, y perderán su fe en él. ¿Cómo fiarse de un rey tan débil e indigno que no es capaz de gobernar a sus súbditos y de proteger a la novia de su hermano? Y la enemistad con Haakón será segura, pues algunos jurarán por su madre que fueron castellanos los autores del secuestro.

—Entonces no deseáis eliminarlo de la pugna imperial, sino perjudicar su credibilidad ante los electores y el Papa, ¿no es así? —cuestionó Ivar.

—Ciertamente —corroboró el anónimo caballero inglés—. Y ya sabéis, de llevarse a cabo con éxito, se os ofrecerán además tierras en Inglaterra, si es que no podéis regresar a vuestro país, por sospechar de vos. Un noble dudoso de haber asaltado el barco de su monarca y de robar la dote de su hija no sería mirado con buenos ojos ni aquí ni en Noruega.

Se oyó una sonora carcajada inarmónica y una palmada en un hombro mojado.

—Astuto plan, milord, y por el martillo de Thor que me ofrecéis un arma disuasoria perfecta para restituir los desprecios que he sufrido en mi nación. Ese bárbaro de Haakón y sus cachorros no merecen reinar. Muchos de los Jinetes se añadirán a la causa. Dejadlo en mis manos.

—¿Aceptáis entonces? Es una oportunidad única para vengaros y enriqueceros al mismo tiempo —trató de convencerlo con palabras aduladoras.

Sólo se escuchaba el burbujeo del agua y la risa de las muchachas que regresaban a la estancia de baños con una bandeja con escudillas y botellas de vino de Aquitania. Luego Beltrán oyó la respuesta.

—Pondré a contribución de vuestra causa todas las dotes de persuasión de que soy capaz para lograr vuestros propósitos. Acepto el envite, ¡por Thor! Contad conmigo y con mis escoltas, milord.

—Sólo me fío de los hombres que pueden comprarse, y vos sois uno de ellos —dijo el desconocido caballero, que soltó una carcajada feroz.

—Halagarme no os servirá de nada, milord —afirmó Engleson.

—Si nos sois fiel, vuestra fortuna crecerá como un torrente. Ahora, ni los poderes del mal arrebatarán el cetro imperial a mi señor Ricardo —exclamó el inglés, y lo animó a que bebieran a su salud una jarra de vino.

A Beltrán se le ensombreció la mirada, y por su cerebro se despeñaron negros pensamientos. «Almas perversas y villanas. Están metidos hasta las orejas en un complot contra don Alfonso, con Cristina como instrumento», pensó. Debía comunicar inmediatamente a Ferrán la traición que se fraguaba a sus espaldas, pero no debía ser sorprendido.

Para que no sospecharan de él, no paró de hablar en cortas frases francesas aprendidas en Amberes, alabando las exquisiteces de su compañera de lecho como un caballero considerado.

De pronto se escuchó una voz en el cuchitril de los conspiradores.

—¿Quién anda ahí al lado? ¿Lo conocéis? —se interesó el noruego—. Creía que estábamos solos.

—No es nada más que un remilgado normando, creo. No lo habéis escuchado. Lo he visto antes y por su indumentaria y maneras parece un aristócrata francés. No es ningún enemigo, os lo aseguro, caballeros —afirmó una de las rameras tranquilizando a sus clientes.

Beltrán percibió que Engleson recelaba del vecino de placeres. O sea, de él. Tenía que disimular y escapar o era hombre muerto. En un francés raro, expresó a su amante febrilmente:

—*Aimons-nous une autre fois, Valentine.*

Pero su miedo era real, y pensó que el noruego del pelo rojizo no había quedado muy satisfecho con su simulación. Debía insistir.

—*C'est delicieux, ma chérie* —repetía modificando el tono de su voz.

Si lo sorprendían allí, su vida valía menos que un pichel de cerveza. Las piernas le temblaban, la respiración se le volvió agitada y la sangre le subió a la cabeza. Era el dueño de un gran secreto, pero podía morir con él.

Sólo entonces, y ante la inminencia del peligro, pensó en huir.

El designio de los obispos

Beltrán se vistió presurosamente, apagó la candela y dejó sobre la almohada una corona francesa, rogando a Valentine que callara y no denunciara su identidad a los clientes de al lado.

Salió descalzo, apartó la colgadura y abrió la puerta con sigilo, deteniéndose en el dintel para no hacer ruido. En aquel mismo instante, Engleson se enfundó las calzas y la camisa y empuñó la espada, apartando sigilosamente la cortina del habitáculo contiguo, donde vio a una meretriz que dormía sola y plácidamente, junto a los restos de unos jarrillos de caro vino de Aquitania, que habían apurado hasta los posos.

Sina e Ivar no se habían encontrado por el intervalo de un suspiro.

—¡Oye tú, furcia…! ¿Quién era ese bellaco al que tenías en la cama? —le gritó intimidatorio—. Dímelo o me ataré con tus tripas los cordones de mis botas.

Valentine, simulando indiferencia, dijo para resaltar su declaración:

—Pues creo que era un francés de Picardía y mucho menos hombre que vos, os lo aseguro, pues ha tardado en alzar la verga más de una hora. ¿Por qué lo preguntáis? ¿Os ha importunado? Lo dudo, pues ni eyacular podía con su femenina gentileza. Se ha ido refunfuñando. Es uno de esos tipos que una mujer olvida pronto, *messire*.

Ivar se rascó la cabeza y soltó una sonora carcajada, pues se jugaba mucho en el envite.

—No todos los hombres son como yo en la cama, jovencita —arguyó ufano y regresó a su aposento tranquilizado, confirmada su virilidad.

«Bastardo y estúpido normando», pensó para sí Valentine.

Engleson el Inglés, olvidando pronto a su anónimo y atildado vecino de placeres, siguió con su festín particular. ¿Quién podía adivinar de qué hablaban? Nadie que no supiera de la embajada a Castilla y del litigio por el Imperio habría comprendido sus palabras con el caballero inglés. Además, ¿quién los conocía en Inglaterra? Quien fuera el desacreditado galán, había bebido suficiente vino como para que sus sentidos estuvieran cegados.

Al poco salieron de la ramería abrazados a las prostitutas, que se reían con sus carantoñas, sin recelar de nada. Mientras tanto Sina había bajado la escalera como un gamo. Se escondió tras una puerta invitadoramente entreabierta donde se amontonaban los gigantescos toneles de la taberna, que envuelta en una calígine humosa, hizo que al salir pasara inadvertido.

Se embozó en el capote y sorteó a un achispado jubileo de eclesiásticos sibaritas, peregrinos camino del Canterbury, comerciantes flamencos y adalides del rey que se reunían en el burdel para tratar de negocios, beber cerveza, jugar a los dados, bañarse y folgar con las cortesanas. Prorrumpió en la calle, apenas iluminada por unas temblorosas antorchas de brea, y siguió el camino de la fortaleza, a unos cien pasos de los tres aristócratas que reían con estrépito y bromeaban entre ellos.

El ruido de sus botas sonaba secamente en el empedrado.

A uno de ellos le brillaba el cráneo completamente rasurado y lo señaló como uno de los defensores del rival de su rey, Ricardo de Cornualles. A su lado reconoció la figura desgarbada del insidioso Ivar Engleson y, tras él, la hidrópica barriga de

Bosso. Pero cuál no sería su sorpresa cuando tras ellos descubrió una figura encapuchada y fantasmal que se recortaba bajo el haz de luz de las antorchas. Parecía un niño y se escondía en los soportales. Aguijoneado por la curiosidad aguzó la mirada y sorprendió a su amigo Gudleik que espiaba cada uno de los movimientos de los oficiales ingleses y de los noruegos.

«Por la espada de san Miguel. ¿Qué hace ahí ese bufón?», pensó.

No entendía los motivos de su comportamiento, pero confirmaba que no era el único que había advertido la extraña conducta de los conspiradores. Pero ¿para quién espiaba? ¿Para su ama? ¿Para el arzobispo?

—*Maledetti!* Malditos —dijo Gudleik y desapareció en las sombras.

El asunto suscitó en Sina un raro estremecimiento. Ardía en deseos de volcar su alma en Ferrán, ajeno a aquellos movimientos. Estaba seguro que de conocerse podían provocar un escándalo irreparable en la embajada.

La noche le trajo un fétido olor a betún, a salitre, vómitos y orines. La zona del puerto se llenaba de ruido de jaranas, de putas baratas, jovenzuelos pedigüeños y de apestosas celestinas. Eludió a unos borrachines pendencieros, y a gente de la peor calaña, que por un cobre podían segar el pescuezo al más cristiano, por lo que decidió regresar a la embarcación y pasar la noche en la bodega.

Resultaba evidente que la perfidia del competidor al trono de don Alfonso no conocía los límites de la decencia y que estaba dispuesto a perpetrar las más descaradas villanías para hacerse con la Corona imperial. Dio la vuelta y regresó al embarcadero sin dejar de mirar atrás. ¿Cómo podía demostrar lo que había oído? La palabra de un bufón, de unas truhanas y de un castellano contra la de tres caballeros normandos no valía nada.

Batía el mar con su suave oleaje, y Beltrán se encogió de hombros.

Aunque había salido indemne, se sentía un miserable. Y se enfureció.

Amaneció en Yarmouth y no se aclaraba la niebla que envolvía la rada. Beltrán, que apenas si había conciliado el sueño, permanecía inmerso en una torturadora indecisión. Hasta pensaba que los temores que lo embargaban no eran sino fruto de su imaginación febril y se retorcía las manos impaciente. Entró cabizbajo en el camarote de Ferrán, tras el arzobispo Hamar y su flameante manto púrpura, dispuesto a narrarles su encuentro de la noche pasada en la distinguida casa de citas.

Eran dos respetables hombres de Dios acostumbrados a recibir pleitesía y honores y se hallaba soliviantado, pero la paz que emanaba de sus semblantes lo serenó. Calmosamente les narró al pie de la letra la conversación de Engleson con los partidarios de Ricardo de Cornualles. Habló en un tono inequívoco, sin vacilación, aunque desconocía dónde terminaba lo real y comenzaba lo incierto. Luego, concluyó su narración:

—Es cuanto vi y escuché, y al superior discernimiento de vuestras jerarquías someto mis palabras que no están provocadas por el licor, ilustrísimas.

Los prelados no manifestaron gran sorpresa; antes bien, lo miraron sin alterarse, ni parpadear, como si hubieran aguardado su revelación para burlarse de él. ¿Se trataba de un malentendido? Beltrán se removió desconcertado. Comprendía que había hecho el ridículo y se sintió como un insecto, apartado de Cristina e inmerso en una conspiración. Sólo quería huir de allí y lamentarse por inmiscuirse en cosas de reyes.

—Edificante revelación, *magister* Sina, que confirma mis sospechas —afirmó Hamar—. Ivar debía de tener la mente embotada por el vino añejo y sin tomar precauciones para no ser oído, soltó la lengua como una alcahueta de burdel. ¡Lo celebro!

Beltrán no comprendía nada, pero era evidente que los dos purpurados sabían más de lo que ocultaban. Eso lo tranquilizó.

—Buscábamos un testimonio que reforzara nuestros recelos y ya lo poseemos —se expresó Ferrán, que le sonrió abiertamente—. Tu declaración posee para su ilustrísima y para mí un extraordinario valor.

—Tal vez el bufón pueda corroborar parte de mi declaración.

—¿Para quién crees que espiaba Gudleik? No lo condujo allí el azar —desveló el arzobispo noruego—. Engleson, un asno necio, traidor y mujeriego, es una espina clavada en la garganta de mi rey, y también en la mía. Mi soberano sabe de su antipatía por vuestra embajada, achacable a su desleal inclinación hacia Inglaterra, que un día pagará con la horca, así como algunos de esos traidores infames que se nombran a sí mismos con el pagano y pretencioso título de Jinetes de Odín, para intimidar a viejos monjes y ancianas asustadizas. ¡Malditos sean! Mi rey los ha incluido en esta legación para que caven su ruina por sí mismos. Le tenderemos una trampa, e Ivar caerá como un conejo. Entonces no lo salvará ni el rey de Inglaterra. Sus mentiras agrían esta embajada, lo sé, pero hemos de tener paciencia. Al final caerá él solo y lo pagará.

—Así que paciencia y también ojo avizor —soltó Ferrán.

—Es un bravucón que ladra, pero que no muerde —continuó Hamar—. Finge estar enamorado de Cristina, pero posee la negra mirada del odio y no desaprovecha la ocasión para desprestigiar a Haakón. Pero al final de su vil paso por la vida, le espera la soga, os lo aseguro. Gracias por vuestro valor y eficacia, Sina. Sois un hombre singular, y hemos contraído una deuda con vos.

Beltrán se sintió halagado por la opinión de los dos miembros de la Santa Iglesia que le demostraban una amistad impropia de su rango. De modo que se armó de valor y preguntó:

—¿Regresamos entonces a Castilla por mar o por tierra, eminencias?

A su pregunta, tal vez importuna, contestó Hamar de forma confusa, aunque parecía que sometía la deducción de la respuesta a su capacidad.

—¡Dejaremos que lo decida el rey de Francia! —respondió enigmático.

El gesto de Beltrán se nubló. ¿Qué tenía que ver el monarca Capeto con la embajada noruega? Sonrió y esperó una aclaración al acertijo.

—¿El rey Luis? No entiendo a vuestra ilustrísima.

Hamar hizo una mueca dubitativa y alzó sus ojos pensativos.

—Os lo aclararé —matizó el arzobispo—. Lo merecéis, *magister*, pues con vuestra acción pudisteis encontraros con una daga. Hay que rendirse a la evidencia de que entre la legación noruega no reina la unanimidad. Ese simio lujurioso de Ivar Engleson, por ambición e intereses fraudulentos que en su momento destaparé, desea que nuestra embajada fracase.

—La princesa Cristina, ¿conoce el problema, señoría? —preguntó Sina.

—Está al margen de todo y no debemos alarmarla —terció misterioso Hamar—. Traigo cartas para el rey Luis IX de mi señor Haakón, y debo entregarlas en persona, así como interesarme por su opinión sobre la borrascosa elección del emperador. En París aprovecharemos para frustrar su traición.

—¿Y por qué esperáis que la entrevista con el monarca francés decida?

Hamar suspiró, se alzó de la silla y miró por el ventanuco. Auscultó la puerta por si alguien espiaba la conversación, y cuando se aseguró, dijo:

—Yo he vivido en Francia, y esos patanes desconocen que en sus puertos existe un cuerpo de correos reales llamados *les chevaucheurs*, que yo por mi cargo de canciller real usaré a mi conveniencia —refirió mordaz—. Mi escribano les llevará un despacho para entregar en mano al rey, donde le expondré la felonía que se trama. Su complicidad con nuestra causa, su oposición a Ricardo de Cornualles y su sangre medio española nos ayudarán en este momento difícil. Su contribución a esta misión será crucial, y vos lo comprobaréis con vuestros ojos. ¡Juegos de Estado, Sina!

—Peter, la astucia es un arma que también tiene un lugar en política.

—Querido Suero, el insensato de Engleson ha profanado a su nación y está apurando mi calma, pero no se saldrá con la suya —agregó Hamar—. Ese gran bellaco no ha urdido ningún asesinato, sino algo más detestable: ha despertado el fantasma de la enemistad entre reyes hermanos. Será un agravio para el patíbulo el día que cuelgue de una soga. Pero he fraguado una maniobra para que purgue su culpa nada más pisar Castilla y no ponga en peligro nuestro cometido. Esa sabandija no sabe lo que le espera, ¡y por Dios vivo que entregaré a Cristina al rey Alfonso viva e intacta!

Peter Hamar se detuvo en el dintel de la puerta antes de salir, y con una sonrisa a medias preguntó interesado:

—A propósito, Beltrán, ¿cómo es que conocíais a la princesa Cristina? Me tenéis intrigado, pues burlasteis dos veces a mis agentes que pasan por ser los más avezados de Noruega.

Sina no se hizo rogar, y exhibiendo su proverbial modestia, le reveló:

—Mi atormentada pasión por el saber arcano me jugó una mala pasada, monseñor. Asistí a dos fiestas paganas en vuestra tierra y la casualidad fue la que hizo que me tropezara con *dame* Cristina y cruzara con ella unas palabras en latín, animado por su afabilidad. Nada más, *messire*.

La mirada de Hamar no era nada tranquilizadora y se interesó más:

—¿Estabais presente cuando consultó su futuro a la adivina de Oyrane?

Su revelación fue comedida, incluso respetuosa.

—Sí, disfrazado, y con un fraile de Nidaros. Os ruego me excuséis, monseñor Hamar. No soy de los que admiten los credos sólo por el miedo que imponen y busco constantemente explicaciones a los secretos de la Creación en todas las religiones. Soy un alma inquieta —se excusó.

—Yo también creo que no sólo basta con prosternarse y rezar ante el altar y recetar oraciones como un parlanchín. Quedaos tranquilo. Sé que sois un hombre de honor y un caballero bienintencionado, y *dame* Cristina, un alma delicada, pura y piadosa —reconoció el arzobispo.

Poderosos alicientes habían convertido aquel viaje en una aventura y en una situación tan frágil como dudosa. Y Sina albergaba serias sospechas de que culminara con éxito, debido al alud de acechanzas que se cernían sobre ellos. «A partir de ahora ocurrirán imprevisibles hechos. Estoy seguro.»

Beltrán abandonó el camarote y salió al puente a respirar.

De repente oyó los arpegios de un laúd pulsados por las manos de Cristina, y distendió su semblante. La princesa de la runa blanca lo hechizaba con sólo intuir su presencia, ahondando en la herida abierta de su quimérico afecto. En aquel instante, un sol perezoso intentaba descollar entre el turquesa del cielo y un racimo de nubes negras. Entretanto el mar, en su avance cauteloso, mordía abruptamente la costa. Amenazaba tormenta.

«¿Qué pretenderá su ilustrísima Peter Hamar implicando al rey Luis de Francia en sus planes?», reflexionó desconcertado. El derrotero tomado por aquella insólita embajada lo inquietaba.

Un relámpago iluminó el firmamento, y Sina se arrebujó en la capa.

El consejo del rey Luis

Con el canto del gallo, un doméstico de Hamar abandonó la nave noruega sin llamar la atención. Caminando sigilosamente entre las sombras, dejó atrás las hogueras de los centinelas. Se subió la capucha y desapareció.

A grandes zancadas se dirigió al embarcadero en el que la marea rebotaba contra los pilotes donde solían vagabundear los contrabandistas de ambas orillas. Luego subió a una barcaza de las que cruzaban el paso de Calais, rumbo a Francia, confundido entre un grupo de mercaderes de Flandes. Pagó al barquero y para pasar inadvertido se arrebujó en un bancal salpicado de excrementos de rata. Apretó contra su pecho la faltriquera donde portaba una carta secreta para el rey Luis, con los cuños del arzobispo noruego.

Rezó una jaculatoria, pues el océano ofrecía un aspecto tempestuoso.

Mientras desaparecía la gabarra, un sol sedoso alejaba las penumbras de la noche en un estallido de luz. La embajada se preparaba para la partida.

La aurora, engalanada de carmesí, coloreaba las colinas y campos de Francia. La comitiva noruega, compuesta por medio centenar de jinetes y varios carromatos, había desembarcado en el continente tras una plácida travesía. Al mediodía se pusieron en camino, dejando atrás Normandía, el territorio al que el rey de Francia hubo de renunciar para entregárselo a unos piratas de su tierra, el noruego Rollón y su hijo Guillermo Larga Espada. Fueron otros tiempos, más heroicos y turbulentos.

Se apresuraron a tomar el camino de Caen y Bernay, que los conduciría a París en varias jornadas. Nubes arreboladas portaban una fragancia a mieses cortadas y un ensordecedor fragor de cascos y voces de carreteros acompañaban la marcha. *Dame* Cristina, sus damas, los eclesiásticos y los altos *jarls*, Andreas Nicolai y Edmund Harald, iban aposentados en unos carruajes enganchados a las mulas de tiro con los emblemas de san Olav y un vástago de madera rematado con una cruz, que señalaba a los viandantes que un alto eclesiástico viajaba en él.

Los amparaba una escolta de arqueros a las órdenes de Leep y de Ivar Engleson que, protegidos con las lonas, evitaban el polvo, a las irritantes moscas y el bochorno del aire. Pajes de librea, mozos de cuadra, arrieros, herreros y caballeros se movían en medio de una lentitud irritante. Unos braserillos diminutos quemaban sándalo e incienso dentro de la carreta de la princesa, que repasaba con sus ojos añil el vivificador paisaje de Francia. Con la excusa de preguntarle por su ánimo y por sus deseos de verla, Beltrán se asomó al interior desde su montura y conversó con Cristina de los usos de Castilla y de sus vivencias en Tonsberg.

—Señora, hoy os noto más sombría que nunca, ¿qué os aqueja?

—No paro de pensar en lo que he dejado atrás, y noto a los súbditos de mi padre revueltos, separados en camarillas y desconfiando entre sí. ¿Sabéis qué sucede, o es sólo una impresión mía?

—Nada que su ilustrísima Peter Hamar no pueda remediar, mi señora. No veáis amenazas donde no las hay, y disfrutad del viaje.

Luego desapareció al trote en su montura, intranquilo por los recelos de la hembra real, quien con su intuición femenina había advertido la división entre los suyos y la oscura traición que planeaba sobre la embajada. Bosso y Engleson insistían en merodear alrededor del carruaje de la princesa, pero sólo cosechaban su indiferencia. Tras varios días de incansable marcha, dejaron atrás los peligrosos bosques infectados de bandidos de Évreux y sufrieron los embates de una tormenta pavorosa en la que perecieron dos bestias de carga. Siguieron los caminos de sirga de Sena, donde los labriegos salían de las aldeas admirados por el boato del cortejo real, hasta cruzar al fin las aldeas de la Courtille y Montmartre, que anunciaban la cercanía de París.

A dos leguas de la capital fueron recibidos por el maestre de la casa del rey, *messire* Gaucher de Châtillon, al que escoltaban un grupo de lanceros y oficiales con jubones de cuero y calzas azules bordadas con la flor de lis. El preboste, un anciano rugoso y con cara de reptil, les dio la bienvenida y agasajó a Cristina con apática galantería.

—Bienvenida a Francia, *madame* y señorías. Su alteza el *sire* Luis os recibirá mañana. Mientras permanezcáis en París gozaréis de su hospitalidad. Seguidme y demos las gracias al Creador por vuestro feliz viaje.

La caravana se puso en marcha entre el piafar de las caballerías. A Beltrán se le heló el resuello cuando pasaron ante el patíbulo de Motfaucon, frente a las murallas de la capital, aislado en lo alto de un cerro pelado. Nadie ignoraba que en aquel tétrico rincón colgaban los malhechores de Francia; y según Ferrán, antiguo vecino de París, algunos tesoreros desleales con el rey. Dos cadáveres carcomidos por los cuervos, que exhalaban un hedor insoportable, colgaban como espantajos del cadalso.

—¡Por todos los diablos, da terror de sólo mirarlos! —dijo Gudleik.

Desde lo alto de la colina de Sainte-Geneviève contemplaron la traza de un París envuelto entre humos y brumas. Al poco alcanzaron el gran meandro del Fôret de Roubray y el recinto de Saint-Denis, la primera iglesia erigida en la cristiandad siguiendo el nuevo modelo cisterciense, en la que imperaba la luz y la altura de sus agujas. Entre un tropel de viandantes, entraron por la puerta del Grand Pont. El bullicio reinaba en la capital del reino, donde descollaban el castillo del Louvre y los torreones de la catedral, sobre un mar de casas de una y dos plantas y los gráciles campanarios de Saint-Merry y Saint-Eustache.

Los soldados tenían que apartar a puntapiés a los mendigos que se admiraban del boato de la exótica expedición noruega y rogaban unas monedas por caridad. El olor a estiércol y a las heces que se arrojaban desde las ventanas, a la sabrosa mantequilla de Vaugirard, a verduras podridas y a especias, se mezclaba con los hedores de los talleres de los tejedores, el rancio tufo del mercado de la carne, la sentina viciada de los puestos de salmones y truchas, y el ácido tufo que despedían los forjadores de hierro, aceros y armaduras.

París era un hervidero de burgueses, mozos de cuerda, damas encopetadas, clérigos, mercaderes y soldadesca, que se empujaban y discutían con gran algarabía. Entre las estrechas callejas arrastraban las abarcas los campesinos y los bataneros, que conducían los carros de lanas hacia las malolientes albercas del Sena. Camino de la plaza del Châtelet, la Casa Comunal, que los parisinos llamaban «el Locutorio de los Burgueses», Cristina pidió detener la marcha para admirar con sus damas las galerías de los Merceros, tiendas colmadas de pasamanerías de Oriente, sedas de Lyon, piedras preciosas, vainas esmaltadas, perfumes de Colonia, jametes de terciopelo zoaglí y jorneas de Gante.

La princesa adquirió para su vestuario una garnacha italiana bordada con gemas, unos brocados de Damasco para Elke, que los agradeció con una sonrisa, y cofias de camelín para las otras doncellas. En el puesto de un comerciante flamenco compró una gorra emplumada para Gudleik, que el bufón celebró dando varias piruetas en el aire, para regocijo del populacho, que aplaudió la cabriola. El cortejo cruzó seguido de un tropel de chiquillos el puente de Notre Dame y franqueó la Île de la Cité, mientras algunos bribones les guiñaban el ojo indecentemente a las damas noruegas.

Se dieron de bruces con la fachada de la catedral de Notre Dame, aún inconclusa, titánica empresa auspiciada por el rey Luis. El santo recinto era un clamor de martillazos y golpes de picos, donde aún colgaban los andamios, repletos de carpinteros, talladores y canteros que aproximaban a los cielos sus torres, pilastras, gárgolas, arbotantes y ábsides.

La inmundicia y el tufo de la gran cloaca de París, la Pont Perrin, consiguió que aceleraran la marcha por las estrechas calles cercanas al Sena, que se partía en dos en la isla de Louviers, lamiendo con sus aguas los bajos de las casas, los molinos y mataderos, y las tabernas del río donde pululaba día y noche un ejército de cortesanas, rufianes y traficantes.

Guardias reales con atuendos azul turquesa y bastones de fresno los aguardaban a la hora de nona en la Sainte-Chapelle. Grácil y prodigiosa, la capilla erigida por Luis en acción de gracias por su liberación tras un cautiverio de cuatro años en Siria, estaba sostenida por finas columnas y exornada con vidrieras que espejeaban como alas de mariposas. El mágico relicario de piedra guardaba las reliquias de la Vera Cruz y la corona de espinas del Salvador, compradas al emperador Balduino de Bizancio por la escandalosa cantidad de un cuarto de millón de marcos de oro, tras la desastrosa cruzada a Egipto del rey Luis IX.

Tras el Tedeum de acción de gracias, que cantó fray Simón, cruzaron el puente de Saint-Michel, y se detuvieron ante el palacio de Nesle, que los villanos llamaban del preboste Hamelin, un baluarte rodeado por un jardín, que servía de residencia de los monarcas de Navarra y a la realeza que visitaba París. Robustos robles y cipreses cubiertos de musgo se alzaban por encima de los muros, en un caserón soberbio de pilares de granito, techumbres de pizarra y magníficamente equipado con muebles paduanos, armaduras, panoplias de armas, sillería taraceada y tapices de Flandes.

Centinelas armados del grupo de Engleson se apostaron en la puerta, y Beltrán, que todo lo espiaba, observó una inquietante corriente de consignas dadas en voz baja, y una sigilosa actividad por parte de su inseparable amigo Bosso. Nunca había observado semejante protección y no veía motivo que la justificara.

Cuando el caballero Leep repartió los aposentos y organizó las cuadras, Beltrán, cansado, con las manos heridas por el ronzal de la cabalgadura y el gaznate seco como el esparto, volvió hacia al jardín para saciarse de agua, antes de asistir a la cena que les ofrecía *messire* Boisroger, arzobispo de Sens, amigo de Hamar y de Ferrán, y del que era subsidiario el obispo de París, sede eclesiástica de menor rango.

Al principio no observó nada raro, pero unas voces apagadas pronunciadas en noruego lo detuvieron, tragándose su propio desconcierto. En sus ojos se perfiló la urgencia. Ya no podía retroceder y avanzó; al menos si no entendía sus palabras, deseaba saber quiénes eran los que se escondían en las sombras del atardecer tras un bancal de setos para no ser vistos por Hamar. Las negras siluetas, proyectadas en el muro por un sol agonizante, le revelaron la identidad de los cuatro conspiradores: Nicolai, Harald, Engleson el Inglés, que hablaba gesticulador, y el gordinflón Bosso. Sina se quedó estupefacto ante tamaña bajeza, pues tenía a los dos más ancianos por hombres insobornables y sensatos, y se preguntó: «¿Qué infamia fraguarán ahora? Ese monstruo de los infiernos de Ivar está convenciendo a esos dos viejos incautos para proseguir el viaje por el Atlántico y ejecutar su bellaquería. Seguro. Hasta que no venga el Maligno rugiendo para llevárselos a los infiernos, esta embajada no estará segura».

Observó cómo juntaban sus manos, como juramentándose, y ahogó un grito de desconcierto. Luego siguió un perturbador silencio.

«Ese desalmado de Engleson les ha engañado con alguna mentira a Harald y Nicolai, que desconocen sus auténticos propósitos. ¡Gran bellaco! A Hamar sólo le queda el apoyo de Leep, y cuando se reúnan para decidir la ruta, serán cuatro votos contra dos. ¡Madre del cielo, o se produce un milagro, o se cumplirán los funestos planes del Inglés y seremos hechos prisioneros por esos piratas ingleses! —reflexionó—. Pero ¿por qué el arzobispo habrá depositado tan grave decisión en manos del rey Luis y no corta de cuajo esta trama ahorcando al pelirrojo? Peca de prudente.»

Beltrán sabía que su testimonio nada podía probar y desapareció por un portillo en dirección a la estancia de micer Ferrán. Mientras, los cuatro intrigantes entraban por separado por el portalón del baluarte, invisibles con las enrojecidas penumbras del ocaso. La escena había dejado una áspera amargura en el ánimo del castellano. Paulatinamente la infinitud del cielo, veteada por millares de luminarias, descendió sobre los tejados de París, ocultando la negra maquinación que habían urdido los cuatro *jarls* noruegos.

Un perro aulló a la luna que sobresalía como el ojo de un cíclope entre las agujas de Saint-Germain.

A Sina le pareció que no sólo peligraba la embajada de la Dama de la Runa Blanca, sino los planes imperiales de su rey don Alfonso de Castilla.

El amanecer sucumbía ante un sol que teñía de violeta el horizonte, cuando la embajada noruega abandonó el palacio de Nesle. Elke había vestido a su señora con una gonela blanca con mangas arrocadas y bordada con hilos de plata. La cubrió con un manto rojo de terciopelo cetí, y sobre el escote le colocó un radiante rubí que hacía palidecer la runa y el talismán.

—¡Adelante, hacia Chaâlis! —ordenó a la guardia.

—¿No reside *sire* Luis en el Louvre? —preguntó Hamar, sorprendido.

—No, eminencia —indicó lacónico el ministro—. Se aloja en el monasterio de Chaâlis, en el bosque de Ermenonville de la isla de Francia, donde es asistido por los monjes de Vézelay y su consejo privado; y muy pocos tienen acceso a su retiro. Sobre la audiencia, he de advertiros que el mayordomo real volverá un reloj de arena según el protocolo. Cuando advirtáis que cae el último grano, os retiraréis, pues la entrevista habrá terminado.

Luis de Francia no los recibió en un salón de audiencias sino en el claustro del monasterio, donde una escuadra de lanceros con librea añil montaba guardia. Castellanos y noruegos bordearon los bancales de rosas y una fuente cuyos chorros regateaban por los arriates. La abadía no reflejaba la opulencia y el refinamiento de la corte francesa, pero infundía una paz turbadora. La brisa balanceaba las ramas, y al trasluz, como un diluvio de polvo dorado, la mañana posaba su luminosidad otoñal sobre las arcadas. En una de las graderías superiores unos músicos llenaban el lugar con las sonoras armonías de sus flautas, laúdes y cítaras, quebrando el silencio monacal y el piar de los pájaros posados en los cipreses.

El rey de Francia los aguardaba con la espalda erguida en un sitial dorado. Beltrán respiró hondo para tranquilizarse, pues parecía transportado ante la imagen que tenía ante sus ojos. El maestresala anunció la embajada destacando a Cristina y a los nuncios, sus ilustrísimas Peter Hamar y don Suero Ferrán, que inclinaron la testa ante el soberano de Francia, Luis IX. Sumido en profundas reflexiones miró sonriente a la princesa y a los embajadores, y desperezándose de su melancolía se despojó del manto ceremonial saludándolos con amabilidad y llaneza.

A Beltrán pareció nublársele la razón cuando se arrodilló y

besó su anillo y observó las pardas sombras bajo sus ojos y las arrugas verticales de las comisuras de los labios. Los cuatro años de exilio en Siria, tras el fracaso de su cruzada, habían marcado sus facciones, que parecían afiladas como estiletes. Los labios los mantenía apretados y enarcaba fugazmente las cejas. El rey cruzado sostenía en su mano un libro de rezos y balanceaba levemente su melena corta y pajiza, ajustada con un aro de oro. Envolvía su cuerpo con una túnica de brocado, ribeteada de flores de lis, la insignia de los Capetos, y de su porte emanaba una augusta gravedad.

Un tapiz de Flandes sobre un fondo azul entretelado con unicornios, signo de la pureza, y de ramilletes de fritillaria, la flor de la majestad, recubrían el dosel bajo el que se sentaba el rey Luis. Un grupo de cortesanos permanecía de pie en torno a él, y Beltrán intentó adivinar los pensamientos que ocultaban tras sus muestras de gentileza, y qué preparaban contra Ivar, con la aprobación de Peter Hamar.

El mayordomo presentó al conocido arzobispo de Sens, a quien le corría el sudor por la papada; a Simeon de Lambal, el ministro cruzado que había concertado la adquisición de la corona de espinas; al canciller de justicia, Daniel le Savant, un caballero que acompañaba habitualmente al rey bajo el roble sagrado de Vinncennes para juzgar al pueblo; al condestable de Francia, y a *monseigneur* Carlos, conde de Valois y del Maine, que mostraba venillas rojas, secuelas de su afición al borgoña. En la corte francesa, a aquellos nobles llenos de dignidad, virtud y poder se les conocía como *les chevaliers poursuivants*, «los caballeros perseverantes».

El rey francés sabía que algunos nobles de la costa noruega no le eran leales a Haakón, y sí a su encarnizado rival, el rey de Inglaterra. Por eso y por otras causas más estaba dispuesto a ayudar a los delegados.

La imagen de distinción y el aura marfileña que emanaba de la camarilla, jamás se le borraría de la memoria a Beltrán.

Aseguraban que Luis era un *bonhomme*, un dechado de modestia y frugalidad. Nadie ignoraba en Occidente que su reinado era una bendición de Dios, gracias a la energía y a la inteligencia demostrada por su madre, la recordada Blanca de Castilla, hija del bravo Alfonso VIII, vencedor de los almohades en las Navas de Tolosa. La castellana había actuado como regente durante su infancia y durante la cruzada en Egipto, con mano de hierro. Desde entonces, Luis administraba una Francia renacida tras los azotes de las hambrunas, las pestes y las guerras contra Inglaterra. Jamás un rey franco había gozado de tanta popularidad como él.

Su secretario tomó un reloj de arena y con un gesto teatral lo invirtió, dando por empezada la recepción, que inició el rey recibiendo las cartas de Haakón, para luego interesarse por Cristina, su futura vida en Castilla y los avatares del reino del septentrión. Pero como el rey Luis sentía una gran consideración por su sobrino nieto Alfonso X y planeaba un futuro matrimonio de su hija con el infante Fernando de la Cerda, cambió la dirección de la entrevista.

—Hace días recibimos cartas de don Alfonso —señaló en perfecto castellano—, y advertimos en nuestro sobrino una gran preocupación por su carrera hacia el Imperio. La cristiandad vive convulsa con esta elección.

—Augusto, resulta inquietante que ambos, Ricardo de Inglaterra y Alfonso de Castilla, declaren ser los elegidos y que proclamen que cuentan con los suficientes votos —detalló Hamar—. ¿No os parece raro?

—Algunos de los votos de los electores son letra muerta —se expresó Luis, mordaz—. O el arzobispo Conrado, o el margrave de Brandeburgo, o el rey Otakar han votados dos veces, a uno y otro pretendiente, con la mayor de las desvergüenzas. Han enviado su adhesión a ambas candidaturas a la vez, al parecer. Y lo peor es que Alfonso ha caído en la trampa, ignorando lo que a todos interesa: el alargamiento de la elección. El

Papa está encantado, como cabeza indiscutible del Imperio, y los electores llenándose los bolsillos

—¿Así veis al Pontífice, *Nobilissimus Rex*? —preguntó Ferrán.

En los ojos del rey brilló un fulminante fulgor, y reveló concluyente:

—¿Alejandro IV? Recela de la presencia española en Italia, como lo haría de la francesa; y aunque Alfonso sea un príncipe magnánimo y leal, por su sangre Stauffen es un auténtico gibelino, o sea, un enemigo secular del papado. No obstante, me consta que ha tomado parte por el rey de Castilla, y mis contactos suelen ser fidedignos. Al final será coronado, *messire*.

—La Iglesia ya no es el cuerpo de Cristo, alteza, es Roma, el Pontífice y la curia, y su apoyo resulta crucial —replicó Hamar, respondiéndole el rey:

—Tarde o temprano, Alejandro le permitirá trasladarse a Roma, y lo coronará como emperador. Así me lo ha asegurado él mismo. El problema es que los electores alemanes, que parecen servir más al diablo que a Dios, pondrán toda clase de trabas y le esquilmarán antes sus arcas.

Lambal, su canciller de justicia, tosió levemente. El rey inclinó la cabeza, y el ministro le rogó que cesaran sus opiniones sobre el Imperio. Era un tema delicado y Francia no debía inmiscuirse. Alentó a Ferrán a que su rey perseverase, y luego, ni expresivo ni indolente, preguntó:

—¿Cuándo partís para Castilla, *monseigneur* Hamar? Debéis llegar a Aragón antes del invierno y eludir las bandas de mercenarios desocupados de Provenza, que pueden atacaros. ¡Son unas sanguinarias bestias de la guerra!

El arzobispo noruego supo al instante que Luis estaba dispuesto a disuadirlos de seguir por mar, pues percibió en su cara un gesto de complicidad, que pasó inadvertido para Engleson y sus compinches. Sus preocupaciones comenzaban a disiparse y Hamar se tranquilizó.

—*Messire*, desconfiamos de proseguir por mar, pero nuestras opiniones se hallan divididas. No sabemos qué hacer y os pedimos consejo —le rogó.

Daniel le Savant consideró la pregunta y eximiendo a su rey del compromiso de contestar, tomó la palabra en un tono nada alentador:

—No podemos facilitaros noticias tranquilizadoras sobre las costas atlánticas.

Por el claustro planeó al instante un halo de enigmas. Engleson, al que Nicolai le reproducía cada frase, puso sus oídos al acecho y observó sus labios, pues veía peligrar sus planes de sabotear el viaje. El gran justicia asió con su mano alargada un pergamino y se expresó enigmático:

—Creedme, debéis marchar por tierra. No tenéis otra elección. Acercaos —y señaló a Ferrán, Hamar y Nicolai—. ¿Sabéis qué notifica esta orden que os muestro?

Releyeron en voz baja el pergamino y repararon boquiabiertos en una lista de nombres normandos, ingleses, vascones y franceses, acompañados con la misma frase: *Condamné à mort.* «Condenado a muerte.»

Y con una voz entrecortada, sin inflexiones, Peter Hamar exclamó:

—¡Son sentencias de horca! —y lo miró estupefacto.

Se hizo un silencio denso en la recepción. La palabra «horca» había desatado el desasosiego. Pasaron unos instantes interminables de esos que retumban y llenan los espacios de interrogantes.

Ivar, el conspirador, aguardó impaciente y con la mirada baja.

Una carta oportuna

El miedo a ser desenmascarados en presencia del rey de Francia nublaba las mentes de Ivar Engleson y Bosso, que se movían intranquilos y vacilantes. Algo no marchaba conforme a sus planes.

—Muchos canallas van a pender pronto de la soga —afirmó Simón.

—Exactamente veinte —dijo Daniel le Savant—. Piratas de la mar y contrabandistas apresados por las naves reales desde Bayeux hasta Aquitania. Juzgados por sus crímenes, han de pagar caras sus fechorías. Serán ejecutados en el cadalso de San Mateo para la Epifanía. Esas aguas están infectadas de piratas que asaltan los barcos de peregrinos rumbo al sepulcro del Apóstol. Carecen de temor de Dios y ya saben que la nave noruega va cargada de ricos presentes y de la rica dote de *dame* Cristina. No llegaríais con vida a las costas de Castilla si decidís navegar, como que Cristo nos redimió. Os lo informo a modo de grave advertencia, monseñores.

Más que una exclamación, fue un grito de espanto el que emitió la princesa, que se llevó la mano a la boca, paralizada por la sorpresa y la angustia. Un hosco mutismo se extendió por el claustro.

—Sentimos haberos preocupado, *ma dame* —se excusó el rey—. Pero esto no son palabras huecas, sino hechos irrefutables, aunque sencillos de eludir. Seguid por tierra. Es más seguro y así evitaréis peligros.

Las palabras del soberano y de su ministro produjeron una gran conmoción entre los noruegos, que se miraron unos a otros con los rostros perplejos. Se hizo un silencio de muerte y Beltrán pensó que, con el consejo del rey francés, la felonía de Engleson y Bosso estaba condenada al fracaso, pues argumento tan persuasivo daría al traste con sus perversos propósitos. Pero el pelirrojo, con la boca crispada, susurró algo al oído de Nicolai, que intervino:

—Alteza, gracias por vuestro consejo, pero los noruegos poseemos la reputación de surcar los mares sin temor alguno. Nuestra nave es marinera, está bien defendida y posee una gran gobernabilidad para escapar.

Luis, indignado con los intrigantes caballeros noruegos, repuso:

—Os podría proporcionar un centenar de argumentos para que abandonarais la descabellada idea de seguir el viaje a Hispania por mar, pero también le parecerían ridículos a *monseigneur* Nicolai. Sin embargo, existe un motivo inexcusable que debería desanimaros.

—¿Cuál, augusto rey? —se interesó el *jarl* Nicolai.

—Caballeros, no pongáis en peligro la vida de la princesa Cristina, la más bella flor que ha visitado esta corte —aseguró, y la princesa se ruborizó.

—Dudo que puedan asaltarnos, alteza —insistió Nicolai—. Descuidad, *sire*. Somos hijos de los indómitos vikingos que habitan los fiordos desde que el mundo es mundo.

El rey lo miró con la indiferencia de un estoico y replicó mordaz:

—Bien, observando vuestra contumaz ignorancia, no tengo más remedio que mostraros algo. No quería hacerlo para no singularizar a nadie y cumplir con la habitual hospitalidad de Francia. Pero… Simeon, enseñad el mensaje interceptado por nuestro oficial de galeras. Fue enviado hace unas semanas por un corsario de Portchester, en Inglaterra, de nombre Farcot de Cornualles, a un desalmado contrabandista de Pornichet, en Francia, llamado Crespin le Tueur, que pagará su osadía con el patíbulo. *Et voilà!*

Bosso y Engleson se intercambiaron miradas de asombro y vieron cómo el ministro extraía de su túnica un trozo de vitela anudada en bramante. Escrito en francés normando, lo entregó al obispo Ferrán con protocolaria lentitud. El castellano lo tomó en su mano sin saber qué hacer.

—Ilustrísima, tened la bondad de leerlo, y dad fe de lo escrito —le rogó.

—«*Mon ami Crespin* —leyó el obispo hispano no sin dificultad, pues el escribano parecía un iletrado—. La paloma voló de Yarmouth, y según los informes del halcón, ese extranjero que ha vendido su alma a nuestro amo, está en París, pero levantará el vuelo en la próxima luna, rumbo al sur. Dos de mis naves porteras la siguen a distancia. Conocen cada rompiente y cada cala de Normandía y no precisan de mapas marinos. Prepara tus barcos, elige a tus hombres, y espera mis noticias en tu guarida de los saladores de la Île d'Oléron. Sigo capitaneando el navío con la bodega mejor estibada de vino de Aquitania de todo el Atlántico. Celebraremos en Cornualles la caza de la paloma y por todas las furias del mar, con la bolsa llena y cariñosas jaquitas de Yorvik. Mi señor nos premiará con largueza, pues tendrá a buen recaudo a la tortolilla nórdica, de la que obtendrá gran provecho para la causa imperial. De lo contrario perderemos la pelleja y más nos valdría que nos devorara un tiburón de los infiernos. *Salutem*, pringoso odre de vino. Farcot, tu compadre.»

Durante unos instantes sólo se escuchó el goteo de la fuente.

—¿Os ofrece alguna duda la amenaza que arrostráis? —sentenció el rey Luis—. «Paloma» y «tortolilla» es *dame* Cristina, y «el halcón», un traidor que viaja en la legación, y cuyo nombre no se explicita, pues de saberlo sería encarcelado inmediatamente en la prisión de París.

Ivar comenzó a temblar. Había perdido la primera jugada.

—¡Ese Farcot es el bellaco con la lengua más impúdica de Inglaterra y proclama un complot de grandes dimensiones que incumbe a cabezas coronadas! —expuso Simón—. ¿Y habréis de fiar la seguridad de *dame* Cristina a esa alma perdida de Dios? No tenéis otra opción que marchar por tierra, y preservar la integridad de la princesa. Es vuestra única posibilidad, *messires*.

No era necesario hacer interpretaciones. Todos habían entendido que corrían peligros sin cuento si se hacían a la mar, y que Ricardo de Cornualles, el rival de Alfonso de Castilla, estaba tras el temerario manejo de unos facinerosos de la mar. Cristina reaccionó como si la hubieran agraviado en lo más hondo de su dignidad y receló que «el halcón» fuera un noruego. Miró al rey de hito en hito, creyendo que alguien había perdido la cordura. Los indeseables Ivar y Bosso, al enterarse de la gravedad del mensaje y de la amenaza, bajaron los ojos. Era el momento del disimulo y la hipocresía.

—No puedo creerlo, mi señor don Luis. ¿Quién puede querer hacernos mal? —preguntó Cristina.

—Tranquilizaos, *ma dame*, sólo son desatinos de alta política, que en nada os atañen y que no os dañarán. Vuestro futuro cuñado y vuestro padre son reyes poderosos, pero también tienen poderosos enemigos. Ya he escrito a Alfonso y a Haakón informándoles que partís hacia Castilla atravesando mis tierras y que seréis escoltados hasta Aragón por mis soldados. Nada malo os pasará. Estoy persuadido de que monseñor Hamar y sus consejeros determinarán cambiar sus planes, dadas las circunstancias.

—Indudablemente, mi señor Luis —exclamó con energía Nicolai, al que le habían quitado un peso insoportable—. No nos ofrece duda, proseguiremos por tierra.

—Señor, en nombre de mi rey, os agradecemos esa información reservada, pero capital para la seguridad de nuestra embajada —manifestó Harald, desorientado.

Sobre la mesa el reloj de arena fluía grano a grano, e Ivar sudaba.

Se avergonzó en secreto y se removió como un áspid, pues de un solo golpe había perdido todos sus apoyos. En cuanto a Beltrán, le parecía que el engaño construido a medias entre Hamar, Ferrán y el rey Luis había resultado magistral y tremendamente eficaz. Cristina sonrió con afabilidad al soberano francés, que con su astuto ardid había dejado fuera de juego a los que planeaban tan mezquino despropósito.

La ampolleta de arena dejó escapar sus últimos granos. La entrevista había concluido. Engleson, con los puños apretados, inclinó la cabeza en señal de respeto, y salió precipitadamente del claustro, tras empujar al saco de sebo de Bosso. A ambos los invadió una sensación de pavor al ver desbaratadas sus intenciones y que podían dar con sus huesos en la cárcel. Luis de Francia, antes de retirarse a la capilla para los rezos de nona, sonrió con disimulo a los eclesiásticos Hamar y Ferrán, susurrándoles en voz queda:

—Sólo queremos ver a mi sobrino Alfonso investido como emperador; y ese día gozaremos de una ilimitada satisfacción.

—Y su gratitud hacia vos será eterna —contestó Ferrán, satisfecho.

—A propósito, *monseigneur* Hamar —dijo Luis con ironía—. Verdaderamente escribís como un bandido, y os quedó perfecta la nota del imaginario Falcot con la que esos bribones picaron el anzuelo; pero debéis cuidar vuestro lenguaje. ¡Sois un hombre de Dios! ¿Cómo conocíais los nombres de esos piratas? ¡Son reales!

—Nada que unas monedas y una pinta de cerveza no puedan conseguir de un viejo y borracho lobo de mar, mi señor —expuso risueño, recordando cuando redactó el falso mensaje—. Era perfecta.

—Verdaderamente sois un hombre sagaz y precavido —dijo el monarca—. Tomad estos salvoconductos sellados y que Dios os asista en el camino.

—Que Él vele por vos y por Francia, *Clarissimus Rex*.

Sina, en su fuero interno, se relamía de placer con la estratagema adoptada por los dos obispos, con la decisiva ayuda del rey cruzado. «El regreso se presenta más halagüeño, pero no puedo olvidar que el infierno acompaña a ese pelirrojo de Engleson y a su esbirro Bosso —pensó—. Pero ¿volverán a confabularse contra Hamar y mi rey?»

Beltrán ayudó a subir al carruaje a Cristina y a la frágil Elke, quienes hasta ahora habían vivido en la inocencia y la despreocupación de la corte de Bergen para meterse en un nido de víboras donde las asechanzas, el asesinato, el ansia de poder y la deslealtad eran moneda corriente.

—Beltrán —susurró alarmada—, ¿creéis que en la escolta noruega alguien tiene intención de conspirar contra mi padre y que es alentado desde fuera?

—¿Quién pensáis que es más culpable, el tentador o el tentado?

—¿El más poderoso de los dos quizá? —dijo extrañada con la pregunta.

—Ése no es otro que Ricardo de Cornualles, hermano del soberano inglés, y el tentado una insignificante y ambiciosa sabandija que blasona de idolatraros, pero que muy pronto será aplastada. Andábamos avisados por vuestro hermano Haakón, que goza de la visión del Creador. Nos alertó antes de morir en su lecho de agonía de ciertos lobos con piel de cordero que pululaban a vuestro alrededor para aprovecharse, y que tenían contactos secretos con el príncipe inglés. Pero tranquilizaos; *messire* Hamar, que ya fue prevenido por vuestro padre el rey, desbaratará la trama y ejecutará un ejemplar escarmiento llegado el momento. Dios está con nosotros.

—Sabéis más de lo que decís, ¿verdad? —refirió la princesa.

—Pero tengo la obligación de callar, mas no de mentir. Nada se alza contra vos, mi señora, os lo aseguro. Tranquilizaos y procurad ser feliz.

—Me habéis abierto los ojos a la verdad. Es como si la predicción de la runa blanca estuviera encadenada a la discordia.

Sin poder evitarlo, *dame* Cristina sentía gran seguridad al lado del castellano. Y por inexplicable que pareciera, su afecto por él brotaba en su mente, propagándose por los poros de su cuerpo. Le dedicó una sonrisa cariñosa y sin que nadie lo advirtiera le apretó la mano con sus largos dedos blancos. Beltrán sintió que sus entrañas se incendiaban y recordó aquellos momentos en los que sus cuerpos se juntaron en la barcaza. Admiró la gran belleza de la mujer y vio cómo ocultaba sus delicadas facciones con el velo, elegantemente colocado por Elke, quien a su vez miraba al *magister* con ojos embelesados en los que brillaba un destello de celos. Tres amores imposibles, tres tragedias para tres corazones.

Nimbos algodonados se desplazaban sobre París, y por el horizonte de Ermenonville, nubes más confusas que le recordaban a Sina las negras intenciones de Ivar Engleson y Thorleik Bosso.

Un hombre encapuchado salió aquella noche del palacio de Nesle.

Las calles estaban desiertas y oscuras; el cielo, encapotado y la esquila de una iglesia cercana repicaba a completas.

El misterioso aspecto del extranjero, un hombretón que olía a establo, obeso y de feroces formas que asía una ballesta en su mano descomunal, disuadía a quienes quisieran asaltarlo. Caminaba como un oso herido sobre los adoquines con una determinación y fiereza que erizaba los cabellos. Sus facciones permanecían ocultas, y su mirada metálica y gélida, el paso rotundo y los borceguíes herretados, asustaban a las rameras del río, que se apartaban aterrorizadas a su paso.

Aquel desconocido era uno de esos tipos dispuestos a arrancar la cabeza de cuajo a cualquier cristiano por sólo mirarlo. Como un vulgar delincuente se dirigió a los embarcaderos del Sena, el rincón más corrompido de París, lugar frecuentado por rufianes, putas y los traficantes de las dos orillas, expertos en eludir los controles del senescal de París y a los oficiales ingleses de Dover. El hombretón preguntó en un detestable francés por la barcaza de Basker el Danés, un conocido contrabandista de costa de los que cruzaban Calais al margen de la ley. Le señalaron una chalupa cubierta con unas mugrientas lonas. La madriguera no podía ser más miserable. Dos marineros descalzos golpearon la cubierta y con el ruido surgió, tras un candil parpadeante, la figura de su capitán, un navegante membrudo, desdentado y de greñas amarillentas, con la camisa y el jubón zurcidos y pringosos de grasa de ballena, que desprendían un tufo fétido.

En el hombro tenía tatuada un ala y la rueda de Odín.

—¿Me buscabais, caballero? —preguntó el tosco marinero.

—Así es —contestó desabrido el nórdico.

—¿Vos sois Engleson, o Bosso? —habló en noruego—. ¿Qué queréis?

—¡Chiss! —siseó hablando en voz baja—. Soy Bosso, y esta carta es para el señor *messire* Ricardo. El *jarl* Ivar os requiere para que se la hagáis llegar cuanto antes. Los planes han cambiado y seguimos el camino por tierra. Hemos de aguardar a la arribada a Castilla para cumplir con los planes —terminó, y le lanzó una bolsa con diez monedas de oro.

—No le va a gustar al amo esta mudanza, señor, pues más de diez barcos corsarios, que han costado sus buenos escudos, aguardan en la isla de Oléron para el asalto estipulado —le recordó, y escupió sobre cubierta—. Confiaba ciegamente en «los Jinetes de Odín».

—¿Qué culpa tenemos nosotros? —gritó el gordinflón—. Ese endiablado Hamar y el entrometido rey Luis han desbaratado el plan previsto, pero aún nos quedan otros recursos. ¡Nada hemos podido hacer, por Odín! Los dos consejeros más ancianos, acuciados por el temor, se han cagado en las calzas y han cambiado de parecer. Todo se explica en la carta.

—Bien, vos sabréis. Yo sólo cumplo con mi deber de informar, ¡por las mil furias del océano! Pero preveo cóleras desatadas —adujo malhumorado, y desapareció sin más, dejándolo desconcertado.

—¡Rufián de los infiernos! El muy cretino mete el dedo en la llaga en el peor momento —murmuró Bosso, volviendo sobre sus pasos.

La oscura y apenas distinguible silueta del coloso nórdico, que parecía la de un carnicero de mercado, desapareció en dirección al castillo almenado de Nesle, y tan sigilosa como un ave nocturna. Sin embargo, el truculento camarada del Inglés no había percibido que otra figura, menuda y con las piernas corvas, no había perdido detalle de sus movimientos, y se escurría por un portillo que estaba atrancado hasta desaparecer por los pasillos en dirección del aposento del arzobispo Hamar.

«Este bribón de tripa glotona ha cavado su perdición», pensó Gudleik.

Bosso blasfemaba entre dientes dispuesto a partirle el espinazo a cualquiera que le impidiese el paso, aunque fuera una manada de lobos hambrientos. El silencio en la residencia de los embajadores era alarmante, lúgubre. La reunión del día siguiente, convocada por Peter Hamar para la hora de tercia, hacía sospechar que sería un encuentro agitado y borrascoso, y pocos caballeros dormían en sus lechos temiendo la ya conocida e irrefrenable cólera del arzobispo de Bergen.

A Bosso y Engleson les invadían funestas premoniciones.

Una diosa del Walhalla

París, Francia, otoño, A.D. 1257

Hamar, sentado en el sitial, mostraba una expresión agria.

El arzobispo no sabía qué actitud adoptaría si los dos nobles más ancianos se plegaban a los oscuros manejos de Ivar Engleson. Permanecía con las facciones muy tensas, pues era incapaz de aceptar bajezas y deslealtades, y menos de aquellos nobles paganos y felones. Pero ¿por qué pugnaba su cerebro entre ocultar o descubrir a los dos traidores y no los aplastaba allí mismo? Sentimientos de intensa desazón pugnaban en su interior, y no había podido dormir una sola hora por los nervios. Le asaltaban mil preguntas y le angustiaba fallarle a su rey Haakón.

El asunto era grave y la situación se volvía insostenible, pero hasta que no alcanzaran la raya de Castilla, el arzobispo, como huésped del rey de Francia, no quería destapar la falsedad de los dos *jarls*, y pedirles una confesión pública. ¿Y si sus soldados reaccionaban de forma violenta en tierra extraña y todo acababa en una tragedia y en un conflicto diplomático entre dos reinos amigos? Sólo se limitaría a votar la decisión sobre la ruta a seguir y observaría la reacción en sus rostros. Por su cráneo rapado, a pesar del fresco aire, corrían gotas de sudor, que se perdieron por su esclavina púrpura.

Comparecieron los cinco *jarls* con semblantes atemorizados. Bosso y Engleson, casi sumisos. El eclesiástico, con actitud de juez severo, tomó la palabra:

—Alguno de los aquí presentes ha sembrado la discordia en la expedición. Y lo más serio, lo ha hecho palpable ante el rey Luis. ¿Qué habrá pensado de nosotros? ¡Me habéis defraudado con vuestro espíritu rebelde y disgregador, por san Olav! No existe justificación para vuestro comportamiento, y os aseguro que el rey Haakón lo sabrá.

—Ilustrísima —intervino Engleson, tratando de aplacar su conciencia—. Debéis entender que las voces opuestas mejoran las decisiones, y no el necio asentimiento. Haakón aprobaría ir por mar. Los noruegos no tenemos miedo a las furias de las aguas y a los asaltantes del océano. Nuestro barco es un trozo de Noruega, no lo olvidéis.

Hamar, rojo de ira, se tragó las palabras, pues no podía conciliar la ecuanimidad con la hipocresía del pelirrojo. Con calma le replicó:

—No son simples corsarios, es toda una escuadra de piratas la que nos aguarda prestos a abordarnos, imprudente caballero Engleson. Además, los juicios enfrentados no son aplicables a la seguridad de Kristín, de la que soy el último responsable ante nuestro señor Haakón.

A pesar de su rabia, el *jarl* no torció la boca como solía, pero carraspeó buscando la mirada aprobatoria de Bosso, y el apoyo de los dos ancianos. Y con una insolencia imprudente alegó el gigante:

—Carece de sentido que por unos supuestos y sólo probables riesgos abandonemos la seguridad de nuestra nave, ilustrísima. Vayamos por mar.

Hamar halló una réplica concluyente para hacerlos enmudecer.

—¿Quién de vosotros acepta la responsabilidad de seguir por la vía marítima, en un derrotero lleno de asaltantes y facinerosos, y poner en serio peligro la integridad de la hija de nuestro rey? ¡Venga, decidlo!

En la sala se hizo un silencio que llegó a resultar amedrentador, y ninguno se atrevió a replicarle. Apoyar la ruta oceánica, tras conocer las condiciones que citó el monarca francés, era como delatarse sospechosos o insensatos. Hamar, tras su ardid, había dado un vuelco a la situación. Nicolai, que había recuperado el juicio por miedo a ser asaltados, se mostró firme.

—El rey Luis, a quien no le guía ningún interés en este asunto, se pronunció ayer incontrastable y nos metió la alarma en el cuerpo. ¿Acaso precisas de más pruebas, Ivar? ¿Te mueven quizá otras miras ignoradas por nosotros? Me preocupa tu contumacia en seguir el viaje por mar. Yo también prefiero navegar, pero nuestra princesa no debe sufrir el menor riesgo. Lo he jurado por Dios, arribará a Castilla sana y salva, ¡por todas las furias!

El prelado, que lo vigilaba con la atención de un pedagogo, descansó.

—Lo habéis expresado de forma insuperable y lo dicho enaltece vuestra prudencia, señor Nicolai —lo elogió el eclesiástico aprovechando la coyuntura—. Sin más dilación pasemos a votar con las piedras, según la vieja costumbre noruega. La decisión será inapelable y se aceptará sin reservas. ¿Estáis de acuerdo?

—Sí, ¡por san Olav! —gritó Harald.

Un criado repartió a cada uno dos piedras de distinto color, y luego pasó con una faltriquera de piel de alce para recoger las decisiones. En medio de una taciturna cautela las volcó en el suelo, y seis pares de ojos se fijaron con intensidad en la resulta. Engleson apretó los puños hasta hacerse daño.

—¡Cuatro blancas y dos negras! —proclamó el arzobispo, aliviado—. Se ha elegido la ruta terrestre. Hoy mismo daré las órdenes al capitán para que prosiga solo con su tripulación hasta un puerto del norte de Castilla. Sin el señuelo de la princesa, su dote y sus tesoros, nada deberá temer. Así ni los arenques ni las gaviotas se preocuparán. ¡Asunto resuelto!

—Monseñor —interrumpió Engleson intentando una última treta—, con esta decisión sólo se ha conseguido dividir a los noruegos en dos bandos. A muchos no les gustará seguir como arrieros mascando polvo, sino oliendo el salitre del mar libre.

—Lo decís como una amenaza, Ivar, pero mi deber es llevaros a Castilla vivos, ¿comprendéis? En la embarcación somos una presa vulnerable. La razón lo ha querido así y partiremos al alba. *Laudemus Dominum quia benignus est.*

—¡Amén! —remató Lodin Leep rebosante de alegría.

El prelado, aunque lo ansiaba en los pliegues más hondos de su alma, desechó la idea de someterlos a interrogatorio en un reino extraño, y simuló no conocer sus manejos, pero caviló para sí: «No es el momento, pero no gozaréis de una sola hora de tranquilidad, ingratos del diablo».

—Aún nos queda Castilla para provocar una afrenta que corra como la peste por toda la cristiandad —dijo Engleson a Bosso en voz baja.

Se retiraron cabizbajos y bufando, preguntándose si alguien conocía sus entrevistas con los sicarios de Ricardo de Cornualles. ¿Acaso aquella nota interceptada por los oficiales del rey Luis no los ponía en entredicho? De repente al pelirrojo de larga cabellera se le vino a la memoria la desconocida identidad del supuesto francés, al que no vio la cara en la casa de citas de Yarmouth La Diadema de Morgana. Irascible y pensativo se encerró en su aposento con una jarra de vino del Rin, temiéndose lo peor.

A Peter Hamar, las bolsas de sus rojizas ojeras le caían sobre los pómulos, dándole un aspecto lamentable. Meditaba solo en el salón de armas, de muros recubiertos de armaduras. Receloso por naturaleza, el viaje lo inquietaba y aquel asunto lo había irritado. Ensimismado en sus reflexiones, miraba el río y los torreones del Louvre reflejados en sus aguas, y no percibió el vuelo de la túnica talar de Suero Ferrán, que se tapaba la tonsura con un capuz.

—Jamás dudé de tu gran sentido práctico y aguda diplomacia, Peter.

—Valores que colman mi espíritu de temor y de tensiones, Suero.

—Has hecho un servicio notable a mi rey, y créeme que lo sabrá.

—Pero habrá que seguir vigilando a esos impíos *jarls*, pues aún no hemos arribado a tu tierra —recordó sintiéndose cansado—. Mientras tanto nada debe alterar la armonía de la misión, cuyo único propósito es culminarla con los desposorios de Cristina. Sus móviles bastardos los probaré en el momento oportuno, y pagarán su doblez. ¡Te lo juro por la santa cruz!

Fijaron sus ojos nostálgicos en el brillo del sol en la corriente que hacía palidecer de luz las norias y las barcazas que lo navegaban. El patio de armas se llenó de ruidos de cascos y del barullo de los criados preparando la partida para el amanecer. Ferrán sintió una gran tranquilidad en su corazón, pues la misión estaba salvada de momento.

Sin que lo oyera Hamar, el obispo hispano se retiró.

Sabía que a su amigo Peter le agradaba meditar en silencio.

Al partir la comitiva, el fulgor del rayo relampagueó sobre París.

El otoño avanzaba; estaba a punto de estallar la tempestad y Engleson y sus hombres, como alimañas pérfidas, murmuraban a espaldas del arzobispo con cualquier pretexto.

—Nos arrastraremos por el barro como campesinos —protestaba el airado *jarl* con la melena roja al viento—. Es una ofensa convertir a unos noruegos en burdos arrieros condenados a dormir en los rastrojos.

El aire refrescó y las nubes se extendieron hacia levante apaciguando a las damas, sobre todo a la asustadiza Elke, pues los cegadores resplandores y el trueno restallaban lejanos. La camarera conversaba con Sina frecuentemente y le mostraba un sincero afecto.

—Sé que vuestro corazón se inclina hacia otra mujer. Se os nota, Beltrán.

—Pero es un amor inaccesible, Elke, de esos que producen dolor.

A la noruega se le rompió la voz y le regaló su abierta sonrisa, pero como por naturaleza era tímida, se sofocó.

Los días fueron pasando y la recua, jinetes, peones y carros, hubo de sufrir las inclemencias de una lluvia pertinaz, mientras cruzaban las vertiginosas escarpaduras del ducado de Orleans. En Auvernia tuvieron que enterrar a un mozo que murió repentinamente de una alferecía. Cristina se arrebujaba en los cobertores de piel, pegada a sus damas, mientras Elke le leía versos y suspiraba por el *magister* Sina.

Por las mañanas la escarcha de las trochas hacía más dura la marcha. Pero era el aullar de los lobos lo que más los intimidaba. En la tibieza de uno de los anocheceres, con un sol huérfano de calor, los muleros restallaron sus látigos para arrear a las rezongonas mulas que se negaban a seguir, al oler a los carniceros de los bosques. Se refugiaron en un monasterio auvernés y al abandonarlo el abad los alertó con el pavor en su rostro:

—Señorías, extremad el cuidado con los lobos. Aseguran que manadas hambrientas de esas bestias han llegado a asentar sus sucias patas en el altar de la catedral de Orleans, y disfrutan devorando niños. El obispo paga diez maravedíes por cada piel de un lobo muerto que le lleven al palacio.

Los escoltas de Bosso e Ivar hicieron batidas por los linderos del bosque, pero no hallaron huellas de los carnívoros. Por la noche, Lodin Leep prohibió que nadie abandonara el campamento. Sin embargo, a la hora de maitines, cuando las frías estrellas velaban el sueño del campamento, se escuchó el relincho agónico de un caballo, aullidos sordos y gruñidos. Un centinela dio la voz de alarma, se encendieron teas, y un tropel de hombres se dirigió hacia un calvero de donde provenían los espeluznantes quejidos.

Beltrán y Gudleik, que acudieron armados con azagayas, contemplaron un espectáculo aterrador. Un garañón de los que tiraban de los carros, y que tal vez se había desatado del cordel buscando helechos frescos, era devorado por al menos una veintena de bestias negruzcas cuyos ojos biliosos centelleaban en la noche. Con las fauces babeantes desgarraban tendones, quebraban huesos y esparcían tripas por la maleza, llenándola de un fárrago de vísceras y sangre. Inmersos en un aquelarre de voracidad, apenas si atendieron a los vigilantes que se acercaban cautelosos. A una, lanzaron los venablos sobre las bestias que saltaban confundidas por los aires en una macabra danza, como si fueran diablos malheridos, gruñendo con los dientes ensangrentados. En unos instantes, y a la luz rojiza de las teas, unos fueron abatidos y otros se esfumaron por las negras espesuras

Después se hizo la paz. Sólo una bandada de cuervos posados en las ramas aguardaba el amanecer para engullir las sobras del macabro festín.

A medida que se dirigían hacia el sur y cubrían legua tras legua, se adentraron en las tierras del duque de Borbón y atravesaron pueblos de los dominios del señor de Burlatz, ante la mirada fascinada de los aldeanos.

—Ahí va la virgen de Noruega a desposarse a Castilla.

Y se arrodillaban y la saludaban agitando sus manos y pañuelos. Cuando los viajeros se detenían, turbas de mendigos se arremolinaban en las escalinatas de las iglesias para solicitar una limosna de la princesa del norte, cuya generosidad la precedía. Descansaron varios días en Albi, donde el olor de las viñas ascendía de las praderas del río Allier como un perfume.

En la oscuridad de la noche se acercaban al campamento grupos de peregrinos que hacían uno de los caminos a Santiago, echadoras de cartas y vendedoras de ensalmos, jugadores de dados, cátaros emboscados que huían de la ley, sacamuelas y vendedores de ungüentos y afrodisíacos, que hacían su particular negocio con los viajeros.

Beltrán disfrutaba de acompañar a *dame* Cristina, a quien una noche besó la mano. El gesto era una simple muestra de respeto, pero para él el momento fue emotivo y enternecedor. La dulce Elke, que lo contempló en silencio, se escapó y lloró amargamente, y ni las bufonadas del buen Gudleik con sus ojos reidores, su risa infantil y agudas ocurrencias, consiguieron levantar el ánimo de la doncella.

Durante las noches, alrededor de la lumbre, Sina y la princesa exploraban las profundidades de su corazón y consumían lentas horas entre confidencias, que a Elke la encendían con el hierro candente de los celos. Cristina mostraba una agudeza insospechada y aprendía frases del romance castellano con rapidez. Cruzaban sus miradas, pero Beltrán, incómodo y sonrojado, la retiraba lleno de pesar. Aquellos ratos de felicidad hacían aún más angustiosa la soledad que sentía luego en su lecho y el ardor que le impedía conciliar el sueño.

Otras veces admiraban juntos el paisaje de Francia, la variada gama de ocres y amarillos y el esplendente firmamento surcado de nubecillas.

Uno de aquellos atardeceres, acamparon en un molino abandonado cerca de Béziers. La princesa, que solía bañarse en una artesa de latón, al resguardo de ojos indiscretos, oculta por unos lienzos de hilaza, se apartó a un recodo de un riachuelo con sus damas y unos guardias norsos. Beltrán, que recogía unas hojas de eneldo desde el atardecer en lo más intrincado del boscaje, se dio de bruces con el tinglado. Los centinelas, vueltos de espaldas y mirando al campamento, no advirtieron su presencia.

Sabía que no debía hacerlo, pero se detuvo y vislumbró entre el resplandor rojizo del fuego donde calentaban el agua, la silueta desnuda y perfecta de Cristina, dibujada en el paño marfileño. El agua jugaba con sus pechos y hombros, que recibían su caricia. Sina no movió un solo músculo, extasiado con la visión, y así siguió como petrificado mientras la secaban con linos, la peinaban y la perfumaban. Flotaba sobre su cuerpo una tenue claridad, y entre la semioscuridad del atardecer se recortaba su perfil de voluptuosa esbeltez. Le llegó como un bálsamo el perfume a agáloco indio y aspiró profundamente.

La sensación de admirarla a hurtadillas le causó zozobra, y el instante le pareció eterno. La incierta claridad hacía que la joven pareciera un ser ilusorio e intemporal. Sina sintió que su virilidad explosionaba en su interior con sensual frenesí, y recordó las horas inolvidables, abrazado a la nórdica en la chalana de la playa. Casi sin respirar se recreó en su cuerpo. En ese instante en que el atardecer se concilia con la noche y el brillo de un cielo amoratado rivalizaba con la belleza de Cristina. Y cuando la doncella apareció entre la floresta, vestida, plena de hermosura con una jornea celeste y coronada su rubia cabeza con una guirnalda, el médico del alma admiró la elegancia de sus movimientos y pensó que era una deidad desterrada del Walhalla.

De repente ella advirtió su presencia; pero lejos de espantarse se acercó lentamente hacia el extranjero.

—Me alegro de encontraros, *magister*. Fui al riachuelo a bañarme en busca de algo de sosiego para mi espíritu. —Se le quebró la voz—. Me siento sola y no sé cómo voy a sobrevivir en una corte extraña. Tengo la sensación de que desprecio mi vida, como si mi camino fuera un viaje al abismo —se sinceró, desconsolada.

—La vida es un viaje de adaptación que nos une a todos, y sin deseos no somos nada. No temáis, yo estaré siempre cerca de vos —la alentó.

Beltrán la veía frágil, efímera y presa de la soledad; vio cómo desaparecía con sus damas camino del campamento, mientras Elke le dirigía una mirada de reprobación y de celos mal contenidos. En aquel momento sintió una emoción vibrante y comprendió qué eran la dicha y también el tormento del secreto que los unía, de la complicidad que un día conocieron sus corazones y sus cuerpos cuando aún eran desconocidos.

Una lechuza solitaria chilló, rompiendo la calma de la fronda. Arriba, una luna resplandeciente comenzaba a filtrarse por entre las ramas. El castellano regresó dando un largo rodeo y tomó silencioso su ración de cordero, cerveza y habas. El placer de lo prohibido lo mantenía extasiado. Luego se acurrucó bajo un carro y se durmió cerca del fuego. Aquella vigilia soñó con una incomparable ilusión. Se veía envuelto por la piel de marfil de Cristina, embriagado de su aroma a hierba fresca, cabalgando por las praderas de Bergen, envueltos en la niebla, abrazados salvajemente en las orillas de los fiordos y abrasado en el fulgor de sus labios de cerezas. La ensoñación lo condujo hasta el confín de un ardiente y ficticio placer.

Su deleite no se apagó hasta el alba.

El rimador del amor

El cortejo no disminuía su marcha.

Poco a poco los troncos de mulas iban marcando los caminos del sur de Francia y las encenagadas trochas de sus bosques, en las que muchas veces se atascaban los carros hasta los ejes. Dormían bajo las carpas, en los monasterios, en infestadas hospederías, al sereno, o en palacios de nobles. *Dame* Cristina, allá donde hubiera una iglesia dedicada a santa María, regalaba un vaso de oro para su culto, según el mandato de la *volva* de los Bancos de Arena, como homenaje a la Gran Madre.

Cada día que transcurría, la fatiga se iba apoderando del séquito. Beltrán, el bufón y otros caballeros nórdicos sufrieron cólicos dolorosos y vómitos preocupantes. Hubieron de buscar el asilo de un monasterio cluniacense donde fueron tratados por el hermano herbolario. Un arquero francés hubo de quedarse en el cenobio y días después supieron que había expirado entre fiebres delirantes. Iban dejando atrás las cicatrices de su paso, brasas recién apagadas, surcos de barro, algunos enseres rotos, restos de fiestas, y hasta algún signo pagano de la fe nórdica, dibujado en las cortezas de los árboles.

Arribaron antes de lo previsto al condado de Provenza, y una de aquellas tardes, cuando el crepúsculo se diseminaba sobre las almenas de Castres y la fragancia del tomillo y el romero embalsamaba el aire, se unió a la caravana un trovador de viril belleza, Romé de Sorel, que se hacía llamar «el rimador del amor». Cantaba en lemosín, la lengua de los trovadores del país, y sus bellas canciones realzaban el goce del placer mundano y el amor cortés. Vestía calzas divisadas de dos colores, azul y anaranjado, con portañuela prominente de color índigo, jamás vista en Noruega, y una garnacha de piel con galoncillos de plata. Se tocaba con un gorro borgoñón, cantaba poemas al compás de una viola siciliana y aseguraba ser un caballero desheredado, aunque Hamar aseguraba que era un truhán nada de fiar.

Al calor del fuego desplegaba su retórica de requiebros y canciones dirigidas a las damas de Cristina, a las que hechizó con su voz y su laúd de cortejador; y mientras cantaba, le servían vino, bocados de avutarda y pasteles de jabalí y le preparaban mullidos lechos con cobertores de piel. Al tercer día de marcha, Sorel comenzó a cortejar a la apenada y celosa Elke, quien dolida, dejó de conversar con Beltrán, al que ahora dedicaba miradas de desdén. El sureño advertía afinidad con aquella criatura angelical, que como él sufría el tormento de un amor utópico, pero su corazón lo tenía comprometido. La joven dama, bien por despecho, bien por orgullo, restañó las heridas abiertas en su alma por su amor frustrado, y comenzó a poner buenos ojos a Romé. Conversaban en lugares apartados y se refugiaban en la soledad, mientras el bardo le componía delicados poemas, hasta que la saeta del dios Cupido hizo estragos en sus corazones.

A Sina le fastidiaba aquel engreído y extravagante trovador.

—¿Amará Sorel a ese ángel rubio? —preguntó Sina a la princesa.

—Observo en Elke un afecto puro, como si el dios arquero la hubiera prendido en sus dardos. Merece ser amada, pero sufrirá, lo sé.

Y tomó una decisión que conmocionó a la comitiva. Elke, que no era ni sierva ni esclava, sino una mujer libre, hija de un *jarl* de Bergen, solicitó a la princesa que la eximiera del vasallaje para compartir la vida errante con el juglar de ojos melancólicos y voz aterciopelada. Cristina se resistió, pero compadeciéndose de la tristeza secreta que soportaba, la liberó del lazo de fidelidad, consintiéndole que abandonara la comitiva en compañía del trovador, que se comprometió ante el Evangelio a protegerla y amarla. El arzobispo Hamar, como jefe de la expedición, no accedió a los ruegos de la enamorada, pues consideraba a Sorel un desvergonzado y hombre poco de fiar y hasta reprendió a Cristina por su liberalidad.

—Sólo lo consentiré si fray Simón os bendice antes y juráis ante los Evangelios protegerla. De lo contrario acusaré al juglar de rapto, que en Francia se pena con la muerte —señaló desabridamente el arzobispo.

Al rimador pareció no agradarle la decisión del prelado, pero al fin aceptó, y el arzobispo les dio a besar su cruz pectoral. Se bebió hidromiel y cerveza en su honor hasta el amanecer y luego los coronaron con láureas de olivo por una vida juntos feliz y cristiana. Por vez primera Beltrán notó en la jovencita de piel pecosa, nariz respingona y rizos dorados, un halo de felicidad. La abrazó con ternura cuando la felicitó por su decisión de dejarlos, y la noruega derramó unas lágrimas. ¿Había acertado en abandonarlos con tan extraño compañero de viaje? ¿Sentía en verdad algo por él? ¿Lo hacía por despecho hacia Sina, que sólo tenía ojos para la princesa?

Sin embargo, la fiesta le guardaba a Sina una sorpresa mayúscula. En un momento de jolgorio, Sorel le hizo un aparte simulando un brindis. Imprevistamente el francés adoptó un tono grave y le murmuró al oído algo vagamente inteligible que dejó sin habla al castellano:

—*Magister* Sina, he depositado en vuestra faltriquera un mensaje para don Alfonso, que sólo él entenderá. Entregádselo en mano, lo aguarda impaciente.

Beltrán lo miró confuso, pero recordó al instante las palabras del obispo don García el día en que el rey les encomendó la misión en Toledo: «Os haré llegar mis recados, disimulados como jugadas de ajedrez; y utilizaré el conducto habitual, alteza».

—¿Sois vos el agente de don García?

—Y también del arzobispo Arnoldo de Tréveris —respondió lacónico—. He cumplido mi misión, cumplid vos con la vuestra y no lo comentéis con nadie.

La sorprendente respuesta del falso trovador lo dejó atónito.

—Antes de iros os quiero hacer una pregunta, Sorel —apuntó—. ¿Amáis realmente a esa ingenua chiquilla, o es una estratagema más de vuestro oficio?

—No existe amor sin que uno de los dos amantes sufra o haga sufrir. Deberíais saberlo por experiencia —dijo irónico—. La respetaré, no receléis de mí.

Dándole la espalda lo dejó confuso y sin poder replicarle.

La pareja desapareció por el camino de Foix, abrazados y con una buena cantidad de plata que la princesa les regaló. Beltrán sintió congoja al ver desaparecer la frágil figura de la normanda y al nuevo e imprevisto actor de la comedia escrita por su rey. «Ya no volveré a verla jamás», se dijo. Luego se retiró cavilando sobre el enigma del encargo.

«¿Se habrá desligado de Cristina, despechada por mi desinterés? ¡Pobre niña! La compadezco, pues temo que le espera una vida errante de sinsabores.»

Acuciado por la curiosidad se dirigió a la carreta donde guardaba sus pertenencias. ¿Qué poderosa prueba aportaba? Acercó un farol y escarbó nervioso entre sus útiles de escribanía, y allí, atado con un bramante lacrado, sin sellar y sin firma alguna estampada, se hallaba un trozo de vitela de color azafranado. La examinó con sus ojos perplejos y se preguntó: «¿Qué diantre ocultará? ¿Será de fiar ese enigmático rimador? ¿Corre mi señor peligro inminente de perder la Corona del Imperio?».

Se acostó ensimismado en sus cavilaciones. Debía ocultar el

mensaje, y experimentó un inexplicable cosquilleo en el estómago.

No había hablado con nadie del mensaje, ni tan siquiera con Ferrán, pues las advertencias de Romé de Sorel habían sido claras y tajantes. Los carros avanzaban dejando atrás aldeas amuralladas, ríos nevados y castillos acurrucados en los roquedales, mientras todos permanecían atentos a peligros impredecibles. Cristina comenzó a quejarse de una punzada intensa en un oído, y Beltrán, solícito, le preparó un calmante que aminoró su dolor.

Aquella tarde, una de las mulas, que parecía haber olido alguna alimaña, se alzó furiosamente sobre los cascos delanteros y se revolcó patas arriba quebrándose el cuello y derribando los equipajes. Los mozos se metieron hasta las rodillas en un cieno fangoso, y mientras los incorporaban en medio de un fárrago de latigazos y griteríos, el Inglés dio la orden a sus jinetes y a los escoltas del rey Luis de batir los rayanos de Miraval, pues se escuchaban aullidos de lobos en sus lomas nevadas. El olor de las caballerías y de las viñas, su manjar predilecto, los atraían como la miel al tábano.

La columna se quedó momentáneamente desprotegida y sólo unos piqueros la defendían. De repente, en la confluencia de caminos, observaron a una partida de soldados malheridos que se arrastraban con dificultad. Algunos se apoyaban en muletas, otros proferían quejidos de dolor con los brazos en cabestrillo y los más llevaban las cabezas vendadas. Las sangrantes evidencias de su valor conmovieron al cortejo y en especial a Cristina. Parecía un ejército vencido que lucía con honor las cicatrices de la batalla. No tenían aspecto de bravucones y estaban exhaustos y sedientos. Varios peones armados y algunos muleros se les acercaron. El arzobispo envió a fray Simón y a dos lanceros para averiguar sus intenciones.

—¡Apiadaos de nosotros por la sangre de Cristo, hermano! —rogó quejumbroso el jefe que hablaba en francés e italiano—. Sólo queremos comida, por caridad.

—¿De dónde venís? ¿Quiénes sois? —se interesó el fraile sin dejar de observar a la derrotada banda de guerreros.

—Somos lo que queda de la compañía del condotiero pisano Galleazzo Albertini. Hemos combatido en el Milanesado y en Lombardía en las luchas entre los güelfos y los gibelinos antipapistas —contó—. O se ponen de acuerdo el candidato inglés y el español, o Italia entera y el Imperio arderán por los cuatro costados. ¡Dios nos ampare, *pater*!

Su desgracia conmovió a los eclesiásticos y a las damas.

—¡Piden limosna y están malheridos, ilustrísima! —gritó fray Simón.

—Sus heridas infunden misericordia —observó Cristina—. Ayudémosles.

Pero no bien hubo pronunciado estas palabras cuando el que parecía el cabecilla extrajo de su raída capa un sable reluciente, y con una violencia hiriente la hundió levemente en el cuello del obeso dominico, conminando a los peones a que depusieran las armas, y a las damas, a que llenaran una bolsa con los maravedíes, escudos, collares, anillos y medallones que portaban. Otro de los secuaces se despojó de sus falsas vendas tintadas con colorante y amenazó con sacarles las tripas a los dos prelados, si no les entregaban las joyas, las cruces pectorales y el viático. Un miedo cerval se apoderó de la comitiva y Beltrán empujó a la princesa hacia el carruaje, advirtiéndole:

—Señora, en modo alguno declaréis vuestra identidad. Entregadles algunas fruslerías sin rechistar. No habléis. Están acostumbrados a saquear e incendiar ciudades y no se detendrán ante ninguna vileza. Los ballesteros franceses, Ivar y Leep no tardarán en regresar.

Mientras tanto, como si hiciera una bufonada, Gudleik tuvo la valentía de hacer sonar el cuerno de órdenes, mientras soltaba risotadas, componiendo cabriolas y saltos alocados, como si aplaudiera la acción de los mercenarios. De un modo brutal, uno de los falsos soldados le propinó un golpe con el pomo de la espada y el bufón cayó al suelo sin sentido, como un fardo. La brutal acción provocó en los viajeros un pavor indescriptible, mientras Cristina besaba atemorizada su cruz y la runa blanca.

Los espurios combatientes desarmaron el baúl de la princesa y rasgaron algunos vestidos para quedarse con las perlas y bordados, pero no encontraron el arcón con las monedas de la dote, que se hallaba en un falso fondo del carruaje. Beltrán pensó que la hueste que los protegía, que andaba cazando lobos, necesariamente habría oído el breve, pero destemplado aviso de Gudleik. Pero el tiempo pasaba y los asaltantes seguían inmersos como aves de rapiña en el saqueo, reventando arcas y alforjas. Eran gente de la más baja hez, capaces de las peores tropelías, y entre gritos y patadas ensordecían la atmósfera, entregados a la rapiña.

—¡Parece el tesoro de un Papa! —gritó el jefe—. Cojamos nuestra limosna.

Súbitamente el trote de unos caballos atronó el espacio y una nube de polvo surgió en la retaguardia, ocultando el horizonte. La saeta de una ballesta francesa silbó en el aire y encontró la carne blanda del cuello del desalmado que apilaba el botín, clavando su cabeza ensangrentada en el carruaje de los eclesiásticos. El miserable quedó con los ojos abiertos en una mueca espantable. Los matones se miraron con expresión desconcertada, quedándose pávidos y sin saber qué hacer.

—¡Son arqueros del rey, huyamos a la ciénaga! —gritó el capitán.

Blasfemando improperios escaparon precipitadamente hacia el impenetrable lodazal del bosque, aunque cayeron varios en la huida, atravesados por las saetas de los arqueros noruegos y franceses. Asistieron al dominico que sollozaba como un niño y al bufón Gudleik, cuyos cabellos parecían más erizados que de costumbre. Cristina le besó la frente, pues su osada audacia de hacer sonar el cuerno los había salvado de males mayores. Engleson aprovechó la ocasión para zaherir al arzobispo.

—¿Qué diferencia hay entre morir en el mar o en estos caminos infectos, señor arzobispo? El rey sabrá de vuestros despóticos antojos.

—Una cosa es perecer por el albur de la vida, Ivar, y otra muy distinta por un beso de Judas. Y habéis desobedecido al capitán Leep no apostando centinelas en el sendero. —Lo fulminó con la mirada—. ¡Vuestra es la culpa!

Muy pocos adivinaron el significado exacto de las palabras de Hamar, pero las facciones del *jarl* se enrojecieron de cólera. Beltrán, que no le quitaba ojo y espiaba todos sus movimientos, se percató de que Ivar tapaba el rostro y los brazos del jefe de los bandoleros con su sanguinolenta capa. ¿A qué se debía aquel rasgo de piedad cristiana, de la que carecía? Sina esperó y se rezagó a propósito.

Apartó la sucia capa que cubría el cadáver y dirigió su mirada al cuello del bandido. Un conocido tatuaje brillaba entre la sangre: un círculo y un ala, la de Odín. El corazón le dio un vuelco. ¿Hasta allí llegaba su larga mano de maldad y traición? Disimuladamente se lo comunicó a don Suero, y éste a Hamar.

Cariacontecidos siguieron el camino y dejaron los cadáveres de los asaltantes y el de la mula sin enterrar para que fueran pasto de los buitres y los lobos.

El hastío y los enfrentamientos los habían desposeído de la piedad.

Al fin, tras tres semanas de marcha, manos magulladas, peligros, lluvias, frío y cansancio, divisaron los torreones y campanarios de Narbona. Una liberadora emoción invadió a los viajeros. Cristina seguía sin pegar ojo y sufría con su oído, que le destilaba un líquido viscoso. Beltrán le compuso un óleo tibio con aceite y hierbas maceradas de tomillo, manzanilla y romero que la aliviaron. La frontera de Aragón estaba al otro lado, a sólo dos días de camino, y se aproximaba la conclusión de las penosas marchas. La ciudad desplegó en honor de Cristina banderolas y pendones, y tras ser recibida por la vecindad entera, se hospedaron en el palacio arzobispal, contiguo a su afamada catedral de torres desmochadas.

Tras la acción de gracias, que entonaron en la iglesia de Saint-Serge, el vizconde los honró con un espléndido banquete, que sus cansados cuerpos agradecieron. El calor de los hogares, el oloroso vino narbonense, los juegos con los que fueron agasajados, la buena cocina salida de los fogones y albañares, recompusieron sus maltrechos ánimos, hasta que de nuevo, tras el rezo de maitines, resonó el cuerno de órdenes anunciando la marcha. La caravana reemprendió el camino hacia Perpiñán, mientras caía sobre el castillo almenado una fina lluvia.

A media tarde armaron el campamento y dispusieron los puestos de vigía en un idílico paisaje en la orilla del Agly. Las ascuas se avivaban al capricho del viento, mientras saboreaban un delicioso vino de Château-Neuf con perniles de cordero y jabalí, regalos de la ciudad. En tanto el bufón narraba alrededor del fuego nocturno una antiquísima historia sobre Asgard, el castillo construido por los gigantes donde se albergaban los dioses nórdicos, se oyó un brusco «¡Alto!, ¿quién va?», sonidos de espadas y voces amenazantes de los vigías. Tres hombres encapuchados, que habían aparecido inesperadamente tras un marjal, contestaron a una:

—¡Sea ensalzado el señor Santiago! Somos peregrinos y gente de paz.

Avanzaron en silencio, y los guardias, tras confirmar que eran romeros camino de la tumba del Apóstol, le franquearon la entrada. Siguieron a unos arqueros hacia el pabellón que ocupaban los prelados, envueltos los rostros en cogullas pardas. Beltrán, que se quitaba el frío junto a Gudleik pegado a la lumbre, los observó intensamente, temiendo una visita inoportuna, o una nueva celada parecida a la de los salteadores de caminos.

Los reflejos del crepúsculo le dificultaban la visión, pero se fijó en el más corpulento que asía con su mano un bordón de encina. Sin embargo, notó que bajo sus hábitos jacobinos ocultaban armas. De repente un escalofrío le corrió por la espalda. Aquel andar agresivo y la mirada inexpresiva y gélida le eran familiares, pero su mente se negaba a creer lo que ocultaba la inquietante aparición. ¿Vagaban en verdad desorientados?

«¡No puede ser, ha vuelto! ¿Para qué?», dijo para sí Beltrán.

Un fantasma del pasado había regresado inesperadamente, aunque ignoraba con qué ocultos designios.

Falsos peregrinos

Un hermoso plenilunio, de un blanco pálido, rielaba en la noche.

Los peregrinos se acercaron de una forma lenta y reservada, y los arqueros de Leep tomaron medidas recordando el funesto episodio de los mercenarios. El más fornido de los tres se despojó de la capucha de estameña y los noruegos descubrieron ante sus ojos la figura de un hombre al que temían y a la vez admiraban.

—¡Frey Hermann! ¿Vos aquí? —se extrañó Lodin.

Von Drakensberg apretó su mano con gesto marcial, saludó a los caballeros y abrazó con amistosa camaradería a Beltrán.

—Comendador, sois una fuente inagotable de sorpresas —se congratuló—. Sabía que nuestros caminos se encontrarían alguna vez, y lo celebro.

—Mis promesas y un Imperio anárquico y huérfano lo han propiciado. ¿Recordáis al hermano comendador Manfred von Maurer y al escudero Sibrand?

—Sí, claro. Bienvenidos, hermanos. Calentaos y comed algo.

Los caballeros alemanes lucían bajo sus toscas vestiduras las aureolas de su Orden. Adivinaron por su equipaje el carácter de urgencia, señal de que iban de paso, pero su presencia estaba más allá de los limitados alcances de sus entendederas. Los caballeros noruegos, que habían aprendido el arte de la guerra con él, celebraron que se encontrara entre ellos, aunque ninguno cometió la descortesía de preguntarle a qué se debía su encuentro. Von Drakensberg fue invitado a entrar en la carpa de Hamar y Ferrán, quienes se quedaron desconcertados ante tan inesperada aparición.

—La paz sea con vos —dijo el arzobispo—. ¿Qué os trae por aquí, *messire*? Vuestra presencia nos causa satisfacción y sorpresa a la vez.

—Sigo purgando mi culpa y vengo a rezar ante la tumba del señor Santiago —reveló—. Visitaré el santuario del Hijo del Trueno en Galicia, y luego ofreceré mis respetos a vuestro monarca don Alfonso. Su dura lucha por alcanzar la Corona germana tal vez precise del apoyo de mi Orden en esta hora confusa.

Su declaración no podía ser más contundente. La nominación imperial era una astilla clavada en el corazón del caballero. Con gesto conmovido, agradeció las muestras de hospitalidad y compartió su condumio. Luego se reunió a conversar con Sina que contemplaba las vacilantes llamas de la hoguera que bailaban al capricho de la brisa. Hablaron de los avatares del camino y de los electores que disimulaban con engaño su voto.

—Frey Hermann, sabemos que la causa de don Alfonso se debilita, y hasta el soberano de Francia se muestra pesimista —le refirió—. Quiero preguntaros en nombre de Dios, ¿obedece vuestra visita aquí al asunto imperial?

La atmósfera de cordialidad se cargó de improviso de sospechas.

—Aparte de peregrinar a Compostela desearía cumplimentar a vuestro rey. ¿Vos o don Suero podríais concertarme una entrevista con su alteza? Sería el hombre más feliz de la tierra si me permitiera retarle a una partida de ajedrez en su famoso tablero Paladión, el paradigma de los ajedrecistas.

Beltrán puso en el tono de su voz un acento de sinceridad, y como sabía que tenía ganada su confianza, preguntó como si se exculpara:

—¿Queréis verlo por mandato de vuestra Orden, o del capítulo de la Cúpula del Mundo, o es un deseo personal? —preguntó.

En la fría mirada del germano zigzagueó un centelleo de alarma. ¿En qué momento su amigo Sina había pasado de la cordura al atrevimiento en un tema conocido por muy pocos elegidos en el mundo? No obstante notó en su pregunta un acento de honestidad, y le replicó con deferencia:

—¿Qué sabéis vos de la *Cupula Mundi*?

—Poco o nada —afirmó Beltrán—. Pero corre el rumor en las cancillerías que una alta jerarquía universal proyecta un vasto plan. Y también que tras él andan los hurones del Papa, por su índole secreta. Es cuanto sé.

Las inseguras palabras de Sina tranquilizaron a Drakensberg.

—¡Zorros hambrientos de poder, esos clérigos romanos! Sólo son rumores aventados por los enemigos de Dios. Roma se ha convertido en una cloaca dirigida por avarientos sibaritas y promiscuos clérigos que han olvidado el mensaje de Cristo. Nosotros sólo queremos el orden en un sufriente mundo.

Sina asintió sabiamente, pero respondió alzando los ojos:

—No os molestéis. Únicamente nos preocupa el empeño de mi rey.

Drakensberg, tras exteriorizar su cansancio, se despidió con una mueca altiva. Quedaba claro que una fuerza poderosa los unía y que ambos, por distintos modos, defenderían el derecho de don Alfonso con ardor. Pero ¿podían fiarse de una persona solitaria y amargada y de un proyecto tan oscuro como impenetrable? La figura del germano, iluminada por las lumbres, se enmarcó fantasmagórica en las arboledas.

«Su sombra es tan misteriosa como las razones por las que ha regresado», reflexionó Sina. O, ¿acaso semejante aparición no era lo bastante rara como para ser considerada como inusitada? ¿Se conocerían al fin las intenciones de la Cúpula del Mundo y los enigmas que ocultaba el germano?

El fuego palidecía y las luciérnagas seguían revoloteando sobre las llamas en una danza frenética. Una luminaria semejante a un alfanje mongol rasgó con su blancura el firmamento.

Al salvar la raya de Aragón, el paisaje refulgió de claridad.

Con un firmamento vacío de nubes, la comitiva se cruzó con una partida de mercaderes catalanes que se dirigían hacían Provenza, que le auguraron frío, pero cielos límpidos. Serpentearon por laderas salpicadas de torrenteras que tenían como contrapunto las gigantescas crestas de los Pirineos. La princesa nórdica, que percibía el nuevo mundo con la inocencia de una niña, comprendió de golpe lo que significaba la infinitud de la luz, que duraba desde el canto del gallo hasta la vigilia.

Se sorprendía cada mañana al gozar del sol imperioso de Aragón, y descubrió que la luminosidad del reino del sur se desparramaba por la infinita bóveda celeste, azul como su mirada. En aquella parte del orbe sus rayos no se desfiguraban como en Noruega. No obstante, conforme se acercaba a su destino, su alma se desasosegaba, pues era llegado el momento de elegir esposo y enfrentarse a su nueva vida. «¿Qué impresión causaré? ¿Me aguarda la felicidad o la desventura? —pensaba en su ansiedad—. Sé que soy un peón más en un juego entre reyes, pero ¿tenía otra opción?»

El rey de Aragón, don Jaime I, suegro de Alfonso, la agasajó de un modo extraordinario e incluso, como estaba viudo, le ofreció formalmente convertirse en su esposa, pero la princesa y los legados declinaron gentilmente la petición y abandonaron muy honrados el reino. Al arribar a Castilla bandadas de palomas torcaces desplegaron sus vuelos por los cielos de Soria. Frey Hermann y sus hermanos optaron por tomar el camino de Compostela, y se despidieron hasta la primavera.

—¡Cumpliré mi palabra, por santa María! —les aseguró—. Id con Dios.

—Os prometo que veréis al rey don Alfonso —manifestó Ferrán.

El caballero de negra capa adoptó el más misterioso de los tonos.

—Que no os sorprenda si él toma la iniciativa, micer Ferrán. Es posible que vuestro rey desee verme, tanto como yo a él —dijo enigmático.

Faltaban pocos días para encontrarse con el rey y la expresión de *dame* Cristina era de vacilación.

Y su mente seguía torturada por las dudas y los recelos.

La llegada de la princesa había adquirido un aire casi mítico.

Gentes de toda condición aguardaban a Cristina de Noruega y a su séquito, entre repiques de campanas. Faltaban sólo dos noches para la Natividad del Salvador y tentadores efluvios a hogar surgían de todas las chimeneas. Los campesinos se arremolinaban para conocerla aguantando la nieve y la lluvia, pues la antecedía una aureola de leyenda. La antevíspera de la Navidad del año del Señor de 1257 el frío había adormecido la naturaleza. Los ventisqueros aullaban a sus espaldas y la princesa sufrió grandes incomodidades y terribles dolores en su oído enfermo, que tenía hondamente preocupado a Beltrán Sina. Los caminos habían desaparecido y mulas y caballos perdían las herraduras en las pedregosas sendas, que quedaban sembradas de cadáveres de caballerías derrengadas. Cristina se abrigó en un capote de pieles, mientras veía cómo la comitiva nórdica cumplía su última jornada de camino, con las fuerzas agotadas.

Soria, la primera ciudad castellana a la que arribarían, se había echado a la calle, abandonando braseros y jergones para recibir a la Doncella de las Brumas, que fue recibida por el hermanastro del rey, don Luis de Ponthieu, hijo de su segunda esposa, y por el anciano obispo de Astorga, quienes les presentaron sus respetos, quedando rendidos ante la belleza, saber y discreción de Cristina.

—Felizmente os halláis con nosotros, señora. En nombre de don Alfonso, sed bienvenida a Castilla —la recibió don Luis besando su mano.

—Gracias, señor. Estoy en gratitud eterna con el Altísimo por hallarme al fin en el reino más hospitalario de la cristiandad —señaló, para luego Ferrán hacer el honor de las presentaciones de los embajadores noruegos.

La sonrisa de Cristina se ensanchó y sus ojos azules se iluminaron. Beltrán cruzó con la princesa una mirada de connivencia, comprobando que se mostraba más complacida y repuesta de sus dolencias. Ella asintió al *magister* con un cálido gesto, pues había depositado su intimidad en el cortesano que le había infundido ánimos para enfrentarse a su destino. Ferrán y Sina se retiraron a sus estancias. Estaban cansados y sus mentes razonaban con dificultad. Después de una frugal cena en el refectorio del cenobio real, el obispo tomó del brazo a Sina, confesándole:

—Justo un año y cinco meses fuera de Castilla, Beltrán. Añoraba respirar este aire seco y por Dios vivo que creía que nunca volvería a olerlo. —Dejó flotar una sonrisa de placer en su rostro griego.

—Este viaje ha sido la experiencia más irreemplazable de mi vida, ilustrísima.

En un asalto de confianza, el obispo don Suero le susurró afable:

—¿Acaso echarás de menos la cercanía de Cristina? No me ha pasado inadvertida la armonía de vuestras pláticas.

Una señal de alarma corrió por el cerebro de Sina. Parecía vencido y resignado, y apenó al obispo.

—Monseñor Ferrán —contestó sosteniéndole la mirada—, es cierto que la princesa me ha honrado con su confianza y yo me confieso su devoto servidor, pero os aseguro que sé cuál es mi lugar y no defraudaré a mi rey y señor.

—No sé si habla tu corazón o tu mente, pero espero que así sea. Sé que eres un hombre discreto, prudente, reservado y digno de toda confianza. Los rescoldos del amor suelen ser muy fuertes, y ese ángel te puede desposeer de todo —le recomendó y le golpeó el hombro en muestra de amistad—. Mira bien lo que haces, o desatarás la ira de los poderosos, que no suelen ser misericordiosos con los de otra casta, aunque sean sabios, si intentan escalar su posición y hacerse iguales.

Se detuvieron ante sus celdas, y antes de despedirse, Ferrán insinuó:

—Me pregunto, Beltrán, si seguirá todo igual para don Alfonso. Los nobles castellanos no soportarán por más tiempo la sangría del tesoro por causa del Imperio. Me da la impresión que soplan malos vientos.

—Y a mí, que un hilo invisible lo ahoga, monseñor. Don Alfonso no podrá aguantar esa tensión por mucho tiempo. No conocer quién es el que en verdad lo traiciona impidiendo su elección imperial, resulta muy duro. Pronto lo sabremos. O si no, ¿por qué ha regresado frey Hermann? ¿Creéis que ha sido casual? O el teutón es un consumado embustero, o ese hombre posee la clave de este embrollo. Nos aguardan meses de sorpresas —contestó Sina, sin ignorar el misterioso mensaje del ajedrez que llevaba oculto en su zurrón.

—Cuando arribemos a Burgos hemos de escribir una carta al rey. Ha de saber sobre la llegada de Von Drakensberg y del asunto de los noruegos desleales.

—¿Aún creéis que Bosso y el Inglés intentarán algo?

—No les va a dar tiempo. Hamar los ha puesto en evidencia y andan con el rabo entre las piernas —replicó Ferrán—. Muy pronto se hará justicia, y tú lo verás con tus propios ojos.

—Esos dos hijos de perra están lastrados por muchos miedos y por una insana codicia de poder. Merecen un castigo justo.

—Mañana mismo los juzgará el arzobispo, aunque ellos no lo saben —manifestó don Suero con circunspección.

—Ha llegado el día de la ira. «La justicia es mía», dice el Señor. Desde que llegamos a Noruega no dejaron de conspirar a favor de Ricardo de Cornualles, de cometer deslealtades con su rey y de espiarnos y afligirnos —comentó Sina—. Y ya sabéis, monseñor, mantengo que tuvieron algo que ver en la muerte del príncipe.

—Qué cierto es que no existe paraíso sin infierno. Y ese Ivar es un monstruo del Averno. Pensaba que iba a recibir de Ricardo oro y honores a espuertas, y mañana será juzgado por traidor.

Había cesado la nevisca. La luna danzaba por el cielo como una esfera de luz, espejeando el ámbar negro del firmamento castellano y la blanca envoltura de los campos. Sobre sus cabezas sonó la campanilla, invitando al rezo de vísperas. El frío de la tarde hizo estremecer al *magister*. El rumor de los pasos de las monjas, el roce de las sandalias de cuero y de los hábitos deslizándose por el suelo, estimuló sus deseos de echarse sobre la yacija. Cuando apagó el pabilo con sus dedos, a Beltrán le llegó un olor a cera, cirios, misales y ropas sacras, y con él, el complaciente recuerdo de Cristina.

Con el canto de las oraciones canónicas se adormeció, hasta que en las tempranas horas del alba la campana convocó al claustro al oficio de laudes. Beltrán no deseaba alabar a Dios, sino dormir y escapar de la realidad.

En manos de Dios

Hamar había decidido resolver el asunto de los espías noruegos cuanto antes.

Convocó el consejo privado de sus compatriotas, donde nadie estaba al corriente de la causa, salvo Ferrán, aunque Bosso y Engleson maliciaban algo. El arzobispo había guardado el asunto con prudente juicio, pero era llegado el momento de desbaratar los tortuosos planes de los traidores. Y pensaba resolverlo con determinación antes de presentarse ante el rey de Castilla para no provocar su justa ira. Su semblante mostraba una furia callada que, quienes lo conocían, sabían que era preludio de desgracias para alguien.

Se aclaró la garganta con vino antes de desahogarse.

Monseñor Hamar recibió a los legados noruegos y a los dos intrigantes caballeros en el refectorio del convento, con el reproche silencioso de su mirada. Un extremado sentido de la justicia guiaba todos los órdenes de su vida. Ivar y su cómplice Bosso entraron con altivez, aunque inseguros, pues los habían desarmado al entrar, con la excusa de estar en un recinto sagrado. El arzobispo, con su voz tonante, fue presentando una a una las flagrantes pruebas de su deslealtad, desde que comenzaran sus contactos con el trono inglés, años atrás, hasta su llegada a París. No omitió ni uno solo de los cargos, e incluso mencionó que, para debilitar a la Corona de Noruega, habían conspirado contra el rey Haakón y su heredero. No rebatieron ni una sola de las imputaciones, antes bien, comenzaron a temblar, pues ya se veían colgando de una soga.

Temblorosos, adoptaron una actitud dócil, atrapados por el miedo y la deshonra. Habían sido desenmascarados y no hallaron nada que los exculpara. Miraron la puerta con idea de escapar, pero observaron a diez arqueros de Leep guardando la salida.

—Sólo el furor que siento es comparable a los perjuicios que habéis infligido a nuestra embajada y a Cristina, a la que decís que amáis —acusó tonante *messire* Hamar—. Los secretos de la falsedad se pueden acallar, pero no exculpar, ni dejar sin castigo. Creció nuestra sospecha cuando erais visitados en Noruega por agentes del rey inglés, y al aparecer quebrada la insignia castellana. Desde entonces hemos pisado vuestros talones, pérfidos desleales al rey, y espiado uno a uno los movimientos de ese grupo de fanáticos canallas que os hacéis llamar «los Jinetes de Odín». Acreedores en oscuros beneficios, sabemos de vuestros contactos en Yarmouth y cuanto se habló en el prostíbulo de La Diadema de Morgana, así como la cita en París con el corsario Basker el Danés, otro esbirro de esa banda de desalmados.

Con estos dos testimonios se dieron por perdidos. Ivar y Bosso se miraron aterrados e incrédulos, e incluso se cubrieron con sus pieles para ocultar el signo que los inculpaba. ¿Tenía agentes hasta en el aire?

—La ambición del oro os dominó —siguió acusándolos—, y nubló vuestros viles entendimientos que os han convertido en indignos vasallos de Haakón Håkonardottir IV. Y no son palabras altisonantes, sino hechos irrefutables con testigos presenciales, noruegos y castellanos, que han testificado ante los Evangelios. No lo neguéis, pues si no decís la verdad avergonzaréis al mismo Satanás y vuestras respuestas adquirirán además el peso de la cobardía.

Escupió las siguientes palabras como si fueran una maldición:

—Habéis de saber que este consejo, instituido en tribunal en nombre de nuestro señor, ya ha decidido vuestra suerte, aunque con excesiva compasión. Mereceríais ser llevados a la Corte de Castilla cargados de cadenas y pagar en el cadalso con vuestra probada felonía. Sin embargo, por vuestra sangre noble del *jarl* del reino de San Olau, hemos decidido dejar vuestro destino en manos de Dios.

Pasaron unos instantes de hondo silencio y también de vergüenza, pero se les imponía una realidad urgente de la que no podían sustraerse.

—¡Aceptamos vuestra condena! —accedió Ivar, ignorante de la prueba, y su voz sonó sin fuerza, pegajosa, arrastrada—, pero nuestros hermanos jinetes nos vengarán en Noruega.

—¿Vengaros? —rió—. Vos sois el cabecilla, y sin su jefe nada osarán hacer. Además, muchos de ellos, después de nuestra partida, fueron apresados y ejecutados. El mal ha sido extirpado desde la raíz, señor.

—Entonces que nos venguen nuestros descendientes. ¡Aceptamos!

Aquellas palabras sonaron como un atabal de batalla. Hamar sacudió colérico la cabeza. No podía soportar tanta cobardía.

—Lo celebro, indignos hijos de Noruega, y os aseguro que es una salida decorosa. Ésta es nuestra determinación: seréis desterrados de por vida de nuestros reinos y saldréis de aquí por vuestra voluntad antes de ponerse el sol. Os alistaréis como cruzados en la expedición a Rodas con los caballeros hospitalarios de San Juan, que zarparán desde Marsella antes de un mes; y que sea el cielo el que decida vuestro albur, si la vida, o la muerte luchando contra el infiel, una penitencia que borrará vuestros pecados. De modo que si preferís seguir en el séquito, os aguarda un fin infamante; si partir a

Tierra Santa, el exilio de por vida y quizá el perdón del Altísimo.

—Que decida la voluntad divina. Pero no os mostréis tan severo, arzobispo, pues ha sido el Maligno el que nos ha acosado para caer en sus trampas —repuso Ivar avergonzado reconociendo su deslealtad—. Vos no sabéis qué se siente al sufrir el descrédito y el desprecio del rey Haakón y su altiva hija. Al menos el inglés nos ofrecía su amistad y protección.

En un tono sin inflexiones, Hamar lo escrutó y exclamó:

—Y también sus dineros. ¡Pues idos con él al infierno! La máscara más abominable de la maldad es la de aparentar sumisión sin sentirla. Además, pagaréis con los tormentos del infierno los atropellos y asesinatos que cometisteis en Noruega en nombre de Odín, herejes del diablo. ¡Así que quitaos de mi vista y partid sin dilación!

Los dos miserables se estremecieron al verlo enfurecido y callaron. Ivar y Bosso personificaban el principio y el fin de la abominable compañía de «los Jinetes de Odín», que tantos quebraderos de cabeza habían proporcionado al bondadoso monseñor Hamar. ¿Qué hombre inocente soportaría tal tempestad de cargos? Los dos hombres se derrumbaron, con sus miradas bajas y temblando para salvar el pellejo, aunque sabían que renunciaban para siempre a sus posesiones de Noruega, que serían confiscadas.

Con la mirada pensativa, Hamar se incorporó del sitial, dándoles la espalda. Era hombre compasivo y aquella determinación lo había liberado.

Ivar Engleson el Inglés y Thorleik Bosso se callaron e inclinaron la cabeza. Habían salvado el pellejo, aunque se encaminaban al exilio. No habían salido muy malparados tras conocerse su deslealtad y la actividad delictiva de sus jinetes. No pudieron soportar las miradas de desprecio de sus compatriotas, pues delataban el más infamante de los baldones: la deserción de los de su sangre. Aquella misma tarde abandonaron el claustro con sus escuderos, camino de Francia, sin saber quiénes los habían acusado de su delito de alta traición.

Cuando Hamar se lo participó a Ferrán, éste afirmó con severidad:

—Que Dios exculpe su nefanda acción y que junto al Santo Sepulcro de Jerusalén se reconcilien con el Creador, pero purgando sus faltas. Aunque mucho me temo que la penitencia sea inútil —insinuó Ferrán.

—¡Espero que el diablo les devuelva lo suyo! Golpe por golpe, Suero.

Tan lamentable suceso entristeció a *dame* Cristina, que prefirió no salir de sus aposentos. Consideraba el incidente tan desdichado, que retumbaba en su cabeza y llenaba el espacio de aversión y tristeza.

«Que el Altísimo ejecute una venganza ejemplar», musitó.

El criado de Ferrán lo llamó con destemplanza, y Sina rezongó.

Las severas aristas del monasterio de las Huelgas Reales apenas si se distinguían. Ni el exiguo sol invernal que penetraba en las penumbras de la celda de huéspedes, ni la pródiga chimenea donde ardían troncos de sauce, calentaban al soñoliento *magister*. Un lienzo de nieve caído durante la noche cubría las orillas del Arlanzón, los torreones del castillo roquero de Burgos y los arbotantes blancos de la nueva catedral. Presurosas nubes negras empañaban el firmamento, asomadas a las colinas de Cardeña.

—¡Beltrán, despabílate! El correo del obispo don Mauricio aguarda en la puerta de San Esteban para trasladárselo al rey. ¡Vamos, te lo ruego!

—La cabeza va a estallarme. Ruego a su ilustrísima que no grite.

—Si no te hubieras bebido media arroba de Cariñena, tu lengua callaría. Nunca te he visto tan perezoso, Beltrán. Es algo confidencial.

Sina se acomodó a regañadientes en la mesa con la mirada turbia. Metió sus manos frías entre un revoltijo de cálamos y vitelas, mientras las palabras comenzaron a manar de la boca de Ferrán con su versátil elocuencia. Beltrán escribió lo que le dictaba, pero las llamas de un flamero cuajado de velas jugueteaban trémulamente, por lo que tenía que hacerlo con lentitud. Arañaba el pergamino con su caligrafía sajona y sumergía a ratos la pluma en el tintero de la escribanía.

✝

Clarisssimus Rex Romanorum, dominus Adefonsus: Gratia et Pax tecum.

Mi augusto soberano:

Aún no he tenido tiempo para ordenar mis ideas, pero resulta indispensable para vuestro conocimiento que conozcáis algunos hechos relacionados con la embajada, antes de que os sea entregada la princesa Cristina por *messire* Peter Hamar. Desde la última carta que os envié desde Narbona han ocurrido algunos hechos, si no alarmantes, sí dignos de que los conozcáis, pues inexcusablemente sus cabos concluyen en una misma madeja: vuestra elección como emperador de romanos. Según vuestro tío abuelo, el rey Luis de Francia, los electores imperiales están sopesando vuestras fuerzas. Sostiene que tratan de dejar el trono vacante la mayor parte del tiempo posible, aunque os alienta a mantener vuestra obligación sagrada a ceñiros la Corona imperial, a pesar del emboscado que pretende dañar vuestras legítimas aspiraciones, y que ha desencadenado todo género de especulaciones. ¿Será el obispo Gerardo, quizá el margrave, o tal vez vuestro primo, el rey Otakar de Bohemia? Uno de los tres miente.

Luis IX nos advirtió que el papa Alejandro, al que aqueja una cruel enfermedad, es favorable a vuestra candidatura, y que debíais precipitar los acontecimientos, ya que no se fía de la presencia española en las repúblicas italianas y del peligroso crecimiento del poder gibelino. Cree fundamental que os trasladéis a tierras del Imperio para afrontar el problema y demostrar la pureza de vuestras pretensiones.

Sin embargo, nuestras circunstancias mejoran con una alianza inesperada, que bien puede desequilibrar el fiel de la balanza a vuestro favor. Durante nuestra estancia en el reino de Noruega tomamos contacto casual con un misterioso monje guerrero, comendador de la Orden Teutónica de Santa María de Jerusalén. Su nombre es frey Hermann von Drakensberg, que según Hamar pertenece al capítulo secreto de la Hermandad de la Cúpula del Mundo o Tría Áurea, un grupo de elegidos dentro del más alto rango de la Orden y de otros credos religiosos. ¿Sabe vuestra alteza algo de este poderoso capítulo de jerarcas del mundo?

Estaba al servicio del rey Haakón y hablaba de vos con entusiasmo profético, defendiendo la legitimidad de vuestros empeños. Se mezcló con nosotros e hizo gran amistad con *magister* Sina. Regresó a su encomienda, pero para nuestra sorpresa, al poco de arribar a Aragón, apareció inesperadamente ante nosotros con dos hermanos de su Orden, asegurando que se dirigía a Compostela para cumplir una promesa que libere su alma de la culpa por un delito que cometió.

Me rogó una entrevista con vuestra alteza y también tener el privilegio de batirse con vos en una partida de ajedrez, arte en el que es un consumado maestro. No quiero dar la impresión de que me adelanto a vuestras decisiones, mi prudentísimo soberano, pero lo invité a visitaros, pues posee un talento incisivo, e intuyo que la verdadera misión que le trae a Castilla es la de transmitiros un mensaje personal de su gran maestre, al parecer de extraordinaria importancia para el título imperial.

Aunque me asaltan temores sobre su llegada a Castilla, el monje guerrero asegura que ha de visitar las encomiendas teutónicas de Mota y Benafarces, erigidas en tiempos de vuestro padre, el rey don Fernando. Después se presentará en Toledo para cumplimentaros. Sus argumentos me convencieron y sé que la admiración hacia vos guía su conducta. Añadiréis un acierto más a los muchos que adornan vuestro talento si lo recibís en privado. Este caballero posee una misteriosa visión de vuestra persona y en un tono vehemente manifestó ante el rey noruego que sois el rey salvífico que puede restaurar la Edad de Oro del Imperio, como pregonó Godofredo de Viterbo, de vuestra sangre y estirpe.

A veces su compostura enfurece y su semblante es de una frialdad gélida, no duda en lanzar insolentes digresiones y hasta se pavonea como un dios nórdico de su fuerza; pero la caballerosidad, la prudencia y la discreción lo acompañan allá donde va. Vuestra cabeza es lo bastante noble como para ceñir los laureles del Imperio, mi señor y rey. Por eso no os olvidamos en nuestros rezos para al fin veros sentado en el trono de Carlomagno.

El asunto de los dos nobles noruegos de los que os envié noticias, y que al parecer fueron sobornados por Ricardo de Cornualles para entorpecer vuestra elección con una acción indigna, ha causado una profunda pena en la princesa Cristina. El Maligno los puso a prueba y sucumbieron a la tentación. Son dos caballeros propensos a la mentira que cometieron excesos y asesinatos contra la Iglesia de Cristo y a quienes el castigo les llegará desde lo alto. Y si en un principio se propusieron instalar en los corazones la misma bilis que consumía los suyos, Dios con su justa ira los aniquilará muy pronto.

Nada se les puede reprochar a ninguno de los enviados castellanos a Noruega; y la labor del maestro Beltrán Sina ha sido providencial, pues ha aliviado el alma de la encantadora princesa Cristina de las nostalgias, mudando su tristeza en contento, además de tener un papel capital en el desenmascaramiento de la perversidad que os he relatado. Superamos todas las penalidades que el Señor puso en nuestro camino, y conocimos un reino, Noruega, y a un soberano, Haakón, enaltecidos por el favor del Creador, que podéis considerar como aliados *in aeternum*.

En las ciudades de Inglaterra y Francia por donde pasamos se nos tributaron grandes honores, pero fue en tierras de vuestro suegro don Jaime I, donde se desbordaron las atenciones.

En Gerona, el recibimiento a la princesa fue apoteósico. El conde Wifredo salió dos millas fuera de la ciudad junto a un séquito, que parecía el de un emperador bizantino. Cristina entró en la ciudad en un caballo blanco, cuyas bridas eran llevadas, una por el conde y la otra por el obispo Borrell. Le ofrecieron grandes agasajos y fastos, y en los torreones y palacios flameaban las enseñas de vuestros reinos y las cuatribarradas de Aragón.

Sin embargo no puedo silenciar como ministro de Dios y consejero vuestro la devoción desmesurada —y hasta yo diría que inclinación morbosa— hacia Cristina, impropia de un soberano tan templado como don Jaime, aunque sólo achacable a sus años, pues ha vivido medio siglo, y al abandono de su viudez. Se encaprichó de la real dama noruega, a la que piropeó y obsequió como un joven galán, y hasta le hizo a *messire* Peter Hamar ofrecimiento de boda. Atribuimos su conducta a la soledad, a la belleza de *dame* Cristina y al impredecible sino del amor, mas no a ninguna argucia política.

El 22 de diciembre atravesamos la frontera de nuestra amada Castilla y arribamos a Soria, donde la recepción fue pródiga en fastuosidad. Hoy, día de la Natividad de Nuestro Señor Jesucristo, nos hallamos en Burgos, y hemos dado las gracias en la nueva catedral maravillados con la fascinante fábrica del maestro Enrique. Dios os premiará a vos y a vuestro padre por tan alta contribución a su gloria.

Descansamos bajo el hospitalario techo del monasterio de las Huelgas, donde vuestra hermana, la abadesa doña Berenguela, nos ha recibido con su proverbial afabilidad. Ha regalado a las damas para el viaje a Palencia mantillas de fina lana bordadas con damascos, sillas de montar para los caballeros noruegos y un palio bordado con hilos de oro para doña Cristina, para que el encuentro con vos resulte auténticamente regio. En unas semanas, Castilla entera apreciará las bondades de este delicado lirio de los valles nórdicos que es la hermosísima hija de Haakón, doncella divertida, y versada en música, francés y poesía de trovadores.

Dama de intimidades, amansa a los hombres con su dulzura. Detesta la arrogancia y demuestra una candidez que desconcierta, y por eso suscita el amor de cuantos la rodean. Pero es su ilustración en las artes —habla el latín a la perfección— la virtud que la convierte en una mujer de rara belleza.

Somos castellanos y por ende hombres de honor, y se cumplió tal como deseabais nuestro azaroso viaje —ya conoce vuestra señoría mi pavor al mar abierto y mis limitaciones por el sofoco—, pero añorábamos el aire de Castilla. Os hemos servido con la mejor de nuestras voluntades y hemos rematado los asuntos como nos los habíais encomendado. Ya sólo deseamos os sea concedida por el Rey de Reyes y Señor de los Ejércitos Celestiales vuestra soberanía como emperador del Sacro Imperio, pues el espíritu del Dios camina a vuestro lado.

Dies Nativitatis Christi, Anno Domini 1257 Caput Castellae. Suero Ferrandus, dixit, Beltramus Sina scripsit.

Beltrán se dirigió al refectorio para desayunarse con un vaso de leche caliente de cabra y pan con ajo y quitarse el afilado frío que lo embargaba. El contraluz de la mañana hacía el día más brumoso. Pasó ante la capilla y se detuvo al escuchar los rezos. Penetró en el oratorio y vio arrodillada en un reclinatorio a Cristina en actitud piadosa y sumergida en la oración.

Suspiró hondo y la contempló arrobado. La serenidad se reflejaba en su rostro y meditó para sus adentros que una borrasca se cernía sobre sus sentimientos y que los asuntos del amor ya están decididos por los espíritus de la sangre al nacer. Aquella mujer que reinaba misteriosa en su corazón nunca podría ser su refugio, ni su compañera, ni su amante. Reparó que hileras de formas blancas y silenciosas acudían a la iglesia con lentitud, y se marchó tras santiguarse.

¿Estaba abocado a la perdición por tan descabellado afecto?

«Los reyes no se casan con seres humanos», reflexionó.

Aceleró el paso. Por más que recordaba, no le venía a la memoria ningún caso de amor entre sangre real y plebeya. Sólo efímeras relaciones que solían acabar con el destierro, el veneno o la horca.

El encuentro

Castilla, Pascua de la Natividad, A.D. 1258

El fastuoso cortejo se acercaba lentamente a la ciudad de Palencia.

El pueblo lo aguardaba desde el amanecer haciéndole calle en los helados caminos. El traqueteo del carretón perturbaba a Cristina, como si con el nerviosismo de presentarse ante Alfonso fuera a salírsele el corazón por la boca. Para evadirse se distrajo con una bandada de cornejas, que como garabatos negros dibujaban en el cielo sus acrobacias. Distraída, apenas si contempló las galas de los torreones y el séquito del rey que la esperaba bajo un dosel damasquinado en el lienzo amurallado de la puerta de Monzón. ¿No debería estar feliz y ser menos desconfiada? Pero le ardía la sangre.

El sonido de las chirimías y el volteo de las campanas la sacaron de sus reflexiones. Peter Hamar se colocó bien la cogulla en su cabeza rapada y ayudó a la princesa a descender, mientras la joven se envolvía en un manto de Stendal en terciopelo esmeralda. Cuatro caballeros noruegos con armaduras de acero, rígidos y gigantescos, desplegaron el palio regalado por doña Berenguela y la princesa se resguardó bajo él. Su cabellera dorada suelta y sus pupilas añil brillaban como luceros. Anduvo solemne sus primeros pasos, mientras era aclamada.

—¡Vivan el rey y doña Cristina! —gritaban a su paso.

Un trazo del sol iluminó su figura y en su cuello relampagueaban el talismán de Ygdrasil y la runa blanca. El decoro y la dulzura la envolvían, y mientras avanzaba, el gentío miraba la limpia hermosura de la futura novia, la cual parecía inconsciente de que era la protagonista del recibimiento. La luz espesaba la mañana encendiendo los jubones de los hidalgos, los tocados de las damas, los birretes de los eclesiásticos y el metal de los arneses plateados. El estrado estaba revestido de sedas y borlones de oro, y lo ocupaban don Alfonso de Molina, el tío predilecto del rey; el mayordomo Villamayor, cuya antipatía hacia Beltrán era conocida; el alférez real; el condestable y el almirante de Castilla, quienes rodeaban el sitial del monarca, que la contemplaba con indisimulada curiosidad.

Se adelantó sonriente y Cristina se inclinó ante él con respeto, admirando su dignidad. Al instante se apoderó de su ánimo un alivio indecible. Vestía el rey castellano ornamentos de fina sarga bordados con leones y castillos ajedrezados y se ceñía la cabeza con una delgada corona de oro. Cristina conocía a muchos caballeros de sangre real, pero sólo en este rey intelectual y poeta detectaba majestad. Bastaba con observar sus ojos apacibles para distinguir que se hallaba ante un príncipe en el que prevalecían la integridad y la distinción sobre otras virtudes.

—Bienvenida a Castilla, vuestra casa —dijo y la besó en las mejillas—. Que un torrente de bendiciones caiga sobre ti y mi familia, hija mía.

—Es un honor para mí pertenecer a ella, alteza —contestó.

Alfonso rozó el anillo del arzobispo Hamar, quien emocionado repuso:

—Rey de romanos, os entrego a la virgen de Noruega, la preciada flor de la casa de Haakón IV, inmaculada como el primer día de la Creación. He cumplido con mi deber. ¡Benditos sean el Señor y su Santa Madre!

—Acompañadnos y demos gracias al Altísimo, pues mi corazón y el de mi familia rebosan de alegría —replicó el soberano con su amplia sonrisa.

Tomándola de la mano la ayudó a montar en una jaca blanca guarnecida con jaeces granadinos que asía de las bridas don Diego de Haro, el alférez real. Él cabalgó a su lado en un alazán de silla árabe que guiaba Ruy de Mendoza, almirante de Castilla. Mirándose furtivamente traspasaron la muralla, seguidos de la comitiva y de una guardia de arqueros, entre el clamor popular, los cantos de los colegiales del *Studium Generalis* y el flamear de los gallardetes de los lanceros.

Cristina observó de soslayo el semblante de don Alfonso. Parecía un hombre sensible a las emociones y su voz, inusualmente cálida, la embelesaba. Sin embargo, dos incógnitas que agraviaban su orgullo revoloteaban en la mente de Cristina. Por un lado, la ausencia de la reina Violante, no explicada por el rey; y por otro, la no comparecencia de sus pretendientes, los infantes... ¿Debía tomar esos hechos como afrentas contra ella?

La nostalgia interrumpió la secuencia de sus pensamientos. Pero decidió impedir que su incipiente felicidad se desintegrara en la nada con sospechas. Ansiaba reconquistar su libertad en el reino del sur y no le pareció que hubiera motivos para preocuparse. Se evadió de su aprensión, sumergiéndose en el espectacular recibimiento que le otorgaba el pueblo y la corte castellanos. El cortejo avanzó entre los clamores de los homenajes y los ruidos metálicos de las cabalgaduras. Cristina se refugió en sus sueños camino de la iglesia de San Miguel, en cuyo formidable torreón ondeaban la enseña de Castilla, la del Imperio, una banderola roja con una cruz blanca, y la de Noruega. El placer de lo nuevo la había emocionado.

Aquella tarde el astro rey se perdió por el horizonte nimbado de rojo y a Cristina le recordó los ocasos crepusculares de su añorada Bergen.

Hacía frío y amenazaba con nevar. Cristina se sentía dichosa.

El tiempo transcurría en palacio con sosiego, y don Alfonso se apresuró a reunir a Ferrán y a Sina. Precisaba hablar a oídos leales.

Una suave nevada enterraba con su blancor de sudario aquel rincón de Castilla. Lumbres y hogares se encendían en cámaras y salones. Al monarca los asuntos del Imperio y la turbadora carta del obispo Ferrán lo mantenían inquieto. Una claridad tenue refulgía en las paredes casi desnudas, donde un tapiz con un pantocrátor marfileño campeaba entre un sinnúmero de animales apocalípticos. Varios sitiales, un atril con un libro de horas, un astrolabio para estudiar el cielo y una alfombra andalusí, adornaban el austero aposento, en el que chisporroteaban varios flameros de bronce y lamparillas de aceite perfumadas de sándalo.

—El sol y la intemperie os han tostado los rostros —les dijo—. Y tú, Beltrán, con esa barba cerrada, pareces Héctor el troyano. Me han maravillado los pergaminos sobre los dioses escandinavos y las extrañas runas que has traído. Los estudiaré, pero es la tabla azul la que más me ha impresionado. He de analizarla detenidamente con mis cartógrafos. De no ser el febril engaño de un marino loco, vale su peso en oro, Beltrán, y nos da una visión nueva e inquietante del orbe.

—Me siento compensado si su contenido os interesa, mi señor.

—De veras que estoy muy complacido; y os agradezco vuestros desvelos, pues la embajada no ha podido ser más fructífera. El pacto firmado con Haakón y la presencia de Cristina en Castilla así lo prueban.

—Serviros es nuestro deber, augusto rey —contestó el obispo.

En medio de una cordialidad inusual, concluyó el monarca:

—Os habéis ennoblecido rindiéndome un servicio impagable. Gracias.

El soberano, con la melena suelta y envuelto en una túnica de terciopelo zoaglí que lo cubría hasta los tobillos, los agasajó con hidromiel almizclado y se interesó por su salud y sacrificios. Les profesaba tal estima que les permitió sentarse a su mesa. El obispo le entregó un fajo de vitelas y tiras de lino con las anotaciones del viaje hechas a pluma y lápiz de plata. Alfonso asintió gravemente cuando el eclesiástico le relató los pormenores de las entrevistas con Haakón IV y con el rey Luis IX y algunas de sus peripecias vividas en Noruega. El monarca mostró un inusitado interés cuando Ferrán le habló de frey Hermann, el monje germano, de quien ya tenía referencias gracias a la carta que el propio don Suero le había enviado.

—La Orden Teutónica, sin menoscabo de sus intereses, os cree lo suficientemente grande como para ceñir la Corona del Imperio. Os apoyará.

—Ahora más que nunca preciso de esos apoyos, pero me habéis llenado de intriga. ¿Qué pretenden de mí esos caballeros de la cruz negra?

El obispo dudó en hablar, pero lo había seducido el asunto de la Cúpula del Mundo, y se atrevió a curiosear.

—Lo ignoro, alteza, pero debe de tratarse de algún mensaje de esa hermandad universal y secreta llamada la Cúpula del Mundo —contestó Ferrán—. ¿Descubristeis algo, señor? ¿Os suena ese misterioso capítulo de los sabios de los sabios? Hamar asegura que Roma la teme.

La expresión de Alfonso fue de sorpresa, hasta el punto de que sus facciones se congestionaron. Consideró minuciosamente la pregunta, pero como no podía guardar silencio ante sus leales, se sinceró.

—¡Nada, por las espinas de Cristo! No he hecho sino darle vueltas a su críptico significado y he intentado descifrar su enigma, pero sin explicación alguna. No obstante sí os diré que un sufí de Egipto, de nombre Ben Zamud, un sabio y místico al que compré a precio de oro *El Libro de la elocuencia* de Abu Uzman, y al que tuve como huésped en Toledo, me hizo la misma pregunta hace unos años. Negaba el dogma de la inmutabilidad del islam y me hablaba de un dios que envuelve el universo uniendo a los hombres por el amor, pero que una fuerza destructora, la discordia o el mal, pugna por romper esa unidad. Predicaba la existencia de un solo Dios, una sola fe, una sola ley y una sola comunidad de hombres, a la que son contrarios los mal llamados mediadores del Altísimo, los imames, los falsos profetas, los rabinos intransigentes, los clérigos y cardenales inquisidores, y cómo no, el Papa de Roma.

—¡Interesante! —opinó el obispo.

—Yo conozco a algunos sufíes y sé que persiguen el conocimiento para unirse al invisible Todopoderoso o Ángulo del Universo —intervino Beltrán.

—Añadió además que muchas profecías anunciaban el advenimiento del Desaparecido, del gran rey sabio, el oculto, o el Mahdi, que llamó también como soberano de la Tría Áurea o Cúpula del Mundo, cuyo reinado significaría la vuelta de la paz, la justicia, la verdad, sin el poder abusivo de las jerarquías religiosas, un monarca laico, guía tolerante de cristianos, judíos y musulmanes. «Vuestro padre don Fernando fue considerado el rey respetado de las tres religiones —me dijo—. ¿Por qué no podéis vos encarnar esa figura salvadora?» Luego me habló de un movimiento que corría entre las sociedades secretas de Oriente, en el que andaban inmersos templarios y caballeros teutónicos. Un misterio incomprensible.

—Pues me atrevo a asegurar a vuestra grandeza que ese enigmático Von Drakensberg pertenece al capítulo secreto de la *Cupula Mundi* y ha atravesado Europa entera para veros —repuso Sina—. Y además, para prestarle más intriga, Roma anda con las orejas tiesas intentando enterarse de sus propósitos.

La perplejidad hizo que el rey quedara suspenso.

—Pues habéis sumado una incertidumbre más a mis inquietudes.

Siguieron instantes de silencio; Beltrán, viendo al rey desasosegado, quiso tranquilizarlo.

—¿Quién sabe, mi rey, si no es una garantía para ganar la Corona imperial lo que os trae Von Drakensberg? Tal vez nos hallemos ante un proyecto de excepcional importancia para vos. Recibidle, alteza, no os arrepentiréis.

El monarca se detuvo a reflexionar y se ajustó la fina corona.

—Debería animarme con lo que me decís, pero la verdad es que me siento dividido con vuestras informaciones. Ahora sólo me interesan los electores alemanes y si el papa Alejandro me apoya o no. ¿Por qué se resiste tercamente a coronarme? ¿Quién me engaña? ¿Roma, que ansía la potestad absoluta sobre la cristiandad? ¿Gerardo de Maguncia, el margrave de Brandeburgo, o mi primo Otakar de Bohemia? ¿Cuál es el enemigo real que hay que batir, convencer o comprar? Esa incertidumbre me mata, creedme.

El aire de la alcoba se llenaba de reservas y misterios. El rey se incorporó pensativo del sillón y con las manos a la espalda paseó nervioso por el aposento. Únicamente se escuchaban sus chapines de cordobán rasgando las losas. Beltrán pensó que había llegado el momento de entregarle el correo que le confió secretamente Romé de Sorel, de modo que se incorporó y extrajo el pergamino de su escarcela.

—Alteza, tal vez lo que voy a expresaros apacigüe vuestros ánimos. Soy portador de un mensaje del obispo don García, que se halla ahora en Tréveris, y que me confió cerca de Narbona un agente suyo. Para mantener la máxima discreción, ni al mismo micer Ferrán se lo revelé, excúseme, vuestra ilustrísima. Lo he guardado como si de un pecado se tratara.

Dos cabezas sorprendidas se volvieron hacia el *magister* y

cuatro pares de ojos se clavaron en el escrito. Ferrán estaba desconcertado.

El monarca lo tomó en sus manos, rompió el lacre y el lazo ocre y permaneció sumido en su lectura un largo rato. Sus ojos danzaban de un lado a otro a punto de extraviársele, quizá buscando algún síntoma de falsificación. La misiva lo había desarmado, colmándolo de ansiedad. Algo no andaba bien. Y como si de una ventana de enigmas se tratara, colocó el pergamino ante ellos, que de inmediato fueron seducidos por su cifrado hermetismo. ¿Qué galimatías era aquél?

—Éste es el mensaje que me envía don García desde Alemania —les dijo—. Por vez primera no lo entiendo en toda su extensión. En él aparece dibujado un tablero de ajedrez con la jugada final de una partida. Falta una pieza que se señala con una interrogación, por lo que hay que adivinarla. Abajo podéis ver un texto árabe. Es de los mensajes cifrados más sorprendentes que he recibido últimamente.

Ferrán y Sina intercambiaron miradas de desconcierto.

—¿Poseéis una regla descifradora, alteza?

—No, Beltrán, mis agentes y yo empleamos el ajedrez y versículos de la Biblia para comunicarnos. No obstante, esas vocales de arriba me desconciertan. Bien, vayamos por partes y lo desvelaremos —atestiguó el rey—. Saltemos las cinco vocales, y veamos lo demás. ¿Sois capaces de interpretar la jugada y saber cuál es justamente la pieza que falta?

Burdamente pintado se veía un tablero de ajedrez con sus sesenta y cuatro escaques. En la parte superior, el rey idumeo en su trono escarlata, era la única pieza de su color; estaba acosado por dos piezas: una era el rey enemigo, y la otra una figura anónima representada por una interrogación y una palabra alemana al lado: *laufen*. Los cortesanos permanecieron callados observándolo.

—Ni siete días con sus noches pensando sobre ella, lograría esclarecerla —aseguró Sina dándose por vencido—. ¿Cuál será esa pieza?

El monarca regresó al sitial, se arrellanó en él, y tras unos instantes sabiamente retardados, rogó con su acostumbrada afabilidad:

—Beltrán, te lo ruego, alcánzame mi tablero de ajedrez.

El *magister* se incorporó de un salto. En la abastecida biblioteca del rey había una mesa, sobre la que se exhibían el que fuera el ajedrez astrológico predilecto del emir Abderramán II de Córdoba, regalo del rey moro de Niebla a Alfonso, y cuatro tableros más. Tres de ellos eran réplicas exactas de los ajedreces más famosos de la cristiandad. El primero, el que el califa de Bagdad, Harun al-Rashid regaló a Carlomagno, burilado en plata dorada y ágatas; el segundo era copia del que el conde Armengol I donó al monasterio de Saint-Gilles en marfil de Etiopía, hacía ahora un siglo; el tercero, el llamado ajedrez de Ermesinda, condesa de Barcelona, famoso por tener las piezas de cristal de Palmira, obsequiado también a un convento de Niza. El cuarto, y el más suntuoso, era el afamado tablero personal de Alfonso, el llamado Paladión, fabricado en nogal, cuerno de rinocero y oro del Sudán. Obrado por artesanos andalusíes en cuadrículas rojas y marfileñas, con los bordes decorados con teselas bizantinas, era conocido y admirado en el mundo entero. Sus figuras, modeladas en cedro del Líbano y pinceladas en color ébano y ocre carmesí por expertos miniaturistas, denotaban sus gestos y actitudes, como si de un momento a otro fueran a cobrar vida. Pesaba como un escudo de batalla, y don Alfonso solía competir y enseñar con él sus movimientos magistrales. Los cortesanos solían llamar a aquella joya, por el hecho de estar decorado con signos alquímicos, el Paladión, en recuerdo de la estatuilla de Atenea que robó Ulises. Sina lo contempló, pues había tenido el privilegio de jugar en él más de una docena de veces. Alfonso se concentró atentamente en las figuras que estaban colocadas en posición de iniciar la contienda, y manifestó sereno:

—Contemplando la última jugada, la dibujada en el papel

de Sorel, es fácil reconstruir retrospectivamente la partida y cuáles han sido cada una de las jugadas. Es la forma de saber a qué figura se refiere la interrogación.

—¿Es eso posible? Ignoraba que existiera el ajedrez retrospectivo, o hacia atrás, señor —se interesó el obispo.

El monarca castellano gozaba con la perplejidad de Ferrán y el aturdimiento de Sina, que tenía los ojos clavados en los casilleros.

—Para un experto sí es posible recomponer una partida viendo la jugada final —confesó—. Me resulta tan sugestivamente llamativo este dilema... Observad, para mí es un juego de chiquillos.

E inmediatamente y con inusual presteza, Alfonso, que jugaba con las piezas rojas, o hindúes, contra las verdes o etíopes, comenzó a jugar solo, devorando piezas de uno y otro ejército con una seguridad que tenía pasmado al *magister*, que observaba sus movimientos incapaz de seguir las jugadas. Al cabo de un tiempo, tras una treintena de rápidos movimientos, que parecían precipitados y caprichosos, concluyó la partida con el mismo dibujo que aparecía en el mensaje de Sorel, aunque con una pieza nueva —la enigmática, la ignorada—, que resultó ser un alfil, una palabra que significaba «elefante» en lengua arábiga.

De modo que podía contemplarse que los únicos supervivientes de la batalla eran el citado alfil y los dos reyes antagonistas. Tras la maravillosa demostración ajedrecística, Alfonso había recompuesto la partida conociendo la posición final.

—Se ha resuelto la clave de la misteriosa pieza, la que en el dibujo aparece con un interrogante —exclamó Alfonso, triunfal—. ¡Es el elefante del ejército etíope, amigos míos!

Sus dos interlocutores estaban entusiasmados ante la deducción de su soberano, que seguía sonriendo de forma radiante.

—Debía de cerciorarme de que era esa figura —garantizó sonriendo.

—¿Y qué importancia tiene que sea el alfil, un caballo o una torre, señor? —se interesó Sina.

La faz del rey resultaba inescrutable.

—Escuchad, os voy a hacer partícipes del mensaje confidencial que me envía don García. Lo componen dos textos y un dibujo con la partida inconclusa. ¿No es así?

—Así aparece en el papel, alteza —citó Ferrán—. ¿Y don García usa el ajedrez para comunicaros sus recados secretos? Resulta original.

—Así es, Suero, pero siempre acompañados con unos versículos cifrados de las Sagradas Escrituras, en arameo, en árabe, o en ambos. De esta forma confundimos a los frailes dominicos del Santo Oficio y a los investigadores papales de claves del Aventino, al servicio de Letrán. De ser interceptados por alguna cancillería cristiana, o por Roma, les sería imposible interpretarlos en su totalidad. Hay que ser precavido.

Sin embargo, Ferrán seguía desorientado. La partida de ajedrez lo había asombrado. Pero los seguía seduciendo el misterioso alfil. La nevada hacía que los sonidos habituales de la naturaleza hubieran enmudecido.

La velada junto al fuego se presentaba más que fascinante.

Jaque perpetuo

Temiendo que su rey se ofendiera con sus preguntas y su desconocimiento, Ferrán lo miró con gesto de impericia en los mensajes secretos.

—Excusad, alteza, que me muestre tan reiterativo, pero me ha inquietado el mensaje que oculta el alfil y no paro de darle vueltas sin encontrarle una explicación. ¿Por qué significa tanto para vos esa pieza?

Lejos de impacientarse, el soberano se mostró conciliador, complacido.

—Ferrán, resulta de una trascendencia capital para mí. Sé que dos reyes se enfrentan por el Imperio, ese aprovechado de Ricardo de Cornualles y yo mismo —explicó enigmático—, pero ignoraba quién acompañaba al rey contrario, si amigo o enemigo, y para mí resultaba importantísimo, pues me indica qué ha de suceder de aquí en adelante. Ahora sé que es un alfil, «arquero» o «emisario», nombres con los que se conoce a esa pieza en los distintos reinos de la cristiandad, el que ha de auxiliarme para batir al rey enemigo. ¿Entendéis?

—¿Emisario decís, alteza?

—Sí, Beltrán. Ese enviado que me ha revelado el mensaje, ha de venir a jugar esa misma partida conmigo, y su desenlace ha de ser el que figura en el dibujo de don García, pues de lo contrario será un impostor. Y ese enviado ha de ser inexcusablemente un arquero, obispo o mensajero (un alfil), y me traerá una nueva decisiva en mi porfía por el Imperio.

En ese momento, Beltrán recordó la conversación que mantuvo con Hermann von Drakensberg. Sin embargo, a pesar de sus sospechas y del hechizo que le inspiraba cualquier jugada de ajedrez, su interés se posó entonces en los términos sajones que acompañaban al enigmático dibujo. ¿Completaban la partida? Atento preguntó:

—Alteza, arriba del tablero aparecían dos vocablos desconocidos, dos misteriosas palabras anónimas que me intrigan. ¿Qué significan?

—¿Te refieres a los nombres *zwischenzug* y *dauerschach*?

—Ciertamente, mi rey. Sé que los alfiles son piezas misteriosas y que al avanzar en diagonal dos espacios* ayudan a las demás piezas en una acción coordinada, pero los términos germanos le proporcionan una dimensión a la jugada que me confunde.

—Os lo explicaré y lo percibiréis tan claro como un riachuelo en primavera —los ilustró—. En el ajedrez el «alfil» corresponde al símbolo de Mercurio, el célibe y asexual mensajero de los dioses. Tú sabes, Beltrán, que en el tablero es la única pieza que desarrolla sus movimientos por casillas del mismo color. Simbólicamente es el consejero del Sol (la Majestad), por ser el más próximo al astro de luz. ¿Os dais cuenta de la importancia que tiene para mí que en el dibujo sean un rey y un alfil los que se enfrenten?

El obispo intercambió miradas interrogantes con don Alfonso.

—Perdonadme, mi rey —dijo Ferrán—, pero no alcanzo a entenderlo.

—Escuchad —se expresó paternal—. Don García me advierte que un alfil, u obispo, arquero o elefante (como queráis

---

* En el siglo XIII el alfil sólo avanzaba dos casillas.

llamarlo) y un rey etíope, me acosan con deseos de atraparme. Nombra al alfil con la denominación alemana de *laufen*, que quiere decir «aquel que camina o viaja». ¿No os parece extraño? Y para más confusión me advierte, también en lengua germánica, que es una *zwischenzug*, o sea una celada peligrosa. Aunque me consuela luego, asegurándome que la jugada, como resulta evidente, es un *dauerschach*, o sea un «jaque perpetuo» o, lo que es lo mismo, una partida que finaliza en tablas por simple repetición, pues un alfil y un rey jamás pueden dar jaque mate al rey contrario. Eso me serena, pues únicamente he de aguardar a un mensajero que me traslada un mensaje muy valioso.

—¿Y no son precisamente un arzobispo y un rey quienes os traen en jaque? No habréis olvidado a Gerardo de Maguncia, al margrave o a Otakar de Bohemia.

—Para mi infortunio, no —aseguró Alfonso con los ojos perdidos en reflexiones.

La complicada deducción del rey había suscitado admiración, pero Sina quería conocer el enigma completo del mensaje de Romé el trovador.

—Nos habéis dicho que el dibujo del tablero de ajedrez por sí solo no aclara nada, ¿qué más enigmas encierra el mensaje de Sorel, alteza?

—¿Te refieres al texto que aparece en el extremo?

—Así es, señor —aseveró Beltrán impaciente por conocerlo.

—¡Veámoslo! —replicó—. Pero apelo a vuestra sagacidad para descifrarlo. Observad —les rogó, y clavaron sus retinas en el primer pasaje.

El soberano se detuvo y leyó:

—Esto dice el texto inicial: «El rey se mueve de casilla en casilla y en todos los sentidos a su causa ayuda. Cauto se muestra en su reposo o en su salida, y si su enemigo contra él sube y le amenaza, huye entonces a su territorio. Un arquero, emisario o elefante, comandado por el rey enigmático, no torcerá su marcha, y a su encuentro van acercándose, acosándolo sin piedad para atraparlo».

El monarca, entusiasmado, alzó su mirada, y posándola en las pupilas del reducido círculo de interlocutores preguntó:

—Someto a vuestras cultivadas inteligencias este dilema. ¿Qué es lo que nos describe este texto arábigo, admirado Beltrán?

Sina adoptó el más imparcial de los tonos, para no parecer un fatuo.

—Parecen versos del tratado ajedrecístico de Abraham Ben Ezra, ¿o tal vez del poema de al-Adli? —dijo tras cavilar unos instantes—. Lo que sí queda claro, mi rey, es que quien juegue con vos esa partida es portador de un mensaje de vital importancia para la causa del Imperio.

—Así lo creo yo. Pero ¿quién puede ser ese enigmático mensajero?

Tras las audaces deducciones del soberano, Sina y Ferrán se miraron, mientras urdían una solución coherente. Fue Beltrán quien por fin se atrevió a pronunciarse:

—¿Podría… podría tratarse del caballero Von Drakensberg, alteza?

—Así lo creo —asintió con gravedad el monarca—, y ahora es cuando realmente valoro a vuestro errante amigo Drakensberg y el papel que puede tener en esta partida. Es él sin duda.

—¡Sorprendente! —se pronunció don Suero.

Tanto Sina como Ferrán se preguntaban, tras la afirmación de Alfonso, qué otras incógnitas se agazapaban tras el misterioso caballero teutón, ahora de peregrinación en Compostela. Una cierta sorpresa invadió la sala, pero Beltrán no quitaba ojo del pergamino.

—Es posible que así sea, dado su hermetismo y devoción hacia vos y a la causa imperial. No deberíamos desechar esa posibilidad.

—Prudente observación, pero leamos el segundo texto, el

que aparece más abajo, redactado también en caracteres arábigos como veis.

—Os prestamos oídos —se apresuró a decir Ferrán, interesadísimo.

—Escuchad lo que me recomienda nuestro nuncio en Alemania: «Quien lloró la cautividad en el Kebar, os muestra cómo habéis de proceder, y el velo de la evidencia se abrirá ante vuestros ojos. Libro de la Revelación, r. 5.1.» —terminó diciendo, y los miró irónico.

—¡Qué asociación! La palabra de Dios y el ajedrez juntos —manifestó Ferrán, a quien tanto jeroglífico lo mantenía aturdido.

—¿Sois capaces de dilucidar esta revelación que oculta el versículo de la Biblia? Tú, Suero, eres un eclesiástico versado en las Sagradas Escrituras.

Ferrán y Sina, con callada curiosidad, no pestañeaban, cautivados con el escrito, que parecía cobrar vida ante sus ojos.

—Veo que lo ignoráis. Así que os proporcionaré una pista —se explicó el rey con una mirada de desafío—. Solemos intercambiarnos los mensajes utilizando textos de los libros de siete de los profetas bíblicos: Baruc, Isaías, Oseas, Ageo, Ezequiel, Malaquías y Daniel. A cada uno le aplicamos un nombre en clave y el de este correo corresponde a «El Cautivo de Kebar». ¿Os suena ese lugar? ¿Sabéis qué hombre santo especifica?

Alfonso se deleitaba con referencias eruditas entre sus amigos, pero pasaba el tiempo y se impacientaba, pues ni el eclesiástico ni el *magister* del alma daban con el acertijo. Conjeturaban las más peregrinas interpretaciones, y el silencio crecía paulatinamente sobre su desconcierto. No les salían las palabras y parecían agotados de cavilar estérilmente. Sin embargo, de repente, Beltrán soltó una risita radiante; Alfonso comprendió su súbito regocijo.

—¿Qué te produce esa risa, Beltrán? —preguntó exigente.

—Disculpadme, mi señor, me mofaba de mí mismo, pero

creo haberlo resuelto —atestiguó con énfasis, aunque en un tono de modestia.

—Lo dudo… pero adelante. A veces son inevitables los caprichos del intelecto —lo invitó el rey, dudando de que lo hubiera descifrado.

—¿Acaso, mi augusto soberano, el mensaje se refiere a la ciudad de Tell-Abib, a dos jornadas de Babilonia, en las orillas del río Éufrates de Mesopotamia?

Alfonso se mostró admirativo y movió afirmativamente la testa.

—¡Sí, por la cruz! Pero supongo que habrás seguido una lógica.

—No, mi rey. No es mérito de mi talento. He jugado con ventaja sobre micer Ferrán, pues mi nodriza Aziza era oriunda de Ur, en Caldea, de la tribu de los Bekar, y me narró en mi infancia muchas leyendas árabes y judías de tiempos pretéritos. Si no, jamás lo hubiera descifrado, creedme.

—Entonces, ¿quién es el cautivo de Kebar, micer sagaz? —dijo bromista.

La seguridad de haber resuelto el problema le dio alas y manifestó:

—¡El profeta Jeremías! No puede ser otro, alteza. Él fue quien sufrió la cautividad de Babilonia en tiempos de Nabucodonosor.

—Ciertamente, Beltrán —apuntó admirado el rey—, elogio tu agudeza. Ahora sólo nos queda buscar ese rollo quinto y el versículo primero del Libro de la Revelación. No perdamos más tiempo y leamos ese enigmático texto bíblico. Yo también estoy en ascuas. ¿De qué nos advertirá don García? Examinemos sin dilación la Biblia.

Junto a una caja de taracea repleta de protocolos estaba la Biblia latina del rey, que abrió con unción. Sus tapas con cantos dorados brillaban como el carbunclo. Alfonso acercó un velón y la abrió, crujiendo sus abarquilladas hojas iluminadas por escribanos judíos de Sevilla. Ojeó el pasaje y permaneció concentrado un rato. Luego, como un autómata, leyó las palabras de Jeremías, que sonaron en los oídos de sus confidentes como el más absurdo de los rompecabezas.

—Esto dice el Libro de Jeremías: «Y tú, hijo del hombre, coge una espada afilada. Conviértela en navaja barbera y rasúrate la cabeza y la barba. Luego aférrate a la balanza de pesar y considera qué has de hacer, pues ahí está la verdad que buscas».

Siguió una tregua dilatada de mutismo y miradas que se entrecruzaban. Tras la primera perplejidad siguieron las discusiones.

—Nos damos por vencidos, señor; ignoramos lo que revela —dijo Ferrán.

El soberano de Castilla se concedió una pausa a sus reflexiones.

—Por vez primera en años no acierto a comprender este mensaje sobre «el barbero», creedme. En esta ocasión en vez de advertirme algo, en verdad me confunde. ¿Qué me insinúa don García? ¿Corresponderá al emisario revelármelo? Me ha hecho sumirme en el desconcierto.

—Los secretos de los reyes sólo pueden crear confusión en sus consejeros —dijo en tono sombrío Ferrán.

—¿Querrá don García que me convierta en barbero del mensajero que ha de llegar? ¡Resulta extrañísimo este aviso y su alcance! He de meditarlo con más calma. Sólo puedo deciros que ahora le concedo una dimensión capital a la entrevista con Von Drakensberg. Él me lo revelará.

—Y no os decepcionará —aseguró Sina—, y me alegro de que sea él el portador de claves vitales para vuestro ascenso al trono del Imperio.

—Pues habéis de saber que el poema del ajedrez —siguió el rey—, el enigma del dibujo en el tablero y el versículo de Jeremías están íntimamente relacionados con ese monje, que ya forma parte como un personaje más de mi investidura imperial. Aunque ignoro si para mi bien o para mi mal. ¡Un barbero! Qué querrá decir don García. No entiendo nada.

Los dos cortesanos miraron el rostro de su rey.

—Ahora comprendo la adhesión de Drakensberg desde que desembarcamos en Tonsberg —dijo Ferrán—. Pero ¡quién iba a imaginárselo!

—Pues así lo parece y cuando esté frente a mí, sólo él y yo sabremos cómo elucidarlo. Entonces el misterio que oculta este pergamino se desmenuzará como una granada madura.

Alfonso esgrimió media sonrisa y les dio a besar su anillo, despidiéndolos, mientras arrojaba el documento al fuego. No lo expresaba, pero la zozobra de Alfonso era evidente. En el desierto corredor, las esteras de esparto crujían bajo sus botas. Mientras se despedían, Suero comentó:

—La elección imperial adquiere un sorprendente sesgo, Beltrán.

—Este dilema inquietaría al mismísimo diablo, don Suero.

—Sin embargo —confirmó Ferrán—, me pregunto qué significará el versículo de Jeremías y por qué precisa de la presencia del caballero teutón para conocer su alcance. ¿Un barbero? ¿Qué significado puede tener eso?

—Es un enigma —resaltó Sina—. Lo único cierto es que Von Drakensberg es el *laufen* o caminante del tablero de ajedrez, y eso me alarma.

—Todo esto se está convirtiendo en una caverna de secretos —refirió el prelado y se despidió—. Que el Altísimo guarde tus sueños.

—*Pax Christi*, ilustrísima. Id con Dios.

Beltrán, mientras se dirigía a su aposento con la lamparilla en la mano, comprendía el súbito interés del rey por saber del monje teutónico. Pero ¿qué relación podía existir entre don Alfonso, Drakensberg y un barbero? ¿A quién representarían las enigmáticas vocales? ¿Creería que frey Hermann era un impostor? Aunque fuera una herejía pensarlo, ¿podría encarnar un rey cristiano al Mahdi de los musulmanes y por eso estaba Roma obsesionada con el secreto plan y con apartar a Alfonso de la carrera por el Imperio?

Nunca había visto al rey en semejante estado de inquietud y alarma.

Fuera, la mano invisible del viento movía las puntas de los cipreses, y en la línea del horizonte asomaban tímidos luceros, espías rutilantes de la noche castellana.

Beltrán Sina sintió un glacial estremecimiento.

La visita de doña Violante

Palencia, Castilla, enero y febrero, A. D. 1258

El viento rugía por las contraventanas y una bruma espesa ocultaba los álamos del Carrión. Hacía un frío gélido.

Alfonso decidió convocar a sus hermanos para la elección matrimonial, y a la hora de laudes salieron los correos en medio de una ventisca de agua y nieve. Los emplazaba en Valladolid, donde había convocado a las Cortes de Castilla. Pero sabía que sólo acudirían tres. Conociendo sus discrepancias con Fadrique, dudaba que atendiera el reclamo real, y sus consejeros pensaban que la boda desuniría aún más a los hermanos. Mantenían divergencias a causa de la herencia, y por muy hermosa que fuera la noruega y su dote suculenta, se resistiría a acudir. El infante don Enrique se hallaba en Túnez, y rotas las relaciones con su familia, también estaba descartado.

Sólo los eclesiásticos don Sancho, el primado de Toledo; el inconstante don Felipe, arzobispo electo de Sevilla y abad de Cobarrubias, y el joven y refinado don Manuel se pusieron en camino a la orden del rey.

Supo Cristina por el monarca que doña Violante se hallaba en Sevilla curándose de unas fiebres tercianas. Oportuna excusa, aunque a su alrededor todo eran cortesías, alborozo y regocijo. A la noruega le placía hablar de poesía con don Alfonso y se prendía en el óvalo elegante de su rostro, en su melena castaña y en sus afables ojos incapaces de concebir el mal, mientras constataba la vasta magnitud de su saber. «Es su espíritu dual e indeciso, como asegura Beltrán. Un soñador, un poeta incapaz de hacer el mal», reflexionaba.

Dame Cristina mitigaba su inquietud vagando por los aposentos de la residencia real y paseaba con el rey y el arzobispo Hamar por un cuidado jardín, donde gozaba del trino de los pájaros, del frescor de las madreselvas y del aire perfumado del jazmín de invierno. Una de las tardes en la que el sol jugueteaba con las nubes, se encontró con Beltrán que leía a Maimónides bajo un sicómoro. Un sentimiento de afinidad alegró sus ojos. Sina besó su mano y conversaron al lado de sus damas.

—¿Cómo os encontráis en Castilla, mi señora? Os noto radiante.

—Sí, y estoy asombrada. Me ha abandonado la nostalgia de mi tierra, y sólo pienso en la elección de mi esposo —le confesó—. ¿Creéis que erraré?

—Que os hablen vuestros sentimientos —replicó sonriéndole.

Beltrán y la princesa conversaron durante largo rato, hasta que la noruega se excusó y desapareció por la arcada.

Una lucha sorda y angustiosa se libraba en su alma; y la culpa estaba ahí, acechándolo, apenándolo, sublevándolo.

En las veladas al calor de la chimenea con los lebreles tendidos cerca de las brasas, el rey solía cantar alguna de sus cantigas: las leyendas y milagros de la Virgen que curaba enfermos, sanaba peregrinos, convertía a infieles, o salvaba a cristianos indecisos de los fuegos del infierno. Cristina, amante de la lírica provenzal, escuchaba los poemas y los guardaba en la memoria para luego cantarlos en el retiro de su estancia.

Una de aquellas noches, el salón refulgía a la luz de los candelabros. La velada estaba siendo animada por músicos de Aquitania, y Cristina bailaba con el soberano el rondó francés y el virelé provenzal, cuando de repente se escuchó por el corredor el bronco sonido de las botas de un soldado que se acercaba marcial. Se trataba de un montañés de cabello erizado, emisario de don Fadrique, su hermano. Entró en el salón con aire desafiante, y los lebreles se apartaron ante su paso decidido. Entregó al mayordomo Villamayor un correo donde resaltaba el blasón lacrado del infante. Alfonso lo leyó con serenidad entre un silencio religioso. El despechado Fadrique le contestaba negativamente a su requerimiento con una insumisión de tal ferocidad que lo dejó desconcertado.

Arrugó en su puño el mensaje, donde su hermano no sólo se negaba a obedecerle, sino que le echaba en cara sus fantasías imperiales y desdeñaba a la princesa casadera. Descompuso su gesto, y manifestó al heraldo:

—Dile a tu señor, mi hermano, que por mi dignidad y la memoria de nuestro padre algún día pagará cara su grosería, indecorosa en un infante de Castilla. Un hombre carente de delicadeza hacia una dama de sangre real es un caballero sin honor y merece mi repudio y mi castigo. ¡Quítate de mi vista y apresúrate a repetirle mis palabras!

Sus ojos centelleaban. Los nervios revoloteaban en el salón. Villamayor terció y ordenó que la orquestina prosiguiera con las trovas. Los esponsales de Cristina comenzaban con mal augurio. Aunque ya la esperaba, la arrogante respuesta de Fadrique lo había enfurecido por su ofensiva dureza y por desobedecerlo delante de los nobles extranjeros. Corazón capaz de arrostrar los más severos sesgos del destino, se negaba a encajar las sórdidas traiciones de los de su sangre. Bebió de su copa, y excusándose ante Cristina, el arzobispo Hamar y los invitados noruegos, se retiró a sus aposentos entristecido.

Beltrán miró a la princesa nórdica.

Su cara era un mapa de la decepción.

Cristina se envolvió en la armonía de las antífonas de los chantres.

La corte castellana, los embajadores extranjeros y los procuradores del reino afluyeron a la ciudad donde se celebrarían las bodas, el burgo real de Valladolid, alzada en un cruce de caminos entre León y Castilla. Su silueta se recortaba frente a los ojos ansiosos de Cristina, recostada en un anchuroso valle regado por tres ríos. Aunque el astro solar apenas calentaba, la multitud se apiñaba en el puente que salvaba las escarchadas aguas del Pisuerga, y llenaba las callejas y la plaza donde se alzaba el palacio arzobispal, el de los poderosos Ansúrez y la iglesia de Santa María.

Alfonso y Cristina hicieron su entrada triunfal entre el resonar de las tubas, jinetes de dos alazanes árabes, rodeados de maceros, duques y condes. Caballeros con armaduras, damas lujosamente ataviadas, diputados de las Cortes y eclesiásticos con dalmáticas y solideos purpúreos, formaban un abigarrado conjunto, y a Cristina le pareció la más calurosa bienvenida recibida desde que arribara a los reinos ibéricos.

El soberano de Castilla, que le había tomado el afecto de un hermano mayor, la cogió de la mano y la acompañó al monasterio de las Clarisas, un lugar alejado del tiempo donde residiría hasta la boda y donde sería comprobada su virginidad por parteras y cirujanos. Cristina fue recibida por la abadesa y la comunidad monjil, cuyas facciones le parecían céreas y afiladas. Sonreía dichosa y se sentía sumida en un sueño deleitoso. Pero ¿no le había advertido fray Ulv que los sueños son libros abiertos de lo inesperado?

El cielo se fue cubriendo de nubarrones negros, y la nórdica se arrebujó en su manto de piel de marta, mientras caminaba por el claustro, camino de sus estancias que olían a incienso y cera fundida. Al poco escuchó los seráficos cánticos de las monjas en el coro que resonaban en los claustros, y experimentó un inmenso alivio.

En pocos días haría la elección más trascendental de su vida: la del esposo que la acompañaría durante su vida en el reino del sur.

Los días se sucedían en el convento con una monotonía perezosa.

Desde prima hasta completas asistía con fervor al rezo de las horas, y se transportaba a otros mundos con las voces puras de las novicias y el aroma a incienso. Mientras se hacía a las costumbres castellanas, comenzó a vestir batas y chinelas granadinas, bebía agua aromatizada con azahar y rosas y las monjas le cocinaban viandas exóticas con especias árabes. Una de las tardes, mientras leía unos poemas evocadores del amor, se sobresaltó al oír ruidos en el corredor y el seco crujido de la puerta al abrirse. Volvió la cabeza, y vio enmarcada en el dintel la enteca figura de la abadesa, quien tras una capa de frialdad, gesticuló con sus manos sarmentosas.

—Señora, doña Violante, la reina, que ha arribado de Sevilla esta mañana, os aguarda en la sala capitular para saludaros —le anunció.

Sus doncellas le recompusieron su vestido, peinaron sus cabellos y la perfumaron. Con respetuosa galantería, la princesa entró en el refectorio que olía a miel, pan horneado y alhucema. La miró fijamente a los ojos y se inclinó en una actitud de acatamiento ante la soberana de Castilla, quien lucía en su grácil cabeza un aparatoso sombrero coronado en tonalidad violeta. La acompañaba su nodriza doña Brianda, con su distintiva cojera, y una cohorte de hidalgos y damas de honor con intrincadas vestiduras y estrambóticos capirotes de seda de Ypres. Sobre su corpiño malva, palpitaba un collar de pedrerías, que turbaba por su minuciosa fábrica.

—¡Querida, al fin puedo conocerte y besarte! —declaró con tibieza en latín—. Bienvenida a Castilla, donde seguro que serás dichosa.

—Mi reina y señora, ¿estáis ya restablecida de vuestras dolencias?

—Nada como el clima del sur y los aromas de Sevilla para restablecerse, pero el viaje ha sido penoso —le informó atropelladamente, mientras hacía un estudio minucioso de la noruega, de sus modales y vestimenta, y la sometía a un riguroso examen. «Definitivamente es bella y no me extraña que el libidinoso de mi padre don Jaime perdiera la cabeza», caviló para sí, y la besó en ambas mejillas.

Cristina observó una sutil dilatación de las pupilas de la reina. ¿Era envidia lo que leía en aquellos ojos? Fue una sensación tan intensa que la sobrecogió y se pegó a su piel.

—Bien, querida —la halagó con artificial ternura—, ya eres de la familia, y sea cual fuere el infante que elijas, no olvides que mi esposo el rey ha de autorizarlo antes. Yo te ayudaré en la elección. Confía en mí. Por mucho que te aconsejen, el príncipe don Manuel es el que más te conviene. Es joven, prudente, sabio y notablemente distinguido. ¡Es el esposo ideal para ti!

«¿Ya queréis coartar el camino de mi felicidad y elegir por mí?», se dijo Cristina.

—Espero que mi sentir y los deseos de don Alfonso coincidan, mi señora. ¿Y cuándo llegarán a Valladolid los infantes para la elección?

Cristina se fijó en sus delicadas manos y en su celeste mirada. «Como una gata rondando su presa», pensó.

—En menos de dos semanas se reunirán los hijos leales de don Fernando para esta convocatoria. La fama de tu belleza y de tu fabulosa dote te han precedido, querida mía —replicó.

Con su dócil forma de comportarse, Cristina le preguntó por su hijo Fernando, al que en la corte ya le llamaban «de la Cerda», y por las infantas, pero la respuesta de la reina fue cortés y convencional. Se despidió de la princesa noruega poco después, dejándola turbada e inquieta. Presentía que Violante era de esas mujeres que someten a su dominio a quienes conviven con ellas, y llevadas por su vehemencia, sufren indeciblemente si no gobiernan la vida de quienes las rodean.

A solas en sus aposentos, Cristina meditó sobre la impresión que le había causado la reina y sobre los maliciosos rumores que había oído sobre ella durante el poco tiempo que llevaba en la corte castellana. Rumores que contaban, en voz muy baja, el amorío ilícito que había mantenido Violante con el infante don Felipe antes de contraer matrimonio: un escándalo que había provocado las iras de los patricios de Castilla y las de don Alfonso, que había llegado a considerar repudiarla; un escándalo del que Violante se había defendido a capa y espada, negando cualquier relación pecaminosa... aunque pocos la creyeron. «¿Por eso la reina me aconseja a don Manuel como esposo?», pensó con una media sonrisa en los labios.

Lo cierto era que había algo en Violante, una energía, una cierta rebeldía, que le resultaba interesante, pero su intuición femenina le dictaba que si quería ser dichosa con su futuro marido, tarde o temprano debería abandonar la corte y vivir su propia vida; y, sobre todo, evitar con tacto a aquella hembra que parecía considerarla una rival.

El único rumor que perturbaba su tranquilidad eran las llamadas a la oración. Oía misa al alba acompañada de sus doncellas, rezaba con las monjas, iba con ellas al refectorio, frecuentaba el palomar y admiraba los bordados de las postulantes. Pero cada hora que transcurría, experimentaba entre los muros del convento una sensación de enclaustramiento y de estar siendo vigilada. Para contrarrestar su impaciencia, cada mañana con Lodin Leep, Gudleik y algunas de sus doncellas, se dirigía a las caballerizas del rey. Le encantaba oler el aroma a heno fresco, el sudor acre de los alazanes, sus ollares dilatados, el cuero mojado de los jaeces y sentir en su cara el vaho de las caballerías.

Luego montaba su yegua favorita y galopaba por las orillas del Esgueva y por los descampados de Santovenia. Retornaban empapados cuando las antorchas titilaban en el convento y el opaco sol difundía su luz por los claustros. Después de una frugal cena se sometía a un baño con esencias, hasta sumirse en las brumas del sueño.

Con la excusa de asistir a los oficios con las monjas clarisas, doña Violante volvió a visitarla días después. Conversaron sobre Noruega y sus costumbres. Cristina agradeció su visita, que le aliviaba el tedio del encierro en el convento, pero algo en la actitud de la reina, en su talante irónico y en sus ojos escrutadores hicieron que de nuevo se sintiera incómoda. Por segunda vez, Violante mencionó el nombre de don Manuel... «Una delicia para el género humano», lo describió. La reina también expresó su sorpresa, no exenta de cierto desdén, al ver que la princesa noruega adornaba su garganta de cisne con dos símbolos paganos: la runa blanca y el Árbol de la Vida.

Violante no se comportaba con la prudencia de una dama y difundía chismes sobre Cristina entre palaciegos y amigos. «Lleva al cuello unos ídolos paganos que espantan», comentaba a sus damas, quienes repetían sus palabras a quien quisiera oírlas. No contenta con eso, la reina criticaba sus gestos femeninos y los coqueteos con los hidalgos en los festines, cuando eran ellos los que revoloteaban a su alrededor como moscardones, y espiaba a la princesa noruega a través de la abadesa, quien, con una ligereza indigna de una religiosa, fingía un voluntarioso interés por la huésped, cuando en realidad servía de informadora a la reina. La desabrida priora vigilaba con un control obsesivo sus movimientos. Sus ojos acechaban y Cristina comenzó a perder el sosiego.

Quería olvidarlo, pero su recelo era innegable y real.

La elección

Cristina no pensaba en otra cosa que en buscar ayuda.

No estaba dispuesta a soportar aquella inquisición intolerable que, estaba segura, obedecía a órdenes de la reina. Temía traicionarse a sí misma y que se le escapase alguna palabra o acción que incomodara a don Alfonso.

Así que secretamente, a través de Gudleik, reclamó el hombro amigo de Beltrán, al que citó en un huerto colindante al convento cercado de álamos, donde crecían los primeros brotes de la estación de la vida. Comenzaba a sentir temores sobre su futuro y la interferencia de doña Violante le había devuelto sus antiguos terrores. Sina no tardó en acudir a su reclamo, y cuando vio al castellano aguardándola en la alameda junto al bufón, la invadió un sentimiento de alivio. Con palabras atropelladas le dio a conocer sus inquietudes.

—¿Qué puedo hacer ante ese ofensivo control, amigo Beltrán?

—Resignaros a lo que el destino os tiene reservado, pero dirigido por vos. Cuando hayáis elegido a vuestro esposo y os hayáis casado, apartaos de la reina.

—No puedo decir que la soberana me haya ofendido abiertamente, pero en el fondo de mi alma sé que no alberga sentimientos de amistad hacia mí.

—Doña Violante no admite la menor contradicción a sus

deseos y dirige con mano firme la vida de la corte. Para ella, etiqueta, orden y autoridad son una obsesión y, si he de seros sincero, desde que sabe que os visito y os asisto como médico del alma, me ha tomado ojeriza.

—Pero ¿es necesaria tan severa vigilancia? —se lamentó.

Beltrán, al ver sus pómulos húmedos por el llanto, su cara ausente y demacrada, sintió compasión de aquella muchacha arrancada a la fuerza de su país por intereses de reyes. «La servidumbre por casarse sin amor.» Pasearon entre los arriates, y de vez en cuando sus cuerpos se rozaban. Entonces Sina sentía en sus venas un fuego devorador.

—La soberana siempre sospechó de vos, *dame* Cristina, desde que arribó de Noruega el presbítero Elías. No es nada personal. Simplemente es que sois una mujer, o sea una rival. No os resignéis y usad sin reserva las armas que toda mujer conoce. Hacedle frente con sutileza y os temerá.

—Está claro que quiere humillarme ante los cortesanos.

—No lo creo —la animó—. Doña Violante piensa en su morbosa malevolencia que vos podéis ser una nueva concubina que caliente las sábanas del rey en su ausencia. Nada más. Teme vuestra hermosura.

—La boca de esa mujer es como la picadura letal de un alacrán —exclamó.

Beltrán, que no perdía uno solo de sus gestos, tenía la sensación de verla presa en una trampa.

—Vuestra inteligencia y cultura la acomplejan. Vos disfrutáis de una sensibilidad hacia la belleza de la que ella carece. La reina es audaz, y no es que desee una ruptura, sino moldearos a su antojo. ¿Os habéis dado cuenta de que las damas de la corte copian vuestros vestidos y vuestros peinados? Eso la subleva y la mata de celos.

—Pues pensaba alzar mis quejas ante el rey Alfonso —se enfureció.

—No lo hagáis, os lo ruego; don Manuel, don Sancho y

don Felipe ya están en Valladolid y la elección es cuestión de días. No es mala reina, ni mala madre, y su entereza me impresiona. Simplemente es una mujer reiteradamente engañada por su cónyuge. Es una reina despechada, y por ende temible. Os ve como una rival, sólo eso.

—Cuando soy invitada a palacio, Violante me mira a hurtadillas como si yo maquinara maniobras para hacerme con el cariño de don Alfonso. Adopta una actitud de majestad agraviada que me parece ridícula. Beltrán, yo no puedo vivir con esos resentimientos, y estos días se me están convirtiendo en un tormento inacabable —confesó.

—Ha heredado de su padre, el rey de Aragón, una innata inclinación a enredar y conspirar. Dejad que pase la boda, que todo cambiará.

—Nunca podré agradeceros lo que hacéis por mí —refirió enternecida—. ¿Cómo podré compensaros, amigo mío?

Beltrán no contestó. No había respuesta a esa pregunta, al menos no una que pudiera expresarse con palabras. La miró con devoción.

Cristina se alisó el vestido de paño verde, y al punto todas sus penas se desmoronaron como un castillo de naipes. Se serenó y sonrió jovial. Una gran ternura invadió a Beltrán. Y también un gran sosiego. El bibliotecario real la detuvo, pues había tenido una idea.

—Señora, se me ha ocurrido algo. Podíamos utilizar el lenguaje de las flores para comunicarnos y así burlar el severo control de la reina, la abadesa y ese carcamal de doña Brianda. ¿Lo conocéis? Es un idioma universal conocido en todas las cortes del amor de Europa.

—Sí lo conozco, claro —sonrió—. Me lo enseñó el trovador Guiot de Valay cuando visitó la corte de mi padre. ¡Excelente idea, Beltrán! Cada flor encierra un sentimiento y no creo que ni la abadesa ni las monjas, siervas de Dios, lo conozcan. Empleémoslo secretamente.

—Así burlaremos a esas inquisidoras —dijo riéndose sardónicamente.

Sonó la campana del monasterio y Cristina, que tenía la certeza de que muchos ojos la vigilaban a través de los vidrios, le tomó las manos entre las suyas y se las apretó. Beltrán tenía los ojos prendidos en los suyos, pero para no comprometerla los desvió hacia una banda de pajarillos que levantaban el vuelo. La madre abadesa tomaría buena cuenta para luego informar a doña Violante. Antes del rezo de laudes, la reina tendría completa información del singular encuentro, pero a Cristina le importaba una higa. La princesa se despidió afablemente del *magister*, lisonjeándolo.

—¿Sabéis que os sienta muy bien la barba? —desgranó sus elogios.

—Gracias, mi amable señora. Quedad con Dios y no olvidéis nuestro secreto —la saludó, y tras cortar un narciso se lo ofreció besándole su anillo—. ¿Sabéis qué significa el narciso, mi señora?

—Evidentemente, es la flor de la admiración.

—La que siento por vos, *ma dame* —replicó el médico del alma—. Veo que domináis la simbología de las flores.

Beltrán le infundió ánimos antes de despedirse, y le entregó una redoma de cristal con una infusión para calmarle la ansiedad, y otra para mitigar sus habituales dolores de oído.

—¿Y vuestros oídos? ¿Os siguen molestando, señora?

—Cada día menos, gracias a vuestros electuarios —certificó afable.

—Entonces tomad unos sorbos de esta Aqua Nervia, y vuestro ánimo se serenará. Seguid tocando el laúd, oíd el canto de vuestras damas y escuchad el rezo gregoriano, la mejor medicina para tranquilizar el alma.

Poco después los perfiles de la princesa normanda, de sus damas y de Gudleik el bufón desaparecieron entre las grises piedras del convento. Cristina se había compenetrado con aquel

345

hombre amante de las estrellas y de los libros que, además de filósofo y físico, entendía de los secretos del arte y poseía una innata sabiduría para adivinar las penas de su alma y los estados de ánimo que el cerebro ignora. La complicidad entre ambos se consolidaba día a día y la nórdica se sentía protegida a su lado.

«Sin la compañía de *magister* Sina y de estos cálidos instantes, no sé si mi alma no hubiera sucumbido hace tiempo, pero ¿contra qué dilemas invisibles habré de luchar a partir de ahora?», pensó Cristina, que le dedicó una radiante sonrisa al despedirse.

Beltrán abandonó el soto mientras pensaba en las noches en las que contempló el cielo de Noruega y de Francia junto a ella.

La nórdica le había traspasado el corazón para su pesar. Ya sólo le cabía sufrir y reposar en la desdicha, sabiendo que jamás sería suya.

La mañana siguiente se presentó desapacible y una fuerte lluvia alocada impidió que Cristina diera su acostumbrado paseo a caballo. A la hora de sexta compareció el rey don Alfonso con su habitual elegancia. Al paso del soberano no había nadie que no se inclinara y no pretendiera besarle la mano. Tenía los cabellos mojados y sus ojos brillaban con las gotas de lluvia. La saludó con familiaridad.

—Tienes la apariencia de una gacela atrapada, ¿te encuentras mal?

Un dilema la paralizó. Su voz se rompió, pero prefirió callar.

—No, mi señor, sólo la impaciencia por elegir esposo —le comentó.

—Cristina, al fin los infantes han llegado a Valladolid, salvo Fadrique y Enrique, como era de esperar, pues están enfrentados a mí. Ofreceremos una fiesta deslumbrante, torneos y juegos florales de trovadores, para que os conozcáis y puedas decidir quién será el dueño de tus afectos.

—Mi señor, la felicidad incendia mis venas. ¿Qué sería de mí sin vos?

—Vamos, Cristina, eres la dueña de muchos corazones, y la infanta más admirada de mis reinos, ¿cómo te puede dominar la tristeza?

Aquel atardecer, y para participárselo a Beltrán, dentro de un pañuelo le mandó con Gudleik una amapola roja, la flor del consuelo, y también de la reconciliación y de un amor sincero. Cristina había recobrado la paz, y ya no la corroían sus repentinos accesos de melancolía. La luz de un sol crepuscular iluminaba las copas de los árboles, prestándoles un color que le evocó los bosques amarillos del otoño noruego.

Dame Cristina se encontraba inusualmente dichosa.

Durante el frío amanecer de aquel miércoles de Ceniza, de febrero, la sala de audiencias del palacio se había engalanado de coronas de madreselva y laurel. Músicos, juglares e histriones se repartían por callejas y plazuelas para cantar las virtudes de la princesa de Noruega. Imperaba en palacio la expectación y la estricta etiqueta cortesana que Alfonso había marcado en una obra, *El Espéculo*, y que todo palatino cumplía con esmero. Una luz azafranada se filtraba por las tracerías del salón. Paños morados colgaban de las paredes anunciando la llegada de la Cuaresma, la penitencia y el tiempo de la expiación y el ayuno.

El soberano aguardaba a la embajada noruega acomodado en un trono en toda su majestad, rodeado de la corte y de sus tres hermanos menores, que esperaban inquietos a Cristina. La anfitriona, doña Violante de Aragón, se movía nerviosa en un sillón aterciopelado, pendiente de cualquier gesto. La curiosidad crecía, y el murmullo se acrecentó cuando su eminencia Peter Hamar, *messire* Nicolai, el *jarl* Harald, fray Simón y Lodin

347

Leep ingresaron en la sala, precediendo a la princesa. El arzobispo noruego entregó al rey los cofres que contenían la fabulosa dote de *dame* Cristina, compuesta por objetos de plata labrada, pieles blancas, jade noruego y una incalculable cantidad de marcos de oro, joyas, zafiros y rubíes.

Cristina avanzó como si sus chapines no rozaran el suelo, envuelta en una jornea celeste ribeteada de marta, brazaletes de ámbar y collares de esmalte verde. Un capacete perlado, en armonía con sus cabellos, recogía en una gruesa trenza su cabellera. Caminaba con las manos cruzadas sobre su pecho, mientras sonreía al séquito palatino. Exhalaba un aroma perfumado y de su figura emanaba el dominio de una reina.

Su tez sonrosada se iluminó y sus ojos azulísimos, provocadores como un pecado, parecían acaparar toda la tonalidad del cielo. Una a una abrieron las puertas de la aceptación de los castellanos que aún no la conocían, un influjo que no llegaba a doña Violante, quien sentía revueltas las entrañas, ya que la consideraba una mujer arrebatadora, capaz de suscitar en su marido los instintos más viriles.

La aprensión inicial de Cristina dio paso a la curiosidad, pues la felicidad de su vida estaba en juego. El fulgor del Aula Regia le permitió observar los rostros de los infantes don Sancho, don Felipe y don Manuel, quienes en una actitud teatral aguardaban sus miradas.

Discreto, el arzobispo de Toledo imponía por su gravedad. A Cristina le recordó a fray Ulv, su maestro del monasterio de Munklif. «Posee una frente de pensador», pensó Cristina. Engalanado con una veste talar morada y el collar de canciller de Castilla, su mirada atendía más al cielo que a la tierra, y su faz bondadosa era más propia de un frailecillo de convento que de un príncipe de la Iglesia. Sin embargo, de su rasurado rostro emanaba seguridad, virtud que ella adoraba en un hombre.

A su lado se hallaba don Manuel, cubierto con una jornea

de tafetán azul repujada con piel negra, que realzaba su estiliza-
da figura. Era un jovenzuelo de hermosos gestos, ojos verdes y
melena de rizadas puntas del color de la miel madura. La observaba prendado, como quien espía a una sílfide emergiendo
del mar. No era tan niño como ella esperaba, y en su faz barbi-
lampiña se dibujaba una sonrisa perfecta que la sedujo en extremo. La delicada calidad del jubón y un tahalí de oro que
pendía holgadamente de la cintura mostraban su refinamiento.

Con la mano sobre su cinto dorado, acaparando el círculo de
su visión, fijó luego su mirada en don Felipe, un hombre recio
que lucía un jubón borgoñón y un bonete emplumado. Le brillaba su leonada cabellera, crespa, entre rubia y bermeja, propia
de personas apasionadas. La boca era grande y altiva, y el rostro,
masculino y viril. Parecía un paladín salido de un festín de Ca-
melot. Sus ojos grises evidenciaban osadía. Las mejillas de Cristina enrojecieron turbadamente y su boca golosa se entreabrió.
Adelantándose besó la mano al rey y a la reina, mientras miraba
al monarca.

—Cristina Håkonardottir —anunció, y se los presentó—.
Cualquiera de ellos es digno de vuestro amor, pero sea el afecto quien lo señale con su infalible dedo. Sancho está ungido
con el óleo de las Órdenes Sagradas y precisaría de licencia papal para contraer matrimonio, si es que él deseara desposarse.

Fascinado por la serenidad de Cristina, don Manuel dijo:

—Sabed que cualquiera de nosotros sería capaz de alcanzar
las estrellas y colocarlas a vuestros pies, señora —y le dedicó
una afín sonrisa, mientras Felipe la observaba con picardía.

Solamente una mujer percibe cuándo se enamora de un hombre. Cuando aquellos ojos grises miraron directamente a los ojos
de Cristina, la boca de la joven se resecó, la sangre le palpitó en
las sienes y un volcán sacudió sus entrañas quitándole la respiración. Ese sentimiento era el que notaba en su interior, más fogoso que las olas embravecidas del mar de Noruega.

Su corazón ya había elegido.

La rosa del pudor

Valladolid, Castilla, marzo, A. D. 1258

Valladolid, engalanada como una novia, brillaba como la plata.

Un incendio grana encendía los torreones y espadañas de las iglesias. Cantos y vítores a los novios se corrían de callejuela en callejuela, en una corte que irradiaba regocijo por la boda real. Una impaciente expectación reinaba en caminos y plazas.

Las damas de Cristina le arreglaban la sarga nupcial, los velos de seda, los brocados y las alhajas, y la perfumaban mientras le hablaban de las artes amatorias en la noche de bodas y de los placeres de la vida matrimonial. Ella se ruborizaba, pero estaba ansiosa por unirse de por vida con el infante que había elegido: don Felipe.

Notaba en él una llama ardiente, y cada día la atraía más. Consideraba al infante un regalo del cielo, a pesar de su sabida frivolidad. Habían tenido poco tiempo para intimar, pero Felipe de Castilla y Stauffen, quinto hijo de Fernando III y Beatriz de Suabia, sojuzgaba su corazón. El casamiento por razones de Estado se había trocado en una unión deseada. Habían asistido juntos a las misas en el convento de Santa Clara, y a justas en el campo del Portal de León. Cristina ya no lloraba el pasado y no se afligía por el futuro. En las tardes de diversión se confundían como unos amantes más entre el bullicio de la ciudad en fiestas, olían los perfumes de los mercados, reían con las cucañas, bailaban con las muchachas y los mozos, y Felipe disputaba con los caballeros en el tiro de arco y a espada por complacer a su novia.

—¡Qué mal arzobispo haríais, don Felipe! —le decía con chanza.

—No se hicieron para mí los hábitos y los oficios divinos. Y eso que fui educado por Alberto Magno y el obispo don Rodrigo, el hombre más sabio y piadoso de la corte de mi padre —replicaba él sintiéndose un hombre dichoso.

Cristina, después de tratar en la intimidad al ilustrado príncipe, que hablaba el romance, el latín, el alemán y el francés con soltura, anhelaba unirse a él en matrimonio. Y así se lo hizo saber a Alfonso, al arzobispo Hamar y a los consejeros noruegos.

—Eminencia, cuando regreséis asegurad a mis padres que no pude escoger mejor marido. Lo que consideré una imposición suya, se ha convertido en algo que mi voluntad aprueba.

—Nos sentimos dichosos de veros feliz. Nos confortáis, Kristín.

La voz delicada de Felipe, los cabellos empinados y rubios, su carácter osado y la carencia de ambiciones la habían enamorado perdidamente, a pesar de su aparente ingenuidad. El infante, que había cumplido treinta años, no se ocultaba tras su coraza principesca y se comportaba como un prometido cariñoso. Impresionado por su hermosura y agudeza, no dejaba de glosar sus perfecciones ante el rey, que se maravillaba de tan certero casamiento, pieza crucial en su juego de alianzas para alcanzar el trono imperial. Don Felipe y la beldad noruega paseaban por la ciudad de noche, a la luz de las antorchas y envueltos en capotes, observaban a las gentes llegadas a las bodas desde León, Toledo, Burgos y las Asturias, y disfrutaban de su mutua compañía bajo el fulgor de una luna translúcida.

—No tengo duda alguna, Cristina, de que el destino te ha guiado hasta mí.

—Y yo percibo cómo el árbol de la vida de mis antepasados nos protege con sus ramas —le confesó, olvidando las sombrías previsiones que le profetizara en Oyrane la adivina Tyre.

Por su intercesión el rey había perdonado la vida a unos salteadores condenados a la horca, a dos rameras ladronas y a un preboste acusado del pecado nefando, que habían pedido clemencia a la pareja y que purgaban sus delitos colgados de las murallas en jaulas de hierro. Compartían gustos y placeres, y se hacían confidencias en la rivera del río, hasta que les sorprendía la noche contemplando la lluvia de luceros que derramaba el cielo. A las pocas semanas, Felipe había abatido el muro de sus dudas y su amor era una llama inextinguible.

Corrió por la ciudad el rumor de que el día antes de llevarla al altar, Felipe compitió con unos trovadores occitanos que cantaban la belleza de la futura desposada en un certamen poético. El premio consistía en una bolsa de doblas de oro, una botija de vino de Chipre, una corona de mirto y una medalla de Santiago en plata y azabache. Felipe, tomando el laúd de un juglar gallego, improvisó un verso que hizo conmoverse a Cristina, concitando los aplausos de un pueblo entregado a su príncipe. El rey don Alfonso no pudo por menos que alabarlo ante los palaciegos, pues no conocía en su hermano esa inspiración poética. La trova de don Felipe corría de boca en boca, así como su generosidad al repartir el premio entre sus contrincantes.

Los bronces de Santa María y San Martín repicaron a gloria.

Cristina de Noruega, bajo un arco de flores que sostenían dos damas vestidas de azul, caminaba hacia el altar. Ataviada con galas blancas y rasos bordados con azucenas, símbolo de la castidad, un manto de armiño y una corona de pedrerías que recogía su trenzada melena, concitaba las miradas del pueblo, que la vitoreaba sin cesar. En la novia resaltaban sus ojos realzados con antimonio y sus labios con esencias de rosas. La precedían cuatro caballeros noruegos con el gallardete de san Olav, el alférez real con el estandarte de Castilla y una banda morisca. A ambos lados del baldaquín la escoltaban una procesión de clérigos con cirios en las manos, ricoshombres de la villa y un escuadrón de la guardia del rey Haakón y de los adalides castellanos con armaduras toledanas.

Sus labios rosados musitaron una oración y el iris de sus ojos se clavó en la austeridad de la piedra blanca de Santa María, adornada con gallardetes de seda. En aquella hora mágica, el sol caía a plomo sobre la iglesia, y el esplendor del cielo rivalizaba con la belleza de la novia. La princesa ascendió con dignidad la escalera del templo. Era el soleado primer domingo de Pascua, 31 de marzo del año del Señor de 1258. El sol del este presagiaba una primavera tardía, pero lujuriante. La princesa penetró en la nave atestada de invitados, mientras los acordes del armonio y los neumas de los monjes del Císter colmaban de acordes la etérea atmósfera. Infinidad de puntos de luz penetraban por las vidrieras y ventanales formando extrañas figuras lumínicas. Las volutas ondeaban por encima de las cabezas de los prohombres de Castilla: el almirante, el condestable, los duques de Haro, Castro, Cameros y Lara, y los grandes maestres de Calatrava y Santiago, envueltos en hábitos cruzados de blanco inmaculado.

El lateral del estrado estaba ocupado por los poderosos almojarifes o tesoreros del reino, don Mair, y sus hijos Zag y Josef, tres judíos engalanados con túnicas de camelín y rizadas barbas, que parecían salidos de las páginas del Pentateuco. Y como exótico contrapunto a los linajes de Castilla y Noruega, asistían invitados a las bodas el rey de Granada, Muhammad II, con una *zihara* y un turbante con bandas de color amarfilado; Ibn Mahfut, sultán de Niebla, Silves y el Algarve, con su rostro del color del bronce, y el reyezuelo Ibn Hud, rey moro de Murcia, los tres vasallos y amigos del rey sabio de Castilla.

Doña Violante, pletórica de atractivo, lucía una gonela italiana azul y el novio, don Felipe, se engalanaba con una hopalanda de terciopelo carmesí, el color del amor conyugal. La familia real la recibió junto al presbiterio, presidido por el prelado de Santiago, el arzobispo Arias, don Sancho primado de las Españas, y el arzobispo Hamar, que lucían mitras y casullas lujosamente bordadas. Cautivada por el ritual, un ardor delicioso le subía por las mejillas y el corazón parecía segregarle néctar en su garganta.

Tras el solemne oficio, donde se leyó una carta del papa Alejandro IV dirigida a los contrayentes, don Sancho recitó el ritual del matrimonio, aunque la bendición de las arras correspondió al viejo prelado compostelano:

—*Dominus sit in cordis vestris et in vestris labiis ut digne et competenter santitatem vestri matrimonii*, «El Señor habite en vuestros corazones y en vuestros labios para presagiar dignamente la santidad de vuestro matrimonio».

Don Felipe proclamó al intercambiarse los anillos:

—*Domine, dilecto decorem mei uxoris tantum locum habitationis gloriae tuae*, «Señor, amo la prudencia de mi esposa tanto como el lugar donde reside vuestra gloria».

A lo que replicó Cristina con palabras que sonaron a música:

—*Ego autem in nobilitate mei hominis ingressus sum, et miserere nobis Domine in aeternum*, «Yo, en cambio, he admirado la nobleza de mi varón, y os ruego nos protejáis eternamente, Señor».

El arzobispo alzó sus manos artríticas y trazando el signo de la cruz en el aire inmóvil, pronunció:

—Por el poder otorgado por el Creador, yo uno en santo matrimonio en Su nombre, con la gracia del Hijo y el aliento del Espíritu Paráclito, a don Felipe de Castilla y doña Cristina, princesa de Decia, Noruega y Dinamarca.

—¡Amén! —retumbó la iglesia, y sonaron al unísono himnos y campanas.

Cristina no cabía en sí de gozo. La ceremonia nupcial había concluido, y al comparecer los novios bajo la arcada de Santa María, un torrente de pétalos de rosas, ramos de florecillas silvestres y romero, cayeron a sus pies como una alfombra. Centenares de palomas liberadas volaban hacia el río. Cristina, mientras ponía el pie en el estribo de la cabalgadura, alzó los ojos hacia la torre del templo, como un estilete de piedra clavado en la bóveda celeste, y dio gracias por su recién estrenada felicidad, rogando que perdurara. Las trompetas y timbales abrían paso a la pareja de recién casados, que jubilosos precedían al séquito camino del palacio arzobispal donde se celebraría el banquete.

«Si la dicha es esto, soy la mujer más venturosa de la cristiandad —pensó Cristina—, aunque fray Ulv me dijera que la felicidad es un relámpago, y que esa palabra es efímera como un suspiro.»

La residencia estaba rodeada por porteros de maza y arqueros del rey, que mantenían a raya a un bullicioso ejército de mendigos, pedigüeños, pícaros, truhanas, ciegos, lisiados y mutilados de guerra, que no dudaban en aguardar a la intemperie para participar en el reparto de las sobras del banquete y en los festejos de una semana que seguirían a los esponsales, donde el vino de la tierra, los guisos de caza y la cerveza correrían a costa de la Corona. El tesorero don Zag no había reparado en gastos, y el gran senescal había mandado traer a la corte a los cocineros más nombrados de Toledo, Sevilla, Córdoba, a trinchadores de Pisa, vinateros aragoneses y a reposteros de Valencia.

Durante el día se celebraron en plazas y palenques torneos entre caballeros, y con el crepúsculo se encendieron millares de flameros, candiles de sebo almizclado y pebeteros perfumados. Los comensales fueron colocados por orden de linaje bajo el estrado regio, y un ejército de pajes y servidores, con las libreas blasonadas de Castilla, sirvieron exquisitos platos hasta el amanecer. El salón estaba decorado con arcos de flores y una fuente romana de mármol, colocada allí para la ocasión, que manaba chorros menudos de vino. El picerna real, un doméstico con un probador de plata colgado del pecho, entregó unas copas de oro a los reyes y a los novios con vino de Toro, y con una encendida dedicatoria, el monarca de Castilla brindó por los esposos, dando por iniciado el suntuoso banquete.

Gudleik y Beltrán, cuya familiaridad crecía día a día, habían sido colocados en la mesa de los servidores palatinos, con los médicos, amanuenses, escribanos y pedagogos del rey. El médico de almas había soportado en los últimos días un tormento atroz: aunque la boda de Cristina era algo inevitable y esperado, la felicidad de que hacía gala la princesa le flagelaba el alma. Se alegraba por ella, por supuesto, pero le era imposible evitar la comezón de los celos… Ahora, sentado junto al bufón en un ángulo de la mesa, intentaba disimular sus sentimientos mientras conversaba con él sobre los meses pasados en Noruega. Los coperos llenaban los vasos a los comensales y colocaban los platos simétricamente en el centro de las mesas con exquisitas viandas, que los invitados se servían en grandes rebanadas de pan para comerlas con las manos, según la costumbre cortesana. Y aunque Beltrán y el bufón parecían por sus gestos alejados del festín, observaban a hurtadillas a la dama de sus sueños. Gudleik no hacía sino festejar la excelencia de los platos que presentaban el despensero y el cocinero real con gran boato, manifestando la grandeza de don Alfonso.

Sirvieron en cazuelas de porcelana carnes de buey asado y venado, empanadas de cabrito, codornices confitadas, róbalos adobados con sándalo blanco, cabezas de jabalí asadas con azafrán, faisanes guisados con clavo y cilantro, y capirotadas de cordero, plato típico castellano que anunció el trinchador mayor y custodio del arca de cuchillos y doladeras. Lo presentó ante los invitados nórdicos como un manjar antiguo, de la época de los godos, obrado con cordero lechal sobre un lecho de pan candeal, queso rallado, nuez moscada y pimienta, y cubierto de huevos estrellados, que hizo las delicias de los normandos.

Horas después concluyó el banquete matrimonial con los postres elaborados por moriscos granadinos que sirvieron en dulceras de plata junto a aromáticos vinos de Borgoña. Muchos de los caballeros noruegos era la primera vez que degustaban las frutas escarchadas con azúcar y gelatina, las quesadillas y piñonates, las tortas de canela y mazapán, los higos de Rayya (Málaga) y los zumos de granada y naranja de Pechina, escanciados en cráteras de cristal.

—No cabe duda de que un señor que honra a un hermano con semejante banquete ha de ser elegido soberano del *Regnum Mundi* —dijo Nicolai a Harald, hartos ambos de beber y comer, tras concluir el excelso agasajo nupcial.

Don Felipe se alzó del sitial y los comensales lo acompañaron. Agradeció a su hermano la pompa de la recepción, y a los embajadores noruegos su presencia, haciendo una libación ritual con *aquedulcis*, hidromiel con canela, granos del paraíso y cúrcuma; después deseó salud a la familia real y feliz regreso a la legación norteña, entre un caluroso aplauso.

El mayordomo golpeó con su varal en el suelo y los domésticos apartaron las mesas, dando comienzo el baile de la novia con don Felipe y del rey con doña Violante, que luego siguieron la nobleza, caballeros, damas, cortesanos e invitados. Un grupo de músicos tocaba bailes antiguos, que dirigía el *magister* fray Egidio de Zamora, preceptor de música de los infantes de Castilla.

Los desposados se instalaron en un carruaje adornado con láureas. Centenares de candelas iluminaban el azul oscuro del firmamento donde titilaban las estrellas. Un largo séquito se unió a los desposados camino del tálamo nupcial. Gudleik y Beltrán se mezclaron en el cortejo que los condujo al palacio de los Ansúrez, ahora propiedad de los condes de Urgel, donde lo aguardaba una legión de trovadores venidos de muchos lugares de Castilla, Aragón, Auvernia y Aquitania, que rasgaban sus laúdes y vihuelas en dulcísimas melodías. Beltrán, atrapado en sus recuerdos, adivinó en el rostro de la princesa su apetito ardiente, y sin quererlo, al verla tan apasionada con el infante don Felipe, se alegró. Pero la fría daga de una pasión cercenada desde su nacimiento, traspasaba su corazón.

La fiesta siguió en las calles; se oían vivas a los esposos y canciones improvisadas por juglares, encendidos por el aguardiente y el hipocrás. Beltrán, con la mirada extraviada, alzó sus ojos a los torreones de piedra gris y se imaginó a Cristina entregada a don Felipe.

—La he notado tan enamorada que me siento feliz —le confió Gudleik—. No hay quien iguale a la más bella princesa de la cristiandad, que ha hallado al fin el refugio de su felicidad en el reino del sol.

Beltrán ocultó su abatimiento en una máscara de falsa alegría y se unió a un grupo de cortesanos embriagados que bebían Lacrima Christi. Pero no podía olvidar la mirada que le dedicó la princesa al salir del convite, una mirada como un océano de agua azul, que poco pudo amansar su amargura. Se regañó a sí mismo por haberse hecho unas ilusiones no acordes con su condición.

«Otros quieren tu fortuna y tu sangre. Yo, sólo a ti —declaró entre dientes Beltrán—. Quise oler una rosa y me herí con sus espinas.»

La flor de Noruega no estaba destinada para él. Aquel destino injusto le producía una abrumadora aflicción. Bebió de la bota hasta hartarse.

Su corazón quería olvidar. Y por primera vez en meses deseó volver a estrechar el amable cuerpo de Salma Clara: anhelaba sentirse amado como un hombre, no como un entrañable amigo y consejero.

El castigo del cielo

Los aromas de la noche embalsamaban el aire y los dos amigos, Beltrán y el bufón, ebrios por el licor, buscaron como dos autómatas el abrigo del palacio donde descansaban los nuevos esposos. Se unieron a los trovadores y contemplaron cómo los novios, absorbidos en un abrazo apretado, saludaban a la multitud desde el balcón. Don Felipe ordenó al mayordomo que recompensara a los troveros con largueza; después, los esposos desaparecieron en el interior de la cámara.

Poco a poco se fueron apagando las luces y antorchas de la casona, pero Gudleik y Beltrán seguían mirando los ventanales. Mientras tanto, Cristina sentía la sangre palpitándole en el rostro. El sonrojo teñía su semblante, y sus pies descalzos temblaban como si se hallara al borde de un precipicio. Al verse sola junto a su consorte se mostró silenciosa, pero no dejaba de sonreír. Se destrenzó el cabello y cubrió su cuerpo con una camisa de tul blanco perfumado con algalia. Sólo la adornaban unas ajorcas de oro que cubrían sus muñecas y su talismán más amado que relucía en su pecho. El ungüento con el que habían perfumado su piel, regalo de Alfonso, exhalaba un perfume dulcísimo que enardeció a Felipe.

Las religiosas de Santa Clara y el médico don Hernando habían certificado y garantizado su virginidad. Con sensualidad dejó caer la camisa luciendo su desnudez como un buque enfrenta su proa al mar embravecido. Felipe la agasajó con amantes palabras. Los latidos del corazón de la noruega retumbaban en sus sienes por encima de los cantos de algunos trovadores, que entonaban por las calles madrigales, en una serenata iluminada por la luna. Los cuerpos de los esposos se juntaron, y la piel morena del príncipe y la rosada de Cristina se moldearon en una sola forma, ardiente y trémula.

Cristina dejó su cuerpo inerme y cerró los ojos, sometiéndose como se somete el barro maleable a las manos del alfarero experto. Y extraviada por un ardor indescriptible, se entregó al brío de su marido. Se amaron con avidez, y Cristina apreció que su vientre intacto era devorado por un fuego hasta ahora desconocido por ella. La Dama del Amargo Destino había roto su embrujo, y su memoria repudió para siempre las dudas de su corazón. Su felicidad en el matrimonio impuesto podía ser posible. Un complaciente alud de sueño la envolvió, acurrucada en el pecho jadeante de su esposo.

Al alba, cuando por los cristales pasaba un rayo dorado, la princesa de Noruega dormía vencida por el hechizo de la felicidad.

Castilla recibió la primavera con ansia, pues un invierno largo suele traer hambrunas y descontentos. Los campos titilaban de luz, los senderos se llenaron de hierba y flores violetas, y las amapolas crecían por doquier dibujando alfombras carmesíes entre los prados. Corrían los arroyuelos y se celebraban romerías en las ermitas de los caminos. Las ramas de los olmos y álamos daban sombra fresca y emanaban un perfume a brotes nuevos y sabias resinosas que vivificaba el aire. Una brisa cálida y enjambres de abejorros revoloteaban libando las flores, en medio de una atmósfera que confortaba el ánimo de Cristina, entregada a su complaciente marido.

A los pocos días llegaron a Valladolid dos enviados de la corte noruega, los caballeros Thorall y Byarn, que traían cartas para el rey Alfonso y para Cristina del soberano Haakón, que añoraba la presencia de su hija, interesándose por su elección y los fastos nupciales. Los enviados quedaron satisfechos del trato recibido y el contento que exhibía la princesa.

Peter Hamar, complacido con las bodas, reunió a los súbditos de su rey en el palacio arzobispal para decidir la forma del regreso. Andreas Nicolai y uno de los monjes de la legación, fray Mauricio, determinaron peregrinar a Tierra Santa siguiendo la costa sur hispana y el norte del litoral africano, con la idea de embarcarse en alguna galera veneciana de las que comerciaban en Oriente. Lodin Leep y sus hombres, que deseaban acompañar a Cristina hasta su residencia, aguardarían al otoño para emprender el retorno.

El arzobispo Hamar, fray Simón y sus hermanos dominicos, así como el grueso de la expedición, volverían por tierra, deteniéndose en París, para luego, desde Flandes, zarpar rumbo a Tonsberg, antes de que llegaran las nieves. Así se lo comunicaron al rey Alfonso, quien regaló al prelado en señal de su amistad un cofre con mil marcos de plata, y vituallas, jaeces, caballerías y tiendas de campaña para que el regreso les fuera menos incómodo. El prelado, ante tan valioso presente, declaró:

—Nunca conocí un monarca tan magnánimo como vos, y no sólo por el objeto material, sino por el afecto con que lo ofrecéis. ¡Gracias, señor!

Concluidos los preparativos, unas semanas después, la embajada noruega se disponía a retornar al país del septentrión. La ciudad de Valladolid bullía como una olla humeante. Las caballerías piafaban al ser uncidas a los carretones; los norteños se despedían de los amigos castellanos y de las doncellas a las que habían enamorado. Escuderos, frailes, arrieros de cuadra y jinetes se disponían para la partida, sintiendo perder las suavidades de una primavera, que auguraba un estío de sol, abundancias y cielos infinitamente claros.

Sin embargo, después de la misa del alba, se produjo un gran revuelo. El arzobispo, que conversaba con Ferrán y Sina, hubo de salir al patio, pues los noruegos andaban soliviantados. ¿Qué ocurría que tanto les afectaba?

—Ha llegado un correo con los blasones de Aragón, y don Alfonso os convoca con urgencia a vos, *messire* Hamar, y a vuestros consejeros.

El arzobispo receló de la intempestiva orden del soberano. ¿Le habría ocurrido algo a *dame* Cristina? Los recibió en su biblioteca junto a Harald, el acalorado fray Simón y Nicolai, pues consideraba el asunto grave y reservado. La serenidad del porte del monarca contrastaba con un nerviosismo impropio de su naturaleza. Sus facciones siempre apacibles denotaban formalidad. El noruego se intranquilizó, pues creyó que se debía a alguna disposición del pacto firmado, y preguntó incómodo:

—¿Os inquieta algo, alteza? Vuestro gesto nos preocupa. ¿Acaso algún noruego ha cometido algún desmán? ¿Se trata de Cristina? ¿Del tratado?

—No, nada de eso, ilustrísima —lo cortó seco—; acabo de recibir una misiva de mi suegro el rey don Jaime de Aragón y deseo que leáis el último párrafo, donde nos envía funestas noticias sobre Ivar Engleson y Thorleik Bosso, de desdichada memoria.

El arzobispo enrojeció. Estaba demasiado sobresaltado para hablar.

—Con su felonía pudieron crear un grave conflicto entre coronas. ¡Nos alarmáis, augusto rey! —señaló muy desasosegado Nicolai.

—¿Qué maldad han cometido ahora? —tembló el prelado.

—Leed, os lo ruego —solicitó el rey en un tono inquietante.

Hamar, que no se había recobrado de la alarma, se temía lo peor: ¿no habían jurado que se tomarían cumplida venganza?

Asió en su mano el pergamino del que colgaba el emblema cuatribarrado aragonés. Preocupado, pasó los ojos sobre los nada tranquilizadores signos latinos:

Mi dilecto hijo don Alfonso —decía la epístola—, en cuanto a vuestros huéspedes noruegos que abandonaron forzadamente la embajada para alistarse en el ejército de cruzados que partía de Marsella, he de manifestarte lo siguiente. Ivar Engleson, llamado el Inglés, encontró una muerte infamante, impropia de un caballero, antes de embarcarse para Tierra Santa. Nada más llegar al puerto tuvo problemas con el justicia mayor y se vio envuelto en varios casos de violaciones, robos, asaltos y asesinatos. Hace unas semanas fue hallado muerto en el arroyo, en el arrabal de los prostíbulos, emasculado y con el cuello abierto y comido por los perros, después de una disputa en la que intervino como mercenario de una banda de truhanes, tramposos y proxenetas. No pudo ser enterrado en sagrado, y mi agente me comunica que apareció con el vientre mutilado sobre el que había marcado con un cuchillo un gran círculo de sangre traspasado por un venablo, o algo parecido. ¿Sabes, hijo mío, a qué nigromancia se debe ese extraño signo del diablo?

En cuanto a Bosso, según mis agentes, se unió como esbirro a una partida de los Hospitalarios de San Juan, rumbo a Rodas, de donde no regresará jamás. Los sorprendió un violento temporal y la nave naufragó cerca de Chipre. Todos perecieron en una muerte atroz, tragados por las aguas y comidos por los monstruos marinos, antes de arribar a San Juan de Acre. Ambos han recibido un apropiado castigo por su comportamiento mezquino en contra de Dios y de su rey.

Alfonso, cuyas finas manos reposaban en el sitial, no se inmutó.

—El Señor ha aplicado con diligencia su justicia —aseguró extendiendo su mirada—. A veces la justicia del cielo palidece ante la de los hombres. Aceptaron dejar su destino en manos de Dios y Él se ha pronunciado.

Ferrán y Beltrán, que conocieron la noticia a través del noruego, fingieron desinterés, pero en su corazón pensaban que se merecían muertes tan crueles por sus miserables acciones y su traición.

—El castigo del Altísimo no yerra nunca, Beltrán —le confió don Suero.

—Eran dos codiciosos que encontraron lo que buscaban: la ruina. La misteriosa mano del destino suele obrar así —sonrió con regocijo.

Se despidieron con efusividad de *monseigneur* Hamar, cuya voz, ahogada por la emoción, apenas si le salía de los labios.

—Mi buen amigo Suero, quiera el Altísimo que antes de entregarle nuestra vida podamos abrazarnos otra vez; y vos, *magister* Sina, tened la seguridad de que os habéis unido al círculo de mis predilectos. Cuidad de *dame* Cristina, cuyo ánimo es tan frágil como el cristal. Quedad con Dios.

Los castellanos, con un nudo en la garganta, le besaron las mejillas.

—Adiós, Peter, que Dios sea el compañero que te asista en tu viaje.

—Gracias, monseñor Hamar —observó Sina—, nunca os olvidaré, ni tampoco a Noruega, que ha hechizado mi corazón. Y no dudéis que auxiliaré a doña Cristina con mi modesta ciencia. Id con el Señor, y que los vientos os sean favorables.

La caravana salió por el camino de Burgos. Desde la vega del río ascendía un frescor perfumado. Los carros, cubiertos de cortinajes acolchados, y los cascos de los caballos formaban un ruido ensordecedor, alzando nubes de polvo. Los noruegos debían afrontar centenares de millas, y la comitiva, como un monstruo serpenteante, desapareció por el páramo. ¿Tendrían igual fortuna que en el viaje de partida?

Días después, los castellanos regresaron a la capital del reino, Toledo.

Para la desposada, el viaje resultó un itinerario triunfal, pues allá donde paraban para reposar, Cristina era recibida con honores de reina. La transparencia del aire y su calidez eran cada vez más intensas, conforme se dirigían al sur. La agraciada esposa, perfumada y acicalada, era acompañada en un suntuoso carruaje por su esposo, que se mostraba pródigo en halagos. Beltrán no dejaba de observarlos, prolongando el rumor de su tormento interior.

—¿Hasta cuándo durará esa fiebre nupcial? —preguntaba a Gudleik—. Don Felipe es inconstante y…

—¿Quizá creéis que pueda degenerar en una indiferencia? No lo creo, y os ruego que no os convirtáis en pájaro de mal agüero, *signore* Sina.

—La situación que vive mi alma es despiadada —le confesó.

El majestuoso refugio de Toledo los esperaba y Sina se acordó de nuevo de Salma Clara. ¿Podría amarla como antes tras haber conocido a Cristina? Debía intentarlo con todas sus fuerzas, aunque en el fondo de su corazón sabía que el amante que abandonó Toledo ya no era el mismo, que se había producido una metamorfosis en sus sentimientos. Amaba a otra mujer en la reserva de su alma, con una furia arrebatadora y misteriosa. Estaba ciego en un amor imposible que navegaba a la destrucción.

Toledo, madre de pueblos

El ansiado regreso a Toledo de la corte itinerante de Alfonso X se hizo realidad cuando florecía la estación de la vida. Lozanos olores a huertos en flor, a sementeras y jardines fragantes auspiciaban un cálido verano.

Aunque con el alma herida, Beltrán se alegraba de regresar.

—¡Cabalgamos hacia Toledo, don Suero! Resucito a la vida cuando regreso al hogar —prorrumpió Sina, alborozado.

—A don Alfonso le esperan buenas noticias. Un correo papal confirma que Alejandro desea coronarlo y acabar con el problema imperial y el caos que impera en sus tierras.

—¿Al fin Roma ha entrado en razón? —preguntó el *magister.*

—Razón interesada —adujo—. Los aliados de don Alfonso, los gibelinos pisanos, han vencido al capitán güelfo Montaperti y han persuadido al Papa del poderío de nuestro soberano, al que ya aclaman en Italia entera.

Parecía que al fin la justicia de su candidatura había calado en la dura mollera de la Sede Pontificia, y que Alfonso asumiría muy pronto sus obligaciones imperiales y ampliaría sus dominios allende los Pirineos. Sus sueños se cumplían.

El fulgor dorado de Toledo acopió las miradas de la comitiva real, que cruzó la ciudad entre entusiasmos, pues nadie olvidaba la generosidad de su soberano que había reconstruido el puente de Alcántara, arrasado por una intempestiva riada. Tras los casi doscientos años de la conquista cristiana, Toledo no había perdido la grandeza que la había hecho ilustre en tiempos de Cartago, Roma, del reino visigodo y del califato de Córdoba.

A Cristina le pareció más grande que París o Bergen. La princesa percibió las actitudes patricias de sus moradores y la elegancia de sus casas. La actividad de los talleres de forja y armas, las sederías, los obradores de cerámica y orfebrería era afanosa, y el olor a especias y al vino almizclado de las tabernas, exquisito.

—Se cuenta —le explicó Felipe— que al crear Dios el sol al cuarto día se detuvo a descansar y lo situó encima de la peña donde luego se alzó Toledo. Es una leyenda, pero no deja de ser aleccionadora. Fue durante siglos la capital de Hispania, sede de concilios, trono de los visigodos y de los Banu dil-Nun, y no existe ciudad más enigmática que ésta. Se dice que la fundó Túbal, el Hércules tebano. Es un burgo de misterios.

La princesa admiró la vista de los santuarios de la vega, las cúpulas, las murallas y reliquias antiguas y observó entre la multitud a súbditos musulmanes, en su mayoría aguadores del Tajo, alarifes, hortelanos y braceros, y a judíos de mustios semblantes, que habían salido a la calle a aclamar a su rey, atraídos por la joven beldad normanda. El gentío se arremolinaba para contemplarla. Colgaban de los ventanales los tapices y brocados, y los pendones de los torreones. La ciudad resplandecía con los vestigios de los templos romanos de Marte y Venus, el castillo godo de San Servando, la mezquita musulmana convertida en iglesia del Cristo de la Luz y las iglesias mozárabes de San Román y Santo Tomé, de ladrillo rojo y gráciles campaniles. Reina de los burgos de Castilla, se alzaba sobre un inexpugnable farallón, ceñida por el meandro plateado del Tajo en medio de un paisaje infinito de vergeles, viñas y frescas alamedas.

Centro del ocultismo universal, acudían a ella alquimistas, místicos y doctores de las tres religiones a estudiar la Cábala y el Talmud y adentrarse en los secretos del conocimiento. Bibliotecarios de las más renombradas universidades y monasterios de Europa, se congregaban en sus aulas y *scriptoria*, como huéspedes del Rey Sabio, para traducir para sus escuelas antiquísimos códices griegos y árabes.

Astrólogos árabes, sufíes y ulemas de Damasco, Bagdad, El Cairo y Basora, y rabinos de Jerusalén, Antioquía, Praga, Bizancio, Roma y Bohemia, frecuentaban el Alcázar Real para investigar el Génesis de Enoch y los códices de Pistorius, precedentes judaicos del Apocalipsis; y hasta se aventuraban a descender al submundo de los pasajes subterráneos, las legendarias cuevas y ergástulas de Toledo, un dédalo de pasadizos que horadaban la urbe, y que la superchería del vulgo suponía escondrijo de ocultos tesoros, asiento de casas encantadas, rincón maléfico de quiromantes y magos, venero de leyendas inconcebibles y enclave de misterios arcanos, cuando sólo parecían ser refugios empleados por los cristianos perseguidos, y cementerio de los mártires de la fe primitiva.

Ferrán dio gracias al cielo al besar la cruz del zaguán de su mansión, prometiéndose a no navegar en el tiempo que Dios le diera de vida; los nuevos esposos, Cristina y Felipe, prolongaban su idilio, ajenos al mundo, y Beltrán, ávido de afectos, se echó en el regazo de Salma Clara, intentando olvidar los desengaños de su amor imposible.

Pero Alfonso, que retomaba los asuntos del reino y la causa imperial, suspiraba impaciente por la llegada de frey Hermann, como el canto del jilguero espera el nacimiento de la mañana. Deseaba concluir la interpretación del mensaje cifrado, saber qué significaba lo del «barbero bíblico», y conocer de una vez por todas quién era el elector desleal. Aguardaría impaciente.

Las gentes de Toledo se asombraron ante su aspecto imponente.

Frey Hermann von Drakensberg, convertido en el último capítulo general de la Orden Teutónica en *trapier*, o cuarto maestre; Manfred von Maurer, *landpfleger* o preceptor; Sibrand, su escudero, y varios caballeros teutónicos, habían cruzado el arrabal de Santiago y entrado en Toledo por la nueva puerta de Bisagra, ante la muda admiración de los vigilantes, que se apartaban al paso de aquellos colosos de hierro y cuero. Los monjes guerreros, jinetes de garañones engualdrapados, lucían cotas y guanteletes de malla, hábitos y capas blancas con la cruz negra, e imponían por su turbador aspecto.

Sibrand, cuya vestidura era la gris de hermano lego, enarbolaba la enseña teutónica, la insignia negra con el águila imperial y cuatro flores de lis en sus brazos, legados por el emperador Federico Barbarroja y Luis IX de Francia, por sus servicios en Tierra Santa. Cubiertos con yelmos alados de acero, parecían recién salidos de las arenas de Egipto o de las escarpaduras de Jaffa. Ante esta visión imponente, en la ciudad surgieron todo tipo de especulaciones sobre la presencia de los caballeros germánicos en Toledo. Las noticias volaban y se oían en los corros las más disparatadas disquisiciones. Unos falsos pordioseros que simulaban cojeras y heridas de guerra para apelar a la caridad de los devotos, comentaban en la escalera de Santiago:

—Dicen que le traen al rey la Corona del Imperio —opinaba uno.

—¡Quia! —contradecía un cojitranco de andrajosa camisa—, se comenta en el Alcázar que el jefe ha retado al rey a una partida del juego del escaque, del que es campeón invicto en sus tierras.

—Intereses de reyes que no llegamos a comprender —afirmaba otro.

—¿Habéis observado el dragón que luce en la espada y el escudo?

—¿No será un quiromante de los que buscan secretos en Toledo?

En medio de aquellos comentarios, los monjes guerreros ascendieron seguidos por la chiquillería a la plaza de Zocodover, rodearon la fábrica inconclusa de la catedral, oculta por una maraña de cordajes y poleas, y tras cruzar la plaza Mayor, se plantaron ante el rastrillo de la fortaleza real. Los monjes germanos fueron acogidos por Villamayor, el mayordomo palatino, que los acomodó en el torreón de huéspedes. Después del reposo, fueron agasajados por los recién casados en una cena privada a la que asistieron Ferrán, los maestres de Santiago y Calatrava, el canciller don Sancho, el *magister* Sina y otros cortesanos. El rey, pese a su ansiedad por conocer al guerrero teutón, se hallaba postrado en cama aquejado de una severa disentería y no pudo asistir, muy a su pesar.

Durante el banquete Von Drakensberg narró su peregrinación a Compostela y platicó con Beltrán, mientras algunos nobles no salían de su estupor ante tanta franqueza y amistad con el médico del alma, al fin y al cabo un plebeyo. En los labios del teutón flotaba una sonrisa, y mientras desaparecía concluida la cena, Sina tuvo tiempo de observarlo y reflexionar: «¿Qué secreto guarda el monje caballero? ¿Será el portador de un mensaje del capítulo de la *Cupula Mundi*?».

Las luces del día agonizaban por poniente, expulsadas en las penumbras del ocaso, y el bibliotecario aceleró el paso, sin dejar de cavilar sobre tan enigmático personaje.

Espías en la Corte

Cristina, mientras tanto, hacía grandes esfuerzos para adaptarse a la encorsetada vida de la corte castellana. Durante los primeros meses de matrimonio había vivido un feliz idilio con Felipe. La pareja se había convertido en referencia de los bailes cortesanos, de los juegos poéticos y de los juglares palatinos que componían poemas en su honor. Guiraut de Riquier, un recitador provenzal huésped de Alfonso, y el cortés Arias Nunes, un cantor gallego de delicada sutileza, componían versos a la princesa nórdica, ante la celosa mirada de doña Violante, quien como una diosa menor lanzaba sus rayos de irrefrenable rivalidad hacia la noruega. Beltrán observaba que la soberana se revolvía como una víbora herida y que sus pupilas brillaban encolerizadas cada vez que uno de los cortesanos le dedicaba un piropo a la recién casada. Además le había dolido en el alma que su adorado Felipe, cuyo amor secreto aún seguía latente en los pliegues de su corazón, idolatrara a su gran rival: *dame* Cristina, la extranjera.

La magnificencia de los atuendos de la nórdica, los sombreros adornados de perlas, las colas de seda y las largas mangas aterciopeladas que lucía, llamaban la atención de los donceles y despertaban la admiración de las doncellas, menos en su cuñada, que cada día sentía mayor ojeriza por la normanda. A doña Violante, que hasta hacía poco había sido el centro de la corte con su esbeltez y apostura —le sacaba un palmo a don Alfonso—, aquellas atenciones hacia Cristina habían convertido su vida en un purgatorio. La noruega, sin desearlo, había despertado la bestia de los celos en la aragonesa, que no cejaría hasta verla relegada a lo que le correspondía: infanta de Castilla sin derecho al trono. Pero los ataques de la soberana hacían que Cristina se sintiera vulnerable y desdichada. La reina, escamada porque los hombres acudieran a su alrededor como los insectos a la luz, se revolvía con enfermiza aversión, buscando sentidos oscuros a sus inocentes intenciones. Beltrán y otros hidalgos que frecuentaban su compañía también eran blanco de su desprecio y de su vigilancia.

—Esta mujer es el arma más peligrosa de la corte, aya, y temo que con sus encantos domine también la voluntad de mi marido, a quien se le cae la baba cuando la mira —confesó enfurecida Violante a doña Brianda.

—¿Acaso don Alfonso no os ama, señora? Olvidadla —la confortó.

—¡No soporto su falsa candidez! —se revolvió—. ¿Y esa lánguida jovenzuela es la que me iba a suplantar? Esa timidez se me antoja más peligrosa que su hermosura. Esos petimetres de la corte se congregan como moscones alrededor de sus faldas y el demonio siempre anda cerca para levantárselas.

Cristina detectaba a su alrededor ojos enemigos e invisibles que la cercaban, y cuando descargaba su corazón en su esposo, éste se reía, antojándosele rivalidades entre hembras.

Felipe, con el correr de los meses, había ido retomando sus placeres favoritos, los caballos, la caza y la cetrería, y se trasladaba con frecuencia a los montes de Sierra Morena, dejando en la soledad de la corte a su esposa, a merced de las intrigas de doña Violante. La princesa, con el sofocante calor al que no estaba acostumbrada, solía saciar su sed con limonadas enfriadas en los neveros, y volvió a contraer una severa infección en el oído, secuela de la padecida en Inglaterra. Acurrucada bajo las sábanas, entró en una melancolía doliente, dominada por las fiebres y los escalofríos. A veces besaba la cruz de zafiros que le había regalado Felipe, o el talismán de Ygdrasil, como si quisiera apartar de su cuerpo las destemplanzas que la abrasaban, anhelando el retorno del marido al que tanto amaba.

La trató don Hernando, el médico real, al que Sina parecía estorbarle. Pero como ansiaba platicar con Beltrán, envió a Gudleik a su estudio sin mensaje alguno. Sólo un tallo de trigo partido dentro de un trozo de lino.

—Para vos, *signore* Sina —se lo entregó el bufón con secreto.

—Bien, Gudleik, he comprendido el recado de tu ama. El trigo quebrado significa «dolor en el alma» —le reveló—. La visitaré hoy mismo.

Sina tomó sus precauciones y compareció antes del ángelus, con sus damas presentes, para mitigar con la charla el aislamiento que padecía. Se esforzaba en sonreírle a pesar de su debilidad y le hablaba de sus temores. A veces Cristina estaba sumida en un duermevela morboso y sus labios musitaban temblorosas plegarias. Otras pasaba horas platicando con Beltrán, sin saber que la reina y doña Brianda los habían convertido en objetivo de sus flechas. Beltrán le aconsejó que espaciaran sus encuentros, y que si precisaba de sus cuidados siguiera acudiendo al lenguaje de las flores.

Días después, Cristina se levantó del lecho recuperada, aunque débil. Le rogó a una de sus damas que fuera a la Huerta del Rey, y sin ser vista le trajera una anémona, la flor del abandono. Felipe seguía en las estribaciones serranas cazando jabalíes sanglares, y a pesar de sus mensajes, no acudía a sus ruegos. Su pecho era una hoguera y sus ojeras denotaban la languidez de su estado anímico. Añoraba a su poco atento esposo.

Como habían convenido, Cristina se cuidó de no enviarle a ninguna de sus doncellas, lo que despertaría el interés de la reina, y le despachó el recado de nuevo con Gudleik, que pasaba el día de un aposento a otro del Alcázar. El siciliano le entregó el encargo floral con su acostumbrada reserva. Pero unos ojos invisibles, pegados a una puerta entreabierta, observaron la comunicación entre el médico de almas y el bufón. La sombra aguardó cautelosa y cuando el *magister* cerró la puerta y acudió a una convocatoria del rey, doña Brianda, arrastrando su pie deforme, entró sigilosamente en la celda, mientras una criada espiaba por si Sina regresaba imprevistamente.

Con prudencia sorteó las pilas de libros y revolvió el escritorio, pero no halló nada que lo comprometiera. «¿Dónde puede esconder un hombre el mensaje de una mujer? —se preguntó la nodriza, que sudaba copiosamente—. ¿Dónde está lo que más quiere?» Se dirigió a un anaquel donde guardaba los horóscopos que realizaba a la familia real y allí, dentro de una caja marfileña, descubrió varios paños de lino y viejos pañuelos de la noruega, que encerraban tallos, resecas hojillas y una anémona aún lozana y fresca que llevó inmediatamente a su ama, llena de júbilo.

—¡Mi niña, encontré lo que buscábamos! —exclamó doña Brianda triunfal.

—Esta inocente criatura ignora que no existe corte europea donde no se conozca el significado oculto de las flores. Ya me lo advirtió la abadesa de las clarisas de Valladolid, que se temía que el bibliotecario Sina y la normanda se comunicaban, aunque no sabía de qué forma, pues lo hacían con la discreción de unos consumados espías. De modo que si le ha enviado una anémona es que sufre del mal de la melancolía, el abandono y el desequilibrio del corazón. ¡Qué torpe es! —afirmó malévolamente la reina, y sonrió.

Observó las pruebas bajo el destello oscilante de las velas y pensó en su rival. Luego una sonrisa dominadora ensanchó sus labios y sus pupilas.

—Las hembras reales perdonamos las injurias, pero no los desdenes, y esa bárbara se siente olvidada por su fogoso marido —expresó sonriendo.

—Es hora de actuar, ama Violante —le aconsejó la vieja nodriza.

—Ve, y deja esto donde lo encontraste. ¡Y calla tu lengua! —le ordenó.

Desde aquel día, el acoso de la soberana a la joven desposada prosiguió con más virulencia, y el cerco al que la sometió se incrementó, ayudada por Brianda, Villamayor, don Hernando el médico y algunas damas aragonesas de su círculo privado. Para la calculadora Violante, la autoridad única y la conciencia estricta del Alcázar, no pasó inadvertida la sospechosa afinidad entre el médico del alma y Cristina; y aunque apreciaba a Sina, no veía concebibles las prolongadas pláticas entre un vulgar plebeyo y su regia cuñada. De modo que creyó haber encontrado la mecha que encendiera la seca estopa de los celos de su cuñado.

—Convertiré tu vida en un tormento —masculló.

El Paladión

El firmamento de Toledo era pura transparencia y diafanidad.

La vega irradiaba frescura y el polvo anaranjado empañaba la lejanía que se divisaba desde el Alcázar. Racimos de moscas, que ascendían del Tajo, zumbaban en el aire estático.

Don Alfonso, con aire sereno, acudía al Aula Regia a recibir a los caballeros alemanes. El mayordomo Villamayor, el conocido alcahuete de la reina, se había encargado de airear que la presencia de los germanos se debía a su peregrinación al sepulcro del Apóstol y a una inspección de las encomiendas castellanas de la Orden.

Von Drakensberg, con el pelo rojizo casi rapado, parecía un guerrero surgido del legendario reino de Thule. El gigante besó las cartas y se las tendió al monarca, tras hincarse de hinojos y tocarle con los labios el borde de la túnica escarlata, en señal de vasallaje. Para los cortesanos presentes no pasó inadvertido el gesto, que en el Imperio se conocía como el «ritual Proskinesij», expresión de la unión y del sometimiento de la Orden Teutónica al soberano electo del Sacro Imperio.

—Mi señor y emperador —dijo en latín con voz campanuda—, os traigo la salutación del arzobispo Arnaldo de Tréveris, vuestro valedor en Germania, y de mi gran maestre, Arno von Sagerhausen, que os saluda filialmente desde el castillo de Montfort. ¡Salve, augusto césar y rey de romanos!

La salutación complació al rey, pero Alfonso, en aras de su dignidad, se mostraba cauteloso pues ignoraba las verdaderas intenciones del caballero. Tras una breve plática, el rey aguardó una señal de frey Hermann que revelara su condición de enviado; pero éste, por su parte, divagaba, recordando a la madre del monarca *dame* Beatriz de Suabia y al gran maestre Von Salza, amigo de su padre el rey Fernando. Pasaba el tiempo y frey Hermann no mostraba ninguna señal de ser el *laufen*, y ni en las cartas, que abrió en su presencia, se hacía la menor alusión a su cometido de esperado mensajero o alfil.

Von Drakensberg, para mayor contrariedad del monarca, le anunció que seguiría su viaje para supervisar la encomienda de Mota de Toro y rogó licencia para retirarse, ante la estupefacción del rey, de Ferrán y de Sina, únicos conocedores de su identidad secreta y de su cometido. ¿Se habían equivocado de hombre? Las miradas se devoraban entre ellos, pero Drakensberg no mostraba indicios de ser el deseado recadero de la *Cupula Mundi*.

Alfonso, que no quería menoscabar su propia dignidad, carraspeó levemente, mirando con ansiedad al teutón. «Este hombre no es el que esperaba, a no ser que sea un perfecto simulador», pensó contrariado. Como correspondía a la etiqueta cortesana, el mayordomo dio por concluida la audiencia, mientras el monarca castellano lamentaba en su interior el malentendido. Se sintió dolorosamente defraudado y suspiró.

—Sois bienvenidos bajo mi techo —señaló—. Antes de abandonar el Alcázar os entregaré una misiva para vuestro gran maestre. Id con Dios.

—Quedad con él, mi respetado *kaiser* —replicó besándole el anillo.

Los caballeros inclinaron la cabeza y se dirigieron a la puerta. El rey se incorporó del sitial como un autómata. Una arruga vertical entre las cejas reflejaba su desilusión. Se sentía como un ignorante que acababa de ser víctima de su propio orgullo, por haber hecho una deducción equivocada del mensaje cifrado. Y como no competía a un soberano interesarse por un caballero de rango menor ni hacerle preguntas que podían comprometerlo, dio el asunto por zanjado, iniciando el retiro a sus aposentos. Pero súbitamente, cuando el germano cruzaba el dintel, se volvió, y el rey detuvo a sus acompañantes clavando su mirada en el gigantón. Le lanzó una mirada desesperada y su faz cambió de apariencia. El alemán había inclinado la rodilla sobre las losas, con el yelmo alado en la mano.

—¿Os ocurre algo, frey Hermann? ¡Alzaos! —ordenó el rey.

—Mi respetado emperador, excusadme, pero antes no me he atrevido —dijo con respeto—. En la cristiandad se conoce que sois el hombre más versado en el juego del ajedrez, como lo prueba el tratado que habéis escrito de vuestro puño y letra. Aprendí en Egipto sus celadas, y he jugado con el mismísimo sultán de El Cairo, Malik al-Kamil, y otros nobles del Imperio, Noruega e Italia. Además me tengo por estudioso de esta incomparable disciplina para el intelecto. Mis hermanos y yo no partimos hasta pasados unos días, por lo que pretendía rogaros humildemente la merced de jugar una partida en vuestro célebre tablero Paladión, si vuestros deberes regios os lo permiten.

Alfonso esbozó una sonrisa de alivio y se apresuró a asentir.

—Cambiaré alguna de mis obligaciones —mintió—. Mañana, tras el rezo de vísperas, aceptaré vuestro reto. Os aguardaré en mis aposentos. No os permitáis un exceso de entusiasmo, frey Hermann. Os costará ganarme.

Alfonso pensó que el germano era un hombre astuto, pues había hecho su declaración en el momento oportuno para no levantar sospechas entre algún cortesano intrigante. Él era el «enviado o alfil» y no otro, como había supuesto, y se alegró sobremanera.

El misterio corría su velo poco a poco y el teutón descubría sus cartas.

La satisfacción dibujada en las facciones de Alfonso era infinita.

El silencio invadía el Alcázar y la tarde se batía en retirada. Toledo enmudecía, y sólo el susurro de la brisa agitaba las ventanas. En la suavidad del crepúsculo, frey Hermann se llegó con el mayordomo a la estancia del monarca, que se abría a un patio donde crecían granados y cipreses. El intrigante Villamayor abrió la puerta y lo animó a entrar. El germano enarcó sus cejas dominantes. Entre un fárrago de legajos y escribanías adivinó la figura de don Alfonso, que lo esperaba. El soberano lucía una túnica roja de seda y el cabello se lo ceñía con un arete de oro. Los muebles labrados, los flameros de velones, los anaqueles de nogal llenos de protocolos, códices y libros, y la sobriedad de un Cristo Crucificado, creaban una atmósfera cálida.

—Entrad, frey Hermann —lo animó desde el fondo en alemán.

Pese a la tibieza del instante, ninguno pudo disimular su cautela.

El monarca se acomodó junto al ventanal y lo invitó a sentarse frente a él en una silla de tijera, utilizando la lengua que le había enseñado en su infancia su madre Beatriz de Suabia. En una mesa hexagonal que giraba para poder jugar partidas sin oponente, se hallaba un primoroso tablero de ajedrez adornado con signos astrológicos: el Paladión. A Von Drakensberg le golpeó el pecho una intensa emoción y se aclaró la voz. Los dos ejércitos contendientes brillaban entre el vaho áureo del aposento. El teutón tocó con las yemas de los dedos las figuras llenas de expresión y admiró sus acabados simétricos y los epígrafes astronómicos. Quedó absorto en su examen, mientras la sangre le subía a la cabeza.

—*Majestas*, concededme el honor de iniciar vos el juego —le pidió.

—¿Me dais la ventaja del rojo idumeo y preferís el verde de los etíopes? —preguntó, aunque era lo que esperaba.

—Así conviene a esta partida —afirmó enigmático el guerrero.

Frey Hermann se mantuvo impávido cuando el rey movió la primera pieza. Después, de forma diligente, fue respondiendo a cada uno de los movimientos de su antagonista. Tanto Alfonso como Von Drakensberg desafiaban una y otra vez sus mentes deductivas, concentrados en el juego y moviendo las figuras con seguridad y presteza.

Mientras el monje guerrero resoplaba, caían los peones, sucumbía algún caballo o elefante, como si los dos duelistas hubieran jugado aquella partida mil veces, o la hubieran aprendido de memoria. No había lugar para la improvisación, y ninguno parecía sorprendido por los lances de su adversario. Jugaban la partida como quien lee los renglones de un documento. Era un lance de imposibilidades dictado hacía tiempo por un tercer rival, ausente de la sala. El tiempo transcurría con latidos precisos, y el rey de Castilla, con la mirada escrudiñadora de un halcón, observaba los últimos movimientos, en los que cualquier error podía resultar fatal. Le preocupaba la posible coronación de un peón, que daría al traste con sus expectativas.

Jugada tras jugada, según el guión prefijado, los ejércitos quedaron diezmados, hasta que se produjo la situación que el rey expuso semanas antes a los ojos de Ferrán y de Sina: tres únicos supervivientes, el rey idumeo por una parte, y un arquero o alfil y el rey enemigo por la otra, se enfrentaban sobre el tablero, incapacitados los etíopes para vencer. La partida había terminado en la posición dibujada en el mensaje cifrado que Romé de Sorel entregó a Sina.

—¡Por todos los santos, comendador! Hemos alcanzado un *dauerschach*, un jaque perpetuo. El final de la partida son unas inapelables tablas —exclamó triunfal.

—¿Y os extraña, majestad?

—¡No! Sólo que temía una *zwischenzug*, una celada peligrosa y un final distinto que hubiera echado por tierra mis certidumbres. Os esperaba.

—A un soberano Stauffen no se le puede engañar, y menos traicionar —expuso el alemán sobriamente—. Y menos a vos. Únicamente nos queda la verdad, *sire*: el rey rojo ha sobrevivido.

Alfonso se tranquilizó, pues ahora sabía que Von Drakensberg era el *laufen*, el emisario. Ahora sólo quedaba que le revelara cuanto anunciaba el aviso de Sorel. Las palabras no podían estar encerradas por más tiempo. Drakensberg dijo:

—Señor, ya habréis adivinado que yo soy el enviado de su ilustrísima Arnaldo de Tréveris, de don García y de mi gran maestre, así como de otros hombres eminentes del Imperio. Todos creemos que vos sois el príncipe que el trono germánico precisa para restaurar la Edad de Oro en el mundo.

Alfonso se mostró complacido, pero desconfiado.

—¿Del mundo, decís?

—De la humanidad civilizada —concluyó—. Os explicaré. Como vos sabéis, Gengis Kan, con sus hordas de mongoles, ha arrasado Asia entera y se ha plantado frente a las costas de África y Europa, amenazando al emperador de Bizancio, el débil Miguel VII Paleólogo, y al sultanato de Egipto, que teme ser asolado por esos paganos de los Nueve Rabos de Yak. ¡Los mongoles!

—Sí, conozco esos movimientos y nos preocupan a todos.

—De modo que la Orden Teutónica, cuando combatíamos en Tierra Santa, entabló contactos con el sultán de Egipto, con las órdenes militares de Tierra Santa, con las cofradías sufíes de El Cairo y con los shiíes de Bagdad y Damasco, así como con los grandes archisinagogos de las juderías de Antioquía, Roma, Alejandría, Praga y Toledo, formalizando un pacto secreto para poner de nuevo en pie la teoría del *rex mundi* como una fórmula política adecuada para contrarrestar el empuje de esos bárbaros. Un solo jefe, un solo guía contra un peligro inminente.

Alfonso sonrió cortés, sin mostrar sorpresa.

—¿Ese pacto secreto tiene algo que ver con la Cúpula del Mundo?

Con un aire falsamente humilde, se aclaró la garganta, y manifestó:

—Sí, la *Cupula Mundi*, o *Aurea Tria*, es una fraternidad de reyes, místicos y sabios de las tres creencias, que fue concebida en tiempos del anterior maestre de mi Orden, Von Salza, y por vuestro tío abuelo Federico II Stauffen, el modelo de soberano y que tanto se parece a vos por su actitud conciliadora, prudencia y sabiduría. Él, como vos, vivió rodeado en Sicilia de musulmanes, y por su sangre corría tanto la de los reyes árabes de Sicilia como la germana de los Suabia.

El rey deseaba saber más detalles. Le complacía ser él el soberano que concitaba los deseos de gente tan erudita, y preguntó:

—¿La *Cupula Mundi* es en verdad una hermandad secreta, una secta?

—No, *messire*. Es un grupo de hombres justos e influyentes que poseen inagotables y poderosísimos medios de persuasión en las dos orillas del mar y no proceden en el secreto, pues sus propósitos son conocidos. Y ante la amenaza de los mongoles quieren unificar el poder de decisión en un *Imperator* firme e instruido que solucione con su pericia y valor el asunto, al margen de su credo. Un césar al modo del Imperio romano, que unifique en su mano todo el poder para hacer frente a esos terribles paganos.

El monarca, consciente de la misión, preguntó remiso:

—¿Y pretendían convertir a mi tío Federico en príncipe de las tres religiones? Parece fantasía más que realidad.

—Así fue, *sire*, y sólo su muerte lo impidió —le recordó—. Era el paladín señalado por la Providencia. Aborrecía la violencia, incluyó a los monjes teutónicos en su consejo privado, nos permitió usar emblemas, gallardetes y anillos con el águila imperial. Pero la contumacia de los papas romanos, cuyo único objetivo es arrebatar a los reyes el poder temporal y aplastarlos bajo sus sandalias, le costó excomunión tras excomunión, y no pudo llevarse a cabo el colosal proyecto, que ya estaba aceptado por todas las partes. Su inesperada muerte en Tierra Santa dio al traste con ese plan universal.

Alfonso estaba cada vez más interesado en el asunto.

—Nunca recibí noticias de esta anónima hermandad, creedme —se interesó—. ¿Y quiénes formaron ese cónclave de la Cúpula del Mundo?

—Os lo diré, majestad —respondió—. Fue en tiempos de la Quinta Cruzada, en 1217, y la idea surgió del *poverello* de Asís, el hermano Francisco, fundador de los hermanos menores. Fue testigo de las cruentas batallas entre musulmanes y cruzados, y estaba firmemente persuadido de la hermandad de los seres creados por Dios. Solicitó licencia al cardenal legado, el español fray Pelayo de Santa Lucía, para entrevistarse con el sultán de Egipto al-Kamil, quien sabía de su santidad. Lo recibió en El Cairo con honores de rey y de místico santo, colmándolo de regalos, que el apóstol de la pobreza rechazó. Sea como fuere, tras su partida, el sultán ofreció unas generosas condiciones de paz a los cristianos y la devolución de Jerusalén, pero el intransigente clérigo papal se negó en redondo a aceptarla, pidiendo a los cruzados la expulsión y el exterminio total de los infieles de los Santos Lugares. O sea, guerra y muerte, frente a paz y diálogo.

—Ese hombre de Dios ha llenado de concordia el mundo —recordó afable—. ¿Y qué ocurrió finalmente, frey Hermann?

El germano tragó saliva y carraspeó, para luego informarle:

—En una tienda de campaña frente a las murallas de Damieta, en Egipto, se reunió el primer capítulo de la Cúpula del Mundo. Asistieron a la convocatoria Juan de Brienne, soberano de Jerusalén; Guillaume de Chartres, maestre del Temple; Garin de Montaigu, prior de los caballeros hospitalarios; mi superior Hermann von Salza; el sultán al–Kamil, hijo del legendario Saladino; el piadoso Hugo de Génova, un místico sufí; el comendador del Hospital; Gerlando de Polonia, en representación de vuestro tío Federico II; fray Gerard Mercantí, y Wolfran von Eschenbach, poeta y cruzado, autor del *Parsifal*. Mientras, el legado del Papa se mordía los nudillos y bufaba como una res, elucubrando por qué lo habían excluido del misterioso cónclave. Desde entonces, y tras otras sucesivas reuniones, Roma está sobre ascuas.

—¡Un gran poder en la sombra! —replicó, vencido su recelo inicial.

El germano dirigió su mirada hacia el ventanal, donde la vaguedad de la noche dejaba ver un firmamento lleno de estrellas que parecían cometas.

—Lo era, majestad. Jamás se vio tal concentración de hombres poderosos y deseosos de paz, y de tanto prestigio. Ahora deseamos retomarlo, con vos como guía y *dux* de pueblos.

El monarca castellano esbozó un gesto de razonable duda.

—¿Y cuáles eran los fundamentos de esta formidable idea?

—Me extraña que me lo preguntéis, *sire*. Vos portáis sangre Stauffen y vuestra madre os hablaría alguna vez del reino de Thule, el edén de la sabiduría, de la paz y del buen gobierno.

—Conozco la leyenda.

—Pues bien, majestad, de estas raíces surgió la idea. Von Salza, mi gran maestre, tras la reunión de Damieta, siguió trabajando en el proyecto de la Cúpula del Mundo. Expuso el modelo de pensamiento a la jerarquía del Temple, a los Sabios de la Luz, a la Orden de la Cruz Tau, a los sacerdotes coptos de Etiopía y del Nilo y a los maestros místicos de Oriente, quienes creyeron llegado el momento de la reconciliación de la humanidad, hartos de tanta sangre vertida en Oriente. La tiranía de las grandes religiones, que no traen sino enfrentamientos estériles, intransigencias y fanáticos de Dios, tenía que acabar.

—Cuesta creer que se reunieran en un objetivo común cristianos con musulmanes y judíos —rebatió el rey, que estaba atónito ante la noticia.

—El miedo a la invasión de los mongoles lo propició, *sire* Alfonso. El estado actual en Oriente es de pánico ante lo que se viene encima. Y aunque los hayan derrotado en Siria, siguen teniéndolos a la puerta de su casa —se explicó Drakensberg—. Los mongoles son la razón de ser de la Cúpula.

—Curiosamente —le reveló el rey—, el nuevo soldán mameluco Baybars me ha enviado animales exóticos, un cocodrilo disecado y también un tratado de paz que exuda sabiduría y jurándome amistad eterna. Ahora lo comprendo. Pero nada me revela sobre esa Cúpula del Mundo.

El visitante no esperaba tantas reticencias del rey.

—Además, el islam y el cristianismo sufren desde siglos una ordenación semejante e injusta. Están unidos en la fe de un mismo Dios, sí, pero divididos en lo político, y se matan sin piedad en Tierra Santa. Por eso, templarios y teutónicos se han aunado a los místicos sufíes y a los asesinos o *hashishin* de Alamut, que son persas y odian a los nuevos dueños de Oriente, los turcos, una raza zafia y poco temerosa de Dios.

En un tono neutro, el soberano comentó:

—Ocurre que se ha envilecido todo. Los gobernantes han dejado de recapacitar y de razonar. El egoísmo y la codicia están acabando con el hombre. Sin embargo, considero la *Cupula Mundi* como una máquina de presión disuasoria y poderosa que puede cambiar la historia. Comparto el espíritu de esa unión por encima de los credos. ¿Y tras morir mi tío abuelo sigue vigente?

El alemán pareció titubear, pero su arrebato lo animó a hablar.

—La *Cupula Mundi* es un cónclave sagrado que no se extinguirá jamás mientras exista el fanatismo en las religiones y las guerras de religión.

El cuarto maestre de la Orden Teutónica había creado un ambiente de misterio que servía a la perfección a su empeño de impresionar y seducir al monarca de Castilla. Sus palabras no se desvanecieron en el aire, sino que dejó sumido al monarca en un silencio reflexivo. Demasiado absorto para argumentar, sólo oía las palabras.

Don Alfonso estaba fascinado, pero sabía que el mundo de la política no se regía por las inmutables normas del ajedrez, sino por las caprichosas reglas del azar. En su cabeza ya elaboraba un plan: hacerse con el favor de la Orden Negra, y recuperar el poder de su dinastía germana.

El sorprendente estratega güelfo

Las primeras sombras de la noche se precipitaron sobre el Alcázar.

Un doméstico entró y encendió flameros y candelas, dejando junto a la mesa una jarra de vino de Escalona, dos copas y una fuente con pastelillos de almendras y canela. Los interlocutores ni lo advirtieron. Don Alfonso estaba hondamente preocupado por lo que suponía enfrentarse a la Santa Sede. Se sentía hijo predilecto de la Iglesia y se removía inquieto.

—Y Roma, ¿qué postura adopta ante la Cúpula?

—Habéis puesto el dedo en la llaga, *sire*. La Iglesia siempre ha deseado controlar a la aristocracia guerrera, agrandando hasta el disparate la recuperación de los Santos Lugares, que le importan bien poco. A los papas sólo les preocupa disponer de un ejército a su servicio, someter a los reyes a su antojo y embarcarlos en empresas guerreras a miles de leguas de Europa. El islam nunca impidió a los cristianos visitar Tierra Santa. Pero alrededor de su conquista se ha desatado la codicia.

—¡Ése es uno de los grandes secretos de Roma! —adujo el rey.

—Como vos conocéis, alteza, los primeros papas se hicieron con los atributos del gobierno de Roma, ante el abandono de los césares. El *Imperator* era además el jefe religioso, el *Pontifex Maximus*, y esa idea es la que la Corona Sublime pretende rescatar.

»La Santa Sede —prosiguió el germano— habrá de devolver al rey del mundo las insignias imperiales, el trono, la silla gestatoria y el sagrado *frigium*, la capa púrpura bordada en oro que perteneció a Constantino. ¡El emperador no debe estar sometido al papado! "A Dios lo que es de Dios, y al César lo que es del César", *dixit Iesus Christus*.

Las durísimas opiniones del germano sorprendieron al soberano.

—Siempre fui partidario, y así lo he expuesto en mis obras, de que el rey no debe conocer a superior alguno en asuntos temporales. La Santa Sede debe circunscribirse a la fe y a las almas que apacienta —afirmó el rey.

—La Cúpula del Mundo mantiene una filosofía que exaspera a Roma, que anda tras nosotros como una jauría de sabuesos tras la presa. Ignora con seguridad quiénes somos. El emperador, jefe de hombres; y el Papa, jefe de las almas. Así lo quiso Cristo. Sólo un príncipe laico es capaz de conseguir el advenimiento de esa Edad de Oro de la conciliación, y arrebatarle la soberanía temporal a la Iglesia, que nunca debió poseer. El gran monarca que precederá a la Segunda Venida, la Parusía. Y ése sois vos, alteza.

—¿Y creéis de verdad que yo puedo representar ese soberano que rescate la *pax romana*, ese rey del mundo que aúne las tres doctrinas y frene a los mongoles?

El monje guerrero lo miró con un súbito brillo en los ojos.

—No sólo lo creo, sino que lo afirmo. No hay nada más que deambular por esta ciudad, Toledo, donde aún se oyen la voz del rabino interpretando el Talmud en las sinagogas, el almuecín convocando a la oración a los creyentes de Alá y las campanas cristianas invitando al rezo del ángelus. Sólo vos gozáis de esa virtud del entendimiento entre naciones y en vuestro corazón se esconde la misión universal de pacificar credos y vencer al Anticristo.

Don Alfonso estaba cada vez más convencido de lo complejo del plan.

—Tarea difícil, no creáis, frey Hermann. Lo sé por experiencia, pues con la convivencia también saltan chispas, aunque tengo entendido que el sultán de Egipto ya quiso adelantarse a ese sueño y pactó con mi tío abuelo el rey Luis de Francia. ¿No es así?

Frey Hermann asintió con cortesía, aunque le aclaró con aspereza:

—Pero se opuso rotundamente el cardenal Pelayo, un súbdito vuestro del reino de León, quien babeando hiel y desprecio, sólo veía en el judío y en el musulmán a los enemigos naturales del cristianismo, y dio al traste con el acuerdo; lo que demuestra que el papado se ha convertido en una fuerza política que vela por sus intereses como cualquier cabeza coronada, olvidándose de la fraternidad entre los hombres que predicó Nuestro Señor.

Aquel hombre gigantesco que tenía frente a él y que saboreaba ruidosamente un trago de licor pretendía hilar parte de la madeja del destino de Alfonso, y debía ser comedido con sus promesas.

—Siempre he soñado en convertirme en emperador del Imperio, para qué negarlo —confesó Alfonso—, pero ¿yo *Imperator Mundi*, rey de Jerusalén y príncipe de la fe de tres religiones? Nunca lo había pensado ni en el más arrebatado de mis sueños.

Frey Hermann lo miró con sus astutas pupilas, con la mano puesta en su barbilla angulosa. ¿Adivinaba en Alfonso que no era un rey tan temerario como pensaba?

—¿Acaso no lo sois ya en Hispania? —lo animó—. En un mundo cruel y vacío como el nuestro, vuestra forma de gobierno es un ejemplo para el mundo. Si vos lo deseáis, como vuestro abuelo cuando fue coronado por el arzobispo Sigfrido en Aquisgrán, la Orden Teutónica y las otras ocho Órdenes Militares os acompañarán a la ceremonia, para demostraros nuestro leal apoyo. ¡Probadlo si así lo deseáis!

Aquella promesa había llegado al cerebro del monarca.

—¿Todas las órdenes me apoyarían? —se extrañó.

—¡Todas se han manifestado a vuestro favor! También asistirán los jerarcas templarios, los ulemas y *pir* sufíes de Oriente, algunos *hashishiyun* de Alamut y los reyes moros de la península y el norte de África. Sois espejo de príncipes profetizado por Joaquín de Fiori y por Godofredo de Viterbo, quien predijo: «El Cedro del Líbano, la Iglesia instaurada por Pedro y Pablo, que se ha apartado de las enseñanzas de Cristo, será cortado. Un orden nuevo, propiciado por los descendientes de la estirpe de los Suabia, habrá nacido para el mundo, que será rescatado de las sombras».

El soberano de Castilla enmudeció. ¿Realmente la Cúpula del Mundo, fraternidad de caballeros, reyes, rabinos y santones tan esclarecidos, entendía que él representaba el cambio que la humanidad anhelaba? ¿Tan seguros estaban de que él representaba la personificación de la profecía de Godofredo? Intentó conocer más detalles del delirante proyecto, y preguntó:

—¿Y dónde se reúne en estos años el capítulo, si es que existe un lugar?

El teutón se mostró más enigmático que nunca y sonrió misterioso.

—Claro que existe, *sire*. ¡No lo dudéis ni por un momento! Los sucesores de los primeros miembros se reúnen una vez al año, el primer día del solsticio del verano, entre las murallas octogonales del Castel del Monte, en la Apulia de Sicilia. La fortaleza donde moraba vuestro antepasado Federico II, «el sultán bautizado», como lo llamaban los musulmanes.

—¡O el Anticristo, como lo designaba el papa Inocencio IV! —le recordó el monarca—. Muchos dicen que ese castillo encierra un secreto. Aseguran que es como un relicario de piedra, pues carece de cuadras, cobertizos, cocinas y de bastimentos militares. Extraño en verdad.

Drakensberg no lo aclaró, pero tampoco lo negó. Prefirió hablar de Federico.

—Sólo os diré que es nuestro santuario más sagrado —expuso—. Vuestro tío abuelo Federico II, su maestro y filósofo Jacob Anatolis, mi maestre Von Salza y el sultán de Egipto fueron unos iluminados que comprendieron la necesidad de cambiar el rumbo de la humanidad, en contraposición a una Iglesia corrupta y dominante.

—Sorprendente —dijo—. ¿Y quiénes forman ahora esa secreta hermandad?

El germano calibró en su balanza si contestar.

—Os lo diré. En la *Cupula Mundi* o *Aurea Tria*, como queráis llamarla, los propósitos siguen siendo los mismos que en su origen. En el último capítulo se reunieron en la sagrada mesa de ocho lados el gran maestre de la Orden Teutónica, ahora Arno von Sagerhausen; el patriarca copto de Alejandría, Hieronimus IV; el maestro sufí Zamud de Samarcanda, que os visitó en una ocasión; el archisinagogo judío de Antioquía, Caleb ben Nun; un ámel mameluco en nombre del sultán Baybars, el Arbelester de El Cairo, y el maestre templario *messire* Tomás Berard. Y por último, en nombre del sultán de Túnez, asistió vuestro hermano, el príncipe Enrique, un Stauffen indómito y el estratega que esperaba el bando güelfo.

Alfonso dio un respingo como si lo hubiera picado un alacrán.

—¿Mi hermano Enrique? —exclamó aturdido—. Me habéis dejado sin habla. Abandonó este reino voluntariamente tras rebelarse contra nuestro padre y contra mí, pues se negó a rendirme la obediencia debida. Estuvo en Inglaterra y sé que ha logrado un rico patrimonio, sirviendo en Túnez. ¿No me engañáis, frey Hermann?

—¿Cómo osaría hacerlo a mi emperador? —protestó—. He de deciros que está dispuesto a unirse a la causa de los Stauffen en primera línea. La Cúpula lo considera un militar diestro. Ahora se encuentra en Italia, donde se le han ofrecido poderes en Etruria, Sicilia y Toscana y comandar los ejércitos gibelinos en Italia, frente a los güelfos papales, para no darles tregua. Puede ser nuestro hombre en Roma. Nuestro paladín. Pasad a la acción con él, señor. ¿Es que no os agrada la idea? —insistió viendo la decepción real.

Si una docena de onagros volaran por la estancia, aventados por el Maligno, no hubieran sorprendido tanto a Alfonso, que bufaba asombrado e incrédulo.

—Pero ¿por qué no me lo dijo él personalmente? No esperaba esta noticia. Nuestras relaciones no son precisamente excelentes. Es un prófugo, al que por otra parte estoy deseando perdonar. Me resulta desconcertante, creedme.

—Según mi maestre, está dispuesto a arrodillarse y pediros perdón.

—Y yo lo recibiría con los brazos abiertos. Es sangre de mi sangre. Tenerlo a mi lado sería una satisfacción.

Al monarca parecía que aquella noticia lo había desbordado. Era evidente que no la había encajado bien y prefería no hablar del asunto del desterrado don Enrique. Oportuno, el alemán terció:

—Vuestra generosidad os engrandece, *sire*.

Hubo unos instantes de silencio.

—No sé, todo esto, aun halagándome, me parece una quimera. La empresa es noble, sí, pero utópica. Son muchos los obstáculos que hay que salvar. No quiero volver a los enfrentamientos de antaño que llenaron de dolor a mi familia alemana y a la cristiandad entera. El papado se opondrá frontalmente, y no deseo problemas con la Sede de Pedro.

—Una jauría de sabuesos de Letrán persigue nuestro secreto empeño, como el trueno al relámpago. Pero la fraternidad de la Cúpula del Mundo sigue empeñada en el propósito. Pensamos que, desaparecido el califato de Bagdad, conquistado por los mongoles, y vacante la Corona del Imperio, vos sois la cabeza ideológica de este continente y de todo el Mediterráneo. Los turcos son unos recién llegados al islam, y los verdaderos musulmanes, los persas, sirios y árabes, los desprecian por su ignorancia y brutalidad. Es el momento de la unión, *messire*.

Alfonso negó con la cabeza, en ademán de duda.

—Oneroso privilegio el que me concedéis, comendador, pues me enfrentáis a la Sede Apostólica. Hace tiempo que he perdido la esperanza de que el género humano se reconcilie. Pero sé cuál es mi obligación aunque he de de pensar las dificultades —concretó el rey.

El caballero no se desanimó.

—Lleváis la salvífica sangre Hohenstauffen. Sois el guía predestinado para dirigir a la cristiandad. El emperador ha de ser un hombre sabio, y pronto espero visitar vuestra Escuela de Traductores y comprobar con mis propios ojos dónde está el centro universal del saber.

Alfonso, tras la información de Von Drakensberg, replicó:

—No obstante me asalta una duda, comendador. ¿Acaso supeditáis mi aceptación al apoyo de la Orden Teutónica?

La perspicacia del rey sorprendió a frey Hermann, que insistió.

—No lo expreséis tan crudamente, majestad, y tampoco os obsesionéis con ello. El papa Alejandro está enfermo y morirá pronto, y nunca se sabe el destino que nos deparará el próximo cónclave. Un Papa francés, o un güelfo enemigo de los Suabia, resultaría calamitoso para nuestra causa. Debéis decidiros con prontitud.

Alfonso se quedó anonadado. Su sueño de alcanzar la Corona del Sacro Imperio ya no sería el mismo después de lo que había oído. ¿Tenía poder suficiente el capítulo de la *Cupula Mundi* como para ofrecerle las tres dignidades?

Sentía miedo en su interior; ¿acaso estaban poniendo a prueba su sumisión a la Santa Madre Iglesia? Por el cerebro del soberano de Castilla pasaron negros presagios. Alfonso saboreó el vino pausadamente y experimentó con placer el tacto frío de la copa de plata. ¿Podía rechazar tan colosal apoyo y abandonar, ahora que tenía tan cerca de sus sienes la Corona de Camafeos de Carlomagno?

Su fino instinto para la política debía estar a la altura de la situación, pues la estrella de su destino brillaba como nunca y el tiempo apremiaba.

—Concededme unas semanas de meditación y resolveré tan inesperado ofrecimiento. El mundo se gobierna por el antojo de unos pocos, comendador. Roma me preocupa, pero una vez coronado, trabajaré por la unión de los hombres y de las religiones reveladas —manifestó.

—La Cúpula del Mundo espera que no se tuerza vuestro destino.

Las velas parpadeaban y la jarra de vino se había consumido.

Alfonso, devorado por la ansiedad, olvidó el asunto de la Cúpula del Mundo, y tras un instante de mutismo, clavó su mirada en el teutón. Anhelaba conocer el segundo secreto, que según el mensaje de Romé de Sorel portaba el enigmático monje guerrero, aquel que iluminaría por completo el mensaje cifrado de don García, y que con toda seguridad desvelaría el nombre del elector traidor.

—Comendador, tanto vos como yo conocemos que sois portador de otra información de carácter secreto y de suma importancia para la causa.

—¿Aludís al texto escrito en árabe, y referido al profeta Jeremías?

Los ojos del rey centellearon de ansiedad.

—Evidentemente. Algo de un «barbero» que no he conseguido elucidar por más que lo he intentado. ¿Debéis entregarme alguna carta, un símbolo o un mensaje que lo resuelva?

Drakensberg habló con precaución:

—Nada que pueda comprometernos arriesgará nuestro designio, alteza. Ni palabras pronunciadas por boca alguna, ni papeles que pueden ser interceptados o leídos por enemigos de vuestra elección. Os traigo la identidad del elector felón en un lugar imposible de descubrir.

—¿Dónde, comendador?

—Ese príncipe traidor que jura ante los santos Evangelios que ha votado por vos en la elección imperial, y que miente como Judas. Es un bellaco y lo pagará algún día. Y ni yo mismo sé quién es, majestad.

—¿Habéis perdido la razón, comendador? Me desconcertáis. Lo sabéis, o no.

—Tened paciencia, mi señor. Os lo mostraré en unos instantes.

—¿Vuestra Orden conoce entonces la identidad del elector falsario? —insistió el rey.

El monje dejó pasar unos instantes en silencio. Luego dijo:

—Así es. Una comadreja desleal que asegura haber votado vuestro nombre, pero que se sirvió de la tinta del Maligno para envilecerse y engañar a todos. Poseemos razones para temer que en Roma y en tierras del Imperio estáis rodeado de ingratos renegados. Pero os ayudaremos a desenmascararlos.

—¡Por los clavos de la Pasión, decidme ya quién es! —exclamó el rey.

Alfonso se intranquilizó. Frente a él, jugueteando con el rey etíope, Von Drakensberg lo miraba inescrutable. Si no lo sabía y no lo portaba escrito en ningún pliego, ¿dónde lo traía? El teutón soltó la pieza y hurgó en su faltriquera extrayendo unas tijeras, una redoma con óleo, jabón y esencia, y una navaja de barbero. Después manifestó enigmáticamente:

—Señor, os ruego que llaméis a vuestra presencia a Sibrand, mi escudero. Es absolutamente necesario para la revelación del secreto.

El monarca se quedó mudo con la inusual y extraña petición. ¿Por qué razón habría de requerir a sus habitaciones privadas a un escudero? El rey lo miró sin comprender, esbozando una mueca de interrogación.

«Este hombre no deja indiferente a nadie. ¿Por qué desconocida razón ha sacado los útiles de un barbero en mi presencia, colocándolos encima de la mesa? ¿Cómo justificará tan absurdo e insolente comportamiento? Pero ¿acaso Jeremías no hablaba de sacar la espada y rasurar las barbas para conocer la verdad?», se dijo, observando la diabólica sonrisa del Caballero del Dragón.

La noche recobró los sonidos, pero su negra lobreguez imponía. La sorpresa y la impaciencia volvían a enredarse en la mente de Alfonso.

La Espada de los Justos

La puerta se abrió y apareció recortada la silueta de Sibrand.

En la estancia privada del rey se había perdido la noción del tiempo.

El escudero era un hombre con la edad retratada en la cara, los cabellos tupidos y desordenados, signos de vejez prematura, y las facciones cruzadas por minúsculas arrugas. El sol ardiente del desierto de Siria y el frío de las estepas de Lituania, Pomerania y Prusia habían cincelado su rostro, tirante como el cuero. Por encima de su agresiva nariz, brillaban dos pupilas de lobo. Don Alfonso lo contempló con alarma.

—Heme aquí, alteza —saludó inclinando la rodilla en el suelo.

Drakensberg se había dejado ganar la confianza del monarca y le dijo:

—Mi señor, es hora de explicar el versículo de Jeremías con hechos.

—¿Os vais a transfigurar en un vulgar sacamuelas, frey Hermann?

—Sólo con vuestro permiso, *sire* —replicó Drakensberg.

El soberano se impacientaba y no acertaba a seguir al alemán.

—Nunca había visto a un guerrero templado y mortífero como una lanza de fresno hacer las viles labores de un barbero —comentó irónico.

—Pues no os perdáis la ocasión, señor. Acomódate en esa silla, Sibrand.

El escudero, como si esperara cumplir el ritual de toda su vida, dejó la capa en el suelo y se sentó en la banqueta, con la sumisa aceptación de lo inevitable.

—*Messire*, vais a contemplar una práctica muy antigua de la que nos servimos quienes hacemos la guerra, o debemos movernos entre espías y agentes indeseables, sin el riesgo de que un mensaje cifrado sea interceptado, o de que el mensajero, al ser torturado, confiese el secreto que porta consigo —dijo Drakensberg—. ¿Conocéis cómo ocultaban los griegos sus mensajes secretos?

El monarca, que seguía enmudecido, agrandó sus ojos admirado.

—He leído a Alcibíades, Jenofonte, Temístocles, y también la *Historia de la guerra del Peloponeso* de Tucídides, pero no sé a dónde queréis ir a parar —replicó el príncipe, turbado.

El teutón se mostró cuidadoso de no menoscabar la dignidad del rey.

—Pues bien, majestad —señaló—, cuenta Herodoto que el tirano Histeo de Atenas se servía de un criado mudo, Aristágoras, para enviar a la ciudad hermana de Mileto mensajes de vital importancia. Solía tatuarlos en el paladar del enviado, y aunque fue apresado e interrogado por los espartanos y los persas, no se le encontró misiva alguna, dejándolo ir. De esta forma se comunicaba con sus aliados sin ser descubierto.

—Ah, comprendo —contestó el rey, sin entender aún qué se proponía.

La estancia real se asemejaba a la habitación donde se velaba a un difunto. El silencio flotaba en el ambiente, como si algo sobrenatural fuera a ocurrir de un momento a otro. Drakensberg cogió las tijeras y fue cortando el blanco cabello de Sibrand, cuyos bucles cayeron al suelo como copos de nieve. Luego embadurnó sus escasos restos con el líquido viscoso que contenía la redoma, y con una maestría impropia de un señor de la guerra, le fue afeitando el cráneo hasta dejarlo liso como una calabaza. Lo limpió, y con una sonrisa, se dirigió al rey, engreído como un pavo real.

—Acercaos, mi señor, y leed el libro abierto de la cabeza de Sibrand.

Alfonso se aproximó lentamente. Inclinó la cabeza y leyó una sola palabra que sobresalía tatuada en la monda mollera del escudero. Al verla se le cortó la respiración y las palabras no le salían de la boca. Luego, desviando su mirada hacia el infinito, exclamó como si pronunciara un doloroso exabrupto:

—¡Otakar!

—Ése es el traidor. ¡Vuestro primo Otakar, rey de Bohemia!

Alfonso, con más amargura que sorpresa, exclamó:

—¡Por todos los demonios, no puedo creerlo! Me escribió jurando por la sangre Stauffen que nos une su total apoyo y la seguridad de que sus pliegos de elección me designaban a mí. ¿Un príncipe puede mentir tanto?

—Quien más devoción proclama suele ser cabalmente el más pérfido. La noción de la sumisión debida y el imperio de ley no son moneda de cambio en el Imperio. Ya sabéis a qué ateneros, y dónde dirigir vuestra mediación, o vuestros dardos. Mi Orden está dispuesta a acabar con él, si vos lo pedís.

—Ha vendido a cuantos ha besado —esclareció serio el rey.

—No le conocía tan bien —dijo Drakensberg—. Siempre creí que el taimado falsificador era el obispo Gerardo, o el margrave de Brandeburgo. Nunca Otakar de Bohemia.

—El Imperio es una caja de truenos y veo que no escasean las intrigas.

—Nuestros triunfos suelen entremezclarse con la tristeza, pero vos poseéis el apoyo de mi Orden y la benevolencia del Papa —le consoló Drakensberg—. Sólo el obispo de Maguncia y Luis de Baviera os son abiertamente contrarios. A los otros sólo es cuestión de convencerlos. En cuanto a Otakar, simplemente es un ladino zorro al que se le puede cortar la cola de un tajo. Dejadlo de nuestra cuenta.

La expresión del rey se volvió severa.

—Obraremos con prudencia, frey Hermann. Cuando el Papa me designe emperador, esos indecisos y traidores claudicarán. Y no os quepa duda que estamparán su firma en el pliego de la elección. Y esta vez sin trampas.

—Y reinaréis en el trono del gran Federico, por encima de esa canalla.

Don Alfonso quiso mostrarse agradecido al comendador germano.

—He de manifestaros, frey Hermann, que vuestra sagaz forma de cruzar Europa para evitar ser descubierto me ha impresionado. Mi reconocimiento a vuestra Orden será perpetuo. No obstante, someteré a la reflexión de mi conciencia y meditaré vuestras informaciones, de las que sólo hace unas horas era ignorante. Tendréis noticias mías muy pronto.

Von Drakensberg se inclinó y besó su mano. Luego se incorporó, y le pidió la capa a Sibrand.

—Mi señor, la Cúpula, para que no dudéis de sus intenciones, os envía este presente, mitad reliquia, mitad talismán, para que vuestro augusto nombre se una perpetuamente a nuestra causa.

Los ojos del monarca se abrieron con desmesura, pues Drakensberg había desenvainado una espléndida espada de valor incalculable. Alfonso se admiró por su perfección, que sellaba una alianza que podía conducirlo hasta el trono imperial. En la empuñadura de oro, con tres bandas negras de obsidiana, brillaban buriladas en circonita la estrella judaica de David, la media luna del Profeta y la Corona imperial.

—Desde hoy será para mí uno de mis bienes más preciados —aseguró emocionado, mientras contemplaba maravillado la inscripción.

—Ante vos tenéis el distintivo de la Cúpula del Mundo —le

aclaró—: la Espada de los Justos, que así se llama. Perteneció a Federico II y a vuestro abuelo don Felipe, y os corresponde por la voluntad de Dios y por derecho de nacimiento. Restaurad el Reino Nuevo de las Tres Coronas mediante la ley y la fuerza de la sangre: «El emperador llegará del sur montado en un caballo blanco y blandirá un arco en la mano y Dios le otorgará una corona para que tenga poder para mandar sobre el mundo. Esgrimirá una espada en la mano y castigará a los impíos». Usadla con justicia, *sire*.

Con una mueca dubitativa, el rey la empuñó y vio el hermoso siseo que hacía al cortar el aire. Después afirmó enternecido:

—Von Drakensberg, os aseguro que jamás la mancillaré y que la alzaré con valor y prudencia, como corresponde a un caballero de Cristo.

—El gobierno del mundo para vos, y el de la fe para la Iglesia, amén.

—Este encuentro —apuntó el rey cavilando sobre el extraordinario ofrecimiento— será uno de los recuerdos más irreemplazables de mi vida. Sólo lamento que por su naturaleza no pueda ser inscrito en los anales de la historia y aventado a los cuatro vientos, pues nadie lo creería.

—Los entresijos de los reinos están llenos de misterios inconfesables, que si fueran conocidos, este mundo se sumiría en el caos y estallaría en mil pedazos —reconoció el germano.

Alfonso se veía obligado y quiso invitarlo a su templo del saber.

—Que el Altísimo os lo premie, comendador; y en cumplimiento de mi palabra, para que podáis divulgarlo en el capítulo de la Cúpula, don Suero Ferrán, Beltrán Sina y el rabino Abraham Alfaquí, un sabio traductor de mi Academia, os acompañarán al torreón de poniente donde sabios, poetas y alquimistas de todas las creencias, reflexionan sobre la Gran Obra de Dios. Ésa será mi contribución al reinado imperial. En breve lo admiraréis.

—Nos hacéis inmensamente feliz y más si el *magister* Sina es mi acompañante. Pondría en sus manos el más delicado de mis asuntos con la certeza de que lo guardaría como un tesoro —confesó el alemán.

—La modestia de sus exigencias lo han convertido más en un amigo que en un servidor —adujo Alfonso.

—Cuando consigáis el trono imperial esperamos ver a Beltrán Sina entre vuestros cortesanos —le rogó el monje guerrero con sinceridad.

—No os quepa duda —se expresó Alfonso, ofreciéndole el anillo—. Hombres así son irreemplazables.

Para el cuarto maestre de la Orden Teutónica de Santa María de Jerusalén, frey Hermann von Drakensberg, aquél había sido el cometido más importante de su existencia, y destilaba felicidad. Una nueva corriente de esperanza rompía los diques levantados por sus enemigos, y Alfonso sentía que comenzaba a vivir de nuevo.

La noche toledana desafiaba a un cuarto de luna translúcida, pura como el aljófar, pero intimidante como un alfanje sarraceno.

Esa misma noche, Beltrán acudió al aposento de Cristina, a quien entretenían Gudleik y sus doncellas. Después de la plática en la que la noruega volvió a lamentarse del abandono de su esposo, el médico le sugirió:

—En los celos hay más amor propio que cariño. Unas veces surgen por miedo a perder al amado, y en doña Violante, por perder su posición.

—Mi cuñada desayuna hielo para mantener gélido su cruel corazón.

—Y además tiene la capacidad para crear momentos insoportables.

—Os aconsejaría, Beltrán, que durmierais con un puñal en

el cabezal. En las cortes reales nunca se sabe dónde descarga una venganza anónima.

Sina estaba horrorizado con el consejo, pero lo admitió.

—A veces temo atraer la desgracia a quienes me son fieles… —musitó Cristina a modo de explicación—. En ocasiones me repito que veo fantasmas donde no los hay, pero luego sorprendo a mi cuñada mirándome de reojo, o murmurando maliciosamente al oído de alguna de sus damas… Y entonces sé que no son imaginaciones, que no exagero. Me odia, Beltrán… Vos me dijisteis que una vez casada la situación mejoraría, pero…

Cristina calló, y Beltrán no quiso insistir. La elección de Felipe como esposo no había servido para calmar los celos de Violante, pero eso era algo que no debía decirse en voz alta.

—Y mi esposo…. —prosiguió Cristina con la voz rota por la amargura—, Felipe se ríe de mis temores… las pocas veces que tengo la oportunidad de contárselos.

A esas palabras siguió un silencio tenso. Beltrán ardía en deseos de consolarla, de reconfortar a aquella princesa despreciada por los de su linaje, pero la prudencia lo impidió. En su lugar, la entretuvo recordando el invierno anterior en Noruega. Cristina descubrió que Sina seguía experimentando una apasionada inclinación por su país, y sobre todo por los misteriosos viajes que los exploradores noruegos realizaban al Mar Tenebroso. La evocación de su tierra hizo que Cristina se tranquilizara poco a poco.

—Hablad con Gudleik. Él conoce como nadie esas historias, Beltrán. Y no penséis que es una patraña. Os puedo asegurar que antepasados míos visitaron tierras jamás imaginadas, en un lugar lejano, pero asombroso.

Cristina se enfrentó varias veces a la mirada arrobada de Sina, quien con un gesto, o con una simple palabra, suavizaba el dolor de su alma, al contarle sus más íntimos desvelos. Tenía miedo a ser rechazada por Felipe y entonces el iris azul de sus ojos se convertía en un garabato negro. Beltrán leía su corazón como el mejor de los consejeros, pero la princesa no quería mirarlo: frente a sus ojos se sentía dichosa y sosegada, pero al mismo tiempo extrañamente desleal. Cuando se quedó sola, se preguntó, por enésima vez, cuáles eran sus sentimientos hacia aquel amigo que tan bien cuidaba su alma.

LA CÚPULA DEL MUNDO Y EL ÁNGEL DE LA TORRE NEGRA

La Academia

En el sopor del mediodía, la calina invadía a bocanadas el Alcázar.

Crepitaba el sol, y de las riberas del Tajo llegaban estridencias de las chicharras. Uno de los amanuenses de la Academia de Traductores, un hombrecillo esmirriado, desatrancó la puerta de roble que luego cerró con un mohoso y descomunal cerrojo. El sueño del caballero teutón iba a cumplirse. Acompañado por su amigo Beltrán, iba a adentrarse en las entrañas del santuario que atesoraba el saber olvidado de Oriente y a conocer al enigmático *magister* que lo regía.

—Bienvenido, comendador —lo saludó uno de los maestros—. Os acompañará en la visita micer Abraham, según instrucciones del gran maestro. Aguardad, lo avisaré.

Von Drakensberg preguntó por don Alfonso, ya que esperaba encontrarlo allí.

—Atiende a una embajada del reino de Niebla, comendador —dijo Sina.

No pudiendo ocultar su interés, trató de sonsacar a su amigo.

—¿Llegaré a conocer al gran maestro, amigo Sina?

—Eso depende de él. Transcurren semanas enteras y no lo vemos. Es nuestro guía, el que vigila la fábrica de traducción y el laboratorio de los alquimistas —le informó—. Tal vez os reciba, o no, e incluso si no os cree digno de su consejo, os rechace. No puedo deciros más.

—Lo que sí es cierto es que es uno de los secretos mejor guardados de Toledo —terció—. ¿Y en este torreón trabaja la famosa *Schola* de Traductores?

—No exactamente, pero sí la parte capital —le aclaró Beltrán—. Desde que la fundó hace más de un siglo el entonces canciller de Castilla, don Raimundo, ocupaba la biblioteca de la escuela episcopal y un palacete cercano a la catedral. Al conquistar Alfonso VI esta ciudad a los moros, se hallaron cuatrocientos mil volúmenes que habían pertenecido a las bibliotecas de Alhakán I y II, Muhammad I y Abderramán II y III, emires y califas de Córdoba. Este eclesiástico, antes monje cluniacense, se propuso la tarea de transcribirlos al latín, labor que encomendó a dos rabinos judíos: Moshe Sefardí y Abraham Hiyya o Ezra. En una palabra, rescataron del olvido el saber griego y oriental, y Toledo se llenó de traductores árabes, judíos y cristianos (entre ellos mozárabes y frailes francos sobre todo), a los que mantenía y pagaba el cabildo catedralicio.

—Encomiable tarea que la cristiandad ha de agradecer —confesó el germano.

—Utilizaban un método curioso. Un conocedor de la lengua árabe traducía en voz alta el texto ante un experto en latín, quien a su vez lo declamaba, para que un grupo de amanuenses lo copiaran en la lengua de Catón. Al poco, Toledo se convirtió en la mediadora cultural entre Oriente y las universidades de la cristiandad, huérfanas del saber perdido, que han comenzado a recibir, no siempre con fervor, las ideas de Aristóteles, Avicena, Ben Gabirol y de otros filósofos y científicos.

—Yo viví en mi época de estudiante en París —dijo Drakensberg— los enfrentamientos entre los doctores escolásticos y los contrarios a Aristóteles, que preferían seguir con los tratados de Boecio y de Isidoro de Sevilla.

—Los nuevos conceptos siempre tardan en calar, pero ha

sido con don Alfonso X, con el que la Escuela de Traductores de Toledo ha alcanzado renombre universal, lo que ha merecido el beneplácito de París, quien le ha impuesto el sobrenombre de «el Sabio», pues antes era conocido como «el rey Astrólogo». Habilitó el castillo de San Servando para convertirlo de observatorio en taller alquímico. En este torreón y en otras estancias del Alcázar se acomodan sabios, copistas, nigromantes, rabinos y doctores que arriban de todas las partes del mundo, pero con una variante peculiar.

—¿A qué os referís? —se extrañó el alemán.

—Algo que os alegrará, frey Hermann. Toledo le ha arrebatado a la Iglesia de Roma la tutela del saber. Ya no es el latín la lengua científica y cultural, sino el castellano. La escuela ya no depende de la *Civitas Dei*, sino de la *Civitas Terrena*, y el rey la ampara y financia. Las obras no se traducen al idioma eclesiástico, sino directamente a la lengua romance, que luego revisa un enmendador real —explicó orgulloso—. Castilla se ha convertido en la gran proveedora de cultura de Occidente, no sólo de lana, ferrallas toledanas o paños segovianos, sino de algo mucho más valioso: el saber griego, el persa, el árabe y el egipcio. Con ellos se transmutarán conciencias, y sobre todo, acrecentarán la sabiduría de los hombres, que serán más libres.

El monje teutónico ansiaba conocer más. La singular torre olía a ceniza fría, a sebo de las lámparas, a resina de sandácara y al olorcillo acre de los códices, pergaminos y libros antiguos. El espacio estaba bañado por una luz empalagosa que iluminaba profusamente las estancias.

—Se percibe una gran laboriosidad en este recinto —dijo inquieto.

—La «Cueva del Averno» la llaman los clérigos más fieles a la vieja tradición en asuntos de doctrina. Cuando son preguntados por la Academia, suelen burlarse con esta frase: «Ese antro del infierno guarda todo lo que un buen cristiano no debe saber. Libros que escupen ponzoña, y la mayoría escritos con la hiel del diablo». Flaco favor el que le hacen a la sabiduría, frey Hermann.

—Quien rechaza el saber es que sufre de soberbia.

Parsimoniosamente llegó el doctor de la Cábala y el Talmud, Abraham Alfaquí, que invitó a los visitantes a acompañarlo.

Ascendieron por los peldaños de una estrecha gradería que hubieron de escalar casi a gatas. Era tan angosta que sus hombros tropezaban con las piedras de los muros. Pero tras acabar el pasaje de tinieblas, un destello de blancura inundó sus rostros, una puerta en la que campeaban las palabras ARTIFEX ET AURORA. Sina empujó una de sus jambas e ingresaron en una sala, dividida por una balaustrada en dos pisos.

—¿Qué indican esos nombres, Beltrán? —se interesó el teutón.

—Son dos de los nombres de Dios en la Cábala —dijo misterioso—. Dios creó, *Artifex*, y nunca ocultó, pues es diáfano como la *Aurora*.

Las dos estancias se comunicaban con una escalera de hierro forjado; por doquier se apreciaban cofres de madera donde se guardaban los originales árabes. Los muros estaban atestados de anaqueles con libros, grimorios, salterios, cánulas de cuero, vitelas ennegrecidas, papiros enrollados, códices de bordes mordidos y amarillentos manuscritos. Del techo colgaban lámparas de aceite que conferían a la austeridad de la piedra desnuda una tonalidad áurea.

El *scriptorium* daba a un patio donde crecían moreras blancas. Por todas partes se veían pilas de libros, pupitres con candelabros, regletas, tinteros, estiletes, arena y plumas de ganso y plata, donde una treintena de amanuenses copiaban lo que les dictaba ante un facistol un hombre tripudo de luenga barba y ropa talar negra, que usaba antiparras de aumento.

—Ése es micer Juan de Cremona, traductor y ensamblador de libros. —Casi oculto por las volutas de los aromatizadores que propagaban un dulce tufo, otro maestro paseaba por entre los pupitres corrigiendo las traducciones con gestos de enérgica autoridad—. Se trata de uno de los hombres más sabios de esta Escuela de Traductores —continuó Sina—. Desde la Pascua está empeñado en la traducción de las obras de medicina de Galeno e Hipócrates, los tratados filosóficos de Avempace, Maimónides, Averroes y al-Kindi, y la *Matemática* de Euclides.

—¿Para el rey don Alfonso?

—No, son encargos para las universidades de Oxford y París y para los monasterios de Iona, Montecasino, Melk y Brujas —respondió Alfaquí.

—Nuevos nubarrones se ciernen sobre París, *magister* —dijo el germano.

—En absoluto, *frater*, la cristiandad se despierta al saber y hasta los guarismos hindúes, que salieron de esta sala, ya han relegado a los números romanos y hoy son de uso habitual en Europa —reveló el hebreo—. Las Escuelas de Chartres, Cambridge y París no serían nada sin Toledo. Córdoba fue la heredera de Bagdad, y ahora lo es esta ciudad.

El guerrero tocó con sus dedos la aterciopelada textura de las tapas, pero abandonó el salón, siguiendo a sus anfitriones al habitáculo superior, que atendía a un nuevo nombre del Altísimo, AUXILIUM.

—¿Por qué «auxilio», Sina?

—El Creador siempre ha auxiliado al hombre para hallar el conocimiento, y éste es el taller de los iluminadores del rey. ¿Sabíais que las imágenes que emplean los monjes cristianos en sus códices son copias de los coranes andalusíes? Siguen el mismo método de ilustración.

Una veintena de calígrafos trabajaban ajenos al mundo y apenas si levantaron la vista. Situados bajo un ventanal empapaban las plumas en los cuernos de tinta, dividían en cuatro partes las páginas de papel de trapo toledano y las vitelas alisadas con huevos de sílice, y las iluminaban con sus ágiles dedos. Ante sus ojos sorprendidos surgían monstruos apocalípticos, filigranas entrecruzadas, miniaturas de personajes de la Biblia, iglesias de altivas cúpulas e hipogrifos y dragones dorados con oro molido. Reproducían en los márgenes súcubos —demonios femeninos—, elefantes africanos, aves fabulosas y plantas quiméricas, en representaciones que ni el más osado artista podía concebir. Von Drakensberg acarició con sus dedos las obras y pensó que eran los manuscritos más perfectos que jamás había visto.

—Son de una belleza asombrosa —dijo—. ¿Cómo conseguís estos colores tan brillantes?

—Es uno de los secretos de este *scriptorium*. Una proporción precisa de tinta *atramentum*, goma arábiga, agallas y pigmentos —respondió Abraham.

—En Toledo todo son enigmas —afirmó mordaz el germano—. ¿Y qué trabajos iluminan estos escribanos?

—Libros escritos por la mano de nuestro señor don Alfonso —comentó el judío con orgullo—. Colorean las *Cantigas*, su obra poética más conocida, que está escrita en lengua galaica. También escriben *Calila e Dimna*, compendio de fábulas hindúes, las *Tablas Alfonsíes* de astronomía, el *Libro de Ajedrez*, y los primeros capítulos de su *Historia*, y de su tratado de leyes, del *Septenario* y de *Las Siete Partidas*, por las que se rige este reino.

El caballero se fijó en otros afanosos copistas que sólo traducían, mientras un joven tañía un laúd a su lado para hacerles más placentero el trabajo. La luz entraba a raudales, mientras los amanuenses mezclaban los colores, los pálidos azules y los purpúreos rojos, los blancos luminosos, los sienas y los verdes glaucos. Siguieron la empinada escalera.

—Ahora visitaremos la sala AGNUS, el «Cordero», Cristo glorificado —dijo el bibliotecario—. A estos traductores los llamamos los «ptolomeos». Traducen el *Almagesto* de Ptolomeo y los orientan dos doctores italianos, Pedro di Reggio y Egidio Tebaldi, de Parma. Sus copias son las más apreciadas.

Luego salieron en silencio de la sala y entraron en otra estancia del torreón, que era anunciada con el triple nombre ANGEL, AURA ET ALTAR. Hubo de abrirla el judío encorvado con una llave desgastada que escondía en el bolsillo. Mientras, le explicó al guerrero con laconismo:

—*Angel* hace alusión al ser celeste Hermes Trimegisto, el que enseñó la ciencia a los hombres; *Aura*, a la corona que se añade al sabio que penetra en los secretos insondables; y *Altar* a los códices prohibidos que encierra esta cripta del conocimiento. Penetráis en el dominio de la ciencia oculta.

Drakensberg aguzó todos sus sentidos y se frotó los ojos.

—Éste es el *scriptorium* de los que podíamos llamar libros peligrosos para el pueblo de Dios, según el intelecto de los censores —lo avisó.

Decenas de luces caprichosas, provenientes de una cúpula de toscos vidrios, filtraban haces de luz lechosa. Una docena de dominicos escribían códices con lentitud. Miraron por encima de sus hombros, desconfiando del extranjero.

—Han jurado ante los Evangelios no publicar ningún secreto de lo que escriben —descubrió el judío en voz baja—. Copian textos muy valiosos que se creían perdidos irremediablemente para la humanidad. Sobre estos pupitres veréis el *Libro Indescifrable*, el *Códice secreto de la Escala*, el *Compendio de Ostanes*, sobre los ochenta y cuatro nombres de la piedra filosofal, las obras alquímicas de Ibn Umail y el *Picatrix*, la más esotérica de las obras arcanas, buscado en medio mundo por cientos de «sopladores»* sin escrúpulos.

El teutónico ojeó uno a uno aquellos monumentos cumbres del saber y se detuvo con especial atención ante el *Picatrix*, del que leyó uno de sus párrafos. Un hormigueo le subió por la espalda, y remiró con delectación y asombro sus tapas negras

* Los verdaderos alquimistas llamaban «sopladores» a los falsos estudiosos del arte alquímico.

y abarquilladas por el tiempo. Muchos doctores dudaban de su existencia y él lo tenía ante sus ojos. El diabólico *Picatrix*, del que se decía que quien lo poseyera conocería la proporción del mercurio, elemento crucial en la transmutación de metales en oro, lo cautivó.

—Si apareciera en mi monasterio con él, o bien podrían quemarme por brujería, ya que señalan que está escrito con la sangre del diablo, o alabarme por poseer el libro más buscado —se expresó con ironía.

—Es uno de nuestros mayores tesoros —dijo Alfaquí, y se lo arrebató de la mano.

—Muchos sabios afirman que el *Picatrix* está dotado de vida propia, y que en sus páginas se hallan los misterios del don de la profecía.

—¿Misterios decís, frey Hermann? —replicó el judío—. El libro que os voy a mostrar sí que es el paradigma de lo oculto. Su origen se remonta a la noche de los tiempos.

Abraham se dirigió hacia la pared con andar calmoso esgrimiendo dos llaves. Levantó una colgadura negruzca y de un cofre empotrado en la pared y cerrado con una cancela de forja, extrajo un compendio de áspero aspecto.

—Ahí se guardan los ejemplares más valiosos y los grimorios toledanos de fórmulas cabalísticas —le participó Sina al oído—. Una de esas llaves pertenece al gran maestro y sólo él da permiso para utilizarla.

Alfaquí lo desplegó ante la atónita mirada del germano.

—Sois de los pocos mortales que han tenido en sus manos el libro de los libros del saber arcano: ¡la *Tabla Esmeralda* de Hermes Trismegisto! El gran hallazgo de la Escuela de Traductores de Toledo —afirmó ufano y categórico.

Drakensberg lo asió con recogimiento y llegó a olerlo. Le sostuvieron un velón y admiró la antiquísima filigrana del texto, las rejuntadas líneas, y advirtió que la pluma parecía gastada en muchos lugares.

—¿Se trata de la copia de Alejandría, la que emplea la secta de los ismailíes? —preguntó el teutón—. ¿Poseéis en Toledo el canon de los secretos alquímicos, el origen de la vida y la fórmula de una inmortalidad posible?

—¿Cómo sabéis esos detalles? —se extrañó el rabino.

—Micer Alfaquí —respondió el alemán—, mi gran maestre y yo fuimos estudiosos del número, del hermetismo musulmán y de la astrología de Dul-Nhul, en El Cairo. Pero de esto hace ya muchos años.

—Aleccionadora experiencia. Este ejemplar es para uso privado de nuestro gran *magister*, y fue traducido directamente al árabe del lenguaje sacerdotal egipcio. Es el mismo compendio que Alejandro Magno conoció en Egipto y evidentemente su origen no es musulmán, sino tebano. Hermes Trismegisto, el Thot egipcio, fue el maestro de los matemáticos, astrónomos, médicos y alquimistas de los templos. En su tumba sostenía entre sus manos un gran libro en forma de esmeralda, la famosa *Tabla*. Ésta es una de las pocas copias traducidas existentes en el mundo, y se oculta a los ojos incluso de los iniciados.

—Quiera el Altísimo que cuando salga de aquí no acabe en la hoguera —aseguró el monje teutón, a lo que le respondió su amigo Sina:

—Al lado de un hombre sabio siempre babea un tropel de bárbaros. Y así será mientras el mundo sea mundo. Unos crean, otros deshacen.

El judío, con su semblante carente de expresión, fijó sus retinas en el comendador, que le devolvió un destello de expectación.

—Frey Hermann, esto es cuanto de interesante guarda esta torre —expuso el maestro judío, dando por terminada la visita.

Las facciones de Drakensberg mostraron decepción. Su subconsciente lo traicionó y dijo lo que realmente deseaba descubrir. Balbuceante preguntó:

—Siempre había creído que en la Academia también se experimentaba con la transmutación de metales. ¿No es así, entonces?

Al judío y a Sina no les agradó la pregunta. ¿Guardaba alguna pretensión inconfesable? ¿Por qué se interesaba por la conversión del oro?

—¿Sólo esa curiosidad os ha traído aquí? —preguntó cáustico el judío—. Quien entra aquí pensando en secretas alquimias ha equivocado el lugar.

—¡En modo alguno, micer Abraham! Conocer a vuestro rey y estas salas ha premiado con creces mi largo viaje —contestó conciliador ante la severidad de la réplica.

Por vez primera el rabino estiró sus arrugas y sonrió.

—Ejercitaos en la virtud de la paciencia. Por deseo del rey, dentro de unos días vais a visitar el castillo de San Servando y la Torre Negra, el laboratorio alquímico y sede de nuestro sublime maestro. Un lugar vedado que no debe abrirse a la visión de cualquiera.

Von Drakensberg respiró. Volvió a sentirse un privilegiado, pues al fin le iban a descubrir el venerado lugar que tanto ambicionaba conocer para luego informar al capítulo de la *Cupula Mundi*.

Mientras Drakensberg abandonaba la Escuela de Traductores, caviló: «¿Qué encubrirá ese taller de los alquimistas? ¿Trabaré al fin conocimiento con el gran maestro para transmitirle el destino que le tiene preparado la Orden Teutónica a su rey don Alfonso, como Rey de Reyes del orbe? ¿Podré culminar mis apetencias personales, como proyecto desde hace tiempo?».

Una fuerza oculta embargó al germano, que al fin se dio por satisfecho por la formidable información que había tenido el honor de ver con sus propios ojos. Ya era un hecho, conocería al gran maestro, el ángel alquímico, el *summum* de los crípticos enigmas de Toledo. Pero se preguntaba qué escondería su cámara para conocerse como la Torre Negra y qué identidad ocultaría tan reputado ser que frecuentaba lo esotérico y oculto, como ningún otro sabio en la cristiandad.

Aquel lugar prologaba en su espíritu el eco del asombro.

No quería reconocerlo, pero comenzó a conjeturar en su acalorada mente que podía salir de allí conociendo los enigmas del conocimiento: «Gozo de la confianza de estos hombres y no me será tan dificultoso hacerme con el secreto de los secretos».

Sabía que entonces su poder en la Orden sería absoluto, inabarcable.

Iba a intentarlo.

La ruptura

Aquella mañana, Cristina volvió grupas a su caballo.

Gudleik la imitó. ¿Por qué se había detenido su señora? Cerca de un viñedo, había visto al *magister* Sina. Se encontraba junto a su cabalgadura, descansando bajo un frondoso castaño, meditando tal vez, mientras jugueteaba con una rama. Parecía ajeno a los escasos viandantes y jinetes que transitaban por el camino, húmedo por el rocío. Al escuchar los cascabeles de una montura, alzó la vista y se llevó una colosal sorpresa al ver desmontar a la dama de sus deseos.

—¡Mi señora! —Se incorporó como un resorte y cambió su gesto—. ¿Qué hacéis por estos andurriales?

—Cabalgar descarga mi alma de penas, Beltrán. Voy de camino a la Huerta del Rey. No era mi intención interrumpir vuestro descanso.

—En modo alguno, me dirijo a mi casa de las viñas, señora —replicó, y la invitó a caminar por el selvático y bucólico paisaje.

—No sé si debo, pero accedo a vuestra petición.

Caminaron casi en silencio por el cercano prado sembrado de álamos, hasta que se dieron de bruces con una tupida arboleda.

—Os sigo notando temerosa, *dame* Cristina. ¿Seguís entregada a solucionar el misterio de vuestros sentimientos?

—Con doña Violante sometiéndome a un severo control es imposible. ¿Es eso vida? ¿Hasta qué punto es justo que una sospecha malintencionada, unas palabras malinterpretadas, exterminen el afecto entre dos personas e incluso la dirección de toda una vida, la mía? ¡No soporto a la reina!

—Nada hay que temer de la vida, sólo entenderla. ¡Arrinconad en lo más hondo de vuestra alma a esa dama! A la soberana no le basta su propia vida, necesita escarbar en las ajenas.

—Mi vida es un infierno, y Violante, la serpiente de mi paraíso.

Beltrán cogió un ramillete de florecillas y se lo entregó, mientras Gudleik tomaba las riendas de los caballos y se apartaba con discreta complicidad. Sólo se escuchaba el murmullo del viento y el bordoneo de las irritantes moscas; y la nórdica comenzó a llorar, volcándole las penas de su corazón.

—Se cuentan muchas cosas de vuestra rivalidad, y también de que don Felipe haya abandonado tan pronto el lecho conyugal por sus amantes, la caza y el vino. El verdadero modo de vengarse de un enemigo es no parecérsele, señora.

—Mi reputación naufraga más y más a cada instante —se lamentó.

—Pues quizá ha llegado el momento de que pongáis tierra de por medio con vuestro esposo; aunque yo pierda la ocasión de veros diariamente —susurró Beltrán sin poder contenerse, al tiempo que tomaba las manos de la princesa nórdica. Sufría ante su desamparo y más que nunca deseaba protegerla.

La voz se le quebró.

—Sabéis que reináis en un rincón de mi corazón, Beltrán —aseguró ella. Su deber la impelía a rechazar la caricia de aquel fiel amigo, pero cerró los ojos, dejando que el roce de sus manos fuera como un bálsamo para su corazón herido.

Estaban solos, nadie perturbaba su plática y el camino había quedado muy lejos. Sin mediar más palabras, y siguiendo el dictado de su corazón, Beltrán la atrajo hacia sí, y le besó el rostro, los cabellos y sus labios ávidos. Cristina, sorprendida, se opuso y trató de resistirse, pero, ansiosa de afectos, precisaba del calor de un amigo leal. Se dejaron caer en el mullido verdor y se fundieron en un abrazo íntimo, prolongado, voraz, ardiente. Sus manos exploraron sus cuerpos excitados y sus sexos, como si buscaran un vínculo perdido. ¿Podía desear Beltrán otra cosa en el mundo? Había derribado sus muros y no podía sentirse más feliz. Con unos gestos tiernos, desabrocharon sus ropas y dejaron al aire su piel anhelante. Se besaron largamente con fruición.

Beltrán tenía entre sus brazos a la única mujer que amaba, oliendo el perfume de su piel y de sus cabellos de oro. Cristina lo necesitaba, y se entregó a él sin ambages, ofreciéndole su cuerpo incitante. Y el amor que él le profesaba eclosionó como un volcán de felicidad. Fue tan fluyente el caudal de ternuras que se prodigaron, y tal la pasión del encuentro, que en el fondo de sus almas ninguno de los dos se reprochó nunca haber sucumbido a la atracción de la carne. El joven médico la poseyó con el respeto y la habilidad de un experto amante.

El amor no entendía de castas. Cristina ya no se sentía tan sola y tan indecisa. Huérfana de la protección, apoyo y cariño de su esposo, el corazón de Cristina se había volcado en el *magíster*, ansiosa de comprensión, compañía y calor. Gracias a él había vuelto a encontrar la fuerza vital para seguir adelante.

Nadie los había visto, y se despidieron mirándose con placer. Eran dos almas gemelas.

Beltrán la vio desaparecer con el corazón henchido de gozo. Enamorarse de la princesa y consumar ese amor había sido el acto más trascendental de su vida, y también el más irreflexivo, expuesto e imprudente.

Doña Violante no había cesado en sus maquinaciones.

Aprovechó que don Alfonso se comunicaba con su hermano por medio de un correo real, para entregarle discretamente una nota al mensajero, en la que le advertía a Felipe, sin ninguna evidencia o indicio claro, que algunos cortesanos, aprovechando su ausencia, solían visitar a *dame* Cristina en su cámara privada, con no declaradas intenciones. Insistía en que alguno, muy cercano a la cámara de astrólogos, médicos, bibliotecarios y alquimistas del rey, se valía del delicado lenguaje de las flores, para, con un atrevimiento impropio, frecuentar la privanza de su hermosa mujer.

...Amado cuñado —seguía la nota—, ¿sabéis qué es lo peor que puede ocurrirle a un caballero? Sufrir el desprecio de sí mismo.

Rehabilitad la autoridad ante vuestra joven esposa. No está a la altura de su condición, y aunque en modo alguno os digo que os haya deshonrado, ni tampoco perdido su compostura en la corte, se muestra proclive a recibir el halago de los varones palatinos y de un enjambre de ávidos galanteadores, sin mirar que la tentación es impía y que la atiza el Maligno. Ya conocéis mi espíritu vigilante, y lo que hoy son escarceos irrisorios, mañana pueden convertirse en pasiones arrebatadas y en perturbaciones malsanas.

Más ofende una pizca de descrédito conocido que un quintal de infamia ignorada. Acudid a su lado, pues se halla triste y nostálgica. Es un consejo de vuestra reina y hermana mayor, que siempre veló por vuestros intereses, feliz matrimonio y regalo personal. Y que además os estima en su corazón, como bien sabéis.

Yo, Violante, *Regina Castellae*.

Felipe no pudo ocultar su disgusto.

Releyó la nota una y otra vez, aturdido, desorientado, envuelto en un torrente de confusión. No quería ni entrar en tales suposiciones y regresó a la corte inmediatamente, considerando que la advertencia de la reina era de admirar y debía darle las gracias. Amaba a Cristina y la idea de la deshonra planeaba por su mente. Pero temía a los empujes de venganza alojados en su corazón y a su furia irrefrenable. Con un exceso de vino en sus venas, se plantó en Toledo. Parecía agresivo, con su cabellera crespa y rubia desmarañada y sus ojos rojos de ira.

Cristina comprobó que su esposo estaba envuelto en el rencor, pero se mostró con ella tierno y afectuoso. Las lágrimas pugnaban por fluir y una compasiva vaharada de amor le envolvía. Estaba dispuesto a centuplicarle el afecto que le había quitado con su desapego, del que se sentía avergonzado. No abandonó el lecho de su esposa hasta que ésta se repuso del todo de su mal de melancolía; y aunque confiaba en Cristina y comprendía su posición, se sentía profundamente dolido porque su nombre hubiera corrido de boca en boca entre los palaciegos.

Las lágrimas emborronaron la mirada de Cristina. La mezquindad de la reina había ido demasiado lejos. No obstante, *dame* Cristina seguía despertando amor en Felipe a pesar de las habladurías. Después de una sesuda cavilación, resultaba obvio que debían abandonar Toledo y establecerse en algún lugar de sus dominios, lejos de los rumores cortesanos, y sobre todo de la preocupación de la reina, a la que Felipe había amado en otro tiempo, y cuyos arrebatos de insatisfacción revolvían cuanto le rodeaba. El infante decidió pedir la venia a su hermano para regresar a Sevilla, donde gozaba de las prebendas del arzobispado, de casa, siervos, tierras y cuadras. Había dejado que se infiltraran demasiadas dudas sobre la supuesta infidelidad de su esposa, pero convertiría a Cristina en una fortaleza inexpugnable. Así las cosas, su relación cobraría un matiz diferente.

Alfonso lo recibió con afabilidad.

—No te fíes de las apariencias, Felipe, sino de las evidencias. ¿Qué culpa tiene la llama de la vela si las mariposas revolotean a su alrededor? La has dejado a merced del vendaval, desamparada e indefensa. Pero ella no te ha deshonrado nunca. La reina, mi esposa, ha ido demasiado lejos y ha podido provocar un escándalo.

—Mi señor, al corazón de una mujer jamás se llega totalmente, y estoy cansado de que sea el centro de las miradas y de los requiebros de los trovadores. ¡No sentir celos es amar con frialdad!

—Felipe, el que sabe manejar a una mujer es capaz de gobernar un imperio, pero no te confundas, si la abandonas, la perderás. En la corte su conducta sólo puede ser tachada de irreprochable. Tu mujer será lo que tu amor quiera que sea.

—Pero para evitar males mayores —le reveló en tono glacial—, os pido licencia para abandonar la corte. Viviremos en Sevilla, una vez concluyan las obras del palacio arzobispal; y allí aguardaremos hasta que Dios nos bendiga con descendencia. ¿Me concedes ese permiso, hermano y señor?

—La mujer nos arrojó del paraíso, pero Cristina puede devolverte a él. Claro que tienes mi venia, y apruebo tu decisión —replicó el soberano.

Alfonso temía que el espíritu de Cristina flaqueara y que las consecuencias fueran fatales para su salud. Había nacido para ser feliz, no desdichada. La verdad amarga era que Violante había impuesto su voluntad, y que Felipe había permitido que la duda penetrase en sus sentimientos.

Cristina se despertó una madrugada, sobresaltada, tras un mal sueño. Estaba cubierta de sudor y un nudo amordazaba su garganta. Había soñado con las tres Normas nórdicas, las diosas del destino, Urdir, Verthandi y Skuld, a las que había convocado la *volva* en los Bancos de Arena. Las tres tenían las mismas facciones, las de la reina Violante, e intentaban sin conseguirlo amortajarla con un sudario de lino blanco, rodeada de mendigos de encías sanguinolentas, mientras Felipe, sospechando de su fidelidad, la acusaba de desamor.

Al despertar sintió una sensación de alivio aunque todo el cuerpo le dolía, atenazado por la tensión. Asió con sus manos la runa blanca, y se relajó. Luego tomó un vaso de *Aqua Nervia*, la que le proporcionaba Sina para su ánimo revuelto, y se incorporó del lecho, en el que no estaba su esposo, quien habría salido de caza como era su costumbre antes del amanecer. Se arrodilló en el reclinatorio y rezó a una imagen de santa María con un lirio en la mano, rogándole fortaleza, mientras soñaba con los proyectos que tenía para su vida en la capital del Guadalquivir.

Miró por el ventanal del Alcázar hacia el horizonte donde nacía La Mancha. Un amarillo pálido lamía las cúpulas de Toledo. Sentía un cansancio infinito, pero lo que más le dolía era la herida sufrida por la rivalidad de Violante, quien con crueldad había rasgado el velo de amor que la unía a Felipe.

A su alrededor se inició un confuso bordoneo de abejas que comenzaban a libar las corolas de las flores, y se abstrajo en su visión. La urbe real se despertaba al nuevo día con las madrugadoras campanas de San Román, Santo Tomé y el Cristo de la Vega, pero su corazón se teñía de tristeza, gris como la neblina que aún flotaba sobre el jardín de al-Mamun del Alcázar Real.

«¿Hallaré en Sevilla el sosiego y la paz?», se preguntaba.

Desde el último encuentro con Cristina, Beltrán creía haber renacido. No obstante, su corazón luchaba por no hacerle daño a Salma Clara. Lo cierto era que no conciliaban su relación desde hacía tiempo.

Salma le preparaba veladas íntimas, mientras le cantaba canciones moriscas con una voz que más parecía un lamento. Ella sabía que su amante sufría por un amor imposible. No permitía a su corazón paz alguna y un recuerdo amargo lo atormentaba. Bajo la cúpula estrellada se entregaban a sus juegos, perfumados por los jazmines y arrayanes. Sina se extasiaba con su piel brillante, y bajo la luz de las lámparas, la morisca se asemejaba a una pantera del desierto, felina y salvaje. Se le mostraba cada noche como un fruto maduro, con su cabellera azabache derramada sobre la espalda.

A veces Beltrán maldecía a la princesa Cristina, lo que además demostraba desdén hacia su amante. La joven suavizaba sus tensiones y con sus manos arrebataba a Beltrán el sombrío gesto que lo acompañaba desde que volviera de Noruega. Salma lo había notado, pero no se lo reprochaba abiertamente. Pero mientras Beltrán se le entregaba, el recuerdo de Cristina se deslizaba en su mente.

Entonces la sabia mirada de Salma Clara lo interrogaba sin hablar, y el tono almíbar de sus ojos se volvía de un color oscuro, porque el desamor devoraba su confianza. Su salvador se había transformado en un amante desganado, perseguido por un fantasma que le hacía estar siempre solo. ¿Qué podía hacer para obtener de Beltrán tan siquiera una pizca de afecto?

Nada. Su galán había cambiado. Era otro hombre. Su amor se había perdido irremediablemente. La morisca se estremecía de ira sabiendo que amaba a otra mujer. Y cuando estaban frente a frente, o se acariciaban, o sus ojos lanzaban fulgores helados de odio, que herían como el cristal.

Los genios del amor no suelen sonreír en un tálamo donde no revolotea el cariño, y la devoción hacia *dame* Cristina y la languidez de sus sentimientos se habían interpuesto entre los dos. Y Beltrán no podía soportarlo. Se palpaba la separación y sus últimos encuentros se contaban por disputas y desdenes.

Salma demandaba al *magister* más atenciones entre un llanto irrefrenable. No había otra opción. Ese día, él llegó acalorado antes del mediodía, cuando el sol caía a tajo sobre la casa de campo. Permanecieron un rato mirándose, inmóviles, taciturnos y distantes. Sólo se escuchaba el tintineo de los abalorios en los brazos y tobillos de la morisca y la tos nerviosa de Sina.

—¿A qué has venido? No me gusta tu mirada, Beltrán.

Sina saludó a la muchacha con distante frialdad.

—Llevo días pensando lo que voy a decirte, y sé que nos dolerá a ambos —espetó, y bajó la mirada—. No mereces un amante que sólo caliente tus sábanas ocasionalmente. Lo nuestro, después de mi regreso de Noruega, se ha enfriado hasta el punto de que apenas si queda un rescoldo.

Un incómodo mutismo revoloteó por la salita.

—No me amas y quieres dejarme, ¿no es así?

—Nunca te prometí amor, Salma —dijo sincero, pero cruel—. Te mereces alguien mejor que yo. No puedo condenarte a una existencia vacía y árida donde siempre reinará otra mujer.

Sus amores expiraban en un final de frialdad y hastío.

—Esta casa es tuya, Salma, con sus enseres, las viñas y la huerta. Conservarás su renta, que te permitirá vivir cómodamente y conservar los dos criados. Así lo he firmado ante el notario real. Eres libre para elegir marido, aunque mi aprecio por ti permanecerá para siempre. Además, mi vida está marcada por la provisionalidad. Mi lugar en la corte y los continuos viajes no me permiten desposarme ni pensar en un matrimonio perpetuo, compréndelo. Nunca te he ocultado nada, pero nuestro amor ha muerto porque su nacimiento fue una ligereza pasional.

—Nada vale quien a nadie ama, Beltrán. Sólo te quieres a ti mismo —le reprochó la morisca sollozando.

El embrujo de la almunia y el gesto de comprensión de la mujer suavizaron por unos instantes el embarazoso silencio que siguió. Se miraron a los ojos, se besaron lánguidamente entre lágrimas furtivas y, sin pronunciar palabra, se apartaron para siempre.

La Huerta del Rey

El tiempo de Cristina en Toledo tocaba a su fin, muy a su pesar.

A la temprana hora de prima, cuando los gallos anunciaban la aurora, Beltrán, antes de reunirse con el caballero teutón, recibió un mensaje de la noruega. Para burlar la persecución de la soberana, la princesa le había enviado una flor de heliotropo. Sus pétalos declaraban amistad, confianza y afecto. La noruega lo convocaba en la fuente del Fauno, el escondido estanque de la Huerta del Rey, donde podían hablar sin el riesgo de ser molestados. Aprovecharía su madrugador paseo a caballo para verlo.

¿Había ocurrido algo que había cambiado su natural dulzura por tristeza? ¿Había estallado un nuevo enfrentamiento con su cuñada? El idílico jardín que construyera el cadí árabe Gadafré para su hija Galiana, era el lugar predilecto de *dame* Cristina por su silencio, aromas y frescas penumbras. Aunque reconstruido por Alfonso, el torreón seguía abatido y se había convertido en refugio de lagartijas, murciélagos y grajos. En la entrada de la huerta aún perduraban intactos dos símbolos islámicos: la mano de Fátima, signo de la buenaventura, y la abulafia, que desea bienvenida y prosperidad al visitante.

Cristina había llegado en su yegua con las doncellas, pues Felipe había salido a cazar con los monteros, según su rutina.

Una de sus damas la cubría con un parasol anaranjado, pues como princesa debía mantener su tez blanca, en contraposición con las labriegas y pastoras, morenas como el cobre. Su humor era sombrío, le ardían los párpados tras una noche en vela y un amargo sabor a acíbar le subía por la garganta cuando hacía recuento de los desprecios de la reina. El médico del alma la saludó con afecto y, observando la expresión de su semblante, le preguntó por su salud.

—Debemos ser discretos. La entrega del otro día fue una locura imperdonable —le advirtió—. ¿Sabéis que la reina y sus confidentes doña Brianda y don Hernando y Villamayor, han descubierto nuestro ardid secreto para comunicarnos? No tentemos más al diablo. Somos de sangres diferentes y corréis un serio peligro. Un noble jamás permitirá que su esposa sea mancillada por un plebeyo. Aunque yo lo deseé tanto como vos.

Al cabo de un instante de reflexión, el joven murmuró:

—Ahora comprendo la aversión de doña Violante hacia mí. Un doméstico que ha volado al lugar que no le corresponde es reo de prisión o de muerte. Lo sé. En esta corte nada se puede guardar bajo la llave del secreto, pues la maledicencia menudea entre los cortesanos serviles.

—Nos tendieron trampa tras trampa y caímos como cervatillos. Lo siento, Beltrán, jamás quise perjudicaros —dijo Cristina, apenada.

—Os aseguro que no me di cuenta del peligro —se lamentó Beltrán—. Debí reflexionar antes y aguzar el ingenio. Pero ya está hecho, señora.

Cristina continuó con una vehemencia que lo asustó.

—Voy a confiaros un secreto. —La mirada de la princesa daba miedo—. He tomado la determinación de jugarle una mala pasada a la reina. Me lo pide el corazón y lo he meditado largamente. Lo merece.

—¿Vengaros de la reina? —la interrogó sorprendido.

—Así es. Y ya tengo el plan. Prestadme oídos. Gudleik, como

en otras ocasiones, me llevará esta vez un ramillete de crisantemos amarillos, símbolo del amor desdeñado, que ella creerá de vos, Beltrán, a su parecer un insignificante y atrevido cortesano. Lo que esa arpía ignora es que irá con una nota falsa, firmada por el mismísimo rey don Alfonso, cuya firma imitaré. Cuando llegue a sus manos, la cólera le morderá las entrañas.

—¿Y si le pide explicaciones al rey? Podéis provocar un conflicto matrimonial que se puede volver contra vos, *dame* Cristina —la advirtió.

—No lo hará, Beltrán. ¿No lo veis claro? Se descubriría que ha estado espiándome y que ha vulnerado la intimidad de mi cámara, proceder impropio de una reina, lo que puede enfadar al rey. Callará rabiando por los celos y aguardará la ocasión para clavarme sus uñas de gata. Pero yo ya estaré lejos. Se tragará su propia hiel y ese veneno la atormentará como una nube de tábanos en agosto. Será una venganza trivial, pero yo disfrutaré. ¡Estoy harta de esa maléfica bruja!

—No os creía tan dura, y desconocía ese aspecto de vos —rió Beltrán.

—La reina me ha tomado por una estúpida ingenua, pero la bondad tiene un límite; aún puedo ser más cruel con esa pérfida víbora.

Ahora le correspondía a ella hacer sufrir a doña Violante. Su expresión pasaba del dolor a la ira, como si la felicidad imposible ennobleciera su rostro. Ante la imagen de santa María había hecho promesa y jura que dejaría la corte real y que jamás retornaría a ella, aunque el rey o su esposo se lo pidieran de rodillas. Estaba harta de vigilancias.

—Don Felipe y yo partiremos para Sevilla, pues las obras del palacio están concluidas —le informó—. La pena me embarga como si un puñal traspasara mi cuello. Aquí he sido feliz, y seguiría siéndolo sin Violante. Alfonso se ha comportado como un hermano mayor para mí, comprensivo y caballeroso. ¿Y qué decir de vos?

Beltrán quiso renovar su alianza de amistad incondicional y la animó.

—En Sevilla seréis feliz, os lo aseguro —se forzó a decir sufriendo de antemano la separación de su amada.

—¿No debo esperar allí el largo brazo de la hostilidad de la reina?

—No lo creo, señora. Violante no es sólo una mujer que no sabe expresar sus sentimientos, sino una dominadora carente de piedad. Pero teniéndoos lejos, os olvidará —la justificó—. Sevilla es mi casa y mi cuna, y no existe ciudad en el mundo tan semejante al paraíso. Disfrutad de sus albercas, del sol tibio del ocaso, de las sombras frescas de los palmerales y de su luz. Os auguro dicha y bienestar en la capital de la frontera.

—Nuestra amistad me mantendrá viva —le aseguró cálida—. El afecto que os profeso posee un lazo firme desde el día en que os vi en Oyrane, y que sellamos el otro día, uniendo nuestros cuerpos.

—Muchos corazones en Toledo se dolerán el día de vuestra marcha, princesa —le aseguró enternecido, mirándola a los ojos—. Y el mío más que ninguno.

Ambos sabían que el sentimiento que los unía no moriría por la distancia o el olvido, pero también que tampoco podría volver a expresarse con caricias o besos.

Sina le entregó una bolsita de fieltro con bálsamos, recetas de hierbas curativas para sus delicados oídos, una redoma de elixir de Aqua Nervia y algunos poemas provenzales que había comprado a un judío en San Ginés. Besó su anillo y le pidió licencia para retirarse, pues debía cumplimentar a frey Hermann en su vista a San Servando. No había que retar al cielo, pues alimentaba la sospecha de estar pisando un jardín prohibido.

Recelaba de algún espía de la reina y temía un escarmiento fatal. La nórdica lo miró de lleno con sus pupilas azules, y Beltrán se hechizó con su frescura y naturalidad. Lo que más deseaba en el mundo era besarle los finos labios y los hombros sensuales que adoraba, caer rendido a sus pies, pero debía partir.

Cabizbajo, Beltrán cruzó el arco de la hacienda, encaminándose en su caballo hacia el castillo de San Servando, donde lo aguardaba Von Drakensberg. Su perfil se recortaba como un monstruo pétreo en un cielo de color azafrán. El quebranto de un amor suele devastar el alma, aunque aquél se hallara moribundo, y el médico de almas estaba abatido a causa de sus afectos.

Pero sin que nadie lo advirtiera, un hombre corpulento que ocultaba su identidad bajo un sombrero de campesino y una capa raída, observó tras el olivar la salida del físico y vio que tomaba el atajo de la vega.

—Este Sina vuela demasiado alto y no sabe que camina a la deriva —murmuró el anónimo vigilante, que montó la mula y desapareció entre el polvo.

Se cruzó con un pastor de cabras, y éste al verlo pasar a su lado pensó por qué un caballero ocultaba su distinguida presencia envuelto en ropas impropias y cabalgando en una acémila de repulsivo pelaje.

—Estos cortesanos no obran nada más que por su capricho —ironizó.

Porta Aurea

Los prados retoñaban con el estío y los campos de trigo delineaban un horizonte de lanzas de oro. Para el monje germano, Toledo había sido a la vez el escenario de su satisfacción más lograda, pero pasaban los días y el gran maestro no lo convocaba. Y el rey don Alfonso, que le había prometido recibirlo para comunicarle su decisión, tampoco lo llamaba. No obstante, su impaciencia duró poco.

A la hora de prima, le avisaron que don Suero Ferrán y Abraham Alfaquí lo aguardaban en el patio de armas del Alcázar que habían alzado en otro tiempo romanos y árabes. Abandonó el jergón sigilosamente y acudió a la cita sin dilación, ocultando a sus hermanos dónde iba. Aún pensaba hacerse con el secreto de los secretos y no quería a ningún hermano de su Orden echándole el aliento en la nuca. Sería una acción personal y privada.

—¿Micer Sina no nos acompaña? —se interesó el germano.

—Lo hará tras el almuerzo. Ha sido convocado a palacio.

Los tres hombres bajaron hacia el río por las más recónditas y menos transitadas callejuelas de la ciudad. Tras cruzar el Tajo por el puente de Alcántara se encontraron frente a una mole maciza.

—Ante vos el castillo de San Servando —dijo don Suero—. Sede de los alquimistas toledanos.

Los recibió la desnudez de un torreón que cortaba la muralla de piedra verticalmente. Sobre su liviandad se recortaban las techumbres granates de la ciudad, y el lejano Alcázar, desde donde habían partido. Cautivados por una sinfonía de susurros que ascendían de los molinos, Drakensberg se quedó atónito ante su belleza. Desde el fortín musulmán la ciudad parecía una joya relumbrante, y un polvo almibarado de luz recubría las colinas como un manto dorado. A los tres recién llegados los recibió una sosegada atmósfera de silencio y plácida tranquilidad: estaban en el templo de la sabiduría más hermética de Occidente.

Drakensberg se encontraba ante lo que había buscado con tanto ahínco.

Pero ¿tendría ocasión de hacerse con las fórmulas del arte de transmutar metales? No las quería por avaricia, sino por alcanzar el conocimiento. Y su conciencia y Dios lo sabían. Cuando se hallara en el lugar, apenas frecuentado por media docena de alquimistas, ya idearía una estratagema para quedarse a solas y ocultarlo bajo su manto. «Tengo que penetrar en el saber supremo», pensó.

Eso esperaba, con la complicidad de la confianza que le demostraban Ferrán y Sina, el cual se había incorporado a la visita a la hora de nona, aunque le sorprendió su gesto adusto y callado, poco habitual en él.

El habitáculo donde accedieron el teutón, Sina, su ilustrísima don Suero Ferrán y el rabino Alfaquí estaba atiborrado de matraces, balanzas, piedras de toque y fundidores. Sus muros estaban teñidos de un pigmento dorado, y sobre la pared dos figuras del zodíaco astronómico, Géminis y Virgo, sostenían una banda en la que podía leerse la leyenda: «Si de la cifra fuerais el dueño, seríais el Señor del Tesoro».

Dos alquimistas con oscuros atavíos trabajaban en el rincón.

—Estos alquimistas, maestro y aprendiz, son conocedores de la gematría, el método del análisis numérico de la Cábala, y trabajan en el *tetratkis* de Pitágoras, el que contiene las medidas del universo y la comprensión matemática de la naturaleza, o sea la controvertida divina proporción.

—¿La que gira en torno al número puro? —se adelantó el caballero.

—Veo que conocéis la cifra que rige el orden universal —comentó Alfaquí.

El maestro, que parecía agobiado, se dirigió a Drakensberg:

—Señor caballero, lo que está abajo es un reflejo de lo que está arriba. Los números son la consecuencia del orden cósmico —detalló misterioso.

El teutón asintió desconcertado. Alfaquí se adelantó mirando al suelo y ascendió por unas gradas a la derecha, hacia el piso superior.

Abraham Alfaquí abrió una puerta. Cuando todos la hubieron traspasado, les presentó a dos musulmanes que trabajaban afanosamente alrededor de un alambique y de una torre de destilación. Les dijo que eran discípulos de Abu Yabir, el conocido en Europa como Geber, el sufí más sabio de Mesopotamia.

—¿Y en qué trabajan?

—Examinan el *Tratado de las Balanzas* y los principios de la alquimia. Son expertos en sublimar mercurio —informó el hebreo, sin explicar más.

Drakensberg mostró asombro, pero también decepción. En ninguno de los dos laboratorios que habían visitado había visto un solo libro sobre alquimia. ¿Estaban escondidos en otro lugar? El judío, tirando del brazo del germano, salió fuera. Para el alemán era evidente que no deseaban que tomara nota alguna y que con la premura no se fijara en cualquier dato que le revelara el gran secreto.

—Dejémoslos en su tarea. Trabajan en la Gran Obra —dijo, y se encaminaron silenciosamente hacia otra estancia. Sobre el dintel de la puerta había dibujado un san Cristóbal con el Niño.

—¿San Cristóbal y el Niño Jesús? —preguntó el germano.

—Eso es lo que se cree. Esa imagen que se pinta en las catedrales simboliza al «Cristóforo», el portador del oro, o del mercurio —señaló Alfaquí—. Esos maestros que veis son expertos en colorantes y arsénicos, y también en teñir metales. Diseccionan animales y raíces de vegetales para buscar sus médulas, e incluso se atreven a transmutaciones genéticas entre ellos, mediante un modo llamado la «encuartación», una técnica desconocida en Occidente.

—Destilan en ese alambique agua de beleño y plantas para sustraerle las esencias y luego emplearlas en medicina y farmacopea —añadió Ferrán—. También extractan alcohol etílico, consiguiendo la afamada *aqua regia*.

Salieron de la habitación. Drakensberg estaba cansado y había perdido la noción del tiempo. No sabía si habían pasado dos horas o dos días. Siguió al judío, animado por una fuerza irresistible, quizá producida, pensaba, por la magia que reinaba en aquel asombroso lugar. La sarmentosa mano de Alfaquí empujó la puerta.

—Ésta es la *Porta Aurea*, que da paso a la estancia más importante —dijo.

Al ingresar en la sala, Drakensberg, que lo vigilaba todo, no perdió de vista que tras una cortina polvorienta desaparecía un hombre encapuchado. Era de alta estatura y se cubría con una capa morada ribeteada de oro. ¿Quién era aquel desconocido que ocultaba su cara y su identidad? El detalle no le pasó inadvertido al germano, aunque en aquel lugar de portentos ya nada le extrañaba. ¿Sería el gran maestro?

—Aquí se mezclan los metales y se ejecutan los siete principios esenciales de la enseñanza alquímica. A semejanza de los Hermanos de Heliópolis, la primera sociedad de alquimia de Oriente, los alquimistas de Harrán o los sabianos de Bagdad, estos alquimistas poseen su propio magisterio, y como todos los sabios, son algo vanidosos.

—Nunca he oído hablar de ellos —se interesó el alemán.

—En Toledo y en todos los centros alquímicos de Oriente se los llama «los señores de las Puertas de Toledo». Lo forman un sufí de Alejandría, un monje del Carmelo, un fraile agustino sajón, un *magister* de París, otro de Salerno, un doctor de Oxford y dos rabinos de la sinagoga toledana de Almaliquín, mi maestro Zag de Toledo y Ben Mosca. Son el alma de la Escuela de Traductores de Toledo, una hermandad de sabios entre los sabios.

Los ocho alquimistas estaban agrupados alrededor del crisol, que calentaban con ramas secas de sarmiento. Ocultaban sus manos con guantes de cabritillo y las facciones con una careta de cuero de largo apéndice en la nariz, llenas de hierbas aromáticas. Respirar los ácidos, o ser quemados por las limaduras o los vapores que soltaban los atanores, podían constituir un seguro de muerte. Parecían espectros, pero se desprendieron de ellos para dejar ver sus rostros y agasajar al huésped. Allí se respiraba una atmósfera casi religiosa. Sina le había susurrado al entrar que estudiaban desde hacía años los entresijos de la piedra filosofal y su desvelamiento.

—Desearía preguntaros algo, rabino Zag —Y se dirigió a un anciano circunspecto y cetrino—. ¿Es posible obtener oro del plomo o del mercurio?

—Ésa es la pregunta sempiterna e incontestable. Pero habéis de saber que los que nos dedicamos al arte regio en Toledo no buscamos únicamente el logro del oro, o fabricar joyas o dijes, sino la transmutación del alma.

—Yo en mi Orden también he procurado el acceso de mi espíritu a un grado superior y a liberar mi alma de la ignorancia y del lastre material —se excusó el caballero. Algo le decía que aquel rabino sabía más de lo que pretendía saber. Frey Hermann dudó antes de seguir preguntando, pero la ambición se impuso a la cautela y las palabras salieron de sus labios—. He oído hablar de un libro, la *Regla de Demócrito*.

El rabino le miró, impasible. Ambos sabían cuál era la verdadera cuestión que subyacía a la pregunta del teutón. Eran muchos los que afirmaban que en ese libro se determinaban las pautas de conversión del mineral innoble en oro.

—Ese libro está guardado en esta sala, y nadie conoce ni conocerá, por el momento, su existencia. Significaría su maldición eterna —asintió fray Nicolás.

—Pero ¿en verdad existe ese tratado? Alberto Magno lo niega.

—¡Existe! Conseguimos rescatarlo de unas manos impías. Y como vos y yo estamos aquí, que se halla entre estos muros.

Drakensberg se quedó petrificado.

Tenía que hacerse con aquel ejemplar a toda costa.

Nobilissimus opus Dei

Beltrán Sina no dejaba un segundo al alemán, cuya insistencia por que le mostraran el libro secreto de la alquimia no le agradaba. Drakensberg encontró que Beltrán podía convertirse en un serio obstáculo, o tal vez en una ayuda inestimable, para ejecutar su plan.

Sina, Alfaquí y Drakensberg salieron de la estancia, y frey Hermann cogió con sus manos la capa de la Orden, pero dejó tras el atanor la escarcela de cuero. Era su disculpa para volver. Sobrecogido, no podía apartar de su mente el libro que quizá contuviera los secretos que él buscaba. Lo invitaron a tomar una colación en el refectorio, pero él se negó por motivos de su regla monacal. Los alquimistas lo miraron con desconcierto, pero ante su devota insistencia lo comprendieron.

—Tengo que cumplir inexcusablemente con los rezos de la tarde. Preciso de un lugar retirado donde pueda comunicarme con el Altísimo.

Debía intentarlo, antes de acceder a la última estancia.

El sol descendía por el arco crepuscular irradiando tonos rojizos. La torre no parecía un crisol dorado, sino la roja antesala de los infiernos. Una ráfaga aromada a membrillos, cidros y damas de noche atravesó las arpilleras del torreón, mientras el Caballero del Dragón se sumía en graves interrogantes. ¿Conocería por fin al gran maestro, al que en los círculos cabalísticos y esotéricos se conocía también como el Ángel? ¿Por qué la denominación de la Torre Negra? ¿Quién sería el maestro de maestros? ¿Quiénes eran en verdad aquellos alquimistas?

Drakensberg alzó la cabeza, y a través del techo, el fuego del ocaso daba paso a un azulado manto donde asomaban miríadas de luceros, confidentes de un encuentro apasionante. La atmósfera parecía más ligera; la torre, más resplandeciente, pero las sombras eran más espantables.

¿Qué le aguardaba ahora? No gozaría de otro momento mejor para intentar su sustracción, y puso en práctica la primera parte del plan. Era un consumado actor y no le temblaría el pulso. Simuló un cansancio que no padecía, y preguntó, viendo que los demás se retiraban a tomar el refrigerio:

—¿Cuándo me recibirá el gran maestro, *magister* Sina?

—No antes de que oscurezca.

—Desearía descansar y meditar —rogó con el gesto demudado—. Mi Orden no me permite tomar bocado fuera de horas. ¿Es posible hacerlo en la sala de música? Preciso de silencio y de soledad para rezar las vísperas.

—¡Claro, frey Hermann! Acompañadme. Os vendré a buscar luego.

—Gracias, Beltrán. El cansancio me ha agotado. Aquí os aguardaré.

Cuando al cabo de un rato el lugar se había convertido en un estanque de silencios, y no se escuchaba ni voces ni ruidos, Drakensberg abrió la puerta y asomó la cabeza con disimulo. No había nadie. No le llegaba ni una pisada cercana ni un rumor lejano. Era el momento.

No podía confundirse: era la puerta de enfrente. Empujó y sigilosamente entró en la estancia. El brillo desmayado de una linterna en el corredor envolvía en sombras el habitáculo. Aún permanecían dentro algunos flameros encendidos y la visibilidad, sin ser nítida, le resultaba suficiente.

Sólo precisaba de un certero zarpazo de león para hacerse

con ese libro que anhelaba poseer. No podía desmayar ahora que estaba tan cerca de su propósito. Sin perder un instante, abrió uno a uno los armarios y los repasó minuciosamente. Estaban llenos de brebajes, redomas y matraces, pero ni un solo libro, ni una anotación, ni un pliego. Repitió la operación en los anaqueles que estaban sobre el atanor y sufrió una nueva decepción. Se inclinó, y uno a uno, revisó los cajones inferiores. Metió sus manos ansiosas hasta el fondo sin hallar ningún libro. Tan sólo contempló instrumentos, bolsitas con polvos, algunos trozos de plomo y tubos de precipitar líquidos.

«¿Dónde están esos malditos papiros de Demócrito y de Tebas? Han de hallarse aquí, por todas las Furias», farfulló enojado.

Respiró hondo, exasperadamente, para que la calma lo aplacara. Se arrodilló y rebuscó por debajo de los estantes, palpó bajo las mesas por si adivinaba un resorte oculto y luego pasó las manos por la pared buscando algún hueco o una alacena secreta. Pisó por si alguna baldosa estaba falsamente apostada y servía de cueva disimulada. Todo resultó en vano.

Pasó un rato y tras repetir la operación pausadamente, se dio por vencido, decepcionado, sudoroso y con el rostro traspasado por la ira. Al instante lo acometió la irritante sensación de que alguien oculto espiaba sus movimientos y que su meticulosa inspección había sido descubierta. Era una corazonada y se incomodó. Súbitamente se abrió la puerta, y en el dintel se recortó la silueta de Beltrán Sina, que lo miraba con ojos de una sorpresa que ocultaba no menos alarma y disgusto. No podía estar allí.

—¿Qué hacéis aquí, frey Hermann? Os he buscado por todas partes. Éste es un lugar reservado.

El germano, con un gesto de inocencia, arguyó:

—¡He extraviado mi piedra de meditar y mi escarcela! Sé que me desprendí de ella a ruegos del rabino, pero no recuerdo dónde la puse y he venido a buscarla. Eso es todo. Estos lugares me sobrecogen y no atino a hallarla. No penséis otra cosa.

—Os ayudaré —le aseguró Sina, no muy convencido de la pureza de sus intenciones mientras lo miraba con prevención y sospecha.

A los pocos instantes, el teutón la mostró y exclamó exultante:

—¡Al fin la he hallado! Como para atinar. Estaba tras ese atanor.

—Salgamos entonces. A don Zag no le agradaría vernos aquí. Sentiría una cólera irrefrenable —alegó Beltrán, preocupado—. ¡Vamos!

Salieron en silencio, uno tras otro. Pero en el instante en que el germano traspasaba el portón, otra vez la sombra fugaz y encapuchada que había visto antes pasar fugazmente se deslizó de nuevo tras las cortinas, e incluso proyectó una vaga sombra sobre la pared. Después se desvaneció en la oscuridad como una aparición. Sina no lo haría, pero aquel hombre extraño podía denunciarlo a los alquimistas, e incluso al rey. El alemán descubrió aterrado que su meticuloso plan había fracasado y se enfureció. Había obrado en contra de las reglas del honor y eso podría acarrearle serios problemas y su rígida conciencia se lo reprochaba como un hurón que le mordiera las entrañas.

El ángel de la Torre Negra

El germano caminaba con paso vacilante. Se sabía descubierto.

Su interior le reprochaba tan detestable conducta. Al final no había satisfecho su codiciosa avidez, aunque no fuera por la riqueza y sí por adentrarse en los secretos de la sabiduría. Pero ¿quién iba a creerlo? Drakensberg respiró el aire puro a bocanadas. Lo precisaba su alma inquieta, pues sentía vergüenza por la deshonrosa acción fallida. «Sólo deseaba saber, nada más.»

Sina y Drakensberg se internaron por un pasaje y se dieron de bruces con la estancia donde residía el gran maestro. Sobre la cumbrera habían burilado un compás de cantero y la rosa de los iniciados.

—Muy pocos mortales tienen acceso a este recinto, frey Hermann.

—¿Desde aquí emite el gran maestro sus célebres enseñanzas?

—Así es. Sois un privilegiado —le anunció Sina, que tocó con los nudillos el portón—. Yo os acompañaré, por si el *magister magnus* me necesita.

La energía que emitía aquel misterioso lugar era incuestionable y la respiración se le aceleró.

—¡Entrad, frey Hermann! —sonó desde el interior una voz cavernosa.

En el cuadro de la visión del germano surgió una estancia

deslumbrante. Las paredes eran de una tonalidad oscura, casi negra, según el supremo Khemi o negro de Egipto, el séptimo color alquímico, estremecían.

«Ahora comprendo lo del ángel de la Torre Negra. Este aposento parece la cámara del diablo», pensó el teutón, tenso y preocupado.

En una mesa se veían los atributos de un astrónomo: una esfera con anillos planetarios, y varios astrolabios forjados en bronce. Unos flameros, una clepsidra y un sahumerio de sándalo dotaban de calidez a la sala. El monje guerrero observó la figura que, de espaldas, miraba el límpido firmamento nocturno. Su figura, recortada frente a la luna rotunda, estaba envuelta en un halo que lo convertía en una criatura fantasmagórica.

Era alto, corpulento, de edad imprecisa, y ocultaba su humanidad con un ropón hasta el suelo y una capucha púrpura orlada con una cinta áurea. ¿Era aquel hombre el que había aparecido y desaparecido antes discretamente? Si era así, podía tener dificultades. Con estudiada parsimonia, el gran maestro se volvió y miró al teutón a través de una máscara de fino cuero que le ocultaba el rostro. Era una mascarilla similar a la de los alquimistas, pero dorada, y lo intimidó. Por puro instinto, miró hacia la puerta, pero ésta se había cerrado bruscamente. Por un momento pensó que había caído en una trampa. Comenzó a sudar y aguardó tan envarado como cuando esperaba una carga de sarracenos en Siria.

—¿Os asustáis, caballero? —preguntó el enigmático personaje—. ¿Vos, que habéis demostrado valor en el campo de batalla? Sois un guerrero de Cristo.

Von Drakensberg entornó los párpados. El tono de aquella voz alterada por el antifaz… ¿era quizá la de don Sancho, el hermano del monarca y canciller de Castilla? Era hombre alto y sapientísimo, y la tonalidad pausada de la voz del arzobispo de Toledo era análoga. ¿Quizá la de don Suero Ferrán? Había desaparecido y no había vuelto a verlo La apostura gallarda del eclesiástico se parecía a la de aquel encapuchado. «¿Y el rey? —pensó—. No es posible, yo lo vi salir esta madrugada con sus sabuesos y monteros del Alcázar. Además, don Alfonso es más bajo.»

Sin embargo, por su humanidad y compostura le pareció más bien Yehudá Ben Moshe, el médico, alquimista y astrólogo personal de don Alfonso, jefe de traductores y persona tenida en Castilla como el más sabio entre los sabios. «Si no es Moshe, que creo que lo es, ¿quién diablos se esconderá bajo ese extravagante disfraz?», se atormentaba el teutón.

—En esta habitación existe un sitial no tocado por la envidia, la avaricia o el odio. El ocupante que se siente en él debe ser un ser humano que no espere recompensas —dijo el misterioso personaje—. ¿Creéis ser digno de ocuparlo?

—Sólo el Altísimo conoce el corazón del hombre, pero decididlo vos.

—Acomodaos, comendador, yo también lo haré —indicó señalándole el escabel—. He de deciros que os han sorprendido antes buscando entre los anaqueles. ¿En verdad creéis que esos secretos tratados se pueden dejar abandonados sin más en una mesa? La codicia es corruptora de la fidelidad, de la honradez, la decencia y de todas las virtudes. Y vos sois un hombre de Dios. No esperaba esa acción de vos.

Al teutón le temblaron las piernas. Lo habían cogido en una acción indigna de su hábito. Únicamente deseaba darse a la fuga, volatilizarse como el éter, salir de aquel lugar. Inesperadamente se echó al suelo y besando la orla de su túnica, exclamó en tono apesadumbrado:

—Perdonadme, señor. No ha sido la rapacidad del avaricioso, sino el afán de saber lo que me condujo a locura, indigna de mis emblemas. Lo siento. Os juro por la salvación de mi alma que no me movió el interés, ni el lucro del oro, únicamente el conocimiento, el gran anhelo de mi miserable vida. ¡Creedme!

Beltrán, sentado detrás en un taburete, asistía a la regañina del gran maestro, inquieto y sobrecogido. Jamás lo había visto así de enojado.

—Nunca hubierais salido de aquí con un libro escondido entre los hábitos —le soltó el enigmático personaje—. Mil ojos que no veis vigilan cada rincón de esta torre. Pero he probado vuestro corazón y vuestras intenciones y promesas. Ha sido un intento muy desafortunado.

El alemán se sentía como un proscrito y temblaba ante la particular majestad del gran maestro, que parecía una estatua diabólica.

—Estoy seriamente arrepentido y avergonzado, señoría. ¿Qué cosa hay que no arrastre al corazón humano? Me dejé llevar por la locura de saber más y más, pero no por amor al poder del oro. Siempre deseé intimar con lo arcano y prohibido, y ese afán me ha perdido. Perdonadme, os lo pido humildemente. El Altísimo y mi conciencia saben que digo la verdad.

Con una voz que parecía salida de ultratumba le contestó:

—Yo quizá también lo hubiera intentado, pero nunca de esa forma. Me habéis decepcionado, aunque me consta que no habéis obrado por codicia. ¡Alzaos! No tomaremos en cuenta vuestra poco afortunada acción y la sellaremos con el olvido. Quiero pensar que verdaderamente os ha movido el fervor de la sabiduría, y no os lo reprocho.

—Así ha sido. Gracias, señor. —Se volvió a prosternar besándole la mano.

El germano ya se veía arrojado al arroyo, o muerto con humillación, si aquel hombre sabio así lo decidía y se lo comunicaba a don Alfonso, echando por tierra los propósitos de su misión. Pero el anónimo maestro parecía que lo necesitaba para algo, ya que no lo despedía con cajas destempladas y lo echaba de allí de malas maneras. Se sentó tan inquieto como si estuviera sobre una roca ardiente. Aguardó hasta que el enigmático personaje iniciara la conversación con esa voz intimidadora que le alteraba la máscara:

—¿Os ha agradado la visita al torreón de San Servando?

—Vi con mis ojos secretos inimaginables, venerable maestro —respondió dócil Drakensberg—. Ya conozco la sapiencia y erudición que atesoráis en este templo, el único móvil que me trajo aquí, os lo prometo por la Santa Cruz.

El gran maestro volvió su rostro inexpresivo hacia el mirador, desde donde se tenía una vista esplendorosa de Toledo, sumida en el sueño.

Súbitamente las velas de candelabro crepitaron y uno de los alquimistas, fray Nicolás de Salamanca, entró en la habitación a través de uno de los cortinajes, depositando un pequeño objeto cubierto con un paño blanco. Y tal como había aparecido, desapareció sin decir palabra.

—Gracias, fray Nicolás —dijo el gran maestro—. A pesar de vuestro reprobable proceder, quiero haceros un regalo, para que se lo mostréis a vuestro gran maestre y a la *Cupula Mundi*. Es una reproducción en oro de nuestro sello, la síntesis del círculo.

—Os expreso mi gratitud —indicó Drakensberg—. No dudéis que lo conocerán quienes tienen que conocerlo. *Messire* Arno ponderará su importancia y la de un rey, don Alfonso, que protege como el mejor de los mecenas al sabio.

—¿Creéis que servirá como prueba del compromiso y del poder místico que se presupone en el rey de Castilla, como futuro *rex mundi* de las tres creencias? —preguntó enigmático el maestro.

Aquellas palabras tan directas precipitaron por la mente del comendador teutón una cascada de dudas. ¿Cómo sabía el maestro lo de la Cúpula del Mundo? Conteniendo la respiración, observó detenidamente a su interlocutor. La confusión lo agitaba y sus labios temblaban. Dejó de preocuparse por la máscara, y con osadía preguntó:

—¿Qué identidad ocultáis, señor? —Y prosiguió en tono de súplica—: No me hurtéis ese bien, os lo ruego. No quiero partir para mi país sin conocer quién sois. Lo lamentaría toda mi vida.

El gran maestro, con tono de falsa modestia, replicó con su eco profundo:

—¿Quién creéis que soy?

—No podría asegurarlo, pero puede que don Sancho, el hermano de su alteza, aunque… —Enmudeció.

Beltrán se sonrió, y fijó sus pupilas en el semblante de Drakensberg.

Sin añadir palabra, el enigmático gran maestro se despojó lentamente de la pesada túnica púrpura y del mandil de cuero contra líquidos cáusticos que lo engordaban, de los altos coturnos aislantes del suelo, que aumentaban su estatura, y finalmente de la máscara de cuero dorado.

Ante los ojos de frey Hermann se mostró la figura de uno de los sabios más respetados de Oriente y Occidente: Yehudá Ben Moshe. Que además era confidente, consejero, astrónomo y físico personal del rey. Y supo que Ben Moshe no ocultaría a su señor lo que había sucedido. Era demasiado grave como para silenciarlo.

El aire del exterior fue dispersando su temblor, devolviéndole parte de su cordura. No creía merecer la afrenta que había caído sobre su persona. Pero Hermann von Drakensberg suspiró con amargura. Aquella noche no dormiría y las disciplinas de cuero y plomo rasgarían su piel y derramarían su pérfida y pecadora sangre. Era la expiación que se había impuesto a sí mismo.

Su grave falta le pedía a gritos una penitencia ejemplar.

La huida

La víspera de la partida hacia Sevilla de Cristina y Felipe, el monarca les ofreció un sarao inolvidable en el Alcázar de Toledo. Acudió lo más granado de la nobleza, deseosa de despedirla como se merecía. El despensero real preparó el banquete en el patio de armas, decorado con lámparas andalusíes, divanes, tapices granadinos y de acirates traídos de la Huerta del Rey. Por la mañana se organizaron lances con toros en la Vega Baja, donde las damas, con la frente afeitada, a la moda borgoñona, y vestidas con jorneas y sombreros de tul, compitieron en belleza y adornos ante los caballeros.

Beltrán observó que Von Drakensberg no estaba presente en los fastos y que el rey no le había hecho ningún comentario de la visita a la torre. En su mente le quedó un vago resquemor. No obstante, durante la cena, la tensión planeó a lo largo de la noche. Violante, con un repentino desarreglo de la bilis, no se sabía si ficticio o real, había excusado su presencia, permitiendo que se expandiera por el palacio un bocado exquisito para las habladurías de los palaciegos, que chismorreaban sobre las relaciones entre las cuñadas. ¿Temía la reina el escándalo? ¿Aguardaba alguna reacción de la noruega que la pusiera en evidencia?

Pocos ignoraban, pues había corrido como un reguero de aceite por palacio, que la reina había roto violentamente los espejos, ungüentos y redomas de su valioso tocador indio cuando interceptó un supuesto regalo del rey a su cuñada, convirtiéndose en el hazmerreír de toda la corte, pues sabían que había picado el anzuelo de la noruega, que así se vengaba de su perfidia. Casi toda la corte lo había celebrado, pero la reina jamás perdonaría a la nórdica, pues la había puesto en evidencia. Incluso el rey, modelo de ecuanimidad, había hecho un comentario festivo. Así que su ataque no obedecía sino a la bilis y la ira tragadas.

Cristina Håkonardottir había sido una doble rival para la reina: intentando suplantarla en su lecho al no procrear hijos varones y después casándose con el príncipe Felipe, al que Violante, desde que llegó de niña a Castilla, prefería en su corazón, con una conducta que por entonces fue considerada como escandalosa y frívola. Doña Violante nunca se había ganado el cariño de la corte por sus mentiras interesadas, su arrogancia, sus maquinaciones y sus deshonestidades con Felipe, que no aprobaban; ahora lo pagaba con el desprecio de muchos palatinos, que rodeaban a la noruega mostrándole su devoción y su dolor porque los abandonara.

Tras el brindis de Alfonso, que les auguró felicidad y abultada prole, Cristina y Felipe besaron las mejillas a los miembros de la familia real, invitados y amigos.

Cristina llamó a Beltrán para pedirle unos remedios para su oído supurante y su melancolía; haciendo un aparte, se despidió de él. No debía alargar el encuentro y se apresuró.

—Os mantendré en mi recuerdo, señora. A menudo mi corazón abrigó la fantasía de amaros, pero fue en otro lugar, en otro momento. Mi vida es curar almas, no romper sentimientos ni escalar cimas —le descubrió sincero.

Con disgusto, mezclado con ternura, ella le confesó:

—Sé que me detestas, Beltrán. Nunca debí consentir nuestro afecto, ni ceder a la tentación en un momento de debilidad.

—No puedo odiaros, señora mía, pues el mío es un amor verdadero, aunque condenado al sufrimiento. Al fin os sacudís el acoso de la reina y os abrís a la felicidad.

—Eso espero. Doña Violante ha desenterrado mis sentimientos y los ha expuesto al escarnio de la corte. Jamás se lo perdonaré. Me considera como a una ramera que deba exiliarse para purgar un pecado de amor.

—Tiene más que ocultar que vos, *ma dame*. Sus impúdicos escarceos con vuestro esposo cuando llegó a la corte fueron escandalosos. Olvidadla.

—¿Olvidarla? —se quejó encrespada—. No siento por ella ninguna lástima porque no tiene capacidad para el remordimiento y la ternura. Pensó que el afecto hacia mis semejantes era debilidad. Es una gata sin entrañas.

—Siempre sostuve que las gatas reales cazan mejor y con más saña.

Con una mirada apasionada, la princesa le tomó una mano.

—¿Me visitaréis, Beltrán? —le preguntó con ternura.

—Claro que sí. Soy un cortesano, y don Alfonso suele pasar largas temporadas en su ciudad predilecta, mi Sevilla natal —la confortó gentil.

—El mío no es un viaje por gusto. Es una huida.

Se despidieron con desconsuelo y Beltrán le besó la mano ceremoniosamente. El médico del alma pensó que se había equivocado trágicamente al enamorarse de una mujer inasequible y que debería haber escuchado el consejo de su intuición, apartándose de ella al regresar a Castilla. Su olfato nunca le había fallado. Pero a fin de cuentas ya era tarde, y lejos de aliviarle, la separación aumentaba su desazón.

Los carros y la escolta estaban dispuestos para partir al alba.

No deberían demorarse, pues pronto los caminos de Sierra Morena se volverían intransitables. Gudleik anudó a su cuello la llave del cofre de su ama, farfullando improperios. Aborrecía las caravanas, el cansino amblar de las mulas y el tormento de los sórdidos caminos. No deseaba abandonar Toledo y renunciar a los vagabundeos con su señora por el río sintiendo el frescor de las huertas, y las visitas a las tabernas con su fiel amigo micer Beltrán Sina, a quien respetaba como a un hermano mayor.

Las sombras de la alcazaba vestían de luto la dolorosa despedida. Una etapa dichosa, aunque con ráfagas grises de estériles celos, había concluido. Se abrían tiempos de placidez, aunque muy lejos del calor de sus amigos castellanos, que la idolatraban hasta la adoración. Sólo la reina, con su porfía venenosa, quedaba fuera de sus afectos. Pero antes del amanecer Violante compareció en el patio de armas. O se había curado repentinamente, o deseaba degustar públicamente su victoria sobre la nórdica, a la que había conseguido apartar del rey. Los cortesanos se acercaban a los príncipes para besarles las manos, y Beltrán advirtió con pavor un gesto de doña Violante, que lo miró con una mueca despectiva, como diciéndole: «Tu alma samaritana tiene un límite, médico del demonio».

Beltrán se quedó petrificado. ¿Qué había sido de su antiguo afecto? ¿Lo habría señalado con el dedo acusador, culpándolo de los encuentros furtivos con la princesa? La desconsideración lo abatió terriblemente.

El rey los abrazó deseándoles feliz partida.

A Beltrán le pareció que se había despedido de él para siempre.

—Alteza —expresó Cristina—, si en algo lamento abandonar Toledo es por apartarme de vuestra fraterna compañía. Cautiváis a cuantos os conocen. Visitadnos pronto, os necesitamos. Quedad con Dios, mi señor.

—Sois la dama más hermosa que arribó a este reino. Sed dichosa.

Beltrán inclinó la cabeza, instante en el que Gudleik dio un salto acrobático del carro y se plantó ante él, como un cómico saltimbanqui.

—¿Queríais esquivarme y no despediros de mí, don Beltrán? —ironizó.

—¡Claro, bufón bobo! —contestó sonriéndole.

—Todo lo olvidaré, menos vuestra amistosa compañía —admitió Gudleik, y una lágrima saltó brincando por sus pómulos morenos—. Y por Loki, el dios guasón, que mi ama y señora os echará también en falta.

—¿Qué pretendes, demonio vestido de verde, despedazar mi corazón? Abracémonos y jurémonos que nuestra camaradería sea eterna. Te enviaré a Sevilla una arroba de vino de Montilla y te prometo una pronta visita. Si la princesa me necesita, no dudes en enviarme una flor con los correos de tu amo el infante y cruzaré las sierras para presentarme allí.

—Cuento con ello, y no nos arrinconéis en vuestras evocaciones, *signore*. Nadie que ame a *dame* Cristina puede ser correspondido. Es una condena que pesa sobre su estrella. ¿Por qué desperdiciáis vuestro amor en una flor inalcanzable? Siempre será así.

Beltrán miró al bufón, apesadumbrado.

—¿Qué puedo hacer? Pertenece hace tiempo a la esencia de mi alma.

En lo último que reparó Cristina, arropada bajo un manto de marta cebellina, fue en la mirada de afecto de Alfonso y en las pesarosas facciones de Beltrán. Sin embargo, no pudo evitar encontrarse con los ojos de vidrio helado de Violante, que tocada con un aparatoso sombrero semejante a las alas de una libélula gigantesca, le arrojaba una flor amarilla, una jara silvestre, símbolo del desprecio, cuyo significado muy pocos comprendieron. Cristina le devolvió una mirada de fiereza y desdén.

«Reptil que te has alojado sin ser invitada entre mi esposo y mi ambición de vivir amorosamente —pensó la noruega—. ¿Por qué he sido incapaz de hacerle frente y replicarle con el mismo juego?»

Si Dios era justo, debía propiciarle otra ocasión para el desagravio. Cristina trataría de hallar la felicidad en Sevilla, pero se lamentaba de perder el apoyo incondicional de Sina. Volvió el rostro y avistó la imposta de Toledo, a la hora del albor de la mañana, en ese punto en el que el sol la convierte en un relicario de plata.

La respuesta del rey don Alfonso a Von Drakensberg se demoraba y Beltrán estaba firmemente persuadido de que sus encuentros no habían sido favorables. ¿Era una estratagema calculada por el monarca, que dudaba del compromiso con la Cúpula del Mundo? Alfonso, por otra parte, especulaba que el asunto le atraería fulminantes condenas de Roma, que se opondría frontalmente a su elección.

El Papa, propenso a su candidatura, le había enviado una paternal carta en la que le permitía usar el título de: «Rey de romanos electo». Algo era algo, y el monarca lo empleaba con delectación en sus escritos.

Frey Hermann imaginaba que habían malogrado los propósitos de su embajada y se exasperaba. ¿Tendría que ver su frialdad y desprecio con su despreciable maquinación en la torre? ¿No lo había perdonado?

Y cuando ya pensaba que el rey lo había olvidado, éste convocó al comendador a una cita en la hospedería El Madrigal, a una legua del recodo del río. Era evidente que no deseaba dar solemnidad a la reunión, y gran culpa la tenía su frustrado y fatal tejemaneje en la torre, que sin duda el rey ya conocía. El lugar olía a cerveza y pan recién horneado. Era en realidad un burdel para caballeros, nobles y prebostes, libre de piojos, garrapatas y chinches, donde se advertían carros suntuosos, sillas de mano de eclesiásticos gotosos, palanquines cerrados y caballos de hidalgos del cabildo que se aliviaban de su lujuria en el reservado lupanar del Tajo.

En los aposentos se mezclaban las truhanas tudescas con las

egipcias, las napolitanas con las maltesas, y la gente de la farándula con los aristócratas más remilgados. Unos pámpanos resecos de vid anunciaban que se vendía vino de bota, y un falo dorado sobre el dintel, que era un prostíbulo de lujo.

Un grupo de encapuchados armados, formado por el rey don Alfonso, Drakensberg, Sibrand, don García, Maurer, Sina, el alférez Haro, un capitán y un sargento de la guardia real y don Suero Ferrán, llegaron al antro. Pero no entraron por la puerta principal, sino por un patinillo posterior plantado de naranjos.

Se dirigieron a una alcoba de la segunda planta que constaba de dos habitáculos. La chimenea, que había ennegrecido la cal, irradiaba una luz amarillenta sobre un lecho con almohadones damasquinados; junto a él, una mesa servida con jarras de vino, una cortina de albardilla y una lámpara de aceite perfumado componían el mobiliario. Del piso de abajo ascendía una zumbona musiquilla de vihuelas y laúdes, que se mezclaba con las risas, el traqueteo de los dados y alguna altisonante pendencia.

Alfonso y Drakensberg bebieron de las copas, y el germano aguardó de pie y sin mirarlo a los ojos. Un silencio preñado de incertidumbres invadió la sala. Al fin, el rey se decidió a hablar.

—He sido fiel a mi palabra. Sentaos, frey Hermann. He de decíroslo con franqueza: lo que me ofrece vuestra hermandad me parece descabellado —confesó el rey—. ¡Ay, si yo pudiera leer el libro del destino y verme subiendo los escalones del trono imperial! Pero lo que me proponéis pone en peligro la salvación de mi alma. ¿Hacia dónde corre el río de mi tiempo? Lo ignoro.

—Pero vos habéis sido marcado en el *Speculum Regnum* y no podréis cambiarlo, señor. Sois el monarca profetizado en las escrituras.

—Más que un honor ponéis sobre mí una pesada carga.

El alemán puso a contribución toda su capacidad de persuasión. No podía irse de Castilla sin cumplir su misión, e insistió.

—Vuestra alteza es el espejo de reyes, carne y sangre del gran Federico II y de Federico Barbarroja el cruzado, y un sabio entre sabios —lo apremió el caballero—. Esta grandeza cayó sobre vos, y muchos hombres poderosos se han juramentado para coronaros emperador, por encima de cualquier religión. Sólo vos podéis llevar en vuestras sienes las tres coronas.

Alfonso, que parecía fatigado, lo cortó con inesperada rudeza.

—¿A pesar de los vientos contrarios que soplan en la Santa Sede? —le preguntó—. Alejandro juega conmigo como si fuera un muñeco. Hoy me corona, y mañana se arrepiente. No puedo oponerme a la Iglesia frontalmente con esa quimera si quiero sentarme en el trono germánico. Comprendedme. Y vos no seáis ingenuo, comendador, el aparato de la Sede de Roma impedirá a la *Cupula Mundi*, con todos los medios a su alcance, que cumpla sus proyectos. Se cree indestructible y perdurable por deseo divino. Es un águila de presa y no esconderá sus garras.

—¿Creéis falsos vuestros fundamentos? —preguntó el teutón—. La cristiandad está dispersa como ovejas sin pastor, aguardando al emperador sabio que los libere del yugo. Aceptad, majestad, os lo ruego.

—No es eso, Drakensberg; sencillamente es que el enemigo natural de la Iglesia es el mahometano, y así lo sostendrá porque su poder es infalible y le proviene de Dios. Fuera de la Iglesia no existe salvación posible, y nos abocamos a la excomunión. He de moverme con prudencia en este momento y no contrariar a la Sede de Pedro.

El germano se quedó meditabundo, pero reaccionó con firmeza.

—Vos sois el príncipe de la profecía. Desafiad al destino y os apoyaremos.

—¿Y qué autoridad superior puede conseguirlo? —exclamó Alfonso—. Ni Cristo que bajara a la tierra con sus arcángeles conseguiría persuadir al papado de que su único imperio es el espiritual y no el terreno.

El monje teutónico trató de arrastrarlo a sus tesis y le argumentó:

—Pero vos sí. La *Cupula Mundi* lo cree posible. Sois un rey con prestigio, versado en el saber antiguo, polígota y buen polemista. Habréis de discutir con los teólogos de Roma, y precisamos de un César aclamado por todos que coloque a los papas en su lugar: los altares consolando almas necesitadas y no corrompiéndose.

Alfonso vivía en su interior una contienda entre su conciencia cristiana y sus aspiraciones imperiales y parecía que el rumbo se le había dislocado. El plan teutónico se presentaba como una montaña difícil de subir, donde los embates de la Iglesia y las ambiciones de los electores lo destrozarían. A pesar de la inutilidad de sus reticencias le preguntó anhelante:

—¿Quiere la Cúpula que pase a la historia como el demoledor de los pilares de la civilización cristiana? No, no puedo hacerlo.

—¡Nunca, alteza! —replicó alterado—. Sois un juez sereno y manejáis con prudencia la espada y la pluma. Sabemos que todo pasa por vuestra elección como emperador del Imperio. Y por Dios que lo lograremos.

—Pero a través de la fidelidad a Jesucristo y a sus Evangelios —le advirtió—. No quisiera desenterrar en Europa el espectro de la guerra.

—¡Habláis con una Orden que propaga el mensaje del Señor! Pero ya es llegada la hora en la que una dinastía de emperadores con autoridad moral imponga la concordia ecuménica —insistió Drakensberg—. La inmutabilidad de la Madre Iglesia es perniciosa; o cambia su modelo o lo harán los reyes en sus estados, hartos de opresión. ¿No escucháis el clamor de la cristiandad?

—Sois el predicador más convincente que haya escuchado —dijo el rey.

—Entonces, ¿qué he de manifestar al capítulo, mi señor? Las esperanzas de miles de hombres penden de vos.

Alfonso dejó pasar unos momentos de cavilación, y apuntó:

—El tiempo es breve y la muerte está en la naturaleza. Hoy estamos vivos y mañana nos pudriremos en el osario. Hay que apremiarse. Juré en el lecho de muerte de mi madre recuperar el trono imperial. Así que decid a ese venerado capítulo que ésta es mi decisión.

—¿Cuál, majestad?

—Volveré a considerar este asunto si finalmente soy coronado en Roma y nunca a espaldas de la Iglesia. Me pondré al frente únicamente cuando ocupe el trono del Imperio, y daré hasta mi vida por conciliar el mundo, sea cual fuere su fe.

—Esperaba de vuestra majestad más determinación, pero os comprendo, y así se lo trasladaré a mi gran maestre —aceptó el monje—. Que santa María dé su mano salvadora a la causa.

—Y que nos fulmine con su rayo divino si con nuestra conducta escapamos de la tutela divina. Dios siempre está con la verdad, frey Hermann —proclamó Alfonso—. Recordad lo que nos dice el Eclesiastés: «Allá donde está el espíritu del Señor, está la libertad».

—Amén —concluyó Von Drakensberg, que se arrodilló y le besó el anillo sumiso—. Majestad, una inaplazable urgencia me obliga a partir sin dilación hacia la fortaleza de Montfort. No dudéis que mi gran maestre se reunirá con el papa Alejandro para acelerar vuestra coronación. Os aseguro por la Santa Cruz que pondrá en vuestra augusta cabeza la corona de hierro antes de un año.

—La grandeza es una idea, no una ambición, frey Hermann. Que el Altísimo nos ayude en esta honrosa misión —admitió Alfonso, sintiendo que una marea de orgullo le subía a la cabeza.

Ambos sabían que aquella empresa nacía bajo el signo de la ilusión, pero también de la contradicción y la quimera. El soberano de Castilla se hallaba demasiado aturdido con los asuntos imperiales, como para poder pensar que aquella opción que le presentaba la Orden Teutónica era la mejor posible. Sina apagó con sus dedos los pabilos de las palmatorias, mientras por la ventana penetraba la oscuridad. Salieron de la hostería como habían entrado: como ladrones en la noche. El monarca partió con su escolta, mientras les llegaba el tufo de la cocina, que olía a tomillo, cúrcuma y hierbabuena. La calma estaba instalada en los campos y los perfumes de la noche embalsamaban la quietud.

Von Drakensberg vio desaparecer a don Alfonso y lo comparó a un dios antiguo que fuera a recluirse en las sombras de su viejo santuario.

El Caballero del Dragón

Las cigarras habían enmudecido; a Drakensberg y Beltrán les llegaba el sonido de los cencerros de los rebaños que regresaban de las majadas. El castellano tuvo que sortear a un porquero cuya piara se había desmandado cerca de la iglesia de Santiago. En la víspera de la partida de frey Hermann se encontraba con éste en la encomienda de la Puerta de la Bisagra.

—Os noto apesadumbrado, frey Hermann —dijo Sina.

—Mi misión puede que se haya convertido en un fracaso, tal vez por mi forma tan poco correcta de conducirme. A veces me traicionan mis impulsos —expuso en un tono enigmático—. Puedo aseguraros, Beltrán, que si procuré hacerme con el secreto de los secretos no fue por afán de obtener fortunas, sino por alcanzar la sapiencia, os lo aseguro por la Redención de Cristo.

—Os creo, pero no olvidéis que soy médico del alma. En vuestras acciones sé que no os empuja la avaricia, ni la avidez, pero sí un ansia de querer demostrar que sois un hombre al que admirar. Queréis escalar como sea las altas jerarquías de vuestra Orden y vengaros de algo, o de alguien, que os hizo daño en el pasado. ¿No es así?

—Quizá estéis en lo cierto —concedió el alemán en tono contrito.

Beltrán, que seguía intrigado con la figura del monje guerrero, quiso comprometerlo aún más, indagando en su pasado, para que su conciencia atribulada descargara sus malos recuerdos y recuperara la calma. Era su oficio. Se lo preguntó con un tono de cordialidad:

—Frey Hermann, os voy a formular una pregunta en aras de nuestra amistad y para que os desatéis de esas cadenas del pasado que os ahogan. Decidme, os lo ruego, ¿qué mala acción os hizo renunciar a vuestra espada y purgar durante años con abstinencias y duras privaciones? ¿Es cierto que huisteis del campo de batalla? Me resisto a aceptarlo.

Von Drakensberg había jurado que jamás evocaría lo que tantas lágrimas le produjeron en otro tiempo. Pero esta vez se sumió en un corto silencio y habló:

—Jamás se lo he revelado a nadie, pero es llegada la hora de expulsarlo de mi corazón y ante nadie mejor que ante vos. Escuchad el secreto de mi corazón, que puede explicar las acciones de hoy —ratificó severo—. Mirad. En Tierra Santa conocí la muerte, la guerra y la crueldad, pero también sucumbí a la tentación de la carne.

—¿Vos, un hombre con voluntad de hierro, caísteis en los brazos de una mujer? —se extrañó—. ¿Ése fue entonces vuestro pecado? ¿El amor?

—El amor no, Beltrán. Ni tampoco el ansia de poder, ni la venganza.

—¿Entonces?

—¡Fue la lujuria! —admitió apesadumbrado—. Mi tropiezo no fue de traición o de cobardía, no. Me había jugado la vida muchas veces, ¿y por qué no la última vez? Infringí el sagrado voto de la castidad como un simio lascivo. Eso fue todo. Siempre lo he callado y lo he arrastrado día a día como una pesada losa. Pero os lo contaré, pues creo que el cielo me lo ha perdonado tras muchas penitencias, disciplinas y llantos. He cumplido con mis purgatorios, he sido rehabilitado en mi cargo, y en mi corazón es ya un recuerdo.

—Os escucho, comendador; descargad vuestra alma —lo animó Sina.

—Me desahogaré con vos. Me acerco a mi edad crepuscular y es hora de sincerarse. Cuando arribé a Tierra Santa, yo era un joven caballero con un futuro prometedor. Eran los primeros años de la gestación de la *Cupula Mundi*, a la que llamábamos en la clandestinidad: *Origo Dei Aurea* o *Aurea Tria*. Yo ejercía como escolta, primero del gran maestre Von Salza y luego de su sucesor *messire* Malhlberg. Visité con ellos Antioquía, Jafa, Alejandría y El Cairo, donde gobernaba el compasivo sultán Malik al-Kamil. Allí fuimos a sesiones místicas de los círculos sufíes; entablamos relaciones con los batiníes de Alamut, los asesinos de la montaña; asistimos a las reuniones de las *jirkas* suníes y a las celebraciones festivas de los coptos, herederos de las primeras comunidades cristianas. En El Cairo, donde mi maestre mantenía gran fraternidad con el príncipe y con el rector de la Casa de la Ciencia, fue donde el demonio puso ante mis ojos a una mujer que frecuentaba el campamento y que solía bailar al fuego ante los soldados francos, la perversa danza de la *jamriya*, y servirnos vino de dátiles, el dulce *tamr*. Yo, un mocetón aguerrido con la sangre ardiente corriendo por mis venas, quedé rendido ante su belleza.

—Conozco ese sentimiento, es un fuego que arde, devora pero que no se consume. Pero proseguid, frey Hermann. —Beltrán recordó sus afectos por *dame* Cristina.

—Era la hija de la luna de Egipto y hermana de los nenúfares de sus aguas. Una diosa del Nilo, creedme, Sina. Cuando alzaba su velo y dejaba entrever su vientre terso, los muslos torneados y su rostro de ébano, mi cuerpo temblaba como el de un niño ante la oscuridad. Ella conocía todos los secretos para tentar a un hombre y yo ignoraba aquellas sutilezas. Su presencia me inhibía, pero su imagen me perseguía día y noche. Sometía mi cuerpo a penitencias terribles, pero su recuerdo revoloteaba por mis pensamientos, devorando mis entrañas.

Beltrán sacudió la cabeza y se le escapó un gesto de incredulidad. Pero trató de comprender al alemán:

—Antes que monje al servicio de la cruz, erais un hombre.

—Un hombre pecador y estúpido que extraviaba el alma y se abocaba a la perdición eterna. Una noche de plenilunio, el sultán y mi maestre Malhlberg se reunieron hasta largas horas de la noche discutiendo el futuro del reino de Jerusalén con el legado papal, el cardenal fray Pelayo de Santa Lucía, mientras yo lo aguardaba en el campamento cristiano instalado en la puerta de al-Zuweyla, cercana a un jardín sembrado de flores, con fuentecillas de aguas y candiles apagados. El momento, lo recuerdo con dolor, era cautivador y el perfume me embriagaba. No me hallaba con humor para unirme a los juegos de mis compañeros y salí al arrabal a respirar el aire que me curara de la opresión de la disciplina. La verdad es que ella apareció como por un misterioso sortilegio. Nos observamos a distancia y me dijo que quería invitarme a vino de Damasco y regalarme un talismán que me protegiera de la muerte en la batalla. Me resistí a todos los intentos de seducción, pero un tropel de pensamientos morbosos se adueñó de mi mente. Se quitó la túnica que cubría su desnudez morena, se abrazó a mi brazo y me dijo palabras de hechizo.

—Cuando una mujer ríe a nuestro oído nada puede hacer el corazón.

—¿Y cómo no caer en la tentación? Era la mujer más encantadora que pudierais imaginar, pero extrajo de mí el reptil inmundo que todo mortal lleva dentro. Me llamaba *kabir ashkar*, «gigante rubio». Me colocó al cuello el medallón, que yo por mi santa regla no podía llevar y que oculté entre mi cota de malla. Me acarició mi incipiente barba, mi rostro y mi pecho, y en su compañía conocí las delicias del amor. ¡Que santa María me perdone!

Von Drakensberg se sentía avergonzado y bajó la cabeza. No lo había olvidado.

—¿Cómo se llamaba esa hurí que os robó el corazón? ¿La recordáis?

—Salima, una walquiria del paraíso, morena como un dátil maduro y dócil como un tallo del delta del Nilo. Pensé que era una muchacha del arrabal de Mansuriya, pero luego supe que era una furcia de Taif que vendía su cuerpo a los caravaneros del desierto. ¡Mala mujer! Yo vivía en la despreocupación de la juventud y mi mente se hallaba adormecida por el afrodisíaco de su aroma perverso. No sopesé mi infame acción y sucumbí a la tentación como un villano. Vestía sutiles tules del Yemen, y de sus brazos y tobillos colgaban aretes de oro. Sus ojos profundísimos brillaban bajo el velo, llevaba teñido su pelo de brillante alheña para disimular su edad y olía a algalia y ámbar. Nos ayuntamos con sigilo en el verdor del jardín, nos amamos con ferocidad, ardientemente, abrasados por una pasión tumultuosa. Entrelazados en la oscuridad acarició mi cuerpo con sus dedos aterciopelados, y asombrosamente suave entró dentro de mis entrañas, como si una lanza de fresno las devastara. Su belleza me vació la mente sumiéndome en las profundidades del éxtasis y también en las garras del sacrilegio más horrendo: había traicionado a mi sangre y a mi Orden.

—Sucumbisteis a vuestros instintos viriles, nada más. La lujuria es un atributo de la juventud. No deberíais martirizaros tanto —le rebatió.

—¿Y mis votos, Sina? ¿Cómo no pude darme cuenta de que era una ramera que únicamente iba a esquilmarme y a hacerme chantaje? Para mí era una percepción nueva. La visité otras veces en la clandestinidad de la noche y siempre me exigía un presente que demostrara mi afecto. Robé a mis camaradas algunas piezas del botín de nuestras escaramuzas y mentí por ella. Por la noche nos enroscábamos como sierpes y bajo el manto de las estrellas nos amábamos. Conocí el límite del deleite, pero desde entonces mis lágrimas amargas han dejado secos mis ojos. Yo ignoraba si me había dado un bebedizo, o sólo era atracción del diablo. Los escabrosos encuentros eran cada vez más fervorosos y mis regalos más suculentos y valiosos. Su aliento formaba parte de mí y la ruta de sus besos y caricias quedó marcada para siempre en mi cuerpo. Luego mi impía falta me produjo un resquemor temeroso y mi cerebro se incendió con las chispas de sus promesas. Y así, al borde del precipicio, pasé unos meses sufriendo mi delicioso y a la vez pecaminoso infierno. Ahora os lo cuento avergonzado. *Miserere mei Deus!* Ten piedad de mí, Señor.

Beltrán se rascó la cabeza y lo miró atónito, pero comprensivo.

—Sabía que vos no podíais ser un cobarde, y me alegro de ello. Los cobardes mueren antes de su verdadera muerte y vos no lo habéis hecho.

Sina apreció la salida de un largo lamento de la boca crispada del alemán.

—¿Tengo yo alma de conspirador o de pusilánime? Sólo fui un pecador que se rebajó hasta el fondo de la inmundicia y cayó en el lodo de la tentación ¡Yo, un caballero de Cristo! —reconoció abrumado.

—¿Y os sorprendieron? —siguió interesado.

—No. Era demasiado tarde y mis titubeos se disipaban luego con el placer de su cuerpo. Yo estaba perdido. Mi disciplina y mi moral flaqueaban y mi sangre guerrera se debilitó hasta la flaqueza. Pero desafié al destino y la seguí visitando secretamente mientras mi gente estuvo acampada en las afueras de El Cairo. Copulábamos en silencio, salvajemente, hasta que a pesar de mi insatisfacción decidí cortar, aunque su piel seguía impregnando los recovecos más recónditos de mi ser. Mi sangre germana me pedía quitarme la vida, pues la Orden de los Caballeros Teutónicos y mi estirpe sentirían vergüenza de mí. Había violado los votos de castidad y obediencia jurados en la fortaleza de Elbbing. Había pisoteado mi dignidad y el espíritu de san Agustín, que inspira nuestra regla. Era un pecador irredento —aceptó avergonzado.

—Vuestro pasional amor nació bajo el estigma de la luna llena, nada podíais hacer para extirparlo —dijo el bibliotecario—. Está escrito en el cielo.

—Pero había atentado contra un voto sagrado y las huellas de tan degradante humillación me perseguirían toda mi vida —insistió Drakensberg.

—Ahora comprendo la razón de la tristeza eterna en vuestro rostro.

—Tuve que valerme de toda mi astucia y aproveché una noche en la que el maestre decidió abandonar el campamento para poner a salvo nuestros secretos y tesoros. Sabía que, por nuestro sigilo, podían llegar a acusarnos de traición, pero no había otra alternativa. Era una ocasión única para huir de Oriente y enmascarar mi amarga experiencia de impúdico y ladrón, cubriéndola con el manto de la distancia. Jamás la vería, y sentía el alma desollada. Al llegar a Alemania nos acusaron de desertores. ¡Qué falsedad! Siguió luego una ultrajante degradación militar por huida infundada ante el enemigo infiel. No fue bastante que mi maestre adujera que lo hicimos por salvar el tesoro de la Orden. Se nos acusó de cobardía y hube de arrastrarme durante años como un bellaco, hasta recuperar mi honor.

Beltrán se sentía consternado por el trágico enredo vivido por su amigo. De repente el majestuoso silencio de Toledo llegó a hacerse opresivo.

—Debió de suponer para vos un áspero trago —le expresó Sina.

—Fue odioso e insoportable —siguió el caballero—. Yo alegué obediencia y protección de nuestro señor, del estandarte de la Orden y de las secretas cartas y caudales que portábamos, imprescindibles para el futuro de la Orden. Pero se nos tachó de no haber atendido la voz de guerra que lanzó el turcópolo o capitán de las tropas, que obliga a luchar: *Junge!* De haberse sabido lo de mi relación con la meretriz, hubiera sido separado de la Orden y agraviados para la eternidad los Von Drakensberg de Westfalia. Se culpó gravemente al protector del Santo Sepulcro, mi gran maestre Malhlberg y a tres caballeros más, entre ellos a mí. El tribunal que nos juzgó no sabía, ni yo podía revelarlo, que yo había huido, no del enemigo, sino de una prostituta. Ése era mi infamante secreto. Había detenido mi carrera hacia las más altas jerarquías de la Orden, cuando muchos me conceptuaban como un futuro *hochmeister*, maestre general.

—Arrastrasteis una culpa inmerecida, sin ser un cobarde. ¿Qué ganabais con semejante conducta, frey Hermann?

—Purgar mi culpa y seguir siendo un caballero de Cristo. Hube de callar para seguir perteneciendo a la Orden, mi única meta. Fuera de su seno no podía vivir. Así que preferí silenciar mi falta y purgar por mi pecado de por vida. Regresé con las alas heridas, el corazón destrozado, el honor en entredicho y con un futuro de escarnio, pero imperturbable. Ahora ya conocéis mi secreto. Rezad por mi alma pecadora.

—¡Qué poco se conocen las profundidades de un hombre! —reflexionó Sina—. ¿Y qué fue de vos tras el juicio en tierras del Imperio?

—¡La hecatombe, pero también mi salvación! Fui convertido en *brüder*, «hermano de manto gris», y obligado a entregar la sacrosanta espada con el pomo del dragón de mi familia, así como la cruz negra. Pero años después, cuando se supo la verdad sobre la conducta de mi maestre general y gracias a mi valor y desprecio a la vida contra los paganos de Pomerania, fui rehabilitado. Pero mi alma seguía sangrando rota en pedazos y mi corazón se había vuelto como el pedernal. Había querido morir, pero santa María premió mis lágrimas y penitencias; y por la irreflexiva valentía que demostré contra los prusianos, se revisó mi caso y los nuevos mandatarios teutónicos consideraron que obedecí órdenes de un superior.

—El cielo os hizo justicia —se congratuló el médico y bibliotecario real—. ¿Y no os sentís mejor ahora que habéis liberado vuestra alma de ese lastre que nos os dejaba vivir, frey Hermann?

—Ciertamente me siento mejor. Sois el mejor de los confesores.

Sina había comprendido que aquel hecho había operado en su alma una profunda metamorfosis y nacido en su corazón una fuerza nueva, transformándolo en un soldado inclinado a la independencia y replegado sobre sí mismo, pero nunca cobarde, vengativo o avaricioso. Su conciencia se había endurecido y se deslizaba por el mundo como un misántropo. Seguía tratando su corpachón con severo rigor, rezaba en soledad, ensayaba mil estrategias en un ajedrez de figuras de roble en su celda, se retiraba a meditar o a cazar y huía del lugar donde hubiera una mujer que mirar.

—Mi vida, Beltrán, se redujo desde entonces a la reparación de mi pecado. Martiricé mis pies con las piedras de los caminos y mi carne, con el látigo, la privación, los lechos de tablas y el ayuno. Haberme convertido en el mensajero de la Cúpula del Mundo ha equilibrado el sosiego de mi vida. Estoy entregado de cuerpo y alma a sus propósitos, y mi estancia en Castilla ha cambiado mi vida, os lo aseguro.

Beltrán, abrumado por la confesión del Caballero del Dragón, no ocultó su complacencia al conocer que el pecado de su amigo era de pasión, lo que lo convertía en un ser humano cercano y sensible, tan lejos de la expresión alejada y adusta que lo caracterizaba. Era un hombre entre dos mundos que había sufrido la codicia de una mujer ardiente dedicada al negocio del amor.

—No pudisteis eludir vuestro destino. La pasión por una hembra es la más noble flaqueza del espíritu humano —lo calmó Sina, acompañando sus palabras con una triste sonrisa que Von Drakensberg no pudo entender.

—Para mí aquel episodio está en mis pensamientos más recónditos como un rescoldo aún no sofocado, como un pedazo insepulto de mi vida. Me arrastré por el fango de la carne y caí en las redes de una ramera de puerto. El destino fue cruel conmigo y la difamación me hundió.

—Pero al fin habéis restablecido la paz en vuestra alma —lo confortó Sina—. Vos mismo os cerrasteis el camino de los cielos y volvisteis la espalda a la felicidad, tratándoos con injusta saña.

—Desde entonces mi vida se ha convertido en una existencia errante. Una sucesión de paradojas, micer Beltrán —le aseguró Drakensberg.

La firme admiración que se profesaban había descartado sus pudores y Beltrán quiso despedirse con una llaneza sin reservas.

—Espero que me recordéis con cordialidad.

—¿Con cordialidad sólo? Con admiración eterna —le ratificó Drakensberg con la mirada baja—. Y también así perpetuaré a Toledo, micer Sina, dorada como el cuenco de un alquimista, serena como el alma de un místico y majestuosa como la faz de un emperador. Los momentos que he vivido en ella serán difícilmente olvidables, pues desafían a la realidad misma.

Sina cambió el tono de su voz y el tema, e ironizó:

—¿Os imaginabais que el gran maestro era el sabio Yehudá Ben Moshe?

—Pasó por mi cabeza. Ahora, tras conocerlo, lo tengo, junto al rey, por el hombre más sabio que he conocido —admitió—. Además, ayudó a que su alteza me exculpara de un pecado que atentaba contra su hospitalidad. Partiré con las primeras luces. He de presentarme ante mi maestre en el castillo de Montfort antes de San Mateo y rendirle cuentas de mi entrevista. Vuestro rey regirá muy pronto a los hombres de los tres credos desde el trono de Carlomagno, os lo aseguro, *magister* Sina.

—¿Así que vuestro cometido en la *Cupula Mundi* era ése? —preguntó.

El germano lo miró sin recelo, y se defendió riéndose con ironía.

—Hoy sí puedo contestaros, pues sé que guardaréis el secreto. El capítulo secreto de la Cúpula, del que soy su mensajero, lo forma un cenáculo de ulemas islamitas, sufíes de Oriente, los maestres del Temple y de la cruz negra e ilustrados gobernantes de las tres religiones.

—¿Pueden sentarse a la misma mesa hombres de fe tan dispar?

—Esas mentes privilegiadas se han unido para salvar a la humanidad. Están hartos de su sufrimiento y de la opresión de la Iglesia y la intolerancia de los fanáticos islamitas, que han comprometido a la cristiandad y al islam mismo. Oyendo el dolor de sus hijos, que vierten sangre en Tierra Santa, pretenden desligar el gobierno de los pueblos de la tutela de las almas, que corresponde a los hombres de Dios. Un soberano de hombres como rey, un Pontífice de la fe para aquietar los espíritus atribulados. Ése es el plan.

—Un día os pregunté si se cruzarían nuestros caminos de nuevo y hoy os hago de nuevo la pregunta, frey Hermann. Esta vez deseándolo fervientemente.

—Ninguna muralla lo impedirá. Nuestra amistad ha quedado sellada para la posteridad, como la marca de una lápida —admitió—. Quedad con Dios.

—En ello confío, Caballero del Dragón. Id con su divina protección.

Beltrán pensó que la hurí egipcia aún anidaba de alguna forma en el corazón del caballero, aunque sólo fuese como una pavesa, pues percibió que al teutón le resbalaba una lágrima, que fue a ocultarse a su enmarañada barba rojiza.

Con la aurora, la alondra, la madrugadora del alba, trinaba entre aleteos. El bosquejo de Toledo, desplomado bajo las penumbras del alba, desdibujaba las siluetas del grupo de caballeros teutónicos que abandonaban la ciudad, aún acariciada por una luna huidiza.

Las luces de las antorchas se habían extinguido y los portones de la muralla se abrían de par en par. Hermann von Drakensberg, que había pasado la vigilia entre rezos y disciplinas, antes de partir había limpiado la espada con la que dormía según la regla, había leído un pasaje de la Biblia a sus hermanos, y, como era viernes, se había autoflagelado con extremada dureza para purgar su doble pecado de haber intentado robar y por haberse dejado llevar por una apetencia insana, aunque fuera noble.

Con el espíritu conteniendo a la carne y el deber cumplido, se disponían a abandonar la ciudad de los tres credos y de los tesoros impenetrables. Le invadía el sentimiento de que aquel viaje a Montfort poseía la seguridad del retorno. El caballero brincaba sobre su corcel, inquietado por la ansiedad de la larga marcha.

Mientras, los ruidos del amanecer, el canto de los pájaros y el revolotear de las abejas sosegaban el combate de su alma vulnerada.

Dominium mundi

Don Manuel, hermano menor del rey de Castilla, pensaba que si Alfonso hubiera llevado mejor el asunto imperial, se hubiera olvidado de su insensato orgullo y su fe en conseguirlo hubiera sido más constante, ahora estaría coronado. Pero ya era demasiado tarde. La reciente muerte del papa Alejandro IV, su único valedor, parecía tener un sentido más acorde con su destino, con la impredecible voluntad del Creador, y quién sabe si con su insondable justicia.

Un sol anaranjado oreaba la Roma eterna, caldeándola suavemente.

El infante, acompañado del arcediano de Compostela, micer Juan, y el obispo don Raimundo, estaba de un humor de perros. Salieron sofocados del palacio apostólico de Letrán, sede de la curia pontifical y residencia del sucesor de Pedro, sin decir palabra.

Estaban hartos de las jactancias de los monjes de Cluny, de los intratables dominicos y de los vanidosos juristas pontificios. El palacio, fuera de las murallas, al otro lado del Tíber, destacaba por su severa belleza. Levantado por el emperador Constantino como penitencia por haber asesinado a su esposa Faustina se había convertido en residencia papal. Su estatua ecuestre,* serena y barbada, presidía la plaza donde se arremolinaban los peregrinos.

Tras unas semanas de luto por la muerte de Alejandro, se celebraban los fastos por la elección del cardenal Jacques Pantaleon, obispo de Troyes y Verdún y patriarca de Jerusalén, que había tomado el nombre de Urbano IV. Enemigo de la causa imperial y de los gibelinos pro Stauffen, nada más ceñirse la tiara de san Silvestre e iniciar la primera página de su *Ierarchia o Regest*, el libro de los hechos de su pontificado, había invitado a Francia a arrebatarle Sicilia a los Stauffen, dando un golpe mortal a las aspiraciones de Alfonso. Legado pontificio en Tierra Santa, conocía de primera mano los movimientos de los monjes teutónicos, y estaba dispuesto a husmear como un hurón hasta desbaratar sus planes de poder con la ayuda de sus agentes dominicos.

Corrían otra vez malos tiempos para el rey castellano.

—¿Qué locura es esa *Cupula Mundi*? —había dicho a su redactor pontificio—. ¡Hay que desenmascararla y extirparla de raíz!

Para don Manuel, Letrán era un lugar de maquinaciones, de curiales corruptos, de cortesanas de dudosa reputación, de venganzas y de envenenamientos ejecutados con sutileza. El infante estaba malhumorado.

—El Espíritu Santo no ha soplado de nuestra parte, don Raimundo. ¡Un pontífice francés enemigo cerval de los Stauffen! Lo que nos faltaba —se lamentó el infante—. No hemos podido tener peor suerte, por Dios.

—Esta elección desatará la guerra entre güelfos y gibelinos. La rebelión está en camino y don Alfonso no está preparado —contestó don Raimundo, un duro canonista versado en intrigas pontificias.

Furioso como un basilisco, el príncipe se arrebujó en su

* En realidad representaba a Marco Aurelio y hoy se alza en el Quirinal.

capa segoviana y le propinó un puntapié a un perro famélico que le lamía las botas. Tras ser saludados por la guardia papal, se subieron a los palanquines y se encaminaron con los escoltas armados al palacete que poseía en Roma el arzobispo. Roma, la *Urbs Sancta*, sucia, engullidora del corazón de la cristiandad, emergía entre una ola de templos asolados tomados por la maleza y los lodazales. Los miasmas, las moscas, la intemperie y las cabras devastaban los foros y las columnas, que aún seguían pregonando su arcádica grandeza.

Cientos de «lobas» o prostitutas, frailes avispados que improvisaban sermones en el Borgo para recabar unas monedas de los peregrinos, vendedores de reliquias y bulas, guardias pontificios y truhanes de la más baja hez, se arremolinaban alrededor de los visitantes, a los que atosigaban y vendían hasta el aire que respiraban. El perezoso *popolo romano* saqueaba mansiones, esquilmaba a los visitantes y vilipendiaba a los cardenales extranjeros a los que exigía que les arrojaran monedas desde sus lujosos palanquines.

Sin embargo, a pesar de la presencia de la indeseable chusma, don Manuel amaba Roma y su embrujo lo atrapaba. No se cansaba de recrear su mirada por los frisos cuarteados del Campo dei Fiori, los adornos corintios cubiertos de musgo, las despojadas ruinas del Coliseo, o el desvencijado palacio del Capitolio, donde aún se reunía el Senado romano, y los peristilos del Palatino. ¿Cómo la piqueta del tiempo había despojado de su belleza a la que había sido señora del orbe? El príncipe de Castilla contemplaba el vértice del obelisco de San Andrés y Santa Petronila y olía con delectación las madreselvas, rosas, jaras y zarzamoras que ocultaban el templo de Vesta, el foro de Trajano, los jardines de Agripa o el Circo Máximo, convertidos en eriales donde pastaban los ganados.

Abatida por la barbarie y acuchillada por los cascos de los señores de la guerra romanos, la caótica metrópoli aún preservaba en su declive una fascinadora belleza. El infante, silencioso dentro del palanquín, exploraba con sus ojos risueños la dorada cúpula del Panteón de Adriano de Itálica, su mausoleo y la basílica de San Pedro del Vaticano, al que los romanos llamaban «el infame lugar», antiguos huertos de Nerón y Agripina, y donde se había levantado un cementerio de paganos. ¿Sería coronado allí su hermano Alfonso algún día? Los arcos de triunfo se desmoronaban derrotados por la lluvia, el tórrido calor y el granizo, y los bronces de las basílicas se agrietaban, mudos de no tañer a victorias y solemnidades.

«Mi hermano don Alfonso restauraría la gloria de los césares», soñó.

Pasaron delante del barrio del Bugiale, salpicado de charcos, donde se reunían los ociosos *cortesani* del Papa y los *condottieri* que vendían su espada por unos marcos de plata, y aguantaron sus burlas. Roma era la ciudad más insegura de la cristiandad, y cada día aparecían los cadáveres descabezados de clérigos pendencieros, estafadoras tudescas e inocentes peregrinos que, confiados, habían perdido la bolsa y la vida en el Trastévere antes de arrodillarse ante el sepulcro de Pedro y ganar el jubileo.

Se abrieron paso a bastonazos entre los porqueros y cabreros del caserío de la Ripa, llenos de boñigas y barro, y tras dejar atrás la Vía Sacra y la pestilente laguna en que se había convertido el Foro de los Césares, se santiguaron ante el campanil de la iglesia de Santa María, recortada en un cielo azul cobalto. El embajador plenipotenciario del rey de Castilla llegó pensativo a la piazza de la Rotonda, tras un azaroso recorrido. Como verdaderas fortalezas, las mansiones de los cardenales más poderosos del mundo cristiano se sobreponían en un caos laberíntico, defendidas por mercenarios que se calentaban encendiendo fogatas con los portones, muebles, artesonados y vigas de las villas romanas.

El joven príncipe, que poseía la circunspecta figura de un abad, se despidió del prelado besando su cruz pectoral. Sin dilación llamó a uno de los escribientes que por su aspecto cetrino parecía un murciélago adormecido. Era un secretario de esos que nada oyen, nada saben y nada dicen, pero que conocen más secretos que el canciller del dux de Venecia. Alisó parsimoniosamente un pergamino, desplegó la silla y preparó un cuerno de tinta y plumas de sandáraca. Luego escribió lo que su alteza le dictaba con una voz imperiosa, e incluso irascible y encrespada.

A don Alfonso, Soberano Décimo de Castilla y León, *Rex Romanorum*. Dilectísimo hermano y venerabilísimo rey, que santa María os guarde y os conceda larga vida. *Pax Tecum*.

Mucho han cambiado las cosas en esta Babilonia de poder que es Roma, un muladar donde reina la corrupción y la intriga y donde la clerecía vive en abierto concubinato con las cortesanas más insolentes de la cristiandad. ¿Pudo crear Nuestro Señor Jesucristo esta colectividad de corruptos para representarlo en la tierra? ¿Qué pueden aportar a los fieles estos ministros de Pedro, sino perversión, codicia y mal ejemplo? Tras la elección del papa Urbano, traidoras conspiraciones se ciernen sobre la causa imperial, que suponen una amenaza para vuestra designación. Hasta el cardenal de San Lorenzo, nuestro compatriota Juan de Toledo, es contrario a vuestras aspiraciones de investidura. Estamos rodeados de poderosos enemigos celosos de vuestro poder.

El nuevo Pontífice trata de reconstruir la desbaratada Liga Güelfa, nuestra enemiga, frustrada por sus consecutivas derrotas a manos de los aliados pisanos, que agradecen vuestras ayudas.

En qué mala hora murió el papa Alejandro, vuestro Papa valedor.

Este francés taimado es tremendamente veleidoso y un zorro de la política. Conversó en privado con Arno von Sangerhausen, el gran maestre de la Orden Teutónica, y lo amonestó severamente sobre los manejos de la fantasmal Cúpula del Mundo. Y el cardenal Colonna, nuestro amigo, que tiene oídos en todas partes, me ha asegurado que el prior germano hizo una encendida defensa de vuestra candidatura y le ha exigido a Urbano que os corone de una vez y os confirme como emperador electo, ante el peligroso vacío de poder que mantiene en el caos las tierras del Imperio.

Os defendió con un ardor encomiable, pero Urbano y las altas instancias pontificias, intrigados con un plan secreto que nadie conoce, recelan de los ocultos propósitos de los monjes guerreros alemanes, a los que Urbano acusa de alianzas secretas con enemigos de la fe: turcos, mongoles, sufíes y suníes infieles. Cuestiona la legitimidad de vuestra aspiración y como vivió largo tiempo en Tierra Santa, asegura haber oído a agentes sarracenos que vos estáis dispuesto a aliaros con los mongoles mediante el matrimonio de una infanta castellana con el Gran Jan, para que os auxilie a consolidaros en la cúspide imperial.

¿Habéis escuchado alguna vez mayor disparate, o por el contrario ocultáis algo que yo desconozco y que tiene que ver con la visita de Von Drakensberg a Toledo? ¿Qué bastardos motivos guían su proceder? Sangerhausen, el gran maestre alemán, ha advertido a Urbano que si no se inclina decididamente por vos, cortará las relaciones de amistad con el obispo de Riga e instaurará un estado teutónico en Prusia, fuera de la jurisdicción papal. Grave envite, mi hermano y señor.

Según Colonna, el gran maestre os presenta como el monarca augurado en las profecías germánicas y cuyo prestigio devolverá al Imperio romano su esplendor. ¿Por qué una exigencia tan vehemente ante el Papa? ¿Está en marcha algún plan de índole secreta de la Orden Teutónica y de otros centros de poder, que yo ignoro? Comunicádmelo, hermano, pues en política se puede hacer de todo, menos el ridículo, y nuestros empeños van de mal en peor.

Ezzelino da Romano, príncipe de Verona, defensor vuestro en Italia y cabeza de nuestros partidarios gibelinos, ha muerto, para mayor desgracia nuestra. Tras sus exequias han elegido como campeón antipapista al hijo bastardo de nuestro tío abuelo Federico II, *messire* Manfredo Stauffen, que ha derrotado a los enemigos güelfos de Florencia y conquistado Nápoles y Sicilia, territorios reclamados por el Papa como herencia de Constantino. Urbano, aterrado, en vez de coronaros inmediatamente emperador y poner fin a este caos, os ha vuelto la espalda y se ha puesto en manos de Francia y de los Anjou. Para colmo de males se ha pactado un matrimonio entre la hija de Manfredo, Constanza, con el primogénito de vuestro suegro don Jaime I de Aragón, que heredará el reino, esfumándose una joya preciosa de la corona Stauffen, que os pertenecería por derecho propio de llegar a ser coronado emperador. ¿Visteis peor y más indigna acción en un Papa contra vuestras aspiraciones?

Hemos protestado formalmente, pues Sicilia os pertenece como herencia de nuestra madre Beatriz, pero los acontecimientos nos están arrollando. Los partidarios en el Imperio se están desanimando viendo que os quedáis con las manos cruzadas ante tanto desmán y arbitrario saqueo. Creedme, hermano, el Imperio se sumerge en la ruina y el descrédito y expirará sin la mano fuerte de un guía que lo gobierne. Vuestros enemigos, valiéndose de mil engaños, no dejarán de socavar vuestros derechos, hasta conseguir que os resulte imposible alcanzar el trono. Emprended una acción personal, y dejaos ver por estas tierras.

Esta misma mañana he mantenido una acalorada discusión con el secretario papal, el cardenal de Santo Spirito, quien me ruega os transmita que el dilema de Urbano no es reconoceros como emperador único, sino perder lo poco que le queda en Italia. En breve os instará con una carta, a vos y a Ricardo de Cornualles, para que presentéis en la curia papal vuestros alegatos en el plazo de dos meses, y a la vista de ellos, se decidirá por uno u otro demandante.

Lo ha prometido ante la Sagrada Biblia, y ojalá se decida por vos.

Aquí, mi señor y hermano, el Dios verdadero no es nuestro Salvador, es Roma y la corte papal, cuya voz nadie discute, ni nadie contradice. Compilad un buen corpus de leyes que desarme a vuestros antagonistas. Sed prudente y astuto en vuestros justos argumentos, pues lo examinarán con malevolencia.

Yo pienso que Urbano carece de la ecuanimidad que se supone en el vicario de Cristo y os tiende una trampa dilatoria. Se trata de una maniobra para demorar en el tiempo el asunto, por lo que hemos de ejercitarnos en la virtud de la paciencia; no cabe otra solución. La guerra entre el *sacerdotium* y el *regnum* por el *dominium mundi* ha alzado las espadas en alto, y a la postre ganará el más templado y perspicaz en el arte de la política.

La guerra de los movimientos calculados ha empezado.

También he de participaros, mi señor, que he experimentado una tremenda sorpresa. Nuestros díscolos hermanos, don Fadrique y don Enrique, han aparecido de repente en Sicilia con sus respectivas mesnadas de guerreros, dejando la corte de su protector el rey de Túnez, Ibn Zakariya. Una irrupción pródiga en acciones incoherentes, pues creo que os perjudica claramente. ¿Luchan por vos, por ellos, por su sangre Stauffen? Fadrique asegura ayudar a Manfredo en un alarde de insumisión hacia vos, su señor natural, pero a veces lo hace también a favor de los franceses de Anjou; y el segundo ha reclamado el dominio siciliano en una acción extraña que nadie comprende. ¿Entendéis semejante desmesura? ¿Sabíais algo de esta intromisión, mi rey? Si nuestro padre don Fernando levantara la cabeza…

La naturaleza de Urbano es esquiva y ladina, y su arrogancia, el rasgo humano que mejor lo define. Todo lo tiene calculado y su cara amarilla, quizá de haber sufrido algún morbo, se contrae al vernos comparecer. Don Raimundo y yo le proponemos una y otra vez vuestra inmediata coronación, pero siempre nos contesta: «Cuando se resuelva el litigio abierto entre Ricardo y don Alfonso». O sea, nunca. Ojalá nuestros temores sean infundados, pero se inicia un tiempo incierto para vuestra designación.

Hasta Roma han llegado las noticias de la triunfal expedición de Castilla a tierra de infieles, el asalto del enclave africano de Salé, en el corazón de Marruecos y guarida de nuestro enemigo el gobernador benimerín Yacub ben Allah. También se habla en esta cancillería de que preparáis la conquista del reino de Niebla, el territorio taifa de vuestro vasallo el sultán Ibn Mahfot, así como la reconquista de la milenaria ciudad de Cádiz, un puerto vital para la restauración naval de Castilla.

¿No os acusarán nuestros amigos musulmanes de Granada, El Cairo y Oriente de que es una flagrante incoherencia de vuestra política pacífica? ¿No lo aprovechará el rey nazarí Muhammad I de Granada para romper las hostilidades con Castilla e iniciar una guerra de campos incendiados, secuestros y cautivos, aldeas arrasadas y burgos saqueados? Quizá desconozcan la sagrada promesa que hicisteis ante el lecho de muerte de nuestro padre don Fernando de devolver a la Corona visigoda las tierras de Hispania. *Deus nobiscum*, «Dios con nosotros».

Salud y favor del cielo. Beso vuestra mano. Recibid un ósculo fraternal. Roma, noviembre, segundo domingo de Adviento. Que el Creador os colme de bienes. *Dixi*. Dada en Roma. A. D. 1261

Enmanuelis, Princeps et Legatus Castellae.

—Lacradla y selladla, después de cifrar el documento con los escantillones y plantillas habituales. No me fío de los dominicos del Aventino, ni de los sabuesos del Papa —ordenó—. Que salga inmediatamente hacia el puerto de Ostia, y que el correo la entregue al capitán de la galera aragonesa *Santa Eulalia*. Hacedlo con la habitual discreción. ¡Apresuraos!

—Se hará como ordenáis, mi príncipe —dijo el secretario, y desapareció.

Don Manuel de Castilla pensó que tal vez aquella carta dirigida a su hermano no sirviera para nada, pues parecía que Alfonso ocultaba una trama mucho más espectacular unida a la extraña Cúpula del Mundo, que él desconocía. Agitó el espantamoscas y escuchó los cantos de los peregrinos que procesionaban por la Vía Lata, y que atiborraban la urbe en un caos desconcertante. El joven infante amaba el hechizo de aquella decadente ciudad de esplendor extraviado, pero cada día comprendía menos los vericuetos de la sórdida política de la cancillería pontificia, tan alejada del conciliador espíritu evangélico. Encendió unos velones y se entregó a la lectura de un manojo de pliegos de autores latinos hallados en la que fue la Biblioteca Trajana. Su hipnotizadora lectura le hizo olvidar el tiempo, embriagado de bienestar.

Una luz otoñal, que enjoyaba de oro la urbe, lo adormeció.

Toledo. Desde el alba el griterío de la multitud ascendió hasta los repechos del Alcázar. Un tumulto de griteríos y vítores llenó el aire en la última mañana del invierno del año del Señor de 1262. La primavera había nacido derrotada por las nubes, pero envuelta en un perfumado aroma.

La máquina de guerra castellana se había puesto en marcha, aprestándose a la conquista del reino de Niebla y de la fortaleza costera de Cádiz, que había caído de nuevo en manos del rey de Fez, Aben Yusuf. El tiempo apremiaba para el rey, que pensaba en sus alegatos ante la Santa Sede por el trono imperial, y precisaba cuanto antes conquistar el débil reino del sur de Portugal, puente crucial para su política de expansión africana. Había convocado en Sevilla a las milicias de las ciudades andaluzas, a los soldados de la Banda Morisca, mesnada de feroces adalides que permanecían en pie de guerra a lo largo de la frontera nazarí, a los almogávares mercenarios del Pirineo y a los monjes guerreros de Santiago y Calatrava. El almirante, Pedro Martínez de la Fe, aprestaba la escuadra del Estrecho y el adelantado mayor preparaba las máquinas de asedio y las huestes armadas en el prado de Santa Justa.

Fuera del Alcázar todo era gozo. Cuando Alfonso compareció en el rastrillo del Alcázar, jinete de un corcel con petrales de cordobán y gualdrapas ajedrezadas con castillos y leones, el clamor se hizo ensordecedor. Ataviado con un arnés de guerra y espuelas de oro, y enarbolando la espada de su abuelo Federico II, se asemejaba al dios Marte. Miles de gargantas enfebrecidas lo vitorearon hasta desgañitarse, entre el sonar de los atables de guerra, los timbales y los aceros percutiendo con los escudos. Lo seguían el alférez real, los grandes maestres, las mesnadas de Asturias, León, Vizcaya y Castilla, el condestable, los abanderados con relucientes lorigas y la guardia real con armaduras argénteas. Los soldados cruzaron el puente de Alcántara, mientras recibían el calor del gentío, las sonrisas de las muchachas y las bendiciones de los clérigos.

—¡Sólo Dios es el vencedor! ¡Por la cruz y la fe! —gritó el alférez.

—¡Castilla y León por don Alfonso y la cruz! —lo aclamaban sin cesar.

Recuas de acémilas y troncos de garañones tiraban de unas armas desconocidas hasta entonces: las lombardas y culebrinas. Forjadas en hierro de Dijon, los inconcebibles tubos de hierro, según los entendidos, arrojaban por sus bocas bolas de hierro y fuego chino o pólvora, causando destrozos irreparables en murallas y barbacanas. Por vez primera en la historia de Hispania iban a retumbar ante las murallas de Niebla. Un mercader versado informó a sus acompañantes:

—Dicen que ya en Francia e Italia los utilizan en las batallas. Las estrategias han cambiado. Ya no se guerrea caballerosamente cuerpo a cuerpo. Ahora prevalecen las tácticas y se libran batallas con nuevos armamentos de asalto, pez hirviente, bolas de piedra, trincheras, fuegos diabólicos y artefactos que parecen ideados por el mismísimo diablo.

—*Instrumenta Diaboli* que mutilan el valor del guerrero —opinó desabridamente un fraile.

Alfonso se olvidaría por unos meses de la causa imperial, aunque sus raíces las tenía plantadas en lo más profundo de su ser. Pero el arrepentimiento es un sentimiento indeseable y comenzaba a herir su alma.

—Un solo factor providencial, la muerte del papa Alejandro, lo ha interrumpido todo y me impone volver sobre mis pasos, Beltrán —le había dicho la víspera—. Al regreso reanudaremos el pleito con Roma. Estoy harto.

Pero Sina pensaba que su rey y amigo se había entregado al interesado capricho del Papa y al grotesco mecanismo de elección de los príncipes alemanes y de poco le valía reclamar la voz de sus derechos. «Enemigos temerarios, venales y presuntuosos que le amargarán la vida.»

Poco a poco la caravana real y la mesnada fueron desapareciendo por el camino de Córdoba. Sólo quedaba el destello cegador de las lanzas, el polvo levantado por los carros y el blanco de las capas de los monjes guerreros flotando al viento.

Beltrán Sina sesteaba en uno de los carruajes de vanguardia leyendo a Aristóteles. Acompañaba al médico real don Hernando, que aprestaba los escalpelos, punzones, cuchillos, hierbas curativas y redomas con bálsamos cauterizantes. Pero lo miraba de reojo, como pensando que aquel raro médico del alma —la que sólo podría curar Dios— supiera ni tan siquiera para qué servían aquellos utensilios médicos. Tal era la repulsa que le provocaba Sina.

Beltrán evitaba cualquier disputa y cavilaba calentando sus manos en los braserillos o sanseras donde se quemaban sarmientos secos de olivo, mezclados con romero. Taciturno, se lamentaba de que la chispa prendida en su corazón por Cristina no se hubiera extinguido y que cada día la echara más de menos. Pronto podría verla en Sevilla y su corazón bullía. El humor del caprichoso diosecillo del amor lo había transportado a un sentimiento imprudente, un apego que podría conducirlo al borde de un precipicio, o hacia un desfiladero de conflictos.

Pero su fuerza era tal, que apenas si podía ocultar el arrebato que sentía por ella, y contaba las horas que le quedaban para encontrarse en Sevilla con el ángel rubio de Bergen. Al cabo de las horas su cerebro estaba confundido, y ya su instinto se veía incapaz para discernir dónde se hallaba la razón o la sinrazón de sus sentimientos.

La expedición, que había marcado de surcos el camino, fue engullendo pueblos y aldeas. A su paso tañían las campanas y se adherían las huestes de las ciudades de Úbeda, Baeza, Jaén, Córdoba y Écija. Los aldeanos y labriegos, atraídos por el piafar de los caballos y el fragor de las máquinas de guerra, se arrodillaban al paso de don Alfonso. Legua tras legua de ardorosa marcha, al fin, un atardecer anaranjado, la esplendorosa capital de la frontera surgió ante los ojos de las cansadas compañías del rey.

Beltrán siempre llevaba Sevilla en el corazón, mezclada con la sangre de sus antepasados. Era el hogar sagrado de sus ancestros y en sus calles se percibían ecos diferentes de las de otras ciudades.

Los guerreros traspasaron las murallas atestadas de vecinos vocingleros, donde por la gracia de don Alfonso, el soberano de los tres credos, se glorificaba a Dios en tres lenguas diferentes bajo la Corona protectora de Castilla.

«Cristina, tan inaccesible como cercana. ¿Cómo te hallarás, mi princesa? ¿Habrás alcanzado al fin la tan deseada serenidad de tu espíritu selecto?»

Lo probaría muy pronto, pero barruntaba oscuros presentimientos.

La luna del avellano

Sevilla, otoño, A. D. 1262

La remisa estrella del alba despertó a Beltrán, que se revolvía en el lecho de su desangelado caserón familiar, como un león enjaulado.

Había intentado visitar a *dame* Cristina, pero sus intenciones habían sido en vano. El palacio de don Fadrique, donde residía, era una inexpugnable fortaleza imposible de salvar. La princesa se hallaba enclaustrada en su torre de marfil, lejos de miradas ajenas por orden expresa de don Felipe. A través de una criada le había enviado un recado a Gudleik, y se habían visto en los baños de la reina Juana, que solían frecuentar los hombres del burgo sureño por las tardes.

La alegría del bufón del norte al encontrarse con Sina resultó mayúscula.

—¿Preocupado vos? —le señaló el histrión tras abrazarlo—. Todos lo estamos, *signore*. *Dame* Cristina se encontraba incómoda en el palacio arzobispal, y tras repetidos ruegos a don Felipe, nos hemos trasladado a la casona de Biorraguel del barrio de San Lorenzo, propiedad de don Fadrique. Se trata de un palacete soleado, pero el cielo azul de Sevilla no se ha convertido en su cómplice natural como vos dijisteis. Al contrario, parece que la ha maldecido, pues no sale de su marasmo. Mi señora ha entrado en una severa melancolía que la mantiene postrada en cama los más de los días.

Eran malas noticias, y Sina, consternado, cerró los párpados. Una aguda punzada lo había obligado a plegarse sobre sí mismo. Sentía un profundo dolor.

—Entonces, ¿ese bulo que corre por las calles y tabernas que la llaman «la princesa doliente», es verdad, Gudleik? —le preguntó preocupado—. Cuentan que don Felipe pasa más tiempo en los selectos prostíbulos del Ardabejo que en su casa. ¡Lo que hace el aburrimiento en los poderosos!

—Así es. Mi ama permanece encerrada en la mansión y apenas si sale para asistir a los oficios divinos, o a alguna recepción de la nobleza.

—Don Felipe es un caballero distinguido, pero también un pervertido.

—Ni la consideración de la servidumbre, ni la dedicación de un médico aromatorio morisco, consiguen sacarla de su abatimiento y melancolía —le informó el bufón, abatido y con lágrimas en los ojos—. ¡Tenéis que visitarla, *magister*!

—Pero ¿cómo? No he podido ni acercarme a diez pasos de la casa. Los guardias no atienden ni a mi condición, ni a mis palabras —reveló enojado.

En el mentidero de San Francisco chismorreaban que don Felipe pensaba que el vientre de su esposa estaba marchito, y que por esa razón pasaba pocas horas en la casa solariega; y aunque la cubría de atenciones, se había entregado a sus placeres preferidos: la cría de caballos, la caza del jabalí, el corzo, el oso, y la esgrima en el palenque. Y se sucedían los días sin apenas verse. Murmuraban también que el infante se veía en privado con una bella dama sevillana, Leonor de Castro y Pimentel, de la rancia estirpe de los Lara. Se decía que el bufón Gudleik, famoso en los tugurios del Portal del Carbón, no conseguía entretenerla, y que las largas horas en el patio del palacete se le hacían eternas a la noruega, apartada de todos, leyendo salterios y tañendo el laúd. Y la leyenda de la infanta doliente y nostálgica de sus tierras heladas, calaba entre los lugareños, que la miraban con tristeza.

—Cada día que pasa recuerda más las predicciones de Oyrane, convencida de que nada impedirá, ni tan siquiera los dioses de Norge, cumplir el aciago destino que aleteaba sobre su cabeza —le contó afligido.

—¿Y no abandona el palacete nunca? —inquirió Beltrán, incrédulo.

—Solamente en días muy señalados baja a las cuadras, aposta sus botines en los estribos de un corcel árabe de crines blancas y trota por el campo de Santa Justa, las cercanías de la Alberca y por las inmediaciones del convento de la Trinidad, para luego volver con su escolta cruzando la puerta de Hércules a su prisión dorada, agotada y empapada de sudor.

—No me lo explico, amigo mío. He de verla a toda costa.

Pasaron las jornadas y Beltrán pudo admirarla de lejos, cuando la ciudad entera se reunió en la puerta de Carmona para recibir al rey y a sus regimientos, que regresaban victoriosos de Niebla y de Cádiz. Beltrán confirmó los temores de Gudleik y la encontró demacrada y deslucida. Hasta le pareció ensimismada en sus pensamientos, en contra de su habitual jovialidad. Cristina le dedicó una sonrisa leve al verlo, pero parecía más una mueca de desconsuelo y auxilio; y si bien Sina pensaba que el gélido clima de Noruega la había habituado a la nostalgia, la luz de Sevilla, lejos de animarla, había hundido más su precario ánimo.

Otra mañana del sofocante verano, los cortesanos acudieron a la catedral de Santa María. Allí se exponían las obras escritas por el rey para que el pueblo, la nobleza y los mercaderes extranjeros las contemplaran. Cristina, que acudió con sus damas, sabía que eran obras perfectas, pero no le produjeron ninguna fascinación. Al poco se sintió cansada y desfallecida. Llamó a sus doncellas y, después de excusarse ante el rey, abandonó la catedral. Beltrán salió tras ella dando grandes zancadas, pero sólo pudo verla al darle una limosna a un ciego, y subir rápidamente a un carruaje. Luego desapareció de forma furtiva por la callejuela de Francos, camino del palacio.

Únicamente quería estar sola con su pena y rumiar su infelicidad.

Beltrán estaba confundido y desolado. «Muy mal debe de hallarse. No me ha dedicado ni una sola palabra, ni un gesto de amistad —pensó taciturno—. ¿Habrá sufrido alguna vez mi ausencia? No creo.»

Un atardecer sofocante, cuando las voces extenuadas de los pescadores de Triana anunciaban el crepúsculo, Gudleik lo visitó en su casa, y tras dar buena cuenta de un cuartillo de vino de Jerez, le reveló alarmado:

—Mi señora está enferma, *signore* Sina. No se muestra capaz de ningún acto de rebeldía contra el mujeriego de don Felipe. Sólo vos podéis salvarla.

—Los adulterios de su esposo la han condenado a una vida solitaria —contestó—, y mucho me temo que terminarán destruyendo su matrimonio.

—Pero lo que más nos sorprende es la despreocupación por su salud y su negativa a seguir viviendo —mencionó el bufón—. No es propio de ella.

—No me cabe duda de que padece lo que los médicos del alma llamamos *melancolia agitata*, tristeza y ansiedad sin fiebre. Una afección afectiva que descubrió Areteo de Capadocia hace mil años. Está causada por la presencia en su sangre de la bilis negra que asciende en vapores de apatía hacia el cerebro. Hay quien la asocia a un grave pecado cometido por el enfermo.

—No creeréis que se trate de una *stigmata Diaboli*, ¿verdad?

—¡No! Para los salernitanos como yo no deja de ser un trastorno del ánimo, causado por un sentimiento adverso, Gudleik.

—Pero ¿por qué causa le ha sobrevenido a ella, *signore* Sina?

—Tal vez por sus dolores de oído, quizá por la nostalgia de su tierra o por el abandono progresivo de don Felipe. En la relación entre esposos, si nunca ocurre nada, es que no ocurrirá jamás —sentenció Beltrán.

—Sus silencios estremecen y su oído infectado le produce supuraciones y dolores desgarradores. Ni vuestros elixires, ni los de los médicos moriscos y judíos consiguen hacerlos remitir —le reveló el bufón—. Tenéis que verla.

—Sólo don Hernando puede ordenarme visitarla, y ya sabes que me detesta. Temo que la reina informara al infante de nuestros encuentros y recele de mis cuidados. No puedo precipitar un encuentro que a Cristina le produzca más dolor que a mí —confirmó Sina, destrozado—. Y tus palabras consoladoras, gracias y cabriolas, ¿no la reaniman, amigo Gudleik?

El bufón movió negativamente la cabeza, y expresó con sentimiento:

—Apenas si le arrancan unos instantes de risa. Pasea sus ojos por las albercas con la mirada extraviada, dejándose dominar por la apatía. Ningún recuerdo o deseo la alimenta para seguir viviendo, y ni los ruegos del príncipe logran crear un barrunto de pasión, o de ganas de vivir.

—Te juro por lo más sagrado que la veré. Descuida —ratificó impulsivo.

El tiempo transcurría enervantemente lento, y Sina no veía el modo de visitarla. La casa estaba muy vigilada por ser una ciudad de frontera, y Cristina no abandonaba la seguridad de sus habitaciones. Las entrañas del *magister* del alma se corroían sin remisión, y la enfermedad de Cristina avanzaba en lenta progresión hacia un estado de preocupación.

Sólo le quedaba jugarse su puesto en la corte, su reputación, o quizá su pellejo, pero estaba firmemente decidido a verla y consolarla.

La ocasión se le presentó ideal, y Beltrán se dispuso a no perderla.

Por la Asunción, el rey, acompañado de su hermano Felipe, decidió visitar Niebla para reordenar el territorio conquistado y luego repoblar el Puerto de Santa María y Cádiz. Quería conceder personalmente las tierras y casas a los colonos montañeses, genoveses y francos venidos de Chartres. Además pensaba crear en la milenaria ciudad de Cádiz un obispado, fortificarla e iniciar las obras de una catedral nueva, donde según su insólito deseo quería ser enterrado al morir, frente a la mar océana, en la cripta de Santa María del Agua. Castilla miraba al fin victoriosa a las aguas del Atlántico Sur, y reducía el al-Andalus a la mínima expresión del territorio nazarí de Granada. Alfonso se sentía satisfecho, y pronto dedicaría todos sus esfuerzos a la consecución del título imperial. Lo precisaba.

Beltrán se engalanó con el más atractivo de sus jubones la mañana de un bochornoso domingo del estío, que adornó con un cinturón de cuero con escudos esmaltados, regalo de don Alfonso. Se fue temprano a la iglesia de San Lorenzo. Sabía por Gudleik que don Felipe había hecho traer de París una imagen de la Virgen Santa de Rocamadour, muy milagrosa, y a la que había tomado gran devoción cuando era estudiante en la Sorbonne. Se había propuesto hacer de ella la valedora de su familia, y le había encomendado la mejora de la salud de su esposa con plegarias y limosnas incesantes.

Beltrán se decidió a verla aprovechando la inestimable ocasión.

Permaneció inmóvil desde primera hora bajo la sombra benefactora de unos naranjos. Sólo se dejaba guiar por el silencio y el zureo de las palomas, esperando a la princesa, que no aparecía. El sol jugaba al escondite con los ramajes, formando vibrátiles estelas de luz mientras la cálida brisa sevillana, tan lozana y aromática, lo adormecía.

Súbitamente, antes de que las esquilas voltearan el anuncio del ángelus, la vio llegar rodeada de su cohorte de doncellas y del jovial Gudleik, que se adelantó saludando al *magister*. La her-

489

mosa Elke, a la que creía lejos con Romé de Sorel, sostenía un parasol que la protegía del calor. ¿Lo habría abandonado? Luego desvió su mirada escrutadora hacia el pelo de oro de la noruega y se fijo en sus cejas perfectamente depiladas y en la palidez cérea de su rostro. La piel blanquísima le confería la blancura del alabastro.

Beltrán percibió un mordisco en sus entrañas, pues sus pupilas del color del índigo de Egipto, apenas si relucían y un gesto de tristeza emergía de sus facciones. Su cabellera esparcida sobre su vestido verde salvia parecía un campo de trigo, pero ya no caía sobre una espalda cimbreante, sino por unos hombros frágiles y huesudos. Los naranjos echaban fuego y Sina sintió el impulso de acercarse y besarla. Buscó en sus ojos dilatados la autorización para conversar con ella. ¿No eran acaso cómplices de pasadas confidencias del alma y de febriles encuentros pasionales?

Cristina miró hacia atrás para cerciorarse de que no la seguían, y ampliando su sonrisa le tendió su mano, que Sina rozó con sus labios, tras una reverencia torpe. La princesa admiró su rostro curtido, la sonrisa de su boca grande y varonil, que descubría su adicción a la vida, y de nuevo su mirada la sonrojó, erizándole el vello de la nuca. En sus pupilas se percibía que aún estaba cautivada por aquel hombre que la imantaba desde que lo viera en Oyrane y del que recibía la seguridad de la que carecía. Durante unos instantes se dejaron llevar por las ondas mágicas del afecto, que los transfiguraba en seres liberados. Beltrán trató de arrancarle frases del pasado y columbró apenado su tristeza.

—Doy gracias al Dios misericordioso por veros de nuevo, Beltrán.

—Oír vuestra voz es como escuchar coros de querubines, mi señora, aunque esos cantos posean una melancolía que se os nota a la legua. Veo que mi tierra no ha obrado el prodigio de devolveros la alegría.

Cristina sintió deseos de narrarle cuánto sufría su corazón y cómo languidecía su espíritu, deseosa de recibir el consuelo de una palabra amiga.

—Acompañadnos a rezar a Santa María. Después os revelaré cosas que precisan del bálsamo de vuestro saber sobre almas desdichadas.

Cuando al cabo abandonaron la iglesia con su empalagoso tufo a incienso y cera derretida, Beltrán se dispuso a penetrar en la cámara de tortura en la que se había convertido la mente de la noruega.

—Mi señora, ya que os habéis quitado de encima la controladora severidad de doña Violante, ¿no os sentís mejor? Aquí podéis vivir en paz, con vuestro amado esposo…

Cristina ahogó un suspiro.

—Beltrán… Vos sabéis que el amor no siempre conlleva la paz. Al menos yo no consigo hallarla… Para mí, es un sueño imposible. Me siento sola y vulnerable.

—¿Os sentís abandonada por vuestro marido, o es otra vuestra preocupación? —preguntó Beltrán sin ambages.

A regañadientes lo miró con ojos de tristeza.

—Sólo a vos puedo destaparlo, como médico y amigo que sois. Felipe es un príncipe de sangre caliente y vivimos entre el desacuerdo y la armonía, la soledad y la ternura. Le gustan los desafíos a espada, el requiebro de las damas, los caballos, los duelos, el buen vino y la mesa, y aunque se preocupa por mí, prefiere compañías con más vigor e hilaridad.

—Entonces, ¿no es el único responsable de vuestra melancolía?

—Me ama, Beltrán, o al menos eso creo, pero los celos quebraron un indudable camino de amor hace tiempo. No puedo resistir los dolores de mi oído y cada día que transcurre tengo menos ganas de vivir —le explicó con un hilo de voz y máxima confianza—. Y me cuesta mucho tomar decisiones.

—¿Y no habéis encontrado ningún consuelo en la nueva residencia?

—No, y eso que me he refugiado en mis recuerdos —confesó apenada—. Pero vos lo sabéis, Sina, mi destino está escrito con sangre en Oyrane.

Beltrán, como si quisiera adivinar la causa de sus accesos de añoranza, le hizo una inevitable pregunta:

—¿Y no será que os sentís culpable por no haberle dado descendencia? Los hombres creen mermada su virilidad al no tener pronta progenie y buscan otro vientre más fértil que reafirme su hombría.

Cristina se ruborizó con la pregunta, pero replicó:

—Lo ignoro, Beltrán, como desconozco si mis entrañas son yermas. Pero siento mucho miedo de noche. Me cuesta acostumbrarme al peso de mi enfermedad, no sé si del alma o del cuerpo —reconoció desgarradoramente—. No quiero eludir mi parte de culpa y la natural indolencia propia de mi sangre, pero Felipe tiene bien ganada una reputación de hombre frívolo.

—Lo conozco bien y sé que entiende a las mujeres como diversión y carentes de sentimientos —mencionó Sina—. ¿Y cómo es vuestra vida, mi señora? Nunca os vi tan llena de recelos, como si temierais a la vida.

La nórdica lo miró con pupilas apagadas.

—Paso largas horas frente a la ventana contemplando los palmerales del Guadalquivir, el Aljarafe y las almenas del castillo de San Jorge. Cabalgo por los Alcores, paseo mi mirada por las fuentes, aunque no me producen como antes ningún placer, sino ansiedad y hastío. Viajé para cerciorarme de que mi felicidad tampoco estaba aquí. Imaginaba que el milagro me llegaría inexcusablemente, y que el amor derretiría cualquier oposición que hubiera entre Felipe y yo. Pero no ha sido así.

—No comprendo cómo una ciudad llena de luz y de vida os sea tan hostil. Hablad con sus gentes, la conversación es un exorcismo contra la tristeza.

La dama suspiró y lo taladró con su mirada azul.

—No es Sevilla, Beltrán, mi tristeza irradia una sensación opresiva y mi espíritu sufre una maldición. ¿Lo sabéis? Cada día pierdo un poco de mi vitalidad, hasta que ésta se extinga del todo.

Beltrán quería ayudarla y se volvió más persuasivo.

—Es evidente que vuestro matrimonio sufre desarreglos, algo que podría conduciros a la ruptura.

—El amor apasionado de antaño ha mermado en don Felipe como se evapora la escarcha con el sol del verano. Pretende una indebida supremacía sobre mí. Nuestra relación es una lucha destructiva, Beltrán.

—No puedo creer que una mujer de tan profundos conocimientos le produzca enojo —se extrañó—. Os merecéis un hombre que os mime y adore.

—¿Cómo vos, Beltrán? Aún recuerdo vuestros besos y vuestras caricias… Sois un loco delicioso.

—Eso no cuenta, *dame* Cristina. Yo sí sabría haceros dichosa.

La noruega reaccionó mirando a su amigo con delectación.

—Lo sé, pero no todos los amantes aman con la misma intensidad. Ya no espero un milagro. El amor de mi esposo no es que sea menos vehemente, es que no lo cultiva.

En la imaginación de Sina se arremolinaron malos presagios.

—¿Seguís tomando, mi señora, los elixires que os prescribí? No debéis dejarlos para aminorar vuestra melancolía y sanaros los oídos.

—No he dejado de tomarlos un solo día y don Hernando me prescribe sangrías, pero me siento débil y pesarosa. Me estremece advertir que algo dentro de mi alma ha muerto calladamente tras meses de deterioro. Sin embargo, el contento es contagioso y hoy habéis obrado un milagro conmigo. Creedme, me siento mejor.

Beltrán se sonrojó y sintió un vanidoso orgullo.

—Cuando regrese el rey le pediré licencia para veros. No os preocupéis por vuestro devenir, pues os curaréis con mis cuidados. A veces la melancolía no es sino una obsesión ilusoria de la mente, nada más.

—Pero Elke y mis doncellas me cuidan, despreocupaos.

—¿La dulce Elke está de nuevo a vuestro servicio? —dijo alborozado.

—No aguantó la vida errante del trovador y regresó a mi lado.

—Me alegro que haya vuelto al nido. Es una mujer delicada y sensible que no merecía esa vida trashumante de peligros y penurias.

—Los dos nos alegramos. Ya sabéis que siempre os miró con buenos ojos. ¡Ah! Un consejo, Beltrán, no deben vernos juntos. Hemos provocado al cielo demasiadas veces y no conviene tentarlo otra vez más. Nuestra sangre y condición nos separan y podéis pagarlo con la vida. Adiós, mi cómplice del alma —le participó, sin apenas fulgor en su añil mirada.

Entonces Sina vio a Elke, que lo saludaba con una sonrisa mientras se acercaba a ellos. Sina lo saludó con atención y agrado. Ella le tendió la mano al físico, que se la besó.

—Esta noche luce la luna del avellano —le recordó Elke—. En mi tierra las estrellas se vuelven frías como el aliento de un trol y las constelaciones cambian de lugar. Ahora parece que escucho los cuernos de caza resonando en el fiordo, y a vos, un extranjero, escuchando asustado a la *volva* Tyre.

—Fue un tiempo esperanzado y feliz. Me alegro de veros —contestó.

Durante unos instantes las miradas de los tres se entrecruzaron con destellos de amistad, comprensión y complicidad. Cristina había descargado un peso insoportable en su recordado médico del alma, con el que había compartido una voluntaria y fugaz intimidad.

Cristina le dedicó una sonrisa y le acarició la barba con sus dedos largos, regalándole una expresión de afecto de inconmensurable ternura. Para Cristina, aquel hombre que tanto la impresionó en los Bancos de Arena, era mucho más que un amigo, pues compartía con él lo deleitable de la vida, el gusto por la ciencia y el deseo de felicidad. Volvió la cara, dolorida por el fatalismo que la perseguía, y desapareció.

Beltrán, mientras regresaba a su casa de San Vicente, pasó cabizbajo ante el convento de Santa María y el monasterio de los caballeros de San Juan de Jerusalén, ensimismado con la conversación mantenida con Cristina. Su corazón se sentía devastado por la impotencia.

—La dueña de mis pensamientos camina inexorablemente hacia la destrucción, si alguien no lo remedia —musitó—. Parece la sombra de un fantasma que persigue a los personajes de sus recuerdos, sin hallarlos.

La fatalidad se hallaba suspendida sobre el firmamento de Sevilla.

Alfonso X de Castilla regresó a Sevilla, cuando una ligera brisa del oeste elevaba las espumas del río y la ciudad fronteriza se abría al otoño en unos atardeceres granates. Erguidos sobre los magníficos caballos de batalla, con las espuelas lustradas, las viseras alzadas y el resonar de las tubas y tambores de combate, provocaron una tumultuosa desbandada de palomas. Se llegaron a la iglesia de El Salvador, donde el monarca cantó los Siete Gozos de Santa María en acción de gracias, en una iglesia atestada de fieles. Llameaban las murallas rojas y las espadañas de las puertas de Bib Ragel y Bib Alfar, que acariciaban el cielo con su esbeltez, preludiando las noches azuladas del fin del verano, brillantes como el lapislázuli.

Beltrán Sina fue llamado por el soberano al día siguiente, y cuando hubieron platicado sobre libros y horóscopos, en un arrebato de osadía le comunicó la alarmante situación en la que se hallaba su cuñada.

—Ignoro si os parezco atrevido, alteza, pero doña Cristina se siente débil y desconsolada por una dolencia que la sumerge en la melancolía. Creí que deberíais saberlo. La vi por casualidad en San Lorenzo cuando asistía a misa y os aseguro que su precaria salud y su ánimo desvaído me produjeron pena —se expresó convincente—. Está realmente grave, señor.

El soberano dejó de golpe los escritos y frunció el ceño, alarmado.

—¿No la está asistiendo don Hernando? Nada me ha dicho don Felipe de su gravedad —se extrañó, mudando su afecto por intranquilidad.

—Los males del alma no siempre despiertan compasión.

Alfonso entornó los párpados y el iris almendrado de sus ojos se endureció. Su sonrisa golosa se trocó en un gesto de sospecha.

—Mañana visitaremos a Cristina. Tú me acompañarás junto al maestro Yehudá, nuestro admirado y sapientísimo físico. Quiera el Creador que sólo sea un mal de mujeres.

A la caída de la tarde el palacete de don Fadrique era un caos de idas y venidas de servidores y de una ávida actividad ante la llegada de los reyes. Alfonso reprobó sólo con su mirada a Felipe, pues su afecto por la noruega era verdadero y sentido. Se besaron en las mejillas, y lo abrazó.

—¿Y tu esposa? Me llegan rumores de su frágil estado de salud y por todos los santos del cielo que lo ignoraba —lo censuró—. Un pacto de honor me une con su padre Haakón y no quiero pensar que le ocurra algo.

—Únicamente es un malestar del ánimo. Estos aires la curarán —lo atajó.

—No subestimes los desarreglos del espíritu, pues pueden

ser preludio de otros más graves del cuerpo —juzgó el rey—. Me he hecho acompañar de mis médicos. Deseo verla. La reina, Beltrán Sina y Ben Moshe me acompañan.

—Para mí es un honor desmedido, Alfonso —declaró tenso y azorado.

Entraron silenciosos y precipitadamente en la habitación; don Felipe se movía nervioso, como si hubiera caído en una falta terrible. La habitación no estaba suficientemente iluminada, aunque parecía ventilada. Candelabros retorcidos con gruesas velas estaban apagados. Ornaban la estancia alfombras de Túnez, lámparas de aljófar y espejos bruñidos, aun dentro de una severa y manifiesta austeridad. Olía a cerrada, a sándalo y a alhucema. Un presentimiento les indicó que un grave mal la tenía postrada en el lecho. Y sorprendía el lúgubre abandono y el estado de angustia que reflejaba su semblante.

Parecía como si estuviera aislada premeditadamente.

El rey y Beltrán Sina se cruzaron miradas de consternación.

El amanecer del álamo blanco

Dame Cristina se incorporó del lecho y se acomodó torpemente en un sitial, ayudada por sus doncellas. Los recién llegados, saltándose las normas protocolarias, entraron sin ser anunciados, y pensaron al ver a la postrada infanta, que era presa de una invencible nostalgia.

Las cenicientas volutas del sahumerio envolvían la habitación. Beltrán se fijó en que tenía los pies desnudos sobre el suelo, fatal para el dolor de sus oídos, y en unos dibujos que la princesa había delineado en un trozo de lino. Representaban la Estrella de la Fatalidad, un hombre y un caballo, signo de la sabiduría, y un barco vikingo bajo una media luna y tres triángulos entrelazados cuyo significado lo aterró.

—Es el signo del cambio y del pasaje entre la vida y la muerte. Y además el nudo de los nueve mundos: los tres del ser, los tres del llegar y los tres del morir. ¿Sabe Cristina de su gravedad y los ha pintado a sabiendas?

La princesa prolongaba su languidez, prisionera entre los muros de la desolación. Pero le dio una gran alegría ver al rey, a Sina y a Yehudá. En cambio, cuando observó ante sí a doña Violante, la bilis se le revolvió.

—Veros, mis soberanos, en mi casa alegra indeciblemente mi ánimo.

—No te esfuerces, querida. Son indisposiciones que se deben al calor y al sofoco. Mejorarás —dijo la reina arreglándole el cobertor que abrigaba sus piernas y mirando con sorpresa y menosprecio los grabados rúnicos.

Cristina pensó que en aquella atmósfera de inconmovible tranquilidad sobraban las ridículas y simuladas atenciones de Violante, que de seguro aún sufría por la añagaza de los crisantemos amarillos. Al entrar había exigido más privacidad en la visita, pero el rey se la negó. Las falsedades herían el espíritu de Cristina, como el sol la seda tornasolada de su vestido. Se sometió a la prescripción de los médicos, aunque don Hernando no conseguía admitir el diagnóstico de Sina y del sabio Ben Moshe.

El *magister* judío se acercó al rey y le expuso con reverencia:

—Como bien determina micer Sina, doña Cristina sufre de tristeza morbosa y de una desarmonía de los humores de su cuerpo, debidos a la afección del oído y a otras causas que tienen que ver con la afectividad. Parece como si hubiera extraviado las razones para vivir. Su estado es grave.

El monarca interrogó con la mirada a Beltrán, que diagnosticó:

—La infanta está sumida en una oscuridad del alma, señoría. Y las sangrías continuas y los purgantes que le prescribe don Hernando no hacen sino agravar su delicado estado, pues la debilitan aún más. Ése es mi dictamen: precisa de otros fármacos y de atención continua. No debe estar sola nunca y procurar distraerse y salir de palacio. Sólo así su ánimo sanará.

En aquel momento don Hernando lo taladró con una mirada de rencor y odio, a las que Beltrán ya estaba acostumbrado. Altanero, se expresó:

—Qué osadía tan infinita. Sólo es un mal pasajero del que curará.

—Es cierto que se niega a comer —reconoció don Felipe—. No prueba ni las carnes ni los pescados aromatizados con hinojo y azafrán, especias que aumentan el apetito. Y ni tan siquiera prueba los alimentos preparados a la usanza de su país. Ni los dulces, siropes y confitados que elaboran mis cocineros moriscos los puede tragar. Ningún goce la complace, y eso que los mejores médicos de Sevilla la han tratado con hierbas curativas y timiamas.

—Su cuerpo está seriamente quebrantado por la fiebre y el abatimiento —insistió Sina—. Lo que decís no la ayuda a mejorar. Os pido benevolencia para *dame* Cristina, señor. Precisa de todo nuestro apoyo.

Al pronunciar esta frase el médico real miró de reojo a Sina y murmuró improperios en voz baja. Mientras tanto Cristina, que temblaba, ni haciendo un esfuerzo supremo conseguía incorporarse del solio, a cuyo alrededor se hallaban Elke, las damas nórdicas y el bufón Gudleik. La cabeza le daba vueltas y el tufo aceitoso de las lámparas la mareaba. Besó el anillo del rey e, intentando ser jovial, intercambió con él algunas palabras inaudibles para los demás, aunque nuevamente se sumió en un profundo sopor. Le pesaban los brazos, un sutil estilete se colaba por su oído enfermo y sus labios estaban resecos como la estopa. A duras penas, Cristina quiso ponerse en pie, pero Alfonso se lo impidió.

—A partir de hoy, Ben Moshe y Sina se unirán a don Hernando en su cuidado, Felipe. Espero que sea un mal efímero y que sane pronto —apuntó.

—Su cuerpo es un brasero ardiente, señoría. Si conseguimos bajarle la calentura procuraremos que renazca a la vida. En caso contrario no existe otra solución que abandonarse a la oración —expuso abatido Ben Moshe.

Cuando Beltrán traspasó el dintel de la cámara, aún tuvo tiempo de volver la vista atrás y contemplar el pálido rostro de Cristina bañado en sudor.

«Posee la apariencia prestada de la muerte. Parece que su guadaña ha caído como un rayo sobre el tallo más bello del jardín», murmuró para sí.

En aquel momento sonó el campanil de vísperas de San Lorenzo y se le agrió la garganta. Se mordió los labios y los nudillos, y soltó un exabrupto de impotencia y de pesimismo. ¿Conseguiría la proverbial ciencia de micer Yehudá curar a Cristina? Sus espectaculares sanaciones eran alabadas en la corte y su figura científica en la Escuela de Toledo no conocía parangón. ¿Podría cambiar la aciaga orquestación de su destino? ¿Conseguiría insuflarle el fuego que precisaba su consumido espíritu y recobrar el aliento?

Al montar la mula y seguir a la escolta palaciega, una mueca burlona frunció la boca de doña Violante, que miraba a Beltrán con fijeza. Pero fue la mirada incendiaria que salía de su corazón la que le golpeó en el estómago, aniquilándolo. «La reina me detesta.» Tardó en recobrar el aliento, pues sabía que la soberana podría erigirse en un enemigo de cuidado. Letal.

En ese momento supo que vivía bajo sospecha, y presintió que un peligro indefinido acechaba su existencia.

Una oleada de unos celos infundados la habían trastornado. El médico de almas se sentía de un execrable humor. ¿Qué injurias no habría difundido de ellos la altiva Violante? Sina le mostró un rostro inalterable, disimulando su desánimo, pues la frustración y el sinsabor por la enfermedad de la nórdica eran las medidas de su alma.

La fiereza de la luz de la tarde se desvaneció con la llegada del ocaso.

Días después Beltrán fue convocado al palacete de Biorraguel por el físico Ben Moshe. Cristina temblaba, y el albor de los candelabros limaba su semblante afilado. Su piel era casi translúcida, y su boca entreabierta se esforzaba en sonreír. Su salud se debilitaba cada vez más y seguía hundida en el vacío de los sueños más torturantes. Aborrecida la comida, sólo tomaba leche con miel para refrescar su garganta, y su merma física era evidente. Encontraron al judío con el rostro desencajado, y Beltrán se temió lo peor.

—No desea vivir, y así es difícil curarla —aseguró Moshe—. ¿Le habría producido un zaratrán o tumor maligno en la cabeza sus continuas supuraciones del oído? No tiene otra explicación, micer Sina. Ha pedido confesión y le han administrado los santos óleos. Habladle, lo necesita.

Beltrán se anticipó y se acercó al lecho, en cuyos pies estaba acurrucado uno de los mastines de la princesa junto a Gudleik, que no se apartaba de su lado. De repente, como si recitara un poema, el bufón exclamó con un timbre de voz atribulado:

—Hace semanas que no oímos su risa, señoría, ni el tono afable de sus conversaciones. Ya no nos regala sus sonrisas, y el pulso de la vida se extingue en el cuerpo de mi ama.

Beltrán observó con pesar el despojo en que se había convertido el cuerpo de la mujer que más amaba y sintió una puñalada en las entrañas. La piel de marfil de su cuello de cisne, sus hombros y brazos se había convertido en un pellejo marchito y su cabello engalanado de brillos dorados, era amarillento como la hilaza. El corazón de Beltrán destiló pesadumbre pues, si Dios no obraba un milagro, la parca no tardaría en arrebatarle la vida. Sin abrir los ojos, la enferma musitó con un tono de indisimulable agonía y apenas audible:

—Querido Beltrán, la vieja de la guadaña me espera. Tú fuiste testigo presencial de lo que me predijo la *volva* al ver aterrada la runa blanca. ¿Lo recuerdas aún?: «La luz cegadora de una tierra desconocida consumirá las frágiles alas de la elegida, como el fuego devora las luciérnagas de la noche en los fuegos de verano».

—Algo así dijo, pero creí que era una simple metáfora.

—Me lo pronosticó y debía cumplirse —masculló—. Ni el talismán del Árbol de la Vida, ni la cruz de Cristo han conseguido auxiliarme. Su maldición me ha perseguido desde aquel día en que nos conocimos.

El rostro de Cristina se contrajo, crispado por el efecto de un dolor brutal en la cabeza. Impresionados por la crudeza de sus gestos, guardaron silencio. La noruega acopió sus fuerzas y llamó a Elke, a Beltrán y Gudleik.

—Mis amados Sina y Elke, mi querido Gudleik —balbució entre un sollozo lastimero—. Es la hora en la que percibo que la vida me abandona, y que ya jamás podré avistar los fiordos de Bergen, ni besar a los de mi sangre. No es justo, pero lo acepto con la gracia de Dios.

—Pero ¿desde cuándo la vida es justa, señora? —musitó Beltrán.

—No es que tenga miedo a la muerte, sino al escaso tiempo que me ha concedido Dios para disfrutar de la vida —se condolió—. El último hálito de mi espíritu quedará preso en estas tierras luminosas para siempre, y deseo que juréis ante la cruz de Cristo, que un día llevaréis un retazo de mi espíritu y lo arrojaréis a los fiordos de Sogne y Geiranger, para que forme parte de sus aguas y de las espumas viajeras toda la eternidad.

El bufón y Sina se miraron aturdidos, sin saber qué deseaba expresar.

—No os comprendemos, señora —respondió perplejo Sina.

—Acercaos, os lo ruego —dijo, y se incorporó con gran trabajo.

Y ante la expresión maravillada de los médicos y de Elke, abrió sus labios y besó largamente a la dama y al bufón en su boca, transmitiéndoles el aire de sus cansados pulmones, y luego hizo lo mismo con el desconcertado *magister*, que recibió el soplo de su boca con un deleite que le produjo una vibración desconocida.

—Os he transmitido lo que me queda de vida. Portáis dentro de vuestro pecho mi aliento, mi *fylgja*, mi alma. Sé que deseáis regresar a Noruega, lo presiento. Devolved un día el soplo que os he traspasado a la tierra que me vio nacer y sólo entonces sabré que parte de mi alma seguirá viviendo en el aire que amé y me dio la vida —les rogó enternecida.

Conmovidos por la pesadumbre del momento, los amigos se juraron ante el crucifijo exhalar el aliento de sus entrañas donde les había pedido. Por vez primera la princesa sonrió con expresión quebrada y sus labios agrietados se colorearon como el carmesí. Luego entresacó con dificultad de su almohadón una vitela en la que lucían los emblemas de Castilla y de Noruega, y articuló, mirando al bufón:

—Gudleik, desde hoy eres libre. Este pergamino garantiza tu libertad, aunque os pido, Beltrán, que mientras decide qué camino tomar, lo acojáis en vuestra casa y lo protejáis.

El bufón dejó escapar un sollozo que evidenció su inefable gratitud, pues sus palabras habían quedado prisioneras en su garganta.

—Vuestros deseos se cumplirán como nos pedís. Gudleik es desde hoy de mi familia —prometió Sina, que le abrió el arete de esclavitud que cernía su cuello y lo arrojó a un rincón donde causó un ruido metálico y sordo.

La princesa no podía controlar el llanto y abrió su mano.

—Gudleik, hermano del alma, acepta la runa blanca y llévala a Noruega, te lo ruego. Su maleficio ya se cumplió —dijo—. Y para vos, Beltrán, mi amigo del corazón, os he guardado el talismán del Árbol de la Vida, pues sé que amáis mi tierra como el más vehemente de los vikingos. Tomad, y cuando mi espíritu abandone mi cuerpo, arrojadlas a uno de los fiordos de Bergen.

Mientras lo colgaba en su jubón, una gota salada se perdió en la barba de Beltrán, quien asió su mano, que apretó con el más emotivo de los afectos, acariciando después sus facciones marchitas. Cristina le devolvió una mirada de ternura que invadió los ojos del médico del alma. En aquel momento supo que parte del corazón de aquella mujer le pertenecía, porque cuando dos miradas se unen de esa forma, es que existe un rescoldo de amor en sus corazones.

—Mi adoración hacia vos, Cristina —musitó el *magister*—, sobrevivirá más allá de la muerte, hasta confundirse con la eternidad.

—Mi buen Beltrán —participó desvaída—. Tras un desdichado destino, he rechazado el sincero amor de muchos hombres, entre ellos el vuestro, que en otras coyunturas hubiera sido correspondido, pero el capricho de mi cuna no me ha permitido ser dichosa, ni escoger al esposo de mis deseos.

—Siempre he sido consciente de que no podía amaros, pues somos hijos de estrellas contrarias —se lamentó lloroso.

Se notaba que Cristina estaba haciendo un gran esfuerzo por controlar su voz y que no la oyeran los médicos, que aguardaban en la puerta, consternados. Y como si quisiera reprimir sus últimas palabras, lo miró desde la hondura marina de su mirada. Luego dijo consumida:

—El pozo de mi dolor es demasiado profundo y ya no puedo hacer nada por salir de él. No hay retorno posible. Me muero, Beltrán. Sois un hombre bienintencionado. Sabed que os amé en la clandestinidad de mi alma y que fuisteis para mí un sostén imprescindible desde que os conocí.

—Reinaréis siempre en mi corazón como única soberana.

Beltrán avisó a Moshe y a su ayudante que entraron en la estancia.

—Dejémosla descansar. El esfuerzo la ha dejado exhausta —pidió al médico judío, y sin hacer ruido abandonaron la habitación.

Un rayo de sol alumbró el rostro demacrado de la princesa que parecía tan macilento como las alas de un saltamontes. Sus doncellas gimoteaban como plañideras, y entornaron los postigos para que su ama durmiera. Elke preguntó consternada al bufón:

—¿Crees que debamos prepararnos para un final desgraciado?

—La he visto sobrevivir en situaciones graves. Resistirá con bravura.

Las damas se preguntaban si aquel cuerpo rendido por una enfermad cruel vería las luces del alba, la del álamo blanco, cuando en Noruega se dejaban ver las primeras nieves y los álamos se blanqueaban con reflejos transparentes. Vencida por la agitación, Cristina lanzó un gemido agónico.

Luego cerró los ojos, como si su alma durmiese.

Desconsolados

Súbitamente Cristina se sobresaltó en la raya del alba y la noche.

Una opresiva asfixia, como si una garra le comprimiera el pecho, alertó a Gudleik y a las doncellas que avisaron a micer Moshe. El judío la auscultó y viendo que se ahogaba, convocó a los médicos reales con urgencia y avisó a don Felipe que se dirigía a una parada militar en el campo de Tablada, representando al rey, de viaje por el Algarve.

La angustia se había adueñado de la enferma y su respiración apenas si era audible. Las llamas de los flameros oscilaban llenando de sombras la estancia. Se presentó su esposo embarrado, sudoroso y atacado por la congoja, pues a pesar de sus celos y olvidos, la amaba sinceramente. Nunca había creído que su mal la pudiera conducir a un estado tal de postración, y se derrumbó a los pies del lecho en medio de un llanto inconsolable.

—¡Virgen de Rocamadour, salvadla, os lo ruego! —gritó despavorido.

—Debéis disponeros para un fin aciago —indicó Ben Moshe.

—Confiemos todavía en Dios, maestro Yehudá —objetó aterrado, tomándole su brazo exangüe y prorrumpiendo en una letanía de jaculatorias.

De súbito se escuchó la voz desmadejada de Cristina que salía de entre los almohadones como un lamento. Se hizo un expectante silencio y todos los oídos se aprestaron a escuchar.

—Felipe, muy pronto me veré ante el Tribunal de Dios, pero antes quiero pedirte una merced. —Y tragó saliva musitando su última voluntad—: Deseo que en mi memoria alces un santuario en Castilla dedicado a mi protector san Olav, el rey mártir de Noruega. Solicitad a mi padre unas reliquias para que las ensalcen aquí.

—No te martirices, Cristina —la confortó entre sollozos—, aún puedes recuperarte, y cuando sanes, tú misma podrás ir a Noruega por ellas. Debes recuperar los bríos y vivir con el hombre por el que has viajado hasta Castilla. Envejeceremos juntos, amada mía.

—No creo que pueda hacerlo, Felipe —balbució—. Abandono la cárcel de la vida sin haber degustado la felicidad completa, y lo siento. Que el aliento de mis antepasados, que aletea junto a mí, me conduzca al más allá.

—No os esforcéis, señora. Descansad —le imploró Sina.

Cristina los observó con serenidad. Su mirada alucinada se derramaba como la cera de los cirios y se paseaba por el techo de mocárabes, como anticipo del cielo que pronto veía.

—*In conspectu Angelorum psallan vestris*, «un día cantaré para vosotros ante los ángeles» —musitó entre dientes, desmadejándose como un ovillo de lana.

Fueron sus últimas palabras. Su voz se quebró para siempre, sin emitir una sola queja. El mundo del que había desertado apenas si manifestaba el susurro de una brisa cálida que ni movió los visillos. Sólo la esquila de San Lorenzo gimió de dolor. Los cabellos pegados a la frente, antes dorados, parecían greñas. Unas lágrimas resbalaron por sus pómulos prominentes, como si fueran el mejor viático para la eternidad. El aire viciado le oprimía del pecho y, sudorosa dentro de su empapada camisa de lino, se revolvió dolorosamente por las punzadas de dolor que sentía en la cabeza. Su imagen era desoladora, y la destructora soledad de la muerte planeaba sobre su lecho, despertando la compasión de cuantos la rodeaban.

—He descuidado lo que más debí querer y siento vergüenza de mí mismo —sollozó Felipe cubriéndose el rostro entre las manos.

Elke quemó romero. El cuerpo de Cristina temblaba. La pesadilla de la pronta agonía retornaba de nuevo. ¿Qué había sido de la esplendorosa hermosura que encandiló a caballeros, reyes y príncipes? Experimentó unas violentas convulsiones, y dejando caer su cabeza y la melena desmarañada sobre la almohada, se sumió en la inconsciencia. Por los plomizos vidrios de la estancia se deslizó el último rayo del crepúsculo.

Anocheciendo, como si se hubiera librado de una carga angustiosa, expiró dulcemente, como agoniza la llama de un candil sin el aceite que la sustenta. Había nacido veintiocho años atrás, durante la sexta luna del Espino Blanco, cuando la victoria de la luz sobre las sombras era completa, y había sacrificado calladamente su amor por el provecho de su reino. Ni la erudita sabiduría médica de Moshe había conseguido liberarla de la implacable guadaña de la parca.

—Dios se apiade de su alma —rezó don Felipe, arrasado en lágrimas—. La veneraba profundamente, pero no lo suficiente.

Beltrán y el bufón se resistían a aceptar su muerte.

—Nos ha dejado en la más desoladora de las orfandades —dijo abatido el médico del alma, que con la mirada acuosa apretaba los puños—. Apenas si había probado las excelencias de la vida, y sí todos sus sinsabores.

—Veintiocho años son pocos años para degustar la vida, *magister.*

Para Sina y Gudleik había desaparecido la razón de sus vidas. Sina había dejado de percibir dolor, y ahora su alma sentía el más profundo de los vacíos. Parecían dos cuerpos sin vida, dos víctimas heridas mortalmente en aquella tragedia. Y poco a poco fue creciendo en el médico de almas una insoportable sensación de insensibilidad.

La luz de la alborada dio paso a la lisura de la hora de prima. A Beltrán le restituyó parte de su sensatez y prudencia, pero su alma seguía desollada.

La amortajaron con un vestido granate de seda, adornado de espigas de oro, y su cabeza tocada con un tul áureo y una corona con gemas. Su rostro poseía el color de la ceniza fría, pero su belleza serena aún no se había marchitado. Prepararon unas angarillas con flores y láureas de hiedra, y los sirvientes y deudos fueron pasando para honrar sus restos.

Al llegarle el turno a Beltrán, dejó dentro del ataúd, bajo sus chapines de tafetán rojo, una rosa, símbolo del amor pasional, y un pequeño trozo de papiro,* que contenía unos versos y las recetas que le entregara a Cristina antes de partir de Toledo, un elixir islámico contra los dolores de oído compuesto por hebra de seda, ajenjo, sebestén, aceite de oliva y cañafístula, y un jarabe «regocijante» para levantar el ánimo, creado con hierbabuena y hojas de llantén: «Que algo mío os acompañe en vuestro viaje», musitó.

La procesión avanzó entre dos hileras de silenciosos vecinos llegados de todas las colaciones de Sevilla. Una cohorte de damas enlutadas, circunspectos caballeros, prebendados catedralicios y plañideras, procesionaron desde el palacio de Biorraguel hasta el templo de San Lorenzo, donde la aguardaba un catafalco rodeado de candelas. Los precedía el deán de la catedral, un eclesiástico de cráneo nervudo ataviado con una capa pluvial, que con el coro de sochantres cantaban *letabundi* y salmos responsoriales. La multitud se arrodillaba, des-

---

* Cuando en 1958 se abrió el ataúd de Cristina de Noruega se halló efectivamente un pergamino con versos y tres recetas para el mal de oído.

tocándose la cabeza y lanzándole ramos de claveles y pétalos de flores.

—*Requiem aeternan dona eis Domine* —recitaba el canónigo.

—*Et lux perpetua luceat eis* —contestaban los chantres.

Una cruz plateada antecedía a don Felipe, embargado de tristeza, con barba de dos días y demacrado, al que acompañaba el cabildo de la ciudad, los Veinticuatro. Los reyes habían sido avisados, pero se hallaban lejos de Sevilla para asistir al responso. Con la mirada perdida, insensibles al fervor, Gudleik y Beltrán seguían sus lentos pasos. Rodeado de blandones ambarinos, el monumento se asemejaba al túmulo de una emperatriz. Seis guerreros, adalides de la Banda Morisca, custodiaban el féretro. La escolta rindió sus lanzas ante el poliédrico ataúd donde no se había esculpido ningún epitafio. Beltrán pugnaba por concentrarse en las honras fúnebres, pero no podía soportar el vacío de su alma.

—*Libera me Domine de morte aeterna in ille dia tremenda* —resonó.

A Sina no le salían los rezos, pues tenía la boca seca como el esparto. Se sentía extremadamente agotado, como si el aciago desenlace de Cristina sucediera una y otra vez. Con ella había sentido la felicidad más colmada y también la amargura más atroz. Recordó la primera vez que la vio frente a los Bancos de Arena de Oyrane, y evocó la oscuridad irreal que envolvía el santuario pagano, y hasta parecía sentir las motas de vaho cristalizadas en su barba. Ahora agasajaban su cuerpo frío, aquel mismo que había alimentado sus sueños, e imágenes contradictorias se debatían en su mente. Ya no se escucharía nunca más el laúd tañido con sus manos prodigiosas. Y como aquel lejano día, nubes tormentosas desafiaban el cielo sevillano.

Una fría y profunda soledad embargaba su ánimo.

Aunque las noches se alargaban, hacía horas que había amanecido el día más triste para Gudleik el bufón y Beltrán Sina, el médico del alma. El río había cargado de humedad la puerta de Macarana de Sevilla, donde se había dado cita una silenciosa muchedumbre. La mañana era húmeda y gotas de escarcha se condensaban en las ramas de los naranjos. Olía a madera de toneles y a tierra mojada y los esquilones de las iglesias tocaban a sepelio.

Bajo un dosel púrpura con crespones negros, la reina Violante y don Alfonso, que habían regresado del Algarve, despedían el arcón mortuorio con destino a la Villa del Infantado de Covarrubias, un pueblo cercano a Burgos donde iba a ser enterrada la princesa Cristina, un lugar unido a las gestas legendarias de los héroes de Castilla y a su marido, abad de la villa.

Don Felipe, superior emérito y exento del monasterio, había enviado una carta al prior, fray Hernán Ruiz, disponiendo que se le construyera un sarcófago de esteatita labrada con hojas de cardo y pámpanos de vid, y un epitafio para que quedara constancia inmortal de su enterramiento. En él descansaría eternamente, en el mismo panteón claustral donde aguardaban el Juicio Final el fundador del reino de Castilla, el conde Fernán González, su esposa doña Sancha, y su hija doña Urraca, reina de León.

Don Felipe retorcía su rostro con una mueca de desolación. Las damas noruegas humedecían los pañuelos con sus lágrimas, y quienes la habían conocido, hacían un esfuerzo por contener sus llantos. Cabizbajos, y afectados, entre las vaharadas de cruces, casullas y responsos, cientos de sevillanos despedían los restos de la dama normanda.

—«Mi alma tiene sed del Dios viviente: ¿cuándo veré el rostro de Dios?» —imploró el magistral catedralicio bendiciendo el ataúd con el hisopo y trazando en el aire la señal de la cruz.

—¡Amén! —sonó el ronco murmullo del gentío.

Un sentimiento de pesar encogía el corazón de Sina y de

Gudleik, quienes, taciturnos, observaban cómo introducían el ataúd con los emblemas ajedrezados de Castilla y León en un carromato del que tiraban cuatro corceles negros empenachados. Una guardia real de veinte jinetes, sus enlutadas damas y ayas, domésticos con hachones encendidos y diez clérigos de San Benito la custodiarían hasta las tierras burgalesas de Covarrubias, donde serían inhumados sus restos mortales.

—*In nomine Domini!* Podéis partir —gritó el soberano con severidad.

La vigilia anterior había llovido caudalosamente y había desdibujado el camino de Córdoba, pero el cortejo fúnebre inició la lenta marcha por el camino encenagado, sin amilanarse. Redoblaban los címbalos de la guardia real por la explanada de Santa Justa, sobrevolada por pájaros negros. Beltrán, con la expresión de su cara extinguida, recordó las palabras de Tyre, la *volva* de Oyrane: «… y tus alas se quebrarán en aquella parte del mundo tras la que el sol se oculta a los hombres».

«Qué trágico destino nos prescriben los cielos por el hecho de nacer», pensó triste, mientras las siluetas de los caballeros se recortaban por el horizonte, como un desfile de condenados. Y como un punzón que le penetrara en las sienes, sólo escuchaba el chirrido del carromato que transportaba el cuerpo de Cristina, la doncella de sus sueños, la que partía para encontrar su último destino en tierra extranjera. Alzó los ojos al cielo, y rezó al aire exánime de Sevilla con los puños apretados:

—Que el Creador premie tu benéfico paso por el mundo, señora mía. Descansa de las falsedades que te infligieron tus semejantes. Pregonaré durante lo que me quede de existencia las excelencias de tu risa luminosa, y de tu vulnerable delicadeza. Publicaré a los cuatro vientos la belleza de tu cabellera de oro y tus ansias de ser libre. Has escapado de tu prisión terrenal, Dama de la Runa Blanca, pero con destino a la mansión de las delicias eternas.

Durante unos instantes, Beltrán mantuvo sus párpados tercamente cerrados, mientras cavilaba si la muerte de Cristina era un mal espejismo, o se trataba de una aterradora realidad, que su entendimiento se negaba a asimilar. A grandes zancadas abandonó el lugar, seguido de Gudleik, perdiéndose en las callejas de San Gil, como animales acosados por una jauría de perros. Sus ojos estaban empañados por una veladura salada, donde comenzaba a surgir un rescoldo de insensibilidad.

Su pena era terrible y atroz.

Don Alfonso abrazó a Felipe, que apoyó con pesar la cabeza en su hombro. Parecía que una tenaza de hierro les oprimía la garganta. Sin embargo, al soberano no le pasó inadvertida la huida precipitada de Beltrán, seguido a trompicones por el bufón noruego, y advirtió cómo la desolación lo embargaba con una pena oscura. Haces de luz desgastados por el gris otoñal se entreveraban en las nubes, y un viento destemplado auguraba la crudeza del inminente invierno. El cálido refugio del corazón de Cristina ya no los aguardaría nunca más.

La vida para aquellos cuatro hombres ya no sería igual.

Una disputa sin salida

Toledo, A. D. 1267

El asunto imperial, lejos de solventarse, se enquistaba cada día más.

A Toledo ya no llegaban las festivas embajadas de las repúblicas italianas y de las ciudades alemanas. El optimismo y la euforia se habían trocado en olvido y desilusión. Alfonso parecía haber invocado a todos los fantasmas del infortunio y su Consejo andaba dividido y revuelto. Entre ellos el polifacético Suero Ferrán que, aunque de apariencia reposada, escondía un alma rebelde y pragmática. Con decisión le suplicó un honorable abandono de la causa, ya que no tenía confianza en su éxito.

Una mañana de fresca tibieza, el diplomático estuvo repasando algunos documentos y la correspondencia recibida, y releyó con singular emoción la última carta del canciller noruego, Peter Hamar. El preocupado obispo, con el escepticismo que le provocaba la elección imperial, se apresuró a contestarle.

Sacó del arcón la escribanía y limpió las plumas. Los debilitados murmullos de Toledo le llegaban muy débiles, pero el viento seguía azotando los brotes del jardín de su almunia toledana. Los leños de la chimenea chisporroteaban como fuegos de artificio y los granos de incienso exhalaban su aroma. Afiló escrupulosamente la punta y sus palabras motearon de negro *atramentum* el pergamino, en el que habían caído grumos de la cera del flamero.

A solas con su conciencia, fijó su azul mirada en el rielar de las velas y se rascó la tonsura. Su respiración era fatigosa a causa del asma y su rostro se distorsionaba con el ahogo. Tomó un sorbo de jarabe de nébeda y se recompuso. Acarició la péndola de plata y se dispuso a contestar a la epístola que le había enviado su amigo, el arzobispo noruego, antes del verano. Hacía meses que no se comunicaban y precisaba de un oído amigo para vaciar sus inquietudes. Alisó el pellejo, sobre el que plasmó unos trazos de letra germánica, que eran inmediatamente empapados por sus secas rugosidades.

†

Dilectísimo hermano en Cristo, *dominus* Hamar, epíscopo y canciller del reino de Noruega. En el principio fue el Verbo.

Aunque estoy seguro de que muchos de los hechos que voy a narrarte ya los conoces por tus agentes y mis epístolas anteriores, deseo referirte los avatares que se suceden en Castilla, por mor del infausto anhelo imperial de mi soberano, cuyas consecuencias están siendo tan funestas para él y su estirpe, que auguro un futuro devastador para el reino de Castilla. Don Alfonso destila en su corazón la hiel de un sueño cada día más agrio e imposible.

¿Qué ventoleras y desgracias han traído estos años sobre la cuestión imperial? Te expresaré mi sensación personal.

Recordarás que Urbano, el papa francés que sucedió a Alejandro, había dilatado en el tiempo el debate por la sucesión. No obstante, acuciado por los electores alemanes, por el gran maestre de la Orden Teutónica y los embajadores castellanos en Roma, don Manuel y el arzobispo don Raimundo, había resuelto convocar a los candidatos en la basílica de San Juan de Letrán de Roma, el día de San Andrés del año del Señor de 1265, y designar sin más dilación al aspirante con más derechos. Alfonso, persuadido de la rotundidad de sus argumentos, impulsó su candidatura. Era la ocasión que aguardaba desde hacía años. El derecho lo asistía y ya se veía ciñendo la corona de Carlomagno, aunque el traidor de su primo Otakar siguiera sin decidirse a apoyarlo.

Pero como unos son los deseos de los hombres y otros los designios del Altísimo, cuando el Pontífice francés, un duro pedernal, parecía haberse ablandado y decidido por Alfonso, murió repentinamente abatido por una fulminante apoplejía. Confiado en la inminente coronación, Alfonso, que ya hacía los preparativos para viajar a Roma y ser ungido con el óleo santo, sufrió una terrible decepción, y yo también, pues estaba nombrado como plenipotenciario ante la Santa Sede. Sin embargo, a pesar del fallecimiento del sucesor de Pedro, el rey de Castilla envió una embajada a Roma para recordarle al nuevo Papa la decisión tomada por su antecesor, pero no así Ricardo de Cornualles, su rival. Así que el sucesor en la cátedra de Pedro, el también francés Clemente IV, ante la incomparecencia del inglés, fijó una nueva fecha para resolver el pleito, la Epifanía del Señor de este año de 1267.

Más demoras y más retrasos, amigo Peter. La misma táctica dilatoria de siempre.

Aconsejé a mi príncipe que se ejercitara en la virtud de la paciencia, mientras el tesoro del reino de Castilla sufría sangrías continuas y los banqueros judíos, sus recaudadores, se negaban a concederle más créditos para garantizar su elección. Una furiosa oposición se levantó entonces en todas las ciudades castellanas contra mi soñador monarca, que aún no se ha desvanecido.

Se lo llevan los demonios, agotado por el peso de sus aspiraciones imperiales, pero nadie consigue meterlo en razón, y con las arcas del reino sangradas y exhaustas por su fantasía. Protestó a Roma por el nuevo aplazamiento, y maldijo públicamente al bribón de Ricardo y al zorro de Clemente, quien prefería seguir confiando los asuntos italianos al hermano del rey de Francia, Carlos de Anjou, que tenía a Italia bajo su total dominio.

Han transcurrido los meses, y Alfonso, maestro en el arte de la sumisión, ha enviado otra embajada a Roma para reclamar al Sumo Pontífice su urgente designación. Antes de recalar en la *Urbs Sancta*, los legados castellanos habían mantenido conversaciones secretas en el castillo de Montfort con el electo gran maestre de la Orden Teutónica, Hartmann Heldrungen, para que presionara ante el Papa, pero su autoridad había perdido su fuerza. Los mongoles siguen siendo una amenaza en Oriente, pero el creciente poder de los mamelucos en Egipto no precisa de la intervención de un *imperator* occidental, y menos aún hacer de la Cúpula del Mundo la solución a una hipotética invasión de esas hordas asiáticas, que ya no se producirá. Así que, finiquitado el acuerdo, cada cual a su redil.

El poder de la *Cupula Mundi* ha disminuido. Parece que se ha difuminado en el polvo de la quimera, con lo que aquel sueño que oímos en labios de frey Hermann von Drakensberg se ha evaporado. Ya no podrán emplear su autoridad para facilitar que el monarca castellano sea elegido el guía del mundo.

Y para enredar más el asunto, ha acontecido lo impensable.

Al comparecer los embajadores hispanos ante el Papa para exigir la eminente coronación de don Alfonso, el francés les ha conminado sin miramientos a que retiren de *honesto modo* la candidatura de Alfonso de Castilla al Imperio, por considerarla inconsistente. Fue tal la perplejidad e irritación de los procuradores castellanos que uno de ellos sufrió una alferecía ante el Pontífice, cayendo gravemente enfermo. Otro de los legados fue misteriosamente estrangulado en una calleja romana, según se creyó, por esbirros del candidato inglés. La política de Estado, la traición y el asesinato son una misma cosa.

Secretismo, indecencia y desprecio son la norma de esta historia. Alguien ha perdido la cabeza, y se evidencian turbios y soterrados manejos.

Ante tan graves acontecimientos, el Romano Pontífice, falsamente conmovido, ha suspendido la causa imperial hasta junio de 1269. ¿Qué te parece? Más dilaciones, más esperas que conducirán a una negativa terminante y definitiva.

Más bien, lo que procura el Papa francés es que ambos mueran en el intento, pues muerto el perro se acabó la rabia. Alfonso nunca obtendrá el cetro por el que tanto está luchando y cada día que transcurre se acerca más a una humillación pública. Sus consejeros le hemos recomendado que se retracte de su decisión y que se olvide del título imperial, centrándose en el gobierno de los reinos ibéricos. Él se ha negado rotundamente y nos señala que la sangre Stauffen se lo reclama desde el cielo. Aunque yo creo que está ciego con esa ambición y sigue pensando que es un instrumento de Dios.

Ignoro si mi señor y rey deberá lamentar sus vacilaciones, su codicia o su mala suerte. Ha creído que todos los hombres eran honorables como él mismo, y ésa ha sido su perdición. Roma ya no es un obstáculo, es un muro donde se quebrarán todos sus sueños, que allí irán a morir. Así que el nombramiento sigue en suspenso y ya sólo nos queda instruirnos en la perseverancia y también en la oración.

Pero yo estoy firmemente persuadido de que don Alfonso nunca será emperador del Sacro Imperio Romano Germánico. El destino y Roma le son esquivos.

Dixi + Paz y Salud, hermano en Cristo.

Toledo, día de la festividad de San Jerónimo, A. D. 1267.

Ferrán se inclinó sobre la mesa y sus chapines rojos se alzaron. Su semblante revelaba preocupación. Se había desprendido de la acritud de la ira y comprendido las razones ajenas de los enemigos de su rey. Pero él era un príncipe de la Iglesia y debía guardarle amor a su Santa Esposa, aunque sus decisiones venían a corroborar su diagnóstico. Tenía la impresión de que su soberano había pasado del sueño a una obsesión malsana.

Luego, con nostalgia, lacró el pergamino con el sello obispal. Se colocó el capelo de púrpura ribeteada en la cabeza, y dejó vagar la vista por los oscurecidos tejados y chimeneas de la ciudad de los visigodos.

El juez de la frontera

Sevilla, algunos años después de la muerte de Cristina

Aquella noche había llovido torrencialmente.

Era una de esas tormentas de verano que caían sobre Sevilla que encenagaban el Arenal, las riberas del Tagarete y la hedionda laguna de la Pajarería. Beltrán y Gudleik el Normando, como le llamaban en la ciudad, se disponían a asistir a los oficios divinos en El Salvador. Por ser fiesta de guardar no habrían de atender a los enfermos ni preparar tisanas y elixires. Sina, cumplidos los cuarenta años, ya era considerado un hombre cercano a la vejez. Evidenciaba su madurez con un exceso de hebras blancas en sus cabellos, mientras que a Gudleik se le habían caído algunos dientes e instalado grandes entradas en su melena hirsuta.

Habían transcurrido varios años desde la muerte de Cristina, y aún la echaban de menos, en una pertinaz sensación de desamparo.

—Pronto se cumplirán cinco años, y sigo soñando con ella. A veces me despierto con tristeza —dijo Gudleik—. ¿Será por no haber satisfecho el último deseo que nos suplicó antes de morir? Hemos de cumplirlo, aunque el viaje sea largo y peligroso.

—Tal vez. Yo en cambio me despierto sudoroso como si hubiera combatido con un león africano —le confió Beltrán—.

Sé que jamás me liberaré de su añoranza. He de hablar con el rey y rogarle que me exonere de mis obligaciones y así poder viajar a Noruega y cumplir con el juramento. Pero los asuntos del Imperio y otros desgraciados acontecimientos me han obligado a permanecer en la corte. Pero cumpliremos nuestra promesa, te lo aseguro.

»Pronto nos inscribiremos en el registro de la senectud y sería conveniente que alguno de los dos tomáramos esposa para que nos atendiera —añadió Sina, irónico—. Mis piernas me fallan y mi memoria flaquea. ¿Qué podemos hacer? Ya sabes, miedo y vejez van juntas.

—Nos apañaremos con las dos sirvientas, micer Beltrán. Yo no entro en la vicaría para atarme de por vida con una hembra —ironizó—. ¡Ni hablar!

—Y si nos entra la gota o el morbo gálico, ¿quién nos cuidará, Gudleik?

—¡No busquéis mi ruina, *domine*! —replicó horrorizado el siciliano—. ¿Qué pensaría Loki, mi antiguo patrón y deidad de bufones y volatineros? Creería que he perdido el juicio. En el matrimonio al menos hay un necio, y ése no quiero ser yo.

Como era usual entre ellos, la plática se derivó hacia Cristina.

—Vos que frecuentáis el Alcázar lo sabréis, ¿es verdad lo que se chismorrea por Sevilla de que el rey y su hermano don Felipe se han enfrentado duramente?

—Eres peor que una mujerzuela del portal del Carbón, Gudleik. ¡Ay, si supieras! —Le sonrió—. Desde la muerte de Cristina y por su causa, andan a la gresca los dos hermanos. ¡Qué fragilidad esconde el corazón de ese príncipe inconstante y frívolo!

—Jamás hubiera pensado que, en poco más de un año desde su fallecimiento, el infante se casara con Leonor de Castro, cuyas sábanas ya calentaba antes de la muerte de *dame* Cristina. ¡Qué fugaz es el recuerdo y qué decepción de don Felipe!

—Don Alfonso le ha recriminado muchas veces su falta de cuidado para con Cristina, que no de afecto. Pero en la nobleza es costumbre poseer una esposa de boda y otra para refocilarse —dijo—. En la corte es conocido el desapego entre los dos hermanos por esa causa y otras de peor arreglo.

—¿Se teme un enfrentamiento fratricida quizá? —preguntó Gudleik.

—Escucha, pero ni una palabra a tus amigos de la taberna de la Cabeza del Moro —le contestó en voz baja—. Don Felipe es un hombre caprichoso, y su boda con Leonor no le agradó a don Alfonso, que no olvida que el tío de la novia, don Nuño de Lara, y su cuñado Hernán de Castro se rebelaron contra la autoridad del rey Fernando. Nuestro señor me confió que se teme lo peor de esta unión, y recela de acciones indignas, pues sus agentes le han advertido que se mueven lanzas en Vizcaya y Cameros contra la Corona, aprovechando los malos vientos de la interminable y nunca resuelta elección imperial.

—Su precaria salud no aguantará estas turbulencias —dijo el siciliano.

—Alfonso no encaja que el desleal Felipe se haya despojado de la máscara y lo haya traicionado abiertamente. Cuentan los correos que se ha puesto al frente de la conjura, aliado con el rey de Navarra para arrebatarle a su hermano tierras en Burgos, y que además ha hecho firmar a Alfonso, descuidado con las embajadas de Roma, una paz indigna de un rey de Castilla.

—Tan colosal traición contra don Alfonso me espanta —declaró Gudleik—. Pero siempre fue un príncipe débil, que no protegió a mi ama como debía.

—Lo lamento por nuestro señor Alfonso, que es un hombre propenso a la introversión y a guardar sufrimientos. Todo le es adverso —repuso Sina—. Se le avecinan malos tiempos, y lo que empezó con entusiasmo se ha vuelto contra él.

—¿Creéis que será algún día coronado emperador? —preguntó Gudleik.

—El asunto se ha enquistado, el trono sigue vacante, las luchas continúan en Italia, y Roma no desea verlo ungido. Ha gastado su vida, sus dineros, sus alianzas y el afecto de sus súbditos, creo que para nada.

Deambularon por las cercanías del Alcázar Real de Sevilla, donde compraron altramuces a un morisco del Alzabejo. El azucarado perfume de final del verano a albaricoques, granadas e higos maduros, perfumaba el paseo. Su tristeza por la muerte de Cristina se había desvanecido hacía tiempo, pero los invadía el resquemor por la promesa no cumplida de portar su aliento y su talismán a los paisajes noruegos.

Siguieron abstraídos en sus cavilaciones, hasta que saltó Sina.

—¡Un maravedí por saber en lo que piensas! ¿En Cristina quizá?

—Pues sí, y, ¿queréis creer, *signore* Beltrán, que deseo regresar a Bergen? De siete días, seis llueve o hace bruma, pero añoro sus nubes lloronas y sus aires. Volvería de buen grado.

—Te voy a confiar una cosa —afirmó Sina—. Ha tiempo que no aspiro a otra cosa. Además, no he olvidado lo que contemplé en la tabla azul que le traje al rey, y los viajes de los marinos noruegos a esas ignotas tierras más allá. Ese enigma no se me ha borrado de la memoria, y me magnetiza. Quiero saber más y seguir ese rastro, Gudleik, antes que nuestros huesos no puedan soportarnos.

—La vida es un juego de azares y me place jugar, micer Sina. Os acompañaré al fin del mundo, aunque hayamos de luchar contra grifos y dragones, peces gigantescos sin escamas y ballenas que nos hagan perder la fe de horror —descubrió el bufón lleno de valor.

Cruzaron el puente de barcas y el agua del río refulgía como el jade.

Una semana más tarde la corte itinerante del rey partía hacia Toledo.

Alfonso se había reconciliado con Felipe que, arrepentido, le había demostrado su fidelidad besándole los pies. El rey lo recibió con los brazos abiertos, y para celebrarlo quiso dar una gran fiesta en el Alcázar de los Reyes. Los Alcores y el Aljarafe olían a membrillos, y el estío comenzaba a marchitarse, tiñendo de amarillo los jardines y arboledas de Sevilla. El rey había celebrado una audiencia pública en el Alcázar agradeciendo al concejo de la ciudad su apoyo en la causa imperial y la ayuda para cortar de cuajo la insurrección de los nobles levantiscos, de la que para su mayor alegría se había apartado a tiempo su hermano.

Aquella misma noche, para sellar la paz definitiva con Felipe, Alfonso celebró una fiesta en el palacete del Caracol engalanado de tapices nazaríes y alfombras persas. No faltaron los vinos más exquisitos, las confituras granadinas y los manjares preparados por cocineros moriscos. Fanfarrias de trovadores de Toulouse, bufones napolitanos, volatineros griegos e histriones venecianos participaron en una puesta en escena de destreza inigualable, en la que el rey participó recitando sus cantigas, acompañado por vihuelistas galaicos.

El palacio brillaba como el altar de una catedral, iluminado por millares de candelas y velas perfumadas. En los postres del banquete, hasta doña Violante; la nueva esposa de don Felipe, Leonor de Castro, y las hijas del rey improvisaron un baile multitudinario alrededor de las fontanas y bancales floridos, al son de los laúdes, tamboriles y flautas.

El rey, que se divertía con el jolgorio pero precisaba un poco de paz para conversar, se retiró junto a la reina al tranquilo jardín contiguo, donde se hallaban algunos palaciegos como don Suero Ferrán, Beltrán Sina, don Zag el tesorero, Abraham Alfaquí el traductor y el médico don Hernando. Se levantaron al instante de sus asientos e inclinaron la cabeza ante el monarca y la reina. Sina observó de reojo a doña Violante y comprobó que a ella su presencia la incomodaba. A la reina nunca le había gustado que Alfonso se mezclara con plebeyos, por mucho que éstos fueran almojarifes, bibliotecarios, astrónomos o médicos. Al fin y al cabo, morralla villana que había medrado con su talento, pero sin llevar una sola gota de sangre noble en sus venas.

«A veces a la realeza le place mezclarse con la vileza», dijo para sí.

—Bien, mi buen médico de ánimos alterados —honró Alfonso a Sina—. Así que me pides licencia para abandonarnos y trasladarte a Noruega para cumplir una promesa. Además de sabio eres temerario, en verdad.

Beltrán, que no esperaba que su señor hiciera público un deseo tan personal, se sonrojó. Y para salir airoso de la situación, mintió en un alarde de reflejos, ocultando el voto hecho a Cristina de liberar su aliento y los talismanes en las aguas de uno de los fiordos de Bergen.

—Pensaba —contó con modestia— acompañar a Gudleik, que prefiere morir en aquellas tierras, y de paso, si vos y don Felipe me concedéis licencia, solicitar al arzobispo Hamar una reliquia de san Olav, y así cumplir el deseo de doña Cristina de erigir en Castilla una iglesia en su honor.

El infante Felipe irguió su altiva silueta y manifestó cáustico:

—¿Os arrogáis, *magister* Sina, los sagrados deberes de un caballero?

El rey intervino conciliador:

—Felipe, lo hace por ti, y así te releva de una promesa que tú no cumplirás nunca. Debías de agradecerlo. Aprovecharé para enviar una carta a Haakón, que aún lamenta la muerte de Cristina. Es un viaje pactado.

Felipe estaba iracundo, pero aceptó el argumento del rey.

—Bien, hermano. Es un capítulo de mi vida que cerré para siempre.

El *magister*, saliendo de su aturdimiento inicial, dijo conciliador:

—Si don Felipe lo desaprueba, no cumpliré la tarea de convertirme en mercader de reliquias. De todas formas, mi señor, os agradecería que me liberarais de mis obligaciones para con vos durante un año.

—¿Y cuándo has decidido partir, Sina? —se interesó Alfonso.

—En la primavera, cuando se abra la navegación en el Estrecho. El mismo domingo de Ramos partimos para Venecia, si un mal viento no lo impide. Después seguiremos a pie por tierras del Imperio.

—¿Y no temes a los corsarios granadinos, a los piratas de Túnez o a los mismos catalanes? Infectan el Mediterráneo y la navegación es peligrosa.

—Lo tengo todo previsto, alteza —aclaró Sina—. Ya he hablado con *signore* Giacomo Adorno el veneciano, propietario de la galera *San Lazzaro*. La Serenísima República es aliada de aragoneses y nazaríes. Es un viaje seguro. De allí, por Alemania y acogido a la hospitalidad de Von Drakensberg, al que escribiré desde Venecia, nos trasladaremos a Gotland, y luego a Bergen.

Alfonso se arrellanó en el sitial y contestó en tono expresivo:

—Arduo viaje, pero te doy mi licencia, Beltrán, y te deseo buenaventura. Tu lealtad y buenos servicios así me lo demandan, pero no retes demasiado a la fortuna. Los marinos granadinos ya no son amigos por mis desavenencias con su rey Muhammad, y si huelen a un castellano en una nave, por muy veneciana que ésta sea, la hundirán.

—Todo está previsto, señoría, y la cantidad que he anticipado así lo apunta —informó a la familia real—. Después me protegerá la Orden Negra.

Inesperadamente el monarca sorbió de la copa y alzó su

mano haciéndose el silencio. ¿Qué deseaba decir el rey? Todos se paralizaron, cuando trocó su gesto acogedor por un severo rictus de contrariedad. ¿Qué ocurría de tanta gravedad como expresaba su gesto malhumorado?

—Beltrán, te has olvidado de un compañero de viaje —dijo el rey serio.

Sina, desarmado, no lograba hacer memoria de ninguna omisión. ¿Se había equivocado en algo? ¿Habría disgustado al rey por el asunto de las reliquias?

—No entiendo a vuestra alteza —balbució con ansiedad.

—¿No vas a llevar contigo al obispo don Ferrán? —dijo carcajeándose.

Ferrán dio un respingo y saltó de su asiento. ¿Bromeaba Alfonso?

—¡Por todas las furias del Atlántico, mi rey! No mentéis la soga en la casa del ahorcado. De sólo pensarlo se me revuelven las tripas —protestó don Suero, haciendo el gesto de arrojar por la borda de un barco.

Una carcajada estalló en el jardín con la chanza del soberano, conocedor de la aversión a navegar del obispo y embajador. Alfonso les rogó que se sentasen, pero antes tocó el hombro de Sina con una bondad que lo conmovió. Al final de la plática, Beltrán comprobó que doña Violante no había intercambiado una sola palabra con él, en un alarde de resentimiento. Dolorido con el injusto proceder de la reina, pensaba que sobrepasaba la razón, y que la afabilidad no era uno de sus atributos.

Pero su vida sólo le pertenecía a él, y era un hombre libre.

El tiempo de Cuaresma tocaba a su fin. Cesaban los días de ayunos y abstinencias, los sermones de los predicadores sobre los tormentos del infierno y los recordatorios de la podredumbre del cuerpo. Días antes de partir para Venecia en la *San Lazzaro*, Beltrán y Gudleik fueron a confesarse a San Lorenzo y rezaron por un viaje venturoso ante la Virgen de Rocamadour, de la que era tan» devota Cristina. Se prosternaron ante el altar donde las beatas hilaban *paternoster* y salves entre murmullos.

Donaron una cantidad para los pobres, cautivos, ciegos e impedidos de la parroquia, y en gracia de Dios aguardaron la partida de la galera. Tomaron unas sopas de ajo, pescado escabechado y un esponjoso dulce de piñones. Se despidieron de los amigos, y cruzaron la plaza de San Francisco donde dos salteadores de caminos pagaban sus culpas en la picota. Con el anochecer regresaron a la casa para preparar las indumentarias, faltriqueras, pellizas de piel de carnero y botas de cordobán, y el viático para la larga navegación, y el viaje por tierra, desde el territorio del Véneto al noruego.

En aquel mismo instante, no lejos de allí, un jinete de hosco semblante, cubierto con un capote de piel y amparado en las penumbras del crepúsculo, salió discretamente y sin ser visto por la puerta de Carmona, atestada de pordioseros, busconas acicaladas y truhanes que ejercían oficios inconfesables. Disfrazando su intención, tomó la dirección de la frontera nazarí de Granada. Pero antes dio una vuelta por las inmediaciones del Acueducto y los Caños, como si recelara que lo siguieran. Luego espoleó sigilosamente la montura, escapando al trote por el camino de Alcalá. Un cielo perlado de azules y ocres recortaba su brutal silueta, que se perdió por los alcores. En su zurrón guardaba dos bolsas de oro y una carta para el *wali* o gobernador de la fortaleza nazarí de Olvera, que debía hacer llegar al sultán Muhammad de Granada, quien de su lectura sabría sacar un sustancioso rédito económico y político.

El jinete llegó al día siguiente al último puesto cristiano. El crepúsculo rojizo encendía de fuego la torre roquera. Descabalgó y preguntó por Hamed Barroso, uno de los llamados «alcaldes de justicia», mitad moros y mitad cristianos, que gozaban de pésima fama, pero que resolvían los litigios de la frontera con mano certera. Por un maravedí eran tan capaces de apalear a un fraile como de cortar las orejas a un infiel.

No se distinguía un alma a varias leguas a la redonda, y la negra silueta del jinete se ocultó tras el portón de roble del rastrillo apenas iluminado por un hachón. Compareció Barroso, hombre rechoncho y cetrino, de cabellos ensortijados y con achaques gotosos. El recién llegado examinó su desaliñada barba, sus quijadas cuadradas, dientes negros y barriga prominente, que mordía un trozo de arenque.

—¡*Salaam Aleikum*, Hamed! —lo saludó exhibiendo su negra dentadura.

—¡Ah, eres tú, bribón! —farfulló—. ¿Qué quieres?

El jinete, un mercenario de la frontera, de pelo alborotado y aceitoso, nariz ganchuda y ojos de rata, concretó con voz conminatoria:

—Escúchame, maldito renegado y enredador del diablo. Traigo una carta para el *wali* o alcaide de la fortaleza de Olvera. Una bolsa de oro ahora, y otra igual si se consuma lo que se te requiere en esta carta. Es un deseo muy esperado por mis amos. Es un negocio sencillo y sin complicaciones.

El repulsivo individuo vio un fácil negocio en el siniestro asunto.

—¡Dámela! —insistió Barroso en medio de una repentina tos—. Y cuenta con que esta misma noche el alcaide Nasir la tendrá en su poder. Ahora márchate. La patrulla de la Banda Morisca está al llegar, y si nos ven hablando se acabó la ganancia y el negocio. Éstos son de los que hacen preguntas, ¿sabes? Da por hecho el encargo y a satisfacción, amigo.

El mensajero abandonó la línea de la frontera y se perdió por el camino de Guadaira, tras sortear a varios carruajes y un carro de carbón. El juez, en la soledad del torreón, dio buena cuenta de unos cuajerejos de cabrito, y tras beber un cuartillo de vino, abrió con presteza el sello con un cuchillo y leyó la carta a la luz de un candil, acuciado por la curiosidad. No la firmaba nadie, pero una marca roja —un jabalí— destacaba al final.

> A Nasir Ibn Ali, cadí de Olvera. Que el Altísimo refresque tus ojos. Infórmale a tu señor Muhammad, príncipe de creyentes del reino de Granada, que una galera veneciana parte de Sevilla el domingo próximo día del Señor, con la denominación de *San Lazzaro*. Zarpa rumbo a Rayya, y en ella viajan dos súbditos castellanos, que además son personajes principales de la corte, muy cercanos al rey don Alfonso. Uno es un médico real y el otro un normando de su casa. Dos buenos pájaros que le rendirán buenos provechos, en dineros o en amenazas. Que la caza y el provecho os sean fructíferos. El rey Alfonso no merece ni el perdón ni el castigo, pero ha traicionado a sus vasallos, a su hijo y a su reino, y merece ser agraviado para que su soberbia no se acreciente más. Salud.

Sorbió sonoramente lo que quedaba del jarrillo de vino, y con la llama del farolillo calentó el lacre con el que nuevamente selló la misiva. Luego se envolvió en una aguadera con capuz y en una mula abandonó el torreón en dirección a Olvera, cuando los grillos iniciaban su concierto nocturno y la luna surgía por el horizonte de Granada.

La ingratitud de un poderoso, oculta en las penumbras de la noche, marchaba dentro de la capa de Hamed Barroso. El sereno le congelaba la cara, mientras un firmamento tachonado de estrellas escondía la infame carta que buscaba la perdición de dos buenos cristianos.

—El alma de estos nobles y reyes está hecha de pedernal, pero pagan bien —musitó entre dientes el juez, soltando una sonora ventosidad.

Un gato maulló y lo asustó, truncando el silencio de la noche.

Una traición anónima

Los gallos cantaron al alba en un corral de la Puerta del Ingenio.

Faltaba poco para el amanecer del domingo de Ramos, y la ansiedad, que suele ser la más ignorante de las consejeras, alteraba la imaginación de Sina y Gudleik. Los dos viajeros, impacientes por el viaje que les aguardaba, llevaron las faltriqueras con sus pertenencias a la galera *San Lazzaro*, que partía con la primera marea. Beltrán pagó la segunda parte del pasaje al capitán Adorno, un veneciano nervudo como un púgil, que los interrogó si padecían sífilis, el morbo gaélico o tiña, y si eran prófugos de algún juez; y al contestarle Sina negativamente, les enseñó el jergón de la bodega donde dormirían y la lumbre donde Gudleik cocinaría.

—Si padecéis algún mal contagioso, por las leyes del mar os puedo arrojar por la borda sin tener que dar cuenta a nadie —recordó severo.

—Sanos como recién nacidos y limpios de faltas —ratificó Sina.

Quedaron satisfechos del improvisado camarote instalado en la bodega, por el que menudeaban algunas ratas y gorgojos entre las sacas de pimienta, las ánforas de aceite y vino, y los odres de agua dulce.

—Con viento de terral nos plantaremos en el Adriático en

dos semanas, *messire* —se jactó fanfarrón el veneciano—. Antes de que nos demos cuenta estaremos dando gracias por una feliz derrota ante la tumba de san Marcos y paseando por el Canalazzo con una *bella ragazza*.

La tripulación y los viajeros asistieron a la procesión del Cuerpo de Cristo antes de zarpar. Se arrodillaron ante el Santísimo Sacramento rogando por su seguridad, y el capitán donó dos candelabros de plata como limosna. Sevilla entera, engalanada con ricos paños, banderolas y cruces floreadas, se había volcado en las calles llenándolas de brezos, juncos del río, romero y tomillo. Los prebostes catedralicios, con palmas en las manos, acompañaban al obispo metropolitano, que procesionaba montado en un pollino blanco, como Cristo en Jerusalén, desde la casa arzobispal hasta la iglesia de San Salvador, donde se celebrarían los oficios divinos. Las campanas de Sevilla tocaban sin cesar y las gentes sencillas cantaban aleluyas a Jesús Triunfante, mientras los eclesiásticos melodiaban salmos con ramos de olivo, en un cortejo de esplendorosa magnificencia.

Sobre la cofa de la nao, gallardeaba el león veneciano, cuando Adorno gritó para zarpar del muelle, atestado de marinos y estibadores.

—¡Adelante y a medio remo, en nombre de la Santísima Trinidad!

Con la orden del capitán, la galera levó anclas, mientras Sina contemplaba desde la amurada la muralla roja, las velas de los navíos de Gascuña, Pisa, Túnez, Bugía y Burdeos, y a los cargadores que ayudaban con sus torsos desnudos a la estiba y a la leva de anclas. La *San Lazzaro* zarpó marinera, y pronto se le alojó en los sentidos el tufillo a salitre de las maderas y la humedad de la bodega. Las sombras de los torreones y minaretes de Sevilla parecían puentes efímeros tendidos sobre el río, y los palmerales, lanzas batidas por la brisa del río. Pasaron ante el varadero de las Horcadas, a siete leguas, y siguieron entre un lujurioso espectáculo de verdor de los madroñales y rocinas de las orillas, sobrevoladas por millares de anátidas, patos malvasía, ánsares y garzas, que se dirigían a las marismas. Cruzaron la barra del Guadalquivir a remo y sonda, pues la conjunción de las mareas, la del mar y la fluvial, eran terriblemente peligrosas para la navegación.

Saltaron a mar abierto y ante la proa compareció la inmensidad del océano. Su tonalidad verdosa y las crestas blancas del oleaje le recordaron a Beltrán su viaje al septentrión noruego, al que pensaban recalar antes del final del verano. Con las velas desplegadas, pronto amarraron en Cádiz, el recién conquistado puerto atlántico, capital naviera para la expansión africana. El emporio gaditano era un estallido de luminosidad, y decenas de mozos de cuerda llenaban los muelles donde recalaba la armada de Castilla.

Al amanecer siguiente, cuando apenas si se oía el chapoteo de los barcos y la ínsula gaditana dormía abrazada por un mar esmeralda, partieron rumbo a Rayya aprovechando un poniente que calaba los huesos. Relucía la luna sobre las gruesas aguas y un tímido sol nacía por levante, cuando enfilaron las corrientes del Estrecho, que algunos nautas llamaban de Hércules. Para Gudleik, la singladura en la bodega constituyó un martirio. Se mareaba con el balanceo de las olas, y echado sobre los cordajes dormitaba murmurando jaculatorias al Dios cristiano y a sus dioses paganos; y cuando se dormía, emitía ronquidos estentóreos que asustaban. Beltrán ascendía a popa y miraba la estela que dejaba la nao en el mar y se entretenía observando las tareas marineras y cómo los remiches lavaban el puente con cepillos rasposos, mientras cantaban salomas marineras a santa María. Sobrepasaron el puerto nazarí de Rayya, y se cruzaron con naves granadinas, gabarras de peregrinos norteafricanos que se dirigían a La Meca, carracas genovesas, tunecinas o castellanas, sin ser molestados por nadie, pues los venecianos eran amigos de los reinos islamitas de las dos orillas del Mediterráneo. La segunda noche, echaron anclas frente a la fortaleza musulmana de Salobreña, la sede veraniega de los sultanes granadinos, y también prisión de los príncipes nazaríes díscolos.

El mar era una balsa de aguas apacibles salpicadas por las lágrimas de una luna esférica. Beltrán y Gudleik, que al fin disfrutaba de una singladura serena y estaba en paz con sus tripas, conversaron hasta altas horas de la vigilia sintiendo el aire reparador del mar y con los cabellos flotando con la brisa. Cuando se retiraban a la bodega a descansar, Beltrán vio entre las velas del palo de mesana salir del puerto dos naves granadinas con las velas desplegadas, y se paró a contemplar la belleza del sol naciente traspasando el estandarte blanco de la dinastía nazarí, con el conocido lema: *Wa-la galib ill'Allah*, «Sólo Alá es el vencedor».

De repente, las dos naos se detuvieron y apuntaron sus proas a la galera veneciana. «Qué rara maniobra. Parece como si quisieran interceptar la salida», reflexionó Beltrán para sí. Pero como vio al cómitre, al timonel y al vigía de la cofa que no se inmutaban, siguió a Gudleik y desapareció por la trampilla tranquilizado. Sin embargo, aquella presencia perturbó la ordenada paz del *magister*. Luego Beltrán notó el cabrilleo de la embarcación que se hacía a la mar, para al poco, en una extraña evolución de los remeros, advertir que detenía la hala al poco de partir. Se incorporó como un resorte y tocó el brazo del siciliano, temiéndose lo peor.

—¡Arriba, Gudleik! Algo anormal ocurre en el puente —aseguró tomando conciencia de la magnitud de la vulnerabilidad en que se hallaban.

Aguzaron los oídos y escucharon cómo Adorno, y posiblemente el capitán de otro barco, un nazarí por su jerga, parlamentaban a grito pelado de barco a barco, en *algarabiya*, el dialecto que se hablaba en al-Andalus desde hacía siglos, mezcla de árabe, latín y castellano, que el médico y bibliotecario real conocía desde su niñez.

—¡Ah de la galera! —vociferó—. Soy Abdul al-Layti, almirante de la flota del sultán de Granada.

—¿Qué queréis de mí? Disfruto de un salvoconducto firmado por vuestro señor Muhammad, que el Altísimo preserve —pregonó Adorno.

—¿Lleváis en vuestro barco a un castellano y a un normando, súbditos y cortesanos del rey de Castilla? —inquirió conminatorio el musulmán.

Se sucedió un dilatado mutismo y un gélido escalofrío les corrió a Sina y a Gudleik por la espalda. Sus rostros quedaron marcados por el sobresalto y la alarma, como si hubieran escuchado la trompeta del Juicio Final.

—¿Se refieren esos esbirros del rey de Granada a nosotros, por Loki?

—¡A quién si no! Seguramente son los de las dos naves que vi aproximarse al amanecer —le aseguró Sina, que había entendido antes que su compañero la situación—. En esta galera comercial no viajan más pasajeros que tú y yo. Por la pasión de Cristo, Gudleik, somos muertos si Él no nos libra.

—¡*Sahib* al-Layti! —vociferó desgañitándose Adorno—. Este navío con todo lo que contiene, hombres y mercancías, está bajo la protección de inmunidad del *sint salvi et securi* de vuestro rey, y por el serenísimo dux de Venecia, su amigo y aliado. Dejadnos el paso franco. ¡Que me lleve el diablo si ocultamos algo indebido, y os aseguro que pagaremos en Pechina el impuesto de atraque! ¿Queréis algo más?

La marinería de la *San Lazzaro* corría de un lado a otro horrorizada temiendo por sus vidas, y pendientes de las palabras de su enérgico capitán.

—¡Capitán Adorno, no tratéis de confundirme! A un toque del cuerno de órdenes más de diez naves os rodearán —rugió de nuevo el granadino como un demonio colérico—. Tenéis dos opciones: o me entregáis inmediatamente a esos dos hombres, enemigos del sultán de Granada, o abordaremos vuestra nave con todas sus consecuencias. En menos de un suspiro yaceréis en el fondo del mar con vuestros permisos y vuestra arrogancia. No seáis estúpido. ¡Vos decidís, por todos los *ifris*!*

Los nazaríes abarloaron la embarcación veneciana, colocándose a sus costados en una rápida maniobra. El capitán pudo comprobar que estaban fuertemente armados y que se preparaban para asaltarlos un centenar de guerreros que enarbolaban teas encendidas y alfanjes de dos filos.

—Que suban a cubierta los pasajeros, piloto —ordenó Adorno.

Cuando medrosamente se apostaron ante él, el veneciano, a quien el pánico había alterado las facciones, los increpó con el rostro congestionado:

—¿Qué desafuero habéis cometido contra el sultán de Granada, bastardos? Me jurasteis, señor licenciado, que estabais libres de cargos.

—Y no os mentí, capitán —avaló Sina con dignidad—. Se trata de una venganza hacia nosotros, o hacia mi rey. Sabían de antemano que navegábamos en vuestra galera. Alguien nos ha traicionado en Sevilla, ¡por la cruz de Cristo! ¿Habéis sido vos, Adorno?

—Si quisiera cobrar un rescate os habría raptado yo mismo. No me gusta esto, y me huele a rencilla entre reyes. He hecho cuanto he podido, y vos habéis sido testigo. No tengo más remedio que entregaros, micer Sina, comprendedlo. Y por san Marcos que lo siento. Soy un buen cristiano y hombre de honor, pero mi navío y mis hombres lo son todo para mí —arguyó en tono patético—. Os devolveré el dinero de los pasajes.

—Quedaos con él, ¿de qué nos servirá ya? Pero a cambio os ruego pongáis en conocimiento de mi rey este atropello. ¿Lo juráis?

—Contad con ello. Lo sabrá en menos de dos semanas.

—Sólo él puede salvarnos el pellejo. Estamos listos —decla-

* Demonios infernales.

ró con entereza—. Será nuestro destino no salir de estos reinos. Que Jesucristo nos conceda fortaleza, porque la precisaremos. ¡Vamos, Gudleik, bajemos!

—Resulta evidente que sois los chivos expiatorios de una venganza, el más rastrero de los sentimientos humano. Si os confinan por ello en las Barrigas del Diablo, ¡que Cristo os proteja! Yo preferiría que me encadenaran en los mismos infiernos y me mordieran las entrañas una jauría de perros que ser encerrado allí —le confesó con lástima, asustándolos—. Dios y la fortuna os guarden, amigos. La necesitaréis.

Todo parecía minuciosamente estudiado, a pesar de lo insólito de la situación. Los marinos nazaríes tendieron una pasarela, por la que, no sin riesgo, y a gatas, pasaron de una embarcación a otra, en una evolución poco digna y peligrosa. Gudleik y Beltrán, en cuyas facciones estaba retratado el pavor, fueron tratados con inhumanidad y arrastrados por la cubierta, hasta que los arrojaron como fardos en la bodega. Aturdidos, apaleados y maltrechos, escucharon horrorizados:

—¡Perros cristianos! Ahora vais a conocer la verdadera hospitalidad del príncipe de los creyentes y sultán de Granada —los increpó el capitán, que soltó una pavorosa carcajada, mientras ordenaba rumbo a Almuñécar.

Con los ojos llenos de pánico, el médico evaluó la situación. Tenía las costillas doloridas y escupía sangre. Pero luchando contra las náuseas que le provocaba el tufo maloliente de la nave, comprendió dónde residía el horror de su situación: «Somos rehenes de un rey enemigo, pues Alfonso X y Muhammad I, al atacar el castellano el reino de Niebla, han roto las hostilidades, y el granadino ha proclamado el *yihad*». Sólo entonces tomó conciencia del verdadero peligro en el que se hallaban, y juntando las manos, imploró sollozando: «*Liberanos Deo meo de morte in terra non sancta*», «líbranos, Dios mío, de una muerte en tierra de infieles».

La sangre seca se coaguló en torno a su rostro desollado.

Las Barrigas del Diablo

El aire de la mañana era puro, pero a los presos les parecía azufre.

Las colinas del camino que conducía desde la costa a Granada, eran de un azul intenso, y el destino de la cuerda de presos, negro como el pecado. Acompañaban a Sina y al siciliano una reata de marinos de otro barco de guerra santanderino abordado en el Estrecho. El único beneficio que sacarían los nazaríes sería cobrar el rescate de los frailes de la Merced, pues por sus trazas no parecían adinerados caballeros. Iban amarrados unos a otros a la cintura y al cuello con una soga que los laceraba atrozmente, atrayendo a los moscardones, que aumentaban su suplicio.

Exhaustos y con los pies en carne viva, sus corazones y sus mentes se les rebelaban. Eran tratados como animales, bajo el rigor del látigo y la conminatoria voz de los sayones. Beltrán tomó amarga conciencia de la realidad después de un día de caminata y de las llagas de los grilletes y las cuerdas, que les había abierto purulentas heridas. En sus sienes retumbaba el restallar de la fusta, las loas al Profeta, las constantes injurias a la cruz y las irritantes carcajadas ante los más imposibilitados.

—¡Maldigo a ese Judas que nos ha buscado intencionadamente la desgracia! —se lamentaba Sina sediento—. El corazón de un ser humano puede ser perverso, pero ¿hasta tanto? ¿Quién habrá sido el hideputa que nos ha vendido a los granadinos para buscar nuestra ruina, Gudleik?

—No lo sé, pero malditas sean sus entrañas, señor. Somos muertos.

—Por lo visto hemos tirado de una cuerda peligrosa y desconocida —malició Sina.

Les daban agua con un cucharón de palo y un sopicaldo de una nauseabunda marmita al atardecer. Durmieron al sereno, cerca del puente de Izbor, bajo la lona infinita de una noche cerrada y lejos de las hogueras de la escolta, donde los más hipaban y sollozaban alzando plegarias al cielo y maldiciendo su fatalidad. Se reagrupaban para calentarse y se limpiaban con saliva los regueros de sangre viscosa. Pero no decían palabra. Sólo sufrían. Beltrán se preguntaba quién podía ser el hijo de mala madre que los había traicionado y por qué causa, y se desesperaba al no hallar una respuesta convincente. Después del cándido anuncio del rey en el Alcázar Real, toda la corte conocía su viaje a Noruega, donde tenía más de un enemigo. Pero ¿quién había sido el delator?

Además media ciudad de Sevilla lo conocía, pues Gudleik lo había pregonado en el tugurio de la Cabeza del Moro, entre el cenáculo de sus amigos de naipes y rufianes versados en bellaquerías y traiciones. Cualquier mercenario o truhán de aquellos andurriales los podía haber entregado por unas monedas, pues tenían contactos con la frontera.

Antes de echarse sobre las piedras, Gudleik le susurró a Beltrán:

—¿Quién creéis que ha sido el causante de nuestra desdicha? ¿Un noble, un plebeyo, una mujer despechada, un marido burlado o alguno de la casa del rey?

—Lo ignoro, amigo. Pero maldita sea su alma, y ojalá que se pudra en los infiernos —respondió Beltrán—. Pero todos los poros de mi cuerpo y mi cansado cerebro me dicen que se lo debemos a nuestra despechada reina Violante. Ahí estuvo nuestro error y me faltó perspectiva para comprender su peligro letal. ¿No es su padre don Jaime amigo y aliado de los nazaríes?

—Sabiendo que descubrió la estratagema para comunicaros con *dame* Cristina a través de las flores, es posible que lo considerara en su perversa mente como una falta de lesa majestad. Así se comportan los reyes. Con impiedad.

—No podía admitir que un advenedizo como yo se dirigiera como un caballero a una dama de alcurnia como Cristina y que además ella me mostrara públicamente su afecto. ¡Miserable arpía! —exclamó Sina.

—¿Creéis que ha puesto en práctica alguna diabólica represalia?

—Así lo creo —aseguró Sina—. No satisfecha con emplear sus malas artes con Cristina, ha querido llevar su demostración de maldad hacia quienes más la amparamos y quisimos, creyendo que traspasamos una frontera que no nos correspondía. Es ella, no me cabe otra explicación.

—Creo que es un argumento incuestionable. ¡Ni el Dios clemente la perdonará! —se condolió el siciliano—. ¿Teméis a la muerte, *signore*?

—Temo al dolor, a la desesperación y a la tortura —confesó cansado.

—Yo he sufrido la esclavitud y he llegado a desear morir. ¡Cristo nos valga! Pero estaremos juntos y nos ayudaremos a sobrevivir.

Beltrán, en su ansiedad, siguió rumiando las palabras de su amigo hasta que el sueño lo traspasó. Al día siguiente, mientras caminaban atados a la soga, se le venían más nombres a la cabeza, además de la soberana de Castilla, pero no conseguía orientar sus sospechas hacia un delator, ya que no existía un motivo consistente que lo señalara con el dedo acusador.

¿Sería por una causa de alta política y no de envidias o porfías de damas? Conforme se aproximaban a Granada, se internaron en senderos perdidos guiándose por el sol abrasador. En las cercanías de Gójar, la marcha se hizo más dura, los caminos de los collados serpeaban áridos y pedregosos, y los espinos crecían por doquier, lacerándoles las piernas. Los lagartos, las águilas y las cornejas eran los únicos seres vivos del lugar, y la sed atenazaba sus gargantas hasta la desesperación.

—¡Agua, por piedad! —gritó un joven—. Nos tratáis peor que a bestias.

Algunos rehenes mostraban las marcas sanguinolentas de haber sido heridos en el asalto y la fiebre los debilitaba a cada paso. Uno de ellos murió; lo abandonaron en un pedregal para que fuera devorado por los buitres. La mayoría revelaba en sus espaldas los azotes del látigo y las varas de los sayones. Gudleik, agotado, herido en la rodilla y con los labios resecos, se sentía en un estado próximo a la extenuación.

La endemoniada marcha hacia la capital nazarí por escarpaduras y pendientes de grava había durado seis días, que a los cautivos les parecieron el eterno tránsito hacia los infiernos. La escolta, formada por viejos soldados con el corazón duro como el granito, les hacían consumir legua tras legua sin darles tregua, y azuzándolos con una jauría de mastines. En un resbalón casual, el grupo rodó ladera abajo estrellándose contra las piedras de una vaguada, donde quedaron magullados. Los levantaron a empellones y pedradas, y con las babeantes fauces de los sabuesos en la cara. Sina sintió la ira irracional de una fiera y ahogó un alarido de rabia. Pero para sus adentros masculló: «¿Por qué permites tanto dolor, Señor?».

De vez en cuando se escuchaban agudos lamentos, quejidos de horror y peticiones de clemencia, que eran respondidos con escupitajos y puntapiés. Para beber agua les quitaban las ligaduras, los ponían de rodillas y se mofaban de ellos cuando les retiraban el cazo tras haber sorbido sólo unas gotas. En su angustia, Beltrán pensaba aterrorizado si serían vendidos como esclavos, encarcelados de por vida, o pedirían un rescate. Pero ¿a quién? ¿Cumpliría el capitán Adorno con su promesa?

En la vega de Granada vendieron tres presos a unos hortelanos, dos de edad provecta y uno casi ciego por el tajo de una espada. Su sino no podía ser más inhumano, pues ocuparían el lugar de unas acémilas que hacían andar la rueda de una noria gigantesca que regaba los campos de labor. Beltrán, al comprobar su fatalidad, le dijo a Gudleik:

—Viendo el castigo que les aguarda a ésos, me espero lo peor.

—¿Y todo lo que les queda de vida han de dar vueltas a una rueda? ¡Yo prefiero que me corten el cuello! —suspiró el siciliano, aterrado.

—Antes de morir, se volverán locos —refirió el médico.

Beltrán injuriaba a cada instante a quien los había entregado a los esbirros del sultán de Granada y pedía que sufrieran al menos la mitad de su suplicio. Entraron exhaustos por la puerta de los Ladrilleros, y tras cruzar las callejas del arrabal del Mauwur, fueron conducidos al interior de la medina nazarí. Cuando ascendían por la pedregosa rampa, los chiquillos les lanzaban escoria a la cara y los injuriaban. Las pústulas de las piernas eran semilleros de moscas y, en su cerebro ardía el enorme deseo de quitarse la vida. Llegaron con el crepúsculo al cuerpo de guardia de la Alhambra, presagiador de una noche fría y sin luna. Gudleik tenía la vista perdida en el cielo, y avistando la hermosa planta de la ciudad y del palacio rojo de los sultanes, manifestó:

—¿Acabaremos nuestros días dentro de esa cárcel de oro?

El *magister*, para animarlo, le expresó asiéndolo del brazo:

—Nos espera un tiempo de lágrimas, pero resistiremos.

Cuando los empujaron dentro de las galerías de mazmorras, a Sina se le cerró la garganta al descubrir los mazos, los ganchos enmohecidos, las garruchas, torniquetes, tenazas y los objetos de tormento más diabólicos que la mente humana pudiera idear. Las voces de los carceleros y sus rostros brutales desfigurados por la luz de los candiles hacían de aquel lugar un antro de pesadillas. Dispersaron a los cautivos y sólo quedaron los dos, que se miraban aterrados.

—Ésos —gritó un carcelero con la nariz carcomida por las bubas—. A la Barriga de los caballeros. Son cortesanos y valen unos buenos doblones.

Un sayón de dentadura amarilla y negro como la pez les quitó sin miramientos los grilletes y ató a los dos juntos por los pies, con unas largas correas, que luego selló con un candado. Dándoles un tirón, gritó:

—¡Venga, andando, perros godos! Se acabó la charla.

Beltrán abrió los ojos y miró en su torno, mientras el carcelero los empujaba con un palo largo, como si fuera a meterlos en un horno. Descendieron por una escalera hundida en la tierra. Únicamente se oían voces y lamentos, pero no percibían con la escasa luz de las antorchas ni las cárceles ni los calabozos de donde provenían. Beltrán alertó sus oídos y sorprendentemente pareció escuchar las quejas y gritos a sus pies: «No puede ser así, la fatiga me juega una mala pasada».

—¡Alto! —los paró el guardia, que alumbró el suelo con la linterna, abriendo ante sus aterradas miradas la visión de un agujero por donde cabía un solo hombre. Tiró dentro una escala de cuerdas, y les ordenó inflexible—: ¡Vamos, abajo!

El espanto se dibujó en sus sucios y ensangrentados rostros.

—¡Nos van a enterrar en vida! No, por todos los dioses de Thule. —Y el bufón comenzó a gritar como un poseso, cogido al cuello del médico de almas, que creyó desmayarse de horror, pues sufría de temores claustrofóbicos. Se rehízo, pues alguien tenía que mantener la calma.

Bajaron unas veinte escalas de la soga, y el carcelero, en un arranque de inesperada humanidad, iluminó el interior para que tomaran conciencia de dónde iban a penar durante un tiempo, que sólo el Altísimo conocía. Beltrán abrió los ojos y grabó a fuego en su memoria el terrorífico hoyo, que lo perseguiría día y noche como una pesadilla. Los presos que allí se hallaban no eran cristianos, eran seres endemoniados, dispuestos a sacarles las entrañas, si con ello mitigaban su hambre. Gudleik emitió un gemido que se perdió por el tragaluz, tras el que se colaba una luz biliosa. Al hacer pie en el hoyo uno de los reclusos los zancadilleó, cayendo los dos sobre una gatera nauseabunda que se abría en el centro del gran cono de arcilla, y que no era otra cosa que el boquete en donde defecaban y orinaban.

—Mira, Nuño, ya no hace falta que les enseñes el retrete. Lo han encontrado ellos solos —se carcajeó un joven preso desdentado e inmundo consiguiendo la hilaridad general—. ¡No os queremos aquí!

«¿Puede haber una ilusión que sostenga mi vida, que no sea la venganza?», pensó Sina, que sintió un escalofrío que le corría por la nuca. Pero dos sentimientos que cobraban fuerza en su cerebro lo ayudarían a aguantar en el filo de lo inalcanzable aquel horrible suplicio: el odio y la sed de venganza. Al momento, un silencio conmovedor se enseñoreó de aquel antro de desdicha, oscuridad, hambre, miedo, agonía y muerte. Estaban en las espantosas Barrigas del Diablo de la apacible ciudad nazarí. El más atroz tormento al que podía ser sometido un ser humano.

Se hizo la noche. La peor compañera para la desesperación. Y fueron muchas las noches que duró aquel horror…

La sangre amarga

Don Suero Ferrán estaba envejecido, aunque gozaba de una buena salud. Únicamente el asma lo martirizaba.

Cavilaba en un furioso malhumor sobre el misterio del apresamiento y cautiverio de su amigo Beltrán Sina, y se notaba muy molesto y preocupado por la suerte de su leal compañero y colaborador eficaz. Un frío endiablado se le colaba por las rendijas del ventanal de su palacio de Toledo, y el silbido lo perturbaba.

El obispo se arrebujó en la esclavina de su capa de lana morada, y tras atizar el fuego del brasero, se envolvió en la clausura de sus pensamientos. Estaba desconcertado. El extraño apresamiento de Beltrán y de su criado lo preocupaban. Había indagado durante un año, había sobornado a forajidos, marineros y mercenarios de la frontera, y preguntado a los más conocidos navieros del Estrecho, extendiendo sus influencias más allá de lo que sus ojos podían ver, pero no había cosechado ninguna explicación convincente. ¿Por qué los habían detenido sólo a ellos y dejado a los demás en libertad? Veía una mano oculta en todo ello. Pero ¿de quién?

Y aunque había deslizado algunas monedas en bolsillos interesados, nadie sabía nada, o no querían saber. Si el rey de

Granada precisaba de esclavos, ¿por qué no había apresado a toda la tripulación? ¿Había sido un lamentable error? ¿Querían únicamente zaherir e incomodar a su adversario el rey de Castilla? ¿Eran el chivo expiatorio de la hostilidad entre los dos reyes? No lo creía, y la verdadera razón escamoteaba su racional cerebro, revolviéndolo en la confusión.

No obstante, hacía meses que pensaba que el causante de su desgracia estaba más cerca de lo que suponía. Dos veces el sultán le había devuelto el rescate que había enviado a través de unos monjes mercedarios, y otras tantas había rechazado las conmovidas peticiones de Alfonso, rogando la excarcelación del médico de almas y de Gudleik. ¿Qué enigmática razón se ocultaba en tan extraña detención? El obispo se hallaba fuera de sí.

Las preocupaciones lo despertaron. Demasiadas imágenes del pasado no le permitían conciliar el sueño. Deambuló por la caldeada habitación, y contempló entre los revueltos papeles del despacho la misiva de Peter Hamar, que en los últimos años se había convertido en su confesor.

Encendió con un pabilo el flamero de velas, y la cámara atrapó un juego de contraluces, sombras y claridades azafranadas. Se abrigó con un albornoz de lana, se caló las antiparras y se decidió a contestarle. Así aguardaría las luces del nuevo día. La causa imperial era una decepción y descargaría sus desengaños. También le hablaría de su común amigo Beltrán Sina, sobre el que se cernía la angustia y también un misterio.

†

Dilectísimo hermano en Cristo, *dominus Peter Hamar. Beatus vir qui timet Dominum. Salutem et gratiam.*

En tu última carta me rogabas noticias sobre nuestro dilecto Sina. Lo que voy a narrarte adquiere visos de locura, y no es una defensa ni una confesión, sino sólo un memorial de sucesos. Beltrán Sina ha sufrido una pavorosa desgracia y pasa por un trance muy trágico. Cuando se disponía a visitar tu país y trasladar a Castilla las reliquias de san Olav, fue apresado por unos corsarios nazaríes y sufre desde hace dos años cautiverio en las mazmorras de la Alhambra. No creo que fuera casual y pienso que padece la venganza de un sanguinario desconocido que lo detesta, o tiene una cuenta pendiente con él.

Las sangrantes pruebas de la detención de Beltrán en aguas del Estrecho, según nos narraba en su aviso el capitán Adorno que lo trasladaba a Venecia, siguen ocultas tras un velo de sospechas, y ni mis reiterados empeños por rescatarlo, ni los esfuerzos diplomáticos de mi monarca por devolverle la libertad, han dado su fruto hasta ahora. Algo horrible le ha ocurrido, dictado por la mano del Maligno, que ha enredado el asunto hasta la desesperación. Amén.

En tu misiva me asegurabas no conocer en su totalidad el desenlace de la cuestión imperial. ¿Te han fallado esta vez tus contactos? Aunque no me extraña, pues la cerrazón, la turbiedad, la venganza y el desprecio a don Alfonso han regido sus últimos pasos. Recordarás, dilecto Peter, que mi anterior escepticismo sobre la causa imperial se ha cumplido, y que mis sospechas se confirmaron plenamente. La perturbadora obsesión de mi rey cabalga hacia su fin, pues la fortuna nunca ha estado al lado de mi señor.

El papa Clemente también fue enterrado, dejando sin efecto el proceso de elección, con la agravante de que no se elegiría nuevo sucesor de Pedro hasta tres años después, como bien conoces, pues tú fuiste uno de los que más criticaron en la cristiandad la ineptitud del colegio cardenalicio, inoperante y corrupto. ¿Cómo pudieron soplar los hálitos del Espíritu Santo tan contrarios a mi rey?

Alfonso se desesperó por tan adversas circunstancias, y pasó a la acción.

Ante el vacío de poder en Roma, decidió recuperar su influencia en Italia, reivindicando por la fuerza de las armas el trono del Sacro Imperio. Cercó a los Anjou, los protegidos de los papas, enviando a Italia un cuerpo de ejército castellano, y se alió matrimonialmente con las principales noblezas de Lombardía y Toscana, con los condes de Monferrato y Saboya y con los bizantinos Paleólogos. Para erosionarlo, sus enemigos propalaron una falaz e impostora noticia: que Alfonso le había ofrecido al Gran Jan de los mongoles una hija ilegítima como esposa, si le ayudaba a conseguir la corona de Carlomagno. Tan teatral falsedad no sólo no pudo probarse, sino que Alfonso, profundamente irritado, mandó cartas a los reyes de la cristiandad, explicándose y rechazando la difamante calumnia: «Jamás me aliaré con los enemigos de la cruz para enfrentarlos a las monarquías cristianas. Os lo juro por mi alma y mi salvación eterna».

El interregno pontificio concluyó, como sabes, a los tres años, tiempo en el que la Barca del Pescador permaneció sin timonel, hasta que al fin pudimos exclamar el *habemus papam*, y se anunció al mundo expectante el «*Anuntio vobis gaudium magnum*». Pero la elección de tan peculiar pastor universal, que tú también criticaste, nos llenó a todos de pesar. El Espíritu Santo se había fijado, para ignominia de la Santa Iglesia, en un señor de la guerra que luchaba en Tierra Santa contra los infieles, Tebaldo Visconti, nuestro actual Padre Santo, Gregorio X. Muchos eclesiásticos de la cristiandad protestamos, pues no era cardenal, ni obispo, y ni tan siquiera sacerdote, sino un guerrero y mercenario que tajaba espinazos de turcos y destripaba infieles en las arenas de Siria y de San Juan de Acre. Me aseguran que fue llamado con urgencia a Roma por un fiel criado suyo y que le fueron dispensadas las órdenes sagradas, tras ser coronado con la tiara de san Silvestre.

Y Gregorio tenía en su mano el poder del tiempo, la ley y la palabra. Pero no nos embauquemos nosotros mismo. El Pontífice recelaba de un posible emperador del sur, que también lo fuera del norte. El papado sería asfixiado por la fuerza de dos poderes colosales: el Imperio por una parte y Castilla y Sicilia por otra. Nunca lo permitiría.

El Papa cruzado, que temía el poder y la sabiduría de Alfonso, se propuso acabar con la anarquía. Tomó las riendas del asunto imperial con firmeza, pero a su capricho. Sus palabras fueron sólo humo. Es evidente que obra en contra de mi rey, pues nada más conocer el inesperado fallecimiento del intrigante Ricardo de Cornualles, en vez de proclamar a Alfonso con urgencia, con lo que el asunto quedaría arreglado, siguió dilatando el asunto. Al conocer la noticia, mi soberano me manifestó pleno de dicha: «Suero, quedando vivo sólo uno de los candidatos, el horizonte de la solución queda al fin despejado. *Laus Deo!* Gracias sean dadas al Creador, al fin seré coronado emperador. La entereza y la fe obtuvieron su premio».

Yo estaba presente y te aseguro que un torrente de gozo rompió las murallas de sus sinsabores. En Castilla se celebró la buena nueva con fiestas, se cantó el *Veni Creator Spiritus* en las iglesias y catedrales, se voltearon las campanas y se realizaron oficios religiosos de gloria. De todas partes del reino le llegaban beneplácitos de súbditos y vasallos, y Alfonso X suspiró de contento al pensar que, a la postre, tantos pesares y desvelos habían servido para que la Providencia le despejara el espinoso camino hacia Roma. En su visionaria mente ya se veía junto a la nómina de los legendarios Stauffen que habían ceñido la corona de hierro del Sacro Imperio Romano Germánico, Federico I, Conrado, Enrique, Federico II y sobre todo, como indiscutible *rex mundi*, el príncipe que profetizara Godofredo de Viterbo. ¿Quedaba alguna atadura por deshacer? ¿Podría al fin degustar el néctar de su sueño prohibido?

Siguió una espera jubilosa, aunque impregnada de expectación, Peter.

El corazón del rey se estremecía de júbilo, pero no cometería el error de mostrarse intranquilo, conocidas las hostiles intrigas de la Santa Sede. Con su reconocido arte diplomático solicitó a Gregorio una fecha para su solemne coronación. Encomendó a Dios sus plegarias y acopió fuerzas para afrontar unos meses que suponía de gloria. Pero yo, en mi vieja intuición, notaba un aire enrarecido en sus relaciones con la Sede Apostólica. Algo no marchaba bien y como debía.

Y tal como conjeturé y para su pesar, el belicoso pontífice

Gregorio lo ha hecho descender de su nube de sueños con una impiedad irritante e inhumana. En una carta despiadada escrita con la hiel del desprecio, ha rechazado de plano sus peticiones, aduciendo que nunca ha tomado posesión del trono y que por lo tanto ha perdido sus derechos, que no los cree consistentes. Alfonso, confuso, ha probado la acritud de la decepción y de la impotencia, hasta sus posos.

¿Le exige el Papa otro esfuerzo sobrenatural? ¿De nada han servido sus honestos derechos, los acosos abrumadores, los dineros dispensados a cambio de nada, las noches en vela redactando memorandos para la cancillería de Letrán? ¿Cuántas horas de dedicación habrá consumido en la causa? ¿Cómo no rendirse finalmente a la dolorosa evidencia y admitirlo? ¿Qué ha sido de sus valedores como la Orden de los monjes teutónicos y de sus ocultos aliados?

El embrujo se ha roto y el optimismo de Alfonso se ha difuminado como la niebla con la asombrosa decisión papal. Pero a pesar de ello afronta el fallo con gallardía, aunque sus sueños han quedado rotos para siempre, como el frágil cristal al estrellarse en el suelo. «¿Qué mano maligna mueve los hilos contra mí, Suero? —me pregunta cuando se ve desesperado—. ¿Es que mis seguidores ya no me apoyan y defienden? ¿Qué ha sido de la voluntad inconmovible de la poderosa Orden Teutónica, del plan secreto de la Cúpula del Mundo y de las profecías de Fiori y de Godofredo de Viterbo que me consideraban el emperador deseado? ¿Sabes algo de todo esto, amigo?»

No desconocerás, me imagino, el último movimiento de esta partida de ajedrez desquiciada: que la curia cardenalicia, eliminados los dos rivales de Inglaterra y Castilla, ha movilizado sus peones con rapidez y ha instado a los siete electores alemanes, bajo pena de excomunión fulminante, a designar un nuevo emperador que no fuera un Stauffen. La elección ha recaído, como es sabido por ti, en Rodolfo de Habsburgo, al que Gregorio ha coronado solemnemente con una precipitación sospechosa y con argumentos harto dudosos.

Al llegar la noticia a Toledo, mi rey entró en una honda depresión y estuvo días sin tomar bocado, ni hablar con sus consejeros. Después nos convocó y nos manifestó desconsolado, abatido y deshecho: «Se ha desvanecido como una pavesa mi quimera imperial, quizá porque mi osadía ha prevalecido sobre mi buen juicio. Ya nunca seré coronado como emperador. Lo que inicié para gloria de Castilla y con el aliento de la fe para recuperar el Imperio de los visigodos, se ha truncado trágicamente. Mi grande esfuerzo en ejércitos, embajadas, secretos comprometedores y matrimonios políticos, ha fracasado rotundamente. ¡Qué decepción, pues ni los gibelinos, ni mis electores, ni la Orden de la Cruz Negra me han defendido! Sea la voluntad inescrutable de Dios».

El monarca sabio de Castilla, el indeciso soberano de espíritu conciliador, el gobernante alquimista, el soberano poeta, el trovador de la Virgen, se ha sumido en la pesadumbre y en la soledad, las aliadas mudas e inseparables de su vida. La cátedra de san Pedro, una vez más, ha gobernado el timón con dureza a favor de sus interesados vientos, agraviando los derechos del rey predilecto de la cristiandad. El *dominium mundi* y el *trirregnum* siguen siendo manejados a su conveniencia, eso sí *ad maioren Dei gloriam*, mientras sus hijos coronados son utilizados como los muñecos de los títeres ambulantes.

Sin embargo, y a pesar de sus cenagosos manejos, deseo que la Iglesia de Cristo prevalezca por los siglos de los siglos, aunque a veces sus designios se nos escapan. Ni la fuerza del Tiberíades, el Mare Nostrum o el Océano, ni tan siquiera los pecados de sus ministros la harán naufragar. Pero sigo juzgando en descargo de mi conciencia, que al César lo que es del César y a Dios lo que es de Dios —*Christus dixit*—. Únicamente así cesarán los males del papado.

El destino se ha torcido definitivamente, y los vientos del presente han hecho zozobrar en Castilla el llamado «hecho del Imperio», que se ha tornado en un desafortunado y espectacular fiasco de mi rey. Aceptémoslo: don Alfonso no encajaba en ese diabólico jeroglífico que son las ciudades italianas y el Imperio; y su pretensión ha constituido un rotundo fracaso. Ya poco puede hacer mi señor por tu reino y por el deseo de Noruega de controlar la ciudad de Lubeck. Lo siento, Peter.

Pero el adverso azar no se ha detenido en esta agria decepción. Aún le quedaba la travesía de un desierto sembrado de espinos. Ahora soporta la rebelión de su familia, la difícil decisión de firmar la ejecución de su hermano don Fadrique por traición.

Los mudéjares, su hermano don Felipe y muchos nobles, antes adictos, se le rebelaron, asolando con sus pillajes los campos de Castilla, para finalmente resucitar la soterrada guerra con la Granada nazarí. Y para superar al paciente Job y al evangélico Lázaro en las desgracias, su enfermedad se ha agravado, obligándolo a recluirse en el Alcázar Real de la leal ciudad de Sevilla. En el apaleado monarca se ha obrado una profunda metamorfosis. Su vigor y obstinación se han disipado. Su mirada, antes apaciguadora, se ha trocado en una esquiva mueca, y sus palabras, antes un remanso de afabilidad, son ahora hielo cortante. Ya no cabe más tortura, y su única norma hasta la muerte será el desprecio de los suyos y la frustración.

Mientras, en Sevilla, los días sofocantes le hacen arder la sangre. Pero aunque parezca un náufrago en medio de un proceloso mar, la grandeza y la majestad emanan de su persona. Su tiempo ha concluido en Hispania, y se inicia una nueva era, menos digna, menos heroica. Nada vuelve de nuevo, no existe la verdad pura, todo es temporal, soez, vil y mudable. El honor no existe, y somos eslabones de una cadena inconexa y frustrada.

Espero que en mi próxima carta pueda darte la venturosa noticia de la liberación de Beltrán Sina y de Gudleik, y que su desgracia sea enterrada en el silencio y el olvido. Sabida su inclinación al riesgo, el afecto a Noruega, al recuerdo de *dame* Cristina y a sus propios deseos, estoy persuadido de que de nuevo emprenderá el viaje a tu tierra cuando recobre la libertad, pues la ama en la reserva su corazón. Aún guardo un placentero recuerdo de los frenéticos días que vivimos allí.

Recuérdalo, te lo ruego, en tus misas y oraciones.

Amicus Petrus, sed magis amica veritas. Pax Tecum, frater in Chistri.

Cerró los ojos y aspiró las volutas de incienso. Algo lo punzaba por dentro sobre la desgracia de Sina, pero no lograba identificarlo, algo que martilleaba su cerebro desde hacía tiempo, ansioso por emerger a la luz. ¿La reina, Villamayor, don Hernando? La ostensible preocupación por su amigo Sina hacía que en su cerebro hirvieran sospechas que lo mortificaban hacía tiempo. «¿Por qué me inquieta tanto esta trama?», se preguntaba el prelado. ¿Porque la orden de su apresamiento debió de salir del propio palacio real? ¿Fue en cambio una captura casual debida a la guerra soterrada entre Castilla y Granada?

«No, me resisto a admitirlo. Pero si no fue así, ¿por qué tanto silencio y ocultación entre los palatinos a los que he interrogado y el silencio del propio rey? No, no, mi razón y mis sentimientos lo rechazan.»

El viento dio paso a una violenta cellisca y a lo lejos se oyó el bramar del trueno, mientras una luna grisácea apenas si alumbraba la noche, con una tonalidad tan oscura como inexplicable.

Como la desaparición de Beltrán Sina.

Un mes después, Peter Hamar se dispuso a responderle desde Bergen. Aquella carta merecía un esfuerzo de sus artríticos dedos y decidió no dictar a su secretario. Tras celebrar los oficios sagrados se encerró en su aposento donde crepitaban unos leños en el fuego. El viento había acarreado nubarrones negros y amoratado sus manos. Se las calentó frente a las llamas y contempló su juego diabólico. Tras una hora de pensar y rasguear el pliego, concluyó con estas palabras:

En referencia a tu pregunta sobre la Cúpula del Mundo, mi querido amigo, he de transmitirte una funesta noticia, que viene a corroborar cuanto me narraste en tu desconsolada carta anterior. Acabo de llegar de Lubeck, y un *trapier* y un comendador de la Orden Teutónica, prebostes de gran autoridad, me han asegurado que la secreta y temida *Cupula Mundi* se ha desarticulado tan secretamente como hace cuarenta años se creó en Tierra Santa. Sus miembros han desertado ante el pavor de un enemigo común: los mongoles. El Kan Hulagu ha conquistado Siria y Armenia, y ha desmantelado el califato de Bagdad. ¿Principio del fin del islam?

Roma recela de que vuelva a producirse una invasión de la misma naturaleza que la musulmana, la que arrasó las tierras de vuestra Hispania y que estuvo a punto de acabar con la fe de Cristo. Así que para evitar la tenaza de esos paganos mongoles que opriman por el norte y por el sur a Europa, se les ha ofrecido a los monjes teutónicos el territorio de Prusia tras la firma de la Bula Dorada. Así servirán de fuerza de contención por el este y norte. Y a las grandes órdenes militares de San Juan y del Temple, el Santo Padre les ha ordenado que se replieguen a territorio cristiano. El capítulo de este año no se ha celebrado por temor a la feroz horda asiática, y la *Tria Aurea*, destinada a la cabeza de don Alfonso, ha sido olvidada, aguardando tiempos de menor tribulación.

Siempre creí que príncipe tan sabio, magnánimo y de tanta autoridad, regiría los destinos del mundo y guiaría a la cristiandad a la unidad y a la prosperidad, pero don Alfonso se adelantó a su tiempo y no lo comprendieron. Desgraciadamente el Águila Stauffen no reinará en el Imperio, aunque sólo Dios conoce los designios del destino. Ahora, hermano Suero, mis obligaciones son más serenas, pues la infame banda de «los Jinetes de Odín» es ya una pesadilla pasada, y el nuevo reinado del hijo de Haakón, Magnus VI, se sucede en medio de una paz inalterable.

Espero gratas noticias del cautiverio de Sina y su criado. Alma tan generosa y sutil no merece tal castigo. Lo tengo en mis plegarias. Amén.

Al concluir cerró los ojos y pensó en Beltrán y en Suero, al que veneraba en su corazón. «La política de los príncipes y reyes es como el tapiz de Penélope, algo que siempre se está haciendo y deshaciendo, para hacerle creer a los súbditos que se afanan por servirlos», sonrió para sí.

El leve centelleo de la luna iluminó sus rugosos párpados y el liso cráneo y esperó aletargado a que el fulgor del alba los acariciara con su tibieza.

Fuera caía una lluvia densa y pertinaz.

EPÍLOGO

El rey soñador

Anno Domini 1275

«Quien escribe, vive dos veces.»

El rey esperaba a Beltrán en el Alcázar. Tras varias semanas de ardua labor, donde casi había perdido las pestañas con el sebo de los velones, había concluido venturosamente el memorando para Roma, y debía entregarlo sin dilación en sus manos. Mientras caminaba al encuentro del monarca, se dijo que en sus manos llevaba el fruto de sus recuerdos: latido tras latido, el pasado había comparecido en su mente, pues tenía bien plantadas las raíces de su memoria; se había entregado con gusto a la deliciosa tarea de las remembranzas, colmándolas de significación. La esencia de la evocación no había modificado el pasado, y éste había irrumpido transparente para ensamblarse con fidelidad, sin palabras precipitadas ni vacías. Sólo la verdad, pura y diáfana, los dilemas de los personajes entre la fe y la sumisión, los fracasos, las victorias empañadas de duelo, las verdades ocultas. El recuerdo lo había hecho mejor y le había preparado para escribir este memorial para el papa Gregorio X, solicitado por su rey, amigo y señor don Alfonso X de Castilla y León.

La Secretaría Apostólica lo esperaba con su conocida urgencia y discreción. Entró un tanto aturdido.

Las malas hierbas y las hiedras cabalgaban por el abandonado jardín, asfixiando las fuentes. ¿Cómo podían haber cambiado tanto los patios donde había asistido a las veladas de música y paseado con el rey entre el aroma de los azahares? El aire parecía enrarecido, y la alcazaba sevillana, una lúgubre mole de abandono.

Alfonso, de pie frente al ventanal, estaba sumido en sus cavilaciones. El insomne, enfermo, solitario y perseguido monarca observaba los nublados que arribaban desde el poniente. Y tal como pasaban ante sus ojos, en su mente desfilaban también los avatares de su vida reciente, la dolorosa pérdida del Imperio, el desmantelamiento de la *Cupula Mundi*, el olvido de los que lo aclamaban como emperador, la cruel hostilidad de su hijo Sancho y de doña Violante, y la ingrata oposición de la nobleza, que lo acorralaba con sus jaurías armadas en la madriguera de Sevilla.

Se volvió, cansado de lamentarse estérilmente. Estaba deseoso de leer el memorial de Beltrán Sina que aguardaban los curiales del archivo secreto de Letrán. Los granos de arena del reloj de su escritorio caían inexorables en el cono inverso de cristal, cuando escuchó unos pasos sin espuelas. Aguzó los oídos. Todo le daba miedo, hasta unas pisadas amigas.

—Don Alfonso me ha llamado. Anunciadme —ordenó Beltrán al oficial de la guardia, quien lo había detenido.

El bibliotecario real atisbó en la expresión del rey una mueca de amargura al besar su mano. Poseía el mismo ánimo de un presidiario enojado con el mundo y la nostalgia sombreaba sus ojos, pues sucumbía hostigado por los de su sangre; y a un hombre que todo lo dio, no le cabía más martirio que ser rechazado. Se adelantó, y a cada paso que daba, con su cara tumefacta y espantosa, parecía que se iba acercando a la fosa.

—Heme aquí, rey clementísimo. *Salutem.*

—Bienvenido, Beltrán. No he hecho otra cosa en estos últimos días que rehacer las rimas de unos poemas, y esperar tu crónica.

—Mis párpados están quemados por la cera y mis manos sucias del negro *atramentum* —dijo Sina—. De paso he recordado aquel tiempo feliz y he consumido más aceite y pabilos que en toda mi vida de estudio. Por mi mente han pasado alegrías, sinsabores y añoranzas, y creedme que me sentí como un doncel que retornara a la juventud. La vida es efímera, y no he buscado el elogio, ni de vos, ni de Roma. Tan sólo la verdad, señor.

—Hemos sobrevivido a muchos de los personajes de esta tragedia, que no es poco, aunque la partida que inicié la he perdido irremediablemente. Lo que me rodea está infectado de alacranes, cuyos aguijones llevo clavados en mi corazón —se quejó apesadumbrado recordando el hecho imperial.

—Los grandes hombres no deben arrepentirse de sus actos, señor, pero aprendisteis tarde. Así como el mar no tiene vecinos, el rey carece de amigos —le recordó, aunque fuera demasiado tarde.

—No sujeté las riendas de mis sueños y me aboqué al desastre. Pero qué le vamos a hacer. He perdido, y ya de nada hay que lamentarse.

—Supisteis estar en vuestro sitio y el orgullo de una generación legendaria de reyes desaparece con vos. Quiera Dios que vuestro hijo don Sancho la perdure.

El príncipe frunció el entrecejo y movió la cabeza con aflicción.

—¿Sancho? Ha sido criado en el odio y apenas si lo reconozco como a hijo mío —replicó—. Lo quise ver humillado y postrado a mis pies, pero ahora sólo lo quiero sentado a mi lado. ¡Qué paradójica es la vida! A veces hubiera preferido ser un labriego perdido en una aldea, que un rey derrotado como yo. ¿Crees que he sido negligente con mis obligaciones?

—No, en modo alguno, mi señor. Pero los negocios del Imperio ya han tragado a muchos reyes eminentes. Jamás os comportasteis como un tirano, y eso ya resulta insólito en un monarca —se sinceró.

—Traté de no confundir sentimientos y gobierno, pero los que consideraste leales te dan la espalda cuando has perdido —se lamentó.

—En Castilla es costumbre humillar a quienes fracasan —apostilló Sina.

—Conozco la impiedad de los corazones negros de los traidores. La sufro cada día —corroboró—. El único remedio sería atacar, pero no tengo fuerzas. Una fatal conjura de'astros se ha dispuesto en mi contra. Lo he observado en el cielo con los astrolabios. Bueno, no quiero entristecerte con mis pesares, deja esos pliegos aquí. Los leeré, y cuando acabe te llamaré.

Beltrán abrió las tapas gofradas y el soberano puedo leer el inicio, en una elegante letra sajona, y en un latín perfecto y académico.

> *Rectio*, Cancillería de Letrán. Al Siervo de los Siervos de Dios, Gregorio, papa décimo, representante de Cristo en el valle de Josafat, por la Gracia del Padre Eterno.
>
> A Gregorio, papa X, Pontífice Máximo. ROMA
>
> *A γ Ω*
>
> En el año 1275 de la Encarnación de Nuestro Señor Jesucristo. *Consultationi vestrae Gregorius, Servus Servorum Dei, taliter respondemus. Ego, Beltramus filius Andreas Sina, dixi sub divina clementia. Confirmans, Adephonsus rex X Castellae.*

—Ardo en deseos de comprobar cómo has contado hechos de tanta relevancia para mi reinado —exteriorizó al palpar los folios crujientes.

—Sólo confío, mi señor, en que ese testimonio obtenga el favor de la inmortalidad, aunque no de la notoriedad. Sólo eso. Os lo aseguro.

—Te convocaré en unos días y lo comentaremos. Ve en paz —manifestó y le dio a besar su mano.

—Quedad con Dios, mi rey y señor.

Seis días después, don Alfonso convocó de nuevo a Beltrán.

Los escasos cortesanos que lo asistían deambulaban perdidos por el Alcázar, y de sus principescos salones emergía la tristeza, la desidia y el silencio. Mientras ascendía por los corredores sentía que ojos invisibles lo taladraban a sus espaldas.

—¡Su alteza me espera! —le comunicó al capitán.

Al penetrar en la sala, el rey lo miró con gesto de inefable amistad.

Rápidamente le participó que sus opiniones sobre la carrera por la Corona del Sacro Imperio no podían haber sido más acertadas, pues donde pesaban tantas sospechas, se había hecho la luz de la autenticidad. Beltrán constató que a su señor el asunto del Imperio le provocaba sensaciones contradictorias. Pero su soberano parecía liberado.

—Alteza, quizá al archivo secreto de Letrán y a Su Santidad el papa Gregorio no le agrade todo lo que aparece en el documento que os he escrito.

—Siempre me inspiraste una confianza ilimitada y el fecho del Imperio fue un acontecimiento que conmocionó mi vida. Estoy muy satisfecho. Había verdades que merecen la atención del Papa y otras no. Bien diferenciado.

—Es una crónica de sentimientos, almas rasgadas y egoísmos mal comprendidos. Creo que no os tacharán de hereje por vuestra relación con infieles.

—Ya todo me da igual, Sina —testificó—. En el fondo, si te soy sincero, la respetabilidad de la curia romana y lo que piense Gregorio me importan una higa. No quiero pedir disculpas y sólo Dios me juzgará. Únicamente pretendo ser digno de mis antepasados. Pero he de confesarte que ni yo mismo hubiera sido capaz de escribir una sucesión de hechos tan cabal y acertada.

Los embriagadores elogios del monarca lo halagaban, y sonrió.

—Gracias, mi señor, me aduláis, cuando yo os tengo como mi maestro. He sido el cuidador de vuestra alma y sé el valor que atesoráis.

—Cuando leía cómo los sucesos de la política me han arrebatado parte de mi vida, pensé que tú, mi leal, mi buen vasallo y mejor amigo, me devolvías en cada hoja mi pasado reciente para que lo viviera dos veces y sufriera otras tantas. Pero para mi asombro no sentí dolor, sino consuelo y dicha. Analicé mis errores, pero también mis actos de justicia, llenándome de confianza, pues he comprobado que a los ojos del mundo obré con honradez. Nunca dejarás de hacer milagros con mi alma desollada, Beltrán. Que Dios te lo premie.

El médico del alma llegó a ruborizarse y comentó complacido:

—No existe placer comparable al de pisar firme el terreno de la certeza.

—San Isidoro nos señala que la verdad, cuando es dulce, sirve para perdonar, y cuando es amarga, para curar. Esperemos que el papa Gregorio se libere de sus suspicacias hacia mí —dijo el monarca y sonrió levemente.

—¿Y qué os ha parecido el tratamiento dado a las aspiraciones de la muy secreta e invisible Cúpula del Mundo, señor? —rogó Sina con llaneza.

—¡Exquisito! Que prevalezca la certeza pura —confirmó—. Me había seducido el ofrecimiento de la Cúpula del Mundo. ¿Quién no se sentiría halagado? De todas formas, siempre me pareció una entelequia que navegaba entre el mundo de la fantasía y el secretismo más absurdo. Nunca comprendí sus verdaderos objetivos. Pero la llegada de los mongoles al Mediterráneo ha aterrorizado tanto a la cristiandad como al soldán de Egipto y todo se ha ido al traste. Además, la política de la Orden Teutónica ha cambiado. Ahora sólo mira al norte de Europa. Roma ha puesto fin a sus sueños ecuménicos dejando entrever que su cruz negra olía al hedor diabólico de la herejía.

Ya únicamente les seduce crear un Estado en Prusia. Mis agentes me aseguran que han desviado sus fuerzas hacia el norte de Europa, donde están instaurando un *Ordenstadt*, o sea un principado como al parecer quieren fundar los templarios en el Languedoc, con la oposición de Roma y del rey de Francia.

A Beltrán, la revelación le pareció sumamente delicada.

—¿Queréis decir que los monjes de la cruz negra han abandonado su posición de preeminencia en la Cúpula del Mundo y que canalizan su vocación hacia el Báltico? ¿Ya no les interesa la unión de pueblos?

—¿De qué te extrañas? Nunca les interesó, tal como lo has explicado en tu memorando, Beltrán —negó Alfonso—. El papa Gregorio los llamó a capítulo y los amenazó con disolver la Orden si seguían con sus veleidades políticas con los asesinos de Alamut y como adalides de la secreta *Cupula Mundi*, y todo se evaporó como el humo.

Sina no comprendía cómo se puede cambiar tan prontamente de idea. Pero claro, estaba el poder del mundo de por medio. Instintivamente pensó en Von Drakensberg y estaba seguro de que su rey sabría algo de él.

—No puedo creerlo. En este envite, la cruz ha vencido a la espada —opinó, y preguntó—: ¿Sabéis algo de frey Hermann? Me agradaría abrazarlo.

El monarca se incorporó ligeramente del sillón y aclaró misterioso:

—Sí, sé de su suerte, a mi pesar. El prior teutón, frey Heldrungen, me escribió una carta obsequiosa en la que decía de todo en contra del Papa, la Santa Sede, mi primo Otakar, de quien asegura ha perdido el juicio, y los príncipes franceses Anjou, los verdaderos causantes de mi eliminación como candidato al trono imperial. En la posdata me refería una noticia de frey Hermann que me conmocionó. Era un hombre de personalidad dual y atormentada. No era la persona que yo creía y me decepcionó.

—Pero ¿le ha ocurrido algo adverso, alteza? —se interesó inquieto.

—Sí, lo irremediable. Hermann von Drakensberg, el Caballero del Dragón, murió en acto de servicio y de una forma terrible cuando tú sufrías cautiverio, defendiendo la enseña de Nuestra Señora en tierras de paganos. Tal vez el destino le propició la muerte que merecía y que tanto buscaba.

Una inquietante seducción por el personaje le hizo exclamar a Sina:

—¡Por san Miguel y san Jorge!

—Comprendo tu decepción —le aclaró el rey—. Según el gran maestre, el viejo príncipe lituano Mindaugas y su sobrino Treniota, enemigos declarados de la Orden, simularon convertirse al cristianismo, pero seguían ofreciendo sacrificios humanos a la deidad germánica Divericks, el dios liebre. Consiguieron unir a su causa a los prusianos, a los rusos y a las terribles tribus de los *kurs*, y tramaron una emboscada contra una hueste de caballeros de la Orden que comandaba el propio Von Drakensberg. Cortándole el camino de retirada, la mesnada de monjes guerreros se vio obligada a refugiarse en un laberinto de bosques, lagos y pantanos que no conocían, donde fueron cercados y aniquilados. Con los pesados indumentos de guerra, las armaduras y los caballos enlorigados, eran una presa fácil para sus atacantes y no pudieron llegar al río Niemen, como pretendían. Los acosaron durante un mes sin tregua. Unos murieron a saetazos; otros, de hambre y frío, o acosados por las ventiscas de nieve, y algunos, abatidos por los machetes de los bárbaros de Treniota que bebían endemoniados la sangre de los moribundos. Los más desaparecieron devorados por los lobos, tragados por los pantanos o por el deshielo súbito de los ríos. El caso es que de la mesnada de Drakensberg nada se supo jamás. Se esfumó entera. Y nuestro caballero murió batallando por la fe de Cristo.

Beltrán recordó que aquellos mismos bárbaros norteños habían asaltado el santuario de San Olav, y evocó sus cuerpos descoyuntados en los árboles de Nidaros con Drakensberg como testigo. ¿Sería su destino morir a manos de los que combatió con tanto ahínco?

—Una muerte tremenda para un alma valerosa, aunque atormentada —dijo Sina—. Parecía poseer un corazón de piedra, pero yo lo vi sangrar y temblar.

—Los héroes no siempre responden a lo que esperamos de ellos. Drakensberg era una persona paradójica, créeme. Fantaseó y exageró mucho con su misión. Nunca supe lo que realmente vino a hacer a estos reinos.

—No sabéis lo que lo lamento, pues yo le entregué mi amistad. Luchó con rudeza y precipitación contra los infieles y contra sus sentimientos. Y así fue su vida —se apiadó Sina—. Dios lo tenga a su lado, a pesar de sus yerros.

Permanecieron unos instantes callados y Beltrán le preguntó afable:

—¿Y no parece a vuestra alteza que la conciliación entre las dos creencias, el islam y la cruz, resulta irrealizable?

—Yo —se defendió Alfonso— pretendía reinar sobre lo que nos une y no sobre lo que nos distancia. Los hombres no han de ser únicamente libres, sino iguales, y apoyar el progreso moral de las dos civilizaciones partiendo de un punto de encuentro. Un rey, una espada, una nación única.

Sina rebatió con la cabeza. Su opinión era contraria.

—He convivido con ellos en Granada, alteza, y os aseguro que rechazan con vehemencia nuestro credo y abominan de nuestras costumbres. Las detestan —objetó Sina—. Nos son hostiles por naturaleza. O conmigo, o contra mí. No se doblegarán nunca ante la cruz, mi señor. Posiblemente en los siglos venideros sea como decís, pero no ahora. La inmovilidad del islam y la salvación sólo dentro del Evangelio son un gran obstáculo para la convivencia. Las cruzadas a Tierra Santa han abierto una llaga difícil de restañar. Han corrido ríos de sangre y se precisarán siglos para olvidarlas.

—Pues si no es la paz y el encuentro, será la destrucción —aseguró Alfonso, que entró en uno de sus acostumbrados mutismos, en los que su mirada se volvía sombría y distraída, dando la impresión de hallarse ausente y atrincherado en sus dudas. Sina atisbó un breve fulgor en sus ojos, y aguardó sus palabras.

El sol del río Guadalquivir entraba a raudales en la cámara real, como si fuera el reflejo de un torrente de oro. Iluminaba con sus haces dorados los tapices flamencos y las imágenes que siempre acompañaban al rey, y las armaduras que habían pertenecido a sus antepasados.

—¿Y qué piensas hacer ahora? ¿Seguirás ejerciendo tu profesión, regresarás a Toledo? —se interesó el monarca.

El sanador del alma habló con la seguridad de que sorprendería al monarca.

—Mi señor, Gudleik y yo hemos recibido una carta de su eminencia el arzobispo Peter Hamar invitándonos a Bergen para resolver el asunto de las reliquias de san Olav. Pero a vos no os voy a mentir, *Piissimus rex*. Nos hemos propuesto viajar a Noruega para que nuestro nombre pase al olvido en este reino. Pero mantenedlo en secreto, os lo ruego.

El rey contrajo su faz, apesadumbrado, expresando su contrariedad.

—¿Estás loco, Beltrán? ¿Quieres tentar al destino por segunda vez y encontrarte de nuevo con esos piratas andrajosos?

—No le temo a la muerte, sino a la deslealtad y a la traición, mi rey. Regreso a Noruega porque me empuja mi corazón y porque parece que me faltara una pieza en el rompecabezas de mi vida —se defendió.

—La tabla azul y los ojos de Cristina te hechizaron, ¿verdad? No serías un hombre si no te hubiera embelesado esa dulce mujer. A mí también me atrapó, pero tenía que aparentar lo contrario.

—Es posible, mi augusto señor. Pero si un terremoto se ha

llevado las ilusiones de un hombre, tal vez esos dos señuelos puedan ayudarle a recuperarlas.

—Veo que aquellas tierras y mi cuñada muerta, a la que yo también admiré, se te han colado como una flecha en tus entrañas. No te lo reprocho.

—Perdí a mis padres y a mi hermano. Ya no tengo a nadie, ni bocas a las que alimentar. Por eso os ruego con respeto y en la más estricta reserva, no sea que el azar vestido de un ser infame vuelva a entregarnos a nuestros enemigos, que me desliguéis del vasallaje que os debo. Ha sido una decisión muy meditada. Gudleik y yo partimos en breve hacia las regiones hiperbóreas, alteza.

—Siempre tuviste espíritu inquieto y tus inclinaciones te dominan —afirmó Alfonso—. Está bien, accedo a tu ruego.

—Gracias, señor —replicó Beltrán bajando la cabeza—. Mi destino está en unas fronteras gélidas pero hermosísimas que alguna vez habría de traspasar. Cuando murió doña Cristina pensé que su recuerdo desaparecería para siempre, pero la cautividad lo ha agrandado. Y ya que no es posible llegar al final de la búsqueda del felón que me traicionó, he decidido partir.

—La condición esencial del ser humano es el estupor, el miedo, la insatisfacción.

—Por eso las aguas de mis recuerdos no hacen sino revolverse cada día más, y quiero amansarlas en las tierras que la vieron nacer, y donde fue dichosa doña Cristina, mi señor. Su imagen se me aparece en sueños, y aunque no turba mi pensamiento, me recuerda una promesa que realicé y que no he cumplido con peligro de la salvación de mi alma. Nada es tan hermoso como la tierra donde uno fue feliz.

—¿Qué extraño poder tenía esa dulce hembra que tanto nos encandiló?

—Era un ser multiplicador de afectos, y su candidez y entendimiento atraían. Pero Dios, señor de la vida y de la muerte, quiso arrebatarla de nuestro lado. No obstante me preocupa vuestro ánimo, mi rey.

El soberano hizo un gesto de amargura y ocultó el rostro entre las manos. Apagó un lamento y alzó su mirada con dignidad.

—Es cierto que me hallo en una situación desesperada, abandonado por mi pueblo y por los que más amo. Precisaría de centenares de horcas para pacificar el reino, pero se ha apaciguado mi ansia de desquite. Mi hermano don Manuel y el arzobispo don Raimundo han arbitrado mis diferencias con Sancho, mi pérfido segundo hijo, y con mi esposa. Al fin he reconocido sus derechos al trono, único camino para la reconciliación. ¿Y qué he de hacer sino aceptar?

—Esa concordia traerá la paz que vuestro espíritu necesita. Aceptadla.

—Así lo creo —aseguró Alfonso—. Estoy cansado de luchar.

—Debe de ser terrible hallarse atrapado en este palacio, mi rey y señor.

—Lo es, amigo mío —declaró con tristeza—. Ya no tengo fuerzas y sólo deseo vivir con serenidad lo que me resta de existencia dedicado a mis versos, la astronomía y la alquimia. La realeza de Castilla jamás soportó tanta desobediencia. Pero mientras duraron mis sueños, me sentí como un coloso, créeme. Estoy en deuda contigo, Beltrán, por eso voy a ser yo mismo y en el más riguroso de los secretos, quien dispondrá tu viaje, para que su final resulte venturoso. No saldrás de ningún puerto de Castilla, sino desde Portugal, del puerto Do Restelo, de Lisboa. Escribiré a mi yerno, el rey don Dionís, y con otros nombres llegaréis a vuestro destino, sanos y salvos en una flota de quince barcos de la Liga Hanseática, que parte para Lubeck y Bergen todos los años en la festividad de la Asunción. No existe armada más segura. Se precisaría de toda una escuadra para atacarla.

Los ojos almendrados de Sina soltaron una lágrima solitaria, que fue a disiparse en su barba cerrada. Besó la mano de su rey y le dijo:

—Gracias, mi señor. Mi agradecimiento hacia vos será perpetuo. Sólo vuestro corazón podía comportarse de forma tan magnánima. Os juro que dudé si recibiría de vos la venia, y menos aún que nos ayudarais en esta deserción de nuestro hogar, pero nos lo demanda un juramento antiguo. —Y se postró ante su soberano.

—¡Levántate, Beltrán! Eres un hombre libre, y como tal puedes buscar nuevos vientos en otras tierras. Sin embargo, si hallaras algún elemento digno de interés en la tabla azul, notifícamelo. Mis geógrafos no han sabido descifrarlo aún. ¿No será un engaño?

El rey había adivinado que una fuerza misteriosa lo convocaba al septentrión de la cristiandad, y le reveló:

—Sólo sé que siguiendo esa ruta se tropieza con tierras desconocidas.

—Tal vez haga referencia a la olvidada teoría griega de que la Tierra es redonda, recordada por los geógrafos al-Baqri y al-Himiari. ¿Quiere eso decir que la idea de que la Tierra es el centro del universo está equivocada? ¿Quién se mueve por el arco del cielo, el Sol o la Tierra? Suena a una posibilidad oculta y maravillosa que puede cambiar lo que sabemos del mundo —reflexionó el rey.

No obstante, Sina, recordando la intolerancia de Roma, recordó:

—¿Cómo va a aceptar la Iglesia que un astro donde se consumó la encarnación, muerte y resurrección de Cristo, no sea el centro del universo?

—Los romanos utilizaban la esfera como símbolo de su imperio universal y yo la hubiera sostenido en mi mano de haber sido investido emperador. Interesante, Beltrán —asintió el soberano—. Mereces cumplir tus sueños. Cómo cambiaría la humanidad si nuestro mar, el Media-terra, no fuera sino parte de un océano de aguas infinitas. Tu dedicación a la Corona de Castilla, tu cautividad por causa de mi sangre y tus leales servicios, así lo merecen. Envíame noticias tuyas y, sobre todo, de lo que dicen los marineros noruegos sobre el sol como centro del universo. Las espero.

De repente algo penetró en el cerebro del *magister* que lo dejó petrificado. Las palabras «por causa de mi sangre» retumbaron como un timbal de batalla. La ambigua revelación de su rey, causante de la experiencia más dolorosa de su vida, había conseguido que su mente se detuviera y sucumbiera ante una presunción que lo había martirizado durante años. ¿Existía alguna conspiración que don Alfonso le ocultaba?

Aunque fuera su señor natural, estaba obligado a explicarse.

Desde que había padecido el tormento en las mazmorras de la Alhambra, lo embargaba una fuerte aversión hacia los corruptos cortesanos. Poco después de llegar a Sevilla, Gudleik y él habían recorrido la frontera y preguntado a amigos de la corte y del común de malhechores para hallar al indigno ser que los había traicionado. Pero después de un año de indagaciones, de estériles dineros gastados y de falsas esperanzas, no había hallado la respuesta que buscaba, conformándose con olvidar la venganza que había jurado.

El rey, hundido en la vergüenza de admitir una ruindad familiar, se revolvió intranquilo en el sitial, y su intrigante revelación revoloteaba en la mente del médico del alma. A Alfonso se le había escapado sin quererlo una información que nunca debió pronunciar. Su actitud era de incómoda impaciencia y miró a su vasallo con desolación, como midiendo los perjuicios que su incompleta revelación le había provocado.

El rey no había medido sus palabras, y Sina se revolvía incómodo.

¿Quién era el ser vil de la estirpe real que lo había vendido?

Con gravedad, Beltrán tragó saliva. Las aletas de su nariz temblaron y sus manos se crisparon. ¿Conocía el rey don Alfonso el nombre del causante de su cautividad y lo había silenciado? No podía creerlo. Trató de dominarse y le preguntó enojado:

—Mi señor, he curado mis heridas y dominado mi justa ira, pero ¿habéis insinuado que mi cautividad fue causada por alguno de vuestra estirpe? Siendo así, por la pasión de Cristo habréis de ofrecerme una explicación que mitigue mi desconcierto y mi dolor, os lo suplico.

¿Cómo un plebeyo se atrevía a hablarle de aquella manera? En su mente se enfrentaron dos incógnitas, o ¿acaso no lo admiraba como a uno de sus más predilectos discípulos de la Escuela de Toledo, precisamente por su talento, fidelidad y saber? Nervioso y balbuceando respondió:

—Quería ocultártelo para que tu corazón no sangrara como el mío. Igual me pasó cuando don Suero Ferrán se interesó por el asunto, y callé.

—Señor, juré vengarme de quien nos infligió semejante e inhumano castigo. Sin embargo abandoné mis pesquisas, pues percibí un complot de silencio a mi alrededor —confesó y se aventuró—: Fue doña Violante la que nos delató, ¿no es así, señor? Recuerdo sus buenas relaciones con el sultán de Granada y la ojeriza que me tomó a causa de mi amistad con *dame* Cristina. Os lo ruego, reveládmelo, yo no puedo hacerle daño alguno.

—No, no fue mi ardorosa reina, aunque lo parezca —lo negó terminante.

—Pues yo lo hubiera asegurado, señor —se mostró sincero—. Desde que llegó la princesa Cristina a Castilla, no pudo ocultar su aversión. Os aseguro que las muchas horas en las que reflexioné sobre el ser perverso que nos vendió, pensé en ella; y perdonad mi confusión. Doña Brianda, la nodriza, era su instrumento de maldad. ¿Fue ella tal vez?

—No salió la información de su entorno, créeme —le aseguró el rey.

—¿Entonces? —se interesó impaciente—. También buscó mi ruina personal don Hernando, mi rival en la cámara de médicos. ¿Y Villamayor, el mayordomo? Son conocidas sus amistades con los jueces de la frontera, su vida disipada y la aversión que me profesaba, pero claro, no son de vuestra sangre. Reveládmelo, o enloqueceré, mi señor.

—Andas muy equivocado, Beltrán. ¡Sosiégate, por Jesucristo!

La atmósfera se paralizó. Sina, rígido como una vara, oyó a su rey.

—Escucha atentamente y ejercítate en la comprensión. Quien te vendió como un falso Judas —le reveló el monarca, notándose que le dolía confiarle el secreto— fue mi desventurado y fallecido hermano don Felipe, a quien Dios haya perdonado sus errores y engaños.

El médico del alma le aguantó la mirada, y se sintió como si le hubiesen quitado la capa que envuelve la vida. Extravió sus ojos en los pliegues del cortinaje y permaneció sumido en sus cavilaciones. Al instante regresó su imaginación del mundo de la nada, y se irguió de su asiento con altivez, exclamando incrédulo:

—¿El infante don Felipe?

De pronto, un velo negro se le descorrió de los ojos. Pero la conmoción había sido de tal medida, que frenó su capacidad de rebelarse.

—Así es —confirmó Alfonso—. Me envió una carta antes de morir, y tras pedirme sinceras disculpas por sus muchos yerros, entre ellos serme desleal y encabezar una rebelión contra Castilla, me rogaba que te pidiera perdón. Lo supe hace sólo unos meses, tras reconciliarse conmigo y deponer las armas. Por lo visto escuchó murmuraciones sobre vuestra amistad y fervor mutuo, y un día te siguió disfrazado a la Huerta del Rey de Toledo, donde te sorprendió departiendo con su esposa. Es cuanto sé, Beltrán.

Una mueca de inmenso disgusto manifestaba el desgarro de su alma.

—Sin compasión, un hombre ya no es humano. La nobleza se mide por el corazón —objetó—. Negociar con asesinos no es propio de un príncipe.

—A pesar de eso todos los días hay algo que me persuade

de la maldad del ser humano, mi buen vasallo —se condolió el monarca, palmeándole el hombro.

Beltrán sintió que la indignación le roía el alma. Su rostro enrojeció de ira y le temblaban las manos. Felipe… Los celos le habían llevado a la más cruel de las venganzas contra él, y contra un absoluto inocente como el pobre Gudleik… El infante no había podido probar sus sospechas, o sin duda le hubiera hecho matar como a un perro, pero aun así los meros celos habían servido para que se decidiera a condenarle a un castigo execrable, a una tortura peor que la muerte… Se dijo que no había equidad entre la falta, cometida por amor, y la pena impuesta, por una mera sospecha que con toda seguridad jamás se pudo demostrar. Le costó aceptarlo y su silencio así lo evidenciaba. La decepción le resultaba insoportable y deliberadamente soltó el lazo que lo unía con Alfonso.

—¿Qué pudo ganar utilizándome de escarmiento, mi señor? —dijo por fin—. A quién odiaba, ¿a mí, o a él mismo? Lo único que consiguió fue fundir su alma helada en mi tortura y en la de Gudleik.

—Los celos son malos consejeros, Beltrán —lo apoyó—. Y algunos hombres en vez de amar, odian, usando su influencia para hacer el mal.

—Indigna acción para un caballero de sangre tan noble, alteza. Me parece un acto demasiado frío y cruel. Nos robó nuestro mundo, nuestra libertad, y años de nuestra vida —descubrió Sina con pesar.

—Amor y odio son sentimientos gemelos —recordó el rey, alicaído—. No fue él, fue el monstruo del miedo a perderla el que extravió su razón y enturbió de sangre su buen juicio, y de paso tu vida y la del bufón.

Sin poder contenerse, Beltrán lanzó una acusación:

—Siempre será culpable ante Dios de una venganza desmedida —admitió—. Mi rabia es tan grande como mi pena, alteza, comprendedlo. Descendimos a los mismos infiernos.

El rey tosió y enrojeció como si se estuviera sofocando.

—Créeme, Beltrán, a mí me costó trabajo admitirlo. Por eso cuando fue restituida la paz con Granada, mi primer acto fue exigir vuestra libertad. Os lo debía a los dos. Yo nunca quise entrar en si existía una relación de afecto culpable, pues Cristina y tú sois dos seres a los que nunca olvidaré.

El *magíster* buscó la mirada de Alfonso.

—Yo fui, sí, un devoto admirador de las virtudes de doña Cristina, y ella me cubrió con el manto del afecto más sincero. Buscó mi hombro amigo cuando la soledad la angustiaba y velé por su sosiego desde que salió de Noruega. ¿Y pueden dos corazones que se admiran matar de golpe ese apego? Sería como intentar detener la lluvia…

—No, sería ir contra los preceptos del corazón, que no posee los ataderos de la sangre, o de la casta —terció el rey—. Es libre como un pájaro. Pero ese pájaro era real, y sus plumas, demasiado vistosas.

Beltrán reaccionó con un gesto mínimo de los labios. Era el momento culminante del diálogo, y su respuesta no fue dócil.

—Os aseguro, mi señor, que su recuerdo dio sentido a mis años de cárcel. Es cierto que adoraba su presencia, sus formas y su femenina fragilidad, pero siempre la ayudé a integrarse en la corte, y velé por su quebradizo espíritu.

—Lo sé, Beltrán, pero él creyó que teníais una relación amorosa prolongada en el tiempo y que la seguíais abiertamente en la corte, ante los ojos de los palaciegos —confirmó el soberano de Castilla con afabilidad—. Sé que fue culpable de maldad ante el Altísimo y que descuidó lo que más debió valorar, pero ¿lo perdonas ante el cielo? Su alma irá a los infiernos si te niegas, y al fin y al cabo, se arrepintió sinceramente.

«¿Lo decía para salvarlo o para hundirlo más?», se preguntó Sina.

Beltrán tomó una actitud digna y le habló de hombre a hombre.

—Mi rey, en esta comedia que se inició en el castillo de San Servando, hace veinte años, a vos y a mí nos correspondió el papel de perdedores. Vos perdisteis el Imperio, y yo, mi libertad y el único amor que he tenido —se lamentó—. Sí, acercamos nuestros cuerpos alguna vez, pero siempre lejos de ojos indiscretos y sin dar ningún escándalo. Yo sabía cuál era mi sitio, y ella también.

—Comprendo tus sentimientos y tu rebeldía —lo consoló Alfonso.

—¿Rebeldía, señor? La cárcel se llevó mis ansias de vivir y las voces de la venganza han enmudecido mi alma. Gudleik y yo padecimos tormentos sin cuento, condenados a pudrirnos en nuestros propios excrementos devorados por los parásitos, la disentería y las ratas. No quiero despertar compasión, pero vuestro hermano se merece la eternidad del Averno por su innoble conducta —soltó irascible.

—Quizá no supiste manejar tus nobles emociones con la princesa Cristina y te dejaste llevar por un instinto juvenil, y aceptémoslo, atrevido e imprudente. Te lo pido de nuevo, ¿lo perdonas?

—Por vos lo excusaré. No obstante, sea el Creador quien juzgue el castigo por el suplicio sufrido en las Barrigas del Diablo. Nunca le pedí a la princesa lo que ella quiso darme. Tal vez si vuestro hermano no la hubiera abandonado, ella no habría buscado otro consuelo…

Al instante reinó un silencio desgarrador en el salón, difícil de soportar. Una inquietante corriente de ruptura flotaba entre el soberano y el vasallo; y ni su devoción a don Alfonso podía mitigar la aridez que sentía su alma. Sina depositó su mirada en un tríptico de santa María, pues la injusticia lo había herido profundamente. Unas lágrimas resbalaron por sus pómulos prominentes, y mantuvo una actitud de espera, hasta que el rey le puso sus manos conciliadoras en los hombros.

—Lo sé, y a los dos nos han hundido las intrigas y las afrentas de quienes más queríamos. Estamos unidos por el dolor de un mundo sin piedad —lo consoló.

—Pienso que todo aquel castigo forma parte del pasado.

—Así es —confirmó Alfonso—. Te voy a regalar un último consejo que un día escuché a don Yehudá, nuestro gran maestro: «Allá donde vayas, quema viejos leños, lee viejos libros, bebe viejos vinos y recupera a los viejos amigos». Y bien, ¿qué último consejo le das tú a mi espíritu saqueado?

La opresión secreta asfixiaba su garganta, conociendo que aquélla sería la última ocasión en que se encontrarían cara a cara. Con su proverbial mirada de candor, el médico de almas le aconsejó:

—No os limitéis en vuestras perspectivas, mi rey, y evitad meteros en un nuevo avispero de sueños imposibles. La paz muestra sus ramas de olivo por los pueblos de Castilla y la avenencia con los vuestros está cercana. Sumergíos en la trivialidad de vuestras costumbres y en vuestras eruditas ocupaciones, pero sin olvidar la grandeza a que vuestra posición os obliga. No sois persona para esgrimir la violenta palabra de la guerra. Vuestras espadas son las plumas y los astrolabios. Sed vos mismo.

—Siempre me horrorizó escuchar el cuerno del combate y preferí el tañido del laúd y el rasgueo del cálamo en el pergamino, pero lo procuraré, pues ya no confío en los hombres. Debía exigir la cabeza de mi hijo, pero claudicaré.

—Yo todo lo conseguí con mis manos desnudas y mi intelecto, señor.

—Y con notable éxito. Ahora quiero remendar mi alma y mi vejez fracasada, antes de comparecer ante el Juez Terrible.

—¿Y no regresaréis a la *Porta Aurea* de Toledo, alteza?

—No deseo otra cosa que encerrarme con mis códices. Allí aguardaré la muerte sin una gota de rencor en mi aliento, te lo aseguro, amigo del alma, al que jamás olvidaré —dijo Alfonso, que lo abrazó como a un hijo predilecto.

—Que santa María os ayude en este trance tan amargo, mi señor.

Beltrán contempló a don Alfonso por última vez. ¿Había sido un héroe desatinado? ¿Un rey soñador? ¿Un hombre codicioso? ¿Un monarca adelantado a su siglo? Salió a los jardines del Alcázar aliviado, aunque con un gesto tan triste como sorprendido. Había alcanzado la paz pues, aunque no podía vengarse, había liquidado la deuda de conocer la identidad de quien lo traicionó. «El sabio que frecuenta a los príncipes es el peor de los sabios», se dijo. Respiró la saludable frescura del vergel donde había disfrutado del deleite de la vida, y oyó el susurro de las fuentes, mientras pensaba si su próximo viaje era más bien una huida.

Sina se perdió en el laberinto de la urbe, donde los mercaderes, ropavejeros, perfumistas, orfebres y venteros trataban de atraer a sus tiendas a los clientes que curioseaban por la geométrica hermosura de sus angosturas y plazuelas. Sorteó el torrente humano y alzó la cara hacia el sol para recibir la sombra y el perfume de los naranjos, llenos de pájaros ruidosos. Aceptaba su condición de desterrado del mundo y aspiraba a una vida sin vejaciones de los poderosos.

La rueda de la vida

El médico del alma había envejecido considerablemente; sus huesos, secuelas del cautiverio, solían dolerle con el frío, su barba y cabellos del color de las almendras habían adoptado un color argentado y de las comisuras de sus labios partían sutiles arrugas.

Había dedicado los últimos días en España a los preparativos del largo viaje, ya que algo le decía que no tendría retorno. Ya nada le quedaba en Castilla, únicamente soledad y recuerdos. A partir de entonces, la lejana Noruega iba a ser el hogar que necesitaba su alma fatigada. Por la ventana contempló el jardín de su casa y vio que una mujer rubia se acercaba hasta su puerta.

Instantes después tuvo la gran alegría de ver que se trataba de alguien que conocía bien y a quien no veía desde hacía mucho, mucho tiempo… Fue a abrirle la puerta y la hizo pasar al salón de su casa.

—Espero no molestaros, *magister* Sina.

—Me alegro de veros, señora.

Contempló a Elke sentada frente a él. ¿Qué hacía allí la noruega? Percibió una infinita alegría y le inundó la curiosidad. Un leve cosquilleo agitó su corazón y las cenizas de una vieja amistad reavivaron sus pupilas. ¿Había sentido aquella mujer algo por él, y por su inclinación hacia Cristina lo había silenciado? Ambos guardaban muchos secretos. La escandinava le brindaba una belleza sazonada, pero su iris azulado irradiaba nostalgia.

—Ignoraba que estuvierais en Sevilla.

La noruega le regaló una sonrisa radiante y fervorosa.

—Al morir *dame* Kristín, el rey don Alfonso, más por caridad que por otra cosa, me acogió en su corte, aunque soy libre para regresar a mi país.

—¿Y qué fue de vuestra vida con Sorel?

—Viví una época despreocupada, pero también demoledora y difícil. Recorrí la Provenza, Normandía, Aquitania, Italia, Aragón y Castilla, hasta que al fin, harta de compartir la vida con un trotamundos, convinimos en separar nuestros caminos. Nuestro amor se había extinguido.

—A mí me pareció que lo vuestro con Sorel fue una fuga.

—Posiblemente. A veces es mejor alejarse de la llama del amor, para no arder en ella. Creo que me entendéis…

—Ya todo acabó, y he pagado con creces ese afecto por *dame* Cristina.

—Conozco vuestra historia de pesares y os admiro por vuestra constancia. ¿Qué haréis ahora? —preguntó la noruega.

—No lo vais a creer, pero en breve parto para vuestra tierra a cumplir con la promesa que un día hice a doña Cristina. ¿La recordáis?

Durante unos instantes lo miró sumida en una evocadora cavilación. Parecía como si una ventana se hubiera abierto en su tediosa existencia.

—¿De verdad partís hacia mi patria, *magister* Sina?

—Sí, Elke, ya nada me ata aquí, y el futuro de un ser humano no está escrito en una piedra inalterable. Quiero iniciar una nueva vida en Bergen. Su ilustrísima Peter Hamar me ofrece un puesto en la cancillería de su arzobispado. Parto en unas semanas —le notificó en tono exultante.

Elke lo miró y su semblante se sonrojó de dicha.

—Micer Beltrán, soy una mujer libre sólo sujeta a la caridad del rey de Castilla. ¿Me aceptaríais como compañera de viaje? Mi familia se alegrará de verme. Os lo ruego, decid que sí. Nada me agradaría más que acompañaros. Desde hace muchos años he estado esperando este momento.

El físico experimentó una alegría sin límites y respondió radiante:

—Para mí sería una gran satisfacción, Elke.

—¿Me tenéis aún como una amiga, *magister*?

—¡Claro! La vida enseña que en ella sólo tienen cabida media docena de amigos de verdad, no más. Vos estáis en ese cenáculo. Y es que la vida es demasiado breve para tan sólo sufrir, odiar y perdonar. Vuestra compañía alegrará la travesía y celebro la decisión. Gudleik os avisará cuando vayamos a emprender el viaje.

—No sabéis cuánto os lo agradezco —le repuso exultante.

Por un instante ambos se contemplaron en un silencio cómplice; la noruega se atrevió por fin a formularle una pregunta.

—¿Seguís amando a mi señora Kristín?

Beltrán, por toda respuesta, le dedicó un gesto poco alentador. Luego le respondió, bajando el tono de su voz:

—Fue un amor más grande que el universo y durante mucho tiempo sentí la tibieza de su piel pegada a la mía. El mejor recuerdo de mi vida. La luz que guió mi camino.

—¿Aún, Beltrán? —le preguntó con su risueño talante.

—Hay amores que son eternos, Elke —admitió sonriente—. Nada puede reemplazarlos, ni competir con ellos, pero existen muchas clases de amor…

Beltrán le dedicó un gesto afable, acariciándole la mano, y Elke, sonrojada, se levantó para irse. Le brindó una sonrisa desde la puerta y el *magister* no pudo evitar un suspiro de esperanza. De repente caviló que ya no le preocupaba la soledad, después de pensar en la suave compañía de Elke, en la que había advertido un gesto inequívoco de un afecto que no había muerto aún. Dejó volar sus pensamientos hacia el país hiperbóreo. Allí pensaba pasar sus últimos años junto a sus amigos, Elke y Gudleik, el bufón de pelo erizado y piernas zambas, el ser humano más bondadoso que había tratado jamás.

La indómita noruega le ofrecía una oportunidad de vivir una segunda vida exenta de vasallajes, maquinaciones de nobles prepotentes y de sinsabores. Sabía por don Suero, que lo había visitado en alguna ocasión, que los infames «Jinetes de Odín» habían sido exterminados y que el príncipe Magnus, al que había conocido en Tonsberg, era ahora soberano de un país pacificado. La rueda de su vida había girado una muesca más. Ahora era dueño de sí mismo y se sentía libre; y su corazón, tras muchos años de infortunios, disfrutaba de la genuina tranquilidad y equilibrio.

Al fin, el hado extravagante que la fatalidad le había asignado al nacer, había sido acariciado por la sedosa mano de la placidez y la calma. El médico de almas nunca se había sentido tan vivo. No sabía de dónde, pero le había brotado un insospechado afán por vivir.

Beltrán Sina había recobrado al fin la serenidad perdida.

Nota del autor

La singular historia de la bella, melancólica y erudita princesa Cristina de Noruega —Kristín Håkonardottir— formó parte capital del proyecto imperial de Alfonso X y por su rareza raya con lo increíble y legendario, dentro del glamuroso tríptico medieval de la Europa del siglo XIII. Al legado real don Suero Ferrán lo acompañó un médico del alma, de origen judío o musulmán —según narra la crónica de la época de Sturla Tordson—, que atendió tanto a la princesa como al heredero Haakón antes de morir. Hoy, a través de la Fundación Kristín de Noruega, centenares de sus compatriotas visitan el sepulcro de Cristina en Covarrubias, en la colegiata de San Cosme y San Damián, y lo llenan de flores, recordando su novelesca aventura en el reino del sur. Dicho sepulcro de esteatita, olvidado durante setecientos años y abierto en 1958, contenía un pergamino con versos y tres recetas para el mal de oídos, prescritas por el citado médico, hallazgo que me inspiró esa ficticia historia de amor entre la princesa y el doctor. En 1967, el párroco de este pueblo burgalés viajó a Tonsberg, obsequiando a su ayuntamiento con un resto de seda roja con la que fue amortajada la princesa. Una estatua obra de Brit Sorensen emplazada frente al templo en 1978 recuerda a la infortunada Cristina.

En cuanto a Alfonso X de Castilla y León, la antipatía del

destino le concedió la dureza de un peso mayor del que podía soportar: tuvo que afrontar primero la muerte de su primogénito Fernando de la Cerda y luego serios problemas políticos, una profunda crisis económica y una devastadora revuelta encabezada por don Nuño de Lara, y luego de su hijo Sancho, que convirtieron los últimos años de su reinado en amargura y desastre, amén del abandono de que fue objeto por parte de su esposa doña Violante, que se retiró a Valencia con sus nietos. Sin embargo es considerado por la historiografía moderna como uno de los reyes más carismáticos de la España medieval cristiana, a pesar de no poseer las dotes guerreras y de mando de su padre, Fernando III. Fue un monarca de amplia visión que se prodigó en todos los placeres con verdadero ardor y que fracasó también en todos sus grandes proyectos, aunque podemos considerarlo el rey más brillante y universal del medievo hispano. En su tiempo fue tenido por un reconocido mecenas de las artes y la cultura que, además, reformó la moneda, la hacienda y las leyes, y dio carta de naturaleza a la lengua castellana, que sustituyó al latín en la cancillería real; quizá sea ésta su faceta más interesante. Logró un auténtico renacimiento de la literatura, de la propia lengua castellana, del derecho y de la ciencia, de donde le proviene el nombre de «Sabio», o «el Alquimista», como le llamaba la Universidad de París. Por eso, en la figura de Alfonso X se ha visto un precedente del humanismo y la modernidad, dada su prudente acción política y lo avanzado de su pensamiento. Hombre caballeroso, cultísimo, de indefectible piedad religiosa y de enorme sentido de la justicia, legó a su hijo Sancho IV un reino mayor que el que había recibido de su padre. Y aunque en vísperas de su muerte era un hombre desalentado y hundido, su vasta obra literaria se perpetuó como un monumento imperecedero a su memoria.

Referente al «fecho del Imperio», la ilusión y el sueño fueron sus nodrizas, y el pleito imperial consumió las arcas reales y la paciencia de sus súbditos. Atizó unas cenizas imposibles, y sus letales rescoldos incendiaron sus ilusiones. Su deseo de coronarse emperador constituyó el más ambicioso proyecto de cuantos concibió y lo mantuvo en jaque durante veinte años. Nunca llegó a materializarse, pues en los planes de los pontífices romanos nunca estuvo coronarlo. Era demasiado poder para un solo rey y un regalo envenenado. Además, el enrevesado mecanismo de los estados europeos e imperiales, así como las luchas centenarias entre los emperadores y los papas, jugaron en su contra. «El hombre —como sostiene Plauto— es la hiena para el hombre.» Nunca tuvo una sola posibilidad de acceder al trono, pero de su participación su figura adquirió una fuerza colosal en todo el continente, y fuera de él.

En lo que se refiere a la Cúpula del Mundo, o Tría Áurea, formó parte de una idea medieval muy enraizada en el mundo germánico, que anunciaba al Gran Monarca o Emperador Dormido, el que traería una nueva Edad de Oro a la humanidad. A lo largo de la época, iluminados, filósofos y sabios de las tres religiones avisaban de la llegada del *Rex Mundi* que reinaría e impondría la paz antes de la Segunda Venida de Cristo, del Mahdi musulmán, o del Mesías judío o Zonara. Esto explica la profecía de Joaquín di Fiore en su «Evangelio Eterno», a la que se acogió el rey castellano. El fraile profeta lo personificaba en la dinastía Stauffen, con Federico Barbarroja, Federico II o Alfonso de Castilla, como figuras señeras, aunque también señalaron a Jaime I y a Fernando III. En 1217, Francisco de Asís se reunió con el sultán al-Kamil de Egipto, para evitar la guerra de religiones —con la oposición frontal del nuncio apostólico, el cardenal Pelayo— y poner fin al derramamiento de sangre. Posteriormente Von Salza, prior de los teutónicos, otros grandes maestres y Federico II Stauffen, el monarca de las tres religiones, se reunieron repetidas veces en Castell del Monte, en Apulia (Sicilia) para llevar adelante la idea del Emperador del

Mundo, idea revolucionaria que siempre contó con la oposición de Roma.

El corazón de don Alfonso no fue trasladado nunca a Jerusalén como él deseaba, sino que reposa en la catedral de Murcia, como su cuerpo en la de Sevilla, en la Capilla de los Reyes.